莫 言/著

檀香刑

手山题

作家出版社

共和国作家文库

总策划 / 李 冰 何建明

终 审 / 侯秀芬 张水舟

统 筹 / 张亚丽

监 印 / 杨 全

出版说明

中国巨轮，乘风破浪，高歌猛进，短短六十载，已屹立于世界强国之林，成为人类文明史的一个伟大奇迹。中国文学，风起云涌，蒸蒸日上，流派异彩纷呈，名家力作迭出，同样令世人瞩目。为庆祝中华人民共和国成立六十周年，我社启动“共和国作家文库”大型文学工程，力图囊括当代具有广泛影响力的重要作家的代表作品，以中国风格、中国气派和文学价值观上的人民立场，展示东方文明古国的和平崛起、历史进程、社会变迁与现实图画，表现中华民族的艰辛求索、勇敢实践、创新思想及生存智慧。这套文库，既是欣欣向荣的中国文学事业的一个缩影，也是生机勃勃的转型期中国出版界的一件盛事，其文学价值和社会意义，将随着时间的推移而日益显示出来。我们同时相信，中国的文学事业将伴着蒸蒸日上的伟大祖国更加繁荣、更加绚丽。衷心感谢中宣部有关部门、中国作家协会和全国广大作家、文学评论专家给予本文库的大力支持。

作家出版社

目录

凤头部

猪肚部

豹尾部

凤头部

第一章
眉娘浪语

太阳一出红彤彤，(好似大火烧天东)胶州湾发来了德国的兵。(都是红毛绿眼睛)庄稼地里修铁道，扒了俺祖先的老坟茔。(真真把人气煞也!)俺爹领人去抗德，咕咚咚的大炮放连声。(震得耳朵聋)但只见，仇人相见眼睛红，刀砍斧劈叉子捅。血仗打了一天整，遍地的死人数不清。(吓煞奴家也!) 到后来，俺亲爹被抓进南牢，俺公爹给他上了檀香刑。(俺的个亲爹呀!)

——猫腔《檀香刑·大悲调》

一

那天早晨，俺公爹赵甲做梦也想不到再过七天他就要死在俺的手里；死得胜过一条忠于职守的老狗。俺也想不到，一个女流之辈俺竟然能够手持利刃杀了自己的公爹。俺更想不到，这个半年前仿佛从天而降的公爹，竟然真是一个杀人不眨眼的刽子手。俺公爹头戴着红缨子瓜皮小帽、穿着长袍马褂、手捻着佛珠在院子里晃来晃去时，八成似一个告老还乡的员外郎，九成似一个子孙满堂的老太爷。但他不是老太爷，更不是员外郎，他是京城刑部大堂里的首席刽子手，是大清朝的第一快刀、砍人头的高手，是精通历代酷刑并且有所发明、有所创造的专家。他在刑部当差四十年，砍下的人头，用他自己的话说，比高密县一年出产的西瓜还要多。

那天夜里，俺心里有事，睡不着，在炕上翻来覆去烙大饼。俺的亲爹孙丙，被县太爷钱丁这个拔屌无情的狗东西抓进了大牢。千不好万不好也是爹啊，俺心烦意乱，睡不着。越睡不着心越烦，越烦越睡不着。俺听到那些菜狗在栏里哼哼，那些肥猪在圈里汪汪。猪叫成了狗声，狗吠出了猪调；死到临头了，它们还在学戏。狗哼哼还是狗，猪汪汪还是猪，爹不亲还是爹。哼哼哼。汪汪汪。吵死了，烦死了。它们知道自己的死期近了。俺爹的死期也近了。这些东西比人还要灵性，它们嗅到了从俺家院子里散发出来的血腥气。它们看到了成群结队的猪狗的魂儿在月光下游荡。它们知道，明天早晨，太阳刚冒红的那个时辰，就是它们见阎王的时候。它们不停地叫唤，发出的是灭亡前的哀鸣。爹，你呢，你在那死囚牢里是个什么样子？你哼哼吗？你汪汪吗？你还是在唱猫腔呢？俺听那些小牢子们说过，死囚牢里的跳蚤伸手就能抓一把；死囚牢里的臭虫，一个个胖成了豌豆粒。爹啊爹，本来你已经过上了四平八稳的好日子，想不到半空里掉下块大石头，一下子把你砸到了死牢里，俺的爹……

白刀子进去，红刀子出来，俺的丈夫赵小甲是杀狗宰猪的状元，高密县里有名声。他人高马大，半秃的脑瓜子，光溜溜的下巴，白天迷迷糊糊，夜晚木头疙瘩。从打俺嫁过来，他就一遍一遍地给俺讲述他娘给他讲过的那个关于虎须的故事。后来，不知他受了哪个坏种的调弄，一到夜里，就缠着俺要那种弯弯曲曲、金黄色的、衔在嘴里就能够看清人的本相的虎须。这个傻瓜，夜夜黏人，一块化开的鱼鳔，拿他没法子，只好弄一根给他。这个傻瓜，他蜷缩在炕头，打呼噜咬牙说梦话："爹爹爹，看看看，搔搔蛋，甩个面……"烦死人啦！俺踹他一脚，他把身体缩一缩，翻了一个身，巴咂巴咂嘴，似乎刚刚咽下去什么好东西，然后，梦话继续，呼噜不断，咬牙不停。罢了，这样的憨人，由着他睡去吧！

俺折身坐起来，背靠着凉森森的墙壁，看到窗户外边，月光如水，光明遍地。栏里的狗眼，亮成碧绿的小灯笼，一盏两盏三盏……闪闪烁烁，一大片。孤寡的秋虫，一声声鸣叫，凄凄清清。脚穿木底油靴的值夜更夫，从青石条铺成的大街上，踢踢踏踏走过去，柝声“梆梆”，锣声“当当”，三更天了。三更天了，夜深人静，全城都睡了，俺睡不着，猪睡不着，狗睡不着，俺爹也睡不着。

“咯吱咯吱”，是老鼠在咬木箱。俺把一个笤帚疙瘩扔下去，老鼠跑了。这时俺听到从公爹屋子里，传出细微的响声，又是豆粒在桌子上滚动。后来俺知道了，这个老东西不是在数豆粒，他是数人头呢；一颗豆粒代表着一颗人头。这个老杂毛，在梦里也念想着他砍下的那些人头啊，这个老杂毛……俺看到，他举起鬼头刀，对着俺爹的后颈窝砍去，俺爹的头，在大街上滴溜滴溜地滚动着，一群小孩子跟在后边用脚踢它。俺爹的头为了逃避孩子们的追打，一下接一下地跳上了俺家的台阶，然后滚进了俺家的院子。俺爹的头在俺家院子里转圈，狗在后边追着咬。俺爹的头很有经验，有好几次，马上就要让狗咬住了，但那脑后的辫子，挺成一根鞭子，横着扫过去，正中狗眼，狗怪叫着转起圈子来。摆脱了狗的追赶，俺爹的头，在院子里滚动，一个巨大的蝌蚪水里游泳，长长的大辫子拖在脑后，是蝌蚪的尾巴……

四更的梆声锣声，把俺从噩梦中惊醒。俺浑身冷汗，不是一颗心，是一大堆心，在扑通扑通乱跳。公爹还在数他的豆粒，老东西，现在俺才明白，他为什么那样威人。他的身上，散发着一股凉气，隔老远就能感觉到。刚住了半年的那间朝阳的屋子，让他冰成一个坟墓；阴森森的，连猫都不敢进去抓耗子。俺不敢进他的房子，进去身上就起鸡皮疙瘩。小甲没事就往那屋里钻，进去就黏在他爹身上，让他爹讲故事，腻歪得如同一个三岁的孩子。三伏天里，干脆就腻在他爹屋里不出来了，连觉也不跟俺睡了，简直把他爹当成了老婆把俺当成了他的爹。为了防止当天卖不完的肉臭了，小甲竟然把肉挂在他爹屋的梁头上，谁说他傻？谁说他不傻！公爹偶尔上一次街，连咬人的恶狗都缩在墙角，呜呜地怪叫。那些传说就更玄了，说俺的公爹用手摸摸街上的大杨树，大杨树一个劲儿地哆嗦，哆嗦得叶子哗哗哗响。俺想起了亲爹孙丙。爹，你这一次可是做大了，好比是安禄山日了贵妃娘娘，好比是程咬金劫了隋帝皇纲，凶多吉少，性命难保。俺想起钱丁，钱大老爷，进士出身，五品知县，加分府衔，父母官，俺的干爹，你这个翻脸不认人的老猴精。俗言道不看僧面看佛面，不看鱼面还要看水面，你不看俺给你当了这三年的上炕干闺女的情面，你也得想想，三年来，你喝了俺多少壶热黄酒，吃了俺多少碗肥狗肉，听了俺多少段字正腔圆的猫腔调。热黄酒，肥狗肉，炕上躺着个干闺女，大老爷，俺把您伺候得比当今的皇上都舒坦。大老爷，俺豁出去一个比苏州府的绸缎还要滑溜、比关东糖瓜还要甜蜜的身子尽着您要风流，让您得了多少次道，让您成了多少次仙，你为什么就不能放俺爹一马？你为什么要跟那些德国鬼子串通一气，抓了俺的亲爹，烧了俺的村庄，早知道你是这样一个无情无义的东西，俺的黄酒还不如倒进尿罐里，俺的狗肉还不如填到猪圈里，俺的戏还不如唱给墙听，俺的身子，还不如让一条狗弄去……

二

一阵乱梆子，敲得黎明到。俺起身下了炕，穿上新衣服，打水净了面，官粉搽了脸，胭脂擦了腮，头上抹了桂花油。俺从锅里捞出一条煮得稀烂的狗腿，用一摞干荷叶包了，塞进竹篮。提着竹篮俺出了门，迎着西下的月亮，沿着青石板道，去县衙探监。自从俺爹被抓进大牢，俺天天去探监，一次也没探上。钱丁，你这个杂种，往常里俺三天不去送狗肉，你就让春生那个小杂种来催，现在，你竟然躲起来不见俺。你还在县衙门前设了岗哨，往常里那些个见了俺就点头哈腰的鸟枪手、弓箭手们，恨不得跪在地上给俺磕头的小杂碎，现在也把狗脸虎了起来，对着俺发威风。你竟然还让四个持洋枪的德国兵站在县衙前，俺提着竹篮一靠近，他们就把枪刺举在俺的胸脯前比划。他们龇牙咧嘴，看样子不是闹着玩的。钱丁啊钱丁，你这个里通外国的汉奸，老娘生了气，就敢身背黄榜进京告御状。俺告你吃狗肉不拿钱，俺告你霸占有夫之妇，钱丁啊，老娘准备豁出破头撞金钟，剥去你的老虎皮，让你这个无情无义的坏种显原形。

俺提着篮子，无可奈何地离开了县衙大门。俺听到那些个站岗的小杂种在背后哧哧地冷笑。小虎子，你这个忘恩负义的狗东西，忘了跟着你那个老不死的爹给俺磕头下跪的情景了吧？不是俺帮你说话，你这个卖草鞋的穷小子，怎么能补上县衙鸟枪手的缺、收入一份铁杆庄稼？还有小顺子，你这个寒冬腊月蹲锅框的小叫花子，不是老娘替你说话，你怎么能当上弓箭手？老娘为了替你求情，让巡检李金豹亲了嘴摸了屁股，让典吏苏兰通摸了屁股亲了嘴。可你们竟敢看老娘的笑话，竟然对着老娘冷笑，狗眼看人低，你们这些狗杂种，老娘倒了架子也不能沾了肉，老娘醉死也不会认这壶酒钱，等老娘喘过气来，回过头来再一个个地收拾你们。

俺把个该死的县衙甩在背后，沿着石板大道往家走。爹，你这个老不正经的，你扔了四十数五十的人了，不好好地带着你的猫腔班子，走街串巷，唱那些帝王将相，扮那些才子佳人，骗那些痴男怨女，赚那些大钱小钱，吃那些死猫烂狗，喝那些白酒黄酒，吃饱了喝足了，去找你那些狐朋狗友，爬冷墙头，睡热炕头，享你的大福小福，度你的神仙岁月，你偏要逞能，胡言乱语，响马不敢说的话你敢说，强盗不敢做的事你敢做，得罪了衙役，惹恼了知县，板子打烂了屁股，还不低头认输，与人家斗强，被薅了胡须，如同公鸡被拔了翎子，如同骏马被剪了尾巴。戏唱不成了，开个茶馆，这也是好事，过太平日子。谁知你阃教不严，让小娘乱窜，招来了祸患。被人摸了，摸了就是摸了。你不忍气吞声，做一个本分百姓，吃亏是福，能忍自安。你意气用事，棍打德国技师，惹下了弥天大祸。德国人，皇上都怕，你竟然不怕。你招来祸殃，血洗了村庄，二十七条人命，搭上了弟妹，还有小娘。闹到这步，你还不罢休，跑到鲁西南，结交义和拳，回来设神坛，扯旗放炮，挑头造反，拉起一千人马，扛着土枪土炮，举着大刀长矛，扒铁路，烧窝棚，杀洋人，逞英雄，最终闹了个镇子破亡，百姓遭殃，你自己，身陷牢狱，遍体鳞伤……俺的个猪油蒙了心的糊涂爹，你是中了哪门子邪？是狐狸精附体还是黄鼠狼迷魂？就算德国人修铁路，坏了咱高密东北乡的风水，阻了咱高密东北乡的水道，可坏的也不是咱一家的风水，阻的也不是咱一家的水道，用得着你来出头？这下好了，让人家枪打了出头鸟，让人家擒贼先擒了王。这就叫“炒熟黄豆大家吃，炸破铁锅自倒霉”。爹，你这下子把动静闹大发了，惊动了朝廷，惹恼了列强，听说山东巡抚袁世凯袁大人，昨天晚上坐着八人大轿进了县衙。胶澳总督克罗德，也骑着高头大洋马，披挂着瓦蓝的毛瑟枪，直冲进了县衙。站岗的弓箭手孙胡子上前拦挡，被那鬼子头儿抬手抽了一马鞭，他急忙歪头躲闪，但那扇肥耳朵上，已经被打出了一道一指宽的豁口。爹，你这一次十有八九是逃不过去了，你那颗圆溜溜的脑袋瓜子，少不了被挂在八字墙上示众。即便钱丁钱大人看在俺的面子上想放过你，袁世凯袁大人也不会放过你；即便袁世凯袁大人想放过你，胶澳总督克罗德也不会放过你。爹，您就听天由命吧！

俺胡思乱想着，迎着通红的太阳，沿着青石板铺成的官道，急匆匆地往东赶。那条熟狗腿在俺的篮子里散发着阵阵香气。青石街上汪着一摊摊的血水，恍惚中俺看到爹的头在街上滚动，一边滚动着，爹，你还一边唱戏。猫腔戏是拴老婆的橛子，这戏原本不成气候，是俺爹把这个小戏唱成了大戏。俺爹的嗓子，沙瓤的西瓜，不知道迷倒过高密东北乡多少女人。俺那死去的娘就是迷上了他的公鸭嗓子才嫁给他做了老婆。俺娘可是高密东北乡有名的美人，连杜举人托人提亲她都不答应，但是她却死心塌地地跟了俺爹这个穷戏子……杜举人家的长工周聋子挑着一担水迎面走过来。他弓着虾米腰，抻着红脖子，头顶一团白花花的乱毛，脸上一片亮晶晶的汗珠子。他呼哧呼哧地喘着粗气，迈着大步，走得很急。桶里的水溢出来，沿着桶沿，流成了几条珍珠串。俺突然看到，爹，您的头泡在周聋子的水桶里。桶里的水，变成了红殷殷的血。俺闻到了一股热烘烘的血腥气，就是俺的丈夫赵小甲破开猪狗的肚子时放出的那种气味，腥气里夹杂着臭气。周聋子想不到，七天之后他去处死俺爹的刑场听猫腔，被德国鬼子用毛瑟枪打破了肚子，那些花花肠子，鳝鱼一样钻出来。

他从俺的身边经过时，吃力地抬起头，对着俺龇牙冷笑。连这个木头一样的聋子都敢对俺冷笑，爹，可见你这一次是死定了，别说钱丁，就是当今皇上来了，也难免你的死刑。灰心归灰心，但俺还是不死心，爹，咱们“有枣无枣打三竿，死马当成活马医”吧。俺猜想，此时此刻，钱大老爷正陪着从济南赶来的袁世凯和从青岛赶来的克罗德，躺在县衙宾馆里抽大烟呢，等到姓袁的和那个姓克的滚了蛋，俺再闯县衙送狗肉，只要让俺见了他的面，就有办法让他乖乖地听俺的。那时候就没有了钱大老爷，只有一个围着俺转圈子的钱大孙子。爹，俺最怕的是他们把您打进囚车押送进京，那样可就“姥姥死了独生子——没有舅（救）了”，只要在县里执刑，咱们就有办法对付他们。咱去弄个叫花子来当替死鬼，来它个偷梁换柱李代桃僵。爹，想起你对俺娘的绝情，俺实在不应该一次二次第三次地搭救你，让你早死早休，省得你祸害女人。但你毕竟是俺的爹，没有天就没有地，没有蛋就没有鸡，没有情就没有戏，没有你就没有俺，衣裳破了可以换，但爹只有一个没法换。前边就是娘娘庙，急来抱佛脚，有病乱投医，待俺进去求求娘娘，让她老人家显灵，保佑你逢凶化吉，死里逃生。

娘娘庙里黑咕隆咚，俺两眼发花看不清。几只大蝙蝠，撞得梁头啪啪响，也许不是蝙蝠是燕子，对，是燕子。俺的眼睛慢慢地适应了庙里的黑暗，俺看到在娘娘的塑像前，横躺竖倒着十几个叫花子。尿臊屁臭馊饭味儿，直扑俺的脑瓜子，熏得俺想呕想吐。尊贵的送子娘娘，跟这群野猫住在一起，您老人家可是遭了大罪了。他们恰似那开春的蛇，在地上伸展着僵硬的身体，然后一个接着一个，懒洋洋地爬起来。那个花白胡子、红烂眼圈的花子头儿朱八，对着俺挤鼻子弄眼，冲着俺啐了一口唾沫，大声喊叫：

“晦气晦气真晦气，睁眼看到母兔子！”

他的那群贼孙子，学着他的样子，对着俺吐唾沫，连声学舌：

“晦气晦气真晦气，睁眼看到母兔子！”

那只毛茸茸的红腚猴子，一道闪电般蹿到俺的肩膀上，吓得俺三魂丢了两魂半。没等俺回过神来，这畜生，伸爪子进竹篮，抢走了那条狗腿。又一闪，蹿回香案；再一闪，跃到娘娘肩上。在蹿跳当中，它颈上的铁链子哗啦哗啦地响着，尾巴成了扫帚，扫起一团团灰尘，刺激得俺鼻孔发痒，“啊—嗤！”该死的骚猴子，人样的畜生。它蹲在娘娘肩上，龇牙咧嘴啃那条狗腿。猴爪子乱抹，油污了娘娘的脸。娘娘不怨不怒，低眉顺眼，一副大慈大悲的模样。娘娘连一条猴子都治不了，又有什么本事去救俺爹的性命呢？

爹呀爹，您胆大包天，您是黄鼠狼子日骆驼，尽拣大个的弄。这一祸闯得惊天动地。连当朝的慈禧老佛爷，也知道了您的大名；连德意志的威廉大皇帝，也知道了您的事迹。您一个草民百姓，走街串巷混口吃的臭戏子，闹腾到了这个份上，倒也不枉活了这一世，就像那戏里唱的，“窝窝囊囊活千年，不如轰轰烈烈活三天”。爹，你唱了半辈子戏，扮演的都是别人的故事，这一次，您笃定了自己要进戏，演戏演戏，演到最后自己也成了戏。

叫花子们，把俺包围起来，有的对着俺伸出烂得流水的手，有的对着俺袒露出长了疮的肚皮。他们围着俺起哄，怪腔加上怪调，大呼加上小叫，唱歌，报庙，狼嗥，驴叫，呜里哇啦真热闹，犹如一团鸡毛乱糟糟。

“行行好，行行好，狗肉西施赵大嫂。施舍两个小铜钱，捡回两个大元宝……您不给，俺不要，你家要得现世报……”

在一片鬼哭狼嚎中，这些狗日的，有的拧俺的大腿，有的掐俺的屁股，有的摸俺的奶子……浑水儿摸鱼，顺蔓儿摸瓜，占足了俺的便宜。俺想夺门逃跑，被他们扯住了胳膊搂住了腰。俺扑向朱八，朱八，朱八，老娘今日跟你拼了。朱八捡起身边一条细竹竿，对准俺的膝盖轻轻地一戳，俺腿弯子一麻，跪在了地上。朱八冷笑一声，说：

“肥猪碰门，不吃白不吃！孩儿们，钱大老爷吃肉，你们就喝点荤汤吧！”

叫花子们一哄而上，把俺按倒在地，几下子就把俺的裤子扒了。在这危急关头，俺说：朱八，你这个狗日的，趁火打劫，不算好汉。你知不知道，俺的亲爹，让钱丁抓进了大牢，就等着开刀问斩？朱八翻着烂眼圈子问俺：

“你爹是谁？”

俺说，朱八，你这是睁着眼打呼噜，装嗣(憨)呢！全中国都知道俺爹是谁，你怎么会不知道呢？俺爹是高密东北乡的孙丙！俺爹是唱猫腔的孙丙，俺爹是扒铁路的孙丙，俺爹是领导着老百姓跟德国鬼子干的孙丙！朱八翻身爬起来，双手抱拳，放在胸前，连声说：

“姑奶奶，得罪得罪，不知者不怪罪！咱家只知道钱丁是你的干爹，不知道孙丙是你的亲爹。钱丁是个王八蛋，你爹是个英雄汉！你爹有种，敢跟洋鬼子真刀真枪地干，咱家打心眼里佩服。有用得着咱家的时候，姑奶奶尽管开口。孩儿们，都跪下，给姑奶奶磕头赔罪！”

这群叫花子，齐刷刷地跪了一地，给俺磕头，真磕，磕得嘣嘣响，额头上都沾了灰尘。他们齐声喊叫：

“姑奶奶万福！姑奶奶万福！”

连那只蹲在娘娘肩上的毛猴子，也撇掉狗腿，拖泥拽水地跳下来，学着人的样子，给俺磕头作揖，怪模怪样，逗人发笑。朱八说：

“孩儿们，明儿个弄几条肥狗给姑奶奶送去！”

俺忙说：不用，不用。朱八说：

“您就甭客气啦，咱家这些孩子出去弄条狗，比伸手从裤裆里摸个虱子还容易。”

叫花子们嘻嘻地笑着，有的龇着黄板牙，有的咧开缺牙的嘴。俺忽然觉得，这群叫花子，很是可爱。他们的小日子过得有滋有味。阳光终于从庙门口射进来，红彤彤地，暖呼呼地，照耀着叫花子们的笑脸。俺的鼻子一阵发酸，热泪顿时盈了眶。朱八说：

“姑奶奶，要不要我们去劫大牢？”

俺说，不要，不要，千万不要。俺爹这个案子，非同一般，牢门口不但有县衙的兵士站岗，克罗德还派来了一队德国鬼子放哨。朱八说：

“侯小七，出去溜达着，有什么消息赶快来报告。”

侯小七说：“遵令！”他从娘娘像前拿起铜锣，背上口袋，吹一声口哨，说：“乖儿子，跟爹走！”那只毛猴子，嗖，蹿上他的肩头。侯小七驮着他的猴子，敲着锣，唱着歌，走了。俺抬头看到，泥塑的娘娘，浑身焕发着陈旧的光彩，银盘似的脸上，水淋淋的，冒出了一层汗珠子——娘娘显灵了啊，娘娘显灵！娘娘显灵，保佑俺的爹吧！

三

俺回了家，心中充满了希望。小甲已经起来了，正在院子里磨刀。他对着俺笑笑，既亲切又友好。俺也对着他笑笑，也是既亲切又友好。他用手指试试刀锋，可能是还嫌不够快，低下头去继续磨，欻啦，欻啦。他只穿着一件汗褟儿，裸着半身蒜瓣子肉，虎背熊腰，胸脯上一片黑毛。俺进了正房，看到公爹端坐在那张他从京城运回来的檀香木嵌金丝的雕龙太师椅上闭目养神。他双手掐着一串檀香木佛珠，嘴里嘟嘟哝哝，不知是在诵经还是在骂人。堂屋里大部幽暗，阳光从窗棂间射进来，一条条一框框。有一道光，金子银子似的，照着他的脸，闪闪发亮。俺公爹脸盘瘦削，眼窝子深陷，高高的鼻梁下，紧闭着的嘴，活脱脱一条刀疤。他短短的上唇和长长的下巴上，光光的没有一根毛，怪不得人们传说他是一个从皇宫里逃回来的太监呢。他的头发已经稀疏，要掺上许多的黑绒线，才能勉强地打成一条辫子。

他微微地睁开眼，一线冰凉的光芒射到了俺的身上。俺问候他：爹，您起来了？他点了一下头，继续地捻他的佛珠。

按照几个月来的习惯，俺找来牛角梳子，给公爹梳头打辫子。这本是丫头干的活儿，但俺家没有丫头。儿媳也没有给公爹梳头的，让人碰见不是有爬灰嫌疑吗？但俺有把柄握在这个老东西手里，他让俺给他梳头，俺就给他梳头。其实他这毛病也是俺给他惯成的。他刚回来那会儿的一个早晨，一个人在那里攥着把破梳子别别扭扭地梳头，小甲充孝顺，上前去给他梳，一边梳一边说：

“爹，我头上毛少，小时候听娘说是生秃疮把毛扒了去了，您头上毛也少，是不是您也生过秃疮？”

小甲笨手笨脚，老东西龇牙咧嘴，说他受罪吧可是孝顺儿子给爹梳头，说他享福吧小甲那动作分明是给死猪薅毛。那天俺刚好从钱大老爷那里回来，心情很好。为了让这爷俩高兴，俺就说：爹呀，让俺给你梳头吧。俺把他那些毛儿梳得服服帖帖，还掺上了黑丝线给他编了一条大辫子。然后俺把镜子搬到他的面前让他看。他用手捋着那条半真半假的大辫子，阴森森的眼窝里竟然出现了一片泪光。这可真是稀罕事儿。小甲摸着他爹的眼窝问：

“爹，您哭了？”

公爹摇摇头，说：

“当今皇太后有一个专门的梳头太监，但太后不用，太后的头都是李莲英李大总管梳的。”

公爹的话让俺摸不到门前锅后，小甲一听到他爹说北京的事就入了迷，缠上去央求他爹讲。他爹不理他，从怀里摸出了一张银票，递给俺，说：

“媳妇，去买几丈洋布缝几件衣裳吧，伺候了俺这些日子，辛苦了！”

第二天俺还在炕上呼呼大睡呢，小甲就把俺弄醒了。你干什么，俺烦恼地问。小甲竟然理直气壮地说：

“起来，起来，俺爹等着你给他梳头呢！”

俺愣了一会儿，心里说不出地别扭，真是善门好开，善门难关啊。他把俺当成什么了？老东西，你不是慈禧皇太后，俺也不是大太监李莲英。你那两根蔫不拉唧、花白夹杂、臭气烘烘的狗毛俺给你梳一次你就等于烧了八辈子高香修来的福分，你竟然如那吃腥嘴的猫儿，尝到了滋味的光棍，没完没了了。你以为给了俺一张五两的银票就可以随随便便地指使俺，呸，你也不想想你是谁，你也不想想俺是谁。俺憋着一肚子火儿下了炕，想给他几句歹毒的，让他收起他的贼心。但还没等俺开口呢，老东西就仰脸望着房笆，仿佛是自言自语地说：

“不知谁给高密县令梳头？”

俺感到身上一阵发冷，感到眼前这个老家伙根本不是人，而是一个能隐身藏形的鬼魂，要不他怎么知道俺给钱大老爷梳头的事呢。说完了这句话，他的头突然地摆正了，腰杆子也在椅子上挺得笔直，两道阴森森的目光把俺的身子都要戳穿了。俺的气哧啦一下就泄了，乖乖地转到他的背后，梳理他那些狗毛。梳理着他的狗毛，俺不由得想起了俺干爹那油光光滑溜溜散发着香气的漆黑的好头发；捏着他的秃驴尾巴一样的小辫子，俺不由得想起了干爹那条沉甸甸的、肉乎乎的、仿佛自己会动的大辫子。干爹用他的大辫子扫着俺的身体，从俺的头顶扫到俺的脚后跟，扫得俺百爪挠心，全身的每个汗毛孔里都溢出浪来……

没办法了，梳吧，自己酿出来的苦酒自己喝。俺只要给俺干爹梳头，俺干爹就要伸手摸俺，往往是头没梳完两个人就黏乎在了一起。俺就不信老东西不动心。俺等着他顺着竿儿往上爬，老东西，只要你敢往上爬，俺就让你上得去下不来。到了那时候，你就得乖乖地听俺的。到那时候哦，俺还给你梳头，梳你个毬去吧。外界里盛传着这个老东西怀里揣着十万两银票，早晚俺要你把它摸出来。俺盼着他往上爬，但是老东西好定性，至今还不爬。俺就不信天下有不吃腥的猫儿，老东西，俺倒要看看你还能憋多久！俺松开了他的辫子，用梳子通着他那几缕柔软的杂毛。今天早晨俺的动作格外地温柔，俺强忍着恶心用小手指搔着他的耳朵根儿，用胸脯子蹭着他的脖子说，爹呀，俺娘家爹被官府抓进了大牢，您老人家在京城里待过，面子大，去保一保吧！老东西一声不吭，毫无反应。俺知道他一点儿都不聋，他是在装聋作哑。俺捏着他的肩头，又说了一遍，他依然是不吭不哈。不知不觉中阳光下移，照亮了公爹的棕色绸马褂上的黄铜纽扣，接着又照亮了他那两只不紧不忙地数着檀香木佛珠的小手。这两只小手又白又嫩，与他的性别和年龄都极不相称。您用刀压着俺脖子逼着俺相信俺也不敢相信，这竟然是两只拿了一辈子大板刀砍人头的手。过去俺不敢相信，现在俺还是半信半疑。俺把身子更紧地往他身上贴了贴，撒着娇说，爹呀，俺娘家爹犯了事了，您在京城里待过，见过大世面，帮着俺拿拿主意嘛！俺在他那瘦骨伶仃的肩膀上捏了一把，俺把沉甸甸的奶子放在他的脖子上歇息。俺的嘴里，发出了一串哼哼唧唧的娇声。俺这一套手段，施展到钱丁钱大老爷身上，他立刻就酥了骨头麻了筋，俺让他怎么着他就会怎么着。可是眼前这个老杂毛，简直是一块不进油盐的石头蛋子，任凭俺把一对比香瓜还要软绵的奶子颠得上蹿下跳，任凭俺浪得水漫了金山寺，他就是不动也不吭。突然，俺看到他那双捻佛珠的小手停了下来，俺看到那两只可爱的小胖手似乎微微地颤抖，俺的心中一阵狂喜，老东西，终于挺不住了吧？癞蛤蟆垫床腿儿，顶不了多大会儿。俺就不信掏不出你怀里那沓子银票，俺就不信你还敢拿俺和大老爷的私情要挟俺，逼着俺梳你的狗头。爹呀，帮俺想想办法吧！俺在他的背后继续地卖弄风情。突然，俺听到了一声冷笑，就像月黑天从老墓田的黑松林子里传出的夜猫子的叫声，令人心惊胆战。俺的身体，顷刻间就凉透了，各种各样的念头和欲望，都不知跑到哪里去了。这个老东西，还是个人吗？是人能发出这样子的笑声吗？他不是人，肯定是个魔鬼。他也不是俺的公爹，俺跟了赵小甲十几年，从来没听他说过他还有一个闯京城的爹。不但他没有说过，连那些头脑明白见多识广的左邻右舍都没说过。他什么都可能是，就是不可能是俺的公爹。他的相貌，跟俺丈夫的相貌一点儿也不肖似。老杂毛儿，你大概是个变化成人形的山猫野兽吧？别人家怕你们这些妖魔鬼怪，俺家可是不怕。正好栏里有一条墨黑的狗，待会儿就让小甲把它杀死，接一盆黑狗血，冷不防泼到老杂毛的头上，让你这个妖魔鬼怪显出原形。

四

清明节那天，下着牛毛细雨，一团团破棉絮似的灰云，在天地间懒洋洋地滚动。一大早，俺就随着城里的红男绿女，涌出了南门。那天俺撑着一把绘画着许仙游湖遇白蛇的油纸伞，梳得油光光的头发上别着一个蝴蝶夹子。俺的脸上，薄薄地施了一层官粉，两腮上搽了胭脂，双眉间点了一颗豌豆粒大的美人痣，嘴唇涂成了樱桃红。俺上身穿一件水红色洋布褂子，下穿一条翠绿色洋布裤子，洋人坏透了，但洋布好极了。俺脚蹬一双绿绸帮子上刺绣着黄鸳鸯戏粉荷花的大绣鞋，不是笑话俺脚大吗？俺就让你们看看俺的脚到底有多大。俺对着那面水银玻璃镜子，悄悄地那么一瞅，里边是一个水灵灵的风流美人。俺自己看了都爱，何况那些个男人。尽管因为爹的事俺心中悲酸，但干爹说心中越是痛，脸上要越是欢，不能把窝囊样子给人看。好吧好吧好吧好，看吧看吧看吧看，今日老娘要和高密城里的女人们好好地赛一赛，什么举人家的小姐，什么翰林府里的千金，比不上老娘一根脚指头。俺的短处就是一双大脚，都怪俺娘死得早，没人给俺裹小脚，提起脚来俺就心里痛。但俺的干爹说他就喜欢天足的女人，天足才有天然之趣。他在俺身上时总是要俺用脚后跟敲打他的屁股。俺用脚后跟敲打着他的屁股，他就大声喊叫：

“大脚好，大脚好，大脚才是金元宝，小脚是对羊蹄爪……”

那时尽管俺的亲爹已经在东北乡装神弄鬼设立了神坛，准备着跟德国人刀枪相见；尽管俺干爹已经被俺亲爹的事情闹得心烦意乱，东北乡二十七条人命让他郁郁寡欢，但高密城里还是一片和平景象。东北乡发生的血案，仿佛与县城的百姓无关。俺的干爹钱大老爷，着人在南门外兵马校场上，用五根粗大挺直的杉木，竖起了一架高大的秋千。秋千架周围，聚集了全城的少男少女。女的都打扮得花枝招展，男的都把辫子梳得溜光水滑。一阵阵的欢声，一阵阵的笑语。欢声笑语里，夹杂着小商小贩的叫卖声：

糖球——葫芦——！

瓜子——花生——！

收起油纸伞，俺挤进人群，四下里一巡睃，看见了被两个丫鬟搀扶着、传说能诗能文的齐家小姐。她花团锦簇，珠翠满头，可惜生了张长长的马脸，白茫茫的一块盐碱地，上面长了两撮瘦草，那是她的眉毛。俺还看见了在四个丫鬟护卫下的姬翰林家的千金，据说是描龙绣凤的高手，筝琴琵琶诸般乐器样样能演奏。但可惜是小鼻子小眼小耳朵，像一只鬼精蛤蟆眼的小母狗。倒是胭脂巷里那些出来游春的婊子们，笑的笑，扭的扭，活泼泼一群猴。俺前后左右全看过，傲慢地挺胸抬起头。那些青皮小后生，眼珠子不错地盯着俺，把俺从头看到脚，把俺从脚看到头。他们都张开黑洞洞的嘴巴，下巴上挂着哈喇子。俺微笑着，心里那叫恣！儿子们，孙子们，开开眼吧，回家去做你们的花花梦吧！老娘今日发善心，让你们看个够。那些孩子们木呆了半天，忽然回过神儿来，发了一声吼叫，好似平地上起了一声雷，然后是七嘴八舌地一阵胡吵闹：

狗肉西施，高密第一！

看看看，看看人家那桃花脸蛋柳条腰，螳螂脖子仙鹤腿！

看了上半截把人想死，看了下半截把人吓死，只有钱大老爷怪癖，喜欢大脚仙人。

别胡说，路边说闲话，草窝里有人听。让人报上去，把你们抓进衙门，四十大板把屁股打成烂菜帮子。

任你们这些小猢狲说什么老娘今日都不会生气，只要俺干爹喜欢，你们算些什么东西?！老娘是来打秋千的，不是听你们胡说的。你们嘴里贬我，心里恨不得把俺的尿喝了。

这时秋千架空了出来，粗大的湿漉漉的麻绳子在牛毛细雨里悠荡着，等待着俺去荡它。俺把油纸伞往后一扔，也不知被哪个猢狲接了去。俺把身体往前一跃，犹如一条红鲤鱼出了水。俺双手把住秋千绳子，身体又是往上一跃，双脚就踩住了踏板。让你们这些孩子们看看大脚的好处吧！俺大声喊：儿子们，开开眼吧，老娘给你们露两手，让你们长长见识，让你们知道秋千该是怎么个荡法。

——适才那个荡秋千的，不知是谁家的又肥又笨的蠢丫头，焦炭不如她的脸黑，磨盘不如她的腚大，菱角也比她的脚大，这样的身段模样，也好意思上秋千？真是四脚蛇豁了鼻子，不要脸了。秋千架是什么？秋千架就是飘荡的戏台子，上去就是表演，是展览身段卖脸蛋子，是大波浪里的小舢板，是风，是流，是狂，是荡，是女人们撒娇放浪的机会。俺干爹为什么要在这校场上竖秋千？你们以为他真是爱民？呸！美得你们！实话实说吧，这秋千架是俺干爹专门给俺竖的，是他老人家送给俺的清明礼物。你们信不信？不信就去问俺干爹。昨天傍晚，俺去给他送狗肉，一番云雨过后，干爹搂着俺的腰对俺说："小心肝儿，小宝贝儿，明日是清明节，干爹在南校场上，给你竖了一架秋千。干爹知道你练过刀马旦，去给他们露两脚，震不了山东省，你也要给我震了高密县，让那些草民知道，钱某人的干闺女，是个女中豪杰花木兰！让他们知道，大脚比小脚更好看。钱某人要移风易俗，让高密女人不再缠足。"

俺说，干爹，因为俺爹的事，闹得您心里不痛快，为了保护俺爹，您担着天大的干系，您不痛快，俺也没有心思。干爹亲着俺的脚丫儿，感动地说：

"眉娘，我的心肝，干爹就是要借着闹清明节的机会，扫扫全县的晦气，死了的人活不了了，但活着的人，更要欢气！你哭哭啼啼，没有几个人真心同情你，更多的人是在看你的笑话。你如果硬起来，挺起来，比他们还硬，比他们还挺，他们就会服你。那些编书的唱戏的，就会把你写到书里，把你编进戏里。你在那秋千架上，把本事都施展出来吧！过上个十年八载，你们的猫腔里，没准儿就会有一出'孙眉娘大闹秋千架'呢！"

别的俺不会，干爹，俺用脚丫子挑弄着他的胡须，说，要说打秋千，女儿绝不会给您丢脸。俺双手抓住绳子，腚往下沉，腿往下弯，脚尖蹬住秋千板，屁股往后一撅，身体往前一送，挺胸抬头鼓肚子，秋千就荡起来了。俺把绳子往后拉，又是下腚曲腿脚蹬板，又是挺胸抬头双腿绷。秋千横杆上的大铁环豁朗豁朗地响起来了。秋千荡起来了。越荡越高，越荡越快，越荡越陡峭，越荡越有力气，越荡动静越大，嘎啦啦，嘎啦啦，嘎啦啦……绷紧的绳索呼呼地带着风，横杆上的铁环发出吓人的响声。俺感到飘飘欲仙，鸟儿的翅膀变成了俺的双臂，羽毛长满了俺的胸膛。俺把秋千荡到了最高点，身体随着秋千悠荡，心里汹涌着大海里的潮水。一会儿涨上来，一会儿落下去。浪头追着浪头，水花追着水花。大鱼追着小鱼，小鱼追着小虾。哗哗哗哗哗……高啊高啊高啊，实在是高，再高一点，再高一点……俺的身体仰起来了，俺的脸碰到了飞翔着来看热闹的小燕子的嫩黄的肚皮，俺臭美地躺在了风编雨织的柔软无比的垫子上，荡到最高处时，俺探头从那棵最大的老杏树的梢头上咬下了一枝杏花，周围一片喝彩……真恣悠啊，真舒坦啊，得了道啦，成了仙啦……然后，让大坝决口，让潮水退落，浪头拖着浪头，水花扯着水花，大鱼拉着小鱼，小鱼拽着小虾，啦啦啦啦，退下去了。退到低谷又猛然地上升，俺就俯仰在那两根绷得紧紧、颤抖不止的绳子上，身体几乎与地面平行，双眼看到了新鲜的黄土和紫红色的小草芽苗，嘴里叼着杏花，鼻子里全是杏花淡淡的清香。

俺在秋千架上撒欢儿，地上那些看客，那些儿子孙子重孙子，青皮流氓小光棍，都跟着俺犯了狂。俺悠上去，他们嗷；俺荡回来，他们哇。嗷——高上去啦！哇——荡回来啦！夹杂着细雨的湿漉漉、甜丝丝、咸滋滋、湿牛皮一样的风，鼓舞着俺的衣服，灌满了俺的胸膛，俺心里已经足足的了。尽管娘家爹出了事，但嫁出的女儿泼出的水，爹你好自为之吧，女儿今后就管自己的日子了。俺家里有一个忠厚老实能挡风能遮雨的丈夫，外边有一个既有权又有势、既多情又多趣的相好；想酒就喝酒，想肉就吃肉；敢哭敢笑敢浪敢闹，谁也不能把俺怎么着。这就是福！这是俺那个受了一辈子苦的亲娘吃斋念佛替俺修来的福，这是俺命里带来的福。感谢老天爷爷。感谢皇上皇太后。感谢干爹钱大老爷。感谢俺那个憨憨怪怪的小甲。感谢钱大老爷那根专门为俺定做的神仙棒槌……那可是一件天上难找地下难寻的好宝贝，那是俺的药。还得感谢钱大老爷后堂里那位深藏不露的太太，她不能生育，鼓励老爷纳妾，但老爷决不纳妾。

五

俗话说水满则流，月满则亏，人欢没好事，狗欢抢屎吃，俺在秋千架上出大风头时，俺的个亲爹孙丙，领导着东北乡的老百姓，扛着锨、镢、二齿钩子，举着扁担、木叉、掏灰耙，包围了德国人的铁路窝棚。他们打死了一堆二鬼子，活捉了三个德国兵。他们剥光了德国人的衣裳，绑在大槐树上，用尿滋脸。他们拔了筑路的标志木橛子烧了火。他们拆了铁轨扔下河。他们拆下了枕木扛回家盖了猪窝。他们还把筑路的窝棚点上了火。

俺把秋千荡到了最高点，目光越过了城墙，看到了城里鱼鳞般的房舍。俺看到了青石板铺成的衙前大道，看到了俺干爹居住的那一进套着一进、重重叠叠的高大瓦屋。俺看到干爹的四人大轿已经出了仪门，一个红帽皂衣的衙役头前鸣锣开道，随后是两排衙役，也都是红帽皂衣，高举着旗牌伞扇，然后就是俺干爹的四人大轿。两个带刀的护卫，手扶着轿杆，随轿前进。轿后跟随着六房书办，长随催班。三槌半锣敲过，衙役们发起威声，轿夫们迈着轻捷的碎步，腿上好似安着弹簧。轿子上下起伏，如同波浪上漂流的小船。

俺的目光越过县城，看到东北方向，从青岛爬过来的德国人的铁路，变成了一条被砸烂了脑壳的长虫，在那里扭曲着翻动。一群黑压压的人，在开了春泛着浅绿颜色的原野上，招摇着几杆杂色旗帜，蜂拥着扑向铁路。那时俺还不知道那是俺爹在领头造反，知道了俺就没心思在秋千架上放浪。俺看到在铁路那边，几缕黑烟升起来，看起来如几棵活动的大树，很快又传来沉闷的声响。

俺干爹的仪仗越来越近，渐渐地逼近了县城南门。锣声越来越响，喊威声越来越亮，旗帜低垂在细雨中，好似滴血的狗皮。俺看到了轿夫脸上细密的汗珠子，听到了他们粗重的喘息。道路两边的行人肃立垂头，不敢乱说乱动。连鲁解元家那群出了名的恶狗也闭口无声。可见俺干爹的官威重于泰山，连畜生都不敢张狂。俺心里热烘烘的，心中一座小火炉，炉上一把小酒壶。亲亲的干爹啊，想你想到骨头里！把你泡进酒壶里！俺用力把秋千荡上去，好让干爹隔着轿帘看到俺的好身段。

俺在秋千架上远远地看到，黑压压的人群——一团贴着地皮飞翔的黑云——分不出男女老幼，辨不清李四张三，但你们那几杆大旗，晃花了俺的眼。你们哇啦哇啦地叫唤着——其实俺根本就听不到你们的叫唤，俺猜到了你们一定会叫唤。俺亲爹是唱戏的出身，是猫腔的第二代祖宗。猫腔原本是一个民间小戏，在俺爹的手里发扬光大，成了一个北到莱州府、南到胶州府、西到青州府、东到登州府四州十八县都有名的大戏。孙丙唱猫腔，女人泪汪汪。他原本就是一个喜欢叫唤的人。他带的兵马，哪能不叫唤？这样的好风景不能错过，为了多看你们几眼，俺下力气荡秋千。秋千架下那些傻瓜蛋子，还以为俺是为了他们表演呢。他们一个个手舞足蹈，得意忘形。那天俺穿着单薄，再加上俺出了一身香汗——俺干爹说俺的汗味好似玫瑰花瓣——俺知道自家身上的好宝贝都鼓突着立显，小腚儿朝后小奶子朝前，让这群色痨鬼眼馋。凉风儿钻进俺的衣裳，在俺的胳肢窝里打旋。风声雨声桃花儿开放声，桃花瓣儿沾着雨水沉甸甸。衙役的呐喊声，铁环的喀啦声，小贩的叫卖声，牛犊的叫唤声……响成了一连片。这是一个热热闹闹的清明节，红红火火的三月三。西南角老墓田那里，几个白发的老婆婆，在那里烧化纸钱。小旋风卷着烟在墓田里立起，像与一棵棵黑色的树混在一起的白色的树。俺干爹的仪仗终于出了南门，秋千架下的看客们都掉转了头。县官大老爷来了！有人喊叫。干爹的仪仗围着校场转了一圈，衙役们抖起了狗精神，一个个挺胸叠肚，眼珠子瞪得滴溜溜圆。干爹，隔着竹编的轿帘，俺看到了您的顶戴花翎，和您那张紫红色的方脸。您下巴上留着一匹胡须，又直又硬赛钢丝，插到水里也不漂散。您的胡须就是咱俩的连心锁，就是月老抛下来的红丝线，没有您的胡须和俺亲爹的胡须，您到哪里去找俺这样一个糖瓜也似的干闺女？

衙役们摆够了威风，其实是干爹您摆够了威风，把轿子停在了校场边缘。校场西边是一片桃园，桃花盛开，一树接着一树，在迷蒙的细雨中，成了一团团粉嘟嘟的轻烟。一个胯骨上挂着腰刀的衙役上前打开了轿帘，放俺干爹钻了出来。俺干爹正正头上的顶戴花翎，抖抖腕上的马蹄袍袖，双手抱拳，放在胸前，对着我们，作了一个揖，用他洪亮的嗓门，喊道："父老们，子民们，节日好！"

干爹，您这是装模作样呢，想起他在西花厅里跟俺玩耍的样子，俺就憋不住地要笑。想起了这个春天里干爹遭受的苦难，俺就忍不住想哭。俺停住秋千，手扶着绳索，站在秋千板上，抿着嘴儿，水着眼儿，心里翻腾着苦辣酸甜的浪花儿，看着干爹演戏给猴看。干爹说："本县一贯提倡种树，尤其提倡种桃树——"

屁颠儿屁颠儿地跟随在干爹身后的城南社里正大声喊叫：

"县台大老爷以身作则，率先垂范，趁着这清明佳节雨纷纷，亲手栽下了一棵蟠桃树，为咱们老百姓造福……"

俺干爹白了这个抢话说的里正一眼，继续说：

"子民们，尔等回去，在那房前屋后，田边地头，都栽上桃树。子民们啊，'少管闲事少赶集，多读诗书多种桃'。用不了十年，我高密一县，就是'千树万树桃花红，人民歌舞庆太平'的美好日子！"

干爹吟完诗，接过一把铁锹，在地上挖起了树坑。锹刃儿碰上一块石头子儿，碰出几粒大火星。这时，那个专给干爹跑腿的长随春生，皮球一样地滚过来。他手忙脚乱地打了一个千儿，气喘吁吁地报告：

"老爷，不好了，不好了……"

干爹厉声道："什么不好了？"

春生道："东北乡的刁民造反了……"

一听这话，俺干爹扔下铁锹，抖抖马蹄袖，弯腰钻进了轿子。轿夫们抬起轿子飞跑，一群衙役，跟在轿后，跌跌撞撞，活活就是一窝丧家狗。

俺站在秋千架上，目送着干爹的仪仗，心里感到说不出的懊丧。亲爹，你把个好好的清明节，搅了个乱七八糟。俺无精打采地跳下秋千架，混在乱哄哄的人群里，忍受着那些小光棍们的浑水摸鱼，不知是该钻进桃园赏桃花呢，还是该回家煮狗肉。正当俺拿不定主意时，小甲这个大憨蛋，大步流星跑到俺的面前，脸涨得通红，眼睁得溜圆，厚嘴唇哆嗦着，结结巴巴地说：

"俺爹，俺爹他回来了……"

奇怪奇怪真奇怪，天上掉下个公爹来。你爹不是早就死了吗？你爹不是二十多年没有音信了吗？

小甲憋出一头汗，依然是结结巴巴地说：

"回来了，真的回来了……"

六

俺跟着小甲，马不停蹄地往家跑。在路上，俺气咻咻地问，半路上怎么会蹦出一个爹呢？八成是一个穷鬼来诈咱。俺倒要看看他是何方精怪，好就好，惹恼了老娘，一顿掏灰耙，先打折了他的腿，然后送到干爹的衙门里，不分青红皂白，先给他二百大板，打他个皮开肉绽，屁滚尿流，看看他还敢不敢随随便便地冒充人家的爹。

一路上，只要遇到人，小甲就拉住人家，神秘地说：

"俺爹回来了！"

那些人被他闹得丈二和尚摸不着头脑，他就大喊一声：

“俺有爹啦！”

还没到家门口，俺就看到，一辆马拉的轿车子，停在俺家大门外。轿车子周围，簇拥着一群街坊邻居。几个头顶上留着抓鬏的小毛孩子，在人缝里钻来钻去。拉车的是一匹枣红色的儿马，胖得如同蜡烛。轿车子上，落着一层厚厚的黄土，可见这个人是远道而来。人们用古怪的眼神看着俺，那些眼睛闪闪烁烁，一片墓地里的鬼火。开杂货铺的吴大娘虚情假意地向俺道喜：

“恭喜，恭喜！真是有福之人不用忙，无福之人瞎慌张。财神爷偏爱富贵家，本来就是火爆爆的日子，又从天上掉下来一个腰缠万贯的爹。赵大嫂子，肥猪碰门，骡马成群。大喜大喜！”

俺白了这个尿壶嘴女人一眼，说吴家大娘，您咧着一个没遮没拦的嘴胡叨叨什么？你家里要是缺爹，只管把他领走就是，俺一点儿也不稀罕！她嘻嘻地笑着说：

“您这话可是当真？”

俺说，当真，谁要不把他领走，谁就是驴日马养的个驴骡子！

小甲截断了俺的话头，恼怒地说：

“谁敢抢俺的爹，俺就操死她！”

吴大娘那张饼子脸顿时红了。这个专门传播流言蜚语的长舌妇，知道俺跟钱大老爷相好，心里酝酿着一坛子陈年老醋，酸得牙根发痒。她让俺堵了个大弯脖，让小甲骂了个满腚骚，十分地没趣，嘴里嘟嘟着，走了。俺跨上自家的石头台阶，回转身，对着众人道，各位高邻，要看的请进来，不进来就滚你们的屎壳郎蛋，别站在这里卖呆！众人讪讪地散了。俺知道这些家伙，嘴里花言巧语地奉承俺，背地里咬着牙根骂俺，都巴不得俺穷得沿街卖唱讨饭吃，对这些东西一不能讲情面，二不能讲客气。

跨进院门俺就大声喊叫，是哪重天上的神灵下了凡？让俺开开眼！俺心里想，不能软，管他是真爹还是假爹，都得先给他一个下马威，让他知道一下姑奶奶的厉害，省了将来在俺的面前作威作福。俺看到，在院子正中，摆着一把油光光的紫红色檀香木嵌金丝太师椅子，一个翘着小辫子的干巴老头，正弯着腰，仔细地用一团丝绵擦拭着椅子上的灰尘。其实那椅子亮堂堂的，能照清人影子，根本就用不着擦拭。听到了俺的咋呼，他缓慢地直起腰，回转身，冷冷地扫了俺一眼。俺的个亲娘，这双眍瞜进去的贼眼，比俺家小甲的杀猪刀子还要凉快。小甲颠着小碎步跑到他面前，咧开嘴傻笑几声，讨好地说：

“爹，这是俺的媳妇，俺娘给俺讨的。”

老东西正眼也不看俺，喉咙里呜噜了一声，不知他是什么意思。

随后，在大街对面王升饭铺里吃饱喝足的车夫提着鞭子进来告别。老东西从怀里摸出一张银票递给他，双手抱拳在胸前作了一个俊揖，抑扬顿挫地说：

“伙计，一路平安！”

哇，这个老东西，竟然是一口标准的京腔，与钱大老爷的嗓音不差上下。车夫一看那张银票的票面，苦巴巴的小脸，顿时成了一朵花。他一躬到底，二躬到底，三躬也到底，嘴里连珠屁似的喊叫着：

“谢谢老爷，谢谢老爷，谢谢老爷……”

嘿，老东西，来头不小嘛！出手大方，看起来定是个有钱的主儿，马褂子里边鼓鼓囊囊的，定是银票无疑了。千两还是万两？好啊，这年头有奶就是娘，有钱就是爹，俺扑通一声跪在了他的面前，给他磕了一个响头，唱戏一样地喊：

儿媳叩见公爹！

小甲看到俺下跪，四爪子忙乱地也下了跪，嘣地磕了一个响头，什么话也不说，只是傻哈哈地笑。

老东西没想到俺会突然地给他行这样大的一个礼，慌了前腿后爪子。他伸出两只手——那时俺就被他的手惊得目瞪口呆，那是两只什么样子的手啊——看样子要扶俺起来，但他并没有扶俺，更没有扶小甲，他只是说：

“免礼免礼，自家人何必客气。”

俺只好没趣地自己站了起来。小甲也跟着站了起来。他伸手入怀，俺心中狂喜，以为他要掏出一沓子银票赏给俺呢。他的手在怀里摸索了半天，摸出了一个翠绿的小玩意儿，递到俺的面前，说：

“初次见面，没什么赏你，一个小玩意儿，拿去玩吧！”

俺接过那玩意儿，学着他的口气说，自家人，何必客气。那玩意儿，沉甸甸的，软润润的，绿得让人心里喜欢。俺跟着钱大老爷睡了几年，接受了很多的文化熏陶，不再是个俗人，俺知道这是个好东西，但不知道是个啥东西。

小甲噘着嘴，委屈地看着他的爹。老东西笑笑，说：

“低头！”

小甲顺从地低下头，老东西把一个用红绳拴着的银光闪闪的长东西挂在了小甲的脖子上。小甲拿着那东西到俺的眼前炫耀，俺看到那是一把长命锁，不由得撇了撇嘴，心里想这老东西，还以为他的儿子刚过百日呢。

后来俺把老东西送给俺的见面礼给俺干爹看，他说那玩意儿是射箭用的扳指，是用绝好的翡翠雕琢而成，比金子还要贵重，只有皇亲国戚、王公贵胄家才可能有这种宝贝。俺干爹左手摩挲着俺的小奶，右手把玩着那个扳指，连声说：“好东西好东西，真真是好东西！”俺说干爹既然喜欢就送给您吧。干爹说：“不敢不敢，君子不夺人之爱也！”俺说，俺一个女人爱一个射箭的玩意儿干什么？干爹还在酸文假醋地客气，俺说，你要还是不要？你不要俺就把它摔碎了。俺干爹忙说：“哎哟我的宝贝，千万别，我要。”干爹把扳指戴在手上，不时地举到眼前看，把摸俺的小奶这样的大事都忘记了。后来俺干爹把一个拴着红绳的玉菩萨挂在俺的脖子上，喜得俺眉笑眼开，这才是女人家的东西呢。俺捋着干爹的胡须说，谢谢干爹。干爹把俺放倒了，他一边骑着俺当他的马一边气喘吁吁地说：“眉娘眉娘，我要好好地去访一访你这个公爹的来历……”

七

在俺公爹阴森森的冷笑声里，他的檀香木椅子和他手里的檀香木佛珠突然释放出了沉闷的香气，熏得俺头昏眼花，心中躁狂。他不管俺亲爹的死活，也不理俺的调情，抖抖颤颤地站起来，扔下他一霎也不肯离手的佛珠，眼睛里闪烁着星星般的光芒，有什么天大的喜事激动着他的心？有什么天大的祸事惊吓着他的心？他伸出那两只妖精般的小手，嘴里哼哼着，眼巴巴地望着俺，眼睛里的凶气一点儿也没有了。他乞求着：

"洗手……洗手……"

俺从水缸里舀了两瓢凉水，倒在铜盆里。俺看到他迫不及待地将双手浸到水里，俺听到他的嘴里发出嘶嘶地响声，猜不出他的感觉。俺看到他的手红成了火炭，那些细嫩的手指弯弯勾勾着，红腿小公鸡的爪子像他的手指。俺恍惚觉得他的手是烧红了的钢铁，铜盆里的水吱吱啦啦地响着，翻着泡沫，冒着蒸汽。这事真是稀奇古怪，开了老娘的眼界。老东西把发烧的手放在凉水里泡着，一定是舒服得快要死了，瞧瞧他那副酥样吧：眯缝着眼睛，从牙缝里咝咝地往里吸着气儿。吸一口气儿憋半天，分明是大烟鬼过瘾吗，舒坦死了你个老驴。想不到你还有这样一套鬼把戏，这个邪魔鬼怪的老天蛾子。

他恣够了，提着两只水淋淋的红手，又坐回太师椅上。不同的是这会儿不闭眼了，他睁着眼，不错眼珠地盯着自己的手，看着那些水珠儿沿着指头尖儿一滴滴落在地上。他是一副浑身松懈、筋疲力尽、心满意足的样子，俺干爹刚从俺的身上……

那时俺还不知道他是一个大名鼎鼎的刽子手，俺还一门心思地想着他怀里那些银票呢。俺殷勤地说：公爹呀，看样子俺已经把你伺候舒坦了，俺亲爹的小命不是晚上就是早晨要报销，怎么着也是儿女亲家，您得帮俺拿个主意。您悠悠地想着吧，俺这就去熬猪血紫米粥给您喝。

俺在院子里的水井边上打水淘米，心里边总觉得空虚。抬头俺看到城隍庙高高飞起的房檐，一群灰鸽子在房檐上嘀嘀咕咕，拥拥挤挤，不知道它们在商议什么。院外的石板大道上，响起了一阵清脆的马蹄声，马上骑着一些德国鬼子，隔着墙俺就看到了他们头上的插着鸟毛的圆筒高帽子。俺的心里扑通扑通乱跳，俺猜到这些鬼子兵是为了俺的亲爹来的。小甲已经磨快了刀子，摆好了家什。他抓起一根顶端有钩的白蜡木杆子，从猪圈里拖出了一头黑猪。蜡木杆子上的铁钩子钩住了黑猪的下巴，它尖厉地嗥叫着，脖子上的鬃毛直竖起来。它死劲地往后退缩着，后腿与屁股着地，眼睛红得出了血。但它如何能敌得过俺家小甲的神力？只见俺家小甲把腰往下一沉，双臂用力，两只大脚，就是两个铁锄头，入地三寸，一步一个脚印，拖着那黑猪，好比铁犁耕地，黑猪的蹄爪，犁出了两道新鲜的沟。说时迟，那时快，俺家小甲已经把黑猪拖到了床子前。他一只手攥着蜡木杆子，一只手扯着猪尾巴，腰杆子一挺，嗨了一声，就把那头二百斤重的大肥猪砸在了床子上。那猪已经晕头转向，忘却了挣扎，只会咧着个大嘴死叫，四条腿绷得直直。小甲摘下抓猪钩子，扔到一边，顺手从接血盆子里抄起磨得贼亮的钢刀，哧——漫不经心，轻描淡写，捅豆腐那样，就将那把钢刀捅进了猪的腔子，又一用力，整把刀子，连同刀柄，都进了猪的身体。它的尖叫声突然断了，只剩下结结巴巴的哼哼。很快连哼哼声也断了，只剩下抖动，腿抖皮抖，连毛儿都抖。小甲抽出长刀，将它的身体一扯半翻，让它脖子上的刀口正对着接血的瓦盆。一股明亮光滑、红绸子一样的热血，吱吱地响着，喷到瓦盆里。

俺家那足有半亩地大的、修着狗栏猪圈、栽着月季牡丹、竖着挂肉架杆、摆着酒缸酒坛、垒着朝天锅灶的庭院里，洋溢着血腥气味。那些喝血的绿头苍蝇，嗡嗡地飞舞起来。它们的鼻子真是好使。

两个头戴着软塌塌牛屄红帽子、穿着黑色号衣、腰扎着宽大青布带子、足蹬着双鼻梁软底靴子、斜挎着腰刀的衙役，推开了俺家的大门。俺认出了他们是县衙快班里的捕快，都生了两条能跑善奔的兔子腿。但是俺叫不出他们的名字。因为俺的亲爹关在大牢里，俺的心里有点虚，便给了他们一个微微的笑脸。搁在平常日子里，老娘白眼珠子也不瞅这些祸害百姓狐假虎威的驴杂碎。他们也客气地对着俺点点头，硬从横肉里挤出几丝丝笑意。突然，他们收了笑容，从怀里摸出一根黑签子来晃了晃，一本正经地说：

“奉县台大老爷之命，传唤赵甲进衙问话。”

小甲提着一把血淋淋的杀猪刀跑过来，点头哈腰地问：

“差爷，差爷，什么事？”

衙役霜着脸，问：

“你是赵甲吗？”

“俺是小甲，赵甲是俺的爹。”小甲道。

“你爹在哪里？”差役装模作样地问。

小甲说：“俺爹在屋子里。”

“让你爹跟我们走一趟吧！”差役道。

俺实在看够了这些狗差役的嘴脸，怒道：

俺公爹大门不出，二门不迈，犯了什么事？

差役看到俺发了火，装出可怜巴巴的嘴脸，说：

“赵家嫂子，我们也是奉命行事，至于您公爹犯没犯事，我们这些当差的怎么知道？”

“二位爷爷少等，你们是请俺爹去喝酒吧？”小甲好奇地问。

“我们如何知道？”差役摇摇头，突然变出一个诡秘的笑脸，说，“也许是请你爹去吃狗肉喝黄酒吧？”

俺自然明白这个狗差役嘴里吐出来的是什么样子的狗宝牛黄，

他们是在说俺和钱大老爷那事儿呢。小甲这个膘子如何能明白？他欢快地跑进屋去了。

俺随后也进了屋。

钱丁，你个狗日的，捣什么鬼啊，你抓了俺亲爹，躲着不见俺；大早晨的又派来两个狗腿子抓俺的公爹。这下热闹了，一个亲爹，一个公爹，再加上一个干爹，三爹会首在大堂。俺唱过《三堂会审》，还没听过三爹会审呢。除非你老东西熬得住，这辈子不见俺，见了俺俺就要好好问问你，问问你葫芦里卖的什么药。

小甲抬起袖子，擦擦满脸的油汗，急急火火地说：

“爹啊，来了好事了，县太爷差人来请您去喝黄酒吃狗肉呢。”

俺公爹端坐在太师椅子上，那两只褪去了血红的小手顺顺溜溜地放在椅子扶手上。他闭着眼，一声不吭，不知道是真镇静呢还是假装的。

“爹，您说话呀，官差就在院子里等着呢，”小甲着急地催促着，说，“爹，您能不能带俺去开开眼，让俺看看大堂是个什么样子，俺媳妇经常去大堂，让她带俺去，她不带俺去……”

俺慌忙打断这个膘子的话，说：

公爹，别听你儿子瞎说，他们怎么会请你去喝酒？他们是来抓您！您是不是犯了什么事？公爹懒洋洋地睁开眼，长叹一声，道：

“即便是犯了事，也不过是‘兵来将挡，水来土掩’，用不着大惊小怪！把他们唤进来吧！”

小甲转过脖子对着门外大喊：

“听到了没有？俺爹唤你们进来！”

公爹微笑着说：

“好儿子，对了，就得这样硬气！”

小甲他跑到院子里，对着两个差役说：

“你们知不知道？俺媳妇和钱大老爷相好呢！”

“傻儿子啊！”公爹无奈地摇摇头，把锥子般的目光投到俺的脸上。

俺看到差役怪笑着把小甲拨到旁边，手扶着腰刀把儿，气昂昂、雄赳赳，虎狼着脸，闯进了俺家的堂屋。

公爹略微开了一缝眼，射出两道冷光，轻蔑地对两个差役一瞥，然后就仰脸望着屋笆，再也不理他们。

两个差役交换了一下眼神，两张脸上，都有些挂不住。其中一个，用公事公办的口气问："你就是赵甲吗？"

公爹睡着了一样。

"俺爹上了年纪，耳朵背。"小甲气哄哄地说，"你们大声点！"

差役提高嗓门，说：

"赵甲，兄弟奉县台钱大老爷之命，请您到衙门里走一趟。"

公爹仰着脸，悠悠地说：

"回去告诉你们钱大老爷，就说俺赵甲腿脚不便，不能从命！"

两个差役又一次交换了眼色，其中一个竟然"噗嗤"一声笑了。但他脸上的笑容马上就收敛了，露出了一副嘲弄的表情，说：

"是不是还要让钱大老爷用轿子来抬您？"

公爹说："最好是这样。"

两个差役憋不住地哈哈大笑起来。他们笑着说：

"好好好，您就在家等着吧，等着钱大老爷亲自来抬您！"

差役笑着走出俺家的堂屋，走到院子里，他们的笑声愈加嚣张起来。

小甲跟随着差役到了院子，骄傲地说：

"俺爹怎么样？谁都怕你们，就是俺爹不怕你们！"

差役看看小甲，又是一阵大笑。然后他们歪歪斜斜地笑着走了。他们的笑声从大街上传进俺的耳朵。俺知道他们为什么这样笑。俺公爹也知道他们为什么这样笑。

小甲进了屋子，纳闷地说：

"爹，他们为什么要笑？他们喝了痴老婆的尿了吗？俺听黄秃说，喝了痴老婆的尿就会大笑不止。他们一定是喝了痴老婆的尿了，一定是，可是他们喝了哪个痴老婆的尿了呢？”

公爹显然是对着俺说话而不是对着小甲说话：

“儿子，人不能自己把自己看低了，这是你爹到了晚年才悟出的一个道理。高密县令，就算他是‘老虎班’出身，也不过是个戴水晶顶子单眼翎子的五品官；就算他的夫人是曾国藩的外孙女，那也是‘死知府比不上活老鼠’。你爹我没当过官，但你爹我砍下的戴红顶子的脑袋，能装满两箩筐！你爹我砍下的那些名门贵族的脑袋，也足能装满两箩筐！”

小甲咧着嘴，龇着牙，不知道他听没听明白他爹的意思，俺当然是完全彻底地听明白了公爹的意思。跟了钱大老爷这几年，俺的见识的确是有了很大的进步。听了公爹一席话，俺的心中一阵冰凉，身上的鸡皮疙瘩突出了一层。俺的脸一定是没了血色。半年来，街面上关于公爹的谣言小旋风一样一股一股地刮，这些谣言自然也进入了俺的耳朵。俺爹着胆子问：

公爹……您真是干那行的？

公爹用他那两只鹞鹰一样的眼睛盯着俺，一字一顿地、仿佛从嘴里往外吐铁豌豆一样地说：“行、行、出、状、元！知道这话是谁说的吗？”

这是句俗语，人人都知道。

“不，”公爹道，“有一个人，专门对我说的，知道她是谁吗？”

俺只好摇头。

公爹从太师椅上站起来，双手托着那串佛珠——檀木的闷香又一次弥漫了整个屋子——瘦削的脸上镀了一层庄严的黄金，他骄傲地、虔诚地、感恩戴德地说：

“慈禧皇太后！”

第二章
赵甲狂言

常言道，南斗主死北斗司生，人随王法草随风。人心似铁那个官法如炉，石头再硬也怕铁锤崩。(到了家的大实话!)俺本是大清第一刽子手，刑部大堂有威名。(去打听打听吧!)刑部天官年年换，好似一台走马灯。只有俺老赵坐得稳，为国杀人立大功。(砍头好似刀切菜，剥皮好似剥大葱)棉花里边包不住火，雪地里难埋死人形。捅开窗户说亮话，小的们竖起耳朵听分明。

——猫腔《檀香刑·走马调》

一

我的个风流儿媳妇，你把眼睛瞪得那样大干什么？难道不怕把眼珠子迸出来吗？你公爹确实是干那行的，从十七岁那年腰斩了偷盗库银的库丁，到六十岁时凌迟了刺杀袁大人的刺客，这碗饭吃了整整的四十四年。你怎么还瞪眼？瞪眼的人我见得多了，我见过的瞪眼的那才是真正的瞪眼，别说你们没见过，山东省里也不会有人见过。别说让你们见，就是给你们说说也要把你们吓得屁滚尿流。

咸丰十年，大内鸟枪处的太监小虫子，天大个胆子盗卖了万岁爷的七星鸟枪。那枪是俄罗斯女沙皇进贡给咸丰爷的，不是个一般的物件，那是一杆神枪。金筒银机檀木托，托上镶嵌着七颗钻石，每颗都有花生米儿那样大。这枪用的是银子弹，上打天上的凤凰，下打地上的麒麟。从打盘古开天地，这样的鸟枪只有一支，绝没有第二支。太监小虫子看着咸丰爷整天病恹恹的，脑子大概不记事儿，就大着贼胆把七星鸟枪偷出去卖了。据说是卖了三千两银子，给他爹置了一处田庄。他小子鬼迷心窍，忘了一个基本道理，那就是，大凡当上了皇帝的，都是真龙天子。真龙天子，哪个不是聪明盖世？哪个不是料事如神？咸丰爷更是神奇，他老人家那双龙睛，明察秋毫之末，白天看起来跟常人差不多，但到了夜里嗖嗖地放光，看书写字，根本无须掌灯。话说那年初冬，咸丰爷爷要到塞外围猎，指名要带着那杆七星鸟枪。小虫子慌了前腿后爪子，在皇上面前胡乱扯，一会儿说枪被一个白毛老狐狸盗走了，一会儿又说让一只神鹰叼去了。咸丰爷爷龙颜大怒，一道圣旨降下来，将小虫子交给专门修理太监的慎刑司严讯。慎刑司一用刑，小虫子就如实地招了供。把万岁爷爷气得两眼冒金星儿，在金銮殿上蹦着高儿骂：

“小虫子，朕日你八辈子祖宗！尔真是老鼠舔弄猫腚眼，大了胆了！竟敢偷到朕的家里来了。朕不给你点儿厉害的尝尝，朕这个皇帝就白当了！”

咸丰爷爷决定选用一种特别的酷刑来拾掇小虫子，借此杀鸡给猴看。皇上让慎刑司报刑名。慎刑司那几个掌刑太监，报菜名一样，把他们司里历来用过的刑法一一报给皇上。无非是打板子、压杠子、卷席筒、闷口袋、五马分尸、大卸八块什么的，皇上听了后，连连摇头，说一般一般太一般了，都是些陈汤剩饭，又馊又臭。皇上说这事你们还得去向刑部里那些行家请教。万岁爷下了一道口谕，让刑部狱押司贡献一桩酷刑。当时的刑部尚书王大人，接到圣旨后，连夜找到余姥姥。

余姥姥是谁？他就是我的恩师。他当然是个男人。为什么叫他姥姥？你听着，这是我们行当里的称呼。大清一朝，刑部狱押司里，共有四名在册的刽子手，这四名刽子手里，年纪最大、资历最长、手艺最好的就是姥姥。其余三人，依照资历和手艺，分别称为大姨、二姨和小姨。遇上忙月，活多干不过来，可临时雇请帮工，帮工的都叫外甥。我就是从外甥干起，一步步熬到了姥姥。容易吗？不容易，实在是不容易。我在刑部大堂当了整整三十年姥姥。尚书、侍郎，走马灯一样地换，就是我这个姥姥泰山一样稳当。别人瞧不起我们这一行，可一旦干上了这一行，就瞧不起了任何人，跟你瞧不起任何猪狗没两样。

话说尚书王大人，召集余姥姥和你爹我到他的签押房里去问话。你爹我那年刚满二十岁，刚刚由二姨晋升为大姨，这是破格地提拔，十分地恩宠。余姥姥对我说：

"小甲子，师傅干到大姨时，已经四十大几了，你小子，二十岁就成了大姨，真是六月天的高粱，蹿得快哪！"

闲话少说，王大人道：

"皇上有旨，要咱们刑部贡献一种奇特的刑罚，整治那个偷了鸟枪的太监。你们是专家，好好想想，不要辜负了皇上的厚恩，丢了咱们刑部的面子。"

余姥姥沉吟片刻，道：

"大人，小的估摸着，皇上恨那小虫子，最恨他有眼无珠，咱得顺着皇上的意思做文章。"王大人说："对极了，有什么妙法，赶快说来！"

余姥姥道："有一种刑罚，名叫'阎王闩'，别名'二龙戏珠'，不知当用不当用。"

王大人道："快快讲来听听。"

余姥姥便把那"阎王闩"的施法，细细地解说了。王大人听罢，喜笑颜开，道：

"你们先回去准备着，待本官奏请皇上批准。"

余姥姥说："制造那'阎王闩'，甚是麻烦，就说那铁箍，硬了不行，软了也不行，需用上等的熟铁，千锤百炼后方好使用。京城里的铁匠没有一个能干得了这活。望大人宽限些时日，让小的带着徒弟，亲自动手制作。俺们那里什么都没有，各种器械都靠着小的和徒弟们修修补补将就着使用，还望大人开恩，拨些银子，小的们好去采购原料……”

王大人冷笑着说：

“你们卖腊人肉给人当药，每年不是能捞不少外快吗？”

余姥姥慌忙跪到地上，你爹我自然也跟着跪在地上，姥姥说：

“什么事也瞒不过大人的眼睛，不过，制造‘阎王闩’是公事……”

王大人道：“起来吧，本官拨给你们二百两银子——让你们师徒赚一百两吧——这活儿你可得尽心尽力去做，来不得半点马虎。宫里太监犯了事，历朝历代都是由慎刑司执刑；皇上把任务交给刑部，这事破了天荒。这说明皇上记挂着咱刑部，器重着咱刑部，天恩浩荡啊！你们一定要加小心，活儿干得俊，让皇上高兴，怎么着都好说；活儿干丑了，惹得皇上不乐意，砸了咱刑部的招牌，你们的狗头就该搬搬家了。”

我和余姥姥胆战心惊地接受了这个光荣的任务，欢天喜地地支取了银子，到护国寺南铁匠营胡同里，找了一家铁匠铺，让他们照着图纸，打造好了“阎王闩”上的铁头箍，又去了骡马大街，买了些生牛皮，让他们编成皮绳，拴在铁头箍上。满打满算，花了四两银子还不到，克扣下白花花的银子一百九十六两多，给王大人养在精灵胡同里的小妾打造了一副金手镯子，花去了二十两，还余下一百七十六两，二姨小姨分去六两，余姥姥得了一百两，你爹我得了七十两。就用这宗银子，你爹我回乡买了这处房子，顺便娶了你的娘。如果没有偷皇帝爷鸟枪的太监小虫子，你爹我根本就没钱回家，回家也没钱买房子娶老婆，我如果不娶老婆，也就没有你这个儿子，我没有你这个儿子，当然也就没有你这个儿媳妇。你们现在明白了吗？我为什么要把小虫子的事儿说给你们听。凡事总是有个根梢，小虫子鸟枪案，就是你们的根子。

执刑前一天，王大人不放心，吩咐人从大牢里提出一个监斩候，押到大堂上，让我们演习“阎王闩”。你爹我和余姥姥遵从着王大人的命令，把“阎王闩”套在了那个倒霉的监斩候的脑袋上。那人大声喊叫：

“老爷，老爷，俺没翻供啊！俺没翻供，为什么还要给俺施刑?!”

王大人说：“一切为了皇上！上刑！”

执刑的过程很简短，大概也就是吸了一锅烟的工夫，那个监斩候就脑浆迸裂，死了。王大人说：

“这件家什果然有些厉害，但死得太快了。皇上费这么大的心思，让我们选择刑罚，为得就是让小虫子受罪，就是要让那些个太监们看着小虫子不得好死，起到杀一儆百的效果。你们可倒好，套上去，一使劲儿，噗嗤，完了，比勒死个兔子还要简单，这怎么能行呢？本官要求你们，必须把执刑的过程延长，起码要延长到一个时辰，要让它比戏还好看。你们知道，宫里养着好几个戏班子，光戏子就有好几千人，他们把天下的戏都演完了。要让那个小虫子把全身的汗水流干，你们两个也要大汗淋漓，非如此不能显出我刑部大堂的水平和这‘阎王闩’的隆重。”

王大人又下令让人从大牢里提出了一个监斩候，让我们继续演习。这个监斩候头大如柳斗，‘阎王闩’尺寸嫌小，费了很大的劲儿，桶匠箍桶似的才给他套上。王大人不高兴了，冷冷地说：

“二百两银子，你们就造了这么个玩意儿?”

一句话吓得俺汗如雨下。余姥姥比较镇静，但事后也说吓得够呛。这一次执刑表演还算成功，足足折腾了一个时辰，让那个大头的冤鬼吃尽了苦头，才倒地绝命。总算赢得了王大人一个笑脸。面对着大堂上两具尸首，他对我们说：

“回去吧，把家什好好拾掇拾掇，沾了血的皮绳子换下来，换上新的，把铁箍擦干净，最好能刷上一层清漆。你们穿的号衣什么的，也回去涮洗干净，让皇上和宫里的人，看看咱们刑部刽子手的风采。千言万语一句话，只许成功，不许失败！你们要是出了差错，砸了刑部的牌子，这‘阎王闩’，就该你们自己戴了。”

第二天，公鸡刚叫二遍，我们就起床准备。进宫执刑，事关重大，谁能睡得着？连经历过无数大风大浪的余姥姥，在炕上也是翻来覆去，隔不上半个时辰就爬起来，从窗台上扯过尿壶撒尿，撒完了尿就抽烟。二姨和小姨忙活着烧火做饭，你爹我又一次把那“阎王闩”仔细地检查了一遍，确信一点儿毛病没有了，才交给姥姥最后复验。余姥姥把那“阎王闩”一寸一寸地摸了一遍，点点头，用三尺大红绸子，珍重地包起来，然后恭恭敬敬地供在祖师爷的神像前。咱这行当的祖师爷是皋陶，他老人家是三皇五帝时期的大贤人、大英杰，差一点继承了大禹爷爷的王位。现如今的种种刑法和刑罚，都是他老人家制定的。据俺的师傅余姥姥说，祖师爷杀人根本不用刀，只用眼，盯着那犯人的脖子，轻轻地一转，一颗人头就会落到地上。皋陶祖师爷，丹凤眼，卧蚕眉，面如重枣，目若朗星，下巴上垂着三绺美须。他的相貌，与三国里的关云长关老爷十分地相似，余姥姥说，关老爷其实就是皋陶爷爷转世。

胡乱吃了几口饭，便漱口擦牙，洗手净面。二姨小姨伺候着余姥姥和你们的爹我穿上了簇新的号衣，戴上了鲜红的毡帽。小姨恭维我们说：

“师傅，师兄，活脱脱两个新郎官！”

余姥姥白了他一眼，嫌他多嘴多舌。咱这行的规矩是，干活之前和干活当中，严禁嬉笑打闹，一句话说不好，犯了忌讳，就可能招来冤魂厉鬼。菜市口刑场那里，经常平地里刮起一些团团旋转的小旋风，你们以为那是什么？那不是风，那是屈死的冤魂！

余姥姥从他的柳条箱里，取出了一束贵重的檀香，轻轻地捻出三支，就着祖师爷的神像前哆哆嗦嗦的烛火，点燃了，插在神案上的香炉里。姥姥跪下后，我们师兄弟三个赶紧跟着跪下。姥姥低声念叨着：

“祖师爷，祖师爷，今日进宫执刑，干系重大，望祖师爷保佑孩儿们活儿干得顺遂，孩儿们给您老人家磕头了！”

姥姥磕头，前额碰到青砖地面上，咚咚地响。我们跟着姥姥磕头，前额碰到青砖地面上，咚咚地响。蜡烛光影里，祖师爷的脸，油汪汪地红。我们各磕了九个头，跟着姥姥站起来，退后三步。二姨跑到外边去，端进来一个青瓷的钵子。小姨跑到外边去，倒提进来一只黑冠子白毛的大公鸡。二姨将青瓷钵子放在祖师爷的神案前，侧身跪在一边。小姨跪在了祖师爷神案前，左手扯着鸡头，右手扯着鸡腿，将鸡脖子抻得笔直。二姨从青瓷钵子里拿起一把柳叶小刀，在鸡脖子上利落地一拉。开始时没有血，我们心中怦怦乱跳——杀鸡没血，预兆着执刑不顺——稍候，黑红的血，哧溜哧溜地响着，喷到青瓷钵子里。这种白毛黑冠子的公鸡，血脉最旺，我们每逢执大刑，都要买一只这样的公鸡来杀。一会儿，血流尽，将血献在供桌上，两个师弟，磕了头，弓着腰，退到后边去。我随着姥姥，趋前，下跪，磕头三个，学着姥姥的样子，伸出左手的食指和中指，从青瓷钵子里蘸了鸡血，一道道地，戏子化妆一样，往脸上抹。鸡血的温度很高，烫得指头发痒。一只公鸡的血，抹遍了两个脸。剩下的搓红了四只手。这时，我跟姥姥的脸和祖师爷的脸一样红了。为什么要用鸡血涂面？为了跟祖师爷保持一致，也为了让那些个冤魂厉鬼们知道，我们是皋陶爷爷的徒子徒孙，执刑杀人时，我们根本就不是人，我们是神，是国家的法。涂完了手脸，我和姥姥安静地坐在凳子上，等候着进宫的命令。

太阳冒红时，院内那几棵老槐树上，乌鸦呱呱叫。天牢大狱里，一个女人在号啕大哭。那是个谋杀亲夫的监斩候，每天都要哭一次，哭天哭地哭孩子，神志已经不正常。你爹我毕竟年轻，坐了不大一会儿，心中便开始烦乱，屁股也坐不稳了。偷眼看姥姥，正襟危坐，好似一口铁钟。你爹我学着姥姥的样子，屏息静气，安定心神。涂到脸上的鸡血已经干了，硬硬的，俺们的脸像挂了一层糖衣的山楂球儿。我用心体会着甲壳罩脸的感觉，渐渐地感到心里恍恍惚惚，恍恍惚惚地跟着姥姥在一条很深很黑的地沟里行走。走啊，走啊，永远走不到尽头。

狱押司郎中曹大人，把我们引到两顶青幔小轿前，指指轿子，示意我们上轿。这突来的隆遇让你爹我张皇失措。你爹那时还没坐过一次轿子呢。看看姥姥，他老人家竟然也是木呆呆地，张着大口，不知道是想哭还是想打个喷嚏。轿旁一个下巴肥厚的公公，沙哑着嗓子，对我们说：

“怎么着？嫌轿子小了是不是？”

我和姥姥依然不敢上轿，都用眼睛看着曹大人。曹大人说：

“不是尊贵你们，是怕招风。还愣着干什么？快上轿哇！真是狗头上不了金盘！”

四个抬轿子的，也是下巴光光的太监，站在轿子前后，袖着手，脸上露出蔑视的神色。他们的轻蔑让我的胆子壮了起来。臭太监，操你们的奶奶，爷爷今日跟着小虫子沾光，让你们这些两脚兽抬举着。我上前两步，掀开轿帘子进了轿。姥姥也上了轿。

轿子离了地，颠颠簸簸地前进。你爹我听到抬轿子的太监沙着嗓子低声骂娘：

“这刽子，喝足了人血，死沉死沉！”

他们平日里抬着的不是娘娘就是妃子，做梦也没想到会抬着两个刽子。你爹我心中暗暗得意，身体在轿子里故意地扭动，让抬轿子的臭太监不自在。轿子还没出刑部大院，就听到小姨在后边大喊：

“姥姥，姥姥，忘了带‘阎王闩’了！”

你爹我的脑袋里嗡的一声响，眼前一阵昏花，汗珠子噼里啪啦地掉下来。我连滚带爬地下了轿子，从小姨手里接过了用红绸子包着的“阎王闩”。你爹我心中的滋味，一时半会儿说不清楚。我看到姥姥也钻出轿子，也是一脸的明汗，两条腿一个劲儿地颤抖。要不是小姨提醒，那天的祸就闯大了。曹大人骂道：

“日你们的亲妈，做官丢了大印，裁缝忘了剪刀！”

你爹我本来想好好体会一下坐轿子的滋味，但被这件事把兴致全搅了。老老实实地猴在轿子里，再也不敢跟太监们调皮。

不知走了多久，就听到扑通一声响，轿子落了地。晕头转向地从轿子里钻出来，抬头便看到满眼的金碧辉煌。你爹我猫着腰，提着“阎王闩”，跟随着姥姥，姥姥跟随着引我们进宫的太监，七拐八拐，拐进了一个宽大的院子。院子里跪着一片嘴上没胡须的，都穿着驼色衣衫，头顶着黑色的圆帽子。偷盗鸟枪的小虫子，已经被绑在一根柱子上。这是个眉清目秀的小伙子，文文静静地，乍一看是个大姑娘。尤其是他那双眼睛，生得真叫一个俊：双眼叠皮，长长的睫毛，眼珠子水汪汪的，黑葡萄一样。可惜了啊，你爹我暗自叹息，可惜了这样一个好人物。这样一个俊孩子竟被割去了三大件子，进宫来当太监，他的爹娘如何舍得？

绑小虫子的柱子前面，有一个临时搭起的看台。台子正中一排雕花檀木椅子。正中一把椅子，特别的肥大。椅子上放着黄色的坐垫。垫子上绣着金龙。这肯定是万岁爷爷的龙椅了。你爹我还看到，我们刑部的尚书王大人、侍郎铁大人，还有一大片戴宝石顶子的、珊瑚顶子的，大概都是各部的官员，都在台前垂手肃立，连个咳嗽的都没有。宫里的气派，果然是非同一般。安静，安静，安静得你爹我心里乱打鼓。只有那些琉璃瓦檐下的麻雀，不知道天高地厚，在那里唧唧喳喳地叫唤。突然，一个早就站在高台子上的白发红颜的老太监，拖着溜光水滑的长腔，喊道：

“皇上驾到——”

台前那一片红蓝顶子，突然都矮了下去，只听到一阵甩马蹄袖子的波波声。转眼之间，六部的堂官们和宫女太监们，全部地跪在了地上。你爹我刚想跟着下跪，就感到脚被猛地跺了一下。立即就看到姥姥那两只精光四射的眼睛。他老人家昂着头站在柱子一侧，立定一座石头雕像。我马上回过神来，想起了行里的规矩。历朝历代的都是这样，脸上涂了鸡血的刽子，已经不是人，是神圣庄严的国法的象征。我们不必下跪，即便是面对着皇帝爷爷。学着姥姥的样子，你爹我挺胸收腹，也立定了一尊石头雕像。这无上的光荣，儿子，别说是这小小的高密县，就是堂堂的山东省，就是泱泱的大清朝，也没有第三个人经历过。

就听到那笙管箫笛，呜里哇啦、吱吱呀呀地响着，渐渐地近了。在懒洋洋的乐声后边，在两道高墙之间，出现了皇帝爷爷的仪仗。头前是两个驼色的太监，手提着做成瑞兽样子的香炉，兽嘴里吐出袅袅的青烟。那烟香得啊，一缕缕直透脑髓，让人一会儿格外地清醒，一会儿格外地糊涂。提炉太监后边，是皇上的乐队，乐队后边，又是两排太监，举着旗罗伞扇，红红黄黄一片。再往后是八个御前侍卫，执着金瓜钺斧，铜戈银矛。然后就是一乘明黄色的肩舆，由两个高大的太监抬着，大清朝的皇帝爷爷，端坐其上。在皇上肩舆的后边，有两个持孔雀扇的宫女，为皇上遮挡着阳光。再往后便是一片花团锦簇，数十名绝色佳人，当然是皇上的后妃，都乘着肩舆，游来一条花堤。后妃们的后边，还拖着一条长长的尾巴。事后听姥姥说，因为是在宫里，皇上的仪仗已经大大地精简，如果是出宫典礼，那才是神龙见首不见尾。单单皇上的大轿，就要六十四个轿夫来抬。

太监们训练有素，很快便各就各位；皇上和后妃们，也在看台上就座。黄袍金冠的咸丰皇帝，就坐在离我一丈远的地方。你爹我目不转睛，把皇帝爷爷的容貌看了一个分明。咸丰爷面孔瘦削，鼻梁很高。左眼大点，右眼小点。白牙大嘴，唇上留着两撮髯口，下巴上一绺山羊胡，腮上有几个浅白麻子。皇上不停地咳嗽，不断地吐痰，一个宫女，捧着金光闪闪的痰盂在一旁承接。皇上的两侧，凤凰展翅般地坐着十几位头顶牌楼子的娘娘。那些高大的牌楼子上簇着五颜六色的大花，垂着丝线的穗子，跟你们在戏台子上看到的差不多。那些个娘娘都是鲜花面容，身上散发出醉人的香气。右边紧挨着皇帝那位，容长脸儿，粉面朱唇，貌比仙女落凡尘。知道她是谁吗？说出来吓你们一大跳，她就是当今慈禧皇太后。

趁着皇上吐痰的空当儿，台上那个威严的老太监，像轰苍蝇那样，把手中的拂尘，轻轻地那么一甩，台下跪着的六部堂官和黑压压一片太监宫女，都使出咂奶的力气，齐声高喊：

“吾皇万岁万岁万万岁！”

你爹我这才明白，台下的人看起来都低着头不敢仰望，其实都在贼溜溜地瞅着台上的动静呢。皇上咳嗽着说：

“众卿平身吧。”

那些堂官们，磕头，齐喊：

“谢皇上隆恩！”

然后，再磕头，甩马蹄袖，站起，弯着腰退到两侧。刑部尚书王大人从队列中出来，甩马蹄袖，跪地，磕头，朗声奏道：

“臣刑部尚书王瑞，遵皇上御旨，已着人打造好‘阎王闩’，并选派两名资深刽子手携带刑具进宫执刑，请皇上指示。”

皇上说：“知道了，平身吧！”

王大人磕头，谢恩，退到一边。这时，皇上说了一句话，呜呜啦啦，听不清楚。皇上分明是得了痨病，气脉不够用。台上那老太监拖着长腔，唱戏一样传下旨来：

“皇上有旨——着刑部尚书王瑞——将那‘阎王闩’进呈御览——”

王大人小跑步到了你爹我的面前，从你爹我的手里，夺过去那红绸包裹着的“阎王闩”，双手托着，如托着一个热气腾腾的涮羊肉锅子，小心翼翼，蹭到台前，跪下，把双手高举过了头顶，托起了“阎王闩”。老太监上前，弯腰接上去，捧到皇上面前，放在几案上，一层层揭开红绸，终于显出了那玩意儿。那玩意儿闪烁着耀眼的光芒，很是威严。这玩意儿花钱不多，但你爹我费工不少。刚打造出那会儿，它黑不溜秋，煞是难看。是你爹我用砂纸打磨了三天，才使它又光又亮。七十两银子，不是白拿的。

皇上伸出一只焦黄的手，用一根留着长长的黄指甲的食指，试试探探地触了触那玩意儿。不知是烫着了还是冰着了，皇上的金手指立即地缩了回去。我听到他老人家又嘟哝了一句，老太监就托着那玩意儿，逐个儿让皇上的女人们观看。她们也学着皇上的样子用食指尖儿去触摸——她们的食指尖尖，玉笋也似的——她们，有装出害怕的样子，把脸儿歪到一边去，有麻木着脸毫无表情的。最后，老太监把那玩意儿递给依然跪在台下的王大人，王大人毕恭毕敬地接了，站起来，弯着腰，退到你爹我的身边，将它还给了我。

台上，老太监把头低到皇上身边，问了一句什么，我看到皇上的头点了点。老太监走到台前，唱歌似的喊叫：

"皇上有旨——给大逆不道的小虫子上刑——"

拴在柱子上的小虫子号啕起来，大声哭叫：

"皇上，皇上啊，开恩吧，饶奴才一条狗命吧……奴才再也不敢了……"

这时，台上台下的侍卫们，齐齐地发起威来，小虫子脸色蜡黄，嘴唇粉白，眼珠子麻眨，不叫唤了，裤子尿了，低声对我们说：

"爷们儿，爷们儿，活儿利索点儿，兄弟到了阴曹地府也感念你们的大恩大德……"

咱们哪里还有心思去听他的啰嗦？咱们哪里有胆子去听他的啰嗦？一绳子勒死他，他痛快了，咱们可就要倒霉了。即便皇上饶了咱们，王大人也不会饶了咱们。慌慌张张地抖开刑具，与姥姥抬着——这玩意儿经了皇上和娘娘们的手，突然地增加了分量——每人扯着一端的牛皮绳子，按照预先设计好的动作，先对着台上的皇帝和娘娘们亮相，然后对着王公大臣们亮相，最后对着那一大片跪地的太监宫女们亮相——就跟演戏一样——慎刑司大太监陈公公和刑部尚书王大人交换了眼色，齐声喊叫：

“执刑——”

真是老天有眼，那个亮晶晶的铁箍子，简直就是比量着小虫子的头造的，套上去不松不紧，刚好吃劲。小虫子那两只俊眼，恰好从铁箍的两个洞里露出来。套好了铁箍，你爹我和余姥姥各往后退了两步，抻紧了手里的牛皮绳子。那只小虫子还在嘟哝着：

“爷们儿……爷们儿……给个痛快的吧……”

这时候了，谁还有心思去理他呀！你爹我望着余姥姥，余姥姥望着你爹我，心也领了，神也会了，彼此微微地点点头。余姥姥嘴角浮现出一个浅浅的笑容，这是他老人家干活时的习惯表情，他老人家是一个文质彬彬的刽子手。他的微笑，就是动手的信号。你爹我胳膊上的肌肉一下子抽紧了，只使了五分力气，立即就松了劲儿——外行根本看不出我们这一松一紧，牛皮绳子始终直直地绷着呢……小虫子怪叫一声，又尖又厉，胜过了万牲园里的狼嗥。我们知道皇上和娘娘们就喜欢听这声，就暗暗地一紧一松——不是杀人，是高手的乐师，在制造动听的音响。

那天正是秋分，天蓝蓝，日光光，四周围的红墙琉璃瓦，明晃晃的一片，好有一比：照天影地的大镜子。突然间你爹我闻到了一股扑鼻的恶臭，马上就明白了，小虫子这个杂种，已经屙在裤裆里了。你爹我偷眼往台上一瞥，看到咸丰爷双眼瞪得溜圆，脸色是足赤的黄金。那些娘娘们，有的面如死灰，有的大张着黑洞般的嘴巴。再看那些王公大臣，都垂手肃立，大气儿不出。那些太监宫女们，一个个磕头如捣蒜，有几个胆小的宫女已经晕过去了。你爹我与余姥姥交换了一个眼神，又是一次心领神会。这种情形，与俺们想得差不离儿。是时候了，小虫子遭的罪也差不多了，不能让他的臭气熏了皇上和娘娘。你爹我看到有几个娘娘已经用绸巾子捂住了嘴巴。娘娘们的鼻子比皇上灵，皇上吸鼻烟吸得鼻子不灵了。得赶紧把活儿做完，万一一阵风把小虫子的屎臭刮到皇上的鼻子里，皇上怪罪下来，我们就吃不了兜着走了。小虫子这小子的下水大概烂了，那股子臭气直透脑子，绝对不是人间的臭法。你爹我真想跑到一边去大呕一阵，但这是绝对不能允许的。你爹我和余姥姥要是忍不住呕了，那我们的呕吐势必会引起台上台下的人们的呕吐，那这事儿就彻底地毁了。你爹我和余姥姥的小命报销了事小，王大人头上的顶戴花翎被摘了也不是大事，影响了皇上的身体健康才是真正的大事。你爹我想到的，余姥姥早就想到了。这场好戏该结束了。于是俺们师徒二人暗中使上了源源不断的力道，让那铁箍子一丝儿一丝儿地煞进了小虫子的脑壳。眼见着小虫子这个倒霉孩子的头就被勒成了一个卡腰葫芦。他小子的汗水早就流干了，现时流出的是一层鳔胶般的明油，又腥又臭，比裤裆里的气味好不到哪里去。他小子，拼着最后的那点子力气嚎叫，你爹我是杀惯了人的，听到这动静也觉得瘆得慌。钢铸铁打的汉子，也熬不过这“阎王闩”，要不，怎么连孙悟空那样的刀枪不入、在太上老君的八卦炉子里锻炼了七七四十九天都没有投降的魔头，都抗不住唐三藏一遍紧箍咒呢？

其实，这道“阎王闩”的精彩之处，全在那犯人的一双眼睛上。你爹我的身体往后仰着，仰着，感觉到小虫子的哆嗦通过那条牛皮绳子传到了胳膊上。可惜了一对俊眼啊，那两只会说话的、能把大闺女小媳妇的魂儿勾走的眼睛，从“阎王闩”的洞眼里缓缓地鼓凸出来。黑的，白的，还渗出一丝丝红的。越鼓越大，如鸡蛋慢慢地从母鸡腚里往外钻，钻，钻……噗嗤一声，紧接着又是噗嗤一声，小虫子的两个眼珠子，就悬挂在“阎王闩”上了。你爹我与余姥姥期待着的就是这个结果。我们按照预先设计好了的程序，让这个过程拖延了很长很长。一点点地上劲，胡萝卜钻腚眼，步步紧。到了那关键的时刻，猛地一使劲，就噗嗤噗嗤了。只有到了此时，你爹我和余姥姥才长长地舒出了一口气。不知道是啥时候，俺们汗流浃背，脸上的汗水把那些干结的鸡血冲化了，一道道地流到脖子上，看起来是头破血流。你爹我是通过看余姥姥的脸而知道了自己的脸的。

小虫子还没断气，但已经昏了过去，昏得很深沉，跟死也差不离儿。他的脑骨已经碎了，脑浆子和血沫子从破头颅的缝隙里渗了出来。你爹我听到看台上传下来女人的呕吐声。一个上了年纪的红顶大人，不知是什么原因，一头栽到地上，帽子滚出去好远。这时，你爹我和余姥姥齐声呐喊：

执刑完毕，请大人验刑！

刑部尚书王大人用一角袍袖遮着脸，往俺们这边瞅了瞅，转身到看台前，立正，抬手，甩袖子，跪倒，对着上边说：

“执刑完毕，请皇上验刑！”

皇上一阵紧急地咳嗽，半天方止，然后对着台上台下的人说：

“你们都看到了吧？他就是你们的榜样！”

皇上说话的声音不高，但是台上台下都听得清清楚楚。

按说皇上的话是对着太监宫女们说的，但是那些六部的堂官和王公大臣，一个个被打折了腿似的，七长八短地跪在了地上，纷纷地磕头不止。有喊吾皇万岁万岁万万岁的，有喊罪臣罪该万死的，有喊谢主龙恩的，鸡鸣鸭叫，好一阵混乱，让你爹我和余姥姥看透了这些大官们的本质。

皇上站了起来。那个老太监大喊：

“起驾回宫——”

皇上走了。

娘娘们跟着皇上走了。

太监们也走了。

剩下了一群鼻涕一样的大臣和老虎一样的小虫子。

你爹我双腿发麻，眼前一片片的金星星飞舞，如果不是余姥姥搀了我一把，你爹我在皇上的大驾还没起来时，就会瘫倒在小虫子的尸体旁边。

二

你们，还敢对着我瞪眼吗？

我说了这半天，你们应该明白了，你爹我为什么敢对着那些差役犯狂。一个小小的县令，芝麻粒大的个官儿，派来两个小狗腿子，就想把俺传唤了去，他也忒自高自大了。你爹我二十岁未满时，就当着咸丰爷和当今的慈禧皇太后的面干过惊天动地的大活儿，事后，宫里传出话来，说，皇上开金口，吐玉言：

“还是刑部的刽子手活儿做得地道！有条有理，有板有眼，有松有紧，让朕看了一台好戏。”

王尚书加封了太子少保，升官晋爵，心中欢喜，特赏给我跟余姥姥两匹红绸子。你去问问那个姓钱的，他见过咸丰爷的龙颜吗？没见过；他连当今光绪爷的龙颜也没见过。他见过当今皇太后的凤面吗？没见过；他连当今皇太后的背影也没见过。所以你爹我敢在他的面前拿拿大。

待一会儿，我估计着高密知县钱丁钱大老爷要亲自来家请我。不是他自个儿想来请我，是省里来的袁大人让他来请。袁大人与你爹我还有过数面之交，俺替他干过一次活儿，干得漂亮、出色，袁大人一时高兴，还赏给了俺一盒天津十八街的大麻花。别看你爹我回乡半年，大门不出，二门不迈，是你们眼里的一段朽木头。其实，你爹我是揣着明白装糊涂。你爹的心里，高悬着一面镜子，把这个世界，映照得清清楚楚。贤媳妇，你那些偷鸡摸狗的事儿，也瞒不过我的眼睛。儿子无能，怨不得红杏出墙；女人嘛，年轻嘛；年轻腰馋，不算毛病。你娘家爹造反，惊了天动了地，被拿进了大牢，我都知道。他是德国人点名要的重犯，别说高密县，就是山东省，也不敢做主放了他。所以，你爹是死定了。袁世凯袁大人，那可是个狠主儿，杀个把人在他的眼里跟捻死个臭虫差不多。他眼下正在外国人眼里走红，连当今皇太后，也得靠他收拾局面。我估摸着，他一定要借你爹这条命，演一场好戏，既给德国人看，也给高密县和山东省的百姓们看。让他们老老实实当顺民，不要杀人放火当强盗。德国人修铁路，朝廷都答应了，与你爹何干？他这是“木匠戴枷，自作自受”。别说你救不了他，就是你那个钱大老爷也救不了他。儿子，咱爷们儿出头露面的机会来到了。你爹我原本想金盆洗手，隐姓埋名，糊糊涂涂老死乡下，但老天爷不答应。今天早晨，这两只手，突然地发热发痒，你爹我知道，咱家的事儿还没完。这是天意，没有法子逃避。儿媳，你哭也没用，恨也没用，俺受过当今皇太后的大恩典，不干对不起朝廷。俺不杀你爹，也有别人杀他。与其让一些二把刀三脚猫杀他，还不如让俺杀他。俗言道，“是亲三分向”，俺会使出平生的本事，让他死得轰轰烈烈，让他死后青史留名。儿子，你爹我也要帮你正正门头，让左邻右舍开开眼界。他们不是瞧不起咱家吗？那么好，咱就让他们知道，这刽子手的活儿，也是一门手艺。这手艺，好男子不干，赖汉子干不了。这行当，代表着朝廷的精气神儿。这行当兴隆，朝廷也就昌盛；这行当萧条，朝廷的气数也就尽了。

儿子，趁着钱大老爷的轿子还没到，你爹我把咱家的事儿给你唠唠，今日不说，往后就怕没有闲工夫说了。

三

你爹我十岁那年，你爷爷得了霍乱。早晨病，中午死。那年，高密县家家有死人，户户有哭声。邻居们谁也顾不上谁了，自家的死人自家埋。我与你奶奶，说句难听的话，拖死狗一样，把你爷爷拖到了乱葬岗子，草草地掩埋了。我和你奶奶刚一转身，一群野狗就扑了上去，几爪子就把你爷爷的尸首扒了出来。我捡起一块砖头，冲上去跟那些野狗拼命。那些野狗瞪着血红的眼睛，龇着雪白的牙，对着我呜呜地嗥叫。它们吃死人吃得毛梢子流油，满身的横肉，一个个，小老虎，凶巴巴，人吓煞。你奶奶拉住我，说：

“孩子啊，也不光是你爹一个，就让它们吃去吧！”

我知道一人难抵众疯狗，只好退到一边，看着它们把你的爷爷一口撕开衣裳，两口啃掉皮肉，三口吃掉五脏，四口就把骨头嚼了。

又过了五年，高密县流行伤寒，你奶奶早晨病，中午死。这一次，我把你奶奶的尸首拖到一个麦秸垛里，点上火烧化了。从此，你爹我孤苦伶仃，无依无靠，白天一根棍子一个瓢，挨家挨户讨着吃。夜里钻草垛，蹲锅框，哪里方便哪里睡。那时候，你爹我这样的小叫花子成群结队，讨口吃的也不容易。有时候一天跑了几百个门儿，连一片地瓜干儿都讨不到。眼见着就要饿死了，你爹我想起了你奶奶生前曾经说过，她有个堂兄弟，在京城大衙门里当差，日子过得不赖，经常托人往家里捎银子。于是，你爹我决定进京去投亲。

一路乞讨，有时候也帮着人家干点杂活儿，就这样走走留留，磨磨蹭蹭，饥一顿，饱一顿，终于到了。你爹我跟随着一群酒贩子，从崇文门进了北京城。恍惚记得你奶奶说她的那个堂弟是在刑部大堂当差，便打听着到了六部口，然后又找到刑部。大门口站着两个虎背熊腰的兵勇。你爹我一靠前，就被一个兵勇用刀背子拍出去一丈远。你爹我千里迢迢赶来，当然不会就这样死了心，便整天价在刑部的大门口转悠。刑部大街两侧，有几家大饭庄，什么“聚仙楼”啦，“贤人居”啦，都是堂皇的门面，闹嚷嚷的食客，热闹时大道两边车马相连，满大街上飘漾着鸡鸭鱼肉的奇香。还有一些没有名号的小吃铺，卖包子的，打火烧的，烙大饼的，煮豆腐脑的……想不到北京城里有这么多好吃的东西，怪不得外地人都往北京跑。你爹我从小就能吃苦，有眼力见儿，常常帮店里的伙计干一些活儿，换一碗剩饭吃。北京到底是大地方，讨饭也比高密容易。那些有钱的主儿，常常点一桌子鸡鸭鱼肉，动儿筷子就不要了。你爹我捡剩饭吃也天天闹个肚子圆，吃饱了就找个避风的墙角睡一觉。在暖洋洋的阳光里，我听到自己的骨头架子喀吧喀吧响着往大里长。刚到京城那二年，你爹我蹿出一头高，真好比干渴的小苗子得了春雨。

就在你爹我满足于乞食生活、无忧无虑地混日子时，突然地起了一个大变化：一群叫花子把我打了个半死。当头的那位，瞎了一只眼，瞪着一只格外明亮的大眼，脸上还有一条长长的刀疤，样子实在是吓人。他说：

"小杂种，你是哪里钻出来的野猫，竟敢到大爷的地盘上来捞食儿？爷爷要是看到你再敢到这条街上打转转，就打断你的狗腿，抠出你的狗眼！"

半夜时，你爹我好不容易从臭水沟子里爬上来，缩在个墙角上，浑身疼痛，肚子里又没食儿，哆嗦成了一个蛋儿。我感到自己就要死去了。这时，恍恍惚惚地看到你奶奶站在了我的面前，对我说：

"儿子，不要愁，你的好运气就要到了。"

我急忙睁眼，眼前啥也没有，只有冷飕飕的秋风吹得树梢子呜呜地响，只有几个快要冻死的蛐蛐在沟边的烂草里唧唧地叫，还有满天的星斗对着我眨眼。但是我一闭眼，就看到你奶奶站在面前，对我说好运气就要来到了。我一睁开眼睛她就不见了。第二天一大早，日头通红，照耀着枯草上的白霜，闪闪烁烁，很是好看。一群乌鸦，呱呱地叫着，直往城南飞。不知道他们匆忙飞往城南去干什么，后来我自然明白了乌鸦们一大早就飞往城南是去干什么。我饿得不行了，想到路边的小店里讨点东西填填肚子，又怕碰到那个独眼龙。忽然看到路边的煤灰里有一个白菜根儿，就上前捡起来，回到墙角蹲下，喀喀嚓嚓地啃起来。正啃得起劲，就看到十几匹大马、马上驮着头戴红缨子凉帽、身穿滚红边灰布号衣的兵勇，从刑部的大院子里拥出，在那条刚刚垫了新鲜黄土的大道上嗒嗒地奔跑。马上的兵勇挎着腰刀，手里提着马鞭子，见人打人，见狗打狗，把一条大街打得干干净净。

过了一会儿，一辆木头囚车，从刑部大院里出来了。拉车的是一头瘦骡子，脊梁骨，刀刃子，四条腿，木棍子。囚车里站立着一个披头散发的囚徒，一张脸模模糊糊，眉目分不清楚。囚车在路上摇晃着，缺油的车轴发出吱吱呀呀的声音。车前，由刚才那几个来回奔跑的马兵引导，马兵的后边是十几个吹着大喇叭的吹手。大喇叭发出的声音无法子形容，哞——哞——哞——一群牛哭。囚车的后边，是一小撮骑马的官员，都穿着鲜明的朝服，当中那个大胖子，留着两撇八字胡，有点不真，敢情是用糨子粘上去的。官员的后边，又是十几个马兵。在囚车的两旁，护着两个穿黑衣、扎板腰带、戴红帽子、手里提着宽阔大刀的人。他们俩都生着紫红色的脸膛——那时我不知道他们是用公鸡血涂了脸。他们俩走起路来轻悄悄的，没有一点儿声音。你爹我不错眼珠地盯着他们，一颗心完全地被他们的风度迷住了。我当时就想，什么时候我才能学他们那样儿，用那种大黑猫的方式轻悄悄地走路呢？突然间，我听到你奶奶在我的身后说：

“孩子啊，那就是你舅舅！”

我急忙转回头，身后就是那堵灰墙，根本没有你奶奶的踪影。但我知道你奶奶显灵了。于是你爹我大喊了一声：舅舅！同时就感到有人在背后猛推了一把，你爹我身不由己地对着囚车扑了上去。

这一扑，可真是不知道天高地厚。囚车前后的官员和马兵都愣住了。有一匹马猛地将前蹄举起来，吱吱地叫着，把背上的马兵掀了下来。我冲到了那两个手持大刀的黑衣人面前，哭着说：舅舅，俺可算找到您啦……多少年来的委屈一瞬间迸发出来，眼泪咕嘟咕嘟地往外冒。那两个风度非凡、手持大刀的人也愣住了。我看到他们张口结舌，互相打量着，用眼神问询对方：

“你是这个小叫花子的舅舅吗？”

没等他们俩反应过来，那些车前车后的护刑马兵回过神来，齐声发着威，高举着兵刃，呼啦啦地包围上来。一片寒光罩住了我的头。我感到一只粗大的手夹住了我的脖子，把我提了起来。脖子上的骨头似乎被他捏碎了。我在空中挣扎着，哭叫着：舅舅啊，舅舅……然后我就被人家摔在了地上，呱唧一声响，摔死一只青蛙就是这动静。我的嘴巴正好啃在了一堆马粪上，那马粪还是热呼呼的。

囚车后边，一匹魁梧的枣红马上，端坐着一个黑脸大胖子。他头上戴着镶有蓝色水晶顶子的花翎帽，身穿胸前绣着一只白豹子的长袍。我知道这是个大官。一个兵勇单膝跪地，响亮地报告：

“大人，是一个小叫花子。”

两个兵勇把我拖到大官面前，一个兵勇揪着我的头发，使我的脸仰起来，好让马上的大官看到。黑胖子大人看了我一眼，长吁了一口气，骂道：

“不知死的个屌孩子！叉到一边去！”

“喳！”兵勇高声应诺着，捏着我的胳膊，将我拖到路边，往前一送，嘴里说：“去你妈的！”

在他们的骂声中，我的身体飞了起来，一头扎在臭水沟厚厚的烂泥里。

你爹我好不容易从沟里爬出来，眼前黑糊糊的一片，什么也看不见，摸索到一把乱草，把脸上的臭泥擦去，睁开眼睛，才看到行刑的队伍，已经沿着黄土大道，一路烟尘地往南去了。你爹我望着行刑队，心里空荡荡地没着没落。这时，你奶奶的声音又在我的耳边响起：

“儿子，去看看吧，他就是你的舅舅。”

我转着圈子找你奶奶，可看到的是铺了黄土的大路、冒着热气的马粪，还有几只歪着头、瞪着漆黑的小眼睛、从马粪里寻找食物的小麻雀，哪里有你奶奶的影子？娘啊……我感到十分的难过，不由得放声大哭。我的哭腔很长，比路边那条臭水沟还要长。我的心中，充满了对你奶奶的思念和不满。娘，您让我冲上去认舅舅，可谁是我的舅舅？人家把您的儿子提起来，如提着一条死猫烂狗，一松手，扔进了路边的臭水沟，差一点儿没要了儿子的小命。这些您难道看不到吗？娘，您要是真有灵验，就指点一条光明大道，让儿子跳出苦海；您要是没有灵验，干脆就不要开言，儿子该死该活小鸡巴朝天，什么都不要您来管。但你们的奶奶不听我的，她那苍老的声音，在我的脑后，一遍又一遍地回响：

“儿子，去看看吧，他就是你舅舅……他就是你舅舅……”

你爹我发疯般地向前跑，去追赶行刑队。只有在我拼命奔跑时，你奶奶才会暂时地闭上她的嘴巴。只要我的脚步一慢，她那令人心烦意乱的唠叨声就会在我的耳朵边上响起。你爹我不得不猛跑，为了逃避一个幽灵的唠叨，哪怕再被那些戴红缨子凉帽的兵勇扔到臭水沟里去。我尾随着行刑队，出了宣武门，走上通往菜市口刑场去的那条狭窄低洼、崎岖不平的道路。那是我第一次踏上这条天下闻名的道路，现在这条路上层层叠叠着我的脚印。城外的景象比城内立见萧条，道路两边低矮的房舍之间，夹着一片片碧绿的菜地。菜地里有白菜，有萝卜，还有一架架叶子萎黄、蔓子乱糟糟的豆角。菜地里有一些弯腰干活的人，他们对这支闹哄哄的行刑队大概很不在意，有的一边干活一边往路上冷冷地瞅一眼，有的只顾低头干活，连头都不抬。

到了临近刑场的地方，弯曲的道路突然消失在广阔的刑场里。刑场上垒起的高台的周围，站着一群无聊的闲人，闲人中夹杂着一些叫花子，那个打过我的独眼龙也在其中，可见这里也是他的地盘。士兵们催动马匹，排开了队形。那两个风度迷人的刽子手，打开了囚车，把犯人拖了下来。犯人的腿可能是断了，拖拖拉拉着，让我想起揉烂了的葱叶子。刽子手把他架到刑台上，一松手，他就瘫了，简直就是一堆剔了骨头的肉。刑台周围的闲人们嗷嗷地叫起来，他们对这个死囚的窝囊表现不满意。孬种！软骨头！站起来！唱几句啊！在他们的鼓舞下，囚犯慢吞吞地移动起来，一块肉一块肉地动，一根骨头一根骨头地动，十分地艰难。闲人们起声鼓噪，为他鼓劲加油。他双手按地，终于将上身竖起，挺直，双膝却弯曲着跪在了地上。闲人们喊叫着：

"汉子，汉子，说几句硬话吧！说几句吧！说'砍掉脑袋碗大个疤'，说'二十年后又是一条好汉'！"

那个囚犯却瘪瘪嘴，哇哇地哭了几声，然后高喊：

"老天爷，我冤枉啊！"

围观的人突然都闭住了嘴巴，傻呆呆地望着台上的人。两个刽子手风度依旧。这时，你奶奶的阴魂又在我的脑后唠叨起来：

"喊吧，儿子，好儿子，快喊，他就是你舅舅！"

她老人家的声音越来越急促，声调也越来越高，口气也越来越严厉，一股股阴森森的凉风直扑到我的脖子上，如果我不喊叫，她就要伸出手掐死我。万般无奈，你爹我冒着让凶狠的马兵用大刀劈死的危险，拖着三丈哭腔，高叫一声：

舅舅——

顷刻间，所有的目光都聚到了你爹我身上。监斩官的目光、马兵的目光、闲人叫花子的目光——这些目光都被我遗忘，只有那死囚的目光让我终生难忘。他猛地昂起了血肉模糊的头，睁开了被血痂糊住的双眼，对着我，仿佛射出了两支红色的箭，一下子就把我击倒了。这时，那个黑胖的监刑官大喊一声：

"时辰到——"

随着他的喊叫，大喇叭一齐悲鸣起来，那些个马兵也都嘬着嘴唇，吹出了呜呜的声音。一个刽子手伸手揪住了死囚的小辫子，往前牵引着，使死囚的脖子直如棍子。另一个刽子手，用胳膊拐着刀，身体往右偏转，然后，潇洒地往左转回，噌，一道白光闪过，伴随着半截冤枉的哀鸣，前边那个刽子手已经把死囚的脑袋高高地举了起来。执刀的刽子手与他的同伴站成一排，面对着监刑官，齐声高呼：

“请大人验刑！”

一直骑在马上的黑胖大人，对着那颗悬空的人头一挥手，像与朋友告别似的，然后就扯缰转过马头，嗒嗒嗒嗒地驰离了刑场。这时，观刑的人们齐声欢呼，叫花子奋勇向前，挤在刑台周围，等待着上台去剥死囚的衣服。囚犯的腔子里，血如贯球，突突地冒出来。半截血脖子往上拱了拱，尸身猛地往前倒了，如同歪倒了一个大酒坛子。

你爹我终于明白了，监斩官不是我的舅舅，刽子手也不是我的舅舅，马兵中也没有我的舅舅，被砍去了脑袋的，才是我的舅舅。

当天晚上，你爹我找了棵歪脖子柳树，解下了裤腰带，挽了个扣儿，搭在树杈上，把脑袋钻了进去。爹死了，娘死了，惟一可投靠的舅舅，被人砍了脑袋。你爹我在这个世界上已经是举目无亲，走投无路，索性死了利索。你爹我就要摸到了阎王爷爷鼻子的时候，有一只大手托住了我的屁股。

他就是那个砍掉了我舅舅脑袋的人。

他把我带到砂锅居饭庄，点了一个鱼头豆腐，让我吃。我吃他不吃，坐在我的面前静静地观看。伙计给他端来一碗茶他也不喝。我吃饱了，打着饱嗝看着他。他说：

“我是你舅舅的好友，你要是愿意，就跟着我学徒吧！”

他白天的英姿在我的面前复现：身体先是挺立不动，然后迅速地往右偏转，右臂宛如挽着半轮明月，噌，舅舅的脑袋伴随着舅舅喊冤的声音就被高高地举起来了……你奶奶的声音又在我的耳边响起来，这一次她的声音特别地温柔，让我能够感觉到她的心中充满了感激之情，她说：

“好孩子，赶快跪下给你的师傅磕头。”

我跪在地上，给师傅磕头，我的眼睛里饱含着泪水，其实，舅舅的死活我并不关心，我关心的还是我自己。我的热泪盈眶，是因为我想不到白天的梦想很快地就变成了现实。我也想做一个可以不动声色地砍下人头的人，他们冷酷的风度如晶亮的冰块，在我的梦想中闪闪发光。

儿子，你爹的师傅，就是前面我给你说过了一百多遍的余姥姥。事后他才告诉我，他与我那个当狱卒的堂舅是拜把子兄弟，堂舅犯了事，死在他的手里，实在是天大的造化，噌，一下子，比风还要快。余姥姥说，他把舅舅的头砍下来时，听到头说：

“大哥，那是咱家外甥，多多照应吧！”

第三章
小甲傻话

俺姓赵，名小甲，清早起来笑哈哈。(这傻瓜！)夜里做了一个梦，梦到了白虎到俺家。白虎身穿小红袄，腚上翘着一根大尾巴。(哈哈哈)大尾巴大尾巴大尾巴。白虎与俺对面坐，张嘴龇出大白牙。大白牙大白牙大白牙。(哈哈哈)白虎你要吃俺吗？白虎说：肥猪肥羊吃不完，吃你个傻瓜干什么。既然你不把俺来吃，到俺家来干什么。白虎说：赵小甲，你听着，听说你想虎须想得要发疯，今天俺，送上门来让你拔。(哈哈哈，真是一个大傻瓜！)

——猫腔《檀香刑·娃娃腔》

一

咪呜咪呜，未曾开言道，先学小猫叫。

俺娘说，老虎满嘴胡须，其中一根最长的，是宝。谁要是得了这根宝须，带在身上，就能看到人的本相。娘说，世上的人，都是畜生投胎转世。谁如果得了宝须，在他的眼里，就没有人啦。大街上，小巷里，酒馆里，澡堂里，都是些牛呀，马呀，狗啦，猫啦什么的。咪呜咪呜。娘说，有那么一个人，闯关东时，打死一只老虎，得了一根宝须，怕丢了，用布裹了里三层外三层，又用密密的针脚缝在棉袄的里子上。这个人一回家，他的娘就问："儿啊，你闯了这么多年关东，发了大财了吧？"这个人得意地说："大财没发，只是得了一件宝物。"说着就从棉袄里撕下那个布包，解开一层一层的布，显出那根虎须，递给娘看。可一抬头的光景，娘没有了，只有一条老眼昏花的狗站在他面前。那人吓得不轻，转身就往外跑，在院子里与一匹扛着锄头的老马撞了一个满怀。他看到那匹老马嘴里叼着一根旱烟管，吧嗒吧嗒地抽着，一股股的白烟，从那两个粗大的鼻孔里，乌突乌突地往外冒。这人可吓毁了，刚想跳墙逃跑，就听到那匹老马提着自己的乳名喊："这不是小宝吗？杂种，连你爹都不认识了！"那人知道是手里的虎须作怪，慌忙包裹起来，掖到不见天的地方，这才看到爹不是老马啦娘也不是老狗啦。

俺做梦都想得到这样一根虎须。咪呜咪呜。逢人俺就说虎须的故事，逢人俺就打听到哪里去才能弄到一根虎须。有人告诉俺说东北的大森林里可以弄到虎须，俺想去，但是俺又舍不得俺媳妇。要是有那样一根虎须，该有多么好啊！俺刚在街上支起肉架子，就看到一个大公猪，头戴着黑缎子瓜皮小帽，身穿着长袍马褂，手里托着一个画眉笼子，摇摇晃晃地来了。到了这里就喊："小甲，来两斤猪肉，秤高高的，要五花肉！"虽然俺看到的是一头大猪，但听他说话的声音知道他是李石斋李大老爷，是秀才的爹，街面上的人，识得好多文字，谁见了谁敬。谁要是敢不敬他，他就会撇腔拿调地说："竖子不可教也！"可谁会知道他的本相是一头大公猪呢？连他自己也不知道他是一头猪，只有俺知道他是一头猪。但如果俺说他是一头猪，他非用龙头拐棍把俺的头打破不可。猪还没走呢，一只大白鹅，用翅膀拐着个竹篮子，摇摇摆摆地走过来了。到了俺的肉案子前，她斜着眼，跟俺有深仇大恨似的说："小甲，你这个黑了心肝的，昨天卖给俺的狗肉冻里，吃出了一个圆溜溜的指甲盖儿！你该不是把人肉当成狗肉卖吧？"她回过头对那头黑猪说："听说了没有？前天夜里，郑家把童养媳妇活活地打死了。打得浑身没有一块好皮肉，真叫一个惨！"这只大白鹅刚刚说过屁话，转过头来对俺说："给俺切上两斤干狗肉，换换口味。"俺心里想，你个臭娘们儿，你以为你是什么？你是一只大屁股白鹅，该把你杀了做一盆鹅冻，省了你来胡说八道。

——要是有一根那样的虎须该有多么好哇，可是俺没有。

下大雨那天下午，何大叔坐在酒馆里喝酒——他尖嘴猴腮，眼珠子骨碌碌地转，本相一定是只大马猴——俺又对他说起虎须的事。俺说何大叔您见多识广，一定听说过虎须的事儿吧？您一定知道从哪里可以弄到一根虎须吧？他笑着说："小甲啊小甲，你这个大膘子，你在这里卖肉，你老婆呢？"俺老婆去给她干爹钱大老爷送狗肉去了。何大叔说："我看是送人肉去了。你老婆一身白肉，香着哪！"何大叔您别开玩笑，俺家只卖猪肉和狗肉，怎么会卖人肉呢？再说钱大老爷又不是老虎，怎么会吃俺老婆的肉呢？如果他吃俺老婆的肉，俺老婆早就被他吃完了，可俺老婆活得好好的呢。何大叔怪笑着说："钱大老爷不是白虎，他是青龙，但你老婆是一只白虎。"何大叔您更加胡说了，您又没有那样一根虎须，怎么能看到钱大老爷和俺老婆的本相？何大叔说："大膘子啊，给我盛碗酒，我就告诉你到哪里去能弄到虎须。"俺慌忙给他盛了冒尖的一碗酒，催他快说。

他说："你知道的，那是宝物，可以卖许多银子的。"俺要那虎须可不是为了卖的。俺是为了好玩，您想想看，拿着虎须，走在大街上，看到一些畜生穿衣戴帽说着人话，该有多么好玩。何大叔说："你真想得一根虎须？"想，太想了，连做梦都想。何大叔说："那么好吧，你给我切一盘熟狗肉来，我就告诉你。"何大叔，只要您告诉俺到哪里去能弄到虎须，俺把这条狗都给你吃了，一个铜板也不收。俺撕了一条狗腿给他，眼巴巴地盯着他。何大叔不紧不忙地啜着老酒，啃着狗肉，慢吞吞地说："膘子，真想要虎须？"何大叔，酒也给您了，肉也给您了，您不告诉俺就是骗俺，俺回去就对俺老婆说，俺好欺负俺老婆可是不好欺负，俺老婆一歪小嘴就把你弄到衙门里去，小板子打腚啪啪地。何大叔听到俺把俺媳妇搬了出来，忙说："小甲，好小甲，我这就告诉你，但你要赌咒发誓，不对任何人说是我告诉你的，尤其是不能对你的媳妇说是我告诉你的，否则，即便你得了虎须，也不会灵验。"好好好，俺谁也不告诉，连老婆也不告诉。如果俺对人说了，就让俺老婆肚子痛。何大叔说："妈妈的个小甲，这算赌得什么咒？你老婆肚子痛与你有什么关系？"怎么会没关系呢？俺老婆肚子一痛，俺的心就痛，俺老婆肚子痛俺难过得呜呜地哭呢！何大叔说："好吧，我就对你说了吧！"他往街上瞧瞧，怕人听到似的。大雨下得哗哗的，屋檐上的水成了一道白帘子。俺催他快说，他说："小心点儿好，要是让人听去，你就得不到宝了。"他隔着桌子探过身来，将热烘烘的嘴巴凑到我的耳朵边上，悄悄地说："你媳妇天天到钱大老爷那里去，钱大老爷床上就铺着一张老虎皮，有了老虎皮，还愁弄不到一根虎须？记住，让你媳妇帮你弄一根弯弯曲曲的、颜色金黄的，那才是真正的宝须，别样的根本不灵呢！"

俺老婆送狗肉回来时，天黑得已经成墨汁了。你怎么才回来呢？她笑着说："你这个大傻瓜，也不动脑子想想，俺要侍候着大老爷一口口吃完呢。再说，下雨阴天，天黑得早呢。你怎么还不点灯呢？"俺也不绣花，俺也不念书，点灯熬油干什么？她说："好小甲，真会过日子。穷富不在一盏灯油上。何况咱们并不穷。干爹说了，从今年起，免了咱家的税银子了。你就放心地点上灯吧。"俺打火点燃了豆油灯，她用头上的钗子，把灯芯儿挑高，满屋子通明，过年一样。灯影里看去，她的脸红扑扑的，她的眼水汪汪的，刚喝了半斤老酒顶多这模样。你喝酒了吗？她说："真是馋猫鼻子尖，干爹怕我回来时害冷，把个壶底子让给我喝了。这雨，下得可真正大，谁把天河漏了底子——你别回头，俺要换下湿衣服。"还换什么换呢？钻被窝不就得了嘛！"好主意，"她嘻嘻笑着说，"谁敢说俺家小甲傻？俺家小甲精着呢。"她脱下衣裳，一件件扔到木盆里。白花花的身子，出水的大鳗鱼，打了一个挺上了炕，又打了一个挺钻进了被窝。俺也脱成个光腚猴子钻进了被窝。她把被子卷成筒儿，说："傻子，你别招惹我，忙了一天，我的骨头架子都要散了。"俺不惹你，但是你要答应俺，给俺弄根虎须。她嘻嘻地笑着说："傻子，我到哪里去给你弄虎须？"今天有人对俺说你能弄到虎须。"谁说的？"你别管谁说的，反正俺要你给俺弄一根虎须。俺要一根弯弯曲曲、梢儿金黄的虎须。她的脸腾地红了，骂道："这是哪个狗杂种说的？看我不剥了他的狗皮蒙个鼓！说，是哪个杂种调唆你？"你杀了俺俺也不能说，俺已经拿着你的肚子起过誓了，俺说如果俺说了就让你肚子痛。她摇摇头，说："傻子啊，你娘是哄你玩呢，你也不想想，世上哪里会有这种事儿？"谁都可以哄俺，俺娘怎么会哄俺？俺想要根虎须，都想了半辈子啦，求求你，帮俺去弄一根吧！她气哼哼地说："我到哪里去给你弄？还要那什么弯弯曲曲……傻子，你真是个大傻瓜！"人家说了，钱大老爷炕上就有一张老虎皮，有老虎皮自然就会有虎须。她叹了一口气，说："小甲，小甲，让我说你点儿什么好呢？"求你啦，去帮俺弄根吧，你要不给俺去弄，俺就不让你去送狗肉了。人家说你是去送人肉呢。她咬牙切齿地说："这又是谁说的？"你别管是谁说的，反正有人说了。她说："好吧，小甲，我给你去弄一根，你可以不黏我了吧？"俺咧开嘴，笑了。

第二天晚上，俺老婆真的帮俺把虎须弄来了。她把那根金黄的毛儿递到俺的手里，说："拿好了，别让它飞了！"然后她就笑起来，笑得连腰都直不起来了。俺紧紧地攥着那根虎须，心里扑通扑通地乱跳。盼了半辈子的宝贝就这么容易地到了手？俺仔细地端详着手里的宝物，果然是弯弯曲曲，毛梢儿金黄，跟何大叔说得一样。俺捏着它，感到手脖子麻麻酸酸的，宝沉得很哪！俺抬起头，对俺老婆说，让俺先看看你是个什么变的。她抿着嘴唇儿，笑着说："看吧，看吧，看看俺是个凤凰还是个孔雀？"何大叔说你是个白虎呢！她的脸色顿时变了，怒骂道："果然是这个老杂毛嚼蛆！赶明日非让干爹把他拘到衙门里，噼里啪啦二百大板，让他尝尝竹笋炒肉的滋味。”

俺紧紧地捏着虎须，借着明亮的灯火，不眨眼地盯着俺的老婆看。俺的心里乱打鼓，手脖子一个劲儿地哆嗦。天老爷啊天老爷，俺就要看到俺老婆的本相了。她会是个什么畜生变的呢？是猪？是狗？是兔子？是羊？是狐狸？是刺猬？她是什么变的都可以，千万别是一条蛇。俺从小就怕蛇，长大后更怕蛇，踩到一条稻草绳子，俺都能离地蹦三尺。俺娘说过了，蛇最会变女人，好看的女人多数都是蛇变的。谁要是搂着蛇变的女人睡觉，迟早会被吸干脑髓。老天爷保佑吧，俺老婆无论是啥变的，哪怕是一只癞蛤蟆，哪怕是一只大壁虎，俺都不害怕，只要不是一条蛇就行。如果她是一条蛇变成，俺就拾掇拾掇杀猪家什，夹着尾巴跑他娘的。俺一边毛驴打滚般地胡思乱想着，一边打量着俺老婆。俺老婆故意地把灯草剔得很大，灯火苗儿红成一朵石榴花儿，照得满屋子通亮。她的头发黑得发蓝，刚用豆油擦过似的。她的额头光亮，赛过白瓷花瓶的凸肚儿。她的眉毛弯儿弯儿的，正是两抹柳叶儿。她的鼻子白生生的，一节嫩藕雕成的。她的双眼水灵灵，黑葡萄泡在蛋清里。她的嘴巴有点大，嘴唇不抹自来红。两只嘴角往上翘，好比一只鲜菱角。任俺看得眼睛酸，也看不出俺老婆是个啥脱生。

俺老婆撇撇嘴角，连讽带刺地说：“看出来了没？说说看，俺是个啥变的？”

俺惶惑地摇摇头，说，看不出来，你还是你。这宝贝，到了俺的手里，怎么就不灵了呢？

她伸出一根指头，戳着俺的头说：“你呀，鬼迷了心窍。你这一辈子，就毁在了一根毛上。你娘不过是随口给你讲了一个故事，你就拿着棒槌当了针啦。现在死心了吧？”

俺摇摇头，说，你说得不对，俺娘怎么会骗俺呢？这世上谁都会骗俺，惟有俺娘不会骗俺。

她说："那你拿着虎须，为什么看不出我是个啥变的？我不用虎须也能看出你是一个啥变的——你是一头猪变的，一头大笨猪。"

俺知道她在转着圈子骂俺，不拿虎须，她是不可能看到俺的本相的。可俺拿着虎须为什么也看不到她的本相呢？这宝贝为什么就不灵验了呢？哦，坏了，何大叔说了，俺如果把他的名字说出来，宝贝就不灵验了。俺刚才可不是说漏了嘴，把他的名字说了出来！俺懊恼死了。真笨，俺就这样把好不容易弄到手的宝贝给糟蹋了。

俺捏着虎须发了呆，热辣辣的泪水从眼睛里流出来。

看到俺哭，俺老婆叹息一声，说："傻子，你什么时候才能不傻呢？"她折起身子，从俺手里抢去那根虎须，噗，一口气吹得无影无踪。俺的宝贝也——！俺哭叫起来。她搂着俺的脖子，哄着俺，说："好啦，好啦，别傻了，让我抱着你好好地睡一觉吧。"俺挣扎着从她的怀里脱出来。俺的虎须，俺的虎须啊！俺伸开两只手，满炕上摸索着，寻找俺的虎须。俺的心里，一时恨透了她。你赔俺的宝贝！你赔！俺端起灯盏，一边哭，一边骂，一边寻找。她呆呆地看着俺，一会儿摇头，一会儿叹息。终于，她说："别找了，在这里呢。"俺真是喜出望外，在哪里？在哪里？她用食指和拇指捏着一根弯弯曲曲毛梢儿金黄的虎须放在俺的手里，说："仔细拿好了，再丢了可就不怨俺了！"俺紧紧地捏住了它，尽管不灵验，但还是宝贝。可它为什么就不灵验了呢？再试试。俺又定住了眼，看着俺老婆，俺心里想，只要宝贝灵验，俺老婆是条蛇就是条蛇吧。但俺老婆还是俺老婆，啥也不是。

俺老婆说："好傻子，你听我说，你娘讲的故事，俺娘也给俺讲过，她说，那虎须，并不是什么时候都会灵验的，只有在紧急的关头它才会灵验呢。要不然，得了这宝贝不就麻烦了吗？到处都是畜生，你还怎么活下去？听话，把你的宝贝好好地藏起来，到了紧急的关头再拿出来，自然就会灵验。"

你说的都是真的？你不会骗俺吧？

她点点头说：“你是我亲亲的丈夫，我怎么舍得骗你？”

俺相信了她的话，找了一块红布，把宝贝包好，用绳子捆了不知道多少道，然后将它塞进了墙缝里藏了起来。

二

俺爹真是厉害，愣是把钱大老爷差来的衙役给憋了回去。爹你不知道钱大老爷的厉害，俺可是知道他的厉害。东关油坊里小奎对着他的轿子吐了一口唾沫，就被两个衙役用铁链子锁走了。半个月后，小奎的爹找了人作保，卖了二亩地，才把小奎赎出来。可小奎的两条腿，已经一条长一条短，走起路来一撇一撇的，脚尖在地上尽划白道道。大家都叫他洋人，说他的脚在地上划出的那些道道就是洋文。从那之后谁要是当着小奎一提钱大老爷，小奎就会口吐白沫昏倒。小奎知道了钱大老爷的厉害，现在别说让他对着钱大老爷的轿子吐唾沫，一见到了轿子他就捂着脑袋逃跑。爹，您今日这祸惹得有点儿大了。在别的事情上俺傻，但是在钱大老爷的事情上俺一点儿也不傻。尽管俺老婆是钱大老爷的干女儿，但他铁面无私，连俺那个不争气的老丈人都给抓了来，他怎么肯饶了你？

不过俺也看出来了，爹不是个善茬子。俺爹不是豆腐爹，俺爹是个金刚爹。俺爹在京城见过大世面，砍下的人头用车载用船装。俺爹和钱大老爷较起劲来，就好比是一场龙虎斗，看看你们谁能斗过谁吧。在今日这个危急的关头，俺突然地就想起了俺的那根虎须。其实俺从来也没敢把俺的宝贝忘记了。俺老婆说那就是俺的护身符儿，带上它就能逢凶化吉。俺急匆匆地跳上炕头，从墙缝里把那个红布包儿摸出来，一层层地揭开红布，看到了那根弯弯曲曲、毛梢儿金黄的虎须。把宝贝攥在手里，俺感到那根虎须在手里活动起来，一撅一撅的，好比一根蜜蜂的针，蜇着俺手心。

一条水桶那般粗细的白色大蛇，站在炕前，脑袋探过来，吐着紫色的信子，两片鲜红的嘴唇一开一合，竟然从那里发出了俺老婆的声音：“小甲，你想干什么？”天老爷爷，明明知道俺怕蛇，可你偏偏让俺老婆是条蛇。俺老婆的本相竟然是一条大白蛇，俺跟她在一个炕上滚了十几年，竟然不知道她是一条蛇。白蛇传，想起来了，想起来了，俺老婆当年唱戏时，就在戏里扮过白蛇，俺就是那个许仙啦。她怎么没把俺的脑髓吸去呢？俺老婆还不是一条完全的蛇，她只是生了一个蛇头，她有腿，有胳膊，身上还有两个奶子，头上还长着头发。但这也够让俺胆战心惊的啦。扔掉烫手的火炭一样，俺把那根虎须扔了。就这么一刹那的工夫，俺浑身就冒了大汗。

老婆冷冷地对着俺笑，由于俺刚刚看过她的本相，所以看到她的现相时突然感到陌生而害怕。那条肥滚滚的大白蛇，就藏在她的身体里，随时都会胀破那层薄薄的表皮显出原形。也许她已经知道俺看到了她的本相，所以她的脸上的笑容显得怪虚怪假。她问俺：“你看到了吗？我是个什么东西变的呀？”突然，她的两只眼睛里射出了阴冷的光，那两只原本非常好看的眼睛变得又丑又恶，那正是两只蛇的眼睛啊！

俺拙笨地笑着，想掩盖住恐慌。俺的嘴唇不得劲儿，脸皮也麻酥酥的，肯定是让她嘴里喷出的毒气给熏的。俺结结巴巴地说，没看到……俺啥也没看到……

“你骗我，”她冷冷地说，“你一定看到了什么，”她的嘴里喷出一股腥冷的气味——正是蛇的气味——直扑到俺的脸上。

“老老实实地说吧，我是个什么东西变的？”她的脸上出现了一个古怪的笑容，一些明亮的鳞片似的东西，在她的脸皮里闪烁着。俺绝对不能说实话，说实话害自家，平时俺傻，这会儿俺一点儿也不傻。俺啥也没看到，真的。“你骗不了我，小甲，你是个不会撒谎的孩子，你的脸都红了，汗都憋出来了。快点儿告诉我，我是个狐狸，还是个黄鼠狼？要不就是一条白鳝？”白鳝是白蛇的表姊妹，越来越近了，她是在设套套俺呢。俺可不上她的当，除非她自己说她自己是白蛇变的，俺不会说这样的傻话。如果俺说看到了她是一条白蛇变的，她马上就会现出原形，张开血盆大口把俺吞下去。不，她知道俺带着刀子，进了她的肚子就会把她的肚皮豁了，那样她也就活不成了。她会用她的那根比啄木鸟的嘴巴还要硬的信子，在俺的脑壳上钻出一个洞眼，然后她就把俺的脑子吸干了。吸干了俺的脑子后，紧接着她就会吸干俺的骨髓，然后再吸干俺的血，让俺变成一张皮，包着一堆糠骨头。你做梦去吧。你用铁钳子也别想把俺的嘴巴撬开。俺娘早就告诉过俺，一问三不知，神仙治不得。俺真的啥也没看到。她突然转变了严肃的表情，哈哈大笑起来。随着她的大笑，她脸上的蛇相少了，人相多了，基本上是个人形了。她拖着软绵绵的身子朝外爬去，一边往外爬还一边回头说："你把你的宝贝拿上，去看看你这个杀了四十四年人的爹是个什么畜生变的。我猜想着，他十有八九是一条毒蛇！"她又一次提到了蛇。俺知道她是在贼喊抓贼，这种小把戏，如何能瞒了俺？

俺把宝贝塞进了墙缝。现在，俺后悔得了这宝。人还是少知道点儿事好，知道得越多越烦恼。尤其是不能知道人的本相，知道了人的本相就没法子过了。俺看到了俺老婆的本相，挺好的个老婆也就不是个老婆了。如果俺不知道她是个蛇变的，俺还敢有滋有味地搂着她困觉；知道了她是蛇变的，俺还怎么敢搂着她困觉？俺可不敢再把俺爹的本相看破，俺已经没有什么亲近人了，老婆成了一条蛇，就只剩下一个爹了。

俺藏好宝贝，来到厅堂。眼前的景象吓了俺一大跳。天老爷爷，有一条瘦骨伶仃的黑豹子蹲在俺爹那把檀香木椅子上。豹子斜着眼睛看俺，那眼神是俺熟悉的。俺知道了黑豹子就是俺爹的本相。豹子张开大口，奓煞着胡子对俺说："儿子，你现在知道了吧？你爹是大清朝的首席刽子手，受到过当今皇太后的嘉奖，咱家这门手艺，不能失传啊！"

俺感到心惊肉跳，天老爷爷，这到底是怎么一回事？俺娘给俺讲过的虎须故事里说，那个闯关东得了虎须的人，把虎须藏好后，看到的就是人的本相，爹也不是老马啦，娘也不是老狗了。可俺已经把虎须深藏在墙缝里了，怎么还是把个亲爹看成了一头黑豹子？俺想，一定是看花了眼，要不就是那宝气儿还沾在手上，继续地显灵。老婆是白蛇已经够俺受的了，再来一头豹子爹，俺的活路基本上就被堵死了。俺慌忙跑到院子里，打上一桶新鲜的井水，嚯朗嚯朗地洗手，洗眼，末了还把整个头扎进水桶里。今日早晨怪事连连，已经使俺的脑袋大了，俺把它浸到凉水里，希望它能小一点儿。

洗罢头脸重回厅堂，俺看到，紫檀木太师椅子上坐着的还是那头黑豹子，而不是俺的爹。它用轻蔑的眼光看着俺，眼睛里有许多恨铁不成钢的意思。它的毛茸茸的大头上，扣着一顶红缨子瓜皮小帽，两只长满了长毛的耳朵在帽子边上直竖着，显得十分地警惕。几十根铁针一样的胡须，在它的宽阔的嘴边往外奓煞着。它伸出带刺的大舌头，灵活地舔着腮帮子和鼻子，吧嗒，吧嗒，然后它张开大口，打了一个鲜红的哈欠。它身上穿着长袍子，袍子外边套着一件香色马褂。两只生着厚厚肉垫子的大爪子，从肥大的袍袖里伸出来，显得那么古怪、好玩，使俺既想哭又想笑。那两只爪子，还十分灵活地捻着一串檀香木珠呢。

俺娘曾经对俺说过，老虎捻佛珠，假充善人，那么豹子捻佛珠呢？

俺慢慢地往后退着，说实话俺想跑。老婆是大白蛇，爹是黑豹子，这个家显然是不能住了。它们两个，无论哪个犯了野性，都够俺受的。即便他们念着往日的情分，舍不得吃俺，但这种提心吊胆的日子，如何过得下去。俺伪装出一脸的笑容，生怕引起它们的怀疑。一旦引起它们的怀疑，俺就逃不脱了。那头黑豹子，虽然老得不轻，但它那两条叉开在太师椅子上的后腿，绷得紧紧的，看上去充满了弹性，只要它往地上一蹬，起码还能蹿出一丈远。它的牙口虽然老了，可那两颗铁耙齿一样的长牙，轻轻地一小咬，就能断了俺的咽喉。就算俺使出吃奶的劲儿逃脱了老豹子的追击，那条大白蛇也不会放过俺。俺娘说过，成了精的蛇，就是半条龙。行起来一溜风响，比骏马还要快。俺娘说她亲眼看到过一条胳膊那样粗、扁担那样长的大蛇在野草中追赶一头小鹿。小鹿连蹦带蹿，箭一样快。蛇呢？前半截身子擎起来，所到之处，野草纷纷地向两边倒去，还带着哗哗的风响。末了是大蛇一口就把那头小鹿给吞了。俺老婆有水桶那般粗呢，她的道行比那条吞小鹿的蛇不知道要大多少倍呢。俺即使跑得比野兔子还要快，也比不过她腾云驾雾。

“小甲，你要到哪里去？”一个阴沉的声音在俺的身后响起。俺回头看到，黑豹子把身体从檀木椅子上欠起来。它的两条前腿按着椅子的扶手，两条后腿紧蹬着青砖地面，目光炯炯地盯着俺。天老爷爷，它老人家已经摆好了往前蹿跳的姿势，这一下子要是蹿出去，最不济也要到院子中央。小甲，小甲，千万别慌。俺叮嘱着自己，鼓舞着勇气，嘿嘿地笑着说，爹，俺去把那头猪拾掇拾掇，猪肉要趁新鲜卖，既压秤，又好看……豹子冷笑着说：“我的儿子，你就准备着改行吧，同样是个杀字，杀猪下三滥，杀人上九流。”俺继续倒退着，说：爹，您说得对，从今以后，俺不杀猪了，俺跟着您学杀人……这时，白蛇猛地把头扬起来，白花花的脖子上镶着铜钱般大的鳞片，银光闪闪，吓死活人。“咯咯咯咯咯……”一大串母鸡下蛋般的笑声，从她的大嘴里喷出来。俺听到她说：“小甲，看清了没有？你爹是什么畜生托生的？是狼？是虎？还是毒蛇？”俺看到她的带鳞的脖子飞快地往上延长着，她身上的红褂子绿裤子如彩色的蛇皮往下褪去。她嘴里黑红的信子，几乎就要触到俺的眼睛了。娘啊，俺惊慌失措，猛地往后一跳——嘭！俺的耳朵里一声巨响，眼前金星乱冒——娘啊！俺口吐白沫子昏了过去……事后，俺老婆说俺犯了羊角风，放屁，俺根本就没有羊角风怎么可能犯了羊角风？俺分明是让她吓得节节后退，后脑勺子撞到了门框，门框上正好有一个大钉子，钉子扎进了俺的头，把俺活活地痛昏了。

俺听到好远好远的地方，有一个女人在呼唤俺：“小甲……小甲……”这声音不知是俺娘的，还是俺老婆的。俺感到脑袋痛得要命，想把眼睛睁开，但眼皮子让胶粘住了，怎么也睁不开。俺闻到了一股子香气，紧接着又闻到了一股揉烂了青草的味道，紧接着又是煮熟了猪肠子的臭烘烘的气味。那个声音还在执著地叫唤着俺：“小甲啊小甲……”忽然，一股清凉，劈头盖脸地浇下来，俺脑袋猛地清醒了。

俺睁开眼，先是看到了一片飞舞的五颜六色，仿佛天上的彩虹。紧接着俺就看到了耀眼的阳光，和那张几乎贴到俺的脸上的粉团般的大脸。那是俺老婆的脸。俺听到她说：“小甲，你把俺吓死了啊！”俺感到她的手上全是汗水。她使劲儿地拉俺，终于拖泥带水地把俺从地上拉起来。俺晃晃脑袋，问：俺这是在哪里呢？她回答道：“傻瓜，你还能在哪里？在家里。”在家里，俺痛苦地皱着眉头，突然地把一切都想了起来。老天爷，俺不要那根虎须了，俺不要了。俺要把它扔到火里烧掉。她冷冷地一笑，把嘴贴近了俺的耳朵，低声说：“大傻瓜，你以为那真是一根老虎须？那是我身上的一根毛！”俺摇摇头，头痛，头痛得厉害，不对，不对，你身上怎么会有那样的毛？即便是你身上的毛，可俺拿着它还是看到了你的本相。俺不拿它时还看到了爹的本相。她好奇地问：“那你说，你看到俺是个啥？”俺看着她那张又白又嫩的大脸，看着她的胳膊和腿，望望坐在椅子上人模狗样的爹，真好比大梦初醒一样。俺也许做了一个梦，梦见了你是一条蛇，梦见了爹是一头黑豹子。她古怪地笑着说：“也许我真是一条蛇？我其实就是一条蛇！”她的脸突然地拉长了，眼睛也变绿了。“我要真是一条蛇，”她恶狠狠地说，“我就要钻到你的肚子里去！”她的脸越拉越长，眼睛越变越绿，脖子上那些闪闪烁烁的鳞片又出现了。俺急忙捂住眼睛，大叫：你不是，你不是蛇，你是人。

三

这时，俺家的大门被猛烈地推开了。

俺看到刚刚被俺爹撅走了的那两个衙役，竟变成了两个穿衣戴帽的灰狼，手扶着腰刀柄儿，站在大门两侧。俺吓昏了头，急忙闭起眼睛，想通过这种方式把自己从梦境中救出来。等俺睁开眼时，看到他们的脸基本上是衙役的脸了，但他们手上生着灰色的长毛，手指弯曲赛过铁钩。俺悲哀地知道了，俺老婆身上的毛比那根通灵的虎须还要厉害。那根虎须也只有你把它紧紧地攥在手里时它才发挥神力，但俺老婆身上的毛，只要你一沾手，它的魔力就死死地缠上了你，不管你是攥着它还是扔了它，不管是你记着它还是忘了它。

两个狼衙役推开俺家的大门站在两侧之后，一顶四人大轿已经稳稳地降落在俺家大门前的青石大街上。四个轿夫——他们的本相显然是驴，长长的耳朵虽然隐藏在高高的筒子帽里，但那夸张的轮廓依稀可见——用亮晶晶的前蹄扶着轿杆，嘴角挂着白沫，呼哧呼哧地喘着粗气。看样子是他们一路奔跑而来，套在蹄子上的靴子，蒙着一层厚厚的尘土。那个姓刁的刑名师爷，人称刁老夫子的——他的本相是一只尖嘴的大刺猬——用粉红色的前爪，抓起一角轿帘掀开。俺认出了这是钱大老爷的轿子。小奎就是对着这顶轿子吐了一口唾沫，招来了大祸。俺知道，即将从轿子里钻出来的就是高密县令钱丁钱大老爷，当然也是俺老婆的干爹。照理说俺老婆的干爹也就是俺的干爹，俺想跟着俺老婆去拜见干爹，可是她杀死也不肯答应。说良心话钱大老爷对俺家不薄，他已经免了俺家好几年的银子。但他不该为了一口唾沫打折了小奎的腿，小奎是俺的好朋友。

小奎说小甲你这个傻子，钱大老爷送给你一顶绿帽子你怎么不戴上呢？俺回家问俺老婆：老婆老婆，小奎说钱大老爷送给俺一顶绿帽子，是顶啥样的绿帽子？你咋不给俺看看呢？她骂我："傻子，小奎是个坏种，不许你再去找他玩儿，如果你再敢去找他，我就不搂着你困觉啦！"隔了不到三天小奎的腿就让衙役们打断了。为了一口唾沫就打断人家一条腿，您钱大老爷也狠了点儿，今日您送上门来了，俺倒要看看你是个什么畜生变过来的。

俺看到，一只柳斗那样大的白色虎头从轿子里探了出来。天哪，原来钱大老爷是一只白虎精转世。怪不得俺娘对俺说，皇帝爷是真龙转世，大官都是老虎转世。白老虎头上戴着蓝顶子官帽，身穿红色官袍，胸前绣着一对白色的怪鸟，说鸡不是鸡，说鸭不是鸭。他的身体比俺爹的身体魁梧，他是一只胖老虎，俺爹是一只瘦豹子。他是白面团，俺爹是黑焦炭。他下了轿，摇摇晃晃地进了俺家的大门。老虎走路，迈着方步。老刺猬抢在老虎的前面，跑进了俺家的院子，大声地通报："县台大老爷驾到！"

老虎与俺碰了个照面，对着俺一龇牙，吓得俺一闭眼。俺听到他说："你就是赵小甲吧？"俺急忙虾腰回答：是，是，小的是赵小甲。

他趁着俺虾腰的工夫把本相掩饰了大半，只余着一根尾巴梢子从袍子后边露出来，拖落在地上，沾上了不少污泥浊水。俺心中暗想：老虎，俺家院子里的泥水混着猪血狗屎，待会儿非把苍蝇招到您的尾巴上不可。俺还没想完呢，那些趴在墙上歇息的苍蝇们就一哄而起，呜呜呀呀地抢过来。它们不但落在了大老爷的尾巴上，它们还落在了大老爷的帽子上、袖子上、领子上。大老爷和善地对俺说："小甲，进去通报一下，就说本县求见。"

俺说，请大老爷自己进去吧，俺爹咬人呢。

刑名师爷收了他的刺猬本相，横眉立目地说："大胆小甲，敢不听老爷的招呼！快快进去，把你爹唤出来！"

钱大老爷抬手止住了师爷的怒吼，弯着腰钻进了俺家的厅堂。俺急忙尾随在后，想看看虎豹相见那一霎是个什么情景。俺巴望着他们一见面就成仇敌，呜呜地低鸣着，竖起脖子上的毛，眼睛里放出绿光，龇出雪白的牙。白虎盯着黑豹，黑豹也盯着白虎。白虎绕着黑豹转圈，黑豹也绕着白虎转圈；谁也不肯示弱。俺娘说过，大凡野兽对阵，总是要吹胡子瞪眼龇牙咧嘴使威风，首先在气势上压倒对方。只要有一方怯了，闭了威，耷拉耳朵夹尾巴，目光低了，胜方胡乱咬几口也就拉倒了。就怕双方都硬撑着，谁也不肯闭威，那就免不了一场恶战。不战不好看，恶战才好看。俺盼望着俺爹能与钱大老爷虎豹相争，互不相让。俺看到，他们互相绕着转圈子，越转越快，越转越猛。爹转成一股黑烟，钱大老爷转成一股白烟，从厅堂转到庭院，从庭院转到大街。转转转，转得俺头晕眼花，身体转成陀螺。他们最后转到了一起：黑里有了白，滚成了一个蛋；白里有了黑，拧成了一条绳。他们从院子东滚到了院子西，从院子南滚到了院子北。一会儿滚上房，一会儿滚下井。突然呜嗷一声叫，山呼海啸，兔子交配，终于天定地定。俺看到，一只白虎，一只黑豹，相距半丈远，各自狗坐着，伸出大舌头，舔着肩上的伤口。这一场虎豹大战，看得俺眼花缭乱，心花怒放，胆战心惊，浑身冒汗。但它们没分出胜负。在它们咬成一团时，俺很想帮俺的豹子爹爹一把，但根本就插不上手。

钱大老爷恶狠狠地看着俺爹，脸皮上挂着一丝轻蔑的笑容。俺爹脸皮上挂着轻蔑的笑容，恶狠狠地盯着钱大老爷。俺爹根本就不把这个将小奎打了个半死的知县看在眼里，俺爹真豹、真驴、真牛。这两个人的目光相交，活活就是刀剑交锋。噼噼啪啪，火星子乱溅。火星子溅到俺脸上，烫起了几个大燎泡。他们的目光胶着了一会儿，谁也不肯撤光。俺的心简直是提到了嗓子眼里，一张口就会蹦出来，落地就变成野兔子，撅着尾巴跑掉，跑出院子，跑上大街，狗追它，它快跑，跑到南坡啃青草。什么草，酥油草，吃得饱，吃得好，吃多了，长肥膘，再回来，俺的胸膛里盛不了。俺看到它们的肌肉都绷紧了，藏在肉掌里的趾爪都悄悄地张开了。它们随时都会扑到一起，咬成一个蛋。在这危急的关头，俺老婆香气扑鼻地从里屋走出来。她脸上的笑容是玫瑰花瓣，层层瓣瓣瓣瓣层层地往外扩张着。她的小腰扭啊扭，扭成了一股绳。她的本相在俺的眼前闪烁了一下就隐藏在她的又白又嫩的又香又甜的皮肉里了。俺老婆装模作样地跪在地上，用比蜜还要甜、比醋还要酸的声音说："民女孙眉娘叩见县台大老爷！"

俺老婆这一跪，刷地就泄了钱大老爷的底气。他的目光偏转，学着伤风的山羊一样地咳嗽：吭吭吭！吭吭吭！吭吭吭吭吭吭吭！分明是假装咳嗽，俺虽然傻，但也能看得出来。他侧眼看着俺老婆的脸，不敢正眼看，不敢停留地看，目光蚂蚱，跳来跳去，嘭嘭地撞到墙上。他的脸可怜巴巴地抽搐着，不知是害羞，还是害怕。他连声不迭地说："免礼免礼，平身平身。"俺老婆站了起来，说："听说大老爷把俺爹抓进了大牢，在洋人那里讨了个大赏，俺准备了黄酒狗肉，正准备给大老爷去贺喜呢！"

钱大老爷干笑了几声，闷了半天才回腔道："本官食朝廷俸禄，岂敢不尽职尽责？"

俺老婆浪笑一阵，毫不顾忌地上前揪了揪钱大老爷的黑胡子，捋了捋钱大老爷的粗辫子——俺娘怎么没给俺生出一条粗大的辫子呢——又无法无天地走到檀木椅子后边，揪了揪俺爹的小辫子。

她说："你们俩，一个是俺的干爹，一个是俺的公爹。干爹抓了俺的亲爹，又要让俺的公爹去杀俺的亲爹。干爹公爹，俺亲爹的命就掌握在你们两个手里了！"

俺老婆说完了这些疯话，就跑到墙角上哇哇地干呕起来。俺心痛老婆，羞答答地上前，去给她捶背。俺说老婆，你是不是让他们给气病了？她直起腰，眼睛里汪着泪水，怒冲冲地说："傻子，你还好意思问我？老娘给你们家怀上了传宗接代的孽种啦！"

俺老婆嘴里骂着俺，眼睛却看着钱大老爷。俺爹的眼睛仰望着屋顶，大概是在寻找那只经常出现的胖大的壁虎。钱大老爷的屁股很不自在地扭动起来，憋了一肚子稀屎的小男孩都是这个样子。俺看到汗水从他的头发里流出来。刁师爷上前，打了一个躬，说："老爷，先办公事吧，袁大人还在公堂上等着回话呢!"

钱大老爷抬起袍袖沾沾脸上的汗水，捋捋被俺老婆揪乱了的胡须，又学着山羊咳嗽了一阵，然后，青着脸，极不情愿地给俺爹作了一个长揖，道："如果下官没有认错，您就是大名鼎鼎的赵甲赵姥姥了。"

俺爹手捧着那串檀香佛珠站起来，骄傲地说："小民赵甲，因有当今皇太后亲自赏赐的檀香佛珠在手，恕小民就不给父母官下跪了。"

说完话，俺爹就把那串看上去比铁链子还要重的檀香木佛珠高高地举起来，仿佛在期待着什么。

钱大老爷退后一步，双腿并拢，理顺了马蹄袖子，一甩，屈膝跪倒，额头触地，用哭咧咧的声音说："臣高密县令钱丁敬祝皇太后万寿无疆!"

钱大老爷敬祝完毕，爬起来，说："非是下官敢来劳动姥姥玉趾，实是山东巡抚袁大人有请。"

俺爹不理钱大老爷的话茬儿，双手捻动着佛珠，眼睛望着屋笆上那只壁虎，说："县台大老爷，小民臀下这把檀香木椅子，是当今皇上赏给小民的，按照官场的规矩，应该是见物如见君的!"

钱大老爷的脸色，顿时变得比紫檀木还要深沉。看起来他有满腔怒火，但又强压着不敢发作。俺感到爹太那个了一点儿，让大老爷对着您下了一次跪，就已经颠倒了乾坤，混淆了官民。怎么好让他给您二次下跪呢？爹您见好就收吧。俺娘说过：皇帝爷官大，但远在天边；县太爷官小，但近在眼前。他随便找个茬子就够咱爷们儿喝一壶了。爹，钱大老爷可不是一盏省油的灯。俺已经对您说过了俺的好朋友小奎对着他的轿子吐了一口唾沫就让他把腿打断的事了。

钱大老爷眼珠子一转，冷冷地问：“这把椅子，皇上何时何地坐过？”

俺爹说：“己亥年腊月十八日，在大内仁寿宫，皇太后听李大总管汇报了俺的事迹后，开恩破例接见小民。太后赏给了小民一串佛珠，让小民放下屠刀，立地成佛。然后太后让俺向皇上讨赏。皇上站起来，说，朕没有什么东西赏给你，如果你不嫌沉重，就把这把椅子搬走吧。”

钱大老爷阴沉的脸上挤出了一丝冷笑，说：“下官才疏学浅，孤陋寡闻，但多少也念过几本典籍——古今中外，没有哪一个皇帝，肯把自己的座位，拱手让给别人——更别说赏给一个刽子手！赵姥姥，您这谎撒得也忒野了点儿吧？你的胆子似乎也忒大了点儿吧？您怎么不说，皇上把大清的三百年基业、十万里江山也赏给你了呢？您在刑部操刀多年，按说也应该知道了一些国家的律典，下官请教，这矫传圣旨，伪指圣物，把谣言造到皇太后和皇帝头上，按律该治何罪？是凌迟呢还是腰斩？是灭门呢还是夷族？”

俺的个爹，大清早晨没来由地瞎狂，这不，把祸惹大了不是？吓得俺丢魂落魄，急忙下跪求饶。俺说钱大老爷俺爹得罪了你，你把他剁了喂狗也是他罪有应得，可俺两口子没招您没惹您，您手下留情，不要灭了俺的门，您要是灭了俺的门，谁给您去送肉送酒？再说，俺老婆刚刚说过她已经怀了孩子，要灭门也得等她生了孩子再灭是不是？

刁师爷抢白道：“赵小甲，你好生糊涂，既然是灭门，就是要斩草除根，杀你家一个人芽儿不剩，难道还会给你留下个儿子传种接代？”

俺爹走到俺的跟前，踢了俺一脚，骂道：“滚起来，你这个没出息的东西！没事的时候还挺孝顺，怎么一到了紧要关头，就成了这个窝囊样子？”骂完俺，爹转身对着钱大老爷说：“县台大老爷，您既然怀疑俺造谣蒙世，何不进京问问皇太后与皇上？如果嫌山高路远，不妨回衙问问袁大人，他老人家应该认识这把椅子。”

俺爹的话绵里藏针，把钱大老爷给震唬住了。他闭着眼，叹息一声，睁开眼，道：“罢了，下官见识短浅，让赵姥姥见笑了！”钱大老爷双手抱拳，给俺爹作了一个揖，然后，他又一次放下马蹄袖，苦瓜着脸，甩响马蹄袖，扑通下了跪，对着那把椅子，叩了一个响头，大声吼叫着，骂街一样：“臣高密县令钱丁敬祝吾皇万岁万岁万万岁！”

俺爹那两只捻动着佛珠的小手颤抖不止，掩盖不住的得意之色从他的眼神里泄露出来。

钱大老爷站起来，微笑着说：“赵姥姥，还有没有御赐的宝贝了？下官跪一次是跪，跪两次是跪，三次四次还是跪。”

俺爹笑道：“大老爷，怨不得小民，这是朝廷的规矩。”

钱大老爷道：“既然没了，那么，就请赵姥姥跟下官走一趟吧，袁大人和克罗德总督还在县衙恭候呢！”

俺爹道：“敢请大老爷吩咐两个人把这椅子抬上，俺想让袁大人辨辨真假。”

钱大老爷犹豫了片刻，然后一挥手，说：“好吧，来人哪！”

那两个狼变的衙役抬着俺爹的龙椅，尾随着并膀前进的俺爹和钱大老爷，出了俺家的院门。俺老婆在院子里哇哇地大呕，一边呕一边大声地哭喊：“亲爹啊，您好好地活着啊，闺女已经给您怀上外甥了啊！”俺看到，钱大老爷的脸上红一阵白一阵，很不自在，俺爹的脸上却愈加显示出骄傲自大的神色。在轿子前面，钱大老爷和俺爹客客气气地推让着，如两个级别相当的官员，似两个互敬互爱的朋友。最后，他们谁也没有上轿，两个衙役便把那张龙椅往轿子里塞，塞不进去，只好反扣在轿杆上抬着。俺爹把佛珠放在了轿子里，从轿子里抽回身体。轿帘落下，挡住了神圣不可侵犯的东西。俺爹空着两只小白手，得意非凡地看着钱大老爷。钱大老爷怪笑一声，飞快地抬起手，扇过去一巴掌，正中了俺爹的腮帮子，呱唧一声脆响，摔死一只癞蛤蟆的声音。俺爹猝不及防，在大街上转圈子，刚刚站稳，钱大老爷又给了他一巴掌。这一巴掌力道更狠，把俺爹打得侧歪着倒地。俺爹给打蒙了，眼神迷迷瞪瞪地，坐在地上。俺爹一低头，吐出了一口血，血里还有牙。钱大老爷说："走！"

轿夫起轿，飞快地跑。两个衙役，把俺爹拉起来，每人架着一条胳膊，拖一条死狗那样。钱大老爷昂首挺胸，走在前头，很有雄姿，是个刚从母鸡身上下来的大公鸡。由于不低头看路，他的脚被砖头绊了一下，差点摔个狗抢屎，幸好被刁师爷搀住。但在这个手忙脚乱的过程中，钱大老爷头上的官帽子落了地，急忙捡起来，扣在头上，扣歪了，扶正。钱大老爷跟着轿子，刁师爷跟着钱大老爷，两个衙役拖着俺爹，俺爹拖着自己的腿，跟着刁师爷，一群大胆的孩子跟着俺爹的腿，一行十几个人，磕磕绊绊地朝县衙方向去了。

俺的眼睛里冒出了眼泪，心里后悔刚才没扑上去跟钱丁拼命。怪不得爹骂俺平时是个孝子，到了危急关头是块窝囊废。俺应该一棍子打断他的腿，俺应该一刀子捅破他的肚子……俺抄起一把大刀跑出院子，走在大街上，想去追赶钱丁的轿子，但一个好奇心把俺吸引住了。俺跟着一群苍蝇，找到了俺爹吐出的那团东西。果然是牙，两颗，都是后槽牙。俺用刀尖拨弄着那两颗牙玩了一会儿，心中挺难过，流了两滴泪。然后俺站起来，对着他们的背影，啐了一口唾沫，高声地骂：操你的妈——低声地说：钱丁！

第四章
钱丁恨声

高密县酒醉在西花厅，想起了孙家眉娘好面容。（醉肉不醉心呐！）她双目如水秋波动，红嘴白牙照眼明。猫腔一曲动余心，黄酒狗肉无限情。有道是大将难过美人关，石榴裙下跪英雄。余与你如鱼得水颠鸾凤，大堂之上敢偷情。（欺负祖宗）可惜那，可惜那好梦不长变故生，东北乡里起刀兵。挑头闹事老孙丙，他原是个唱戏的美髯公。想当年俺初坐高密县，他口出狂言不正经。一根红签扔下堂，吩咐衙役去抓孙丙。一根铁链锁到县，板子打得他屁股青。打完了板子把须斗，大庭广众赢美名，那天又见了孙眉娘，好比玉环重降生。眉娘本是孙丙的女，俺与孙丙也沾上了亲情……德国鬼子心肠狠，要对孙丙施酷刑。施刑的刽子手名赵甲，他本是眉娘的老公公……

——猫腔《檀香刑·醉调》

一

夫人，请坐，烫酒烧菜的粗活，何劳你亲自动手？这话余对你说过了一千遍，可你当成了耳旁风。请坐，夫人，你我夫妇，今日开怀畅饮，一醉方休。不要怕醉酒，不要怕酒后吐真言。漫道这庭院深深，密室隔音，即便在茶寮酒肆，面对着大庭广众，余也要畅所欲言，一吐为快。夫人，你是大清重臣之后，生长在钟鸣鼎食之家，你外祖父曾国藩为挽救大清危局，殚精竭虑，惨淡经营，鞠躬尽瘁，为国尽忠，真可谓挽狂澜于既倒，做砥柱立中流。没有你们老曾家，大清朝早就完了，用不了拖到今天。来，夫人，咱们干了这杯。你不要以为余醉了，余没醉，余多么想醉，但酒只能醉余的肉体，醉不了余的灵魂。夫人，不瞒你说，也瞒不了你说，这大清的气数，已经到了尽头。太后擅权，皇帝傀儡，雄鸡孵卵，雌鸡司晨，阴阳颠倒，黑白混淆，小人得志，妖术横行——这样的朝廷，不完蛋才是咄咄怪事！夫人，你让余痛快地说一次吧，否则余就要憋死了！大清朝啊，你这摇摇欲坠的大厦，要倒你就趁早倒了吧，要亡你就痛痛快快地亡了吧！何必这样不死不活、不阴不阳地硬撑着。夫人，你不要堵余的嘴，不要夺余的酒，你让余喝个痛快，说个痛快！至尊至贵的皇太后，承天启运的大皇帝，你们是万乘之尊啊，竟然不顾身份，堂而皇之地召见一个刽子手。刽子手是什么？是连下九流都入不了的人渣！余等这些为臣的，宵衣旰食，勤谨办事，但要一睹龙颜，也如同石破天惊。可一个猪狗不如的东西，竟然得到了你们的隆重召见。太后赐珠，皇帝赏椅，就差给他加官晋爵、封妻荫子了。夫人，你外祖父国藩公运筹帷幄，指挥三军，南征北战，汗马劳顿，皇上也没赏他一把龙椅是不是？你外叔祖国荃公亲冒矢石，冲锋陷阵，浴血奋战，九死一生，太后也没赏他一串佛珠是不是？可他们却把龙椅和佛珠赏给了一个猪狗不如的刽子手！这畜生依仗着皇上和太后的赏赐，妄自做大，硬逼着余给那把椅子和那串佛珠——也是给他——行了三跪九叩的大礼，是可忍孰不可忍也！余虽然官微人轻，但也是堂堂正正的两榜进士，正五品的国家官员，受此奇耻大辱，怎不让余怒火填膺！你还说什么‘小不忍则乱大谋’，事到如今，还有什么大谋可言？街上谣言纷纷，说八国联军已经兵临城下，皇太后和皇帝不日即将弃都西逃，大清王朝，已经危在旦夕。在这样的时刻，余还忍什么?！余不忍啦！余要睚眦必报！夫人，那畜生把龙椅和佛珠刚刚放进轿子，余就对准了他那张瘦巴巴的狗脸，狠狠地抽了两个耳光！痛快！每一个耳光都是十分地响亮。那畜生一低头，吐出了两颗染血的狗牙。余的手，至今还隐隐作痛。痛快啊！请给余斟酒，夫人。

那畜生，被余两巴掌打得威风扫地，宛如一条夹着尾巴的癞皮狗。但余看得出来，他心里不服气，他心里很不服气哪，那两只深陷在眼眶里的、几乎没有眼白的眼睛，闪烁着碧绿的光芒，如两团燃烧的鬼火。但这畜生，的确不是个夙包软蛋，在仪门之外，余问他：赵姥姥，感觉怎么样啊？你猜他说什么？这畜生，竟然嘻嘻一笑，说："大老爷打得好，有朝一日，俺会报答您的。"余说，没有你要的那个'有朝一日'，余吞金，悬梁，服毒，自刎，也不会落到你的手里！他说："只怕到了那时候就由不得大老爷了！"他还说，"大老爷，这样的例子很多。"

是的，夫人，你说得很对，打了他，玷污了余的手。余堂堂知县，朝廷命官，犯不着跟这种小人斗气，他是个什么东西？猪？猪也比他富态；狗？狗也比他高贵。但余有什么法子？袁大人指名要去请他，官大一级压死人，余只能派人去请，派人去请请不来，余只好亲自出马。看得出来，在袁大人眼里，余这个高密知县，还不如一个刽子手值钱。

在大堂外边，余一把抓住了那畜生的手——那畜生的手热如火炭，柔如面团，果然是与众不同——余想把他拉进大堂，装出一副亲热模样，让这畜生有苦难言。但这畜生轻轻一挣就脱出了他的手。他望着余诡秘一笑，不知道肚子里又在酝酿什么诡计。他钻进轿去，将那串佛珠套在脖子上，将那把沉重的檀香木椅子，四腿朝天顶在头上。这个似乎弱不禁风的狗东西，竟然能顶得起那把沉重的木椅子。这畜生顶着他的护身符晃晃荡荡地进了大堂。余颇为尴尬地跟随在他的后边。余看到大堂之上，与胶澳总督克罗德并肩而坐的袁世凯大人满面惊诧。克罗德那个杂种挤眉弄眼一脸怪相。

那畜生顶着椅子跪在大堂正中，朗声道："原刑部大堂刽子手蒙皇太后恩准退休还乡养老小民赵甲叩见大人！"

袁大人慌忙站起来，离座，腆着福肚，小跑步下堂，到了那畜生面前，伸手去搬那沉重的木椅子。那椅子太重了，袁大人搬不起来。余一看不好，急忙向前，帮袁大人将那把椅子从那畜生头上抬下，并小心翼翼地翻转过来，安放在大堂正中。袁大人抖袍甩袖，双手去冠，跪地磕头，道："臣山东巡抚袁世凯敬祝皇上皇太后万寿无疆！"余感到如雷击顶，木在一边。待袁大人行礼完毕，才猛然觉悟，自己已经犯下了冒犯天威的大罪。于是仓皇跪下，对着那畜生和他的椅子、佛珠，再行那三跪九叩大礼。大堂上的冷砖头，碰得余额头上鼓起了肿包。余对着椅子磕头时，克罗德那杂种，与身边的翻译交头接耳，那张瘦长的羊脸上，挂着轻蔑的笑容。大清朝啊，你的本事就是作践自己的官员，而对那些洋人，却是一味地迎合。克罗德这个杂种与余屡屡摩擦，估计他在袁大人面前，不会说余一句好话，听天由命吧，杂种们，但不管怎么说，孙丙是余帮你们抓起来的。

那畜生跪在地上还不肯起来，袁大人亲自拉他他还是不起来。余知道坏事来了，这个畜生要报那两个耳光之仇啦。果然，他从脖子上摘下那串佛珠，双手托着，说："请大人为小民做主！"

袁大人哼了一声，盯了余一眼，道："请讲吧！"

那畜生说："钱大老爷说小人撒谎造谣。"

袁大人问："他说你撒的什么谎，造的什么谣？"

"他说这龙椅和佛珠是民间寻常之物，他说小人是欺世盗名！"

袁大人瞪余一眼，道："孤陋寡闻！"

余辩解道："大人，卑职以为，礼不下庶民，刑不上大夫，皇上皇太后万乘之尊，怎么会召见一个刽子手，并且还赏赐了这些贵重物品，因此卑职心存疑惑。"

袁大人道："尔见识短浅，食古不化。当今皇上皇太后，顺应潮流，励精图治。爱民如子，体恤下情。犹如阳光，普照万物。大树小草，均沾光泽。尔心胸褊狭，小肚鸡肠。墨守成规，少见多怪。”

那畜生又道：“钱大老爷还打落了小民两颗牙齿。”

袁大人拍案而起，怒道：“赵姥姥是刑部大堂狱押司的三朝元老，为国家执刑多年，技艺精湛，贡献殊多，连皇上皇太后都褒奖有加，尔一个小小县令，竟敢打落他的牙齿，你的心中还有皇上皇太后吗？”

余浑身麻木，如被电击，冷汗涔涔，浸透衣衫，双膝一软，跪倒在地，磕头求饶：“卑职鼠目寸光，器量狭小，得罪姥姥，冒犯天威，罪该万死，还望大人饶恕！”

袁大人沉吟半晌，道：“尔目无朝廷，辱打子民，本当严惩，但念你协助克罗德总督，生擒了匪首孙丙，功劳不小，就将功折罪了吧！”

余磕头不止，道：“谢大人恩典……”

袁大人道：“俗言说，‘打人不打脸，揭人不揭短’，你平白无故，打落人家两颗牙齿，就这样饶了你，只怕赵姥姥不服——这样吧，你给赵姥姥磕两个头，然后再拿出二十两银子，给赵姥姥补牙。”

夫人，你现在知道了，余今天受到了多么深重的侮辱。人在矮檐下，焉能不低头？余将心一横，扑地跪倒，心肺欲裂，双眼沁血，给那畜生磕了两个头……

那个畜生，笑眯眯地接受了余的大礼，竟然恬不知耻地说：“钱大老爷，小民家贫如洗，等米下锅，那二十两银子，还望大人尽快交割。”

他的话，竟逗得袁大人哈哈大笑。袁世凯，袁大人，你这个混蛋，竟然当着洋人的面，与一个刽子手联手侮辱下属。余是皇皇两榜进士，堂堂朝廷命官，袁大人，你这样侮辱斯文，难道不怕伤了天下官员的心？看起来你们联手侮辱的只是一个小小的高密县令，实际上你们侮辱的是大清朝的尊严。那个黄脸的翻译，早将堂上堂下的对话翻给了克罗德，那个杀人不眨眼的家伙，笑得比袁大人还要响亮。夫人啊，你丈夫今天被人当猴儿耍了。奇耻大辱啊奇耻大辱！夫人，你让余喝吧，你让余醉死方休。袁大人啊，您难道不知道‘士可杀而不可辱’的道理吗？夫人放心，余不会自杀。余的这条性命，迟早是要殉给这大清朝的，但现在还不是时候。

那畜生得到了袁大人的默许，坐在那张紫檀木椅子上，得意洋洋。余站立堂侧，如一个皂班衙役。余的心中倒海翻江，一股股热血直冲头脑。余感到两耳轰鸣，双手发胀，恨不得扑上去扼住那畜生的咽喉。但是余不敢，余知道自己是个孱头。余缩着脖子，耸着肩膀，努力地挤出一脸笑容。余是一个没脸没皮没羞没臊的小丑啊，夫人！为夫的忍耐力，算得上是天下第一了啊，夫人！

袁大人问那畜生："赵姥姥，天津一别，倏忽已近年了吧？"

"八个月，大人。"那畜生道。

袁大人说："知道为什么请你来吗？"

那畜生道："小民不知道，大人。"

袁大人道："你知道皇太后为什么召见你吗？"

那畜生道："小民听李大总管说，是袁大人在太后面前说了小人的好话。"

"咱们俩真是有缘分哪！"袁大人说。

"小人没齿不忘大人的恩德。"那畜生起身，给袁大人叩了一个头，然后又坐回到他的椅子上。

袁大人道："今日请你来，是要你再替本官——当然也是替朝廷——干一次活儿。"

那畜生说："不知大人要小的干什么活儿？"

袁大人笑道："你他娘的一个刽子手还会干什么活儿？"

那畜生道："不瞒大人说，小的在天津执刑之后，手腕子就得了病，已经拿不动刀子了。"

袁大人冷笑道："连龙椅都拿得动，怎么就拿不动把刀子呢？

莫不是太后召见了一次，你真的立地成了佛？"

那畜生从龙椅上滑下来，跪在地上，道："大人，小的不敢，小的是猪狗一样的东西，永远也成不了佛。"

袁大人冷笑道："你要能成了佛，连乌龟王八也就成了佛！"

那畜生道："大人说得对。"

袁大人道："知道孙丙造反的事吗？"

那畜生道："小的还乡之后，一直闭门不出，外边的事儿一概不知道。"

袁大人道："听说孙丙是你的儿女亲家？"

那畜生道："小的在京城当差，几十年没有还乡，这门亲事是小人的亡妻操持着办的。"

袁大人道："孙丙纠合拳匪，聚众造反，酿成列国争端，给皇上和皇太后添了无穷的麻烦，按照大清的律令，他这罪，是不是要株连九族啊？"

那畜生道："小的只管接牌执刑，不通律令。"

袁大人道："按律你也在九族之内。"

那畜生道："小的还乡半年，的确连孙丙的面都没见过。"

袁大人道："人心似铁，官法如炉。自去岁以来，拳匪骚乱，仇教灭洋，引起国际争端，酿成弥天大祸，现北京已被列强包围，形势万分危急。孙丙虽然被擒，但其余党，还在四乡蠢蠢欲动。东省民风，向称剽悍，高密一县，更是刁蛮。值此国家危难、兵慌马乱之际，非用重刑，不足以震慑刁民。本官今日请你前来，一是叙叙旧情，二是要你想出一种能够威慑刁民的刑法来处死孙丙，以儆效尤。"

听到此处，余看到那畜生的眼睛里，突然焕发出了熠熠的光彩，辉映着他那张刀条瘦脸，宛如一块出炉的钢铁。他那两只怪诞的小手，宛如两只小兽，伏在膝盖上索索地颤抖。余知道这个畜生决不是因为胆怯而颤抖，人世间大概不会有什么事情能让一个杀人逾千的刽子手胆怯的了。余知道这畜生是因为兴奋而手抖，犹如狼见了肉而颤抖。他明明目露凶光，却口吐恭顺谦卑之词，这畜生，虽然是一个粗鄙不文的刽子手，但似乎谙熟了大清官场的全部智慧。他藏愚守拙，他欲擒故纵，他避实就虚，他假装糊涂。他低着头说："大人，小的是个粗人，只知道按照上司量定的刑罚做活……"

袁大人哈哈大笑，笑罢，满面慈祥地说："赵姥姥，大概是碍着亲家的面子，不愿拿出绝活吧？"

那畜生真是精怪到家，他听出了袁大人戏言后的恶语，看破了袁大人笑面后的煞相，他从龙椅上跳下来，跪在地上，说："小的不敢，小的已经告老还乡，实在不敢抢县里同行的饭碗……"

"原来你顾虑这个，"袁大人说，"能者多劳嘛。"

那畜生道："既然袁大人这么器重小人，小人也就不怕献丑了。"

袁大人道："你说吧，把那历朝历代、官府民间曾经使过的刑罚，一一地道来，说慢点儿，让翻译翻给洋人听。"

那畜生道："小的听俺的师傅说，本朝律令允许施行的刑罚，最惨莫过于凌迟。"

袁大人道："这是你的拿手好戏嘛，你在天津办钱雄飞时，用的就是凌迟；凌迟是不错，但还是死得快了点儿——"

话到此处，袁大人对着余意味深长地点点头。夫人，袁大人手眼通天，耳目众多，不会不知道雄飞是余的胞弟。果然，他笑眯眯地盯着余——他的脸上笑容可掬，可那目光好似蝎钩蜂刺——仿佛突然忆起似的问："高密县，听说那行刺本官的钱雄飞是你的堂兄弟？夫人啊，余仿佛焦雷击顶，冷汗如注，狼狈跪倒，磕头如捣蒜。夫人，你丈夫这颗头，今天可是遭了大罪了呀！余心一横，想，就如那乡村野语说的，'该死该活屌朝上'，索性如实道来，免得遮掩心虚。余说，启禀大人，钱雄飞乃卑职一母同胞，排行第三，因族叔无嗣，将其过继承祧。”袁世凯点点头，说：“果然是龙生九子，各个不同。你写给他的那些信本官都看了，到底是两榜进士，名臣眷属，写出来的家信也是议论风发，字正腔圆哪！他写给你的一封信你却没看——一封绝交信，他在信中，把你骂了个狗血淋头。高密县，你是个老实人，也是个聪明人，本官一向认为，老实就是聪明。高密县啊，你头上那顶帽子，虽然没长翅膀，可也差点儿飞了！起来吧！”夫人哪，今日这一天，可真是精彩纷呈，险象环生，斟酒吧，夫人，你没有理由不让余喝个一醉方休了吧？

夫人，咱们只知道三弟在天津被凌迟处死，但想不到执刑的竟是赵甲这个畜生，果然“不是冤家不聚头”啊！袁世凯老谋深算，口蜜腹剑，为夫落到他的手里，只怕是凶多吉少。喝吧，夫人，是福不是祸，是祸躲不过，人生一世，草木一秋，为夫已经豁出去了。

那畜生的目光，贼溜溜地在余的脖子上扫来扫去，他大概开始研究余脖子上的关节，琢磨着该从哪里下刀了吧。

袁大人不再理余，调过头去问赵甲：“凌迟之外，还有啥比较精彩的刑罚？”

那畜生道：“大人，除了凌迟外，本朝刑罚中最惨的，莫过于腰斩了。”

袁大人问：“你执过这刑吗？”

那畜生道：“算是执过一次。”

袁大人道：“你慢慢说给克罗德总督听。”

二

那畜生说：“大人，咸丰七年，小的十七岁时，在刑部狱押司刽子班当‘外甥’，跟着当时的姥姥，小的师傅，打下手当学徒。

姥姥干活时，小的在旁边伺候着，用心地揣摩着师傅的一招一式。那天，被判腰斩的是一个皇家银库的库丁。这小子身高马大，大嘴张开能塞进去一个拳头。大人，这些库丁，都是盗银子的专家。他们进库时，要脱得一丝不挂，出库时自然也是一丝不挂，但就是这样，也挡不住他们盗银子。大人，您猜他们把银子藏在什么地方？他们把银子藏进谷道里。”黄脸翻译问：“何为谷道？”袁大人白他一眼，说：“肛门！你简短节说！”那畜生道：“是，大人，小的简短节说。有清一朝，库银年年亏空，不知冤死了多少库官，但谁也想不到是库丁在捣鬼。行行有行行的规矩，一家有一家的门道。那些库丁，虽然工食银菲薄，但个个家里都建起豪宅大院，养着娇妻美妾，他们发家致富，全凭着一条谷道。要说那谷道也是个娇嫩地方，揉不进沙子去，但库丁们却能尾进去一锭五十两的大元宝。原来这些家伙，每日在家里，都用檀香木棒槌扩肛。那棒槌形同驴生，在香油里浸泡多年，紫里透红，光滑无比，分大、中、小三号，先小，后中，再大，日日扩，夜夜扩，把个谷道，扩得宽敞无比，为盗窃库银，准备好了家什。那天，也是该当出事，那个大嘴库丁，竟往谷道里尾进去三锭元宝。出库查验时，他龇牙咧嘴，迈步艰难，宛若头上顶着一碗水，腚里夹着一泡屎。库官心中好生疑惑，对准库丁的屁股踹了一脚。这一踹不打紧，那库丁的腿一松，一锭大银，从屁眼里掉出来。库官目瞪口呆，紧接着又连踹了几脚，又有两锭大银从库丁的屁眼里掉出来。库官大骂：“杂种，你一个屁眼，夹了老子三年的俸禄！”从此之后，人们才知道了库丁发财的门道。现在的库丁，出库时都要用探针探肛。事情汇报上去，咸丰爷爷龙颜大怒，降旨把那些库丁全部处死，家产全部充公。为了处死库丁，专门让余姥姥设计了一种刑罚——用烧红的铁棍捅进谷道，活活地烫死。只余下这个大嘴库丁，判处腰斩，公开执行，也算是对社会有了个交代。

执刑那天，菜市口刑场人山人海，百姓们看砍头看腻了，换个样子就觉得新鲜。那天，监刑官是刑部侍郎许大人，还有大理寺正卿桑大人，格外地隆重。为了执刑，刽子班半夜没睡，姥姥亲自动手磨那柄宣花大斧，小姨刚刚病死，大姨和二姨准备木墩子绳索什么的。原来俺以为腰斩用刀，姥姥却说，从祖师爷那时候起，腰斩就用斧头。但临行时，为了防止意外，姥姥还是让俺带上了那把大刀。

把库丁押上了执刑台，这小子，断魂酒喝多了，要起了酒疯，红着眼，嘴里喷着白沫子，整个一头疯牛。那两扇大膀子，一晃就有千百斤力气。大姨二姨两个人都制不住他。他一闹，看客们就喝彩；看客越喝彩，这小子就越疯。好不容易才把他按倒在木墩子上。大姨在前按着他的头，二姨在后按着他的腿。他一点儿都不老实，胳膊打连枷，胡抡；双腿马蹄子，乱踢；腰杆子如蛇拧来拧去；背拱上拱下，成了一条造桥虫。监斩官有点烦，不等俺们把那家伙收拾服帖，就匆忙下达了执刑的命令。姥姥抡起宣花大斧，高高过顶，猛地往下劈去。嗖，一道白光一阵风。姥姥举起大斧时，看客们全都鸦雀无声；姥姥斧头落下时，人群里一阵欢呼。俺听到“噗嗤”一声响，看到一股红的溅起来。大姨和二姨的脸都被热血蒙了。这一斧没把库丁砍成两段，活儿不利索。姥姥大斧落下去那一霎，库丁的腰杆子扭到了一边，结果只砍破了他的半边肚子。他的惨叫压住了看客的欢呼。那些肠子，“哧溜哧溜”地窜出来，把个大木墩子盖住了。姥姥欲要补斧，但适才那一斧用力过猛，已将斧头深深地砍进木墩子里。姥姥急忙往外抽斧，无奈斧柄上沾满了血污，把根斧柄弄得如一条大泥鳅，抓一把滑溜溜，根本使不上劲。看客嗷嗷地喝起倒彩来。库丁四肢挥舞，怪叫声惊天动地。俺看到这种情景，心急智生，不待姥姥吩咐，趋前一步，双手抡起大刀，接着姥姥劈开的缺口，一咬牙，一闭眼，一刀下去，就把库丁斩成了两段。这时，姥姥回过神来，转身对着监刑官大喊：“执刑完毕，请大人验刑！”大人们都面色苍白，呆若木鸡。大姨和二姨松开了血手，蒙头转向地站起来。那库丁的后半截身体，在那里抽搐着，没有什么大动作。可他那前半截身体，可就了不得了。大人，没亲眼看到的听说了也不会相信，亲眼看到了也有点儿不相信自己的眼睛，怀疑自己是不是在做噩梦。那家伙八成是一只蜻蜓转世，去掉了后半截还能飞舞。就看到他用双臂撑着地，硬是把半截身体立了起来，在台子上乱蹦跶。那些血，那些肠子，把俺们的脚浸湿了，缠住了。那人的脸金箔一样，黄得耀眼。那个大嘴如一条在浪上打滚的小舢板，吼着，听不明白在吼啥，血沫子噗噗地喷出来。最奇的是那条辫子，竟然如蝎子的尾巴一样，钩钩钩钩地就翘起来了。在脑后挺了一会儿，然后就疲疲塌塌地耷拉下来了。这时，台下的看客都噤了声，胆大的还直着眼睛看，胆小的把眼睛捂起来。还有一些嗓子浅的，捏着喉咙哇哇地吐。监斩的大人们都骑着马跑了。我们师徒四个，木偶在台上，大眼小眼，瞪着那半截库丁，在眼前大显神通。他折腾了足有吃袋烟的工夫，才很不情愿地前仆，倒地后嘴里还哼哼唧唧，你捂着眼睛，光听声儿，还以为是小孩子闹奶吃呢。

三

那畜生绘声绘色地讲完了腰斩刑，哑口无了言，嘴角上挂着两朵白沫，眼珠子骨碌碌地转着，观察着袁大人和克罗德的脸色。余的眼前，晃动着那半截库丁的可怕形象，耳朵里响着一阵阵的尖叫。袁大人听得津津有味，眯着眼不吭声。克罗德侧耳听着翻译的叽里咕噜，一会儿歪头看袁，一会儿歪头看赵。他的动作和神情，让余想起了一只蹲在岩石上的老鹰。

袁大人终于说话了："总督阁下，依下官的看法，就用腰斩刑吧。"

翻译低声把袁大人的话翻过去。克罗德咕噜了几句鬼子话，翻译道："总督想知道，腰斩后，罪犯还能活多久？"

袁大人对着那畜生扬起下巴，示意他回答。

他说："大概能活抽袋烟的工夫，不过也不确定，有的当时就死，好比砍断了一截木头。"克罗德对着翻译咕噜了一阵。

翻译道："总督说，腰斩不好，让犯人死得太快，起不到震慑刁民的作用。他希望能有一种奇特而残酷的刑罚，让犯人极端痛苦但又短时间死不了。总督说，他希望执刑后，还能让犯人活五天，最好能活到八月二十日，青岛至高密段铁路通车典礼。"

袁大人道："你用心想想，有没有这样的好法子？"

那畜生摇摇头，说："把犯人吊五天，什么刑也不用，也就吊死了。"

克罗德对着翻译又咕噜了一阵，翻译道："总督说，中国什么都落后，但是刑罚是最先进的，中国人在这方面有特别的天才。让人忍受了最大的痛苦才死去，这是中国的艺术，是中国政治的精髓……"

"放屁，"余听到袁大人低声说，但他马上就用高声大嗓把前面的骂声遮掩了，他不耐烦地对着那畜生说，"你好生想想看，"然后他又对克罗德说，"总督阁下，如果贵国有这样的好刑罚不妨也介绍给他，这事儿比造火车好学。"

翻译把袁大人的话对克罗德翻了。克罗德皱着眉头冥思苦想；那畜生垂着头，肯定也在挖空心思。

克罗德突然兴奋起来，对着翻译咕噜。

翻译说："总督阁下说，欧洲有一种桩刑，把人钉在木桩上，可以很久不死。"

那畜生的眼睛突然变得极亮，神采飞扬地说："大人，小的想起来了。早年间小的听师傅说过，他的师傅的师傅，在雍正年间，曾经给一个在皇陵附近拉屎的人施过檀香刑。"

袁大人问："什么檀香刑？"

畜生说："小的师傅说得比较含糊，大概是用一根檀香木橛子，从那人的谷道钉进去，从脖子后边钻出来，然后把那人绑在树上。"

袁大人冷笑着说："真是英雄所见略同啊！那人活了几天？"

畜生说："大概是活了三天，也许是四天。"

袁大人让翻译赶快把话翻给克罗德。克罗德听得眉飞色舞，用结结巴巴的中国话说："好，好，檀香刑，好！"

袁大人说："既然克总督也说好，那就这样定了。给孙丙上檀香刑，但你们必须让他活五天。今日是八月十三，明天准备一天，后天，八月十五，开始执刑。"

那畜生突然跪在了地上，说："大人，小的年纪大了，手脚已经不太灵便，干这样的大活，必须有一个帮手。"

袁大人看着余说："让高密县南牢的刽子手给你打下手。"

那畜生道："大人，小的不想让县里的同行插手。"

袁大人笑道："你怕他们抢了你的功劳？"

那畜生道："求大人恩准，让小的儿子给俺做副手。"

袁大人问："你儿子是干什么的？"

那畜生道："杀猪屠狗。"

袁大人笑道："倒也算个内行！好啊，打仗要靠亲兄弟，上阵还是父子兵，本抚准了。"

那畜生跪着还不起来。

袁大人问："你还有什么要说的？"

畜生道："大人，小的想过了，要实施这檀香刑，需要搭起一座两丈高的木头高台，高台上竖起一根粗大的立柱，柱上还要钉一根横木。还要在高台的一侧用板子铺上漫道，好让执刑人上下。"

袁大人说："你回去画出样子来，让高密县照着样子去办。"

畜生道："还需要上好的紫檀木两根，削刮成宝剑的样子，这活儿要小的亲自来做。”

袁大人说：“让高密县帮你去办。”

畜生道：“要精炼香油二百斤。”

袁大人笑道：“你是不是要把孙丙炸熟了下酒？”

畜生道：“大人，那檀木橛子削好后，要放在香油里煮起码一天一夜，这样才能保证钉时滑畅，钉进去不吸血。”

“一切都让高密县帮你去办，”袁大人道，“还要什么，你最好一次说完。”

畜生道：“还需要牛皮绳子十根，木榔头一把，白毛公鸡一只，红毡帽子两顶，高鞠儿皮靴两双，皂衣两套，红绸腰带两条，牛耳尖刀两把，还要白米一百斤，白面一百斤，鸡蛋一百个，猪肉二十斤，牛肉二十斤，上等人参半斤，药罐子一个，劈柴三百斤，水桶两个，水缸一口，大锅一口，小锅一口。”

袁大人道：“你要人参干什么？”

畜生道：“大人听小的说，犯人施刑后，肚肠并没有受伤，但血在不断地流，为了让他多活时日，必须每天给他灌参汤。要不，小的也不敢保证他受刑之后还能活五天。”

袁大人道：“灌了参汤，你就能保证他受刑之后还能活五天吗？”

“小的保证！”畜生坚决地说。

袁大人道：“高密县，你去帮他列出一张清单，赶快让人去置办，不得延误！”

畜生还跪着。

袁大人道：“你起来吧！”

畜生跪着，只管磕头。

袁大人说：“行了，别磕你那颗狗头了！好好听着，你要是圆满地执了檀香刑，本抚赏给你父子二人白银一百两。可万一出了差错，本抚就把你父子二人用檀木橛子串起来，挂在柱子上晒成人干！”

那畜生磕了一个响头，说：“谢大人！”

袁大人说：“高密县，你也一样！”

余答道：“卑职一定尽心办理，不遗余力。”

袁大人起身离开座位，与克罗德相伴着往堂下走去。刚走了几步，他又回过头来，仿佛突然想起似的，漫不经心地问：“高密县，听说你把刘裴村的公子从四川带到了任上？”

“是的，大人，”余毫不含糊地说，“四川富顺，正是刘裴村年兄的故乡。余在富顺为令期间，刘夫人举家扶柩返还故乡。为了表示同年之谊，余曾去刘家吊唁，并赠送了赙仪十两。不久，刘夫人因哀伤过度，跨鹤西去，临终时将刘朴托付给余。余见他为人机警，办事谨慎，就将他安排在县衙做公。”

“高密县啊，你是一个坦率的人，一个正派的人，一个不附炎趋势的人，一个有情有义的人，”袁大人高深莫测地说，“但也是一个不识时务的人。”

余将头颅伏在地上，说：“卑职感谢大人教诲！”

“赵甲啊，”袁大人说，“你可是那刘朴的杀父仇人哪！”

那畜生伶牙俐齿地说：“小的执行的是皇太后的懿旨。”

四

夫人，你为什么不给余斟酒了？斟满，斟满。来，你也干了这杯。你的脸色苍白，你哭了？夫人，莫哭，余已经打定了主意，决不能让那畜生把一百两银子拿到手，决不能让克罗德那个杂种的阴谋得逞。余也决不能让袁世凯如愿。姓袁的千刀万剐了余的胞弟，惨！惨！惨啊！袁世凯口蜜腹剑，笑里藏刀，他不会轻易地饶过余的。收拾了孙丙，他就会收拾为夫了。夫人，横竖是一个死，不如死得痛快。在这样的时候，活着就是狗，死了才是人。夫人，咱们夫妻十几年，虽然至今还没熬下一男半女，但也是齐眉举案，夫唱妇随。明天一早，你就回湖南去吧，车子余已经准备好了。余家中还有十亩水田，五间草屋，历年积攒的银子大概有三百两，够你粗衣淡饭过一辈子了。你走之后，余就无牵无挂了。夫人啊，你莫哭，你哭余心痛。生在这乱世，为官为民都不易，乱世人不如太平犬。夫人，你还乡之后，把二弟的儿子过继过来一个，让他替你养老送终。余已经把信写好了，他们不会不答应。鸟之将死，其鸣也哀；人之将死，其言也善。夫人，你千万别这样说，你如果也死了，谁为余烧化纸钱？你也不能待在这里，你在这里，余就下不了决心。

夫人，余有一件对不起你的事，早就想对你说，其实余不说你也知道了。余与孙丙的女儿、也就是赵甲的儿媳孙眉娘相好已经三年，她的肚子里，已经怀上了余的孩子。夫人，看在我们夫妻十几年的份上，等她生产后，如果是个男孩，你就想法把他弄到湖南去，如果是个女孩，就罢休。这是余最后的嘱托，夫人，请受钱丁一拜！

猪肚部

第五章
斗须

一

新任高密知县钱丁，下巴上垂挂着一部瀑布似的美丽胡须。他到任后第一次升堂点视，就用这部美髯，给了堂下那些精奸似鬼的六房典吏、如狼似虎的三班衙役一个下马威。

他的前任，是一个尖嘴猴腮、下巴上可怜地生着几十根老鼠胡须的捐班。此人不学无术，只知捞钱，坐在大堂上，恰似一个抓耳挠腮的猢狲。前任用自己的猥琐相貌和寡廉鲜耻的品德，为继任的钱丁，打下了一个良好的心理基础。堂下的胥吏们看到端坐在大堂上的新任知县老爷的堂堂仪表，耳目都有一新之感。钱丁坐在大堂上，也亲切地感受到了堂下那些表示友好的目光。

他是光绪癸未科进士，与后来名满天下的戊戌六君子之一的刘光第同榜。刘是二甲三十七名，他是二甲三十八名。及第后，在京城蹲了两年冷衙门，然后通关节放了外任。他已经坐了两任知县，一在广东电白，一在四川富顺，而四川富顺正是刘光第的故乡。电白、富顺都是边远闭塞之地，穷山恶水，人民困苦，即使想做贪官，也刮不到多少油水。所以这第三任来到交通便利、物产丰富的高密，虽然还是平调，但他自认为是升迁。他志气昂扬，精神健旺，红脸膛上焕发着光彩，双眉如卧蚕，目光如点漆，下巴上的胡须，根根如马尾，直垂到案桌边缘。一部好胡须，天然地便带着五分官相。他的同僚们曾戏言：钱兄，如果能让老佛爷看您一眼，最次不济也得放您一个道台。只可惜他至今也得不到让皇上和皇太后见到自己堂堂仪表的机会。面对着镜子梳理胡须时他不由得深深叹息：可惜了这张冠冕堂皇的脸，辜负了这部飘飘欲仙的好胡须。

从四川至山东漫长的赴任途中，他曾经在陕西境内黄河边上的一座小庙里抽了一次签，得了一支上上，大吉大利。签诗云：鲋鱼若得西江水，霹雷一声上青天。这次抽签，横扫了他悒郁不得志的黯淡心境，对自己的前程充满了信心和憧憬。到县之后，尽管风尘仆仆，鞍马劳顿，还有点伤风感冒，但还是下马就开始了工作。与前任交接完毕，马上就升堂接见部属，发表就职演说。由于心情愉快，优美的词语便如泉水一样涌到了嘴边，滔滔而不断绝；而他的前任是一个连三句整话也说不出来的笨伯。他的嗓音原本宽厚，富有磁性，感冒引起的轻微鼻塞更增添了他的声音魅力。他从堂下那些眼神里，知道了自己的成功。演说完毕，他用食指和拇指颇为潇洒地捋捋胡须，便宣布退堂。宣布完退堂，他用目光扫视堂下，让每一个人都感到老爷的目光在注视着自己。他的目光让堂下的人感到高深莫测，如敲警钟又似嘉勉。然后，他抽身离座，转身便走，既干净，又利索，宛如一阵清新的风。

不久，在宴请乡贤的筵席上，他的堂堂相貌和美丽胡须，又一次成为了众人注目的焦点。他的伤风鼻塞早已痊愈，高密县特产的老黄酒和肥狗肉又十分地对他的脾胃——黄酒舒筋活血，狗肉美容养颜——所以他的容光愈加焕发，胡须愈加飘逸。他用铿锵有力的声音致了祝酒辞，向在座的各位乡贤表示了自己要在任内为百姓造福的决心。他的致辞，不时地被乡贤们的掌声和欢呼打断。致辞结束，热烈的掌声持续了足有半炷香的工夫。他高举着酒杯，向满座的瓜皮小帽、山羊胡须敬酒。那些人都抖颤颤地站起来，抖颤颤地端起酒杯，抖颤颤地一饮而尽。他特意向乡贤们介绍了席上的一道菜。那是一棵翠绿的大白菜，生动活泼，看上去没经一点烟火。乡贤们看到这道菜，没有一个人敢下箸，生怕闹出笑话丢了面子。他对乡贤们说，这道菜其实已经熟了，菜心里包着十几种名贵的佳肴。他用筷子轻轻地点拨了一下，那棵看似完整无缺的白菜便嘭然分开，显示出了五颜六色的瓤子，高雅的香气顿时溢满全室。乡贤们大多是些土鳖，平日里吃惯的是大鱼大肉，对这种清新如画的吃法见所未见，闻所未闻。在县台的鼓励下，乡贤们试探着伸出筷子，夹了一点儿白菜叶子，放在嘴里品尝，然后便一个个摇头晃脑地大加赞赏。前来陪酒的钱谷师爷熊老夫子，不失时机地向乡贤们介绍了知县夫人——高密县百姓的主母——曾国藩曾文正公的外孙女，是她亲自下厨，为大家烹制了这道家传名菜：翡翠白菜。这道菜是曾文正公在北京任礼部侍郎时，与家厨反复研究、多次实验而成的杰作。这道菜里凝聚着一代名臣的智慧。文正公文武全才，做菜也是卓越拔群。钱谷师爷的介绍赢得了更加热烈的掌声，几位上了点儿年纪的乡贤眼睛里溢出泪水，流到千皱百褶的腮上；鼻孔里流出清涕，挂在柔弱的胡须上。

三杯酒过后，乡贤们轮番向钱丁敬酒，一边敬酒，一边歌颂。那些颂词人各一套，各有特色，但大家都没忘了拿着大老爷的胡须说事。有的说：大老爷真乃关云长再世，伍子胥重生。有的说：大老爷分明是诸葛武侯转世，托塔天王下凡。钱丁虽然是个有胸次的，但也架不住这群马屁精轮番吹捧。他有敬必饮，每饮必尽。不自觉中已把端着的官架子丢到脑后。他议论风发，谈笑风生，手舞足蹈，得意忘形，充分地显示了风流本色，真正地与人民群众打成了一片。

那天，他喝得酩酊大醉，众乡贤也醉得横躺竖卧。这次宴会，轰动了整个的高密县，成了一个流传久远的热门话题。那棵翠绿的大白菜，更是给传得神乎其神。说是那棵大白菜上修着一个暗道机关，别人怎么着都分不开，钱大老爷用筷子一敲白菜根，立刻就如白莲花盛开，变成了数十个花瓣，每一瓣的尖上，都挑着一颗闪闪发光的珍珠。

很快，人们都知道了新来的知县老爷是曾文正公的外孙女婿。他相貌堂堂，下巴上生着一部可与关云长媲美的胡须。知县不仅是仪表堂堂，而且是两榜进士，天子门生。才华横溢，出口成章。豪饮千杯而不醉，醉了也不失风度，犹如玉树临风，春山沐雨。知县夫人是真正的名门闺秀，不但天姿国色，而且贤惠无比。他们的到来，必将给高密县的人民带来齐天的洪福。

二

高密东北乡有一个胡须很好的人，姓孙，名丙，是一个猫腔班子的班主。

猫腔是在高密东北乡发育成长起来的一个剧种，唱腔优美，表演奇特，充满了神秘色彩，是高密东北乡人的精神写照。孙丙是猫腔戏的改革者和继承者，在行当里享有崇高威望。他唱须生戏，从来不用戴髯口，因为他的胡须比髯口还要潇洒。也是该当有事——乡里财主刘大爷喜得贵孙，大摆筵席。孙丙前去吃喜酒。同席者有一个名叫李武的，是县衙皂班的衙役。筵席上，李武端着公人架子，坐在首位。他大吹大擂着县太爷的一切，从言谈到举止，从兴趣到嗜好，最后，谈话的高潮便在大老爷的胡须上展开。

李武虽然是休假在家，但还穿着全套的公服，只差没提着那根水火棍子。他指手画脚，咋咋呼呼，把同坐的老实乡民，唬得个个目瞪口呆，忘记了吃酒。竖直了耳朵，听他山呼海啸；瞪圆了眼睛，看他唾沫横飞。孙丙走南闯北，也算个见多识广的人物，如无李武在场，他必然是个中心，但有了与知县大老爷朝夕相处的李武在，就没人把他放在眼里了。他一杯接一杯地喝着闷酒，用白眼和从鼻孔里发出的嗤呼声表示着对这个小爪牙的轻蔑。但没人注意他，李武更如没看到桌子前还有个他一样，管自绘声绘色地讲述着大老爷的胡须。

“……常人的胡须，再好也不过千八百根，但大老爷的胡须，你们猜猜有多少根？哈哈，猜不出来吧？谅你们也猜不出来！上个月俺跟着大老爷下乡去体察民情，与大老爷闲谈起来。大老爷问俺，‘小李子，猜猜本官有多少根胡须？’俺说，大老爷，俺猜不出来。大老爷说，‘谅你也猜不出来！实话对你说吧，本官的胡须，共有九千九百九十九根！差一根就是一万！这是夫人替本官数的。’俺问大老爷，这么多的胡须，如何能数得清楚？大老爷说，‘夫人心细如发，聪明过人，她每数一百根，就用丝线捆扎起来，然后再数。绝对不会出错的。’俺说，老爷啊，您多生一根，不就凑成一个整数了嘛！老爷道，‘小李子，这你就不懂了，世界上的事情，最忌讳的就是个十全十美。你看那天上的月亮，一旦圆满了，马上就要亏仄；树上的果子，一旦熟透了，马上就要坠落。凡事总要稍留欠缺，才能持恒。九千九百九十九，这是天下最吉祥的数字，也是最大的数字了。为民为臣的，不能想到万字，这里边的奥秘，小李子，你可要用心体会啊！’大老爷一番话，玄机无穷，俺直到如今也是解不开的。后来大老爷又对俺说，‘小李子，本官胡须的根数，普天之下，只有三个人知道，这三个人一个是你，一个是我，一个是我的夫人。你可要守口如瓶，这个数字，一旦泄露出去，那可是后患无穷，甚至会带来巨大的灾难。”

李武端起酒杯，呷了一口酒，抄起筷子，在菜盘里挑挑拣拣，嘴里发出啧啧的声响，分明是在批评菜肴的粗鄙。最后，他夹了一根绿豆芽，用两颗门牙，吱吱咯咯地嚼着，饱食后无聊地磨牙的老鼠就是这样子。刘大爷的儿子，就是得了贵子的那位，端着一盘热气腾腾的猪头肉跑过来，特意地把肉盘放在李武面前，用沾满油腻的手，擦擦额头上的汗水，抱歉地说：“李大叔，委屈您老人家了，咱庄户人家，做不出好菜来，您老人家将就着吃点子。”

李武把牙缝里的绿豆芽呸的一声啐到地上，然后把手中的筷子，重重地拍在桌子上，用明显不快但是又宽容友好的口吻说："刘老大，这就是你的不对了——你以为俺是冲着吃来的吗？你大叔要是想开荤，随便到哪家馆子里一坐，用不着开口，那些海参鲍鱼、驼蹄熊掌、猴头燕窝，就会一碗接着一碗地端上来。吃一尝二眼观三，那才叫筵席！你家这算什么？两碟子半生不熟的绿豆芽，一盘腥臊烂臭的瘟猪肉，一壶不热不凉的酸黄酒，这也算喜宴？这是打发臭戏子！俺们到你家来，一是给你爹捧捧场，撑撑门面，二是与乡亲们拉拉呱儿。你大叔忙得屁眼里蹿火苗子，抽出这点工夫并不是容易的！"

刘家的老大被李武训得只有点头哈腰的份儿，趁着李武咳嗽的机会，逃命般地跑了。

李武道："刘大爷也算个识字解文的乡贤，怎么养出了这样一个土鳖？"

众人都讪讪的，不敢应李武的话。孙丙满心恼怒，伸手就把李武面前那盘猪头肉拖到了自己的面前，道："李大公人吃惯了山珍海味，这盘肥猪肉，放在他的面前，不是明摆着让他起腻吗？小民满肚子糠菜，正好用它油油肠子，也好拉屎滑畅！"

说完话，谁也不看，只管把那些四四方方、流着油、挂着酱的大肉，一块接着一块地往嘴里塞去。一边吃一边呜呜噜噜地说："好东西，好东西，真是他娘的好东西！"

李武恼怒地瞪着孙丙，但孙丙根本就不抬头。他的怒视得不到回应，只好无趣地撤回。他用眼光巡睃一遍众人的脸，撇撇嘴，摇摇头，表示出居高临下的轻蔑和大人碰上小人的无奈。同桌的人怕闹出事来，便恭敬地劝酒，李武借坡下驴，干了一杯酒，用袖子擦擦嘴，捡起因为训斥刘老大而丢掉的话头，说：

"各位乡亲，因为咱们都是要好的兄弟爷们儿，俺才把大老爷胡须的秘密告诉了你们。这就叫做'亲不亲，故乡人'，你们听了这些话，就把它烂在肚子里拉倒，万万不可再去传播，一旦把这些秘密传出去，传回到大老爷的耳朵里，就等于砸了兄弟的饭碗了。因为这许多的事儿，只有大老爷、夫人和俺知道。拜托，拜托！”

李武双手抱拳，对着在座的人转着圈子作揖。人们纷纷回应着：“放心，放心，咱们高密东北乡，能出现您李大爷这样的人物，可不是一件容易的事情。左邻右舍，都眼巴巴地等着跟您沾光呢，怎么会出去胡言乱语，坏自家人的事情？”

“正因为是自己人，兄弟才敢口无遮拦，”李武又喝了一杯酒，压低了嗓门，神秘地说，“大老爷常常把兄弟叫到他的签押房里陪他说话儿，俺们对面坐着，哥们儿一样，一边喝着黄酒，一边吃着狗肉，一边天上地下、古今中外地聊着。大老爷是个渊博的人，世界上的事情没有他不知道的。喝黄酒吃狗肉，咱大老爷就是喜好这一口。俺俩聊着聊着就到了后半夜，急得夫人让丫鬟来敲窗户。丫鬟说，‘老爷，夫人说，时候不早了，该歇着了！’大老爷就说，‘梅香，回去对夫人说，让她先歇了吧，俺跟小李子再拉会儿呱儿！’所以夫人对俺是有意见的。那天俺到后堂去办事，正好与夫人碰了面。夫人拦住我说，‘好你个小李子，整夜价拉着老爷东扯葫芦西扯瓢，连俺都疏淡了，你小子该不该挨打？’吓得俺连声说：‘该打，该打！’”

马大童生插话道：“李大哥，不知那知县夫人，是个什么样子的容貌，谣言传说她是个麻脸……”

“放屁！纯属放屁！说这话的，死后该进拔舌地狱！”李武满面赤红，懊恼地说，“我说马大童生，你那脑子里装的，是豆浆呢还是稀粥？你也是启过蒙的，‘赵钱孙李，周吴郑王’，‘天地玄黄，宇宙洪荒’，你把书念到哪里去了？！你也不动动脑子想一想，那知县夫人，是什么人家的女儿！那是真正的大家闺秀，掌上明珠。从小儿就奶妈成群、丫鬟成队地侍候着，她那闺房里干净的，年糕落到地上都沾不起一粒灰尘。在这样的环境里，她怎么可能得上天花这种脏病？她不得天花，怎么会有麻点？除非是你马大童生用指甲给掐出来的！”众人不由得哈哈大笑起来。马大童生一张干瘪的老脸羞得通红，自解自嘲地说：“就是就是，她那样的仙人怎么会生麻子呢，这谣言实在是可恶！”

李武瞥一眼孙丙面前已经存肉无多的盘子，咽了一口唾沫，说：“钱大老爷跟兄弟我的关系，那真是没的说。他曾经亲口对我说过，‘小李子，我们两个，真是天生的投缘，我也说不出个原因，就是觉着你跟我心连着心，肺贴着肺，肠子通着肠子，胃套着胃——”

孙丙一声冷笑，差点儿把满嘴的猪肉喷出来。他抻抻脖子咽下肉，道：“这么说，钱大老爷吃饱了，你也就不饿了？”

李武怒道：“孙丙，你这是说的什么话？亏你还是个戏子，成天价扮演着那些帝王将相才子佳人，把些个忠孝仁义唱得响彻云霄，却于这做人的道理一窍不通！满桌子上就这么一盘荤菜，你一人独吞，吃得满嘴流油，还好意思来撇清扯淡，喷粪嚼蛆！”

孙丙笑道：“您连那些海参燕窝驼蹄熊掌都吃腻了，怎么还会把一盘肥猪肉放在心上？”

李武道：“你这是以小人之腹，度君子之心！你以为我是为我吗？我是为这席上的老少爷们儿打抱不平！”

孙丙笑道：“他们舔你的热屁就舔饱了，何必吃肉？”

众人一齐怒了，七嘴八舌地骂起了孙丙。孙丙也不生气，把盘中的肉一扫而光，又撕了一块馒头，将盘中的剩汤擦得干干净净，然后，打着饱嗝，点上一锅烟，怡然自得地抽起来。

李武摇头叹息道：“有爹娘生长，无爹娘教养，真该让钱大老爷把你拘到县里去，噼里啪啦抽上五十大板！”

马大童生道：“算了算了，李武兄，古人清谈当酒，畅谈做肉，您就给我们多讲点儿钱大老爷和衙门里的事情，就算我们吃了大荤了！”

李武道："我也没那好兴致了！言而总之一句话，钱大老爷知高密县，是咱们这些百姓的福气。钱大老爷宏才大量，区区高密小县，如何能留得住他？他老人家升迁是迟早的事。别的不说，就凭着他老人家那部神仙胡须，最次不济也能熬上个巡抚。碰上了好机会，如曾文正公那样，成为一代名臣、国家栋梁也不是不可能的。"

"钱大老爷成为大员，李武兄也要跟着发达，"马大童生道，"这就叫做'月明秃头亮，水涨轮船高'。李武兄，小老儿先敬您一杯，等您发达了，只怕想见您一面也不容易啦！"

李武干了杯，说："其实，当下人的，千言万语一句话，就是一个字，'忠'！主人给你个笑脸儿，不要翘尾巴；主人踢你一脚，也不必抱委屈。钱大老爷、曾文正公这些人，要么是天上的星宿下凡，要么是龙蛇转世，跟我们这些草木之人，是大大不一样的。曾文正公是什么？是一条巨蟒转世。都说他老人家有癣疾，睡一觉起来，下人们从他的被窝里能扫出一小瓢白皮。钱大老爷悄悄地告诉我，哪里是什么癣疾？分明是龙蛇蜕皮。钱大老爷是个啥？我告诉你们，可你们千万别外传：一天夜里，俺跟大老爷聊天聊累了，就在那西花厅的炕上抵足而眠。俺忽然觉得身上很沉，梦到一只老虎把一只爪子放在俺的身上。俺吓醒了，睁眼一看，原来是钱大老爷把他的一条腿放在了俺的身上……"

众人都屏住了呼吸，脸色发白，看着李武的嘴巴。李武往嘴里倒了一杯酒，说："我从此才明白，钱大老爷那部胡须，为什么那样子繁茂，那是真正的虎须！"

孙丙把铜烟锅中的烟灰，放在桌子腿上磕干净，然后又鼓起腮帮子，吹出了烟管中的焦油。他掖好烟锅，双手抄起胡须，用了一个舞台上的动作，欻地甩开，十分地美观大方。然后他抑扬顿挫地、用须生道白的腔调，说：

"李武小儿，回去转告你家老爷，就说他那胡须，还不如俺裤裆中的鸡巴毛儿！"

三

第二天凌晨，孙丙肚子里的肥猪肉还没消化完毕，就被四个做公的从被窝子里掏出来，赤条条地扔到地上。正与孙丙睡在一起的戏班子里的旦角小桃红只穿着一件红肚兜儿，缩在炕角上打哆嗦。慌乱中，公人的脚踢碎了一只尿罐，臊尿遍地流，把孙丙腌成了一个咸菜疙瘩。他大声喊叫着：

“弟兄们，弟兄们，有话好说，有话好说嘛！”

两个公人反拧着他的胳膊将他拖起来。一个公人打火点着了墙洞里的灯盏。借着金黄的灯光，他看到了李武的笑脸。他说：

“李武李武，咱们远日无仇，近日无怨，你为什么要害我？”

李武趋前两步，抬手扇了他一个耳光，然后将一口唾沫啐到他的脸上，骂道：

“臭戏子，咱们确实无仇无怨，但你与钱大老爷结下了仇怨。兄弟端着钱大老爷的饭碗，不得不下来抓你，还请你多多包涵！”

孙丙道：“钱大老爷与我有什么仇怨？”

李武笑道：“老哥，您真是贵人好忘事！昨天你不是亲口说，钱大老爷的胡须不如您裤裆里的鸡巴毛儿吗？”

孙丙翻着眼睛说：“李武，你这是血口喷人！我啥时说过这样的话？我一不疯，二不傻，能说这样的浑话吗？”

李武道：“你不疯不傻，但是让肥猪油蒙了心。”

孙丙说：“你干屎抹不到人身上。”

“好汉做事好汉当嘛！”李武道，“你穿不穿衣裳？不愿穿就光着走，愿穿就麻溜点儿。爷们儿没工夫跟你一个臭戏子磨牙斗嘴，钱大老爷正在衙里等着验看你的鸡巴毛呢！”

四

孙丙被公人们推搡着，踉踉跄跄地进入了县衙大堂。他的脑袋有些发昏，浑身上下，不知有多少处伤痕在发热做痛。他已经被关在大牢里三天，身上爬满了臭虫和虱子。三天里，狱卒们把他拖出来六次，每次都用黑布蒙住他的眼睛，皮鞭、棍棒，雨点般地落在了他的身上，打得他瞎驴一样胡乱碰壁。三天里，狱卒只给他喝了一碗浊水，吃了一碗馊饭。他感到饥渴难挨，浑身痛疼，身上的血八成让臭虫、虱子吸光了。他看到那些吸饱了血的小东西在墙上一片片地发着亮，浸过油的荞麦粒就这样。他感到自己已经支撑不下去了，再过三天，非死在这里不可。他后悔自己图一时痛快说了那句不该说的话。他也后悔去抢那盘肥猪肉。他很想抬起手，抽自己几个大耳瓜子，惩罚这张惹是生非的臭嘴。但刚刚抬起胳膊，眼前就一阵金花乱舞。胳膊又酸又硬，如同冰冷的铁棒。于是那胳膊便又重重地垂下去，牛鞅子般悬挂在肩上。

那天是个阴天，大堂里点着十几根粗大的羊油蜡烛。烛火跳跃不定，火苗上飘扬着油烟。羊油被燃烧时散出刺鼻的膻气。他感到头晕恶心，胃里有一股强硬的东西在碰撞着，翻腾着，一股腥臭的液体夺唇而出。他吐在了大堂上，感到很耻辱，甚至有些歉疚。他擦擦嘴巴和胡子上的脏物，刚想说点儿什么表示歉意，就听到在大堂两侧比较阴暗的地方，突然响起了低沉的、整齐的、训练有素的“呜——喂——”之声。这声音吓了他一大跳，一时不知作何应对。这时，押他上堂的公人在他的腘窝处踹了一脚，他便不由自主地跪在了坚硬的石板上。

跪在地上，他感到比站着轻松。吐出了胃中浊食，心里清明了许多。他忽然感到，不应该哭哭啼啼，窝窝囊囊。好汉做事好汉当，砍头不过一个碗大的疤。看这个阵势，县太爷是不会饶过自己的，装孬也没用。横竖是个死，那还不如死出点子英雄气概，没准儿二十年后就会被人编成戏文演唱，也算是百世流芳。想到此就觉得一股热血在血管子里涌动，冲击得太阳穴嘭嘭直跳。口中的渴，腹中的饿，身上的痛，立马减轻了许多。眼睛里有了津液，眼珠子也活泛起来。脑子也灵活了。许许多多他在舞台上扮演过的英雄好汉的悲壮事迹和慷慨唱词涌上了他的心头。“哪怕你狗官施刑杖，咬紧牙关俺能承当！”于是，他挺起胸，抬起头，在衙役们狐假虎威、持续不断地呜喂声中，在神秘森严的气氛里。

他抬起头，首先看到的就是端坐在正大光明匾额下、端坐在辉煌的烛光里、端坐在沉重笨拙的鸡血色雕花公案后边，赤面长须，俨然一尊神像的知县大老爷。他看到知县大老爷也正在注目自己。他不得不承认，知县大老爷确实是仪表堂堂，并非是李武胡说。尤其是知县胸前那部胡须，的确也是马尾青丝，根根脱俗。他不由得感到惭愧，心里竟油然地生出了一些对知县大老爷的亲近之情，如同见到了失散多年的同胞兄弟。“兄弟们相逢在公堂之上，想起了当年事热泪汪汪……”

知县大老爷一拍惊堂木，清脆的响声在大堂里飞溅。孙丙吃了一惊，松懈的身体猛然收紧。他看到大老爷威严的脸，马上就如梦初醒，明白了大堂不是戏台子，大老爷不是须生，自己也不是花脸。

“堂下跪着的，报上你的名字！”

“小民孙丙。”

“哪里人氏？”

“东北乡人。”

“多大岁数？”

“四十五岁。”

“做何营生？”

“戏班班主。”

“知道为何传你前来？”

“小的酒醉之后，胡言乱语，冒犯了大老爷。”

“你说了什么胡言乱语？”

“小的不敢再说。”

“但说无妨。”

“小的不敢再说。”

“说来。”

“小的说大老爷的胡须还不如我裤裆里的鸡巴毛儿。”

大堂的两侧响起了哧哧的窃笑声。孙丙抬头看到，大老爷的脸上，突然泄露出了一丝顽皮的笑容，但这顽笑很快就被虚假的严肃遮掩住了。

“大胆孙丙，”大老爷猛拍惊堂木，道：“为什么要侮辱本官？”

“小的该死……小的听说大老爷的胡须生得好，心里不服气，所以才口出狂言……”

“你想跟本官比比胡须？”

“小的别无所长，但自认为胡须是天下第一。小的扮演《单刀会》里的关云长都不用戴髯口。”

大江东去浪千叠，趁西风小舟一叶，才离了九重龙凤阙，探千丈龙潭虎穴……

“你站起来，让本官看看你那胡须。”

孙丙站起来，身体摇摇晃晃，如同站在随波逐流的小舢板上。

观东吴飘渺渺旌旗绕，恰便似虎入羊群何惧尔曹……

“果然是部好胡须，但未必能胜过本官。”

“小的不服气。”

“你想跟本官如何比法？”

“小的想跟大老爷用水比。”

“说下去！”

"小的的胡须能够入水不漂，一插到底！"

"竟然有这等事？"大老爷捋着胡须，沉吟半晌，道，"你要是比输了呢？"

"要是比输了，小的的胡须就是大老爷裤裆里的鸡巴毛！"

衙役们憋不住地笑响了堂。大老爷猛拍惊堂木，厉声喝道："大胆孙丙，还敢口出秽言！"

"小的该死。"

"孙丙，你辱骂朝廷命官，本当依法严惩，但本官念你为人尚属耿直，于事敢作敢当，故法外施恩，答应与你比赛。你要是赢了，你的罪一笔勾销。你要是输了，本官要你自己动手，把胡子全部拔掉，从此后不准蓄须！你愿意吗？"

"小的愿意。"

"退堂！"钱大老爷说罢，起身便走，如一股爽朗的风，消逝在大堂屏风之后。

五

斗须的地点，选定在县衙仪门和大门之间宽阔的跨院里。钱大老爷不希望把这次活动搞得规模太大，只请了县城里颇有声望的十几位乡绅。一是请他们前来观看，二是请他们来做见证人。但钱大老爷和孙丙斗须的消息已经不胫而走，一大早，前来看热闹的百姓就成群结队地往县衙前汇集。初来的人慑于衙门的威风，只是远远地观看，后来人越聚越多，便你推我拥地往县衙大门逼近。法不责众，平日里路过县衙连头都不敢抬的民众，竟然抱成团把几个堵在门口拦挡的衙役挤到了一边，然后潮水一样地涌了进来。顷刻之间，跨院里就塞满了看客，而大门之外，还有人源源不断地挤进来。有一些胆大包天的顽童，攀援着大墙外的树木，骑上了高高的墙头。

跨院正中，早用十几条沉重的楸木板凳，围出了一个多角的圆圈。知县老爷请来的乡绅们，端坐在长凳上，一个个表情严肃，宛若肩负着千斤的重担。坐在长凳上的还有刑名师爷、钱谷师爷、六房书办。长凳的外边，衙役们围成一圈，用脊背抵住拥挤的看客。圆圈正中，并排放着两个高大的木桶，桶里贮满清水。斗须的人还没登场。人们有些焦急，脸上都出了油汗。几个泥鳅一样在人群里乱钻的孩子，引起了一阵阵的骚乱。衙役们被挤得立脚不稳，如同被洪水冲击着的弯曲的玉米棵子。他们平日里张牙舞爪，今日里都有了一副好心性。老百姓和官府的关系因为这场奇特的比赛变得格外亲近。一条长凳被人潮冲翻，一个手捧着水烟袋的高个子乡绅跳到一边，愣怔着斗鸡眼打量着人群，神情颇似一个歪头想事的公鸡。一个花白胡须的胖乡绅猪拱地似的趴在地上，费了大劲才从人脚中爬起来。他一边擦着绸长衫上的污泥，一边沙着嗓子骂人，肉嘟嘟的大脸涨成一块刚刚出炉的烧饼。一个衙役被挤趴在长凳的边缘上，正硌着肋巴骨。他杀猪似的嗥叫着，直到被他的同伙从人群里拖出来。快班的衙役头儿刘朴——一个皮肤黝黑、瘦长精干的青年，站在一条凳子上，用风味独特的四川口音和善地说：

“乡亲们，别挤了，别挤了，挤出人命来可就了不得了。”

半上午时，主角终于登了场。钱大老爷从大堂的台阶上款款地走下来，穿过仪门，走进跨院。阳光很灿烂，照着他的脸。他对着百姓们招手示意。他的脸上笑容可掬，露出一嘴洁白的牙。群众激动了，但这激动是内心的激动，不跳跃，不欢呼，不流泪。其实人们是被大老爷的气派给镇住了。尽管大家都听说了大老爷好仪表，但真正见过大老爷本人的并不多。他老人家今日没穿官服，一副休闲打扮。他赤着脑瓜，前半个脑壳一片崭新的头皮，呈蟹壳青；后半个脑袋油光可鉴，一条又粗又长的大辫子，直垂到臀尖。辫梢上系着一块绿色的美玉，一个银色的小铃铎，一动就发出清脆的声响。他老人家穿着一身肥大的白绸衣，脚蹬着一双千层底的双鼻梁青布鞋，脚腕处紧扎着丝织的小带。那裤裆肥大得宛如一只漂浮在水面上的海蜇。当然最好看的还是他老人家胸前那部胡须。那简直不是胡须，而是悬挂在老爷胸前的一匹黑色的绸缎。看上去那样的光，那样的亮，那样的油，那样的滑。又光又亮又油又滑的一部美须悬垂在大老爷洁白如雪的胸前，让人的眼睛感到幸福。人群中有一个女人，注目丰姿飘洒、犹如玉树临风的大老爷，心里麻酥酥的，脚下轻飘飘的，眼睛里盈满了泪水。她在几个月前的一个细雨霏霏之夜就被钱大老爷的风度迷住了，但那次大老爷穿着官服，看上去有些严肃，与今天的休闲打扮大不相同。如果说穿着官服的大老爷是高不可攀的，穿着家常衣服的大老爷就是平易可亲的。

这个年轻女人就是孙眉娘。

孙眉娘往前挤着，她的眼睛，一眨也不眨地盯着大老爷。大老爷的一举手一投足一个眼神，都让她心醉神迷。踩了别人的脚她不管，扛了别人的肩她不顾，招来的骂声和抱怨声，她根本听不到了。有一些人认出了她是今日参加斗须的主角之一戏子孙丙的女儿，还以为她是为了爹的命运而揪着心呢。人们尽可能地侧着身体，为她让出了一线通往最里圈的缝隙。终于，她的膝盖碰到了坚硬的长凳。她的脑袋从衙役的脑袋中间探出去。她的心已经飞起来，落在了大老爷的胸脯上，如一只依人的小鸟，在那里筑巢育雏，享受着蚀骨的温柔。

明媚的阳光使大老爷的眼睛很光彩，很传情。他抱拳在胸前，向乡绅们致敬，也向百姓致敬，但他没有说话，只是那样妩媚地微笑着。孙眉娘感到大老爷的目光从自己脸上掠过时，似乎特别地停留了片刻，这就使她的身体几乎完全地失去了感觉。身上所有的液体，眼泪、鼻涕、汗水、血液、骨髓……都如水银泻地一般，淋漓尽致地流光了。她感到自己成了一根洁白的羽毛，在轻清的空气里飞舞，梦一样，风一样。

这时，从跨院的东边那几间让老百姓胆战心惊的班房里，两个衙役，把身材高大魁伟、面色如铁的孙丙引了出来。孙丙的脸，看上去有些浮肿，脖子上还有几道紫色的伤痕。但他的精神似乎不错，也许他是在抖擞精神。当他与知县大老爷比肩而立时，百姓们对他也不由得肃然而起敬意。尽管他的服饰、他的气色不能与大老爷相比，但他胸前那部胡须，的确也是气象非凡。他的胡须比大老爷的胡须似乎更茂盛一些，但略显凌乱，也不如大老爷的光滑。但即便如此，也是十分地了不起了。那个瘦乡绅悄悄地对胖乡绅说：

“此人器宇轩昂，能眉飞色舞，决不是等闲之辈！”

“也没有什么了不起，不过是一个唱猫腔的戏子！”胖乡绅不屑地说。

主持斗须的刑名师爷从长凳上站起来，清清被大烟熏哑的嗓子，高声说：

“各位乡绅，父老乡亲，今日斗须之缘由，实因刁民孙丙，出言不逊，侮辱知县大人。孙丙罪孽深重，本该按律治罪，但县台念他初犯，故开恩宽大处理。为了让孙丙口服心服，县台特准孙丙之请，与其公开斗须。如孙丙胜，大老爷将不再追究他的罪责；如大老爷胜，孙丙将自拔胡须，从此之后不再蓄须。孙丙，是不是这样？”

“是这样！”孙丙昂起头来，“感谢大老爷宽宏大量！”

刑名师爷征求钱大老爷的意见，大老爷微微点头，示意开始。

“斗须开始！”刑名师爷高声宣布。

但见那孙丙，猛地甩去外衣，赤裸着一个鞭痕累累的膀子，又把那根大辫子，盘在了头上。然后他勒紧腰带，踢腿，展臂，深深吸气，把全身的气力，全部运动到下巴上。果然，如同使了魔法，他的胡须，索索地抖起来，抖过一阵之后，成为钢丝，根根挺直。然后，他翘起下巴，挺直腰背矮下身去，把一部胡须慢慢地刺入水中。

钱大老爷根本没作张作势，孙丙往胡子上运气时他站在一边微笑着观看，手里轻轻地挥动着纸扇。众人被他的优雅风度征服，反而觉得孙丙的表演既虚假又丑恶，有在街头上使枪弄棒卖假药的恶痞气。孙丙把胡须插入水桶那一霎，钱大老爷把那柄一直在手里玩弄着的纸折扇欻地合拢，藏在宽大的袖筒里。然后，他略微活动了一下腰身，双手托起胡须往外一抖，把无边的风流和潇洒甩出去，差点儿把孙眉娘的小命要了去。大老爷也翘起下巴，挺直腰背矮下身去，把一部胡须刺入水中。

人们都尽量地踮起脚尖探头颅，巴巴着眼睛想看到胡须在水中的情景。但大多数人看不到，他们只能看到大老爷安详自若的笑脸和孙丙憋得青紫的脸。近靠前的人们，其实也无法看清胡须在水中的情景。阳光那样亮，褐色的木桶里那样幽暗。

担任裁判的刑名师爷和单举人，在两个水桶之间来回地走动，反复地比较着，他们的脸上，洋溢着喜色。为了服众，刑名师爷高声道：

“人群里的，谁还想看，请近前来！”

孙眉娘跨越长凳，几步就滑到了大老爷面前。她低下头，大老爷那粗粗的辫子根儿、深深的脊梁沟儿、白皙的耳朵翅儿，鲜明地摆在她的眼下。她感到嘴唇发烫，贪馋的念头，如同小虫儿，咬着她的心。她多么想俯下身去，用柔软的嘴唇把大老爷身上的一切，细细地吻一遍，但是她不敢。她感到心中升腾起一股比痛苦还要深刻的感情，几滴沉重的眼泪落在了大老爷健美匀称的脖颈上。她嗅到了一股淡淡的香气，是从水桶里散发出来的。她看到，大老爷的胡须，一根是一根，垂直着插到了水中，宛如水生植物发达的根系。她实在是不愿离开大老爷的水桶，但是刑名师爷和单举人催她到了孙丙的水桶边上。她看到，爹的胡须也是一插到底，也如水生植物的根系。刑名师爷指了指那几根漂浮在水面上的花白胡须，道：

“大嫂，你看到了吧？你向大伙儿说个公道话吧！我们说了不算，你说了算。你说吧，谁是输家，谁是赢家。”

孙眉娘犹豫了片刻，她看到了爹的涨红的脸和那两只红得要出血的眼睛。她从爹的眼睛里看到了他对自己的期望。但是她随即又看到了大老爷那两只顾盼生情的俊眼。她感到自己的嘴让一种特别黏稠的物质胶住了。在刑名师爷和单举人的催促声中，她带着哭腔说：

“大老爷是赢家，俺爹是输家……”

两颗头颅猛地从木桶里仰起来，两部胡须水淋淋地从水里拔出来。他们抖动着胡须，水珠像雨点一样往四处飞溅。两个斗须者四目相觑。孙丙目瞪口呆，喘气粗重；大老爷面带微笑，安详镇定。

“孙丙，你还有什么要说的？”大老爷笑眯眯地问。

孙丙嘴唇哆嗦着，一声不吭。

“按照我们的约定，孙丙，你应该拔去自己的胡须！”

“孙丙，孙丙，你记住了吗？你还敢胡言乱语吗？”孙丙双手捋着自己的胡须，仰天长叹道，“罢罢罢，薅去这把烦恼丝吧！”然后他猛一用力，就将一绺胡须揪了下来。他将揪下的胡须扔到地上，鲜红的血珠从下巴上滴下来。他扯起了一绺胡须，又要往下薅时，孙眉娘扑通一声跪在了大老爷的面前。她的眼睛里饱含着泪水。她的脸色，娇艳的桃花，惹人怜爱。她仰望着知县大人，娇声哀求着：

“大老爷，饶了俺爹吧……”

知县老爷眯缝着眼睛，脸上的神情，似乎有点儿讶异，也仿佛是欣喜，更多的是感动，他的嘴唇微动着，似乎说了也似乎没说：

“是你……”

“闺女，起来，”孙丙的眼里溢出了泪水，低沉地说，“不要求人家……”

钱大老爷怔了怔，开朗地大笑起来。笑毕，他说：

“你们以为本官真要拔光孙丙的胡须？他今日斗须虽然落败，但他的胡须其实也是天下少有的好胡须。他自己要拔光，本官还舍不得呢！本官与他斗须，一是想煞煞他的狂气，二是想给诸位添点儿乐趣。孙丙，本官恕你无罪，留着你剩下的胡须，回去好好唱戏吧！”

孙丙跪地磕头。

群众感叹不已。

乡绅谀词连篇。

眉娘跪在地上，目不转睛，仰望着钱大老爷迷人的面孔。

“孙家女子，大公无私，身为妇人，有男子气，实属难得。”钱大老爷转身对钱谷师爷说，“赏她一两银子吧！”

第六章
比脚

一

皎洁的满月高高地悬在中天，宛若一位一丝不挂的美人。三更的梆锣刚刚敲过，县城一片静寂。夏夜的清风，携带着草木虫鱼的气息，如缀满珠花的无边无际的轻纱，铺天盖地而来。赤裸裸的月光，照耀着在自家院子里漫游的孙眉娘。她也是一丝不挂，与月亮上下辉映。月光如水，她就是一条银色的大鱼。这是一朵盛开的鲜花，一颗熟透了的果子，一个青春健美的身体。她从头到脚，除了脚大，别的无可挑剔。她皮肤光滑，惟一的一个疤，藏在脑后茂密的头发里。

这个疤是被一头尖嘴的毛驴咬的。那时她刚会爬行。她不知道母亲已经喝了鸦片，横躺在炕上死去。她在穿戴得齐齐整整的母亲身上爬着，恰似爬一座华丽的山脉。她饿了，想吃奶，吃不到，她哭。后来她跌到炕下，大哭。没人理她。她往门外爬去。她嗅到了一股奶腥味。她看到一匹小驴驹正在吃奶。驴驹的妈妈脾气暴躁，被主人拴在柳树下。她爬到了母驴身边，想与驴驹争奶吃。母驴很恼怒，张口咬住了她的脑袋，来回摆动了几下，就把她远远地甩了出去。鲜血染红了她的身体。她放声大哭，哭声惊动了邻居。好心的邻居大娘把她从地上抱起来，往她的伤口上撒上了许多石灰止血。她受伤很重，人们认为她必死无疑。她的风流成性的爹也认为她必死无疑，但她顽强地活了下来。十五岁前，她一直很瘦弱，后脑勺子上一个大疤明亮。她跟着爹的戏班子走南闯北，在舞台上演小孩，演小妖，扮小猫。十五岁那年，她如久旱的禾苗逢了春雨，个头噌噌地往上蹿。十六岁时，她头上的黑发蓬勃生长，如砍掉了树冠的柳树，爆炸般地抽出了茁壮茂密的芽条。黑发很快地就把脑后的明疤遮住。十七岁时，她皮下的脂肪大量积淀，这时人们才知道她是一个姑娘。而在这之前，因为她的大脚和毛发稀少，戏班子里的人一直认为她是一个秃小子。十八岁时，她发育成为高密东北乡最美丽的姑娘。人们遗憾地说：

“这闺女，如果不是两只大脚，会被皇帝选做贵妃！”

因为两只大脚，这个致命的缺陷，二十岁时，她已经成了嫁不出去的老姑娘。后来，美貌如花的孙眉娘委屈地嫁给了县城东关的屠户赵小甲。眉娘过门后，小甲的娘还没死。这个小脚的女人，厌恶透了儿媳的大脚，竟然异想天开地要儿子用剔骨的利刃把儿媳的大脚修理修理。小甲不敢动手，老太婆亲自动手。孙眉娘从小跟着戏班子野，舞枪弄棒翻筋斗，根本没有受三从四德的教育，基本上是个野孩子。当了媳妇，忍气吞声，憋得要死。婆婆挥舞着小脚，持着刀子扑过来。积压在眉娘心头的怒火猛烈地爆发了。她飞起一脚，充分地显示出大脚的优越性和在戏班子里练出来的功夫。婆婆本来就因为小脚而站立不稳，如何能顶得住这样一个飞脚？——一脚飞出，婆婆应声倒地。她冲上前，骑在婆婆身上，如同武松打虎，一顿老拳，擂得婆婆哭天抢地，屎尿屙了一裤裆。挨了这顿饱打后，老太太心情不舒坦，得了气臌病，不久就死了。从此，孙眉娘获得了解放，成了实际上的家长。她在临街的南屋开了一家小酒馆，向县城人民供应热黄酒和熟狗肉。丈夫愚笨，女人风流，美人当垆，生意兴隆。城里的浮浪子弟，都想来沾点膻味，但似乎还没有一个得逞。孙眉娘有三个外号：大脚仙子、半截美人、狗肉西施。

二

斗须大会之后十天，钱大老爷的潇洒仪表和宽大胸怀在县城百姓心中激起的波澜尚未完全平息，又迎来了张灯结彩看夫人的日子。

按照惯例，每年的四月十八，平日里戒备森严、别说是普通百姓，就是县衙里的头面人物也不能随便进出的三堂，却要整天对妇女儿童开放。在这个日子里，知县的夫人，从一大清早起，就要在知县的陪同下，盛妆华服，端坐在三堂前檐下，面带微笑，接见群众。这是一个亲民的举动，也是一次夫贵妻荣的炫耀。

知县老爷的丰姿诸多百姓已经看到过，关于知县夫人的出身和学问的传说也早就将女人们的耳朵灌满。她们心急如焚地等待着这个好日子的到来。她们都想知道，天官一样的知县大老爷，到底匹配着一个什么样子的女人。街谈巷议早就如柳絮一样满天飞舞：有说夫人容华绝代、倾城倾国的，有说夫人满脸麻子、貌似鬼母的，这截然相反的两种传说，更勾起了女人们的好奇之心。年轻的女人，想当然地认为，知县夫人一定是个如花似玉的美人；而年龄稍长、经验丰富的女人却认为世上不可能有这样完美的事情。她们更愿意相信“好汉子无好妻，丑八怪娶花枝”的俗谚。她们用人物猥琐的前任老爷那位花容月貌的夫人为例来证明自己的猜测，但年轻的女人、尤其是那些尚未结婚的大闺女，依然是一厢情愿地把新任知县夫人想象成为从天上下凡的美人。

孙眉娘对这个好日子的盼望，胜过了全县的所有妇女。她与知县老爷已经见过两次面。第一次见面是在初春的一个细雨霏霏之夜，她因为投打偷鱼的猫儿，误中了知县老爷的轿子，然后把老爷引进了自家的店堂。借着明亮的烛光，她看到大老爷仪表堂皇，举止端方，宛若从年画上走下来的人物。大老爷谈吐高雅，态度和蔼，即便是一本正经的谈话里，也能透出一种别样的亲切和温存。这样的男人与自家杀猪屠狗的丈夫相比……无法相比啊！当时，其实她的心中根本就没有一点点空间能容下丈夫小甲的形象。她感到脚步轻飘飘，心中怦怦跳，脸上火辣辣。她用过多的客套话和手忙脚乱的殷勤来掩饰心中的慌乱，但还是衣袖拂翻了酒碗，膝盖碰倒了板凳。尽管在众目睽睽之下大老爷端着架子，但她从大老爷那不自然的咳嗽声里和大老爷水汪汪的眼睛里，感受到了大老爷心中的柔情。第二次见面是在斗须大会上。这一次，她充任了斗须的最终裁判，不仅更清楚地看到了大老爷的容貌，而且还嗅到了从大老爷身上散发出来的芬芳气味。大老爷粗大光滑的发辫和挺拔的脖颈，离她的焦渴的嘴唇只有那么近啊只有那么近……她似乎记得自己的眼泪落在了大老爷的脖子上，大老爷啊，但愿俺的眼泪果真落在了你的脖子上，但愿你感到了俺的眼泪落在了你的脖子上……为了表彰她的公正无私，大老爷赏给她一两银子。当她去领取银子时，那个留着山羊胡须的师爷，用异样的眼光，把她从上往下地扫了一遍。师爷的目光在她的脚上停顿的时间很长，使她的心从云端跌落到深潭。她从师爷的眼睛里猜到了师爷心里的话。她的心在呼喊着：天啊，地啊，娘啊，爹啊，俺这辈子就毁在了这两只大脚上。如果当初俺的婆婆真能用杀猪刀子把俺的大脚修小，俺就应该忍着痛让她修；如果能让俺的脚变小需要减俺十年阳寿，俺愿意少活十二年！想到此她不由得恨起了自己的爹：爹啊，你这个害死了俺娘又害了俺的爹，你这个只管自己风流不管女儿的爹，你这个把俺当小子养大不找人给俺裹脚的爹啊……即便你的胡须比大老爷的好，俺也要判你输，何况你的胡须不如大老爷的好。

孙眉娘捧着知县老爷赏赐的一两银子回了家。想起大老爷含情脉脉的目光她心情激荡，想起了师爷挑剔的目光她心中结满冰霜。看夫人的日子临近，城里的女人们忙着买胭脂买粉，裁剪新衣，简直如大闺女准备嫁妆，但孙眉娘在去不去看夫人的问题上还在犹豫彷徨。尽管与大老爷只有两次相见，大老爷也没对她说一句甜言蜜语，但她固执地认为自己跟大老爷已经心心相印，早晚会好成一对交颈鸳鸯。当街上的女人们猜测着即将显世的知县夫人的容貌并为此争论不休时，她的脸就不由自主地发起烧来，好像她们议论的就是自己家中的人。她其实也不知道自己是希望大老爷的夫人美如天仙呢，还是希望大老爷的夫人丑似鬼母。如果她貌比天仙，自己岂不是断了念想？如果她丑似鬼母，大老爷岂不是太受委屈？她既盼望着看夫人的日子到来，又生怕这个日子到来。

鸡叫头遍时她就醒了，好不容易熬到天亮。她无心做饭，更无心打扮。她在屋子和院子之间出出进进，连正在忙着杀猪的木头疙瘩小甲都注意到了她的反常。小甲问：

“老婆，老婆，你怎么啦？你出出进进是脚底发痒吗？如果脚底发痒俺就帮你用丝瓜瓤子擦擦。”

什么脚底发痒？俺的肚子发胀，不走动就闷得慌！她恶声恶气呵斥着小甲，从井台边上那棵开放得犹如一团烈火的石榴树上揪下了一朵，心中默默地祝祷着：如果花瓣是双，俺就去县衙看夫人；如果花瓣是单，俺就不去看夫人，而且还要死了与大老爷相好的心。

她将花瓣一片片地撕下来，一片两片三片……十九片，单数。她的心中顿时一阵冰凉，情绪低落到极点。不算，刚才祝祷时俺的心不诚，这次不算数。她又从树上揪下一朵特别丰硕的花朵，双手捧着，闭上眼睛，暗暗地祝祷：天上的神啊，地上的仙，给俺一个指使吧……然后，她特别郑重地，将那些花瓣一片片地撕下来。一片两片三片……二十七片，单数。她将手中的花萼揉碎扔在地上，脑袋无力地垂到胸前。小甲讨好地凑上来，小心翼翼地问：

“老婆，你要戴花吗？你要戴花俺帮你摘。”

滚，不要烦我！她恼怒地吼叫着，转身回了屋子，仰面躺到炕上，拉过一条被子蒙住头。

哭了一阵，心里感到舒畅了许多。她洗了脸，梳了头，从箱子里找出那只纳了一半的鞋底，盘腿坐在炕上，努力克制住心猿意马，不去听街上女人们的欢声笑语，嗤啦嗤啦地纳起来。小甲又傻呵呵地跑进来，问：

“老婆，人家都去看夫人，你不去吗？”

她的心一下子又乱了。

“老婆，听说她们要撒果果，你能不能带我去抢？”

她叹了一口气，用一个母亲对孩子说话的口气说：小甲，你难道还是个小孩子吗？看夫人是女人的事儿，你一个大男人去干什么？你难道不怕那些衙役们用棍子把你打出来吗？

“我要去抢果果。”

想吃果果，上街去买。

“买的不如抢的好吃。”

大街上女人们的欢笑声宛如一团烈火滚进了房子，烧得她浑身疼痛。她将针锥用力地攮进鞋底，针锥断了。她把针锥和鞋底扔在炕上，身体也随即趴在了炕上。她心乱如麻，用拳头捶打着炕沿儿。

“老婆老婆，你的肚子又发胀了吧？”小甲胆怯地嘟哝着。

她咬牙切齿地大喊着：

我要去！我要去看看你这个尊贵的夫人是个什么模样！

她纵身下了炕，把适才用花瓣打卦的事忘到了脑后，好像她在去县衙看夫人的问题上从来就没犹豫过。她打水再次洗了脸，坐在镜子前化妆。镜子里的她粉面朱唇，尽管眼泡有些肿，但毫无疑问还是个美人。她将事实上早就准备好的新衣服顺手就从箱子里抓出来，当着小甲的面就换。小甲看到她的胸脯就要起腻。她哄孩子似的说：好小甲，在家等着，我去抢果果给你吃。

孙眉娘上穿着红夹袄，下穿着绿裤子，裤子外边套着一条曳地的绿裙，于是一棵盛开的鸡冠花来到了大街上。阳光灿烂艳阳天，温柔的南风，送来了即将黄熟的小麦的清新气息。南风撩人，老春天气，正是女人多情的季节。她心急如火，恨不得一步迈进县衙，但长裙拖地，使她无法快步行走。心急只嫌脚步慢，心急只觉大街长。她索性将裙子提起来，撩开大脚，超越了一拨拨挪动着小脚、摇摇摆摆行走的女人们。

“赵家大嫂，抢什么呢？”

“赵家大嫂，您要去救火吗？”

她不理睬女人们的问询，从戴家巷子直插县衙的侧门。半树梨花从戴家半顷的院墙内泛滥出来。淡淡的甜香，嗡嗡的蜜蜂，呢喃的燕语。她伸手折下一小枝梨花，摸索着插在鬓边。戴家听觉灵敏的狗汪汪地吠叫起来。她拍打了一下身上并不存在的土，放下裙子，进了县衙侧门。把门的衙役对她点点头，她报之以微笑。然后，一闪身的工夫，她就浑身汗津津地站在三堂院门前了。在三堂院门前把门的是那个外地口音、黑眉虎眼的青年公人，眉娘在斗须大会上见过他，知道他是知县的亲信。公人对她点点头，她还是报之以微笑。院子里已经站满了女人，孩子们在女人腿缝里钻来钻去。她侧着身子，拱了几下子，就站在了最靠前的地方。她看到，在三堂飞翘起来的廊檐下，摆着一张长条的几案，案后并排放着两把椅子，左边的椅子上，端坐着知县钱大老爷，右边的椅子上，端坐着钱大老爷的夫人。夫人凤冠霞帔，腰板挺直。明媚的阳光照耀得她身上的红衣如一片红霞。夫人的脸上蒙了一层粉色的轻纱，只能模模糊糊地看到她面部的轮廓，看不清她的容貌。眉娘的心中顿时感到一阵轻松。至此，她明白了，自己最怕的还是夫人生着一张花容月貌的脸。既然夫人不敢把脸显示出来，那就说明她的脸不好看。眉娘的胸脯不自觉地挺了起来，心中燃起了希望之火。这时，她才嗅到院子里洋溢着浓烈的丁香花气。她看到，在院落的两侧，两棵粗大的紫丁香开得如烟似雾。她还看到，三堂檐下，并排着一串燕窝，大燕子飞进飞出，十分繁忙。燕窝里传出黄口燕雏的啁啾之声。传说中燕子是从来不在衙门里筑巢的，它们选择的是善良祥和的农家。但现在成群的燕子在县衙里筑了巢，这可是大祥兆，是大老爷这个大才大德人带来的福气，绝对不是蒙面的夫人带来的福气。她将目光从夫人的脸上移到了老爷的脸上，与老爷的目光撞个正着。她感到老爷的目光里饱含着爱慕，心中顿时充满了柔情。老爷啊，老爷，想不到您这样一个仙人，竟然娶了一个蒙着脸不敢见人的夫人。她的脸上果真生着一片黑麻子吗？她是一个疤瘌眼子塌鼻子吗？她是一嘴黑板牙吗？老爷啊，真真是委屈了您啦……眉娘不着边际地胡思乱想着，突然听到夫人轻轻地咳嗽了一声。知县的目光随着夫人的咳嗽涣散了，然后他就歪过头去，与夫人低声交谈了一句什么。一个梳着两把头的丫鬟端着盛满红枣和花生的小笸箩，一把把地抓起，对着人群扬过来。孩子们在人群里争抢，制造了一阵阵的混乱。眉娘看到，夫人似乎是无意地将长裙往上撩了撩，显出了那两只尖尖的金莲。身后的人群里，顿时响起了一片赞叹之声。夫人的脚实在是太美了，大脚的眉娘顿时感到无地自容。尽管她的脚被长裙遮住，但她还是认为夫人早就知道了自己的一双大脚。夫人不但知道她的一双大脚，而且还知道她对知县的痴心念想。夫人故意地将金莲显示出来，就是要给她一个羞辱，就是要给她一个打击。她不想看不愿看但还是忍不住地将目光投射到夫人的小脚上。夫人的脚，尖翘翘，好似两只新菱角。夫人的鞋子做得好，绿绸帮上绣着红花草。夫人的脚，如法宝，把孙家眉娘降服了。眉娘感到，仿佛有两道嘲弄的目光穿过粉色的轻纱，射到自己的脸上。不，是穿过了面纱和裙子，投射到自己的大脚上。眉娘仿佛看到，夫人翘着嘴角，脸上挂着骄傲的微笑。眉娘知道自己败了，彻底地败了。自己生了一张娘娘的脸，但长了一双丫鬟的脚。她慌乱地往后移动着，身后似乎响起了嘲笑之声。她这才发现，自己已经突出在众人之前，简直就是在大老爷和夫人面前表演。更多的羞惭涌上心头，她更加慌忙地后退，脚步凌乱；脚跟踩了裙子，嗤啦一声响，裙子破了，她跌了一个仰面朝天。

后来她反复地回忆起，当她跌倒在地时，大老爷从几案后边猛地站立起来。她确凿地认为，大老爷的脸上显露出怜爱和关切之情，只有扯心连肺的亲人，才会有这样的表现。她还确凿地认为，当时，自己真切地看到，就在大老爷想越过几案跑上来将她从地上扶起时，夫人的小脚狠狠地踢在了大老爷的小腿上。大老爷愣了一下，然后，慢吞吞地坐了回去。夫人的脚在几案下进行着上述的活动时，身体保持着正直的姿态，好像什么事情也没有发生。

眉娘在身后女人们的耻笑声中狼狈地爬起来。

眉娘扯起裙子，顾不上遮掩适才跌倒时已经在夫人和大老爷面前暴露无遗的大脚，转身挤进了人群。她紧紧地咬住嘴唇，把哭声憋住，但眼泪却泉水般地涌出了眼眶。她到了人群的最外边，听到身后的女人们，有的还在嬉笑，有的又开始夸赞夫人的小脚。她知道，夫人又在人前装作无意其实是有意地展示她的小脚了。真是一俊遮百丑啊，夫人依仗着一双小脚，让人们忘记了她的容貌。她在离开人群前，最后看了一眼大老爷，她的目光又一次神奇地与大老爷的目光相遇。她感到老爷的目光悲凄凄的，好像是对自己的安慰，也许是对自己的同情。她用袖子遮着脸跑出了三堂大门，一进入戴家巷子，就放出了悲声。

眉娘神思恍惚地回了家，小甲黏上来要果果，她一把将小甲搡到一边，进屋后，扑到炕上放声大哭。小甲站在她的身后，随着她的哭声也呜呜地哭起来。她翻身坐起，抓起一个笤帚疙瘩，对着自己的脚砸起来。小甲吓坏了，制住了她的手。她盯着小甲那张又丑又憨的脸，说：小甲，小甲，你拿刀，把俺的脚剁了去吧……

三

夫人的小脚仿佛劈头浇了眉娘一头冷水，让她清醒了几天。但与大老爷三次相见的情景，尤其是大老爷那含意深长的目光和他脸上那无限关切的表情，与夫人的尖尖的小脚开始了顽强的对抗。最后，夫人的小脚变成了模模糊糊的幻影，大老爷柔情万种的目光和大老爷美好的面容却越来越清晰。她的脑子里的空儿全被钱大老爷占满了。她的眼睛盯着一棵树，那棵树摇摇曳曳地就变成了钱大老爷。她看到一条狗尾巴，那根狗尾巴晃晃漾漾地就变成了钱大老爷脑后的大辫子。她在灶前烧火，跳动的火焰里就出现了钱大老爷的笑脸。她走路时不知不觉地就撞到了墙上。她切肉时切破手指而觉不到痛。她把满锅的狗肉煮成了焦炭而闻不到煳味 。她无论看到什么什么就会变成钱大老爷或者是变成钱大老爷身上的一部分。她闭上眼睛就亲亲切切地感到钱大老爷来到了自己身边。她能感觉到他的坚硬的胡须刺痒着自己的柔软的皮肤。她每天夜里都梦到钱大老爷与自己肌肤相亲。她在睡梦中发出的尖叫经常把小甲吓得滚到炕下。她面容憔悴，身体飞快地消瘦，但双眼却炯炯发亮，眼珠子湿漉漉的。她的喉咙奇怪地嘶哑了。她经常发出那种被炽烈的欲火烧焦了心的女人才能发出的那种低沉而沙涩的笑声。她知道自己得了严重的相思病。她知道得了相思病是可怕的。得了相思病的女人要想活下去，只有去跟那个被她相思着的男人同床共枕，否则就要熬干血脉、得肺痨病吐血而死。她在家里已经坐不住了。往日里那些吸引着她的、让她高兴的事情，譬如赚钱、譬如赏花，都变得索然无趣。同样的美酒入口不再香醇。同样美丽的花朵入目便觉苍白。她挎着竹篮子，篮子里放着一条狗腿，一天三遍在县衙大门前走来走去。她盼望着能与出行的大老爷不期而遇；见不到大老爷见见大老爷那顶绿呢大轿也好。但大老爷犹如沉入深水的老鳖，不露半点踪迹。她在衙前打转，她那沙涩的骚情笑声引逗得门前站岗的兵丁们抓耳挠腮。她恨不得对着深深的衙门大声喊叫，把憋在心中的那些骚话全都喊出来，让大老爷听到，但她只能低声地嘟哝着：

“我的亲亲……我的心肝……我快要把你想死了……你行行

好……可怜可怜我吧……知县好比仙桃样，长的实在强！看你一眼就爱上，三生也难忘。馋得心痒痒。好果子偏偏长在高枝上，还在那叶里藏。小奴家干瞪着眼儿往上望，日夜把你想。单相思捞不着把味尝，口水三尺长。啥时节搂着树干死劲儿晃，摇不下桃来俺就把树上……”

滚烫的情话在她的心中变成了猫腔的痴情调儿被反复地吟唱，她脸上神采飞扬，目光流盼，宛若飞蛾在明亮的火焰上做着激情之舞。兵丁和衙役们被她这副模样吓得够戗，既想趁机占她点儿便宜，又怕惹出事儿抖擞不掉。她在欲火中煎熬着，她在情海里挣扎着。终于，她发现自己吐血了。

吐血使她发昏的头脑开了一条缝隙。人家是堂堂的知县，是朝廷的命官，你是什么？一个戏子的女儿，一个屠户的老婆，一个大脚的女人。人家是高天，你是卑土；人家是麒麟，你是野狗。这场烈火一样的单相思，注定了不会有结果。你为人家把心血熬干，人家还是浑然不觉。即便觉了，还不是轻蔑地一笑，不会承你丝毫的情。你自己熬死自己，是你活该倒霉，没有人会同情你，更不会有人理解你，但所有的人都会嘲笑你，辱骂你。人们笑你不知道天高地厚，笑你不知道二三得六。人们会骂你痴心妄想，猴子捞月，竹篮打水，癞蛤蟆想吃天鹅肉。孙眉娘，清醒一下你的头脑吧，你安分守己吧！你把钱大老爷忘了吧。明月虽好，不能拖进被窝；老爷虽妙，却是天上的人。她发了狠要忘掉把自己折磨得吐血的钱大老爷。她用指甲掐自己的大腿，用针扎自己的指尖，用拳头擂自己的脑袋，但钱大老爷是鬼魂，难以摆脱。他如影随形，风吹不散，雨洗不去，刀砍不断，火烧不化。她抱着头，绝望地哭了。她低声骂着：

“冤家，冤家，你把我放了吧……你饶了我吧，我改过了，我再也不敢了，难道你非要我死了才肯罢休？”

为了忘掉钱丁，她引导着不解人事的小甲与自己交欢。但小甲不是钱丁，人参不是大黄。小甲不是治她病的药。与小甲闹完后，她感到思念钱丁的心情更加迫切，如同烈焰上又泼了一桶油。她到井边打水时，从井水中看到了自己枯槁的面容。她感到头晕眼花，嗓子里又腥又甜。天，难道就这样子完了吗？难道就这样子不明不白地死去？不，我舍不得死，我要活下去。

她强打起精神，提着一条狗腿，两吊铜钱，曲里拐弯地穿越了一些小街窄巷，来到了南关神仙胡同，敲开了神婆吕大娘家的门。她把喷香的狗腿和油腻的铜钱拿出来，放在吕大娘家供奉着狐仙牌位的神案上。看到狗腿，吕大娘紧着抽鼻子。看到铜钱，吕大娘黯淡的眼睛里放出了光彩。吕大娘哮喘不止。为了压制哮喘，她点燃了一枝洋金花，贪婪地吸了几口。然后，她说：

“大嫂，你病得不轻啊！”

孙眉娘跪在地上，哽咽着说：

“大娘，大娘，救救我吧……”

“说吧，孩子，”吕大娘吸着洋金花，瞟了一眼孙眉娘，意味深长地说，“瞒得了爹娘，瞒不了大夫，说吧……”

“大娘，俺实在是说不出口……”

“瞒得了大夫，瞒不了神仙……”

“大娘啊，俺爱上了一个人……我被他给毁了……”

吕大娘狡猾地笑着问：

“大嫂这样的容貌，难道还不能如愿？”

“大娘，您不知道他是谁……”

“他能是谁？”吕大娘道，“难道他是九洞神仙？难道他是西天罗汉？”

“大娘，他不是九洞神仙，也不是西天罗汉，他是县里的钱大老爷……”

吕大娘眼睛里又放出了光彩，她克制着既好奇又兴奋的心情，问道：

"大嫂，你想怎么着？想让老身施个法儿成全你吗？"

"不，不……"她的眼睛里泪水盈盈，艰难地说，"天地悬殊，这是不可能的……"

"大嫂，这男女的事儿，你不懂，只要你舍得孝敬狐仙，任他是铁石的心肠，也有办法让他上钩！"

"大娘……"她捂住脸，让泪水从指缝里汩汩地流出来。她哭着说，"您施个法儿，让俺忘掉他吧……"

"大嫂，何苦来着？"吕大娘道，"既然喜欢他，为什么不圆满了好事？这世上的事儿，难道还有比男欢女爱更舒坦的吗？大嫂，您千万别糊涂！"

"真能……圆满了好事？"

"心诚则灵。"

"俺心诚！"

"你跪下吧。"

四

按照吕大娘的吩咐，孙眉娘怀揣着一条洁白的绸巾，跑到田野里。她原本是一个极其怕蛇的人，但现在，她却盼望着遇到蛇。那天吕大娘让她跪在狐仙的灵位前，闭着眼睛祝祷。吕大娘口中念念有词，很快就让狐仙附了体。狐仙附体后的吕大娘嗓音尖尖，是一个三岁的小女孩的声口。狐仙指使她到田野里去找两条交配在一起的蛇，用绸巾把它们包起来，等它们交配完毕分开时，就会有一滴血留在绸巾上。狐仙说：你拿着这绸巾，找到你的心上人，对着他摇摇绸巾，他就会跟你走。从此他的灵魂就寄在你的身上了。要想让他不想你，除非拿刀把他杀死。

她拿着一根竹竿，跑到远离县城的荒草地里，专拣那些潮湿低洼、水草繁茂的地方拨弄。好奇的鸟儿在她的头上盘旋着，鸣叫着。蝴蝶在她的面前若即若离地飞舞。她的心如蝴蝶，飘飘忽忽。她的脚如同踩着棉花，身子软弱，有些撑不住。她抽打着野草，惊起了蚂蚱、蝈蝈、刺猬、野兔……惟独没有蛇。她既想碰到蛇，又怕碰到蛇。她的心里矛来盾去，碰撞得噼噼啪啪响。突然，嗤啦一声，一条黄褐色的大蛇从草里钻出来，对着她扮了一个狰狞的鬼脸。它伸缩着黑色的信子，目光阴郁，三角形的脸上是冷冷的嘲笑。她的头嗡的一声响，眼前一阵发黑，一时间啥都看不见了。她在迷迷糊糊中听到了自己嘴里发出一声弯弯曲曲的怪叫，一屁股坐在了草地上。等她清醒过来时，那条大蛇已经没有了踪影。冷汗浸透了她的衣衫。心儿怦怦乱跳，宛如坚硬的卵石碰撞着胸腔，她一张嘴，吐出了一口鲜血。

我真傻，她想，我为什么要相信那神婆子的鬼话？我为什么要想那钱丁？他再好不也是个人吗？他不是也要吃喝拉尿吗？即便他真的趴在了我的身上，弄来弄去不也是那么一回事吗？他与小甲又有什么区别呢？眉娘，不要犯糊涂了！她仿佛听到一个严肃的声音在高高的天上训斥着自己。她仰脸看天，蓝天无比地澄澈，连一丝丝白云也没有。一群群鸟儿在飞翔中愉快地鸣叫着。她的心情，像蓝天一样开朗澄澈了。她如梦初醒地长叹一声，站起来，拍拍屁股上的草屑，整整凌乱的头发，往回家的路上走去。

路过那片积水的洼地时，她开朗的心情又发生了变化：她看到，在明亮如镜的泊子里，站着一对羽毛洁白的白鹭。它们一动不动，或许在这里已经站立了一千年。雌鸟把头搭在雄鸟的背上，雄鸟弯回头，注视着雌鸟的眼睛。它们是一对相对无言、静静地安享着柔情蜜意的恋人。忽然间，可能是她的到来惊动了它们似的，可能是它们一直在等待着她的到来然后就为她进行特别的表演似的：两只大鸟伸直脖颈，展开夹杂着黑羽的白翅，大声地、呕心沥血般地鸣叫起来。它们用热烈的鸣叫欢迎着她的到来。随着狂热的叫唤，它们把两条柔软如蛇的长颈纠缠在一起。想不到它们的脖颈会这般的柔软，你绕着我，我缠着你，你与我缠绕在一起，扭结成感情的绳索。绕啊绕，缠啊缠……似乎永远缠不够，似乎永远不停止。终于分开了。然后，两个鸟儿伸出嘴巴，快速而又温柔地梳理着彼此的羽毛。它们脉脉含情，它们摩摩蹭蹭，从头至尾，连每一根羽毛也不放过……这两只鸟儿的爱情表演，把孙眉娘感动得热泪盈眶。她扑倒在潮湿的草地上，让泪水浸湿了野草，让心脏顶着泥土跳动。她的感情激荡，嘴里喃喃着念叨：

“天啊，天老爷，您把俺变成一只白鹭吧，您把俺的钱大老爷也变成一只白鹭吧……人分高低贵贱。鸟儿一律平等。天老爷，求求您啦，让俺的脖子和他的脖子纠缠在一起，纠缠在一起拧成一股红绳。让俺的嘴巴亲遍他的全身，连一根汗毛也不放过，俺更盼望着他的嘴巴能吻遍俺的全身。俺多么想将他整个地吞了，俺也希望他能把俺吃了。天老爷，让俺的脖子和他的脖子纠缠在一起永远地解不开，让俺全身的羽毛都奓煞开，如孔雀开屏……那该是多大的幸福啊，那该是刻骨的恩情……”

她的滚烫的脸把地上的野草都揉烂了，她的双手深深地插在泥土里，把野草的根都抠了出来。

她爬起来，如醉如痴地向着那两只鸟儿走去。她的土黄草绿的脸上，绽开了辉煌的微笑。她伸出手，手中的白绸巾在微风中招展着。她可真正是心驰神往了啊。她口中喃喃着：

“鸟儿，鸟儿啊，把你们的血给我一滴吧，多了不要，只要一滴，让我去实现我的梦想。鸟儿啊，我就是你啊，你就是他，让他知道我的心，也就是知道了你的心，让我们心心相印吧！鸟儿，把你们的幸福分一点儿给我吧，就一点点，我不敢贪心，就一点点，一丁点点啊，鸟儿，可怜可怜我这个被爱烧焦了心的女人吧……”

两只白鹭扑扇着翅膀奔跑着，四条古怪的长腿说不清是笨拙呢还是灵巧呢?！它们踏破了如明镜如水银的浅水，在水面上留下了一圈圈美丽的涟漪。它们在奔跑中积蓄着力量，越跑越快。它们踏水有声，如碎琉璃，吧嚓吧嚓吧嚓，细小的水花溅起又落下，终于，它们的双腿伸得笔直，挺在羽扇般张开的尾后，飞起来了。它们飞起来了。它们先是贴着水面飞，然后便降落，降落到泊子对面去，变成了两个模糊的白点……她的双腿陷在淤泥里，仿佛在这里站了也是一千年……她越陷越深，淤泥已经吞没了她的大腿，她感到自己的火热的屁股已经坐在了凉爽的淤泥里……

匆匆赶来的小甲把她从淤泥中拖了上来。

她大病了一场。病好后，依然割不断对钱大老爷的思念。吕大娘悄悄地送给她一包褐色的粉末，同情地对她说：

“孩子，狐仙可怜你，让我送给你这包断情粉，你把它喝下去吧。”

她打量着那包粉末，问道：

“好心的大娘，告诉我，这是什么东西？”

“你只管喝下去，然后我再告诉你，否则就不会灵验了。”

她将粉末倒进一个碗里，用开水调了，然后，捏着鼻子，忍着那难闻的气味，把它灌了下去。

“孩子，”吕大娘问，“你真的想知道这是什么东西吗？”

“真的。”

“那就让我告诉你吧，”吕大娘道，“孩子，大娘心软，不忍心看着你这样一个水灵灵的美人儿这样毁了，就把最绝的法子使出来了。狐仙她老人家是不同意使用这样的法子的，但你中毒太深，它老人家也没有好的法子救你了。这是俺家的祖传秘方，一向是传媳妇不传女儿的。实话对你说吧，你刚才喝下去的，就是你那心上人屙出来的屎橛子！这是货真价实的，绝对不是伪冒假劣。俺得了这味药可不是容易的，俺用三吊铜钱买通了给钱大老爷家当厨子的胡四，让他悄悄地从大老爷家的茅厕里偷出来。俺把这宝贝放在瓦片上烘干，研成粉末，然后加上巴豆大黄，全是去心火的烈药。这法子大娘轻易不用，因为狐仙告诉俺，用这样的邪法子会促人的阳寿，但俺实在是可怜你，自己少活两年就少活两年吧。孩子，吃这味药就是要让你明白，即使堂皇如钱大老爷，拉出来的屎也是臭的……”

吕大娘一席话尚未说完，孙眉娘就弯下腰大吐，一直把绿色的胆汁都吐了出来。

折腾过这一场之后，眉娘的那颗被荤油蒙了的心渐渐地清醒了。对钱大老爷的思念虽然还是不绝如缕，但已经不是那样要死要活。心上的伤口虽然还是痛疼，但已经结了疤痕。她有了食欲，盐入口知道咸了，糖入口知道甜了。她的身体在渐渐地恢复。经过了这一番惊心动魄的爱情洗礼，她的美丽少了些妖冶，多了些清纯。她夜里依然睡不好，尤其是那些明月光光之夜。

五

月光如金沙银粉，飒飒地落在窗户纸上。小甲在炕上大睡，四仰八叉，鼾声如雷。她赤身裸体地走到院子里，感觉到月光水一样在身上汩汩地流淌着。这种感觉既美妙无比，又让她黯然神伤，心中的病根儿不失时机地抽出了娇嫩的芽苗。钱丁啊，钱丁，钱大老爷，我的冤家，你什么时候才能知道，有一个女人，为了你夜不能寐。你什么时候才能知道，有一个如熟透了的水蜜桃子一样的身体等待着你来消受……天上的明月，你是女人的神，你是女人的知己，传说中的月老就是你吗？如果传说中的月老就是你，你为什么不替我传音送信？如果传说中的月老不是你，那么主宰着男女情爱的月老又是天上的哪个星辰？或者是世间的哪路尊神？一只白色的夜鸟从明月中飞来，降落在院子一角的梧桐树上，她的心突突地跳动起来。月老月老，你有灵有验，你没有眼睛但是能够观照世间万物，你没有耳朵但是能够聆听暗室中的私语，你听到了我的祈祷，然后就派来了这个送信的鸟使。这是只什么鸟？这是只白色的大鸟。它的洁白的羽毛在月光下熠熠生辉，它的眼睛像镶嵌在白金中的黄金。它蹲在梧桐树最高最俏的那根树枝上，用最美丽的最亲切的姿势从高处望着我。鸟，鸟儿，神鸟，把我的比烈火还要热烈、比秋雨还要缠绵、比野草还要繁茂的相思用你白玉雕琢成的嘴巴叼起来，送到我的心上人那里去。只要让他知道了我的心我情愿滚刀山跳火海，告诉他我情愿变成他的门槛让他的脚踢来踢去，告诉他我情愿变成他胯下的一匹马任他鞭打任他骑。告诉他我吃过他的屎……老爷啊我的亲亲的老爷我的哥我的心我的命……鸟啊鸟儿，你赶紧着飞去吧，你已经载不动我的相思我的情，我的相思我的情好似那一树繁花浸透了我的血泪，散发着我的馨香，一朵花就是我的一句情话，一树繁花就是我的千言万语，我的亲人……孙眉娘泪流满面地跪在了梧桐树下，仰望着高枝上的鸟儿。她的嘴唇哆嗦着，从红嘴白牙间吐露出呢呢喃喃的低语。她的真诚感天动地，那只鸟儿哇哇地大叫着，一展翅消逝在月光里，顷刻便不见了踪影，仿佛冰块融化在水中，仿佛光线加入到火焰里……

一阵响亮的打门声，把痴情中的孙眉娘惊得魂飞魄散。她急忙跑回屋子，匆匆穿上衣服。来不及穿鞋，赤着两只大脚，踩着被夜露打湿的泥地，跑到了大门边。她用手捂着心，颤着嗓子问：

“谁？”

她多么希望出现一个奇迹，她多么希望这是她的一片诚心感动了天地，神灵把红线抛给了自己的心上人。那么，他这是趁着月光探望自己来了。她几乎就要跪在地上了，祈望着梦想成真。但是，门外传进来那人的低声回答：

“眉娘，开门……”

“你是谁？”

“闺女，我是你爹啊！”

“爹？你半夜三更怎么到这里来了？”

“别问了，爹遭了难了，快开门吧！”

她慌忙拨开门闩，拉开大门。随着吱嘎吱嘎开张的门扇，她的爹——高密东北乡著名的戏子孙丙，沉重地倒了进来。

借着月光，她看到爹的脸上血迹斑斑。那部不久前在斗须大会上虽败犹荣的胡须，只余下几根根，鬈曲在满下巴的血污之中。她惊问：

“爹，这是怎么啦？”

她唤醒小甲，把爹弄到炕上。用筷子撬开紧咬的牙关，灌进去半碗凉水，他才苏醒过来。刚一苏醒他就伸手去摸自己的下巴，然后他就呜呜地哭起来。他哭得很伤心，好似一个受了大委屈的小男孩。血还从下巴上往外渗着，那几根残存的胡须上沾着泥污。她用剪刀把它们剪去，从面缸里抓了一把白面，掩在他的下巴上。这一来爹的面目全非，活活一个怪物。她问：

“到底是谁把你害成了这个样子？”

爹的泪汪汪的眼睛里，迸出了绿色的火星。他腮上那些肌肉一条条地绽起来，牙齿错得咯咯响：

“是他，肯定是他。是他薅了我胡须，可他明明赢了，为什么还不放过我？他当着众人宣布赦免了我，为什么还要暗地里下此毒手？这个心比蛇蝎还要毒辣的强盗啊……”

现在，她感到自己的相思病彻底地好了。回想起过去几个月的迷乱生活，她心中充满了羞愧和后悔。仿佛自己与钱丁同谋，薅了爹的胡须。她暗想着：钱大老爷，你实在是太歹毒了，太不仗义了。你哪里是个宽厚仁爱的父母官？分明是一个心狠手辣的土匪！你把我害得人不人鬼不鬼也就罢了，谁让俺自轻自贱呢？可你不该对俺爹——一个在你面前已经服输的人下这样的黑手。你当着众人的面宣布赦免了他，感动得俺下了跪，让俺的一颗心为了你破碎，也为你赢得了宽宏大量的好名声，但暗地里你还是不放过他。你这个人面兽心的畜生，我怎么会那样痴迷地爱上你？你知道这几个月来俺过的是什么日子？想到此她感到悲愤难忍，钱丁啊，你薅了俺爹的胡须，俺就要了你的狗命。

六

她精心挑选了两条肥狗腿，拾掇干净了，放到老汤锅里，咕嘟咕嘟地煮起来。为了让煮出的狗腿味道好，她往锅里新加了香料。她亲自掌握着火候，先用大火滚烧，然后用微火慢炖。狗肉的香气，散发到大街上。店里的常客大耳朵吕七，闻着味道跑来，把店门拍得山响：

“大脚仙子，大脚仙子，什么风把天刮晴了？你又开始煮狗腿了？俺先定一条……”

“定你娘的腿！”她用勺子敲打着锅沿，高声大嗓地叫骂着。一夜之间，她恢复了狗肉西施嬉笑怒骂的本色，相思钱丁时那迷人的温柔不知道飞到哪里去了。她喝了一碗猪血粥，吃了一盘狗杂碎，然后就用精盐擦牙，清水漱口，梳头洗脸，搽官粉，抹胭脂，脱下旧衣裳，换上新衣裳，对着镜子她用手撩着水抿抿头发，鬓角上插了一朵红绒花。她看到自己目光流盼，风采照人。她给自己的容貌迷住了，心中突然地又升起一股缱绻的柔情。这哪里是去行刺，分明是去卖骚。她被自己的温情吓坏了，急忙把镜子翻转，咬牙切齿，让恨火在胸中燃烧。为了坚定信心，不动摇斗志，她特意到东屋里去看了爹的下巴。爹下巴上的白面已经嘎巴成了痂，散发着酸溜溜的臭气，招来了成群的苍蝇。爹的面容让她既恶心又痛心。她捡起一根劈柴，戳戳爹的下巴。正在沉睡的爹嗷地叫了一声，痛醒了，睁开浮肿的眼，迷茫地望着她。

“爹，我问你，”她冷冰冰地问，“深更半夜，你到城里来干什么？”

“我逛窑子了。”爹坦率地回答。

“呸！”她嘲弄地说，“你的胡子是不是让婊子们薅了去扎了蝇拂子？”

“不是，我跟她们处得很好，她们怎么舍得薅我的胡子？”爹说，“我从窑子里出来，在县衙后边那条巷子里，跳出了一个蒙面的人。他把我打倒在地，然后就用手薅我的胡须！”

“他一个人就能薅掉你的胡须？”

“他武艺高强，再加上我喝醉了。”

“你怎么能断定是他？”

“他下巴上套着一个黑色的布囊，”爹肯定地说，“只有好胡须的人才会用布囊保护。”

“那好，我就去给你报仇，”她说，“尽管你是个混蛋，但你是我的爹！”

“你打算怎么样子给我报仇？”

“我去杀了他！”

“不，你不能杀他，你也杀不了他，”爹说，“你把他的胡须薅下来一把就算替我报了仇。”

“好吧，我去薅了他的胡须！”

“你也薅不了他的胡须，”爹摇摇头说，“他腿脚矫健，平地一跳，足有三尺高，一看就知道是个练家子！”

“你不知道‘道高一尺，魔高一丈’？”

“我等着你的好消息，”爹用讽刺的口吻说，“只怕是肉包子打狗，有去无还。”

“你等着吧！”

“闺女，爹虽然没出息，但毕竟还是你的爹，所以，我劝你不要去了。爹睡了这半夜，多少也想明白了。我给人薅了胡子，是我罪有应得，怨不得别人。”爹说，“马上我就要回去了，戏我也不唱了。爹这辈子，生生就是唱戏唱坏了。戏里常说，‘脱胎换骨，重新做人’，我这叫做‘拔掉胡子，重新做人’！”

“我不单为了你！”

她去了前屋的灶间，用铁笊篱把狗腿捞出来，控干了汤水，撒上了一层香喷喷的椒盐，找来几片干荷叶，把狗腿包好，放在篮子里。她从小甲的家什筐子里，挑了一把剔骨用的尖刀，用指甲试了试锋刃，感到满意，就把它藏在篮子底下。小甲纳闷地问：

“老婆，你拿刀子干什么？”

“杀人！”

“杀谁？”

“杀你！”

小甲摸摸脖子，嘿嘿地笑了。小甲说：“不，是杀你自己。”

七

孙眉娘来到县衙大门前，偷偷地塞给正在站哨的鸟枪手小囤一只银手镯，然后在他的大腿上拧了一把，悄声说：

“好兄弟，放我进去吧。”

“进去干啥？”小囤喜欢得眼睛眯成了一条缝，用下巴撅撅门侧的大鼓，说：“要告状你击鼓就是。”

“俺有什么冤屈还用得着来击鼓鸣冤？”她把半个香腮几乎贴到了小囤的耳朵上，低声道，“你们大老爷托人带话，让俺给他去送狗肉。”

小囤夸张地抽着鼻子，说：

“香，香，的确是香！想不到钱大老爷还好这一口！”

“你们这些臭男人，哪个不好这一口？”

“大嫂，侍候着大老爷吃完了，剩下点儿骨头让弟弟啃啃也好……”

她对着小囤的脸啐了一口，说：

“骚种，嫂子亏不了你！告诉俺，大老爷这会儿在哪间房里？”

“这会儿吗……”小囤举头望望太阳，说，“大老爷这会儿多半在签押房里办公，就是那里！”

她进了大门，沿着笔直的甬道，穿过了那个曾经斗过须的跨院，越过仪门，进入六房办公的院落，然后从大堂东侧的回廊绕了过去。遇到她的人，都用好奇的目光看着她。对他们她一律地报以甜蜜地媚笑，让他们想入非非，神魂颠倒。衙役们盯着她款款扭动的腰肢，张开焦躁的口唇，流出贪馋的口涎。他们交换着眼神，会意地点着头。送狗肉的，对，送狗肉的，大老爷原来也爱好这个。真是一条油光水滑、肥得流油的好母狗……衙役们想到得意处，脸上浮现出色迷迷的笑容。

迈进二堂后，她感到心跳剧烈，嘴里发干，双膝酸软。带路的年轻书办，停住脚步，用噘起的嘴唇，对着二堂东侧的签押房示意。她转身想向年轻书办表示谢意，但他已经退到院子里去了。她站在签押房的高大的雕花格子门前，深深地呼吸着，借以平定心中的波澜。从二堂后边的刑钱夫子院里，漫过来一阵阵浓郁的丁香花香，熏得她心神不定。她抬手理理鬓角，扶了扶那朵红绒花，接着让手滑下来，摸着衣裳的斜襟直到衣角。她轻轻地拉开门，一道绣着两只银色白鹭的青色门帘挡在了她的面前。她感到心中一阵剧烈的气血翻滚，不久前在水泊子里看到的那两只接吻缠颈的亲密白鹭的情景猛然地浮现在眼前。她紧紧地咬住了下唇才没有让自己发出哭声。她已经说不出在自己心中翻腾着的究竟是爱还是恨，是怨还是冤，她只是感到自己的胸膛就要爆炸了。她艰难地往后退了几步，将脑袋抵在了凉爽的墙上。

后来，她咬牙平息了心中的狂风巨浪，重回到门帘前。她听到，签押房里传出了翻动书页的沙沙声和茶杯盖子碰撞杯沿的声响。随后是一声轻轻的咳嗽。她感到心儿堵住了咽喉，呼吸为之窒息。是他的咳嗽声，是梦中情人的咳嗽，但也是外表仁慈、心地凶残、拔了爹的胡须的仇人的咳嗽。她想起了自己屈辱的单相思，想起了吕大娘的教导和吕大娘配给自己吃的那服埋汰药。强盗，俺现在明白了俺今天为什么要来这里，俺不过是打着为父报仇的幌子，把自己骗到了这里。其实，俺的病已经深到了骨髓，这辈子也不会好了。俺是来求个解脱的，俺也知道他根本就不会把俺一个大脚的屠夫老婆看在眼里。即便俺投怀送抱，他也会把俺推出去。俺是没有指望了也没有救了，俺就死在你的面前，或者是让你死在俺的面前，然后俺再跟着你去死吧！

为了获得突破这层门帘的勇气，她想努力地鼓舞起自己的仇恨，但这仇恨宛如在春风里飘舞着的柳絮，没有根基，没有重量，哪怕是刮来一缕微风，就会吹得无影无踪。丁香花的气息熏得她头昏脑涨，心神不宁。而这时，竟然又有轻轻的口哨声从房里传出，宛若小鸟的鸣啭，悦耳动听。想不到堂堂的知县老爷，还会如一个轻浮少年那样吹口哨。她感到身体上，似乎被清凉的小风飕溜了一遍，皮肤上顿时就起了一层鸡栗，脑子里也开了一条缝隙。天老爷，再不行动，勇气就要被彻底瓦解。她不得不改变计划，提前把刀子从篮子底下摸出来，攥在手里，她想一进去就把刀子刺入他的心，然后刺入自己的心，让自己的血和他的血流在一起。她横了心，猛地挑开了门帘，身体一侧，闪进了签押房，绣着白鹭的门帘，在她的身后及时地挡住了外边的世界。

签押房里宽大的书案、书案上的文房四宝、墙上悬挂的字画、墙角里的花架、花架上的花盆、花盆里的花草、被阳光照得通明的格子窗，等等一切，都是在激情的大潮消退之后，她才慢慢地看到的。掀帘进门时，跳入她的眼帘的，惟有一个大老爷。大老爷穿着宽大潇洒的便服，身体仰在太师椅里，那两只套在洁白的棉布袜子里的脚，却高高地搁在书案上。他吃了一惊，把双腿从桌子上收回，脸上的惊愕表情流连不去。他坐直身体，放下书本，直直地盯着她，说：

"你……"

接下来就是四目对视，目光如同红线，纠缠结系在一起。她感到浑身上下，都被看不见的绳索捆住，连一点点挣扎的力气也没有了。胳膊上挎着的竹篮子和手里攥着的刀子，一起跌落在方砖铺成的地面上。刀子在地上闪光，她没有看到，他也没有看到。狗腿在地上散发香气，她没有嗅到，他也没有嗅到。滚烫的泪水，从她的眼窝里咕嘟咕嘟地冒出来。泪水濡湿了她的脸，又打湿了她胸前的衣服。那天她穿着一件藕荷色的绸上衣，袖口、领子和下摆上，都刺绣着精密的豆绿色花边。高高竖起的衣领，衬得她的脖颈更加秀挺洁白。两只骄傲自大的乳房，在衣服里咕咕乱叫。一张微红的脸儿，恰似一朵粉荷花沾满了露珠，又娇又嫩又怯又羞。钱大老爷的心中，充满了感动。这个仿佛从天而降的美人，俨然是他久别重逢的情人。

他站起来，绕过了书案。书案的棱角碰青了他的大腿他也感觉不到。他的双眼始终盯着她的眼睛。他的心中只有这个美人，宛若即将羽化的蝴蝶塞满了单薄的蛹皮，除此之外什么都没有了 。他的眼睛潮湿了。他的呼吸粗重了。他的双手伸出去，他的怀抱敞开了。距她还有一步远时，他立定了。两个人持续地对着眼睛，眼睛里都饱含着泪水。力量在积蓄，温度在升高。终于，不知是谁先谁后，两个人闪电般地拥抱在一起。两个人如两条蛇纠缠着，彼此都使出了最大的力气。他们的呼吸都停止了。周身的关节嘎嘎做响。嘴巴互相吸引着碰在了一起。碰到了一起就胶住了。他和她闭了眼。只有四片热唇和两根舌子在你死我活般地斗争着，翻江倒海，你吞我咽，他们的嘴唇在灼热中麦芽糖一样炀化了……然后，水到渠成，瓜熟蒂落，什么力量也阻止不了他们了。在光天化日之下，在庄严的签押房里，没有象牙床，没有鸳鸯被，他和她蜕掉茧壳，诞生出美丽，就在方砖地上，羽化成仙。

第七章
悲歌

一

公元1900年3月2日，是大清光绪二十六年（庚子年）二月初二。这一天是传说中蛰龙抬头的日子。过了二月二，春阳发动，地气开始上升；耕牛下田耙地保墒的工作指日可待。这一天，是高密东北乡马桑镇的集日，猫了一冬的农民，有事的和无事的，都拥到集上。无钱的就逛大街，看热闹，蹭白戏；有钱的就吃炉包、坐茶馆、喝烧酒。那天是个阳光明媚的日子，虽然还有小北风飕飕地刮着，但毕竟已是初春天气，薄寒厚暖，爱俏的女人，已经换下了臃肿的棉衣，穿上了利落的夹衫，显出了身体的轮廓。

一大早，孙记茶馆的老板孙丙，就肩着担子，挑着木桶，爬上高高的河堤，下到马桑河畔，踏上木码头，挑来清澈的河水，准备一天的生意。他看到头天还残存在河边的碎冰已经在一夜之间化尽，碧绿的河水上波纹纵横，凉森森的水汽从河面上升。

去年的年头不太景气，春天旱，秋天涝，但无雹无蝗，还算六七成的年景。知县钱大老爷体恤民情，往上报了水灾，减免了高密东北乡人民五成赋税，使百姓们的日子，较之丰收的往年，反倒显出了几分宽裕。乡民们感念钱大老爷的恩典，集资做了一把万民伞，公推孙丙去敬献。孙丙力辞，但乡民们要起了无赖，干脆就把万民伞扔在茶馆的店堂里。

孙丙无奈，只好打着万民伞，进县衙去见钱大老爷。这是他被薅了胡须之后第一次进县。走在县城的大街上，他说不清心中是羞是怒还是悲，只感到下巴隐痛，两耳发烧，双手出汗。碰到熟人打招呼，未曾开言他的脸就红了。他几乎从熟人们的每一句话里都听出了暗含着的讥讽和嘲弄。欲待发作，又找不到个由头。

进入县衙之后，衙役把他引导到迎客厅。他扔下万民伞，转身就要走，就听到了从门外传来了钱丁朗朗的笑声。那天钱丁身穿着长袍马褂，头戴着一顶红缨小帽，手持着白纸折扇，的确是仪态大方，举止潇洒。钱大老爷快步上前，执着他的手，亲切地说：

"孙丙啊，咱们两个可真是不打不成交啊！"

孙丙看着钱丁下巴上那部潇洒的胡须，想想自己的曾经同样的潇洒的胡须和现在变得瘌痢头一样的丑陋下巴，心中感到甜酸苦辣咸五味俱全。他本来想说一句有骨有刺的话，但从嘴里吐出来的却是：小民受东北乡人民委托，前来给大老爷献伞……说着，就将那把大红的、写满了乡民名字的罗伞展开，举到钱丁的面前。钱丁激动地说：

"啊呀，本县无才无德，怎敢受此隆誉？不敢当啊，委实不敢当……"

钱丁的谦逊让孙丙心中感到了些许轻松，他直挺挺地站着说：大老爷如果没有别的吩咐，小民就告辞了。

"你代表东北乡民众前来献伞，让本县倍感荣幸，哪能这样就走？"钱丁大声道，"春生——"

春生应声进来，躬身道：

"老爷有什么吩咐？"

"吩咐膳馆摆宴，隆重款待，"钱丁道，"你顺便去让老夫子写几张请帖，把县城里的十大乡绅请来作陪。"

那顿午宴十分丰盛。知县亲自把盏，频频劝酒；十大乡绅轮流敬劝，把孙丙灌得头昏脑涨，脚底无根，心中的芥蒂和莫名的尴尬全都烟消云散。当衙役架着他的胳膊将他送出县衙时，他竟然放开喉咙唱了一句猫腔：

孤王稳坐在桃花宫，想起了赵家美蓉好面容……

过去的一年里，高密东北乡人民心情比较愉快，但不愉快的事情也有。最不愉快的事情就是：德国人要修一条从青岛至济南的铁路，横贯高密东北乡。其实德国人要修铁路的事，前几年就开始风传，但人们并不把它当真。直到去年那铁路路基真的从青岛爬过来了时，才感到问题严重。现在，站在马桑河高高的河堤上，就能望到从东南方向爬过来的铁路路基，犹如一条土龙，卧在平坦的原野上。在马桑镇的背后，德国人搭起的筑路工棚和材料仓库，突兀在离铁路路基不远的地方，远看好似两条齐头并进的大船。

孙丙挑满了水缸，搁下水桶和扁担，吩咐新雇的小伙计石头生火烧水。他到了前面，抹光了桌椅板凳，洗净了茶壶茶碗，敞开了临街的大门，坐在柜台后边，吸着烟等待客人。

二

自从下巴上的胡须被人薅去之后，孙丙的生活发生了重大的变化。

那天上午，在女儿家。他躺在炕上，仰望着已经悬挂在房梁上的绳子套儿，等待着女儿行刺不成或者行刺成功的消息，随时准备悬梁自尽。因为他知道，女儿此去，无论是成功还是失败，对他来说，都难免受牵连再入牢狱。他在县狱里待过，知道里边的厉害，所以宁愿自杀，也不愿进去受罪。

孙丙在炕上躺了整整一个白天，有时睡，有时醒，有时半睡半醒。在半睡半醒时，他的脑海里就出现了在明亮的月光下那个仿佛从天而降的歹徒的形象……歹徒身材高大，腿脚矫健，行动迅捷，如同一只巨大的黑猫。当时他行走在从十香楼通往曹家客栈的狭窄街巷里，被月光照耀得通亮如水的青石街道上，摇曳着他长长的身影。十香楼里的酒色使他腿软头昏，以至于当那黑衣人突然地出现在面前时，他还以为是个幻影。那人冷冷的笑声使他清醒过来。他本能地将腰里残存的几枚制钱扔在面前。在制钱落在石街上发出了清脆声音后，他嘴里夹缠不清地说：朋友，俺是高密东北乡的孙丙，唱猫腔的穷戏子，身上的银子还了风流债，改日请到东北乡去，兄弟为您唱一本连台大戏……黑衣人根本就没低头看那几枚制钱，而是一步步地紧逼上来。孙丙感到有一股冷气从黑衣人的身上散发出来，头脑顿时清醒了许多。这时，他才意识到自己碰到的绝不是一个为了图财而劫道的蟊贼，而是一个前来寻仇的敌人。他的脑子走马灯般地旋转着，回忆着那些可能的敌人；与此同时，他的身体慢慢地后退，一直退到了一个月光照不到的阴暗墙角；而这时，黑衣人在明处，全身上下银光闪闪，透过蒙面的黑纱，似乎能看清他棱角分明的脸庞。黑衣人从下巴上垂挂下来蓬松在胸前的那个黑布囊突然地跳进了孙丙的眼帘，他感到被这突发事件搞得昏昏沉沉的头脑里开了一条缝隙，一道灵光闪过，知县的形象仿佛从黑衣内蝉蜕而出。恐惧感顿时消逝，心中升腾起仇恨和鄙视。原来是大老爷，他鄙夷地说。黑衣人继续发出冷冷的笑声，并且用手将那蓬松的布囊托起来抖了抖，似乎是用这个动作来证明孙丙的判断正确无误。说吧，大老爷，孙丙道，到底要俺怎么样？说完了这话，他攥紧了拳头，准备与化装夜行的县太爷一搏。但没等他出手，下巴上就感到一阵撕皮裂肉般的剧痛，而一绺胡须已经在黑衣人的手中了。孙丙尖叫着朝黑衣人扑去。他唱了半辈子戏，在戏台上能翻空心跟头，能跌僵尸，这一套虽然不是真正的武功，但对付一个秀才还是绰绰有余。孙丙怒火填膺，抖擞起精神，扑进月光里，与黑衣人拼命，但他的手还没触及到黑衣人的身体，自己就仰面朝天跌倒在街道上。坚硬的石头碰撞着他的后脑勺子发出了沉闷的声响，一阵剧痛使他暂时地丧失了知觉。等他清醒过来时，黑衣人沉重的大脚已经踩在了他的胸脯上。他艰难地喘息着，说：大老爷……您不是已经赦免俺了吗？怎么又……黑衣人冷笑一声，依然不说话，他的手揪住孙丙一撮胡须，猛地一扯，那撮胡须就在他的手中了。孙丙痛苦地喊叫起来。黑衣人扔掉胡须，从身边捡起一块石头蛋子，准确地填进孙丙的嘴巴里。然后，他就用准确而有力的动作，片刻之间就把孙丙的胡须薅干净。等孙丙艰难地从地上爬起来时，黑衣人已经无影无踪，如果不是下巴和后脑勺子上的尖锐痛楚，他还以为自己是在一个梦境里。他用手抠出了把口腔塞得满当当的石头蛋子，眼泪哗哗地流了出来。他看到，在被月光照亮的青石街上，自己的胡须，宛如一撮撮凌乱的水草，委屈地扭动着……

傍晚时，女婿乐呵呵地进来一次，扔给他一个大烧饼，然后又乐呵呵地出去了。一直等到掌灯时分，女儿才从外边回来。在通明的红烛照耀下，她欢天喜地，根本不似杀人归来，也不似杀人未遂归来，而仿佛是去参加了一个盛大的结婚宴会。没及他张口询问，女儿就拉下了脸，说：

“爹，你胡说八道！钱大老爷是个书生，手软得如同棉胎，怎么会是蒙面大盗？我看你是让那些臭婊子们用马尿灌糊涂了，眼睛不管事了，脑子也不好使了，才说出那些浑话。你也不想想，即便是钱大老爷想薅你的胡子，还用得着他堂堂知县亲自动手？再说了，他要真想薅你的胡子，斗须的时候，让你自己薅掉不就得了？人家何必赦免你？再说了，就冲着你骂那句脏话，人家就可以正大光明地要了你的命，即便不定你的罪，关死在班房里的人多了去了，人家还跟你斗什么胡须？爹，你也是扔掉四十数五十的人了，还是这样的老不正经。整日价眠花宿柳，偷鸡摸狗，我看薅了你的胡子的，是天老爷派下来的神差。这是上天给你的一个警告，如果你还不知悔改，下次就会把你的头拔了去！”

女儿连珠炮般的话语，激得孙丙大汗淋漓。他疑惑地看着女儿一本正经的脸，心里想：是不是活见了鬼？这些话，十句中倒有八句不是女儿的声口。仅仅一天不到的工夫，她就换了个人似的。他冷笑一声，说：

“眉娘，姓钱的在你的身上使了什么魔法？”

“听听你这话，还是个爹吗？”眉娘翻了脸，怒道，“钱大老爷是堂堂正正的君子，见了俺目不斜视，”她从怀里摸出一锭白花花的大银子，扔到炕上，说，“大老爷说了，‘王八戏子鳖待诏’，正经人没有干这个的。大老爷赏给你五十两银子，让你回去解散戏班子，做个小买卖。”

他心中恼怒，很想把那锭银子掷回去，显示一下高密东北乡人的骨气，但把银子抓到手里后，那凉爽柔软的感觉，令他实在不忍释手。他说：

“闺女，这锭银子，不会是铅心裹了锡皮吧？”

“爹，你胡说什么？”眉娘怒气冲冲地说，“你和俺娘的事，别以为俺不知道。你风流成性，把俺娘活活气死，又差点儿让黑驴把俺咬死。为此俺记恨你一辈子！但爹是换不了的，纵有千仇万恨，爹还是爹。这个世界上，剩下一个真心希望你好的人，那也必定是我。爹，听钱大老爷的劝告，回去干点正经事儿，有那合适的，就娶了，好好地过几年太平日子吧。”孙丙怀揣着那锭大银子，返回了高密东北乡。一路上他时而怒火填膺，时而羞愧难当。遇到行人他就用袖子捂住嘴巴，生怕让人看到自己血糊糊的下巴。临近家乡时，他蹲在马桑河边，在如镜的水面上，看到了自己丑陋的脸。他看到自己的脸上布满了皱纹，双鬓如霜，似乎是一个衰朽残年的老人了。他长叹一声，撩起水，忍着痛，洗了脸，然后回了家。

孙丙解散了戏班子。班子里唱旦的小桃红，是个孤女，原本就跟他有一腿，借着这个机会，索性明媒正娶了。虽说年龄相差很多，但看上去还算般配。两口子用钱大老爷赏给的银子，买下了这处当街的院落，稍加改造，成了孙记茶馆。去年春上，小桃红生了龙凤胎，大喜。钱大老爷派人送来了贺礼：一对银脖锁，每个一两重。这事轰动了高密东北乡，前来贺喜者甚多，摆了四十多桌喜酒，才把贺客宴遍。人们私下里传说，钱大老爷是孙丙的半个女婿，孙眉娘是半个县令。乍听了这些话，他感到很耻辱，但时间一长，也就麻木不仁了。他丢了胡须，就如剪掉了鬃毛和尾巴的烈马，没了威风也减了脾气，横眉竖目的脸，渐渐变得平和圆润。如今的孙丙，过上了四平八稳的幸福生活。他满面红光，一团和气，俨然一个乡绅。

三

半上午的时候，茶客爆满。孙丙脱了棉袍，只穿一件夹袄，肩上搭了一条毛巾，提着高粱长嘴大铜壶，跑前跑后，忙得满头冒汗。他原本就是唱老生的，嗓口苍凉高亢。现在他把戏台上的功夫用在了做生意上，吆喝起来，有板有眼，跑起堂来，如舞如蹈。他手脚麻利，动作准确，举手投足，节奏分明。他的耳边，仿佛一直伴着猫鼓点儿，响着猫琴、琵琶和海笛齐奏出来的优美旋律。林冲夜奔。徐策跑城。失空斩。风波亭。王汉喜借年。常茂哭猫……他冲茶续水，跑前跑后，忘记了身前身后事，沉浸在幸福的劳动中。后院里，壶哨子吱吱地响起来了。他赶快跑去提水。小伙计石头，一头乱发上落满煤屑，脸蛋抹得乌黑，更显得牙齿雪白。看到掌柜的来了，石头更加卖力地拉动风箱。四眼煤灶上，并排坐着四把大铜壶。炉火熊熊，沸水溅到煤火里，滋啦啦响，白烟升起，香气扑鼻。妻子小桃红，一手拉着一个蹒跚学步的孩子，要到马桑集上去看热闹。孩子的笑脸，好像灿烂的花朵。小桃红说：

“宝儿，云儿，叫爹爹！”

两个孩子含糊不清地叫了。他放下水壶，用衣襟擦擦手，把两个孩子抱起来，用结满了疤痕的下巴亲了亲他们娇嫩的小脸。孩子们脸上散发着一股甜甜的奶腥味儿。孩子们发出了咯咯的笑声，孙丙的心里，仿佛融化了蜜糖，甜到了极点后，略微有点儿酸。他的小步子迈得更轻更快，应答顾客的声音更明更亮。他脸上的笑容可掬，无论多么拙的眼色，也可以看出他是一个幸福的人。

忙里偷出一点闲，孙丙倚靠在柜台上，点燃一锅烟，深深地吸了一口。从敞开的大门，他看到妻子拉着两个孩子，混在人群里，向集市的方向走去。

在紧靠着窗户的那张桌子前，坐着一个耳大面方的富贵人。他姓张，名好古，字念祖，人称张二爷。二爷五十出头年纪，面孔红润，气色极好。他那颗圆滚滚的大头上，尖着一个黑缎子瓜皮小帽，帽脸上缀着一块长方形的绿玉。二爷是高密东北乡的博学，捐过监生，下过江南，上过塞北，自己说与北京城里的名妓赛金花有过一夜风流。天下的事，只要你提头，没有他不知尾的。他是孙记茶馆里的常客，只要他老人家在座，就没有旁人说话的份儿。二爷端起青花茶碗，摘下碗盖，用三根指头捏着，轻轻地荡去碗面上的茶沫，吹一口气，啜一小口，吧嗒吧嗒嘴，道：

"掌柜的，这茶，为何如此地寡淡？"

孙丙慌忙磕了烟袋，小跑过去，点头哈腰地说：

"二爷，这可是您老喝惯了的上等龙井。"

二爷又啜了一小口，品品，道：

"毕竟还是寡淡！"

孙丙忙道：

"要不，给您老烧个葫芦？"

"焦一点儿！"二爷道。

孙丙跑回柜台，用银钎子插住一个罂粟葫芦，放在长燃不息的豆油灯上，转来转去地烧烤着。怪异的香气，很快就弥漫了店堂。

喝过半盏泡了罂粟葫芦的浓茶之后，二爷的精神头儿明显地提高了。他的目光，活泼泼的双鱼儿也似，在众人的脸上游走着。孙丙知道，二爷很快就要高谈阔论了。面黄肌瘦的吴大少爷，龇着让烟茶熏染黑了的长牙，哑着嗓子问：

“二爷，铁路方面，可有什么新的消息？”

二爷把茶碗往桌子上一蹾，上唇一噘，鼻子一哼哧，胸有成竹、居高临下地说：

“当然有新消息。我跟你们说过的，咱家那位铁杆的朋友广东江润华先生，是万国公报的总主笔，家里开着两台电报机，接受着来自东洋西洋的最新消息。昨天，咱家又接到了他的飞鸿传书——慈禧老佛爷，在颐和园万寿宫，传见了德意志大皇帝的特使，商谈胶济铁路修建事宜。”

吴大少爷拍手道：

“二爷，您先别说，让小的猜猜。”

“你猜，你猜，”二爷道，“你要能猜对，今日各位的茶钱，张某人全包了。”

“二爷豪爽，真乃性情中人也！”吴大少爷说，“我猜着，咱们的万民折子起了作用。铁路要改线了！”

“万幸，万幸，”一个花白胡子的老者念叨着，“老佛爷圣明，老佛爷圣明！”

二爷摇摇头，叹息道：

“各位的茶钱，只能自己付了。”

“到底还是不改线？”吴大少爷忿忿地说，“那我们这万民折子白上了？”

“你们那万民折子，早被不知哪位大人当手纸用了！”二爷悻悻地道，“你以为你是谁？老佛爷亲口说了，‘万里黄河可改道，胶济铁路不改线’！”

众人都丧了气，茶馆里一片叹息之声。面有一块白癣的曲秀才说：

“那么，德皇派特使来，是要加倍发给咱们占地毁坟的赔偿费了？”

“曲兄的话终于沾边了，”二爷绘声绘色地说，“那德皇特使见了老佛爷，先行了三跪九叩首的大礼，然后就呈上了一本账。账本是用一等的小羊皮缝成的，一万年也坏不了。特使说，德意志大皇帝说了，决不让高密东北乡人民吃亏。占地一亩，赔银子一百两；毁坟一座，赔银子二百两。一杠杠银子，早就用火轮船发过来了！”

众人呆了片刻，顿时一片哗然。

“他娘的，占了俺一亩二分多地，只赔了八两银子。”

“毁了俺家两座祖坟，也仅仅赔了十二两！”

“银子呢？银子到哪里去了？”

“吵什么？吵什么？”二爷拍拍桌子，不满地说，“吵破天屁用也不管！告你们说吧，银子，都被那些二鬼子翻译、汉奸买办们从中克扣去了！”

“不错！不错！”吴大少爷说，“认识前屯炸油条的小球吗？这小子，给德国铁路技师的翻译家当了三个月小听差，光每晚上伺候牌局子，捡掉在地上的鹰洋，就捡了半麻袋！嗨，只要是跟铁路沾点儿边的，不管是乌龟还是王八，都发了大财！要不怎么说，‘火车一响，黄金万两’呢！”

“二爷，”曲秀才小心翼翼地问，“这些事儿，老佛爷知道不？”

“你问我？”二爷虎着脸说，“我问谁去？”

众人不由得苦笑起来。笑罢，都低了头，唏溜唏溜地喝茶。

冷场片刻，二爷鬼鬼祟祟地往外看看，生怕人偷听了似的，压低了嗓门，说：

“还有更加可怕的事呢，你们想听吗？”

众人都眼巴巴地盯着二爷的嘴，静静地期待着。

二爷环顾左右，神秘地说：

“咱家一个要好的朋友，王雨亭沛然先生，在胶州衙门里做幕，近日来，接了数十起怪案——许多的男人，一觉醒来，脑后的辫子，都齐着根儿让人给剪去了!”

众人的脸上，都显出吃惊的神色，无人敢插话，都竖着耳朵，静听着二爷往下说。

“那些被剪了辫子的男人，先是头晕眼花，四肢无力，接着就精神恍惚，言语不清，成了地道的废人。”二爷说，“百药无效，因为这根本就不是体内的病。”

“难道又要闹长毛?”吴大少爷说，“俺听老人们讲过，咸丰年间，长毛北伐，先割辫子后割头。”

“非也，非也，”二爷道，“这次割辫，听说是德国传教士施了魔法。”

曲秀才疑惑地问：

“割去那些发辫，究竟要派何用场?”

“迂腐，”二爷不满地说，“你以为人家要的真是你的辫子？人家要的是你们的灵魂！那些丢了辫子的人，为什么出现那样的症状？不正是丢了灵魂的表现吗?”

“二爷，俺还是有些不明白，”曲秀才道，“德国人抓了那些灵魂去又有什么用处?”

二爷冷笑着，不回答。

吴大少爷猛醒道：

“哎呀二爷，俺似乎有些明白了！这事，肯定与修铁路有关!”

“到底还是吴大少爷聪明，”二爷压低嗓门，更加神秘地说，“下面的话，千万别去乱传——德国人把中国男人的辫子，压在了铁路下面。一根铁轨下，压一条辫子。一根辫子就是一个灵魂，一个灵魂就是一个身强力壮的男人。你们想，那火车，是一块纯然的生铁造成，有千万斤的重量，一不喝水，二不吃草，如何能在地上跑？不但跑，而且还跑得飞快？这么大的力量是从哪里来的？你们自己想想吧!”

众人目瞪口呆，店堂内鸦雀无声。后院里的壶哨子吱吱地叫着，尖锐的声音刺激着人们的耳膜。大家都感到一种巨大的恐惧正在袭来，脖子后边生出森森的凉气，仿佛悬着一把隐形的剪刀。

正在众人忧虑重重，为了自己的脑后发辫担忧时，镇上中药铺的小伙计秋生，急火燎毛般地蹿了进来。他对着孙丙，上气不接下气地说：

“孙掌柜的……不好了……俺家掌柜的让俺来告诉您……德国技师，在集上欺负您的老婆呢……俺掌柜的说，快去，去晚了就要出大事了……”

孙丙大吃了一惊，手里的铜壶砰然落地，溅起了热水和腾腾的蒸汽。随即就有汹涌的烈火烧热了他周身的血液。茶客们看到，他的疤痕累累的下巴可怕地扭动着，脸上的平安祥和之气展翅飞走，显出了一副凶神恶煞般的狰狞面孔。他右手一按柜台，身体偏转飞起，轻快地跃了出来。仓促间他顺手抄起了顶门的枣木棍子，身子一拧就蹿到了大街之上。

茶客们也纷纷地激动起来，嗡嗡的声音连成一片。大家刚被剪辫案惊吓得心神不宁，突然又接到了德国人欺负中国女人的消息，于是恐惧在一瞬间转变成了愤怒。自打德国人开始修建胶济铁路以来乡民们心中累积的不满，终于变成了仇恨。高密东北乡人深藏的血性迸发出来，人人义愤填膺，忘掉了身家性命，齐声发着喊，追随着孙丙，冲向集市。

四

孙丙沿着狭窄的街道奔跑，耳边刮着呼呼的风。他感到沸腾的血一股股直冲头顶，耳为之轰鸣，眼为之昏花。路上的人物都仿佛是用纸壳糊成的，被他狂奔的身体激起的气浪冲击得东倒西歪。一张张歪曲变形的面孔，贴着他的肩膀滑过去。他看到，在济生堂中药铺和李锦记杂货铺前面的空场上，一群人拥挤着围成一个圆圈。他看不到人群里的情景，但他听到了妻子嘶哑的叫骂声和他的宝儿、云儿的嚎哭声。他一声长吼，宛如虎啸狼吟。他高高地举起紫红色的枣木棍子，狂兽般跳跃而来。众人纷纷地为他闪开一条道路。他看到，两个腿如鹭鸶、头如梆子的德国技师，一个在前，一个在后，正在用他们的手，摸着妻子的身体。妻子用双臂慌乱地遮挡着，但挡住了胸膛挡不住屁股，挡住了屁股暴露出胸脯。德国技师生着细密绒毛、粉红色的手，如同八爪鱼的柔软腕足一样难以逃避。德国技师的绿眼珠子如同磷火一样闪烁着。几个陪伴着他们逛街赶集的二鬼子，站在一边，拍着手哄笑。他的宝儿和云儿，在地上滚着爬着哭着。他狂叫一声，好似受了重伤的猛兽，手中沉重得赛过钢铁的枣木棍子，挟着一股黑红的风，砸在了那个把两只手插在了妻子裤裆中、弓着身子、背向着他的德国技师的闪烁着银灰色光泽、长长的后脑勺子上。他听到枣木棍子与德国人的脑袋接触时发出了一声黏唧唧的腻响，手腕子也感到了一阵震颤。德国技师的身体古怪地往上蹿了一下，随即便软了，但他的两只长臂还深深地探进妻子的裤裆里。德国技师高大的身体把小桃红压倒在地。孙丙看到，很多黑红的血，从德国技师的脑袋里流出来。随即他就闻到了热烘烘的血腥气。他看到，适才还在自己的妻子面前摸她乳房的那个德国技师的嬉皮笑脸，瞬间便成了龇牙咧嘴的鬼模样。他努力地想把枣木棍子再次举起来砸眼前这个摸妻子胸乳的洋鬼，但双臂又酸又麻，枣木棍子失手脱落。适才那致命的一击，已经耗尽了他的力量。但是他看到，在自己的身后，已经举起了树林般的器械，有扁担，有锄头，有铁锨，有扫帚，更多的是攥紧了的拳头。喊打的声音震耳欲聋。那些帮闲的铁路小工和二鬼子们，架起那个吓呆了的德国技师，冲出人群，跌跌撞撞地往前跑去，把那个受了沉重打击的德国技师扔在了人堆里。

孙丙呆了片刻，低下头，用软弱无力的手，把压在妻子背上、还在古怪地颤抖着的德国技师的身体掀到一边。德国技师插在妻子裤裆里的双臂，仿佛大树的根子，漫长得没有尽头。他看到妻子背上，沾满了德国技师的鲜血。他恶心极了，真想呕吐。他只想呕吐，甚至顾不上把趴在地上的妻子拉起来。是妻子自己爬了起来。她凌乱的头发下，那张瘦削的脸上，沾满了泥土、泪水和血污，显得是那样地丑陋可怕。她哭叫着扑进他的怀里。他只想呕吐，连搂抱她的力量也没有了。妻子突然地从他的怀里脱出去，扑向还在地上嚎哭的两个孩子。他站在那里，不错眼珠地看着德国技师的抽搐不止的身体。

五

面对着德国技师的死蛇一样的身体，他隐隐约约地感到，一场大祸已经来到了眼前。但他的心里，却有一个理直气壮的声音在为自己辩护着：他们调戏我的妻子，他的手已经插进了我妻子的裤裆。他们还伤害了我的儿女。所以我才打了他。如果他的手插进了你的妻子的裤裆，你能无动于衷吗？再说，我并没有想把他打死，是他的头太不结实。他感到自己义正词严，句句都占着情理。乡亲们都可以作证，那些铁路小工也可以作证。你们也可以问问另外那位德国技师，只要他还良心未昧，他也可以证明，是他们先调戏了我的妻子，欺负了我的孩子，我才情急之下用棍子打了他。尽管他感到情理在手，但他的双腿还是感到酸软无力，嘴巴里又干又苦，那种大祸临头的感觉占满了头脑，驱之不散，挥之不去，使他丧失了复杂思维的能力。街上看热闹的群众，已经有相当多的，悄悄地溜走了。路边的摊贩，手忙脚乱地开始收拾东西，看样子也想及早地离开是非之地。大街两侧的店铺，大白着天，竟然关上了店门，挂出了盘点货物的木牌。灰白的街道，突然变得宽广了许多，遒劲的小北风，刮着枯叶和碎纸，在空旷的大街上滚动。几条毛色肮脏的狗，躲在胡同里，汪汪地吠着。

他恍惚觉得，自己一家，仿佛置身于一个舞台的中央，许多人都在看他们的戏。从周围店铺的门缝里，从临街人家的窗眼里，以及从许多阴暗的地方，射出了一道道窥测的光线。妻子搂着两个孩子，在寒风中哆嗦。她用可怜巴巴的眼睛看着他，正在乞求着他的宽恕和原谅。两个孩子，把脑袋扎到母亲的衣襟里，宛如两个吓破了苦胆顾头不顾腚的小鸟。他的心，仿佛让人用钝刀子割着，痛苦无比。他的眼窝子发热，鼻子发酸，一股悲壮的情绪，油然地生出来。他踢了那个抽搐着的德国技师一脚，骂道："你他妈的就躺在这里装死吧！"他扬起头，对着那些躲躲闪闪的眼睛，高声道："今天的事，乡亲们都看到了，如果官府追查下来，请老少爷们儿说句公道话，俺这边有礼了。"他双手抱拳，在街中央转了一圈，又说，"人是俺打死的，一人做事一人当，决不连累各位高邻！"

他抱起两个孩子，让妻子牵着自己的衣角，一步步往家走去。冷风吹过，他感到脊背冰凉，被汗水溻湿的夹袄，如同铁甲，摩擦着皮肤。

六

第二天，他还是一大早就开了店门，拿着抹布，擦拭着店堂里的桌椅。小伙计石头，还在后边努力地拉着风箱烧水。四把被烧开了的大铜壶，在炉子上吱吱地尖叫。但太阳东南晌了，还没有一个茶客登门。店前的大街上，冷冷清清，连一个人影子也没有，只有一阵阵的冷风，携带着枯枝败叶吹过去。妻子一手抱着一个孩子，寸步不离地跟随着他；那两只黑白分明的大眼睛里，跳动着惊恐不安的光芒。他摸摸孩子的头，轻松地笑着说：

“回屋去歇着吧，没有事的，没事，是他们调戏良家妇女，砍头也该砍他们的头！”

他知道自己是故作镇静，因为他看到自己捏着抹布的手在不由自主地颤抖。后来，他逼着妻子回到后院，自己坐在店堂里，手拍着桌子，放开喉咙，唱起了猫腔：

“望家乡去路遥遥，想妻子将谁依靠，俺这里吉凶未可知，哦呵她，她在那里生死应难料。呀！吓得俺汗津津身上似汤浇，急煎煎心内热油熬……”

一曲唱罢，就如开了闸的河水，积攒了半生的戏文，滔滔滚滚而出。他越唱越悲壮，越唱越苍凉，一行行热泪流到斑斑秃秃的下巴上。

那一天，全马桑镇的人们，都在静静地聆听着他的歌唱。

在歌唱中熬过了漫长的一天，傍晚时分，血红的夕阳照耀着河堤上的柳树林子，成群结队的麻雀在一棵蓬松的柳树冠上齐声噪叫，仿佛在向他暗示着什么。他关上了店门，手持着那根枣木棍子坐在窗前等待着。他撕破窗纸，监视着街上的动静。小伙计石头给他端来了一碗小米干饭，他吃了一口，喉咙就哽住了，一阵大咳，米粒如铁沙子一样从鼻孔里喷出来。他对石头说：

“孩子，师傅惹下了大祸，德国人迟早要来报复，趁着他们还没来，你赶快逃走吧！”

“师傅，我不走，我帮您打！”石头从怀里摸出一把弹弓，说，“我打弹弓特别有准头！”

他没有再劝石头。他的嗓子已经哑得连话也说不出来了。他感到胸口痛疼难挨，就如当年学戏倒仓时的感觉。但他的手脚还在抖着，心里还在吟唱着那些一波三折的戏文。

当一钩新月低低地挂上柳梢时，他听到从西边的石板街上，响起了一串蹄声。他猛地跳起来，发烧的手攥紧棍子，时刻准备着反抗。他看到，在微弱的星月照耀下，一匹黑色的大骡子，颠颠蹦蹦地跑了过来。骡子上的人一身黑衣，脸上蒙着黑纱，看不清面貌。

那人在茶馆门前滚鞍下骡，然后就敲响了店门。

他手持大棍，屏住呼吸，躲在门后。

敲门声不重，但非常急促。

他哑着嗓子问：

“谁？”

“我！”

他一下子就听出了女儿的声音，急忙拉开门，黑色的眉娘一闪而进，马上就说：

“爹，什么都别说了，快跑！”

“我为什么要跑？”他怒气冲冲地说，“是他们首先调戏良家妇女——”

女儿打断他的话，道：

“爹，你闯了大祸了，德国人的电报，已经拍到了北京、济南，袁世凯拍来电报，让钱大老爷连夜来抓你，捕快们的马队，已经离这里不远了！”

“还有没有天理公道——”

他还想争辩，女儿恼怒地说：

“火烧眉毛了，你还说这些废话！要想活，就躲出去，不想活，就等着他们来吧！”

“我跑了，她们怎么办？”

“他们来了，”女儿侧耳听着，远处果然传来了隐约的马蹄声，“爹，是走还是留，你自己拿主意吧！”她侧身闪出屋子，但又立即探回半截身子，说，“你跑，让小桃红装疯！”

他看到女儿的身体一纵，轻捷地跃上骡背，身体前伏，仿佛与骡子融为一体。骡子喷着响鼻朝前跑去。骡臀上星光闪烁，刹那间融入黑暗，一溜蹄声向东去了。

他急忙关门回身，看到妻子已经披散了头发，脸上也涂了一层煤灰，上衣裂开，露出一片雪胸脯，站在了自己面前。她严肃地说：

“听眉娘的话，快跑！”

他望着在昏暗中闪闪发光的妻子的眼睛，心中涌起一股酸楚的激情。在这个特别的时刻，他才感觉到这个外貌柔弱的女人是如此的勇敢和机智。他扑上前去，紧紧地抱住妻子。妻子用力推开他，说：

“快跑，他爹，不要管我们！”

他蹿出了店门，沿着平时挑水走熟了的那条小路，爬上了马桑河大堤。他隐身在一棵大柳树的后边，居高临下地注视着宁静的村镇、灰色的道路和自家的房屋。他清楚地听到了宝儿和云儿的哭泣声，心痛如割。那钩蛾眉新月低低地悬在西天的边上，显得格外的妩媚。广大的天幕上缀满繁星，星光璀璨，宛若宝石。镇子上漆黑一片，没有一户人家点灯。他知道，人们都没入睡，都在静静地听着街上的动静，似乎沉在黑暗中就能弥祸消灾一样。马蹄声由远而近，镇上的狗咬成了一片。黑黢黢的马队拥拥挤挤地过来了，看不清到底有多少匹马，只听到石头街上蹄声一片，只看到马脚上的蹄铁与街上的石头相碰，溅起一串串巨大的暗红色火星。

马队拥到了他家的店门前，乱纷纷地转了几圈停住了。他看到模模糊糊的捕快从模模糊糊的马背上模模糊糊地跳下来。捕快们吵吵闹闹，好像是要故意地暴露目标一样。吵了一阵，他们才点燃了几根随身带来的火把。火光照亮了黑暗的街道和房屋，也照亮了河堤上的柳树。他将身体紧缩起来躲到树后。树上的宿鸟被惊动，扑扑棱棱地飞起来。他回头望了一眼身后的河水，做好了跳水逃命的准备。但捕快们根本就没留意树上的鸟乱，更没人想到要到河堤上巡逻一番。

这时他看清了，一共有九匹马。马们毛色斑驳，有白有黑，有红有黄。都是些本地出产的土种马，模样不俊，膘不肥，体不壮，鬃毛凌乱，鞍具破旧。有两匹马根本就没有鞍具，只在马腰上搭了一条麻袋。在火把的照耀下，马的头显得又大又笨，马的眼显得又明又亮。捕快们举着火把，特意地照看了店门上方悬挂的匾牌，然后便不紧不慢地敲门。

没人来开门。

捕快们砸门。

他隐隐约约地感觉到，这些捕快，根本就没想抓他，如果真要抓，他们就不会这样子磨蹭，他们也不会这样耐着性子敲门。他们当中不乏翻墙越屋的高手。他的心中，生出了许多的对捕快们的好感。当然他更明白，捕快的背后，是钱大老爷，而钱大老爷的背后，是自己的女儿眉娘。

店门终于被砸开了，捕快们举着火把，大摇大摆地走了进去。他随即听到了妻子装疯卖傻的哭声和笑声，还有两个孩子惊恐万端的哭声。

捕快们折腾了一阵，打着火把出来，有的嘴里嘟哝着什么，有的连连打着哈欠。他们在店前磨蹭一阵，便吆二喝三地上马走了。马蹄声和火光穿街而过，镇子里恢复了宁静。他正要下堤回家，就看到，镇子里的千家灯火，如同接到了一个统一的命令似的，一齐亮了。停了片刻，大街上便出现了几十盏灯笼，汇集成一条灯火的长蛇，飞快地朝他家的方向移动。他的双眼里，流出来滚烫的泪水。

七

遵照着有经验的老人的指示，在以后的几天里，他白天还是躲了出去，到了夜晚人脚安定之后再悄悄地溜回来。白天他躲到马桑河对岸那一大片柳树林子里。那里边有十几栋乡民们烤烟用的小土屋子。他白天在那些小土屋里睡觉，到了晚上，就过河回家。第二天早晨，用包袱包着煎饼，用葫芦头提着水，再回到土屋里去。

紧靠着他藏身土屋的那几棵大柳树上，有十几个喜鹊的巢穴。他躺在土炕上，吃了睡，睡了吃。起初他还不敢出屋，渐渐地就丧失了警惕。他溜到树下，仰着脸看喜鹊吵架。一个放羊的身材高大的青年与他成了朋友。青年名字叫木犊，非常的憨厚，心眼子有点儿不够用。他把自己的煎饼送给木犊吃，并且对他说了自己就是那个打死德国铁路技师的孙丙。

二月初七日，也就是打死德国技师的第五天中午。他吃了几张煎饼，喝了一碗凉水，躺在土炕上，听着外边喜鹊的喳喳声和啄木鸟钻树洞的笃笃声，迷迷糊糊，似睡非睡。突然从河对岸传来一声特别尖锐的枪响。这是他平生第一次听到后膛快枪的声音，与土枪土炮的声音大不一样。他的心里一惊，知道大事不好了。他从炕上跳起来，抄起枣木棍子，把身体隐在破旧的门板后边，等待着他的敌人。随即又是几声尖锐的枪响。枪声还是从河对岸传过来。他在屋子里待不住了，便溜出门，弓着腰，翻过几道颓败的土墙，窜进了柳树林子。他听到马桑镇上，老婆哭，孩子叫，马嘶、驴鸣、狗汪汪，杂乱的叫声连成一片。看不到对岸的情景，他急中生智，将枣木棍子别在腰带上，爬上了最高的一棵大树。喜鹊们看到入侵者，结成群体向他发起猛烈的进攻。他抡圆棍子，一次又一次地将它们轰退。他站在一个巨大的喜鹊巢旁边，手扶着树杈子向对岸张望，镇上的情景，历历地摆在眼前。

他看到，足有五十匹高大的洋马，散乱在他家店前那片空地上。一群衣衫灿烂的洋兵，都戴着饰有鸟毛的圆筒帽子，端着上有枪刺的瓦蓝色的快枪，对着他家的门窗啪啪地射击。枪口里喷出一簇簇白烟，如团团旋转的雏菊，久久不飘散。洋兵们身上的黄铜纽扣和枪筒上的雪亮刺刀，在阳光下散射出耀眼的光芒。在洋兵的背后，还站着一些头戴红缨子凉帽、前胸后背补有圆形白布的清兵。他一阵目眩，手里的枣木棍子脱落，碰撞着树杈子，噼里啪啦地掉了下去。幸亏他的一只手牢牢地抓住了树枝，才没有栽到树下。

他心急如焚，知道大祸真正地降临了。但他的心中还是残存着一线希望，这希望就是：妻子发挥演过多年戏的特长，特别优秀地装疯卖傻，而那些德国兵也如钱大老爷派来的捕快一样，折腾一阵，然后就无功而返。也就是这一刻，他下定决心，如果能逃过这一劫，马上就带着妻子儿女远走他乡。

最怕的事情很快就发生了。他看到，两个德国兵架着妻子的胳膊往河堤上拖。妻子尖利地喊叫着，双腿拖拉着地面。两个孩子，被一个身材高大的德国兵一手一个，倒提着腿儿，仿佛提着鸡鸭，拎到了河堤上。小石头从一个德国兵手里挣脱，好像还咬了德国兵一口。然后他看到石头的小小的乌黑的身子在河堤上倒退着，倒退着，一直倒退到站在他的背后的德国人的枪口前面，刺刀在艳阳下一闪烁，他的身体就被戳穿了。那孩子似乎叫了一声，似乎什么声音也没发出，就像一个黑色的小球，滚到河堤下面去了。孙丙贴在树上，只看到河堤上一片血光，灼暗了他的眼睛。

德国兵都退到了河堤上，有的单腿跪着，有的站着，托着枪，瞄着镇子里的人。他们的枪法都很准，一声枪响，几乎就有一个人，在大街上或是在院子里，前仆或是后仰。清兵们举着火把，把他家的房子点燃了。先是黑烟如树，直冲云天，一会儿就升起了金黄色的大火。火苗子啵啵地响着，宛如鞭炮齐鸣。风突然地大起来，火和烟都东倒西歪着，烟熏火燎的味道，和着浓厚的烟尘，飘到了他的面前。

更加可怕的事情发生了。他看到德国兵把他的妻子推来搡去，在推来搡去的过程中撕破了她的衣裳，最后使她一丝不挂……他的牙齿深深地啃进了树皮，额头也在树干上碰破了。他的心像一颗火球，飞到了对岸，但他的身体如被绑在了树上，一动也动不了。德国人把妻子白花花的身体抬起来，前悠后荡着，然后一脱手——妻子宛若一条白色的大鱼，落进了马桑河里。河水无声地飞溅起一朵朵白花，一朵朵白花，无声无息地落下。最后，德国兵把他的云儿和宝儿用刺刀挑起来，也扔到河里去了。他的眼前一片血红，如被噩梦魇住，心中急如火烧，身体无法动弹。他竭尽全力挣扎着，终于，发出了一声吼叫，身体解放了，会动了。他努力地往前扑去，身体砸断了一些树杈子，沉重地落在了柳树下柔软的沙地上。

第八章
神坛

一

他睁开眼睛，看到一绺刺目的光线，从柳树的枝杈间射下来。在树梢上亲眼目睹的悲惨景象刚在脑海里一闪现，他的心就如遭到了突然打击的牛睾丸一样，痛苦地收缩了起来。从这一时刻开始，他的耳朵里，就响起了急急如烽火的锣鼓声，宛如一场即将开幕的猫腔大戏的前奏，然后便是唢呐和喇叭的悲凉长鸣，引导出一把猫琴的连绵不断循环往复的演奏。这些伴随了他半生的声音，钝化了他心中的锐痛，犹如抹去高山的尖峰，填平了万丈的沟壑，使他的痛苦变成了漫漫的高原。成群的喜鹊，随着他心中的音乐轰鸣，做着戏剧性的飞翔，犹如一片团团旋转的瓦蓝色的轻云；而不知疲倦的啄木鸟笃笃的啄木声，正是这急促的音乐的节拍。柳丝在清风中飘拂着，恰似他当年的潇洒胡须。——俺俺俺倒提着枣木棍～～怀揣着雪刃刀～～行一步哭号啕～～走两步怒火烧～～俺俺俺急走着羊肠小道恨路遥——悲愤的唱腔在他的心中轰鸣，他手扶着树干，艰难地站立，摇晃着脑袋，双脚跺地。——咣咣咣咣咣咣——咣采咣采咣采——咣！苦哇——！有孙丙俺举目北望家园，半空里火熊熊滚滚黑烟。我的妻她她她遭了毒手葬身鱼腹，我的儿啊～～惨惨惨哪！一双小儿女也命丧黄泉～～可恨这洋鬼子白毛绿眼，心如蛇蝎、丧尽天良、枉杀无辜，害得俺家破人亡、形只影单，俺俺俺～～惨惨惨啊～～他拄着那根给他带来了灾难的枣木棍子，踉踉跄跄地走出了柳树林子。——俺俺俺好比失群的孤雁，俺好比虎落在平川，龙困在浅滩……他抡起枣木棍子，指东打西，指南打北，打得柳树皮肤开裂，打得众树木哭哭啼啼——德国鬼子啊！你你你杀妻灭子好凶残～～这血海深仇一定要报——咣咣咣咣咣——里格咙格里格咙——此仇不报非儿男——他挥舞着大棍，趺趺撞撞地扑向马桑河。河水浸到了他的腹部。二月的河水虽然已经开冻，但依然是寒冷彻骨。但是他浑然不觉，复仇的怒火在他的心中燃烧。他在河水中走得很艰难，水如成群的洋兵，拦阻着他，扯拽着他。他横冲直闯，棍打水之皮，啪啪啪啪啪啪！水声泼刺，水花四溅——好似那虎入羊群——水花溅到他的脸上，一片迷蒙，一片灰白，一片血红——闯入那龙潭虎穴，杀它个血流成河，俺俺俺就是那催命的判官，索命的无常——他手脚并用，爬上了河堤，跪倒在地，抚着河堤上尚未完全干涸的血迹——俺的娇儿哪，见娇儿命赴黄泉，俺的肝肠寸断～～俺头晕眼花，俺天旋地转，俺俺俺怒发冲冠——他的手上，沾满了鲜血和泥土。燃烧未尽的房屋，释放着灼人的热浪。滚烫的灰屑，弥漫了天空。他感到喉咙里腥甜苦咸，低头就喷出了一口鲜血。

这一次屠杀，害了马桑镇二十七条性命。人们把亲人的尸体抬到大堤上，并排起来，等待着知县大人前来观看。在张二爷的操持下，几个小伙子跳到河里，把被河水冲出去五里远的小桃红的尸体和宝儿云儿的尸体捞回来，与乡亲们的尸体放在一起。她身上遮盖着一件破旧的夹袄，两条白得瘆人的腿僵硬地伸着。孙丙想起了她扮演青衣花旦时，头戴着雉尾，腰挂着宝剑，脚蹬着绣鞋，鞋尖上挑着拳大的红绒花，长袖翩翩，载歌载舞，面如桃花，腰似杨柳，开口娇莺啼，顾盼百媚生——我的妻啊，怎承想雹碎了春红，更那堪风刀霜剑，俺俺俺血泪涟涟……眼见着红日西沉，早又有银钩高悬～～牧羊童悲歌，老乌鸦唱晚～～铜锣声哐哐，轿杆儿颤颤，那边厢来了高密知县……

孙丙看到，钱大老爷弓着腰从轿子里钻出来。他那一贯的如门板一样舒展挺直的腰板，古怪地佝偻起来了。他那一贯的喜笑盈盈的脸可怕地抽搐起来了。他那一贯的如马尾般潇洒的胡须，如瘦驴的尾巴一样凌乱不堪了。他那一贯的清澈明净、锐利无比的眼睛，变得晦暗而迟钝。他的双手无所措地一会儿攥成拳头，一会儿又紧张地拍打着额头。几个带刀的侍卫小心翼翼地跟在他的身后，不知是保护他还是监视他。他逐个地查看了大堤上的尸首。在他查看尸首的时候，乡民们静静地注视着他。他用眼角扫视着肃穆的百姓，明亮的汗水很快地就湿透了他的头发。终于，他停止了慌慌张张的脚步，抬起袍袖，沾沾汗水，他说：

“父老乡亲们，你们要克制……”

“大老爷，您可要为我们做主啊……”乡民们猛烈地号哭起来，黑压压地跪了一片。

“乡亲们，快快起来。发生了这样的惨案，本官心如刀绞，但人死不能复生，请诸位准备棺木，盛殓死者，让他们入土为安……”

“难道我们的人就这样白死了吗？难道就让洋鬼子这样横行霸道吗?”

“乡亲们，你们的悲痛其实也就是我的悲痛，”知县眼泪汪汪地说，“你们的父母也就是本官的父母，你们的子女，也就是本官的子女。万望父老乡亲们少安毋躁，不可意气用事。本官明日就赴省城求见巡抚大人，一定要替你们讨一个公道。”

“我们抬着尸体进省城!”

“不可不可，万万不可，”他焦急地说，“请你们相信我，本官一定为你们据理力争，豁出去不要这头上的顶戴花翎!”

在百姓们的恸哭声中，孙丙看到，钱大老爷避避影影地走上前来，吞吞吐吐地说：

“孙丙，劳驾你跟本官走一趟吧。”

孙丙心中回旋往复的音乐，突然又掀起了一个高潮，如地裂，似山崩，扶摇直上羊角风。他双眉倒竖，虎眼圆睁，高高地举起枣木棍子——狗官，你道貌岸然假惺惺，说什么为民去请命，分明是借机抓人去邀功。你当官不为民做主，心甘情愿做帮凶。俺俺俺妻死子亡万念灰，报仇雪恨是正宗。哪怕你两榜进士知一县，即便是皇帝老子也不中。俺摩摩拳，擦擦掌，棒打昏官不留情——对准了钱大老爷的脑袋，猛地劈了下去——罢罢罢，砍头不过碗大的疤，打死你个帮虎吃人的贼县令——钱大老爷机灵地往旁边一闪，孙丙的棍子带着一阵风劈了一个空。衙役们看到老爷有险，举着腰刀，上前欲擒孙丙。孙丙发了一声喊，正是一夫拼命，千军难抵。孙丙暴跳如雷，宛如一只发了疯的猛兽，灼热的火花从他的眼睛里迸发出来。众百姓齐声发威，怒潮汹涌。孙丙把一根棍子使得呼呼生风，一个胖衙役躲避不迭，拦腰中了一棍，翻了几个跟头后滚下河堤。钱大老爷仰天长叹道：

“咳，本官用心良苦，惟有皇天可鉴。乡亲们，事关洋务，千万不要轻举妄动。孙丙啊，本官今日放过你，但我估计你躲过了初一，你躲不过十五。你善自珍重吧！”

钱大老爷在衙役们的护卫下，钻进了轿子。轿子启动，轿夫们脚下生风，一行人很快就被沉沉的夜色吞没了。

这一夜的马桑镇彻夜不眠，女人们的哭声此起彼伏，棺材铺里的斧凿声一直响到了天亮。第二天，邻居们互相帮忙，装殓了死者。一溜白茬子棺材，噼噼啪啪地钉上了铁钉。

埋葬了死人后，活人都变得有些懵懂，仿佛从一场噩梦中刚刚醒来。众人齐集在大堤之上，眺望着原野上的铁路窝棚。高大的铁路路基已经铺到了柳亭，那是高密东北乡最东边的一个小村，距马桑镇只有六里路。祖先的坟墓就要被镇压，泄洪的水道就要被堵塞，千年的风水就要被破坏，割辫子索灵魂垫铁路的传说活灵活现，每个人的头颅都不安全。父母官都是洋人的走狗，百姓们的苦日子就要来临。孙丙的头发一夜之间全部变白，残存的几根胡须也变成了枯草，纷纷地折断脱落。他拖着一条棍子在镇子里跳来跳去，好像一个得了失心疯的老武生。人们同情地看着他，以为他的神志已经不清楚，但没有想到他说出的一席话竟然格外的精明：

“各位乡亲，俺孙丙打死了德国技师，招来了灾祸，殃及了诸位高邻，俺俺俺惭愧，俺俺俺惶恐！你们把俺绑了去，献给钱丁，让他跟德国人讲情，只要他们答应把铁路改线，孙丙虽死无怨。”

众人扶起孙丙，七嘴八舌地开导他：

孙丙啊孙丙，你是条好汉子浑身血性，不怕官不怕洋是个英雄。虽说咱马桑镇大祸因你而起，但这种事情迟早要发生。晚发生不如早发生。只要那洋鬼子把铁路修成，咱们的日子就不得安生。听说那火龙车跑起来山摇地动，咱这些土坯房非塌即崩。听人说曹州府闹起了义和神拳，专跟那些洋鬼子斗强争雄。叫孙丙你拾掇拾掇赶快逃命，去曹州搬回来神拳救兵。兴中华灭洋鬼拯救苍生。

众人凑了一点儿盘缠，连夜送孙丙上路。孙丙眼里夹着泪唱道：

乡亲们哪，美莫美过家乡水，亲莫亲过故乡情。俺孙丙没齿不忘大恩德。搬不来救兵俺就不回程。

众人唱道：

此一去山高水远你多保重，此一去您的头脑清楚要机灵。乡亲们都在翘首将你等，盼望着你带着天兵天将早回程。

二

二十天后的一个下午，孙丙穿着白袍，披着银甲，背插着六面银色令旗，头戴着银盔，盔上簇着一朵拳大的红缨，脸抹成朱砂红，眉描成倒剑锋，足蹬厚底靴，手提枣木棍，一步三摇，回到了马桑镇。他的身后，紧跟着两员虎将，一个身材玲珑，腿轻脚快，腰扎着虎皮裙，头戴金箍圈，手提如意棒，尖声嘶叫着，活蹦乱跳着，恰似那齐天大圣孙悟空。另一位袒着大肚皮，披着黑直裰，头顶毗卢帽，倒拖着捣粪耙，不用说就是天蓬元帅猪悟能。

一行三人在马桑河大堤上一出现，正好被乌云中透出来的阳光照亮。他们衣甲鲜明，形状古怪，俨然是刚刚从云头降落的天兵天将。最先看到了他们身影的吴大少爷并没有把孙丙认出来。孙丙对他一笑，弄得他莫名其妙，随即是心惊胆战。吴大少爷眼瞅着这三个怪物进了镇子西头那家炉包铺子，再也没有露面。

黄昏时，镇上的人都遵循着老习惯，端着粗瓷大碗在街上喝粥。吴大少爷从大街的东头跑到大街的西头，传播着妖人进村的消息。吴大少爷的话向来是云山雾罩、望风扑影，人们半信半疑地听着，权当下饭的咸菜。这时，从镇子的西头，突然响起了铛铛的铜锣声。只见那炉包铺子里的小伙计四喜，头顶着一张黑色的小猫皮，绘画了一个小狸猫的脸谱，生龙活虎般地蹿过来，那条小猫皮的尾巴在他的脖子后摇来摆去。他一边敲着锣一边高喊着：

有孙丙，不平凡，曹州学来了义和拳。搬来了孙猪两大仙，扒铁路，杀汉奸，驱逐洋鬼保平安。晚上演习义和拳，地点就在桥头边。男女老幼都去看，人人都学义和拳。学了义和拳，枪刀不入体，益寿又延年。学了义和拳，四海皆兄弟，吃饭不要钱。学了义和拳，皇上要招安，一旦招了安，个个做大官。封妻又荫子，分粮又分田……

“原来是孙丙啊！”吴大少爷惊喜地大叫起来，“怪不得觉着面熟，怪不得他对着我笑呢！”

晚饭后，桥头那里，点起了一堆篝火，火苗子映红了半边天。人们怀着热烈好奇的心情，汇集到篝火周围，等待着孙丙演拳。

篝火旁边，早摆好了一张八仙桌子，桌子上供着一个香炉，炉子里燃着三炷香。香炉旁摆着两个烛台，烛台上插着两根红色羊油大蜡，烛火跳跃闪烁，平添了许多神秘色彩。篝火堆上，火苗子啵啵地响着，照耀得河水如同烂银。炉包铺子店门紧闭，人们有些焦急。有人喊起来：

“孙丙，孙丙，才离开几天，谁不认识谁啦？装神弄鬼干啥嘛，快出来吧，把你学来的神拳演习给俺们看看。”

四喜从炉包铺子的门缝里挤出来，压低了嗓门说：

“别吵吵，他们正在喝神符呢！”

突然间店门大开，像巨兽张开了大嘴。人群肃静，都瞪大了眼睛，等待着孙丙和他搬来的大仙，恰好似等待着名角登场。但孙丙还是不出来。安静，安静，流水被桥墩拦挡，发出了哗啦啦的声响，火苗子啵啵，犹如迎风抖动红绸。人们正有些烦恼时，有动静了，很大的动静。高高的嗓门，猫腔戏里须生的唱腔，无比的高亢，略有些沙哑，但更有韵味：

为报深仇背乡关——

声音如同翠竹节节拔高，一直戳到云彩眼里，慢慢地低落下来，然后又突然地翻上去，比方才还高，一直高到望不见踪影——四喜把铜锣敲得急急如风，没有节奏，乱敲。孙丙终于从门内出现了。他身上还是白天那套行头，白袍银盔，朱面剑眉，厚底朝靴，倒提枣木棍。他的身后，紧随着悟空和八戒。孙丙围着篝火跑圆场，几乎是脚不离地，在武生的步伐基础上又吸收了刀马旦的步伐特征，小步子挪得飞快，真是有点行云流水的意思。然后是踢腿，摇身，下腰，翻筋斗，跌僵尸，最后是一个英勇悲壮的亮相，接唱：

曹州府学回了义和神拳。各路的神仙齐来相助，定让那洋鬼子不得生还。临别时大师兄嘱托再三，他让俺回高密立起神坛。教授神拳演习武艺，人心齐就能移动泰山。特派来猴兄猪弟做护法，他二人都是那得道的真仙刚下凡。

孙丙唱罢猫腔调，群众已经把他看轻了。说什么义和神拳，不过是旧戏重演。孙丙抱拳，对众人施礼：

“各位乡邻，兄弟此次前去曹州，拜见了义和拳大师兄朱红灯。他老人家听说德国鬼子在高密东北乡强修铁路，滥杀无辜，真个是满腔义愤，怒火填胸。他老人家原本想亲率神兵前来灭洋，但无奈军务繁忙，不得脱身。他老人家传给俺神拳心法，并命俺回来设立神坛，教授神拳，驱逐洋鬼出中原。这两位是大师兄派来助坛练拳的猴二师兄、猪三师兄。他们两个都有刀枪不入的神功，待会儿就给大家演练。下边，俺先给乡亲们演练一番，就算是抛砖引玉。”

孙丙放下枣木棍子，从孙悟空随身携带的包袱里，摸出一沓黄表纸，就着烛火点燃。纸在他的手里燃烧着，纸灰卷曲，飞起，在篝火的气流里旋转。烧罢纸，他跪在香案前，恭恭敬敬地磕了三个头，然后站起来，从包袱里摸出一张神符，放在一个大黑碗里烧化了。他从一只卡腰葫芦里，往黑碗里倒水，又用一根红色的新筷子，把纸灰搅匀，摆在香案上，又跪下磕了三个头，然后，依然跪着，双手捧起香案上的黑碗，把碗里的灰水一饮而尽。喝罢神符，他又磕了三个头，然后就双目紧闭，口中念念有词。他念的当然是咒语。咒语含混不清，群众只能听清个别字眼，但不解其意。他的咒语声忽高忽低，曲调悠扬，像美丽的织锦连绵不断，催得群众眼皮黏涩，哈欠连天，睡意朦胧。突然，他大喝一声，口吐白沫，浑身抽搐，往后便倒。众人被惊醒，正要上前相救，却被悟空和八戒拦住。

众人静候了片刻，但见孙丙一个鲤鱼打挺，从地上跃起。他那魁梧沉重的身体，竟然如一片羽毛轻飘飘地腾空而起，飞了足有三尺高，然后稳稳地落在地上。众人都知道孙丙的底细，知道他不过是个野戏子，在舞台上翻两个跟斗就得气喘吁吁，见他突然地表现出了这等卓绝的轻功，无不瞠目结舌，心中暗暗称奇。借着熊熊的火光，众人看到，孙丙的双眼，放射着奇异的神采。那张红脸膛上，也是神采飞扬。这张脸上的表情，众人感到既熟悉又陌生。他一张口，众人早就烂熟了孙丙声音的耳朵，马上就听出了这已经不是孙丙的声口。这陌生的声音抑扬顿挫，威武雄壮，透着一股子凛然不可侵犯的浩然正气：

某乃大宋元帅，姓岳名飞，字鹏举，河南汤阴人氏。

众人的心，猛地高悬起来，仿佛是柔软枝条上悬挂着的沉重的红苹果，悠悠晃晃，然后砰然落下，激起了金石之声。

“是岳大帅！”

“岳武穆附体！”

人群中一人下跪，众人紧随，齐刷刷地跪了一片。只见那被岳元帅精魂附体的孙丙，绕场子打起飞脚，团团旋转，又轻又飘，十分地潇洒英俊。他的身体起起伏伏，背上的帅旗，招展生风。身上的银甲，鳞光波点。此时的孙丙，非人也，人中之蛟龙也。飞舞罢，他抄起那根光溜溜的枣木棍子，如施点银枪，左刺右扎，上挑下挡，如怪蟒，似长蛇，看得众人眼花缭乱，心悦诚服，纷纷磕头如捣蒜。他收起棍子，亮开了金嗓子，唱道：

可恨那误国的金牌十二道，众三军，齐咆哮，滚滚黄河掀怒涛。……最可叹水深火热众父老，最可叹圣主车驾未还朝。北岸的胡尘何时扫，切齿权奸恨难消！满怀悲愤向谁告，仰天抱剑发长啸！

某，岳鹏举是也，今受天帝之命，降灵神坛，附体孙丙，传授尔等武艺，好与那番邦洋鬼决一死战。悟空听令——

那打扮成悟空模样的二师兄，趋前一步，单膝跪地，奶声奶气地说：

“末将在！”

“本帅命你，将那一十八路猴棍，演习给众人观看。”

“得令！”

悟空紧了紧腰间的虎皮裙，抬起一只手，抹了一把脸。等他摘手时，就如换了个面具似的，那张脸变得生动活泼，猴气可掬。只见他挤鼻子弄眼，一副猴精作怪的模样，众人想笑而不敢笑。他操练完了脸上的表情，怪叫一声，双手拄棍，平地翻了一个跟斗。众人齐声喝彩。他得了夸奖，更加意气风发，把那根如意棒子猛地往高空抛去，身体随着弹起，在空中连着翻了两个跟斗，稳稳地落了地，不摇不晃，无声无息，伸出只手，恰好接住了从天而降的如意棒子。这一连串动作，拿捏得毫厘不差，恰到好处。众人发疯般地鼓起掌来。猴王在掌声里，在火光里，施展开了他的棍术。端得是人若矫龙，棍若游龙。戳、打、抹、扫、捣、按、挡、抽、搅、挑，无一招不精，无一招不俊。棍声嗡嗡，棍影飘忽。末了，他把棍子往地上一戳，棍立如杆，一纵身，跃上棍尖，单腿如金鸡独立，手掌罩在眉上，做出猴子远眺状。然后，一个后空翻，飘然落地，对着众人抱拳作揖。但见他，不气喘，不流汗，大方又自然，真是不平凡。众人鼓掌，欢呼：

“好啊！”

岳元帅又发将令：

“八戒听令！”

三师兄八戒颠颠地跑过来，瓮声瓮气地说：

“末将在！”

“本帅命你，将那一十八套钉耙术，演习给众人观看！”

“末将得令！”

八戒拖着铁耙，对着众人呵呵呵呵地傻笑，宛如一个傻大哥拖着钉耙下地捣粪的样子。众人也看到了，他那件兵器，原本就是一件寻常的捣粪耙子，家家都有，人人会用的农具。他拖着耙子傻笑着绕场一周，然后又绕场一周，再绕场一周。众人又厌烦又好笑，心里想，这个三师兄，怎么只会转着圈子傻笑呢？他绕场转了三圈后，把捣粪耙子扔了，手脚着地，竟然绕着场子爬起来。一边爬，一边哄哄，好像老母猪拱地找食吃的样子。众人终于憋不住，哈哈大笑起来。但看看岳元帅，却是巍然肃立，如同一尊石像。众人心里又捉摸：这个三师兄，也许有绝招在后边呢！

果然，三师兄学完了老母猪拱地，手脚并用在地上飞爬，速度比真猪跑得还要快。他在爬行中发出的也是猪的声音。爬了几圈后，就在地上打起滚来。滚着滚着，成了一股黑色的旋风，突兀地绞动着树立起来。那根铁齿耙子，不知何时也到了他的手里。他的动作，乍看起来又笨又拙，但行家一看，就知道笨拙里藏着灵秀，一招一式，都很到位。观众也为他鼓起掌来。

岳元帅道：

“各位乡民听着，本帅受玉皇大帝旨意，前来执掌神坛，聚众练拳，不日就要与那洋鬼子开战。洋鬼子都是那金兵转世，尔等都是我岳家军的传人。想那洋兵，装备着洋枪洋炮，甚是锐利，尔等素日不习武功，如何能够抵挡？上帝令我，将神拳传与尔等，练了神拳，刀枪不入，水火无侵，成就金刚不坏之躯，尔等可愿听某将领？”

群众欢呼：

“愿听岳元帅调遣！”

岳元帅道：

“孙、猪二将听令！”

“末将听令！”

“末将听令！”

元帅道：

“令你二人将那神拳金钟罩演给众人观看！”

“得令！”孙猪二人齐声答应。

岳元帅亲手烧化了两道符咒，令孙猪二将喝下。然后，元帅双手捏诀，口诵真言，这一次他念得特别清楚，好像是故意地让众人听清记熟一样：

金钟罩，铁布衫，统统归属义和拳。义和拳，顶着天，喝下灵符成铁仙。铁仙坐在铁莲台，铁头铁腰铁壁寨，挡住枪炮不能来……

念罢咒语，元帅含了一口清水，“噗”地喷了悟空一身，然后又含了一口清水，“噗”的一声，喷了八戒全身。元帅道：

“成了，练吧！”

孙悟空运了一口气，指指脑袋。猪八戒抡起搗粪耙，对准孙悟空的头，擂了一家伙。孙悟空脖子一挺，脑袋安然无恙。

猪八戒把一口气运到肚子上。孙悟空抡起如意棒，对准八戒的肚子，打了一棒。巨大的力量把悟空反弹回来。八戒揉揉肚皮，呵呵地笑起来。

岳元帅说：

“尔等如有不相信者，可亲自上来一试！”

有一个愣头青，姓余名金，蛮劲儿很大，曾经一拳打倒过一头牛。他跳进圈子，抄起一块砖头，对准悟空的脑袋砸去。砖头粉碎了，但悟空的脑袋一点儿事也没有。余金让四喜去店里拿来一把菜刀，对着岳元帅说：

“元帅，怎么样？”

岳元帅微笑不语。

猪八戒点头示意。

余金抡起菜刀，使上了咂奶的力气，对着八戒的肚皮砍了一刀。只听得铿锵一声，犹如砍着钢铁。八戒的肚皮上多了一道白痕，那把菜刀却崩了刃子。

这下子众人无不心悦诚服，纷纷提出了学拳的要求。

岳元帅道：

“神拳最妙是速成，哪怕你手无缚鸡之力，只要心诚，心诚则灵。喝了符咒，便会有神灵附体，你想要什么神灵，就会来什么神灵。想黄天霸就是黄天霸，想吕洞宾就是吕洞宾。神灵附了体，你就会武艺高强，力大无穷。再喝一道符咒，你就成了金刚不坏之躯，刀枪不能入，水火不能侵。学了义和拳，好处说不完。上阵能破敌，下阵保平安。”

众人齐声欢呼：

“愿拜岳元帅为师！”

三

十天之后，正逢着庚子年的清明节。上午，在蒙蒙的细雨中，孙丙发号施令，聚合起他刚刚训练好的队伍，去攻打德国人的筑路窝棚。

连日连夜的十天，他和孙、猪两个护法，在桥头堡那里立起神坛，不辞辛劳，画符念咒，演练避枪避弹术。镇上的精壮男子，都入了神团，拜了神坛，练了神拳。连周围村子里的青年也自带干粮赶来参加。马桑河南岸那个放羊的青年木犊和愣头青余金成了孙丙的铁杆随从。木犊顶着马前张保，余金顶着马后王横。习拳之日，人人都选了自己心目中最敬佩的天神地仙、古今名将、英雄豪杰，做了自己的附体神祇。岳云、牛皋、杨再兴、张飞、赵云、马超、黄忠、李逵、武松、鲁智深、土行孙、雷震子、姜太公、杨戬、程咬金、秦叔宝、尉迟敬德、杨七郎、呼延庆、孟良、焦赞……总之凡是戏里的人物，书上的英雄，传说中的鬼怪，都出了洞，下了山，附在马桑镇人民的身上，大显了神通。孙丙，也就是抗金的名将大大的忠臣岳飞，麾下聚集了天下的英雄豪杰，人人抱忠义之心，个个怀绝代武艺，都在短短的十天内练成了金刚不坏之躯，要跟德国鬼子见高低。

岳元帅威信高涨，一呼百应。部下追随者已经有八百员战将。他还积极地发动妇女，让她们染了大量的红布，裁缝成红头巾和红腰带，发给了他的部下。他还设计了一面火红的旗帜，旗子上绣着北斗七星。他把八百人分成八队，每队又分成了十班。队有长，班有头。班头听队长指挥，队长听护法的孙悟空和猪八戒指挥，两位护法听岳元帅指挥。

清明节早晨天麻麻亮时，岳元帅和两个护法就在桥头堡那儿摆好了香案，竖起了帅字大旗。红头巾和红腰带头天晚上就发了下去。鸡叫三遍时到桥头堡聚合的命令也传下去了。家家的女人们，半夜就起来造饭。造得啥饭？岳元帅有令：今日去作战，吃得好一点儿。擀的白面饼，煮了红皮蛋。男人去打仗，吃个肚儿圆。为了吃得香，岳元帅还下令，让家家的女人们准备了羊角小葱豆瓣酱。女人们喜欢听岳元帅的话，一一都照办。岳元帅说了，谁若不照办，必有大麻烦。啥麻烦？上了战场，神符不灵，枪子可是不长眼。岳元帅还要求团员们夜里不能沾女人，否则不能避子弹。岳元帅的话关系到个人的生命安全，谁也不敢当儿戏玩。

早起的鸟儿唱乏了的时候，各路英雄终于赶大集一样，仨一堆，俩一簇，在桥头堡前聚了齐。岳元帅对部下的拖拉作风很不满，本想严惩几个，但想了想只好罢休。在十天之前，大家都是些庄户人，自由散漫惯了，眼下正是农闲时节，大过节的，能来就不错了。当然也有一批坚定的分子，来得比岳元帅还要早。

岳元帅抬头看看天，雾蒙蒙不见太阳。估摸着也得半上午的光景了。原本想把德国人堵在被窝里，看来是不行了。但事已如此，晚了也要干，聚齐了人是很不容易的。幸好，人们的热情还是很高。有说的，有笑的，上次劫难中家里死了人的又是别样的表情。岳元帅和两护法一商量，决定马上开始，祭坛，祭旗。

升任为岳元帅贴身传令兵的四喜头顶猫皮，把铜锣敲得暴响，镇压住众人的喧哗。元帅跳到一条方凳上，下令：

“队找队，班找班，排成队伍祭神坛。”

众人好一阵纷乱，勉强站出了一个队形。都用红布包着头，用红布缠着腰。有持扎枪的，有持大砍刀的，有持虎尾鞭的——这些都是练家子的后代，家里素有兵器——更多的人，则持着寻常家具：铁锨、木杈、二齿钩子、捣粪耙子。但人多势众，七八百人聚在一起，也颇有些声势。岳元帅很激动，他深知，铁要在炉火中锻炼才能成钢，队伍要在战火中洗礼才能成长。十几天的工夫，能把一群庄稼人操练成这个样子，已经创造了奇迹。这些调兵遣将、布阵列兵的勾当，岳元帅原本一窍不通，全仗着猪八戒背后指点。他在天津小站当过兵，受过新式操典的训练，他甚至还见过因为主持小站练兵而大名鼎鼎的袁世凯袁大人。岳元帅下令：

"祭坛！祭旗！"

所谓神坛，就以那张摆着香炉的八仙桌子为象征。桌子后边插着两杆旗，一面是白的，一面是红的。旗杆是用新鲜的柳木杆子做成的，碧绿的树皮还没剥去。红旗是坛旗，上面用白线绣着北斗七星。白旗是帅旗，上面用红线绣着一个大大的"岳"字。绣旗的活儿，是杜裁缝家的那两个心灵手巧的大闺女干的。结了婚的女人不能干这活儿。结过婚的女人手脏，破法。

祭旗开始时，天上下起了毛毛细雨，微风也无。两面旗帜都沉甸甸地低垂着，一点儿也不招展。这是美中不足，但没有法子。但因为阴天细雨，众人头上的红布，格外地鲜艳。湿漉漉的红色进入岳元帅的眼，让他感到十分地兴奋。

四喜把铜锣敲得更加激烈。这小子顶着《七侠五义》里的小侠艾虎。这几天他把一面铜锣都快敲破了，提锣的手磨破了皮，缠着白布。在紧急的锣声里，众人的心力终于集中起来，庄严和肃穆的感觉渐渐浓了，神秘的气氛渐渐厚了。孙悟空和猪八戒，抬过一只绑住了四蹄的绵羊，放在八仙桌子上。羊不老实，别别扭扭地将脖子扬起来，翻动着灰白的眼，发出凄惨的叫声。众人的心，被羊叫声揪得很紧，都觉得这羊有点儿可怜。可怜也不行，要打仗总要有牺牲。与洋鬼子打仗，先杀只羊，取个吉利。孙悟空把羊头按住，将羊脖子抻紧，猪八戒提起一把大铡刀，往手心里吐几口唾沫，攥紧了刀把子，身体往后撤几步，抡起铡刀，哎嗨一声，就把羊头斩断。孙悟空举起羊头，给众人观看。羊腔子里的血，泉水一样冒出来。

岳元帅神色凝重，双手接过羊血，往低垂的旗帜上泼洒。然后他跪下磕头。众人跟随着跪下。岳元帅站起来，将剩余的羊血洒到众人的头上。血少人多，洒不过来。身上沾到了羊血的人就显得格外的兴奋。岳元帅在洒血的时候，嘴里念念有词。这是集体请神，早就说好了的。因为时间紧张，不可能人人都喝符咒请自己的神附体。所有的神灵都由岳元帅代请了。心诚则灵，岳元帅要求大家都默想着自己的神，进入迷糊状态。不知过了多久，元帅一声厉喝：

“天灵灵，地灵灵，奉请祖师来显灵。一请唐僧猪八戒，二请沙僧孙悟空。三请刘备诸葛亮，四请关公赵子龙。五请济癫我佛祖，六请李逵黑旋风。七请时迁杨香武，八请武松和罗成。九请扁鹊来治病，十请托塔天王金吒木吒哪吒三太子率领十万天兵，下凡助我灭洋兵，灭了洋兵天下太平，玉皇大帝急急如勒令——”

众人的身上，突然都像被神力贯注，一个个血脉贲张，精神健旺，肌肉饱绽，充满力量，齐声呐喊着，虎豹豺狼般地跳跃起来，吹胡子瞪眼，伸胳膊踢腿，个个表现出非凡姿态。

岳元帅发令：

“出发!”

岳元帅手提枣木棍子一马当先，孙悟空执着红色的坛旗，猪八戒执着白色的帅旗，小侠艾虎敲着铜锣，簇拥在后。在他们身后，各路神仙齐声呐喊着步步紧跟。

马桑镇依河而建，镇南是横亘的马桑河大堤，镇北是一望无际的平原。为防兵匪，镇子用半圆形的围墙圈起来。有西门，有东门，有北门。围墙有一人多高，围墙外有壕沟，壕沟里有水，门前有吊桥。

岳元帅的队伍，出了北门。队伍后边，跟随着一些看热闹的顽童。他们举着树枝、高粱秸秆和葵花的杆子，脸上涂了锅底灰或者是红颜色。他们学着大人们的样子，用稚嫩的童声呐喊着，走得也是昂昂扬扬。老人齐集在围墙上，点燃了香烛，祈祷着胜利。

出镇之后，岳元帅的脚步越来越快。小侠艾虎的锣声也越来越急促。人们都踏着他的锣声前进。铁路窝棚距离镇子不远，一出围墙就能望见。细雨纷纷，田野里有一簇簇的云雾。地里的冬小麦已经返青，泥土的气息很重。向阳的沟畔上苦菜花开了，星星点点，金子一样。路边的野杏花开了，一树树雪白。队伍惊起了两只斑鸠，斑鸠翩翩飞。布谷鸟儿在远处的树林子里啼叫。

胶济铁路青岛至高密段已经基本上修好，它冷漠地伏在原野上，宛若一条见首不见尾的孽龙。有一些人正在铁路路基上干活，铁器打击，叮叮当当响。铁路窝棚里，冒出一绺乳白色的炊烟。虽然还隔着几里路，岳元帅就嗅到了炒肉的奇香。

距离铁路窝棚大约还有一里路的光景，岳元帅回头望了望自己的队伍。这支刚出镇时还算齐整的队伍，已经散乱得不成样子。由于田野里没有路，黑土泥泞，每个人的脚上都沾了很多泥巴。走起来扑通扑通，大狗熊一样笨拙。元帅让孙悟空和猪八戒放慢步子，让小艾虎暂停敲锣。等人们集中得差不多时，他一声令下：

“孩儿们，甩掉脚上的泥，准备进攻！”

人们齐甩脚，有的人把泥巴甩到别人的脸上，引起了一阵骚乱。有的人用力过猛，把鞋子都甩掉了。元帅看看时机成熟，大声喊：

“铁头铁腹铁壁寨，挡住枪炮不敢来。将士们，快冲锋，扒铁路，杀洋兵，子孙万代享太平！”

岳元帅动员完毕，高举起枣木棍子，呐喊着，奋勇朝前冲去。孙悟空和猪八戒摇着大旗紧跟在后边。小艾虎摔了一个嘴啃泥，鞋子也让黑色的黏泥沾掉了。他爬起来，顾不上穿鞋，赤着脚，跟着跑。众人齐声呐喊着，一窝蜂般，拥向了铁路窝棚。

正在铁路上干活的小工们，起初还以为是演戏的来了呢。待到近前，才知道是百姓造反了。他们扔下家什，撒腿就跑了。

保护铁路施工的是德国海军陆战队的一个小队，总共十二个人。他们正在吃饭，听到外边呐喊连天，小队长出来一看，知道大事不好，慌忙进去，命令士兵们赶快操枪。岳元帅的人马冲到距离窝棚十几米的地方，德国兵已经端着枪跑出了窝棚。

岳元帅看到从几个跪着的德国兵的枪口里冒出了几朵白烟，耳边同时听到几声脆响，身后有人惨叫了一声；但他顾不上回头，也没有时间去想。他感到自己仿佛是一根被汹涌的潮流推动着的浪木，脚不点地地就冲进了德国鬼子的窝棚。他看到窝棚正中安放着一张大桌子，桌子上摆着一盆猪肉，还有一些亮晶晶的刀子叉子。猪肉的香气扑鼻。一个德国兵的上半截身体钻到一张床的下边，两条长长的腿摆在外边。猪八戒一耙子就撸到了那两条长腿上，随即就是一声漫长的叫声，听不懂他叫什么，估计是喊爹叫娘。岳元帅出去追赶那些逃窜的德国兵。他们大多数朝着铁路路基那边跑去，众人呐喊着，在后边穷追不舍。

只有一个德国兵逃向了相反的方向。岳元帅带着艾虎追上去。这个德国兵跑得不很匆忙，他们之间的距离很快就接近了。元帅看到德国兵长长的腿笨拙地蹿动着，如同僵硬的木棍子，样子很是滑稽。突然，德国兵在一道沟渠那里趴了下去，从渠畔前随即冒出了一绺青烟。冲在前边的艾虎突然地往上蹿了一下，然后就一头扎在了地上。他还以为是这个小家伙不小心摔了一跤呢，但马上就看到一股鲜红的血从艾虎的头上流出来。他知道艾虎中了德国兵的枪弹。他的心里，马上一阵悲歌轰鸣。他挥舞着棍子就朝那个德国兵扑过去。一颗枪弹几乎是贴着他的耳朵滑过去。但此时他已经扑到了那个德国兵的眼前。德国兵端着上了刺刀的枪捅过来，他一棍子就把枪敲掉了。德国兵哇哇地怪叫着，沿着沟底往前跑。岳元帅在后边穷追不舍。德国兵穿着大皮靴子，噗嗤噗嗤地踩着沟底的烂泥，仿佛拖着两个沉重的大泥罐子。岳元帅一展劲儿，棍子就直直地捣在了他的脖子上。他听到了德国兵发出的怪叫声，并且还嗅到了从他身上散出来的膻气。这个家伙可能是个羊生的，他一闪念地想。

德国兵一个前仆，脑袋扎进沟底的烂泥里。等到他懵懵懂懂地爬起来，岳元帅一棍就把他的高帽子砸扁了。元帅刚想继续地敲打他的头，突然看到德国兵天蓝色的眼睛跟那只被祭了旗帜的绵羊的眼睛一样，可怜巴巴地眨巴着，元帅的手脖子顿时软了。但元帅的手并没有收住，枣木棍子从德国兵的脑袋正中偏过，落在了他的肩膀上。

第九章
杰作

赵甲手持尖刀，站在小站练兵操场的中央。他的旁边，站着一个罗圈腿的小徒弟。他的面前，竖着一根高大挺直的松木杆子，杆子上捆绑着那个因刺杀袁世凯未遂而被判决凌迟五百刀的罪犯。在他的身后，簇拥着数十匹骏马，马上坐着的，都是新建军的高级军官。执刑柱的后边，五千名士兵，排成了严整的方阵，远看似一片树木，近看如一群木偶。初冬的干风，刮起一阵阵白色的碱土，从士兵们脸上掠过。在众多的目光注视下，久经刑场的赵甲也感到几分紧张，甚至还有几分羞涩。他克制着影响工作的不良情绪，不去看那些马上的军官和地上的士兵，而专注地研究眼前的罪犯。

他想起自己的恩师余姥姥的话：一个优秀的刽子手，站在执行台前，眼睛里就不应该再有活人；在他的眼睛里，只有一条条的肌肉、一件件的脏器和一根根的骨头。经过了四十多年的磨炼，赵甲已经达到了这种炉火纯青的境界，但今天他的心有些发慌。他执刑数十年，亲手做过的活儿有近千件，但还是第一次见到如此匀称健美的男性身体。罪犯隆鼻阔口，剑眉星目，裸露的身体上，胸肌发达，腹部平坦，皮肤泛着古铜色的光泽。尤其是这个家伙的脸上，自始至终挂着嘲讽的微笑。赵甲端详他时，他也在端详赵甲。弄得赵甲心中惭愧，仿佛一个犯了错误的孩子不敢面对自己的家长。

操场的边上，蹲伏着三门黑色的钢炮；钢炮的周围忙碌着十几个士兵。三声紧密相连的炮响，吓了赵甲一跳，他的耳朵里嗡嗡地响着，一时听不到别的动静。炮口里飘出的硝烟气味强劲，很快地就冲进了他的鼻子。犯人对着大炮的方向微微点头，似乎是对炮兵们的技术表示赞许。赵甲惊魂未定，又看到炮口里喷出了几道火光，随即又是一片炮响。他看到，那些亮晶晶的金色炮壳，滴溜溜地落到了炮后的草地上。弹壳温度很高，烫得那些枯草冒起了白烟。然后又是三声炮响，那些放炮的士兵，垂手站在炮后，显然是完成了任务。在隆隆炮声的回音里，一个高亢的嗓门在喊叫：

“致——最高敬礼！”

三千名士兵，同时把手中的曼利夏步枪举过头顶，执刑柱后，突兀地长出了一片枪的森林，泛着青蓝的钢铁光泽。这威武的气势，让赵甲瞠目结舌。在京城多年，也曾见识过皇家御林军的操典，但他们的操典与眼前的操典根本无法相比。他感到心中怯弱，甚至有一种巨大的不安，完全失去了在京城菜市口执刑时的自信和自如。

操场上的士兵和马上的军官都保持着僵硬的致敬姿态，迎候着他们的首长。在嘹亮的喇叭声和铿锵的鼓镲声里，一乘八人抬的青呢大轿，穿过操场边的白杨夹道，宛若一艘随波逐流的楼船，来到执刑柱前，平稳地落下。搬着下轿凳子的小兵飞跑上前，将凳子摆好，并随手掀开了轿帘。一位体态魁梧、耳大面方、嘴唇上留着八字胡的红顶子大员钻了出来。赵甲认出了，这位大人，就是二十三年前与自己有过一段交情的官宦子弟、如今打破天朝惯例、把他从京城调来天津执刑的新建陆军督办袁世凯袁大人。

袁大人内着戎装，外披狐裘，威武逼人。他对着操场上的队伍挥挥手，然后在一把蒙了虎皮的椅子上落了座。马队前的值日官高声喊叫：

“敬礼毕——！”

士兵们把高举着的步枪一齐落下，声音整齐，震耳惊心。一位面色青紫、牙齿焦黄的年轻军官，手里捏着一张纸，身体弯成弓形，嘴巴凑近袁大人的脸，嘀嘀咕咕地说着什么。袁大人皱着眉头，将脸向一边歪去，仿佛要躲避那军官嘴里的臭气，但那张生着黄牙齿的嘴却得寸进尺地往前紧逼。赵甲自然不会知道，也永远不会知道，这个黑瘦的黄牙青年，就是后来名满天下的辫帅张勋。赵甲心中为袁世凯难过，他断定张勋嘴里的气味非常难闻。终于，张勋说完了话，袁世凯点了点头，恢复了正常的坐姿。张勋站在一张高凳上，高声地宣读那纸上的内容：

"查得钱犯雄飞，字鹏举，湖南益阳人氏，现年二十八岁。钱犯于光绪二十一年留学日本士官学校，在日期间，私割发辫，结交奸党，图谋不轨。归国后，与康梁乱党勾结密切，狼狈为奸。后受康逆指示，伪装忠诚，混入我武卫右军，阴谋为逆内应。戊戌乱党，在京伏法，钱犯兔死狐悲，丧心病狂，竟于本年十月十一日，阴谋刺杀首长，幸天佑我军，令袁大人无恙。钱贼犯上作乱，大逆不道，罪孽深重，十恶不赦。依大清法律，刺杀朝廷命官者，当处五百刀凌迟之刑。此判已报刑部照准并特派刽子手前来天津执刑……"

赵甲感到，很多的目光，投射到自己身上。刽子手出京执刑，别说在大清国，即使在历朝历代也没有先例。因此他感到责任重大，心中惶恐不安。

张勋宣读完判词，袁世凯褪下狐裘，站起来，扫视了三千新军，便开始演讲。他的底气充沛，声若洪钟：

"弟兄们，本官带兵多年，一向爱兵如子，你们被蚊子咬一口，我的心就要痛。这些，你们都是知道的。可我万万想不到，一向受我器重的钱雄飞竟然想行刺本督。本督既深感震惊，但更加感到失望——"

"弟兄们，袁世凯奸诈狡猾，卖友求荣，死有余辜。弟兄们，千万不要被他的花言巧语迷惑啊！”钱雄飞在执刑柱上大声喊叫着。

张勋看看袁世凯涨红的脸，飞快地跳到执刑柱前，对准钱雄飞的嘴巴捣了一拳，骂道：

“你这个屌孩子，死到临头了还是嘴硬！”

钱雄飞把一口带血的唾沫吐到张勋脸上。

袁世凯摆摆手，制止了抬手又想打钱雄飞的张勋，道：

“钱雄飞，你枪法如神，学识过人，本督赠尔金枪，委尔重任，将尔视为心腹，尔非但不知恩图报，反而想加害本官，是可忍孰不可忍也！本督虽然险遭你的毒手，但可惜你的才华，实在是不忍诛之。但国法无情，军法如山，本督也无法救你了。”

“要杀便杀，啰嗦什么！”

“事已至此，本督也只好学那诸葛武侯，挥泪斩马谡了！”

“袁大人，不要演戏了！”

袁世凯摇摇头，叹息道：

“尔冥顽不化，本督也救你不得了！”

“我早已做好了必死的准备，袁大人，下手吧！”

“本督对你仁至义尽，你身后还有什么事要交代的，本督一定替你办妥！”

“袁大人，我与高密知县钱丁，虽是堂兄堂弟，但早已断绝兄弟关系，望大人不要株连于他。”

“你尽管放心！”

“谢大人！”钱道，“想不到大人竟然派人偷换了我的子弹，使我功败垂成，可惜啊可惜！”

“没人偷换你的子弹，”袁世凯笑着说，“这是天意。”

“天不灭袁袁不死，”钱雄飞叹息道，“袁大人，你赢了！”

袁世凯清清喉咙，提高了嗓门，喊道：

“弟兄们，今日凌迟钱雄飞，本督心中是万分地悲痛！因为他本来是一个前程远大的军官，本督对他，曾经寄予了厚望，但他结交乱党，反叛朝廷，犯下了十恶不赦的罪行，不是本督杀他，也不是朝廷杀他，是他自己杀了自己。本督本想赐他全尸，但事关国家刑典，本督也不敢徇私枉法。为了让他死得完美，特意从刑部大堂请来了最好的刽子手。钱雄飞，这是本督送给你的最后的礼物，希望你能坦然受刑，给我辈新式军人树立一个榜样。尔等子弟听着，今日之所以让你们来观刑，说句难听的话，就是要杀鸡给猴看。本督希望你们从钱雄飞身上吸取教训，忠诚老实，小心谨慎，效忠朝廷，服从长官。只要你们能按照本督教导你们的去做，我保证你们都有一个很好的前程。”

士兵们在军官的带领下，齐声呐喊：

“愿为朝廷尽忠，愿为大人效命！”

袁世凯退回到椅子上坐下，冲着中军官张勋微微地一点头。张勋心领神会，大喊：

“开刀！”

赵甲往前跨一步，与钱雄飞站成对面，徒弟把精钢锻造的凌迟专用小刀递到他的手里，他低沉地呜噜一声：

“兄弟，得罪了！”

钱雄飞竭力做出视死如归的潇洒模样，但灰白的嘴唇颤抖不止。钱的掩饰不住的恐惧，恢复了赵甲的职业荣耀。他的心在一瞬间又硬如铁石，静如止水了。面对着的活生生的人不见了，执刑柱上只剩下一堆按照老天爷的模具堆积起来的血肉筋骨。他猛拍了钱雄飞的心窝一掌，打得钱双眼翻白。就在这响亮的打击声尚未消失时，他的右手，操着刀子，灵巧地一转，就把一块铜钱般大小的肉，从钱的右胸脯上旋了下来。这一刀恰好旋掉了钱的乳粒，留下的伤口酷似盲人的眼窝。

赵甲按照他们行当里不成文的规矩，用刀尖扎住那片肉，高高地举起来，向背后的袁大人和众军官展示，然后又展示给操场上的五千士兵。他的徒弟在一旁高声报数：

“第一刀！”

他感到那片肉在刀尖上颤抖不止，他听到身后的军官们发出紧张的喘息，听到离他很近的袁大人发出不自然的轻咳，不用回头他就知道众军官的脸已经改变了颜色。他还知道，他们的心，包括袁世凯袁大人的心，都跳动得很不均匀，想到此，他的心中就充满了幸灾乐祸的快感。近年来，落在了刑部刽子手里的大人们实在是太多了，他见惯了这些得势时耀武扬威的大人们在刑场上的窝囊样子，像钱雄飞这样的能把内心深处对酷刑的恐惧掩饰得基本上难以觉察的好汉子，实在是百个里也难挑出一个。于是他感到，起码是在这一刻，自己是至高无上的，我不是我，我是皇上皇太后的代表，我是大清朝的法律之手！

他将手腕一抖，小刀子银光闪烁，那片扎在刀尖上的肉，便如一粒弹丸，嗖地飞起，飞到很高处，然后下落，如一粒沉重的鸟屎，啪唧一声，落在了一个黑脸士兵的头上。那士兵怪叫一声，脑袋上仿佛落上了一块砖头，身体摇晃不止。

按照行里的说法，这第一片肉是谢天。

一线鲜红的血，从钱胸脯上挖出的凹处，串珠般地跳出来。部分血珠溅落在地，部分血珠沿着刀口的边缘下流，濡红了肌肉发达的钱胸。

第二刀从左胸动手，还是那样子干净利落，还是那样子准确无误，一下子就旋掉了左边的乳粒。现在钱的胸脯上，出现了两个铜钱般大小的窟窿，流血，但很少。原因是开刀前那猛然的一掌，把钱的心脏打得已经紧缩起来，这就让血液循环的速度大大地减缓了。这是刑部大堂狱押司多少代刽子手在漫长的执刑过程中，积累摸索出来的经验，可谓屡试不爽。

钱的脸还保持着临刑不惧的高贵姿态，但几声细微得只有赵甲才能听到的呻吟，仿佛是从他的耳朵眼里冒了出来。赵甲尽量地不去看钱的脸，他听惯了被宰割的犯人们发出的凄惨号叫，在那样的声音背景下他能够保持着高度的冷静，但遇到了钱雄飞这样能够咬紧牙关不出声的硬汉，耳边的清净，反而让他感到心神不安，仿佛会有什么突然的变故出现。他聚精会神地把这片肉扎在刀尖上，一丝不苟地举起来示众，先大人，后军官，然后是面如土色、形同木偶的士兵。他的助手在一旁高声报数：

“第二刀！”

据他自己分析，刽子手向监刑官员和看刑的群众展示从犯人身上脔割下来的东西，这个规矩产生的法律和心理的基础是：一、显示法律的严酷无情和刽子手执行法律的一丝不苟。二、让观刑的群众受到心灵的震撼，从而收束恶念，不去犯罪，这是历朝历代公开执刑并鼓励人们前来观看的原因。三、满足人们的心理需要。无论多么精彩的戏，也比不上凌迟活人精彩，这也是京城大狱里的高级刽子手根本瞧不起那些在宫廷里受宠的戏子们的根本原因。

赵甲在向众人展示挑在刀尖上的第二片钱肉时想到了多年前跟随着师傅学艺时的情景。为了练出一手凌迟绝活，狱押司的刽子手与崇文门外的一家大肉铺建立了密切的联系，遇到执刑的淡季，师傅就带着他们，到肉铺里义务帮工。他们将不知多少头肥猪，片成了包子馅儿，最后都练出了秤一样准确的手眼功夫，说割一斤，一刀下来，决不会是十五两。在余姥姥执掌狱押司刽子班帅印时，他们曾经在西四小拐棍胡同开办过一家屠宰连锁店，前店卖肉，后院屠杀，生意一度十分兴隆。但后来不知是什么人透了他们的底儿，使他们的生意一落千丈，人们不但不再来这里买肉，连路过这里时都避避影影，生怕被他们抓进去杀了。

他记得在师傅的床头匣子里，有一本纸张发黄变脆的秘籍，那上边绘着笨拙的图画，旁边加注着假代字很多的文字。这本书的题目叫做《秋官秘集》，据师傅说是明朝的一个姥姥传下来的。书上记载了各种各样的刑罚及施行时的具体方法和注意事项，图文并茂，实在是这一行当的经典著作。师傅指点着书上的图画和文字，向他和他的师兄弟们详细地解说着凌迟刑。书上说凌迟分为三等，第一等的，要割三千三百五十七刀；第二等的，要割二千八百九十六刀；第三等的，割一千五百八十五刀。他记得师傅说，不管割多少刀，最后一刀下去，应该正是罪犯毙命之时。所以，从何处下刀，每刀之间的间隔，都要根据犯人的性别、体质来精确设计。如果没割足刀数犯人已经毙命或是割足了刀数犯人未死，都算刽子手的失误。师傅说，完美的凌迟刑的最起码的标准，是割下来的肉大小必须相等，即便放在戥子上称，也不应该有太大的误差。这就要求刽子手在执刑时必须平心静气：既要心细如发，又要下手果断；既如大闺女绣花，又似屠夫杀驴。任何的优柔寡断、任何的心浮气躁，都会使手上的动作变形。要做到这一点，非常地不容易。因为人体的肌肉，各个部位的紧密程度和纹理走向都不相同，下刀的方向与用力的大小，全凭着一种下意识的把握。师傅说，天才的刽子手，如皋陶爷，如张汤爷，是用心用眼切割，而不是用刀、用手。所以古往今来，执行了凌迟大刑千万例，真正称得上是完美杰作的，几乎没有。其大概也就是把人碎割致死而已。所以愈到近代，凌迟的刀数愈少。延至本朝，五百刀就是最高刀数了。但能把这五百刀做完的，也是凤毛麟角。刑部大堂的刽子手，出于对这个古老而神圣的职业的敬重，还在一丝不苟地按照古老的规矩办事，到了省、府、州、县，鱼龙混杂，从事此职业者多是一些地痞流氓，他们偷工减力，明明判了五百刀凌迟，能割上二三百刀已是不错，更多的是把人大卸八块，戳死拉倒。

赵甲把从钱身上旋下来的第二片肉摔在地上，按照行里的说法，这是谢地。

当赵甲用刀尖扎着钱肉转圈示众时，他感到自己是绝对的中心，而他的刀尖和刀尖上的钱肉是中心里的中心。上至气焰熏天的袁大人，下至操场上的大兵，目光都随着他的刀尖转，更准确地说是随着刀尖上的钱肉转。钱肉上天，众人的眼光上天；钱肉落地，众人的眼光落地。据师傅说，古代的凌迟刑，要将切下来的肉，一片片摆在案头，执刑完毕，监刑官要会同罪犯家属上前点数，多一片或是少一片，都算刽子手违旨。师傅说，宋朝时一个粗心大意的刽子手执凌迟刑时多割了一刀，被罪犯家属上告，丢了宝贵的性命。所以这个活儿并不好干，干不好还会有性命之忧。你想想吧，既要割得均匀，又要让他在最后一刀时停止呼吸，还要牢牢地记住切割的刀数，三千三百五十七刀啊，要割整整的一天，有时还要按照上边的吩咐，将执刑的时间拖延三五天，这就使执刑的难度更加巨大，一个铁打的刽子手，执完一个凌迟刑，也要累倒在地。师傅说，后来的刽子手们学精了，不再把割下来的肉摆放在案子上，而是随手扔掉。老刑场的周围，总是有大群的野狗、乌鸦和老鹰，所以每逢执凌迟刑，就成了这些畜生们的盛大节日。

他用一块干净的羊肚子毛巾，蘸着盐水，擦干了钱胸上的血，让刀口犹如树上的崭新的砍痕。他在钱的胸脯上切了第三刀。这片肉还是如铜钱大小，鱼鳞形状。新刀口与旧刀口边缘相接而又界限分明。师傅说这凌迟刑别名又叫“鱼鳞割”，的确是十分地形象贴切。第三刀下去，露出的肉茬儿白生生的，只跳出了几个血珍珠，预示着这活儿有了一个良好的开端，这令他十分满意。师傅说，成功的凌迟，是流血很少的，据师傅说，开刀前，突然地一掌拍去，就封闭了犯人的大血脉。他的血此时都集中到腹部和腿肚子里。这样才能如切割萝卜一样，切够刀数，而犯人不死。否则血流如注，腥气逼人，血污肉体，影响观察，下刀无凭，势必搞得一塌糊涂。当然他们久干这行，无论出现什么样子的情况，都不至于手足无措。他们总有一些办法对付特殊情况。如果碰到血流如注、无法下刀的情况，应急的办法是劈头盖脸地浇犯人一桶冷水，让他突然受惊，闭住血道。如果凉水闭不住，就浇上一桶酸醋。《本草纲目》认为醋有收敛之功，劈头浇醋，盖取其收敛之意也。如果此法也无效，那就先在犯人的腿肚子上切下两块肉放血。但这种方法往往会使犯人在执刑未完时就因血竭而死。钱的血道看来是闭住了。赵甲的心中比较轻松，看来今天这个活儿已经有了五分成功的把握，那桶准备在执刑柱前的山西老陈醋，看样子是省下了。省了一桶陈醋，按照刽子行当里不成文的规矩，刽子手们可以向提供酸醋的店家索要一笔“省醋费”。醋是店家无偿提供的，省下了醋，还得店家提供“省醋费”，这规矩实在是既霸道又专横，没有任何的道理好讲。但大清朝是一个重视祖宗先例胜过重视法律的朝代，无论是什么样子的陈规陋习，只要是有过先例的，都不能废除，不但不能废除，还要变本加厉。临刑前的犯人，在大清的先例里，有向游街时路过的所有商家要吃要喝的特权，而执刑的刽子手，也有着从店家白拿一桶醋或是索要“省醋费”的特权。省下的醋按理应该还给商家，但是不，这桶醋不能还给酱醋店，而是卖给药店，说是这醋沾染了犯人的血腥气，已经不是一般的醋，而是能够治病救人的灵药，美其名曰“福醋”，药店收了这“福醋”，当然又要拿出一笔钱给卖醋的刽子手。刽子手没有工食银子，只好靠这些方式来捞钱糊口。他把第三片肉甩向空中，这一甩谓之谢鬼神。徒弟在一旁高喊：

“第三刀！”

甩完第三片肉他回手就割了第四刀。他感到钱的肉很脆，很好割。这是身体健康、肌肉发达的犯人才会有的好肉。如果凌迟一个胖如猪或是瘦如猴的犯人，刽子手就会很累。累是次要的，关键是干不出俊活。他们如同厨房里的大师傅，如果没有一等的材料，纵有精湛的厨艺，也办不出精美的宴席。他们如同雕花木匠，如果没有软硬适中的木材，纵有鬼斧神工般的技巧，也雕不出传神的佳构。师傅说，他在道光年间做过一个伙同奸夫谋杀亲夫的女人。那女人一身肥肉，像一包凉粉，一戳颤颤巍巍，根本无法下刀。从她的身上切下来的，都是些泡沫鼻涕状的东西，连狗都不吃。更何况那个女人最能叫唤，鬼哭狼嚎，弄得人心烦意乱，没心思精雕细琢。师傅说女人中也有好样的，也有肌肤华泽如同凝脂的，切起来的感觉美妙无比。这可以说是下刀无碍，如切秋水。刀随意走，不错分毫。师傅说他在咸丰年间做过一个这样的美妙女子。那是一个据说是因为图财害了嫖客性命的妓女。师傅说那女子真是天香国色，娇柔温顺的模样人见人怜，谁也不会相信她是一个杀人犯。师傅说刽子手对犯人最大的怜悯就是把活儿做好，你如果尊敬她，或者是爱她，就应该让她成为一个受刑的典范。你可怜她就应该把活儿干得一丝不苟，把该在她的身上表现出来的技艺表现出来。这同名角演戏是一样的。师傅说凌迟美丽妓女那天，北京城万人空巷，菜市口刑场那儿，被踩死、挤死的看客就有二十多个。师傅说面对着这样美好的肉体，如果不全心全意地认真工作，就是造孽，就是犯罪。你如果活儿干得不好，愤怒的看客就会把你活活咬死，北京的看客那可是世界上最难伺候的看客。那天的活儿，师傅干得漂亮，那女人配合得也好。这实际上就是一场大戏，刽子手和犯人联袂演出。在演出的过程中，罪犯过分地喊叫自然不好，但一声不吭也不好。最好是适度地、节奏分明地哀号，既能刺激看客的虚伪的同情心，又能满足看客邪恶的审美心。师傅说他执刑数十年，杀人数千，才悟出一个道理：所有的人，都是两面兽。一面是仁义道德、三纲五常；一面是男盗女娼、嗜血纵欲。面对着被刀脔割着的美人身体，前来观刑的无论是正人君子还是节妇淑女，都被邪恶的趣味激动着。凌迟美女，是人间最惨烈凄美的表演。师傅说，观赏这表演的，其实比我们执刀的还要凶狠。师傅说他常常用整夜的时间，翻来覆去地回忆那次执刑的经过，就像一个高明的棋手，回忆一盘为他赢来了巨大声誉的精彩棋局。在师傅的心中，那个美妙无比的美人，先是被一片片地分割，然后再一片片地复原。在周而复始的过程中，师傅的耳边，一刻也不间断地缭绕着那女子亦歌亦哭的吟唤和惨叫。师傅的鼻子里，时刻都嗅得到那女子的身体在惨遭脔割时散发出来的令人心醉神迷的气味。师傅的脑后阴风习习，那是焦灼的食肉猛禽在扇动它们的翅膀。师傅的痴情回忆，总是在这样一个关节点上稍做停顿，好似名旦在戏台上的亮相：她的身体已经皮肉无存，但她的脸还丝毫无损。只剩下最后的一刀了。师傅的心中一阵酸楚，剜了她一块心头肉。那块肉鲜红如枣，挑在刀尖上宛如宝石。师傅感动地看着她的惨白如雪的鹅蛋脸，听到从她的胸腔深处，发出一声深沉的叹息。她的眼睛里似有几粒火星在闪烁，两颗泪珠滚下来。师傅看到她的嘴唇艰难地颤抖着，听到她发出了蚊虫鸣叫般的细声：冤……枉……她的眼神随即暗淡无光，她的生命之火熄灭了。她的在执刑过程中一直摇动不止的头颅软绵绵地向前垂下，头上的黑发，宛如一匹刚从染缸里提出来的黑布。

赵甲割下第五十片钱肉时，钱的两边胸肌刚好被旋尽。至此，他的工作已经完成了十分之一。徒弟给他递上了一把新刀。他喘了两口粗气，调整了一下呼吸。他看到，钱的胸膛上肋骨毕现，肋骨之间覆盖着一层薄膜，那颗突突跳动的心脏，宛如一只裹在纱布中的野兔。他的心情比较安定，活儿做得还不错，血脉避住了，五十刀切尽胸肌，正好实现了原定的计划。让他感到美中不足的是，眼前这个汉子，一直不出声号叫。这就使本应有声有色的表演变成了缺乏感染力的哑剧。他想，在这些人的眼里，我就像一个卖肉的屠户。他对这个姓钱的深表钦佩。除了开始时的两刀，他发出了几声若有若无的呻吟之外，往后他就不出声息了。他抬头看看这个英武青年的脸。只见他头发直竖，双目圆睁，黑眼珠发蓝，白眼珠发红，鼻孔爹开，牙关紧咬，腮帮子上鼓起两条小老鼠般的肌肉。这副狰狞的面孔，着实让他暗暗地吃惊。他的捏着刀子的手，不由得酸麻起来。按照规矩，如果凌迟的是男犯，旋完了胸脯肉之后，接下来就应该旋去裆中之物。这地方要求三刀割尽，不必与其他部位的肉片大小一致。师傅说根据他执刑多年的经验，男犯人最怕的不是剥皮抽筋，而是割去裆中的宝贝。原因并不是这部位被切割时会有特别的痛苦，而是一种心灵上的恐惧和人格上的耻辱。绝大多数的男人，宁愿被砍去脑袋，也不愿被切去男根。师傅说无论多么强悍的男人，只要把他的裆中物一去，他就再也威风不起来了，这就跟剪掉烈马的鬃毛和拔掉公鸡的翎毛一个道理。赵甲不再去看那张令他心神不安的悲壮面孔。他低头打量着钱的那一嘟噜东西。那东西可怜地瑟缩着，犹如一只藏在茧壳中的蚕蛹。他心里想：伙计，实在是对不起了！他用左手把那玩意儿从窝里揪出来，右手快如闪电，嚓，一下子，就割了下来。他的徒弟高声报数：

“第五十一刀！”

他把那宝贝随手扔在了地上，一条不知从哪里钻出来的、遍体癞皮的瘦狗，叼起那宝贝，钻进了士兵队里。狗在士兵的队伍里发出了转节子的声音，很可能是受到了沉重的打击。这时，一直咬住牙关不出声的钱雄飞，发出了一声绝望的嗥叫。赵甲对此尽管早有思想准备，但还是吓了一跳。他不知道自己的眼睛打闪一样眨巴着，他只感到双手灼热、胀麻，仿佛有千万根烧红了的针尖，刺着自己的手指，难忍难挨的滋味无法形容。钱的嗥叫声非驴非马，十分地瘆人。他的嗥叫，让在场观刑的武卫右军全体官兵受到了深刻的刺激和巨大的震动。按理说袁世凯袁大人也不可能无动于衷。赵甲无暇回头去探看自己身后的袁大人和他的高级军官们的表情，他听到那些马都在打着表示惊恐的响鼻，马嘴里的嚼铁和脖子下的铃铎发出丁丁当当的声响。他看到执刑柱后那被绑腿缠得紧绷绷的腿都在不安地抖动着。钱连声嗥叫，身体扭曲，那颗清晰可见的心脏跳动得特别剧烈，“嘭嘭”的声音清晰可闻。赵甲担心那颗心撞断肋骨飞出来，如果那样，这次策划日久的凌迟大刑就等于彻底失败了。那样不但丢了刑部大堂的面子，连袁世凯大人的脸上也不光彩。他当然不希望出现这样的局面。此时，钱的脑袋也前后左右地大幅度摆动摇晃着，他的脑袋撞击得执刑柱发出沉闷的声响。血洇红了他的眼睛。他的五官已经扭曲得面目全非，谁见了这样一张脸一辈子都会噩梦连连。这种情况赵甲没有遇到过，他的师傅也没讲过。他的两只手麻胀得难受，几乎握不住那柄小刀子。他抬头看看徒弟，这小子面色如土，嘴咧成一个巨大的碟子，指望他来接手完成任务是绝对不可能的。他硬着头皮弯下腰去，抠出钱的一个睾丸——因为它们已经缩进囊里，必须抠——一刀旋下来。第五十二刀，他低声提醒已经迷糊了的徒弟。徒弟用哭腔喊叫报数：

“第……五十二……刀……”

他把那个东西扔在了地上。他看到它在地上的样子实在是丑陋无比，他体验了多年未曾体验过的生理反应：恶心。

“狗娘养的……畜生啊！”仿佛石破天惊，钱雄飞竟然抖擞起精神大骂起来，“袁世凯，袁世凯，你这个奸贼，吾生不能杀你，死后化为厉鬼也要取你的性命！”

赵甲不敢回头，他不知道自己身后的袁大人的脸是什么颜色。他只想抓紧时间把这个活儿干完。他再次弯下腰去，抠出了另一个丸子，一刀旋下来。就在他将要立起的瞬间，钱雄飞张口在他的头上啃了一口。幸亏隔着帽子，才没被咬出脑浆。尽管隔着帽子，钱雄飞的牙齿还是咬破了赵甲的头皮。事后他感到不寒而栗，如果当时被钱咬住脖子，他就会被连连地蚕食进去；如果被钱咬住耳朵，耳朵绝对没了。他感到头顶一阵奇痛，情急之中猛地将脑袋往上顶去，这一下正好顶中了钱雄飞的下巴。他听到钱雄飞的牙齿与舌头咬在了一起，发出了令人心悸的“咯唧”声。鲜血从钱的嘴里喷出来。钱的舌头烂了，但他还是詈骂不止。尽管他的发音已经含混不清，但还是能听出，他骂的还是袁世凯。第五十三刀。赵甲随便地扔掉了手中的丸子。他的眼前金星飞迸，感到头晕目眩，胃里的一股酸臭液体直冲咽喉。他紧咬牙关，暗暗地提醒自己，无论如何，不能呕吐，否则，刑部大堂刽子手的赫赫威名就葬送在自己手里了。

“割去他的舌头！”

他听到袁大人威严而恼怒的声音在脑后响起。他不由得回了头，看到了袁大人青紫的面皮。他看到袁大人拍了一下膝盖，确凿的命令又一次从那张阔嘴里发出：

“割去他的舌头！”

赵甲想说这样做不合祖宗的规矩，但他看到了袁大人恼羞成怒的样子，就把到了嘴边的话咽了下去。还有什么好说的？连当今皇太后都敬让三分的袁大人的话就是规矩。他转回身，对付钱雄飞的舌头。

钱的脸已经胀开了，血沫子从他的嘴里噗噜噗噜地冒出来，根本就没法子下刀。要挖去一个疯狂的死刑犯的舌头，马虎就是虎口里拔牙齿。但他没有胆量不执行袁大人的意见。他用最短的时间回顾了师傅的教导和师傅传授给他的经验，然而，没想到任何的可资借鉴的东西。钱还在呜噜着骂人，袁大人第三次说：

“割去他的舌头！”

在这关键的时刻，祖师爷的神灵保佑着他生出了灵感。他将小刀子叼在嘴里，双手提起一桶水，猛地泼到了钱的脸上。钱哑口了。趁着这机会，他伸手捏住了钱的喉咙，往死里捏，钱的脸憋成了猪肝颜色，那条紫色的舌头吐出唇外。赵甲一只手捏着钱的喉咙不敢松动，另一只手从嘴里拿下刀子，刀尖一抖，就将钱的舌头割了下来。这是个临时加上的节目，士兵队里起了一片喧哗，仿佛潮水漫过了沙滩。

赵甲用手托着钱舌示众，他感到那条不屈的舌头颤抖不止，垂死的青蛙也是这样。第五十四刀，他有气无力地说。说完他就将钱舌扔在了袁大人面前。

“第五十……四刀……”他的徒弟报数。

钱雄飞的脸色变成了金子一样的颜色。血从他的嘴里喷出来。他的身上，血和水混合在一起。没有了舌头，他还在骂，但发音已经十分困难，尽管知道他还在骂，但骂的什么，谁也听不出来了。

赵甲的双手灼热难熬，他感到他的手随时都会变成火焰烧成灰烬。他感到自己实在是支撑不下去了，但高度的敬业精神不允许他中途罢手。尽管因为袁大人下令割舌，打乱了程序，他完全可以将钱尽快地草率地处死，但责任和他的道德不允许他那样做。他感到，如果不割足刀数，不仅仅亵渎了大清的律令，而且也对不起眼前的这条好汉。无论如何也要割足五百刀再让钱死，如果让钱在中途死去，那刑部大堂的刽子手，就真的成了下九流的屠夫。

赵甲用盐水毛巾揩干钱雄飞被水和血污染了的身体。蘸湿毛巾时，他把自己灼热的双手放在水桶里浸泡了片刻，提起来擦干。钱的无舌的嘴巴还在积极地开合着，但发出的声音已经越来越微弱。赵甲明白，执刑的速度必须加快，切割的肉片必须缩小，血管密集的部位必须回避，原来的切割方案必须实事求是地进行调整。这不能怨刑部大堂的刽子手无能，只怨袁大人乱下命令。他用观众觉察不到的小动作，用刀尖在自己的大腿上戳了一下，让尖利的痛楚驱赶麻木和倦怠，同时也借此分散自己对灼热的双手的关注。他抖擞精神，不再去顾念身后的袁世凯和他的部下们，更不去理睬前面那无法捉摸的五千士兵。他操刀如风，报数如雹，那些从钱身上片下来的肉片儿，甲虫一样往四下里飞落。他用两百刀旋尽了钱大腿上的肌肉，用五十刀旋尽了钱双臂上的肌肉，又在钱的腹肌上割了五十刀，左右屁股各切了七十五刀。至此，钱的生命已经垂危，但他的眼睛还是亮的。他的嘴巴里溢出一团团的泡沫，他的内脏器官失去了肌肉的约束，都在向外膨胀着。尤其是他的肠胃，就如一窝毒蛇装在单薄的皮袋里蠢蠢欲动。赵甲直起腰，舒了一口气。他已经汗流浃背，双腿间黏糊糊的，不知是血还是汗。为了成就钱雄飞的一世英名，为了刑部大堂刽子手的荣誉，他付出了血的代价。

只剩下最后的六刀了。赵甲感到胜券在握，可以比较从容地进行最后的表演了。他用第四百九十刀割下了钱的左耳。他感到钱的左耳凉得如同一块冰。接下来的一刀他旋下了钱的右耳。当他把钱的右耳扔在地上时，那条已经撑得拖不动肚子的瘦狗，蹒跚过来，尖着鼻子嗅了嗅，便不胜厌烦地转身走了。从瘦狗的屁股里，窜出一股东西，异臭扑鼻。钱的双耳寂寞地躺在地上，宛如两扇灰白的贝壳。赵甲想起师傅说过，当年在菜市口凌迟那个绝代名妓时，切下她的玲珑的左耳，真是感到爱不释手，那耳垂上还挂着一只金耳环，环上镶嵌着一粒耀眼的珍珠。师傅说法律决不允许他把这只美丽的耳朵掖进自己的腰包，师傅只好把它无限惋惜地扔在地上。一群如痴如醉的观众，犹如汹涌的潮水，突破了监刑队的密集防线，扑了上来。疯狂的人群吓跑了吃人肉的凶禽和猛兽。他们要抢那只耳朵，也许是为了那只挂在耳垂上的金耳环。师傅见势不好，风快地旋下妓女的另外一只耳朵，用力地、夸张地甩到极远的地方。疯狂的人群立刻分流。师傅真是聪明过人啊！

此时的钱雄飞样子可怕极了。赵甲要下第四百九十七刀了。按照规矩，此时可有两种选择，一种是剜掉犯人的双眼，一种是割去犯人的双唇。但钱的嘴唇已经破烂不堪，实在不忍心再下刀。赵甲决定了挖他的双眼。他知道钱雄飞死不瞑目，但死不瞑目又有什么用处呢？兄弟，老哥哥不能征求你的意见了，剜去你的双眼，让你做一个安分守己的鬼去吧，眼不见，心不乱，省得你到了阴曹地府还折腾。阳间不许折腾，阴间也不许折腾。无论在哪里，折腾都是不允许的。

赵甲把尖刀对准钱的眼窝时，钱的眼睛突然地闭上了。这实在是出乎他的意料之外。他心中对钱的配合感激万分，因为即使对杀人如麻的职业刽子手来说，剜去目光炯炯的眼睛，也不是一件愉快的事情。他抓紧了这大好的时机，让刀尖沿着钱的眼眶转了一圈……第四百九十七刀，他有气无力地报了数字。

“四百九十七……”徒弟的声音比他的声音还要无力。

当他举起刀子去剜钱的右眼时，钱的右眼却出格地圆睁开了。与此同时，钱发出了最后的吼叫。这吼叫连赵甲都感到脊梁发冷，士兵队里，竟有几十个人，像沉重的墙壁一样跌倒了。赵甲不得不对钱雄飞那只火炭一样的独眼动刀子了。那只眼睛射出的仿佛不是光线，而是一种炽热的气体。赵甲的手已经烧焦了，几乎捏不住滑溜溜的刀柄了。他低声地祷告着：兄弟，闭眼吧……但是钱不闭眼。赵甲知道没有时间可以拖延了。他只好硬着心肠下了刀子。刀子的锋刃沿着钱的眼窝旋转时，发出了极其细微的“嗞嗞”声响，这声响袁世凯听不到，那些站在马前、满面惶恐、不知道会不会兔死狐悲的军官们也不会听到，那五千低着头如同木人的士兵也不会听到。他们能听到的，只有钱雄飞那残破的嘴巴里发出的像火焰和毒药一样的嗥叫。这样的嗥叫可以毁坏常人的神经，但赵甲习以为常。真正让赵甲感到惊心动魄、心肝俱颤的是那刀子触肉时发出的“嗞嗞”声响。一时间他感到目不能视、耳不能听，那些嗞嗞的声响，穿透了他的肉体，缠绕着他的脏器，在他的骨髓里生了根，今生今世也难拔除了。第四百九十八刀……他说。

他的徒弟已经晕倒在地上。

又有数十名士兵跌倒在地。

钱的两只眼睛亮在地上，尽管上边沾满了泥土，但还是有两道青白的、阴冷的死光射出，似乎在盯着什么。赵甲知道，它盯着袁世凯。这样的两只眼睛射出的光芒，会经常地让袁世凯袁大人忆起吗？赵甲木木地想着。

执刑至此，赵甲感到乏透了。不久前处斩六君子，那也是轰动全中国、甚至轰动全世界的大活儿。为了报答刘光第大人的知遇之恩，他带着徒弟们，把那柄锈蚀得如锯齿狼牙一样的“大将军”磨得吹毛寸断，连那五君子，也跟着刘大人沾了光，享受了天下第一的无痛快刀。他用“大将军”砍去他们的头颅时，那真是如风如电，相信他们只是感到脖子上一阵凉风吹过，脑袋已经与脖子分离。由于刀速太快，他们无头的身体，有的往前爬行，有的猛然跃起，他们的头脸上的表情更是栩栩如生。他相信他们的身体与头颅脱离之后相当长的时间内，他们的脑袋还在敏锐地思想着。执刑了六君子，京城里传遍了刑部大堂刽子手们创造的人间奇迹。六君子受刑后的种种行状，经众口渲染，已经神乎其神，譬如说谭浏阳谭嗣同大人的无头身体，竟跑到监刑官刚毅大人面前，扇了他一个耳光。而刘裴村光第大人的头颅，则在滚动中吟诗一首，声音洪亮，数千人都亲耳听到。

——即使这样一件惊天动地的大活儿，都没把赵甲赵姥姥累垮，可今日来到天津卫凌迟了一个不上品级的骑兵卫队长，却把大名鼎鼎的首席刽子手累得站脚不稳，而且还添了一个双手动辄灼热如被火烧的怪症候。

第四百九十九刀，旋去了钱的鼻子。此时，钱的嘴里只出血沫子，再也发不出一点声音，一直梗着的铁脖子，也软绵绵地垂在了胸前。

最后，赵甲一刀戳中了钱的心脏，一股黑色的暗血，如同熬煳了的糖稀，沿着刀口淌出来。这股血气味浓烈，使赵甲又一次体验到了恶心的滋味。他用刀尖剜出了一点钱的心头肉，然后，垂着头，对着自己的脚尖说：

“第五百刀，请大人验刑。”

第十章
践约

一

光绪二十二年腊月初八日夜间，下了一场大雪。

清晨，京城银装素裹，一片洁白。在各大庙宇轰鸣的钟声里，刑部大堂狱押司的首席刽子手赵甲翻身下炕，换上家常衣服，带上一个新招来的小徒弟，用胳膊夹着一只大碗，去庙宇里领粥。他们走出清冷的刑部街，便与匆匆奔忙的乞丐和贫民混在了一起。这个早晨是乞丐和贫民的好时辰，他们的冻得青红皂白的脸上，无一例外地洋溢着欢乐神情。路上的积雪，在人脚的践踏下发出咯咯吱吱的声响。路边的槐树上，团团簇簇，累银积玉，犹如白花盛开。太阳从厚重的灰云中露出脸，白雪红日，烘托出一片壮丽景象。他们跟随着人流，沿着西单大街向西北方向行走，那里集中了北京大部分的庙宇，诸多的施粥棚子里，已经升腾起了袅袅的炊烟。他们临近有着血腥历史的西四牌楼时，看到从西什库后的乱树林子里，飞起了一群群的乌鸦和灰鹤。

他和机警伶俐的小徒弟，排在了广济寺前等待领粥的队伍里。庙前的空地上，临时支起了一个巨大的铁锅，锅底架着松木劈柴，烈火熊熊，热量四溢。他看出那些衣衫褴褛的叫花子都处在矛盾的心理中：既想靠近锅灶烤火，又怕把自己在队伍中的位置丢掉。大锅里热气升腾，氤氲在几丈高处，团团旋转不散开，宛如一顶传说中的华盖。两个蓬头垢面的僧人，弯着腰站在锅前，手持着巨大的铁铲，翻搅着锅里的粥。他听到铁铲与锅底接触时发出了令人牙碜的沙涩声响。人们站在雪地里，不停地跺动着麻木的双脚，脚下的雪很快就被踩脏踩实。粥的香味终于熬了出来。在清冷洁净的空气里，这种纯粹的粮食的香气显得无比的醇厚，令饥肠辘辘的人们兴奋异常。他看到等待着施粥的人们的眼睛里都放出了神彩。几个耸肩缩脖、状若猢狲的小叫花子不时地蹿到前面，往热浪翻滚的锅里一探头，贪婪地呼吸几口，然后又匆忙地跑回队伍占住自己的位置。人们的脚跺得更加频繁，在跺脚的同时，每个人的身体都在大幅度地摇晃着。

赵甲穿着一双狗皮袜子，袜子外边是一双擀毡靴子，没感到脚冷。他不跺脚，自然也不晃动身体。他肚子里并不缺食，来此排队领粥不是为了果腹，而是遵循着老辈儿刽子手领下来的规矩。按照他的师傅的解释，历代刽子手在腊月初八日来庙里领一碗粥喝，是为了向佛祖表示，干这一行，与叫花子的乞讨一样，也是为了捞一口食儿，并不是他们天性喜欢杀人。所以这乞粥的行为，实际上是一种对自己的贱民身份的认同。所以尽管狱押司的刽子手可以天天烧饼夹肉，但这碗粥还是年年来喝。

赵甲自认为是这长长的队伍中最稳重的一个，但他很快就看到，眼前的队伍里，隔着几个摇头晃脑、嘴巴里啧啧有声的叫花子，立着一个稳如泰山的人。这人身穿一件黑色棉袍，头戴一顶毡帽，腋下夹一个蓝布包袱。这是典型的蹲清水衙门的下级京官的形象。那个蓝布包袱里，包着他们的官服，进了衙门才换上。但京官无论怎样清贫，每年还是可以从外省来京办事的官员那里得到一些好处，起码可以得到那份几乎成了铁杆庄稼的“冰炭费”吧？即便他格外的廉洁，连这“冰炭费”也拒收，正常的俸禄还是可以让他吃上大饼油条，怎么着也不至于到了站在叫花子和贫民的队伍里等待庙里施粥的地步吧？他很想上前去看看这个人的脸，但他知道京城乃藏龙卧虎之地：鸡毛店里，难保没有高人奇士；馄饨挑前，也许蹲着英雄豪杰。真人不露相，露相不真人。本朝同治皇帝闲着三宫六院不用，跑到韩家潭嫖野鸡；放着御膳房的山珍海味不吃，跑到天桥去喝豆浆。前面这位大人，又怎能知道他是出于什么样的目的前来排队喝粥？想到此他就老老实实地站着，打消了上前去看那个人的面孔的想法。粥的香气越来越浓，排队的人不自觉地往前拥挤着，人与人之间的距离越来越小。赵甲离那个稳重的人也就更近了。只要他一歪头，赵甲就能看到他的大半个脸。但那人身体正直，目不斜视。赵甲只能看到他那条不驯顺地垂在脑后的辫子，和他的被发垢污染得发亮的衣领。那人生着两扇肥厚的耳朵，耳轮和耳垂上生了冻疮，有的冻疮已经溃烂，流出了黄色的水。终于，激动人心的时刻到了。施粥开始，队伍缓慢地往前移动。这时，从排队人的两侧，不时驰过挂着暖帘的马拉或是骡拉的轿车子，还有挎着篮子去亲友家送粥的京城百姓。离大锅越近，香气越浓。赵甲听到了一片咕噜咕噜的肠鸣。已经领到粥的人，有的蹲在路边，有的站在墙角，双手捧着碗，唏溜唏溜地喝。那些捧着粥碗的手，都如漆一样黑。两个僧人，站在锅边，操着长柄大铁勺，很不耐烦地把勺里的粥倒进伸过去的碗里。粥从碗边上和勺子底上，点点滴滴地落下来。几条癞皮狗，忍着被人踢来踢去的痛苦，抢舔着地上的米粒。终于轮到那个人了。赵甲看到他从怀里摸出了一个小碗，递到了僧人面前。僧人的脸上显出了奇怪的神情。因为在这支等待施粥的队伍里，人们的碗一个赛着一个大，有的碗其实就是盆，但这个人的青花碗用一只手就可以遮住。僧人小心翼翼地伸出盛满粥的勺子——勺子比那人的碗要大好几倍——慢慢地往碗里倒，勺子刚一倾斜碗就盈了尖。那人夹紧腋下的衣包，双手捧着粥碗，对着僧人客气地点点头，然后便低着头走到路边，一撩袍襟蹲下去，无声无息地喝起来。就在这人捧着粥碗一转身的时候，赵甲认出了这个高鼻阔口、面有菜色的人，正是刑部大堂某司的一个主事。赵甲认识这张很气派的脸，但是不知道这人的名字。他的心里不由得替这位主事大人叹息。能在六部授主事职，必然也是堂堂进士出身，但竟然穷到捧着碗在施粥棚前乞食，实在也算天下奇闻。赵甲在衙门里混了几十年，知道京官们捞钱的方法和升官的门道。眼前这个蹲在路边雪地里捧着碗舔粥的人，如果不是个特别的笨蛋，就是一个难得的圣贤。

赵甲和徒弟领到粥后，也蹲到了路边，慢慢地喝起来。他的嘴喝着粥，但眼睛却一直盯着那个人。那人将精巧的青瓷小碗捧得严严实实，显然是用粥碗的热量温暖着双手。周围的贫民和叫花子们把粥喝得一片响声，惟有那人喝粥时悄无声息。他喝完粥后，用宽大的袍袖遮着碗和脸，不知道在干什么。赵甲马上就猜到了。果然，等他把袍袖放下来时，赵甲看到，那只青瓷小碗已经被舔舐得干干净净。那人把碗揣在怀里，匆匆地往东南方向走去。

赵甲和徒弟尾随着那人，尾随着那人也就是向刑部衙门的方向走。那人双腿很长，步幅很大，每走一步脑袋就要往前探一下，仿佛一匹莽撞的马。赵甲和徒弟在后边小跑着才能跟上他的步伐。后来回忆起这次跟踪，赵甲也说不明白自己的动机。当那人走到砂锅居饭庄，正要拐进一条狭窄的胡同抄近路时，脚下一滑，身体向后，跌了一个四仰八叉，那个蓝色的小包袱也扔出去很远。赵甲心中一惊，想上前去帮扶，又怕惹来麻烦，便站在原地悄悄地观望着。那人平躺了一会儿，看样子很是艰难地爬起来，爬起来往前走了几步就歪倒了。赵甲知道他受了伤。他把腋下的大碗交给徒弟，自己跑上前去，把那人搀起来。他关切地看着那人沁满汗珠的脸，问：

“大人，伤着了吧？”

那人不说话，扶着赵甲的肩头往前走了几步，疼痛扭曲了他的脸。

“大人，看样子您伤得不轻。”

“你是谁？”那人满面狐疑地问。

“大人，小的是刑部大堂的衙役。”

“刑部大堂的？”那人道，“既是刑部的，我为何不认识你？”

“大人不认识小的，但小的认识大人，”赵甲说，“大人要小的干什么，只管吩咐。”

那人又试探着走了几步，身体一软，坐在雪地上，说，“我的腿不能走了，你去帮我截辆车，把我送回家吧。”

二

赵甲护着一辆运煤的驴车，把受伤的大人送到了西直门外一座破旧的小庙里。庙院里，一个身材很高但似乎弱不禁风的青年正在雪地里练武。怪冷的天气，他竟然只穿着一件汗褟儿，苍白的脸上满是汗水。赵甲搀着大人进了院，青年跑上前来，叫了一声父亲，眼睛里就盈满了泪水。庙里没有生火，冷风刮着窗纸飕飕响，裂开的墙缝里，塞着破烂的棉絮。炕头上瑟缩着一个正在纺线的女人。女人面色枯黄，头发上落满了白色的花绒，看起来似一个老祖母。赵甲与那青年把大人扶到炕上，作揖之后就要告辞。

“我姓刘，名光第，是光绪癸未科进士，在刑部大堂当主事已经多年，这是我的夫人和我的儿子，家境贫寒，让‘姥姥’见笑了！”大人和善地说。

“大人已经认出了小的……”赵甲红着脸说。

“其实，你干的活儿，跟我干的活儿，本质上是一样的，都是为国家办事，替皇上效力。但你比我更重要。”刘光第感叹道，“刑部少几个主事，刑部还是刑部；可少了你赵姥姥，刑部就不叫刑部了。因为国家纵有千条律法，最终还是要落实在你那一刀上。”

赵甲跪在地上，眼泪汪汪地说：

“刘大人，您的话，真让小的感动，在旁人的眼里，干我们这行的，都是些猪狗不如的东西，可大人您，却把我们抬举到这样的高度。”

“起来，起来，老赵，”刘光第说，“今日我就不留你了，改日我请你喝酒。”然后他又吩咐那位瘦高的青年，“朴儿，送赵姥姥出去。”

赵甲慌忙说：

“怎敢劳公子大驾……”

青年微微一笑，双手做出了一个客气的手势。他的礼貌和谦和，给赵甲留下了难以磨灭的印象。

三

光绪二十三年正月初一日，刘光第穿着官服，提着一个油纸包儿，走进了刽子手居住的东耳房。刽子手们正在炕上猜拳喝酒，庆祝新年；一见大人进屋，个个惊慌失措。赵甲赤着脚从炕上出溜下来，跪在炕前，道：

“给大人拜年！”

刽子手们跟着赵甲出溜下炕，都下了跪，齐声道：

“给大人拜年！”

刘光第道：“起来，都快起来，地下凉，都上炕。”

刽子手垂手肃立，不敢上炕。

“今天我值日，跟你们来凑个热闹。”刘光第揭开油纸包儿，露出了一些煮熟的腊肉，又从怀里摸出了一瓶烧酒，说，“肉是家里人做的，酒是朋友送的，你们尝尝。”

“小的们怎敢与大人同席？”赵甲说。

“今日过年，不讲这些礼节。”刘光第道。

“大人，小的们实在不敢……”赵甲道。

“老赵，你怎么啦？”刘光第摘下帽子，脱去袍服，说，“大家都在一个衙门干事，何必客气？”

刽子手望着赵甲。赵甲道：

“既然刘大人看得起我们，我们就恭敬不如从命吧！大人您先请！”

刘光第脱去靴子，爬上炕，盘腿坐下，说：

“你们的炕头烧得还挺热乎。”

刽子手们都傻傻地笑着。刘光第道：

“难道还要我把你们抱上来吗？”

“上炕，上炕，”赵甲道，“别惹刘大人生气。”

刽子手们爬到炕上，一个个缩手缩脚，十分拘束。赵甲拿起杯子，倒满，屈膝跪在炕上，双手举杯过头，说：

“刘大人，小的们敬大人一杯，祝大人升官发财！”

刘光第接过酒杯，一饮而尽，抿抿嘴，说：

“好酒，你们也喝嘛！”

赵甲自己也喝了一杯，他感到心中热浪翻滚。

刘光第举起酒杯，说：

“老赵，上次多亏你把我送回家，我还欠着你一个人情呢！来吧，都把酒满上，我敬你们大家一杯！”

刽子手们都很激动地干了杯中酒。赵甲眼里汪着泪水，说：

“刘大人，自从盘古开天地，三皇五帝到如今，还没听说过一个大人，跟刽子手一起喝酒过年。伙计们，咱们敬刘大人一杯吧！”

刽子手们跪在炕上，高举起酒杯，向刘光第敬酒。

刘光第与他们一个个碰了杯，眼睛放着光说：

“伙计们，我看你们都是顶天立地的男子汉，干你们这行，没有点儿胆量是不行的。胆量就是酒量，来吧，干！”

几杯酒下肚之后，刽子手们渐渐地活泼起来，身体自然了，手脚也找到了着落。他们轮番向刘光第敬酒，显示出大碗喝酒、大块吃肉的豪放本色。刘光第也放下架子，抓起一个酱猪蹄大啃大嚼，抹得两个腮帮子明晃晃的。

他们吃完了盘中肉，喝干了壶中酒，都有了八分醉意。赵甲满脸笑容。刘光第眼泪汪汪。“大姨”满口胡言乱语。“二姨”睁着眼打呼噜。“三姨”舌头发硬，谁也听不清他说了一些什么。

刘光第蹭下炕，连声道：

“痛快啊！痛快！”

赵甲帮助刘光第穿好靴子，外甥们帮他穿上袍服，戴上帽子。刘光第在众刽子手的陪同下摇摇晃晃地参观了刑具陈列室，当他看到那柄把子上拴着红绸的“大将军”时，突然问：

“赵姥姥，这柄大刀，砍下过多少颗红顶子？”

赵甲道：

“小的没有统计过……”

刘光第伸出手指，试了试那红锈斑斑的刀刃，说：

“这刀，并不锋利。”

赵甲道：

“大人，人血最伤刀刃，每次使用前，我们都要打磨。”

刘光第笑着说：

“赵姥姥，咱们也算是老朋友了，有朝一日，我落在了你们手里，你可要把这把大刀磨得快一些。”

“大人……”赵甲尴尬地说，“您清正廉洁，高风亮节……”

“清正廉洁活该死，高风亮节杀千刀！”刘光第感叹道，“赵姥姥，咱们就这么说定了！”

“大人……”

刘光第摇摇晃晃地走出了东耳房。刽子手们眼泪汪汪地望着他的背影。

四

在十二杆大喇叭的悲鸣声中，名噪天下的戊戌六君子被十二个身穿号衣的公人架持着，从破烂不堪的囚车里下来，沿着台阶，登上了半尺高的执刑台。

执刑台上新铺了一层红色的毛毡，周围新垫了一层厚厚的黄土。看着眼前这些新鲜气象，刑部大堂的“姥姥”——首席刽子手赵甲的心中稍稍地得到了一些安慰。他带着徒弟，跟随在六君子后边登上了平台。大喇叭悲鸣不止，一声比一声凄厉。喇叭手的额头上流着汗水，腮帮子鼓得好像皮球。赵甲看了一眼并排而立的六位大人，见他们脸上的表情个个不同。谭嗣同下巴扬起，眼睛望着青天，黑瘦的脸庞上蒙着一层悲壮的神色。紧挨着他的是年轻的林旭，他的小脸煞白，没有一点儿血色，苍白而单薄的嘴唇不停地哆嗦着。身躯肥大的杨深秀，侧歪着方正的大头，歪斜的嘴巴里，流着透明的涎水。面目清秀的康广仁，神经质地抽泣着，不时地抬起衣袖，擦拭着眼泪和鼻涕。身材矮小、精神矍铄的杨锐，一双漆黑的眼睛，往台下张望着，好像要从人群里找到自己的旧日相识。身体高大魁梧的刘光第神色肃穆，双目低垂，喉咙里发出“咕咕”的声音。

正午时刻就要到了。台后竖起用以测量日影的杉木杆子，投下的影子即将与杆子垂直。这是一个灿烂的秋日，天空湛蓝，阳光明媚。执刑台上的红毛毡、监刑官员身披的红斗篷、仪仗队里的红旗红幡红伞盖、官员头上的红顶子、兵勇帽子上的红缨络、屠刀“大将军”把柄上的红绸子……都在明丽的阳光照耀下反射出热烈火爆的光芒。一大群白鸽，在刑场上空翱翔，一圈连着一圈，翅羽窸窣，哨子嘹亮。成千上万的看客，被兵勇们阻拦在离执刑台百步开外的地方。他们都抻长了脖子，眼巴巴地往台上张望着，焦急地等待着让他们或是兴奋、或是心痛、或是惊恐的时刻。

赵甲也在等待着。他盼望着监刑官赶快下令，干完活儿立即回去。面对着六君子这样六副惊心动魄的面孔，他感到局促不安。尽管他的脸上已经涂了一层厚厚的鸡血，宛如戴上了一副面具，但他的心还是感到紧张，甚至有几分羞涩，仿佛在众目睽睽之下，失去了遮丑的下衣一样。在他漫长的执刑生涯中，失去了定性、丧失了冷漠，这还是第一次。在往常的执刑中，只要红衣加身、鸡血涂脸后，他就感到，自己的心，冷得如深潭里的一块黑色的石头。他恍惚觉得，在执刑的过程中，自己的灵魂在最冷最深的石头缝里安眠着；活动着的，只是一架没有热度和情感的杀人机器。所以，每当执刑完毕，洗净了手脸之后，他并不感觉到自己刚刚杀了人。一切都迷迷糊糊，半梦半醒。但今天，他感到那坚硬的鸡血面具，宛如被急雨打湿的墙皮，正在一片一片地脱落。深藏在石缝里的灵魂，正在蠢蠢欲动。各种各样的情感，诸如怜悯、恐怖、感动……如同一条条小小溪流，从岩缝里汩汩渗出。他知道，作为一个优秀的刽子手，站在庄严的执刑台上时，是不应该有感情的。如果冷漠也算一种感情，那他的感情只能是冷漠。除此之外的任何感情，都可能毁掉他的一世英名。他不敢正视六君子，尤其是不敢看到与他建立了奇特而真诚友谊的原刑部主事刘光第大人。只要一看到刘大人那被怒火燃烧得闪闪发光的眼睛，他的从没流过汗水的手，马上就会渗出冰冷的汗水。他抬高眼睛，去看那群盘旋不止的白鸽，它们在翱翔中招展的翅膀，晃花了他的眼睛。坐在执刑台下的首席监刑官——刑部左侍郎刚毅大人，眯起眼睛望望太阳，又斜着眼看看台上的六君子，便用颤抖的嗓音喊叫：

“时辰到——犯官叩谢天恩——”

赵甲如获大赦令，急转身，从助手的手里接过了那柄专门用来处斩四品以上官员的笨重屠刀——“大将军”。为了敬爱的刘大人，他亲自动手，用了整整一夜工夫，将“大将军”磨得锋利无比，几乎是吹毛可断。他用自己的衣襟擦干了湿漉漉的双手，右手紧攥刀柄，让刀身顺着小臂，横在胸前。

六君子有的哭泣，有的叹息。

赵甲客客气气地催促着：

“请各位大人即位。”

谭嗣同大声疾呼：

“有心杀贼，无力回天，死得其所，快哉快哉！”

呼叫完毕，他就剧烈地咳嗽起来，直咳得面如金纸，眼睛充血。他率先跪下，双手撑地，伸直了脖子。松散的辫子，从脖颈一侧滑下，垂挂到地。

林、杨、杨、康，随着谭嗣同的下跪，也颓唐地跪了下去。林旭呜呜地哭着，如一个受了很大委屈的小姑娘。康广仁放声大哭，边哭边用巴掌拍打刑台。杨深秀双手按地，一双眼睛，还是往四下里张望，谁也不知道他到底想看什么。惟有刘光第刘大人昂首挺立，不肯下跪。赵甲盯着刘大人双脚上的破靴子，怯怯地催促：

“大人……即位吧……”

刘光第猛地圆睁了双眼，逼视着端坐在执刑台下的监刑官刚毅，用沙涩的声音逼问：

“为什么不问便斩?!”

台下的刚毅，不敢正视刘光第的目光，慌忙地把黑胖的脸扭到了一边。

“为什么不问便斩？国家还有没有法度？”刘光第继续追问。

“本官只知道奉命监斩，其他的事一概不知，请裴村兄谅解……”刚毅满面尴尬地说。

跪在刘光第身边的杨锐，伸手扯扯他的衣服，说：

“裴村，裴村，事已如此，还有啥子好说嘛！跪下吧，遵旨吧！”

“大清朝啊！”刘光第长呼一声，理理凌乱的衣衫，屈膝跪在了执刑台上。执刑台下，一个站在监刑主官后边的司事官员，高声宣示：

“谢老佛爷大恩！”

六君子中，只有林、杨、杨、康迷迷糊糊地行了三跪九叩的大礼。而谭嗣同和刘光第则梗着脖子不肯磕头。

司事官员高声宣示：

“犯官叩首谢皇上大恩！”

这一次，六君子一齐叩首。谭嗣同磕头如捣蒜，边磕边凄凉大叫：

“皇上，皇上啊！功亏一篑啊，皇上！”

刘光第的额头撞击得刑台砰砰作响，两行浑浊的泪水，挂在他枯瘦的脸上。

监刑官刚毅气急败坏地下令：

“执刑！”

赵甲对着六君子深深地鞠了一躬，然后，他低声说：

“这就送各位大人归位。”

他提起一口气，排除掉私心杂念，将全身的力气和全部的心思，集中到右手腕子上。他感到，屠刀与人，已经融为一体。他往前跨了一步，伸出左手，攥住了刘光第的辫子梢。他把刘的头尽量地往前牵引着，让刘脖子上的皮肤抻得很紧。凭着多年的经验，他一眼就瞅准了刘脖子上那个走刀无碍的环节。他将身体转向右侧，正要让刀随身转、轻轻地旋下刘的头颅时，就听到看客的队伍里一声长嗥：

“父亲——”

只见一个身材瘦长、披头散发的青年，跌跌撞撞地扑了进来。赵甲在臂下的刀即将与刘的脖子接触时，猛然地将刀收起。他的手腕，分明地感觉到了那柄急于饮血的“大将军”下坠的力量。那位踉跄着扑上来的青年，正是他几年前在西直门外小庙里见到过的刘大人的公子刘朴。一股被严肃的职业感情压抑住、多年未曾体验过的悲悯感情，水一样从他的心头漫过。从木呆中清醒过来的兵勇们，端着红缨枪，乱哄哄地追上来。监刑官刚毅大人，慌慌张张地站起来，尖声嘶叫着：“抓住他——抓住他——”他身后的侍卫们，拔刀出鞘，一拥而上。就在他们手中的刀枪即将伤及刘朴的身体时，他已经跪在地上，面对着刚毅，磕头不止。兵勇们愣住，傻傻地看着这个涕泪交流、满面黄土的俊俏青年。他哀声求告着：

“大人，开恩吧……小的愿替父亲受刑……”

刘光第抬起头，哽咽着说：

“朴儿，你这个傻孩子……”

刘朴往前膝行几步，仰望着台上的父亲，泣不成声地说：

“父亲，让孩儿替你死吧……”

“我的儿……”刘光第长叹一声，枯槁的脸上，五官痛苦地扭歪着，说，“为父死后，不必厚敛，亲友赙赠，一文莫受。灵柩不必还乡，就近寻地掩埋。诸事完毕后，与你母亲速回四川，切勿在京都淹留。我之子孙，可读书明理，但切记不要应试做官。这是为父最后的嘱托，你速速回去吧，不要在此乱我的心志。”说完这席话，他便闭住眼睛，伸直脖子，对赵甲说，“老赵，动手吧，看在我们交好的分儿上，把活干得利索点儿！”

赵甲眼窝子热辣辣地，眼泪差点儿流出眼眶，他低声道：

“请大人放心。”

刘朴号啕着，膝行到刚毅马前，哀求着：

“大人……大人……让我代父受刑吧……”

刚毅举起袍袖遮住面庞，道：

“架出去吧！”

几个兵勇上来，把哭得昏天黑地的刘朴拖到了一边。

“执刑！”刚毅亲自下令。

赵甲再次抓住刘光第的辫子根儿，低声说：“大人，真的得罪了！”然后，他将身体闪电般地转了半圈，刘光第的头颅，就落在了他的手里。他感到，刘的头沉重极了，是他砍掉的所有头颅中最沉重的一颗。他感到握刀的手和提着刘头的手都有些酸胀。他把刘的头高高地举起来，对着台下的监刑官大喊：

“请大人验刑!”

刚毅的目光，往台上一瞥，便倏忽跳开了。

赵甲举着刘头，按照规矩，展示给台下的看客。台下有喝彩声，有哭叫声。刘朴晕倒在地。赵甲看到，刘大人的头双眼圆睁，双眉倒竖，牙齿错动，发出了咯咯吱吱的声响。赵甲深信，刘大人的头脑，还在继续地运转，他的眼睛，肯定还能看到自己。他提着刘头的右臂，又酸又麻；攥着的刘辫，似一条油滑的鳗鱼，挣扎着要从汗湿血渍的手里滑脱。他看到，刘大人的眼睛里，迸出了几点泪珠，然后便渐渐地黯淡，仿佛着了水的火炭，缓慢地失去了光彩。

赵甲放下刘光第的头。看到死者脸上表情安详，他心中顿时安慰了很多。他默默地叨念着：刘大人，俺的活儿干得还够利落，没让您老人家多受罪，也不枉了咱们交往了一场。接下来，他在助手的配合下，用同样利索的刀法，砍下了谭、林、杨、杨、康的头颅。他用自己高超的技艺，向六君子表示了敬意。

这场撼天动地的大刑过后，京城的百姓议论纷纷。人们议论的内容主要集中在两个方面，一是刽子手赵甲的高超技艺，二是六君子面对死亡时的不同表现。人们传说刘光第的脑袋被砍掉之后，眼睛流着泪，嘴里还高喊皇上。谭嗣同的头脱离了脖子，还高声地吟诵了一首七言绝句……

这些半真半假的民间话语，为赵甲带来了巨大的声誉，使刽子手这个古老而又卑贱的行业，第一次进入人们的视野，受到了人们的重视。这些民间的话语也像小风一样轻悄地吹进了宫廷，传进了慈禧皇太后的耳朵，这就为即将降落到赵甲身上的巨大荣耀铺平了道路。

第十一章
金枪

一

为了迎接进京向重新垂帘听政的慈禧皇太后敬献万寿贺礼归来的兵部侍郎、直隶按察使袁世凯大人，驻守在天津小站的武卫右军的高级军官们，率领着军乐队和骑兵营，一大早就来到了海河北岸的小码头。

在这些迎候的将领中，有后来做过民国大总统的参谋营务处帮办徐世昌，有后来做过民国总统的督操营务处帮办冯国璋，有后来任长江巡阅使、发动过宣统复辟的“辫帅”中军官张勋，有后任民国陆军总长的步兵第二营统带段芝贵，有后任国务总理、民国执政的炮兵第三营统带段祺瑞，有后任民国总统府总指挥的步兵第三营统带徐邦杰，有后任国务总理的步兵第三营帮带王士珍……那时候，他们都是一些有野心但野心不大的青年军官，他们当时做梦也想不到在未来的几十年里，中国的命运竟然会掌握在他们这一帮哥儿们手里。

在迎候的队伍里，还有一位人品、学识在整个的武卫右军中都是出类拔萃的人物。他就是袁世凯的骑兵卫队长钱雄飞。钱是第一批去日本留学的中国留学生，毕业于日本士官学校。他身材颀长，浓眉大眼，牙齿整齐洁白。他不吸烟，不饮酒，不赌博，不嫖娼，律已甚严。他为人机警，枪法绝伦，深得袁世凯的器重。那天他骑着一匹雪青马，军装笔挺，马靴锃亮，腰间的牛皮腰带上，悬挂着两支金色的手枪。在他的马后，六十匹战马，燕翅般排开。马上的卫兵，都是百里挑一的杰出青年。他们肩荷着德国制造的十三响快枪，一个个挺胸收腹，目不斜视，虽然有点装模作样，但看上去还是十分威风。

时间已近正午，袁大人乘坐的火轮船还是不见踪影。宽阔的海河上，没有一艘渔船，只有一些雪青色的海鸥，时而在河的上空翻飞，时而在水面上随波逐流。时令已是深秋，树木大都脱尽叶片，只有那些栎树、枫树上，尚存着一些鲜红或是金黄的残叶，点缀在海河两岸的滩地上，成为衰败中的亮丽风景。空中布满了一团团破烂的云絮，潮湿的风，从东北方向刮来，风里夹带着腥咸的渤海气息。马匹渐渐地暴躁起来，它们捯蹄子，甩尾巴，喷响鼻。钱雄飞胯下那匹雪青马，不时地低下头，啃咬主人的膝盖。钱雄飞偷眼观看着身旁那些高级军官们，见他们一个个脸色发青，阴历十月的潮湿寒冷的风，显然已经吹透了他们的军服，侵入了他们的骨髓。他看到徐世昌鼻子尖上挂着清鼻涕，张勋流着眼泪打哈欠，段祺瑞在马上前仰后合，仿佛随时都会掉下来。其他人的姿态，也都可以用狼狈不堪一言概之。钱从骨子里瞧不起这些同僚，羞于与他们为伍。尽管他也感到疲乏，但他自认为还是保持着良好的军人姿态。在麻木的等待过程中，最好的消磨时间的方式就是胡思乱想。他的眼睛似乎盯着辽阔的海河水面，但他的眼前却在晃动着一些过去的生活片段。

二

小喜子，小喜子！亲密无间的声音，在他的耳边回响着，时而远，时而近，仿佛捉迷藏。于是，幼年时与兄长在故乡的田埂上追逐打闹的情景就清晰地在眼前展开了。在天真无邪的追逐中，大哥的身体渐渐地变高变宽。他蹦跳着，想伸手扯住大哥脑后那条乌油油的大辫子，但总也扯不住。有时候，明明是指尖都碰到了他的辫梢，但刚要去抓，那条辫子就如乌龙摆尾一样潇洒地逃脱了。他焦躁，懊恼，跺着脚哭起来。大哥猛地转回身，一转身的工夫，已经由一个下巴光光的半大青年，变成了一个美须飘飘的朝廷命官了。随即他想起了自己东渡日本之前与大哥的一次争吵。大哥不同意他放弃科举道路。他却说：科举制度培养出来的，都是些行尸走肉。大哥猛拍桌子，震动得茶杯里的水都溅了出来。狂妄！大哥的胡须颤抖着，盛怒改变了他的堂皇仪表。但这盛怒很快就变成了凄凉的自嘲。大哥说，这么说，古往今来，多少圣贤豪杰都是行尸走肉了！连你崇拜的文天祥、陆放翁也是行尸走肉了！本朝的曾文正公、李鸿章、张之洞更是行尸走肉，而愚笨如兄，只能算做一具僵尸，连行走都不能的了！大哥，我不是这个意思。那你是什么意思？我的意思是，中国要进步，必须废除科举，兴新式学校；废除八股，重视科学教育。必须往这一潭龌龊的死水里，注入新鲜的清流。中国必须变革，否则灭亡有期。而中国欲行变革之术，必须以夷为师。我去意已决，大哥勿再拦阻。大哥叹息道：人各有志，不能勉强，但愚兄还是认为，只有科场上拼出来的，才是堂堂正正的出身，其余都是旁门左道，纵然取得高位，也被人瞧不起……大哥，乱世尚武，治世重文，咱家出了你一个进士也就够了，就让小弟去习武吧。大哥感叹道：进士进士，徒有虚名而已。不过是夹衣包上班，坐清水衙门，吃大米干饭，挖半截鸭蛋……既然如此，大哥，你为何还要我去钻这条死胡同？大哥苦笑道：行尸走肉的见解嘛……

风渐渐大起来，海河上兴起了灰色的波浪。他又想起了乘坐着釜山丸轮船渡海归国的情景，想起了怀揣着康有为先生的荐书求见袁世凯的情景……

三

秋天的小站，连绵的稻田里金穗飘香。在晋见袁大人之前，他已在小站的地盘上悄悄地转了两天，用行家的眼光暗中进行了考察。他看到，每天都在操场上演操的新军士兵，果然是军容整肃，武器先进，有格有式，气象非凡，与腐败昏聩的旧军不可同日而语。见兵而知将，在没见到袁大人之前，他已经对袁大人深深地佩服了。

袁大人的官邸，与兵营相距有两箭之遥。高大的门楼两侧，站立着四个黑铁塔似的高大卫兵。他们穿着皮鞋，打着绑腿，腰扎皮带，皮带上挂着牛皮弹匣，手持着德国造后膛钢枪，枪身呈蓝色，宛如燕子的羽毛。他把康有为的荐书递给门房，门房进去通报。

袁大人正在用餐，两个美丽的侍妾在旁边伺候着。

晚生向大人请安！他没有下跪，也没有作揖，而是立得笔挺，举起右手，行了一个日本式的军礼。

他看到了袁大人脸上的微妙变化：先是一丝明显的不悦神情从脸上出现，然后就是一缕冷冷的眼光在他的身上扫了一遍，然后是欣赏的表情浮现在脸上，微微地点头。看座！袁大人说。

他知道自己精心设计的见面方式给袁大人留下了很好的印象。侍妾搬过一把椅子。椅子太沉了，侍妾行动吃力。他听到这个美丽的小女人娇喘微微，嗅到了从她的脖颈间散发出来的兰花香气。他笔直站立，说：在大人面前，晚生不敢坐。

袁大人道：那你就站着吧。

他看到，袁大人方面，大眼，浓眉，大嘴，隆鼻，巨耳，正是书上所说的贵人之相。袁大人乡音未改，声音醇厚，好像黏稠的老酒。袁大人开始进餐，似乎把他忘记了。他笔挺站立，一动不动，如一棵杨树。袁大人穿着睡袍，趿着拖鞋，辫子松散。桌子上摆着一盘红烧猪蹄，一只烤鸭，一碗红焖羊肉，一盘红烧鳜鱼，一盆煮鸡蛋，还有一笼雪白的馒头。袁大人好胃口，吃得香甜。袁大人吃饭聚精会神，旁若无人。两个小妾，一个负责给鸡蛋剥皮，一个负责给鱼去刺。袁大人一连吃了四个煮鸡蛋，啃了两只猪蹄，吃了烤鸭的全部焦皮，吃了十几块羊肉，吃了半条鱼，吃了两个馒头，喝了三杯酒。最后，他用茶水漱了口，用毛巾擦了手。然后，他仰靠在椅背上，打着饱嗝，闭着眼，剔着牙，好像屋子里只有他一个人。

他知道，大人物总是有一些古怪的脾气，都有考察、鉴别人才的独特方式，所以他把袁大人这些不拘礼节的行为都当做了对自己的考验。他笔直挺立，虽然已经过去了一点钟，但是他腿不抖，眼不花，耳不鸣，姿势不走样，表现出标准的军人姿态和良好的身体素质。

袁大人不睁眼，两个美妾，一个在前，一个在后。在前的帮他捶腿，在后的帮他揉肩。很响的呼噜声，从袁大人的喉咙里发出。两个侍妾，偷偷地瞥着钱雄飞，嘴角上不时浮现出善意的微笑。终于，袁大人停止打呼噜，睁开了眼睛，目光锐利，没有一丝一毫的倦怠和矇眬，突然地问话：

“康南海说你满腹经纶、武艺超群，可是真的？”

“康大人过奖之词，令晚生惶恐！”

“你是满腹经纶还是满腹秕糠，俺并不在意。但俺很想知道，你在日本，都学了些什么？”

“步兵操典、射击教范、野外勤务、战术学、兵器学、筑城学、地形学……”

“你会不会使枪？”袁世凯突然地打断了他的话，挺直了身体问。

“晚生精通各种步兵武器，尤善短枪，能双手射击，虽不敢说百步穿杨，但五十步之内，弹无虚发！”

“如果有人敢在俺的面前吹牛，那他可就要倒霉了！”袁世凯冷冷地说，“本督平生最恨的就是言过其实之人。”

“晚生愿在大人面前演示！”

“好！”袁世凯拍了一下巴掌，爽朗地说，“用俺老家的话说，‘是骡子是马，拉出去遛遛’，来人哪！”一个青年侍卫应声而进，等候袁的吩咐。袁说：“预备手枪，子弹，靶子。”

射击场上，早摆好了藤椅、茶几、遮阳伞盖。袁世凯从一只精致的缎盒里，取出一对镀金的手枪，道：

“这是德国朋友送给俺的礼物，还没试新呢！”

“请大人试新！”

卫兵装好子弹，把枪递给袁大人。袁接过枪，笑着问：

“听说真正的军人，把枪看成自己的女人，决不允许旁人染指，是不是这样子？”

“诚如大人所言，许多军人都把枪看做自己的女人，”他毫不怯弱地说，“但晚生认为，把枪看成自己的女人，实际上是对枪的亵渎和奴役。晚生认为，真正的军人，应该把枪看成自己的母亲。”

袁世凯嘲讽地笑着说：“把枪比做女人，已经是奇谈怪论；把枪比做母亲，更是荒谬绝伦。你说把枪比做女人是亵渎了枪，但你把枪比做母亲，难道不怕亵渎了母亲？枪是可以随便换的，但母亲能换吗？枪是帮助你杀人的，但母亲能、或者说你能让母亲帮助你杀人吗？”

在袁世凯锐利的逼问下，他感到局促不安起来。

“你们这些年轻军人，受了一点儿东洋或是西洋教育，马上就不知道天高地厚，出口即是狂言，张嘴就是怪论。”袁世凯漫不经心地对着面前的土地砰地开了一枪。硝烟从枪口飘出，香气弥漫在空气里。袁又举起另一支枪，对着空中射击，子弹打着响亮的呼哨，飞到云天里去了。放完了金枪，他冷冷地说："其实，枪就是枪，既不是女人，更不是母亲。"

他立正垂首道："晚生感谢大人教诲，愿意修正自己的观点——诚如大人所言，枪就是枪，既不是女人，更不是母亲。"

"你也不用顺着俺的竿儿往上爬，把枪比喻母亲，本督是不能接受的；但把枪比做女人，马虎还有几分道理。"袁世凯把一支枪扔了过来，说，"赏你一个女人。"他一伸手就逮住了，宛如逮住了一只生动的鹦鹉。袁世凯又把另一支枪扔过来，说，"再赏你一个女人，姊妹花哪！"他用另一只手逮住了，宛如逮住了另一只生动的鹦鹉。金枪在手，他感到周身血脉贲张。这两支金枪，被袁世凯粗暴蛮横地放了头响，就像目睹着两个妙龄的孪生姐妹被莽汉子粗暴了一样，令他心中痛楚，但又无可奈何。他握着金枪，感觉到了它们的颤栗，听到了它们的呻吟，更感觉到了它们对自己的依恋之情，他在内心里，实际上也推翻了把枪比喻母亲的惊人之语，那就把枪比喻美人吧。通过这一番以枪喻物的辩论，他感到袁世凯不仅仅是治军有方，而且肚子里还有很大的学问。

"打给俺看看。"袁世凯说。

他吹吹枪口，把它们平放在手掌中，端详了几秒钟。它们在阳光下金光闪烁，绝对是枪中之宝。他往前走了几步，根本不瞄准，随意挥洒似的，左右开弓，连放了六枪，只用了不到半分钟。卫兵跑过去，把靶子扛回来，放在袁世凯面前。只见那六个弹孔，在靶子的中央，排列成了一朵梅花形状。袁世凯周围的随从们，一齐鼓起掌来。

"好枪法！"袁大人脸上终于出现了真诚的笑容，"想干点儿什么？"

"我想做这两支金枪的主人！"他坚定不移地说。

袁世凯愣了一下，直盯着他的脸，突然间，豪爽的大笑爆发出来，笑罢，说：

“你还是做它们的丈夫吧！”

…………

四

回想至此，他伸手摸了摸腰间悬挂的金枪，冷风吹拂，它们冰凉。他用手抚摩着它们，鼓励着它们：伙计，别怕。乞求着它们：伙计，帮帮我！做完了这件事，我会被乱枪打死，但金枪的故事会千古流传。他感到它们的温度开始回升。这就对了，我的枪，咱们耐心等待，等待着咱们的大人归来，明年今日就是他的周年。他身后的马队更加骚动不安起来，马上的骑手又冻又饿，马也是又冻又饿。他冷眼扫视着两侧的军官们，看到他们一个个丑态百出，随时都会从马上栽下来似的。马焦躁不安，互相厮咬，马队里骚乱不断，一波未平，一波又起。天助我也，他想，所有的人筋疲力尽、注意力涣散的时候，正是动手的大好时机。

终于，从河的上游传下来突突的马达声。最先听到了这声音的他，精神为之一振，双手不由自主地攥紧了金枪的枪柄，但他随即又把它们松开了。袁大人回来了，他表现出兴高采烈的样子，对着身后的卫队和身侧的同僚们说。军官们都振作起来，有赶紧地擤鼻涕的，有连忙地擦眼泪的，有清理嗓子的，总之，每个人都想用最佳的姿态迎接袁大人。

那艘黑油油的小火轮，从河的拐弯处出现了。船顶的烟筒里冒着浓浓的黑烟。“波波”的声响越近越强，震动着人们的耳膜。尖锐的船头劈开水面，向两边分去连绵不绝的青白浪花。船后犁开一条深沟，两行浪涌一直滚动到岸边的滩涂上。他高声命令：

“骑兵营，两边散开！”士兵们纯熟地驾驭着马匹，沿岸分散开去，隔十步留一骑。马首一律对着河面，士兵端坐马上，肩枪改为端枪，枪口对着青天。

军乐队奏响了迎宾的乐曲。

火轮船减了速，走着“之”字形，向码头靠拢。

他的手抚摩着腰间的金枪，他感到它们在颤抖，宛如两只被逮住的小鸟，不，宛如两个女人。伙计们，别怕，真的别怕。

火轮船靠上了码头，汽笛长鸣。两个水手，站在船头上抛出了缆绳。码头上有人接住绳子，固定在岸边的铁环上。火轮船上的机器声停止了。这时，从船舱里先钻出了几个随从，分布在舱门两侧，然后，袁大人圆溜溜的脑袋从船舱里钻了出来。

他感到手中的枪又一次地颤抖起来。

五

十几天前，当戊戌六君子喋血京城的消息传到小站兵营时，他正在宿舍里擦拭着金枪。他的勤务兵急急忙忙地跑进来，道：

“长官，袁大人来了！”

他急忙安装枪支，不待完毕，袁世凯一步闯了进来。他张着两只沾满枪油的手站起来，心脏狂跳不止。他看到，袁世凯的身后，四个身材特别高大的贴身卫士都手按枪柄，目露凶光，随时都准备拔枪射击的样子。他虽然是骑兵卫队长，但却无权管辖这四个来自袁大人故乡的亲兵。他恭恭敬敬地立正，报告：

“卑职不知大人驾到，有失远迎，请大人原谅！”

袁世凯瞄了一眼案子上凌乱的枪零件，打了一个哈哈，道：

“钱队长，你在忙什么呢？”

“卑职正在擦枪。”

“不对了，”袁世凯嬉笑着说，“你应该说，正在为你的妻妾擦澡！”

他想起了以枪为妻的话头，尴尬地笑了。

“听说你跟谭嗣同有过交往？”

“卑职在南海先生处与他有过一面之交。”

“仅仅是一面之交？”

“卑职在大人面前不敢撒谎。”

“你对此人作何评价？”

“大人，卑职认为，”他坚定地说，“谭浏阳是血性男儿，可以为诤友，也可以为死敌。”

“此话怎么讲？”

“谭浏阳是人中之龙，为友可以两肋插刀，为敌也会堂堂正正。杀死谭浏阳，可成一世威名；被谭浏阳所杀，也算死得其所！”

“本官欣赏你的坦率，”袁世凯叹道，“可惜谭浏阳不能为我所用，他已经断头菜市口，你知道吗？”

“卑职已经知道。”

“你心里怎么想？”

“卑职心中很悲痛。”

“抬进来！”袁世凯一挥手，门外进来两个随从，抬进来一只黑漆描金的大食盒。袁说，“我为你准备了两份饭菜，你自选一份吧！”

随从打开大食盒，显出了两个小食盒。随从把两个小食盒端到桌子上。

“请吧！”袁世凯笑眯眯地说。

他打开了一只食盒，看到盒中有一红花瓷碗，碗中盛着六只红烧大肉丸子。

他打开了另一只食盒，看见盒中有一根骨头，骨头上残留着一些筋肉。

他抬头看袁，袁正在对着他微笑。

他垂下头，想了一会儿，把那根肉骨头抓了起来。

袁世凯满意地点点头，走到他的面前，拍拍他的肩膀，说：

“你真聪明。这根骨头，是皇太后赏给我的，上边虽然肉不多，但味道很不错，你慢慢地享用吧！”

…………

六

他的攥着枪柄的手微微地抖起来，怒火在他的心中燃烧。他看到，袁世凯在卫士们的搀扶下，走上了颤悠悠的艄板。军乐声中，军官们都下马跪在地上迎接，但他没有下马。袁世凯挥手向部下致意。袁的丰满的大脸上挂着雍容大度的微笑。袁的眼睛逐一地巡视着他的部下，终于与骑在马上的他目光相接。一瞬间，他知道袁世凯什么都明白了。这是他的计划之中的事，他不想让袁世凯不知道自己死在谁的手里。他纵马上前，同时拔出了金枪。只用了一秒钟的时间，他的马头就触到了袁世凯的胸脯。他大声地喊叫着：

“袁大人，我替六君子报仇了！”

他把右手中的金枪挥出去，挥动的过程中同时扣了扳机。但并没有期待的震耳枪声、喷香的硝烟和袁世凯大头迸裂的情景，而这情景，在他的脑海里，已经出现过了无数次。

他把左手中的金枪也挥了出去，同样是在挥动的过程中扣动扳机，但同样没有出现他期待的震耳枪声、喷香的硝烟和袁世凯大头迸裂的情景，尽管这情景在他的脑海里出现过了无数次。

众军官被这突发的事件惊得目瞪口呆，如果不是金枪的原因，他完全来得及把身边这些未来的总统、总理们全部击毙——那样中国的近代历史就要重写——但在最关键的时刻，金枪背叛了他。他把两只枪举到眼前看看，愤怒地把它们投进了海河。他骂道：

“你们这些婊子！”

袁世凯的卫士们从袁的身后跃过来，把他从马上拉了下来。跪在岸边的军官们也一拥而上，争相撕扯着他的肉体。

袁世凯没有丝毫的惊慌，只是用靴子轻轻地踢了踢他的被卫士们的大手按在地上的脸，摇摇头说：

“可惜啊，可惜！”

他痛苦地说：

“袁大人，你说得对，枪不是母亲！”

袁世凯微笑着说：

“枪也不是女人。”

第十二章
夹缝

一

马桑镇血案后的第二天，知县坐在签押房里，亲笔起草电文，要向莱州府知府曹桂、莱青道道台谭榕、山东巡抚袁世凯报告德国人在高密犯下的滔天罪行。昨夜亲眼目睹的悲惨景象，在他的眼前重重叠叠闪现；百姓们的哭声和骂声，在他的耳边断断续续地缭绕。他怒火填胸，运笔如风，笔下的文字，流露出悲壮的激情。

刑名老夫子蹑手蹑脚地进来，递给知县一份电报。电报是山东巡抚袁世凯拍往莱州府并转高密县的，电报的内容依然是催逼高密县速速将孙丙逮捕归案，并要高密县速筹白银五千两，赔偿德国人的损失。电报还要求高密县令准备一份厚礼，去青岛教会医院，探望脑袋受伤的德国铁路技师锡巴乐，借以安抚德人，切勿再起事端。云云。

阅罢电文，知县拍案而起，从他的嘴里，吐出了一句脏话："王八蛋！"不知他是骂袁大人，还是骂德国人。他看到山羊胡须在师爷下巴上抖动着，鬼火在师爷细小的眼睛里闪烁着。知县从心底里就不喜欢这个师爷，但又不得不倚重他。他刀笔娴熟，老谋深算，精通官场的一切关节，而且还是知府衙门中刑名师爷的堂弟。知县要想使本县的公文不被知府衙门驳回，没有这位师爷是万万不行的。

“老夫子，吩咐备马！”

“敢问老爷，备马何往？”

“去莱州府。”

“不知老爷去府里做甚？”

“我要面见曹大人，为高密百姓争个公道！”

师爷毫不客气地扯过知县方才起草的电文，粗粗地掠了几眼，问：

“这份电文，可是要发给巡抚大人？”

“正是，请老夫子润色。”

“大人，小的近来耳聋眼花，头脑也渐渐不清楚了，再做下去，只怕要误了大人的事情。乞求大人开恩，放小的还乡养老吧。”师爷尴尬地笑笑，从袖子里摸出一张草笺，放在案上，道：“这是辞呈。”

知县瞅了一眼那张草笺，冷笑一声，道：

“老夫子，树还没倒，猢狲就要散了！”

师爷不怒，只是谦恭地笑着。

“捆绑不成夫妻，”知县道，“既然要走，留也无趣，请老夫子自便吧。”

“多谢大人恩准！”

“等我从莱州归来，摆酒为你送行。”

“谢大人盛情。”

“请吧！”知县挥了一下手。

师爷走到门口，又转身回来，道：

“大人，你我毕竟主幕一场，依小人之见，这莱州府，大人不能去，这封电文，也不能这样发。”

“老夫子详说。”

“大人，小人只说一句：您这官，是为上司当的，不是为老百姓当的。要当官，就不能讲良心；要讲良心，就不要当官。”

知县冷笑道：

“说得精辟，还有什么话，老夫子一并道来。”

“速将孙丙擒拿归案，是大人的惟一避祸之方，”师爷目光炯炯地逼视着知县，说，“但我知道您做不到。”

“所以你要走，”知县道，“你还乡养老是假，避祸远走是真。”

“大人英明，”师爷道，“其实，大人如果能割断儿女私情，擒拿孙丙易如反掌，如果大人不愿意出面，小人愿效犬马之劳。”

“不必了！”知县冷冷地说，“老夫子请便吧！”

师爷拱手道：

“那好，大人再见，愿大人好自为之！”

“老夫子珍重！”知县转身对着院子喊叫，“春生，吩咐备马！”

二

正午时分，知县骑着他那匹年轻的白马，穿戴着全套的官服，在亲信长随春生和快班班头刘朴的护卫下，驰出了县城北门。春生骑着一匹健壮的黑骡，刘朴骑着一匹黑色的骒马，紧紧地跟随在知县白马的后边。三匹在马厩里憋了一冬的牲口，被辽阔的原野和初春的气息激动着，撒欢尥蹶子，嘴巴里发出咴咴的叫声。刘朴的骒马啃了知县白马的屁股，白马猛地往前蹿去。崎岖的道路正在化冻，路面上滤出一层黑色的泥浆。马跑得不稳，知县将身体前躬着，双手紧紧地揪着散乱的马鬃。

他们朝着东北方向前进，半个时辰后，越过了春水汹涌的马桑河，进入了东北乡茫茫的原野。下午的阳光很温柔，金黄色的光线照耀着遍野的枯草和草根处刚刚萌发的绒毛般的新绿。野兔和狐狸，不时地被马蹄惊起，连蹦带跳地蹿到一边去。他们在行进中，看到了胶济铁路高高的路基和正在路基上工作着的人们。一望无际的原野和高高的蓝天带给知县的明朗心情被长蛇般的铁路彻底地破坏了。不久前马桑镇惨案的血腥场面在他的脑海里一幕幕展开，他感到心中窝憋，呼吸不畅。知县用靴跟磕碰着白马的腹部，白马负痛狂奔，他的身体随着马的奔驰上蹿下跳，心中的郁闷似乎得到了稍许发泄。

太阳平西时，他们进入了平度县的地界，在一个名叫前丘的小村里，寻到了一个大户喂马打尖。房东是一个白发苍苍的老秀才，对知县毕敬毕恭，敬烟敬茶，还献上了一桌子酒饭。有红萝卜烧野兔，有大白菜炖豆腐，还有一坛黍米酿造的黄酒。老秀才的奉承和发自真心的款待，激起了知县的满腔豪情。他感到，高尚的精神在胸中激荡，满腔的热血在沸腾。老秀才挽留知县在家留宿，知县执意要走。老秀才拉着知县的手，热泪盈眶说：

“钱大人，像您这样不辞劳苦，为民请命的好官，真乃凤毛麟角。高密百姓有福啊！”

知县激昂地说：

“老乡绅，下官食朝廷俸禄，受万民之托，敢不鞠躬尽瘁乎！”

在如血的暮色里，知县跨上骏马，与送到村头的老秀才拱手告别，然后在马臀上抽了一鞭，白马一声长鸣，跃起前腿，造型威武，纵身向前，如同离弦之箭。知县没有回头，但很多经典的送别诗句涌上他的心头。夕阳，晚霞，荒原，古道，枯树，寒鸦……既悲且壮，他的心中充溢着豪迈的感情。

他们驰出村子，进入了比高密东北乡更为荒凉也更为辽阔的原野。这里地势低洼，人烟稀少。半人高的枯草中，隐约着一条灰蛇般弯曲的小路。马在小路上昂头奔跑，骑者的双腿与路边枯草摩擦着，发出不间断的嚓啦声。夜色渐深，新月如钩，银光闪闪。紫色的天幕上，缀满了繁华的星斗。知县仰观天象，见北斗灼灼，银河灿灿，流星如电，划破天穹。夜色深重，霜冻逼人。马越跑越慢，由疾驰而小跑，由小跑而快步，最后变成了懒洋洋的漫步。知县加鞭马臀，马懊恼地昂起头，往前急走几步后又恢复了疲惫懒散的状态。知县心中的激情渐渐地消退，身体上的热度也慢慢地降低。没有风，潮湿的霜气，如锋利的刀片，切割着裸露的肌肤。知县将马鞭插在鞍桥上，双手缩在马蹄袖里，马缰绳搭在臂弯里，身体猬缩成一团，进入了信马由缰的状态。在辽阔原野的深处，马的喘息声和枯草摩擦衣服的嚓啦声大得惊人。从遥远的村庄那里，间或传来几声模糊的狗叫，更加深了夜的神秘和莫测。知县的心中，泛起了一阵悲苦的感情。因为走得匆忙，他竟然忘记了穿那件狐皮背心。那是他的岳父大人送的礼物。他记得岳父赠送背心时，神情格外庄重。这件看起来不起眼的旧东西，是皇太后赏给岳父的岳父曾国藩大帅的。虽然因年代久远，受潮生虫，狐毛脱落，几成光板，但穿在身上，还是能感觉到别样的温暖。想到了狐皮背心，知县的思绪就陷进了对过去生活的回忆之中。

他想起了少时的贫寒和苦读的艰辛，想到了高中的狂喜，想起了与曾家外孙女联姻时同年们的祝贺，其中也包括与自己联袂高中的刘光第裴村兄的祝贺。刘裴村书法刚劲，字如其人，诗词文章俱佳。刘撰写了一副对联贺他新婚：珠联璧合，才子佳人。那时，似乎有一条光明大道摆在他的面前。但“死知府不如活老鼠”，他在工部蹲了六年，穷得叮当响，不得不靠夫人的面子，求告曾家的门生，活动了外放，而后又辗转数年，才得了高密知县这个还算肥沃的缺。到了高密后，知县原本想大展身手，干出成绩，一点点升上去。但他很快明白，在高密这种洋人垂涎的地方，既不可能升官，更不可能晋爵，能无过而任职期满，就是交了好运。嗨，王朝已近末日，黄钟毁弃，瓦釜雷鸣，只能随波逐流，独善其身了……

知县胯下的白马，突然打起了响鼻，把他从深沉的回想中惊醒。他看到，在前方不远的草丛中，有四只碧绿的眼睛在闪烁。狼！知县喊了一声。知县在惊呼的同时，下意识地用冻僵了的双腿夹了一下子马腹，双手在慌乱中勒紧了马缰。马嘶鸣着，扬起前蹄，将他倒倾在草地上。

一直跟随在知县马后、冻得龇牙咧嘴的春生和刘朴，看到老爷落了马，一时竟手足无措。呆了片刻，直到看到那两只大狼去追赶知县的白马时，冻凝了的脑袋才反应过来。他们咋咋呼呼地呐喊着，笨拙地拔刀出鞘，催动胯下的牲口，斜刺里往前冲去。那两只狼闪身钻进乱草丛中，消失了踪影。

“老爷，老爷，”春生和刘朴高声呼唤着，滚下骡马，踉跄过来，救护知县。

知县的双腿挂在马镫里，身体倒悬在马后。白马被春生和刘朴惊动，纵身往前蹿去。知县被拖拉在马后，痛苦地叫唤不止；如果没有地下的枯草垫着，知县的头颅，早就成了血葫芦。有经验的刘朴，止住了春生的咋呼。两个人稳住劲儿，嘴里发出柔柔的呼唤：“马啊，好马，好白马，别怕……”借着璀璨的星光，他们向前靠拢，终于靠近了马身。刘朴一个箭步冲上去，抱住了马头。春生还在发愣，刘朴大呼：“傻瓜，快点儿解救老爷啊！”

春生手忙脚乱，扳头掀腿，不得要领，弄得知县叫苦连天。刘朴道：“你还能干点儿什么？过来揽住马！”

刘朴把知县僵硬的双脚从马镫子里解救出来，然后抱住知县的腰，把他扶直。知县的双脚一着地，即刻大声呼痛，身体一萎，坐在了地上。

知县感到，浑身麻木僵直，没有一个地方是听使唤的。后脑勺子和脚腕儿处，痛疼难忍。他的心里，悲愤交加，但不知该对着谁发泄。

“老爷，不要紧吧？”春生和刘朴弯着腰，怯声怯气地问询着。

知县看到两个下人模糊不清的脸，长叹一声，道：

“他妈的，看来做个好官并不容易啊！”

“老爷，头上三尺有青天，”刘朴道，“您的辛苦，老天爷会看到的。”

“老天爷会保佑大人升官发财!”春生说。

“真有老天爷吗?”知县说,“我没让马拖死,就说明真有老天爷,你们说对不对呢?伙计们,看看这条腿断了没有。”

刘朴解开知县的扎腿小带,把手伸进去,仔细地摸了一遍,说:

“老爷放心,腿没断。”

“你怎么知道没断?”

“小人少年时,先父曾经教过我一些推拿正骨的知识。”

“嗨,想不到裴村兄还是个骨科郎中,”知县叹息道,“方才余在马上,想起了与你父亲同榜高中的时光,那时候我们意气风发,青春年华,胸中怀着天大的抱负,想为国家建功立业,可如今……”知县伤感地说,“腿没断,更说明老天爷是存在的。伙计们,把余架起来吧!”

春生和刘朴,一左一右,搀着知县的胳膊把他架了起来,试试探探地往前走。知县感到不知双腿在何处,只觉得一阵阵尖锐的刺痛,从脚底,直蹿到头顶。他说:

“伙计们,弄点儿草,点把火烤烤吧,这样子,余根本骑不了马了。”

知县坐在地上,搓着麻木的双手,看着春生和刘朴正遵照着他的命令,在道路的两边弓着腰搂草。他们模糊的身影,在星光下起伏着,宛若两只正在筑巢的巨兽。黑暗中响着他们沉重的喘息和枯草被折断的噼啪声。一阵流星雨,溅落银河中。在瞬间的辉煌里,他看清了两个亲信青紫的脸和他们身后灰白色的莽荡荒原。从他们的脸他就猜到了自己的脸,寒冷让狼狈代替了潇洒。他突然想起了那顶象征着身份和地位的官帽子,急忙下令:

“春生,先别忙着搂草啦,我的帽子丢了。”

“等点上火,借着火光好找。”春生说。

春生竟然敢违抗命令,并且公然地发表自己的看法,这不寻常的表现让知县感叹不已。在这深夜的荒原里，无论什么样子的准则，其实都是可以修正的。

他们把搂来的草，堆积在知县的面前，越积越多，渐渐地成为一个小草垛。知县伸手摸摸被霜气打潮的枯草，大声问：

“春生，你们有火种吗?”

“坏了，没有。”春生道。

“我的背囊里有。”刘朴道。

知县松了一口气，说：

“刘朴，你是个细心人！点火吧，余已经冻僵了。”

刘朴从背囊里摸出火镰、火石和火绒，蹲在草堆前噼哧噼哧地打火，软弱多角的火星子从火石和火镰的摩擦处飞出来。火星落在枯草上，似乎窸窣有声。每打一下火，刘朴就吹一次火绒。在他的吹嘘之下，火绒渐渐地发了红。他憋足了一口长气，均匀绵密地吹，越吹越亮，终于，噗的一声，燃起了一簇细小的火苗。知县的心情愉快极了。他盯着那火苗，暂时忘记了肉体的痛苦和精神的烦恼。刘朴把火种触到干草上，干草很不情愿地燃烧，火苗微弱，一副随时都会熄灭的样子。刘朴把枯草举起来，转着圈子，慢慢地摇晃，火苗越燃越大，猛地就燃成了明亮的一团。刘朴迅速地把手中的火把放在大堆的干草下边，白烟从草堆中升腾起来，一股苦苦的香气扩散，令知县心中充满了感动。白烟越来越浓，似乎伸手就可抓住，终于轰然一声，金黄的火苗子蹿了出来。白烟随即就淡了。耀眼的火轰轰地响着，照亮了一大片荒野。那三匹牲口，喷着响鼻，摇晃着尾巴，凑拢到火堆前。它们狭长的脸上，似乎绽开了笑容。它们的眼睛，水晶石一样明亮。它们的头，仿佛变大了许多，显得很不真实。知县看到了自己的帽子。它趴在一个草窝子里，宛若一只正在抱窝的黑母鸡。他吩咐春生把帽子捡了回来。帽子上沾着泥土和草屑，帽顶上那个象征着品级的水晶顶子歪到一边，那两根同样象征着品级的野鸡翎子断了一根。这很不吉利，他想。去它的吧，他转念一想，如果刚才被马拖死，还有什么吉利不吉利！他把帽子戴在头上，不是为了尊严，而是为了御寒。炽热的火焰把他的前胸很快地烤热了，后背却冰凉似铁。冻僵了的皮肤突遇高温，又痛又痒。他将身体往后移动了一下，火势依然逼人。他站起来，转过身烘烤后背，但刚把后背烤热，前胸又凉了。于是他又赶紧地转过身烤前胸。就这样转来转去地烤着，他的身体恢复了灵活。脚脖子还是很痛，但显然没受重伤。他的心情更加地好起来。他看到那三匹牲口在火光中大口地掠着干草，嚼铁的哗啦声显得格外地清脆。白马的尾巴摇动着，宛如一大把散开了的银丝线。火堆中间的火苗子，渐渐地矮下去，枯草在燃烧时发出的爆裂声也渐渐地稀少、微弱了。火苗子往四下里扩散，如同水往低处流动。火渐烧渐远，速度很快，而且自从有了火之后，风也从平地里生了出来。火光中有毛茸茸的东西不时地跳跃起来，看样子是野兔，或者是狐狸。还有一些鸟儿尖叫着蹿到黑暗的天上去，也许是云雀，也许是斑鸠。他们面前的火堆熄灭了，只余下一堆暗红的灰烬。但四周的野火已经燎原，场面十分壮观。知县的心中十分兴奋，他的眼睛里闪烁着光彩，高兴地说：

“这样的景象，一辈子也难得见到一次啊，春生，刘朴，咱们不虚此行啊！”

他们跨上牲口，朝着莱州府的方向继续前行。野火已经烧出去很远，看上去宛如一道道明亮的潮涌；清冷的夜气里，弥漫着火的芬芳气息。

三

凌晨，知县一行抵达了莱州府城外。城门紧闭，吊桥高悬，不见守门士兵的踪影。农家的公鸡高声啼叫着，树木草梗上遍披着白霜。知县看到春生和刘朴的眉毛上也结着白霜，脸上一层黑糊糊的灰尘，由此他也就知道了自己的模样。他希望在晋见知府大人时还保持着满头霜雪、风尘仆仆的样子，给上司留下一个美好的印象。他记得府城大门外是有一座石桥而没有吊桥的，但现在石桥已经拆除，换上了用松木大板制作的吊桥，大概是为了防止风起云涌的义和团前来攻打城池而采取的应急措施吧？知县心中不以为然，他向来不相信农民会造反，除非他们第二天就要饿死。

红日初升的时候，城门敞开，吊桥也吱吱咯咯地放了下来。他们向守门士卒通报后，骑着骡马进了城池。骡马的蹄铁击打着白石的街面，发出清脆的声响。街上很清净，只有一些早起的人在井台上打水。井口喷吐着白气，井栏上结满霜花。红红的阳光照在他们裸露的肌肤上，有些痒，有些痛。他们听到，水桶的铁鼻子和扁担的铁钩子摩擦时发出了很是悦耳的声响。挑水的人们，用惊讶的目光打量着他们。

在知府衙门前面的一条小街上，有一家卖牛杂碎的小饭馆已经在门外支起朝天大锅，锅的后边站着一位手持长柄大勺的白脸妇人。大锅里老汤翻滚，热气升腾，牛杂和芫荽的气味扑鼻而来。他们在饭馆门前下了牲口。知县一下马就软了腿。春生和刘朴也是摇摇晃晃。他们搀着知县，把他安顿在锅旁的一条板凳上。知县的屁股宽，饭馆的板凳窄，一下子就坐翻了。知县跌了个四仰八叉。头上那顶不安于位的官帽，翻着筋斗滚到了一汪脏水里。春生和刘朴急忙把知县扶将起来，脸上讪讪的，为了自己的失职。知县的后背和大辫子上都沾上了污秽。凌晨跌跤，官帽落地，这是很大的不祥之兆。知县的心中很是懊恼，他本想痛骂随从，但看到他们惴惴不安的样子，话到了嘴边又咽了下去。

春生和刘朴用骑牲口骑罗圈了的腿支撑着身体，搀扶着知县。那位妇人慌忙扔下勺子，跑过去捡回已经不成样子的官帽，用自己的衣襟胡乱地揩擦了上面的污秽，然后递给了知县。妇人将帽子递给知县时，开口道歉：

“对不起大老爷。”

她的嗓音响亮而热情，让知县心中感到温暖无比。他接过帽子，戴正在头上。一眼就看到了那妇人嘴角上生着一颗豆粒大小的黑痦子。刘朴用自己的包袱皮，撸了撸知县大辫子上的泥水。知县的大辫子，肮脏得如同一头拉稀黄牛的尾巴。春生瞪着眼骂那妇人：

“妈拉个巴子瞎了眼了吗？看到老爷来了还不赶快去搬把椅子来！”

知县制止了春生的无理，并向那妇人道谢。妇人满面赤红，慌忙进屋去搬来一把油腻腻的椅子，放在知县的身后。

知县坐在椅子上，感到全身的关节，无有一处不痛疼。双腿之间那物，冰砣子似的又凉又硬。大腿根部的皮肉，火烧火燎一样灼痛。他的心，被自己星夜奔驰、不避风霜、为民请命的行为深深地感动着。他感到自己高尚的精神如眼前朝天大锅里牛杂汤的气味一样洋溢开来，散布在清晨的空气里。他的身体，似一个冻透了的大萝卜，突然被晒在了阳光下，表皮开始融化、腐烂，流出了黏稠的黄水。这是个极其痛苦又极其幸福的过程。知县的眼睛里，渗出了黏稠的眼泪，模糊了视线。他仿佛看到，自己的面前，跪着一大片高密东北乡的乡民，他们仰起的脸上，都挂着感恩戴德的表情。他们的嘴里咕哝着一些淳朴简单但却感人至深的话语：青天大老爷……青天大老爷啊……

妇人在他们的面前放上了三个黑色的大碗，每个碗里有一只黑糊糊的调羹，然后又往每个大碗里掰了一个烧饼、放了一撮芫荽末儿、一勺椒盐。妇人的动作十分敏捷，而且根本就没问他们要什么不要什么，好像她招待的是几个十分熟悉的常客，对他们的口味了如指掌。知县看着妇人圆白的大脸，心中生出了许多的温暖之情，恍惚感到这个妇人与高密县那位卖狗肉的女人有着密切的关系。妇人抄起长柄大勺，搅动着锅里的牛杂碎，牛心牛肝牛肠牛肚牛肺在锅里翻腾起来，美好的气味令知县馋涎欲滴。一勺子牛杂碎倒进了知县眼前的大碗，然后紧跟着来了一勺子清汤。妇人一探身，将半调羹胡椒粉倒进知县碗里。她低声说："多点儿胡椒驱驱风寒。"知县感动地点了点头，捏着调羹将碗里的东西搅动了几下，嘴巴就自动地凑近了那黑色的碗沿，唏溜一声，吸进了一大口。宛如一只滚烫的老鼠在他的口里打滚，吐出来不雅，含在嘴里怕烫，只好一咬牙咽了下去。知县心酸肠热，百感交集，鼻涕和眼泪一起涌了出来。

几十口牛杂汤落肚后，汗水如小虫子一样，刺刺痒痒地从毛孔里钻出来。妇人的大勺子始终在锅里搅动着，不时地将混杂着牛杂的老汤添加到他们的碗里，使他们的黑碗始终保持着盈满的状态，紧吃她紧添，慢吃她慢添。最后，知县双手抱拳，对妇人作了一揖，感激地说："好了，大嫂，不添了。"妇人微笑着说："大老爷放开吃。"

吃罢牛杂烧饼汤，他感到身上有了劲儿，腿脚虽然还是痛苦，但已经有了脚踏实地的感觉。他看到在他们身后的街边墙角，聚集了十几个探头探脑的百姓，不知是想看热闹还是因为慑于自己的顶戴而不敢过来喝汤。他吩咐春生付账，妇人拒绝，还说大老爷肯赏光吃俺这穷汉饭，已经是对俺的抬举，哪里还好意思收钱。他沉吟片刻，从腰间荷包上解下一块玉佩，道："大嫂，盛情招待，无以为报，这个小玩意儿，就送给大嫂的丈夫作个纪念吧！"那妇人面红耳赤，似乎还要拒绝，但知县已经把玉佩递给春生，春生将玉佩塞进妇人手里，说："我们家老爷给你，你就接了吧，还客气什么！"妇人托着玉佩张口结舌。知县起身，大概地整理了一下仪表，便转身向州衙的方向走去。他知道身后有许多目光在盯着自己。他甚至想到，多少年后，高密知县在这个朝天锅旁喝牛杂汤的事儿会成为一桩美谈，被人们添油加醋地传说，而且很可能被编进猫腔里，被一代一代的戏子传唱。他还想，如果手边有纸笔，应该为这位给人带来温暖的妇人题一个店名，或者是题一首诗，用自己遒劲的书法，为妇人招徕食客。在州府的大街上，知县昂首挺胸，走出了朝廷命官的堂堂威仪。在走街的过程中，他心里想到了孙眉娘的花容月貌，也想到了卖牛杂汤妇人的白面长身，当然还想到了自己的夫人。他感到，这三个女人，一个是冰，一个是火，一个是舒适温暖的被窝。

四

知县很快就受到了知府的接见。接见的地点在知府大人的书房。书房的墙上，挂着一幅曾任潍县令的大画家郑板桥的墨竹。知府眼圈发青，眼睑发红，满面倦容，连连地打着哈欠。知县详细地汇报了高密东北乡事件的前因后果和德国人在高密东北乡制造的骇人惨案，话语中透露出对德国人的愤怒和对老百姓的同情。知府听罢汇报，沉思良久，开口第一句话就是：

“高密县，孙丙抓到了没有？”

知县哏了一下，答道：

“回大人，孙丙潜逃，尚未归案。”

知府盯着知县的脸，眼睛如锥子，扎得知县局促不安。知府干干地笑了几声，悄悄地问：

“年兄，听说你跟孙丙的女儿……哈哈哈……那女人到底有何妙处，能让你如此痴迷？”

知县张口结舌，冷汗涔涔而下。

“为什么不回话？”知府变颜呵斥。

“回大人，卑职与孙丙之女，并无苟且之事……卑职不过是喜食她的狗肉而已……”

"钱年兄，"知府的脸上，又出现了亲切关怀的表情，他用一种类似于语重心长的腔调说，"你我同食国家俸禄，同受皇太后、皇上隆恩，应该尽心办事，方能对得起自己的良心；倘若为了一己私情，徇私枉法，玩忽职守，那可就……"

"卑职不敢……"

"死几个顽劣刁民，算不了什么大事，"知府平心静气地说，"如果德人能就此消气，不再寻衅，也未尝不是一件好事。"

"可那二十七条人命……"知县道，"总要对百姓有个交代……"

"还要什么交代？"知府拍案道，"难道还指望德人赔款偿命？"

"总要有个是非，"知县道，"要不我这县令，无颜见高密百姓。"

知府冷笑道：

"本府没有什么是非给你，你即便找到谭道台，找到袁巡抚，找到皇上皇太后，他们也不会有什么是非给你。"

"二十七条人命啊，大人！"

"如果你尽心办事，早将那孙丙擒获，送交德人，德人就不会发兵，也就不会出那二十七条人命！"知府拍拍案上的一摞公文，冷冷一笑，道，"钱年兄，有人说你提前通风报信，才使孙丙逃逸，这话要是传到袁大人耳朵里，对年兄可是大大的不利啊！"

知县汗如雨下。

"所以，对钱兄来说，当务之急不是为老百姓请命，而是速速地将那孙丙捉拿归案。"知府道，"抓住孙丙，对上对下对内对外都好交代，抓不住孙丙，对谁都不好交代！"

"卑职明白……"

"年兄，"知府微笑着问，"那孙眉娘到底是个什么样的尤物，能让你如此地动心？"知府嘲弄道，"她不会是生着四个奶头两个那玩意儿吧？"

“大人取笑了……”

“听说你适才在路边跌了一跤，连头上的帽子都跌掉了？”知府盯着知县的头顶，意味深长地说。没及知县回应，他端起茶杯，让碗盖碰响了碗沿。知府站起来，说，“年兄，千万小心，掉了帽子事小，掉了脑袋事大！”

五

回县之后，知县便病了。起初是头痛目眩，上吐下泻；继而是高烧不退，神昏谵语。知县夫人一边延医用药，一边在院子里摆上香案，夜夜跪拜祝祷。不知是医药之功，还是神灵保佑，知县的鼻子里流出了半碗黑色的腥血，终于烧退泻止。此时已是二月中旬，省里、道里、府里催拿孙丙的电文一道道传来，县里的书吏们急得如火烧猴臀一般，但知县整日昏昏沉沉，不思饮食，长此下去，毋庸说升堂议事，就连那小命，也有不保之虞。夫人亲自下厨，精心烹调，施出了全身的解数，也无法让知县开胃。

临近清明节前十几天的一个下午，夫人传唤知县的长随春生到东花厅问话。

春生忐忑不安地进了房，一眼就看到夫人眉头紧蹙，面色沉重，端坐在椅子上，犹如一尊神像。春生慌忙跪倒，说：“夫人传唤小的，不知有何吩咐？”

“你干的好事！”夫人冷冷地说。

“小的没干什么事……”

“老爷与那孙眉娘是怎样勾搭上的？”夫人严肃地问，“是不是你这个小杂种从中牵线搭桥？”

“夫人，小的实在是冤枉，”春生急忙辩白着，“小的不过是老爷身边的一条狗，老爷往哪里指，小的就往哪里咬。”

“大胆春生，还敢狡辩！”夫人怒道，“老爷就是让你们这些小杂种教唆坏了！”

“小的实在是冤枉啊……”

“小春生，你这个狗头，身为老爷的亲信，不但不劝诫老爷清心寡欲好好做官，反而引诱老爷与民女通奸，实在是可恶之极。按罪本该打断你的狗腿，但看在你鞍前马后地侍候了老爷几年，暂且饶你这一次。从今往后，老爷身边发生了什么事情，你必须马上向俺通报，否则，新账旧账一起清算！”

春生磕着头，屁滚尿流地说：“谢夫人不打之恩，春生再也不敢了。”

“你去那狗肉铺子里，把孙眉娘给俺叫来，”夫人淡淡地说，“俺有话跟她说。”

“夫人，”春生壮着胆子说，“其实那孙眉娘……是个心眼很好的人……”

“多嘴！”夫人阴沉地说，“此事不许让老爷知道，如果你胆敢给老爷透信……”

“小的不敢……”

六

知县患病不起的消息传进孙眉娘的耳朵，她心急如焚，废寝忘食，甚至比听到继母与弟妹遇害的消息还要难过。她携带着黄酒狗肉，几次欲进衙探望，但都被门口的岗哨阻挡。那些平日里混得烂熟的兵丁，一个个都翻了脸不认人，似乎县衙里换了新主，专门颁发了一条禁止她进衙的命令。

眉娘失魂落魄，六神无主，每日里都提着狗肉篮子在大街上转悠。街上的人指点着她的背影嘁嘁喳喳，仿佛议论着一个怪物。为了知县的健康，她把全城里大庙小庙里的神灵都去跪拜了一遍，连那个与人的疾病毫无关系的八蜡庙她都进去烧香磕头。她从八蜡庙里出来时，一群孩子拥到她面前，高声地唱起了显然是大人编造的歌谣：

高密县令，相思得病。吃饭不香，睡觉不宁。上头吐血，下头流脓。

高密县令，胡须很长。日夜思念，孙家眉娘。他们两个，一对鸳鸯。

一对鸳鸯，不能相聚。公的要死，母的要哭。要死要哭，夫人不许。

…………

孩子嘴里的谣言，似乎是知县特意传递出来的信息，激起了孙眉娘心中的万丈波澜。当她从孩子们的嘴里知道知县的病情已经如此严重时，热泪马上就盈满了眼睛。她的心里千遍万遍地念叨着知县的名字，想象中的知县因病憔悴的面容，不断地在她的眼前闪现。亲人啊，她的心在呼唤着，你因为俺而得病，如果你有个三长两短，俺也就活不下去了……俺不甘心，无论如何俺也要看你一眼，俺要跟你喝最后一壶黄酒，吃最后的一块狗肉。尽管俺知道你不是俺的人，但俺的心里早就把你当成了俺的人，俺把自己的命和你的命联系在了一起。俺也知道你跟俺不是一样的人，你心里想的事与俺心里想的事相差了十万八千里；俺也知道你未必是真的爱俺，俺不过是你在需要女人的时候碰巧出现在你眼前的女人。俺知道你爱的是俺的身体俺的风流，等俺人老珠黄了你就会把俺抛弃。俺还知道俺爹的胡须其实就是你拔的，尽管你矢口否认；你毁了俺爹的一生，也毁了高密东北乡的猫腔戏。俺知道你在该不该抓俺爹的问题上犹豫不决，如果省里的袁大人对你打保票说你抓了孙丙就给你升官晋爵你就会把俺的爹抓起来。如果皇帝爷爷下了圣旨让你把俺杀了，你就会对俺动刀子；俺知道对俺动刀子之前你的心中会很不好受，但你最终还是要对俺动刀子……尽管俺知道这样多，俺几乎什么都知道，俺知道俺的痴情最终也只能落一个悲惨下场，但俺还是痴迷地爱着你。其实，你也是在俺最需要男人的时候出现在俺面前的男人。俺爱的是你的容貌，是你的学问，不是你的心。俺不知道你的心。俺何必去知道你的心？俺一个民女，能与你这样的一个男人有过这样一段死去活来的情就知足了。俺为了爱你，连遭受了家破人亡的沉重打击的亲爹都不管不顾了；俺的心里肉里骨头里全是你啊全是你。俺知道俺也病了，从见到你那天起就病了，俺病得一点儿都不比你轻。你说俺是你的药，俺说你是俺的大烟土。你在衙里要死了，俺在衙外也要死了。你在衙内死有多种的原因俺不过是你死的原因之一，俺在衙外死了却完全是因为你。俺死了你活着你会哭俺三天，你死了俺活着俺会哭你一辈子；你死了其实俺也就死了。这样的不公平的买卖俺也要做，俺是你养的一条小狗，只要你打一个呼哨俺就会跑到你的眼前，俺在你的眼前摇尾巴、打滚、啃你的靴子。俺知道你爱俺如馋猫爱着一条黄花鱼；俺爱你似小鸟爱着一棵树。俺爱你爱得没脸没皮，为了你俺不顾廉耻；俺没有志气，没有出息；俺管不住自己的腿，更管不住自己的心。为了你俺刀山敢上火海敢闯，哪里还在乎人家飞短流长。从孩子们嘴里俺知道是你的夫人把俺进衙探看的路来阻挡；俺知道她是高官的后代有尊贵的出身，有满腹的计谋偌大的学问，如果是个男人早就成了封疆的大员当朝的大臣。俺知道俺一个戏子的女儿屠户的老婆根本就不是她的对手，但俺是瞎子进门，门关着俺就撞一个头破血流，门开着就是俺的好运。俺把千条的规矩万条的戒律扔到脑后，大门不让进，俺就进后门，后门也不让进，俺就进侧门，侧门还是不让进，俺就攀树爬墙头，俺在县衙后墙那里转了整整一天，探好了进衙的道路……

半块月亮照耀着县衙的后墙，墙内就是县衙的后花园，是平日里他和他的夫人赏花散步的地方。院内一棵大榆树，将一根粗大的枝杈探出来，树皮泛着亮光，宛如龙鳞，鳞光闪闪，树枝活了。她踮着脚够了一下，手指刚刚摸到树皮。树皮冰凉，使她想到蛇。几年前在田野里神魂颠倒地寻找双蛇的情景在脑海里欻然展现，她心中涌起了一阵悲凉，一阵屈辱。大老爷啊，俺孙眉娘爱你爱得好苦啊，这其中的辛酸，你怎么能明白？你的夫人，这个名臣的苗裔，大家的闺秀，怎么可能理解俺的心情？夫人，俺没有夺你丈夫的野心，俺其实就是一只供献在庙堂里的牺牲，心甘情愿地让神享用。夫人，你难道没有发现，因为有了俺，您的夫君他好比久旱的禾苗逢上了春雨吗？夫人啊，如果您真是一个豁达大度的人，就应该支持俺跟他好；如果您是一个通情达理的人，就不该阻拦俺进县衙。夫人啊，您阻拦也是枉然，您能阻挡住去西天取经的唐僧沙僧孙悟空，也挡不住俺眉娘进衙会钱丁。钱丁的荣耀钱丁的身份钱丁的家产都是你的，钱丁的身体钱丁的气味钱丁的汗珠子都是俺的。夫人，俺眉娘从小跟着爹爹登台唱戏，虽不是体轻如燕，但也是腿脚灵便；虽不能飞檐走壁，但也能爬树登枝。俗言道狗急跳墙，猫急上树，俺眉娘不是狗猫也要上树爬墙。俺自轻自贱，颠倒了阴阳；不学那崔莺莺待月西厢，却如那张君瑞深夜跳墙。君瑞跳墙会莺莺，眉娘跳墙探情郎。不知十年八载后，谁来编演俺这反西厢。她退后两步，扎紧腰带，收束衣服，活动了一下腿脚腰肢，深深地吸了一口气，然后纵身向前，猛的一个蹿跳，身体腾空而起，双手把住了那根树枝。树枝在空中颤抖不止，树上一只夜猫子被惊动，哇的一声怪叫，展开双翅，无声地滑翔到县衙里去了。夜猫子是大老爷喜欢的鸟。县衙粮仓院内的大槐树上，经常地栖息着几十只夜猫子，大老爷说它们是看仓库的神，是老鼠的克星。大老爷捋着胡须吟诵道：官仓老鼠大如斗，见人开仓也不走……饱读诗书、通古博今的大老爷啊，俺的亲人。她双手把住枝杈，用双臂的力量把身体引上去，然后将身体往上一挺，屁股就坐在树杈上了。

刚刚敲过三更的梆锣，衙内一片寂静。她坐在树杈上往衙内望去，看到花园正中那个亭子顶上的琉璃圆球银光闪闪，亭子旁边那个小小的水池里水光明亮。西花厅里似乎有些隐约的灯火，那一定是大老爷养病的地方。大老爷啊，俺知道你一定在翘首将俺盼望，你心情焦急，犹如滚汤；好人儿你不要着急，从墙头上跳下了孙家的眉娘。哪怕夫人就坐在你的身旁，好似老虎看守着她的口粮；哪怕她的皮鞭抽打着俺的脊梁，俺也要把你探望！

孙眉娘沿着树杈往前行走了几步，纵身一跳，落在了墙头之上。接下来发生的事情让她终生难忘——她的脚底一滑，身不由己地跌落在高墙内。她的身体，砸得那一片翠竹索索作响。屁股生痛，胳膊受伤，五脏六腑都受了震荡。她手扶着竹枝，艰难地爬起来，眼望着西花厅里射出的灯光，心中充满了怨恨。她伸手摸摸屁股，触到了一些黏黏糊糊的东西。这是什么东西？她吃惊地想，难道俺的屁股跌破流出了黏稠的血？将手举到面前，立即就嗅到一股恶臭，这些黑糊糊臭烘烘的东西，不是狗屎还能是什么？天哪，这是哪个黑了心肝的丧了天良的，想出了这样的歹毒诡计，把俺孙眉娘害成了这副狼狈模样？难道俺就这样，带着一屁股狗屎去见钱大老爷吗？她想，难道俺还有心去见这害得俺丢尽了脸面出尽了丑的钱大老爷吗？她感到心灰意冷，既窝火，又窝囊。钱丁，你病吧，你死吧，你死了让那个尊贵的夫人守活寡吧，她不愿意守活寡她就服毒悬梁殉节当烈妇吧，高密百姓甘愿凑钱买石头给她立一座贞节牌坊。

她来到榆树下，搂住粗大的树干往上爬，方才那股子蹿跳如松鼠的灵巧劲儿不知道哪里去了，每次爬到半截就出溜下来。手上脚上也沾满了黑糊糊臭烘烘的东西。可恨啊，原来这树干上也涂抹了狗屎。孙眉娘将双手放在地上擦着，怨恨的眼泪涌出了眼眶。这时，她听到假山石后传出来一声冷笑，闪出了两个人影，一盏灯笼。灯笼放射着黯淡的红光，仿佛传说中的狐仙引路救人的灯笼一样。那两个人，都穿着黑色的衣裳，脸上蒙着面纱，分辨不清他们是男是女，自然也看不清他们的模样。

孙眉娘惊悚地站起来，提着两只肮脏的手，感到没脸见人，欲待用手捂住脸庞，但满手狗屎又如何捂在脸上。她尽量地低垂了头，身体不由自主地往后退缩着，一直退到了墙根。黑衣人当中的一个高个子，把手中的灯笼举到孙眉娘的面前，似乎是要让那矮个的黑衣人更好地看清她的模样。矮个的黑衣人，举起手提着的一根打草惊蛇的细木棍子，挑着她的下巴，把她的脸仰了起来。她羞愧交加，没有一点点力量反抗。她细眯着眼，屈辱的泪水在脸上流淌。她听到那持棍人发出了一声悠长的叹息，果然是个女人的声嗓。她猜到了，眼前这个黑衣人，就是钱大老爷的夫人。她心中悲苦的情绪在一瞬间发生了迅速的转换，挑战的心理使她身上有了力量。她高高地昂起了头，脸上浮起微笑，心中搜索着能刺痛对方的词句。她刚想说夫人用黑布遮脸是怕让人看到脸上的麻子吗？但还没等她张开口，夫人就趋前一步，将手伸到了她的衣领间用力一扯，一个闪烁着微光的玩意儿就托在了手上。那玩意儿正是钱大人用来与她交换翡翠扳指的玉菩萨，虽说不是定情物，但也是护身符。她发疯般地扑上前去抢，但腿弯子被那个高个的黑衣人轻轻地踢了一脚，双膝一软，跪在了地上。她看到夫人脸上的黑纱在微微地抖动，身体也在摇摇晃晃。她想俺已经跟狗屎一样臭，还有什么脸面讲，你设计将俺来糟蹋，俺也得给你几句刺儿话让你心受伤。她说：俺知道你是谁，知道你一脸大麻子。俺那亲亲的情郎哥哥说你满身臭气嘴里爬蛆他已经三年没有跟你同房。我要是你，早就一绳子撸死算了，女人活到了男人不要的地步，跟一副棺材板子有什么两样……

孙眉娘正说得痛快，就听到那矮个黑衣人厉声骂道："荡妇，偷人偷到衙门里来了，给俺狠狠地打，抽她五十皮鞭，然后从狗道里踢出去!"

高个黑衣人从腰里刷地抽出了一支软鞭，一脚将她踢翻，没等她骂出第二句，弯曲的皮鞭就打在了她的屁股上。她忍不住地叫了一声亲娘，第二鞭紧跟着落在了腚上。这时，她看到，那个矮个的黑衣人，就是知县的丑婆娘，已经歪歪扭扭地走了。高个黑衣人的第三鞭还是用力凶猛，但第四鞭就有些不痛不痒。接下来的第五第六鞭，一鞭比一鞭轻，后来就索性打墙。孙眉娘知道自己碰上了好心人，但她还是夸张地喊叫着，为的是帮黑衣人把戏演像。最后，高个子黑衣人把她拖到东花厅侧门那里，拉开门闩，将她往外一送，她就软瘫在县衙东侧的石头巷道上。

七

孙眉娘趴在炕上，一会儿咬牙切齿，一会儿柔肠寸断。咬牙切齿是恨那婆娘心狠手毒，柔肠寸断是想起了大老爷卧病在床。她一遍又一遍地痛骂自己没有志气；她把自己的胳膊咬得鲜血流淌；但还是挡不住钱丁冠冕堂皇的面孔在眼前晃荡。

正当她备受煎熬的当口，春生来了。她就如见到了亲人一样，紧紧地抓住春生的胳膊，眼睛里含着泪水，问：

“春生，好春生，老爷怎么样了？”

春生看她急成了这个样子，心中也颇为感动。他瞅瞅正在院子里开剥狗皮的小甲，低声说：“老爷的风寒倒是好了，但神思恍惚，心情烦躁，不思饮食，日渐消瘦，这样子下去，迟早会饿死。”

“老爷啊！”孙眉娘哀鸣一声，眼泪哗哗地流了出来。

“夫人让我来请你进衙，送黄酒狗肉，让老爷开心、开胃！”春生笑着说。

“夫人？你就不要提你们那个夫人了，”她错着牙根说，“世上最毒的蝎子精，比你家夫人还善良！”

“孙家大姐，俺家夫人是个知书达理的厚道人，您这样骂她是为哪桩？”

“呸！”孙眉娘怒道，“你还说她是厚道人，她的心，在黑布染缸里沤了二十年；她的血，一滴就能毒死一匹马！”

“夫人到底怎么得罪了你？”春生笑着说，“这才是，被偷的不怒偷儿怒，死了娘的不哭没死娘的号丧。”

“你给俺滚出去！”眉娘道，“从今往后，俺跟你们衙门里的人断绝来往。”

“孙家大姐，难道你就不想大老爷了吗？”春生嬉皮笑脸地说，“你不想大老爷这个人，难道你不想大老爷那条辫子？你不想大老爷的辫子，难道不想大老爷的那部胡须？你不想大老爷的胡须，难道你不想大老爷的……”

“滚，什么大老爷二老爷，他就是死了与俺一个民女又有什么关系？”她嘴里发着狠，但眼泪却流了出来。

“孙家大姐，瞒得了别人，你能瞒得了我吗？”春生道，“你与大老爷好得成了一个人，打断骨头连着肉，扯着耳朵腮动弹。行了，别拉缰绳头了，拾掇拾掇跟我走吧。”

“只要你们那个夫人还在，俺就不在县衙踏一个脚印。”

“孙家大姐，这一次，可是夫人亲自下令，让俺来请你。”

“春生，你就不要拿着俺当猴儿耍了。被人作践成这个样子，已经没有脸面再见人了……”

“孙家大姐，听你的话头，似乎是受了多大的委屈一样？”

“你是真不知道还是装不知道？”孙眉娘愤恨地说，“姑奶奶在你们县衙里被人打了！”

“您是在说梦话吧？孙家大姐，”春生惊讶地说，“在县衙里谁敢打您？您在俺这些下人们的心目中，早就是第二夫人了。大家伙巴结您还巴结不上呢，谁还敢去打您？”

“就是你们那个夫人，指派人打了俺五十皮鞭！”

“让俺看看是真还是假?”春生说着就要掀眉娘的衣裳。

眉娘打脱了春生的手，说：“你想占姑奶奶的便宜？难道你不怕大老爷剁了你的狗爪子?”“还是嘛，孙家大姐，说了半天，还是您跟大老爷亲近，小的刚想伸手，你就把大老爷搬出来压人!”春生道，“俺可是跟您说实话，大老爷这次病得可是不轻，夫人也是万般无奈了才把您这个活菩萨搬进去。你想想吧，但凡是还有一线之路，她能让俺来请你吗？就算是她真的指派人打了你，那也是可以理解的。现在，她让俺来请你，就说明她服了软，认了输，你不趁着这个机会借坡上毛驴还要等到什么时候？只要你把大老爷侍候好了，让大老爷尽快地恢复了健康，你就成了有功之臣，连夫人也得感谢你，这样，暗的就成了明的，私的就成了公的。孙家大姐，你的福气来到了。去还是不去，您自己掂量着办吧……”

八

孙眉娘提着狗肉篮子，推开了西花厅的门，只见一个面皮微麻、皮肤黝黑、嘴角下垂的女人，端坐在太师椅子上。她灼热的身体，骤然间冰凉；怒放的心花，像突遭了严霜。她模糊地感觉到，自己又一次陷入了一个圈套，而编织这个圈套的，还是这位知县夫人。但她毕竟是戏子的女儿，见惯了装腔作势；她毕竟是屠户的妻子，见惯了刀光血影；她毕竟是知县的情人，知道了官员的德行。她很快地就控制住了自己的慌乱，抖擞起精神，与知县夫人斗法。两个女人，四只眼睛，直直地对视着，谁也不肯示弱。她们的眼睛交着锋，心里都铿铿锵锵地独白着。

知县夫人：你可知道我是名门之女？

孙眉娘：俺可是明摆着的月貌花容！

知县夫人：我是他明媒正娶的发妻！

孙眉娘：俺是他贴心贴肉的知己。

知县夫人：你不过是一味治俺夫君的药，与那狗宝牛黄无异。

孙眉娘：其实你是老爷后堂里的摆设，与木偶泥塑一样。

知县夫人：你纵有千般狐媚万种风流也难动摇我的地位。

孙眉娘：你虽然贵为夫人，但得不到老爷的真爱。老爷亲口对俺说，他每月只跟你行一次房事，可他跟俺……

想到与老爷的房事，孙眉娘的一颗心，忽悠悠地荡了起来。与大老爷纵情交欢的情景，有声有色地在她的脑海里展现开来。她的眼睛里焕发出了又湿又亮的光彩。严肃的知县夫人，在她的视线里已经模糊不清了。

知县夫人看到，眼前这个鲜嫩得如同一颗刚从树上摘下来的水蜜桃一样的女人，忽然间面色潮红、呼吸急促、目光涣散，分明是心慌意乱的表现。于是，她感到自己获得了精神上的胜利。她的一直紧绷着的脸上，出现了一些柔和的线条，雪白的牙齿，也从紫红的唇缝中显露出来。她把一个拴着红绳的玉菩萨，扔到孙眉娘脚下，傲慢地说：

"这是俺从小佩带之物，后来不知被哪条狗偷了去，沾上了狗腥气，你家里天天杀狗，想必不忌讳这个，就把它赏给你了。"

孙眉娘的脸，突然地红了。看到了玉菩萨，她就感到屁股一阵刺痛，那天晚上的情景仿佛就在眼前。她心中升腾起熊熊的怒火，恨不得扑上去，抓破那张厚重的麻脸，但她的腿却难以挪动。一切为了大老爷，为了大老爷，俺就让你占个上风。她明白，夫人扔过来的，不仅仅是一件玉饰，而是她的身份、她的地位、她的挑战和她的委屈。面对着玉菩萨，她犹豫不决。如果弯腰捡起来，就满足了夫人的虚荣；如果拒不捡，就维护了自己的尊严。捡起来会让夫人感到满足；不捡会让夫人恼怒。夫人满足，自己与老爷的爱就等于得到了通行证；夫人恼怒了呢，爱的道路上就布下了障碍。往常从老爷的言谈话语中，可以听出他对相貌丑陋的夫人颇为敬畏，也许是与她的显赫门第有关。曾家虽然已经衰落，但影响还在。大老爷能在夫人面前下跪，俺难道还在乎这一弯腰吗？一切为了对老爷的爱，孙眉娘弯腰捡起了玉菩萨。又一想，打墙也是动土，索性把戏做足，于是，她屈膝下了跪，装出受宠若惊的样子，道：

“民女谢夫人恩典。”

夫人舒了一口气，说：

“去吧，老爷在签押房里。”

孙眉娘站起来，提上盛着狗肉和黄酒的篮子，转身就要走。但夫人把她叫住了。夫人不看眉娘，漆黑的眼睛望着窗户，道：

“他年长，你年轻……”

孙眉娘明白了夫人的暗示，不由得脸皮发烫，不知该说什么好。夫人起身出了西花厅，往后堂走去。孙眉娘看到，夫人的两只脚小得如两只三角粽子，果然不枉了大家闺秀。

孙眉娘的心里，一时混杂了太多的感情，有恨，有爱，有得胜的骄傲，也有落败的自卑。

九

在眉娘的雨露滋润下，知县食欲渐开，精神日益健旺。他阅读了积压的公文，眉头紧锁，脸上布满愁云。

知县抚摩着眉娘圆滚滚的屁股，说：

“眉娘，眉娘，我不抓你爹，袁大人可就要抓我了。”

眉娘折身坐起，道：

“老爷，俺爹打伤德国人，也是事出有因。德国人已经杀了俺的继母和弟妹，还捎带着杀了二十四个无辜百姓，他们已经够了本了，怎么还要抓俺爹？这天底下还有没有公道？”

知县苦笑着：

“妇道人家，懂得什么？”

眉娘揪住知县的胡须，撒着娇道：

“俺什么都不懂，但俺懂俺爹没有罪！”

知县叹道：

“我何尝不知道你爹无罪，但官命难违啊！”

“好人，你就饶了他吧，”眉娘在知县的膝盖上扭动着，说，“你堂堂知县大老爷，还护不住一个无罪的百姓？”

“我怎么跟你说呢？宝贝儿！”

眉娘双臂搂住知县的脖子，光滑如玉的身体在他的身上蹭来蹭去，娇嗔着：

“俺这样子伺候您，还保不住一个爹？”

“罢罢罢，”知县道，“车到山前必有路，船遇顶风也能开。眉娘，清明将到，我要跟往年一样，在南校场竖秋千，让你玩个够。我还要去栽桃树，给老百姓留个念想。眉娘啊，今年的清明，我还在这里演戏，明年的清明，我就不知道在什么地方啦！”

“老爷，明年清明节您就会升到知府，不，比知府还要大！”

十

得知了孙丙趁着清明节聚众攻打了铁路窝棚，知县的脑子里有片刻时间是一片空白。他扔掉栽树的铁锹，一言不发，猫着腰钻进了轿子。他知道，自己的官运已经到了头。

知县返回县衙，对围拢上来的书办、师爷们说：

“伙计们，本官的仕途，今日就算走到了尽头。你们愿意干的，就留下来等待下任知县，不愿干的，就趁早自奔前程去吧！”

众人面面相觑，一时都闭口无言。

知县苦笑一声，转身进了签押房，沉重的房门砰然一响，从里边关闭了。

众人被关门的声音震动了，一个个无精打采，六神无主。钱谷师爷走到窗前，大声说：

“老爷，俗话说‘兵来将挡，水来土掩’，总之是天无绝人之路，您千万往宽阔里想。”

知县在屋子里一声不吭。

钱谷师爷悄声对春生说：

“赶快到后堂去告诉夫人，晚了就要出事了。”

知县脱掉礼服，扔在地上。摘下帽子，掷向墙角。他自言自语着：

“无官一身轻，无头烦恼清。皇上，太后，臣不能为你们尽忠了；袁大人、谭大人、曹大人，卑职不能为你们尽职了；夫人，为夫不能为您尽责了；眉娘，我的亲亲的人儿，本官不能陪你尽兴了；孙丙，你这个混账王八羔子，本官对得起你了。”

知县站在凳子上，解下丝绸腰带，搭在梁头上，挽了一个圈套，把脑袋伸了进去。他把窝在圈套里的胡须小心理顺，拿到圈套的外边，让它们顺顺溜溜地垂在胸前。他从花棂子窗户的上框里，透过被麻雀撞破的窗纸洞眼，看到了户外阴霾的天空和细密的银色雨丝，看到了伫立在雨中的师爷、书办、长随、捕快们，看到了在西花厅的房檐下衔泥筑巢的双飞燕，雨声细微，燕声呢喃，浓郁的生活气息扑面而来。薄薄的春寒使他的肌肤泛起了凉意，对孙家眉娘温暖肉体的眷恋之情顷刻之间占满了他全部的身心。他身上的每一寸皮肤都在渴望着她，女人啊女人，你是如此的神奇，你是如此的美妙，明明知道，我的前程就毁在你的身上，但我还是这样痴迷地眷恋着你……知县知道如果再想下去，他就会失去告别人生的勇气，他狠了狠心，一脚踢翻了凳子。恍惚中他听到了一声女人的尖叫，是女人的声嗓，是夫人来了吗？是眉娘来了吗？他顿时就感到后悔了，他竭力地想扯住什么，但胳膊已经没有力量抬起来了……

第十三章
破城

一

知县坐着四人大轿向马桑镇进发。为了雄壮声势，他带了二十名县兵，其中有十名是弓箭手，十名是鸟枪手。出城时他的轿子从通德书院校场前面走过，看到二百四十名德国军人正在那儿操练。德国兵军服鲜明，身材高大，阵势威猛，喊号声震天动地。知县心中暗暗吃惊。让知县吃惊的不仅仅是德国兵的阵势，让知县吃惊的还有德国兵手里的毛瑟钢枪，更让知县吃惊的是在操场边上蹲踞着的那一排十二尊克虏伯过山大炮。它们似明盖的大鳖一样向天仰着粗短的脖子，两边的花轱辘铁轮子看起来沉重无比。知县曾经与几十个县令一起，在袁大人到任之际去济南府参观过袁大人从天津小站带过来的五千名新编陆军，当时就感到大开了眼界，以为国家已经有了堪与世界列强抗衡的军事力量，但与眼前的德国军队的装备相比，才明白用全套的德国军械装备、经德国教官一手教练出来的新建陆军还是二流的货色。德国人怎么可能把最先进的军械提供给自己的宰割对象呢？袁大人，你好糊涂。

其实袁大人一点儿都不糊涂，而是知县自己糊涂。因为，袁大人压根儿就没想用这支新军去与列强作战。

那天，在济南府的演兵场上，袁大人让他的炮兵试射了三发炮弹。炮弹从演兵场中央射出，飞越了一道河流一座山包，降落在一片卵石滩上。知县和同僚们在炮队统领的带领下，骑马赶去参观弹着点。知县看到，卵石滩上呈三角形分布着三个深达二尺的弹坑。弹坑里的石头被炸得粉碎，棱角锋利的石片飞出去几丈远，卵石滩边的杂树林子里，几棵胳膊粗的小树被拦腰斩断，断茬处流出了许多汁液。县令们一个个啧啧有声，发自内心地赞叹不已。但那天演习的大炮，就像是摆在通德书院校场边上那十二尊大炮的儿子。知县明白了在德国人的无理要求下袁大人为什么一味地退让；明白了为什么在处理孙丙事件中袁大人就像一个巴结权贵的懦弱父亲，竟然站在欺负了自己的孩子的权贵之子的立场上；自己的儿子已经受到了欺负，可是父亲还要扇他的巴掌。无怪乎袁大人在晓谕高密百姓的告示里说："……尔等须知，德人船坚炮利，所向无敌。尔等多滋一回事，就多吃一次亏。稍明事理者，不待谆谆劝谕。岂不闻俗言曰：'老实常常在，刚强惹事端'，此至理名言，望尔等牢记在心……"

知县把自己曾经引为自豪的鸟枪队、弓箭手与德国人的军队进行了比较，顿时感到颜面无光，难以抬头。鸟枪手和弓箭手们也满脸的尴尬，走在书院外的大街上，如同裸体游街的奸夫。知县原本想带着武装去谈判是为了壮天朝的声威，向德国人示强，但此时他已经意识到这是一个扒着眼照镜子的愚蠢举动。怪不得他下令县兵整装出发时，身边的随从们一个个龇牙咧嘴满脸怪相。他们肯定都去通德书院看了德国人的武装和德国兵的操练，而他那时正在衙里生病。在病中他记得随从们向他报告说德国人的军队已经强行开进了县城，并且强占了通德书院作为军营，而德国人强占书院的理由竟然是因为书院名为"通德"，既然"通德"，就应该让德军驻扎。那时他打定了寻死的主意，对这些触目惊心的消息充耳不闻。他没死成之后，才感到德国军队擅自进城、强占书院是无视高密县，当然也是无视大清国尊严的海盗行为。他亲笔起草了一份义正词严的通牒让春生和刘朴给德军司令克罗德送去，要求克罗德向本县道歉并立即带兵退出县城，回到中德胶澳条约所规定的地点去安营扎寨。但春生和刘朴回来说，克罗德说德国军队驻扎高密县城，已经得到了袁世凯和大清王朝的同意。知县正在半信半疑之际，莱州府的快班已经飞马赶到，送来了袁大人的电文和曹知府的批示。袁大人命令高密知县为德国军队驻扎高密县城提供一切方便，并让他速速想法解救被乱民孙丙扣押的德国人质。袁大人语重心长地说：

"……前次巨野教案，几损我山东省大半主权，如此次人质遇害，后患之巨难以设想。至时不惟国家将分疆裂土，吾等身家性命亦难保全。当此危机时刻，尔等应以国家社稷为重，不辞辛劳，著力办理，若有徇私枉法、拖延懈怠者，定当严惩不贷。本抚院处理毕鲁北拳匪事宜，即赴高密视事。……二月二日事件发生之后，本抚院曾迭次电令高密知县将匪首孙丙擒拿收监，以防再生事端，但该令竟回电为匪开脱，实乃昏聩至极。如此推诿延宕，终于酿成大乱。钱令玩忽职守，本该褫职严办，但念国家用人之际，钱令又系本朝重臣之外戚，故法外开恩，谨记大过一次，望戴罪立功，速速设计，营救人质，安抚德人之心……"

读罢电文，知县盯着夫人阴云密布的脸，长叹一声，道：

"夫人啊，你为什么要救活我呢？"

"你面临的处境，难道比我外祖父在靖港一役失败后的处境还要艰难吗？"夫人目光炯炯地盯着知县说。

"你外祖父不是也跳江自杀过嘛！"

"是的，我外祖父也跳江自杀过，"夫人道，"但他被部下救起后，痛定思痛，发奋努力，重整旗鼓，东山再起，不屈不挠，历尽千辛万苦，终于一举攻克南京，剿灭了长毛，成就了千古伟业。我外祖父也由此成为中兴名臣，国家栋梁；封妻荫子，钟鸣鼎食；立祠配庙，千古流芳。这才是男子汉大丈夫的作为！"

"本朝开国二百余载，也只有一个曾文正公！"知县仰望着那张高挂在墙上的曾文正公的照片——文正公老态龙钟、但仍不失威严——软弱无力地说，“本官才疏学浅，意志薄弱，纵然被你救活，也不会有所作为。夫人，可惜你名门闺秀，嫁给了我这块行尸走肉！”

“夫君何必妄自菲薄？”夫人严肃地说，“你满腹诗书，胸有韬略，身体健壮，武功过人，之所以久屈人下，非是你无能，乃时机不到也！”

“那么现在呢？”知县嘴角浮起一丝嘲讽的笑意，说，“时机到了吗？”

“当然，”夫人道，“现今拳匪聚众倡乱，列强虎视眈眈；孙丙造反，德人震怒，国家形势，危如累卵。夫君若能发扬蹈厉，解救人质，并趁机擒获孙丙，必将引起袁大人重视，非但能够开结处分，而且必将受到重用。难道这还不是建功立业的大好时机吗？”

“夫人这一番议论，真让我刮目相看了！”知县不无讥讽地说，“可孙丙闹事，实乃事出有因。”

“夫君，孙丙妻子受辱，打伤德人，尚属情有可原；德人寻衅报复，也是情理中事。事发之后，孙丙本该静候有司断处。万不该勾结拳匪，私设神坛；聚众数千，攻打铁路窝棚。扣押人质，更是无法无天。夫君，这不是造反还是什么？”夫人声色俱厉地说，“你食的是大清的俸禄，做的是大清的官员，值此危难之际，你不思为国家尽力，却着力为孙丙开脱。看似同情，实乃包庇；看似爱民，实乃通匪。夫君读书明理，何至于糊涂如此？难道就为了一个卖狗肉的女人吗？”

在夫人锥子一样的目光下，知县羞愧地垂下了头。

“妾身不能生养，本在七出之例，感念夫君不弃之恩，妾身没齿不忘……”夫人幽婉地说，“事定之后，妾身一定亲自为夫君挑选一个淑女，育得一男半女，也好承继钱家香烟。如果夫君还是痴迷孙家女子，也不妨让赵家屠夫休妻，然后夫君再将其纳为侧室，妾身一定善待于她。但这都是后事，如果夫君不能解救人质，擒获孙丙，你我夫妻必将死无葬身之地，那孙家女子纵有千娇百媚夫君也无福消受了。”

知县汗流浃背，嗫嚅不能言。

二

知县坐在轿子里，时而热血澎湃，时而情绪低落。阳光从竹编的轿帘缝隙里射进来，一会儿照在他的手上，一会儿照在他的腿上。透过轿帘的缝隙，他看到轿夫的脖子上汗流如注。他的身体随着轿杆的颤动上下起伏，他的心思也飘忽不定。夫人严肃的黑脸和眉娘妖媚的白脸交替着在他的脑海里闪过。夫人代表着理智、仕途和冠冕堂皇；媚娘代表着感情、生活和儿女情长。这两个女人对他都是不可缺少的，但如果让他选择一个，那么……那么……只有选择夫人。曾文正公的外孙女毫无疑问是正确的。如果不把人质营救出来，如果不把孙丙捉拿归案，一切都将化为乌有。眉娘啊，你爹是你爹，你是你，为了你我必须抓你爹，我抓你爹也是为了你。

轿子走过马桑河上的石桥，沿着一条被挖断了多处的土路，来到了马桑镇的西门。太阳正晌，但大门紧闭。高高的土围子上堆垒着砖石瓦片，活动着许多手持刀枪棍棒的人。大门楼子上高挑着一面杏黄色的大旗，旗上绣着一个巨大的“岳”字。几个红布缠头、腰扎红带子、脸上涂了红颜色的青年在旗下护卫着。

知县的轿子在大门前落下，知县弓腰钻了出来。大门楼子上传下来响亮的问话声：

“来者何人？”

“高密县正堂钱丁！”

“你来干什么？”

“约见孙丙！”

“我们元帅正在练功，不见生客！”

知县冷笑一声，道：

“于小七，你少给本县装神弄鬼，去年你聚众赌博，本县看在你家有七十老母的分儿上，饶了你四十大板，谅你还没忘记吧？”

于小七咧着嘴，说：

“俺现在顶着小将杨再兴！”

“你就是顶着玉皇大帝，也还是于小七！赶快给我把孙丙唤来，否则抓进县衙，板子伺候！”

“那你等着，”于小七道，“俺去给你通报。”

知县看看身边的随从，脸上流露出不易察觉的笑容。知县心里想：嗨，都是些老实巴交的庄户人哪！

孙丙身穿白袍、头戴银盔、盔上插着两根演戏用的翎子，手提着那根枣木棍子，出现在大门楼子上。

“城下何方来将，速速报上姓名！”

“孙丙啊孙丙，”知县讥讽道，“你的戏演得不错嘛！”

“本帅棍下不斩无名之辈，速速报名！”

“好一个无法无天的孙丙，你听着，俺乃大清朝高密县正堂，姓钱名丁，字元甲。”

“原来是小小的高密县令，”孙丙道，“尔不在衙门好好做官，来此何干？”

“孙丙，你让我好好做官吗？”

“本元帅只管灭洋大事，哪有闲空去管你一个区区小县之事？”

“本县来找你也是为了灭洋大事，你快快开门，放我进去，否则大军一到，玉石俱焚！”

“有什么话你就在外边说把，本帅听得到的。”

“事关机密，本县必须与你面谈！”

孙丙沉吟片刻，道：

“只许你一个人进来。”

知县钻进轿子，道：

“起轿！”

“轿子不许进来！”

知县掀开轿帘，道：

“本县是朝廷命官，理应坐轿！”

“那只许轿子进来！”

知县对身后的县兵头目说，“你们在外边等着吧！”

“大人！”刘朴和春生按住轿杆，说，“大人，您不能一人进去！”

知县笑道：

“放心吧，岳元帅通情达理，怎么会加害本官呢？”

大门咯咯吱吱地从里边拉开，知县的轿子颤颤悠悠地走了进去。鸟枪手和弓箭手们想随轿冲进去，围墙上的砖石瓦块就像冰雹一样砸了下来。枪手和箭手想往围墙上射击，被知县大声呵斥住了。

知县的轿子穿越了刚刚用铁皮加固过的松木大门，大门上散发着浓烈的松油气味。透过轿帘，他看到街道两侧支起了六盘铁匠炉，风箱呱哒响，炉火通红，每盘炉前都围绕着一堆乡民，在那里锻打兵刃，锤声叮当，火花四溅。街上来往着妇女儿童，有的端着刚烙出的大饼，有的提着剥了皮的大葱，个个都绷着脸，眼睛里闪烁着明亮的火星。一个头上扎着小抓鬏儿、袒露着圆滚滚的肚皮的男孩子，手里提着一个冒着腾腾热气的黑色瓦罐，歪着头观看着知县的轿子，突然亮开了童稚的嗓门，唱了一句猫腔的跺板：“大雪飘飘好冷的天～～西北风直往袖筒里钻～～”孩子的高声喊唱，逗得知县一乐，但随即而来的，是一阵蚀骨的凄凉。知县想起了正在县城通德书院校场上操枪演炮的德国军队，再看看被孙丙的妖术煽动得如痴如狂的马桑镇无知的乡民，一种拯民于水火的责任感油然而生。他的心中响亮着铿锵的誓言：夫人言之有理，值此危难之际，无论是为国还是为民，我都不能寻死，这个时候寻死，其实是一种无耻的懦夫行为。大丈夫生于乱世，就当学曾文正公，赴汤蹈火，挽狂澜于既倒，拯万民于倒悬。孙丙啊，你这个混蛋，你为了一己的私仇，要把马桑镇数千良民诱导到水火之中，本官不得不收拾你了。

孙丙骑着一匹垂头丧气的枣红马，在轿子前边引导着知县的轿夫。马的两条大腿被挽具磨去了毛儿，裸露着青色的皮肤。瘦得尖尖的马臀上，沾着一些黄乎乎的稀屎。知县一眼就看出这原本是一匹驾辕拉车的农家劣马，现在竟然成了岳元帅的坐骑，可怜的马啊！马前活跃着一个蹦蹦跳跳的、涂了红脸的青年，手里提着一根光滑的棍子，看样子是根锄杠；马后跟随着一个样子比较稳重、涂成黑脸的青年，手里也提着一根光滑的棍子，看样子也是锄杠。知县猜到了，这两个青年，都顶着《说岳》中的人物，一个是马前张保，一个是马后王横。孙丙在马上腰板挺直，一手挽着马缰，一手举着枣木棍子，动作极为夸张。这样的骑马姿态，应该配上一匹疾驰的骏马，还应该配上边关冷月或是开阔的原野——真可惜，知县想——真可惜没有骏马，只有一匹不时蹿稀的老马，只有一条狭窄的尘土飞扬的街道，还有在尘土中刨食的母鸡和在胡同里追逐的瘦狗。轿夫跟随着孙丙和他的护卫，来到了镇子正中的一个干涸了的大湾边上。知县看到，在平坦的湾底，聚集了数百名男人，他们都用红布包头红布束腰，静静地坐着，宛若一片泥偶。有几个花花绿绿的人，在众人前面那个用砖头堆垒起来的台子上，高声大嗓地用悲凉缓慢的猫腔调子演唱着令知县这个两榜进士也似懂非懂的唱词：

正南刮来了一股黑旋风～～那是洪太尉放出的白猫精～～白猫精啊白猫精～～生着白毛红眼睛～～要把咱们的血吸净～～太上老君来显灵～～教练神拳保大清～～杀净那些白猫精～～剥皮挖眼点天灯～～

在大湾旁边的一个新搭起的席棚前面，孙丙翻身下马。那匹马抖擞了一下乱麻一样的肮脏鬃毛，吭吭吭吭地咳嗽了一阵，然后弯曲后腿，拉出了一泡稀屎。马前张保将马拴在一棵干枯的老柳树上，马后王横接过了孙丙手中的枣木棍子。孙丙望了一眼知县的轿子，脸上显出一副被知县认为是既骄横又愚蠢的表情。轿夫倾下轿杆，掀开轿帘，知县撩着袍角下了轿子。孙丙昂首挺胸进了席棚，知县跟随着进去。

席棚里点着两支蜡烛，火苗子照耀着挂在席壁上的一副神像。神像头插雉尾，身穿蟒袍，下巴上一部美须髯，三分如孙丙，七分似知县。知县因为与孙眉娘相好，对猫腔的历史非常熟悉。他知道，这副像其实是猫腔的祖师爷常茂，现在竟然被孙丙请来充当了义和拳的尊神。知县一进席棚就听到幽暗中一阵发威之声，定眼看到两边站立着八个蛮童，四个黑脸，四个红脸，身上的衣服也是四黑四红，一动就嚓啦啦响，仿佛是用纸剪成的。果然就是用纸剪成的。蛮童们手里也都拄着棍子，看那个光滑劲儿也是锄杠。知县心中对孙丙更加瞧不起，你孙丙也发明点儿新鲜东西嘛，弄来弄去，还是乡村野戏台子上那点儿玩意儿。但他知道德国人不是这样想，朝廷和袁大人不是这样想，马桑镇的三千乡民也不会这样想，席棚子里这些站班的年轻人不会这样想，挑头的孙丙更不会这样想。

随着一阵参差不齐的通告岳元帅升帐的叫堂，孙丙大摇大摆地晃到那把花梨木椅子上坐下。他有点装模作样地、用沙哑的嗓音、拖着长腔念道：

“来将通报姓名！”

知县冷笑道：

“孙丙，用你们高密话说，你可别‘踟着鼻子上脸’，本县前来，一不是来听你唱戏，二不是陪着你演戏，本县前来，是要告诉你，到底是灰热还是火热。”

“你是什么鸟人，竟敢对我家元帅这样说话？”马前张保用棍子指着知县的鼻子说，“我家元帅统帅着千军万马，比你个小小的县令大得多了！”

“你不要忘记，”知县捋着胡须、盯着孙丙如瘌痢头一样的下巴，说，“孙丙，你的胡须是怎么丢了的！”

“俺早就知道是你这个奸贼干的，”孙丙怒冲冲地说，“你这个奸邪小人，俺还知道，你在与俺斗须之前，就用水胶和着炭黑把胡须刷了，要不俺也不会败给你！俺败了也就罢了，你万万不该当众赦免了俺，又派人把俺的胡须薅了。”

“你想不想知道是谁把你的胡须薅了？”知县微笑着问。

“难道是你？”

“你猜对了，”知县平静地说，“你的胡子的确比我的胡须长得好，如果我不是预先做了手脚，失败的肯定是我。我当众赦免了你，是要让乡贤们看到大老爷宽宏大量，我夜里蒙面拔了你的胡子，是要煞煞你的狂气，让你老老实实做人。”

“狗官！”孙丙拍案而起，怒道，“小的们，给俺把这个狗官拿下，把他的胡须给他薅了！你把俺的下巴薅成了一片盐碱地，俺要把你的下巴薅成一片戈壁滩！”

张保和王横提着棍子，跃跃欲试地逼上来，八个蛮童也帮腔作势地大呼小叫。

“我是朝廷命官，堂堂知县，我看你们哪个敢动我一根毫毛！”知县说。

“骂一声无情无意的小钱丁……儿贼你飞蛾投火自投罗网落在了俺手里……血海的深仇今日要报……”孙丙唱着猫腔调，提着枣木棍子冲了过来，“贼子啊……”他高举起枣木棍子对着知县的脑袋就夯了过来。

知县不紧不忙地往后一撤身，躲过打击，然后顺手抓住棍子往前一带，孙丙就趴在了地上。

张保和王横举起棍子，对准知县的头颅抡了下来。知县的身体往后一跳，轻捷得犹如一只公猫，然后又往前一纵，灵活得好似一只公豹，张保和王横的脑袋就响亮地碰在了一起，他们手里的棍子也不知道如何地就落在了知县的手里。知县一手一根棍子，左打了张保一棍，右打了王横一棍，骂一声："杂种，还不给我滚出去！"张保和王横捂着脸，吱哇乱叫着，蹿到席棚外边去了。知县扔掉一根棍子，手拄着一根棍子，厉声呵斥道："还有你们这些小杂种，是等着我把你们打出去呢，还是你们自己滚出去？"八个小蛮童见事不好，有的扔了棍子，有的拖着棍子，一窝蜂般逃了出去。

知县抓住孙丙的脖子，把他从地上提起来，说：

"孙丙，你给我说实话，那三个德国人关在哪里？"

"姓钱的，"孙丙咬着牙根说、唱，"你把我杀了吧……俺已经家破人亡孤身一人，死就死活就活不放在心……"

"德国人到底关在哪里？"

"他们？"孙丙冷笑着，突然唱了起来："要问德狗在何方～～不由得本帅气昂昂～～他们就在天上睡～～他们就在地下藏～～他们就在茅坑里～～钻进了狗肚子紧贴着狗脊梁～～"

"你把他们杀了?!"

"他们活得好好的，你有本事就把他们找回去吧！"

"孙丙，"知县松开手，换了一副比较亲切的态度，说，"我实话告诉你，德国人已经把你的女儿眉娘抓了起来，如果你不把他们的人放回去，他们就要把眉娘吊在城门楼子上！"

"愿意吊就吊去吧，"孙丙道，"嫁出去的女儿泼出去的水，俺已经顾不了她了！"

"孙丙，眉娘可是你惟一的一个女儿，你不要忘了你这辈子欠了她多少债，"知县道，"如果你不把德国人交出来，那么，今天本县就要把你带走了！"知县拧着孙丙的胳膊走出了席棚。

这时，席棚外边一阵人声嘈杂，大湾底下的数百个系着彩头、红色涂面的男人在那几个身穿戏装的人率领下，黑压压地、闹嚷嚷地包抄了上来，顷刻之间就把知县和孙丙围在了核心。那位腰间扎着一条虎皮围裙、画着猴脸、提着一根生铁棍子的大师兄纵身跳到了中央，用棍子指着知县的脑袋，用生动的外县口音说：

“何方妖孽，如此大胆，竟敢欺负我家元帅？”

“高密县令，前来讨要德国人质，顺便擒获孙丙！”

“什么县令，分明是妖孽变化人形，孩儿们，破他的妖法！”

知县还未反应过来，就被后边的人先是淋了一头一脸的狗血，紧接着又浇了一身大粪。他本是个十分讲究卫生的人，一辈子还没曾遭受过这样的污秽，他觉得翻肠搅胃，只想弯腰大吐，因此早就把抓着孙丙的手松了开来。

“孙丙，明天正午时分，在县城北门外交换人质，否则你的女儿就会受到天大的磨难。”知县抹了一把脸，露出了被粪便和污血遮住了的眼睛，样子虽然狼狈不堪，但态度却十分强硬地说，“你不要把本官的话当成耳旁的风。”

“打死他！打死这个狗蛋官！”众人齐声呐喊着。

“乡民们，我是为了你们好！”知县诚恳地说，“明天赶快把人质送去，然后你们就该干什么干什么，不要跟着孙丙胡闹了！”知县用讽刺的口吻对着那两个义和拳的师兄说，“还有你们俩，省抚袁大人早有严令，对义和拳斩尽杀绝，决不姑息，念你们远道而来——远道而来是为客也，本县担着所有的干系，放你们一条生路，赶快离开此地，等省里的兵马一到，你们想走也走不了了！”

扮成孙悟空猪八戒的两个师兄愣了，趁着这机会，知县大声说：“孙丙，事关你女儿的性命，你不要违约，明天正午时刻，我在县城北门外三里河桥头等你！”然后，知县就分开人群，大踏步地往大街走去，四个轿夫慌忙抬起轿子，跟在知县身后，一溜小跑。知县听到，那个孙悟空用不甚纯正的猫腔调子高唱着：

“义和拳，神助拳，杀尽洋鬼保中原！义和拳，法力深，枪刀剑戟不能侵……”

知县出了镇子就飞跑起来，轿夫们和县兵们在后边跑成了一群羊。他们闻到从知县大人身上散发出来的腥臊烂臭，看到了知县大人身上的红黄颜色，想笑不敢笑，想哭哭不出，想问又不敢问，只好跟随着紧跑。到了马桑河桥上，知县纵身跃下去，砸得河水四溅。春生和刘朴齐声喊叫：

“大人——！”

他们以为大人是跳河自杀了，急忙跑到河边，想下水营救，但看到知县的脑袋已经从河水中露了出来。四月的天气寒意未消，河水瓦蓝，散着凉气。知县在河中把官服脱了下来，放在水中漂洗着，然后把帽子摘下来洗涮。

洗涮干净的知县在众人的帮助下，狼狈不堪地爬上来。寒冷使他的身体哆嗦，腰杆子弯曲。他披上春生的褂子，蹬上刘朴的裤子，弯着腰钻进了轿子。春生把知县的官服搭在轿子顶上，刘朴把知县的官帽挂在轿杆上，轿夫们匆忙起轿，县兵们尾随在后，一行人就这样返回县城。知县坐在轿子里想：

他妈的，多么像戏里的一个奸夫！

三

德国人扣押了孙眉娘一说，其实是知县临时编造出来的谎言，或者是他心中预感到，如果孙丙继续将人质扣押下去，德国人就会这样做。他带着几个亲随，胶澳总督克罗德也带着几个随从在预先约定的城北三里河桥头，等候着孙丙。知县对克罗德并没有说交换人质，而是说孙丙已经幡然悔悟，答应把人质归还。克罗德听了知县的话，满心欢喜，通过翻译告诉知县，如果人质能够顺利归还，他将去袁大人处为知县请功。知县苦笑一声，心中焦虑不安。因为从昨天孙丙的含糊话语中，他预感到那三个德国人凶多吉少。他是心存侥幸而来，因此他根本就没对任何人提到孙眉娘的事，包括春生和刘朴，他只是吩咐他们，准备了一乘二人小轿，轿子里放上了一块石头。

太阳已经升起很高，克罗德有些焦急，不时地摸出怀表观看，并通过翻译催问知县，孙丙是不是在耍什么花招。知县对克罗德的催问和疑问含糊其词，不做正面回答。他心急如焚，但表面上还装出轻松愉快的样子，对那个尖下巴的翻译说：

“请帮我问问克罗德先生，他的眼睛为什么是绿的？”

翻译结结巴巴，不知如何应对。于是知县就哈哈大笑起来。

两只喜鹊在河边的一株柳树上喳喳噪叫，黑白分明的羽毛活动在初绽鹅黄的枝条间，简直就是一幅画图。几个推车挑担的百姓从河对面的小路上爬上河堤，还没走上小桥，就看到了河对面骑在高头大马上的克罗德和站在四人轿前的知县。于是他们就慌慌张张地退了回去。

正午时分，从北边的土路上，来了一支吹吹打打的队伍。克罗德急忙把望远镜架到眼上，知县也用手掌遮住耀眼的阳光，努力地张望着。知县听到克罗德在他的身旁大声地喊叫着：

“钱，没有，为什么没有？”

知县接过克罗德递过来的望远镜举到眼前，远处的队伍，突然地扑进了他的眼帘。他看到，孙丙还穿着那套破破烂烂的戏装，还执着那根枣木棍子，还骑着那匹老马，脸上迷茫着一种说不清是痴呆还是狡猾的笑容。他的马前，当然还是那个活猴般的张保，他的马后，自然还是那个愣头愣脑的王横。孙悟空、猪八戒两大师兄，都骑着马，跟随在孙丙的马后。在他们的马后，有四个吹鼓手吹着两支唢呐两支喇叭。吹鼓手的后边，慢吞吞地跟随着一辆骡子拉着的木轮大车，车上张着席棚。大车的后边，跟随着十几个红布缠头、手提刀枪的青年。惟独没有德国兵。知县的心中一阵冰凉，眼前一片迷蒙，尽管这是基本上预见到了的结果，但他的心中还是残存着一线希望，希望那三个德国人质就在那辆遮着席棚、行走缓慢的骡车上。知县把望远镜还给克罗德，回避开他焦灼的目光。他暗中盘算着那辆骡车的容积，是否能盛得下三个身材高大的德国兵。他想到了两种结果：一是孙丙给了德国兵很高的礼遇，用骡车将他们送回；二是骡车里装着三具血肉模糊的德国兵死尸。并不迷信天地鬼神的知县此时竟然也暗暗地祷告起来：天地神灵保佑吧，让三个德国兵平平安安地从骡车里走出来。即便走不出来，抬出来也行，只要德国人还有一口气，事情就还有斡旋余地，如果抬出来的是三具死尸，那后果如何，知县不敢往下设想了。那很可能就是一场血战，是一场可怕的大屠杀，至于个人的升迁，那就不值一提了。

在知县浮想联翩的过程中，孙丙的队伍渐渐地逼近了桥头。现在不用望远镜知县也可以清楚地看清孙丙队伍的细部了。知县的注意力集中在那辆神秘的骡车上。车子在崎岖的土路上摇晃着，看起来还有些分量，但似乎并不沉重。高高的铁箍木轮子缓慢地转动着，发出嘎嘎吱吱的声响。队伍走到桥头便停住了，吹鼓手也停止了吹奏。孙丙纵马上了河堤，高声道白："俺家乃大宋元帅岳飞是也，对面那番将快快报上名来。"

知县高声道：

"孙丙，赶快把人质放过来！"

"你让那番狗先把俺的女儿放过来。"孙丙说。

"孙丙，实话告诉你，他们根本就没抓你的女儿，"知县撩开小轿的门帘，说，"这里面不过是一块石头！"

"俺早就知道你在撒谎，"孙丙笑道，"本帅在县城里广有耳目，你们的一行一动尽在本帅的掌握之中。"

"如果你不把人质放回来，眉娘的生命就很难保证了！"知县说。

"本帅与女儿已经恩尽情断，她是死是活，你就看着办吧，"孙丙道，"但本帅向以宽大为怀，尽管番狗不仁，但本帅不能不义，本帅已经将三条番狗带来，现在就放他们回去!”

孙丙往身后挥了一下手，几个拳民就从骡车里拖出了三条麻袋，拖拉着，往小桥上移动。知县看到，那些麻袋里似乎有活物在挣扎，并且发出了古怪的声音。

拳民们在小桥的中央停住了，等待着孙丙的命令。孙丙大声说：

“放他们回去!”

拳民们解开麻袋，扯住麻袋的底角一抖搂，就看到两头身上套着德国兵上衣的小猪和一只头上戴着顶德国军帽的白狗，吱哇乱叫着、连滚带爬地对着克罗德跑了过来，仿佛是孩子投奔自己的父兄。

孙丙严肃地说：

“他们自己变成了猪狗!”

孙丙的部下齐声喊叫着：

“他们自己变成了猪狗!”

知县被眼前发生的事件弄得哭笑不得。克罗德拔出手枪对着孙丙开了一枪。子弹正打在了孙丙手中挥舞着的枣木棍子上，发出奇特的声响。看孙丙那样子，仿佛不是子弹击中了棍子，而是他用棍子击中了子弹。就在克罗德对着孙丙射击的同时，孙丙身后的一个持长苗子鸟枪的青年，也对着克罗德放了一枪。鸟枪里装的是铁砂子，出膛后就如一把扫帚似的散开。几粒铁砂子击中了克罗德胯下的高头大马，马负痛，猛地将身体竖了起来，将背上的骑手掀倒地下。那马拖着克罗德就往河里蹿去。在这危急的关头，知县一个箭步飞跃上去，如一头巨大的豹子扑到了惊马的脖子上。知县制服了被铁砂子打瞎了眼睛的洋马，身后跟上来的随从们把耳朵被一粒铁砂子打了个洞眼的克罗德总督的双脚从马镫里解救出来。克罗德摸了一把耳朵，看到了手上的鲜血，随即尖叫起来。

“总督大人在喊叫什么?”知县问那位翻译。

翻译结结巴巴地说：

“总督大人说，他要到袁大人那里去告你！”

四

德国军队和连夜从济南赶来的武卫右军步兵一营将马桑镇包围起来。清兵在前，德兵在后，仓促地发起了一次攻击。知县和步兵营统带马龙标一左一右站在耳朵上缠着纱布的克罗德身边，似乎是他的两个保镖。在他们身后的柳树林子里，德国的炮队已经准备停当，每门炮的后边都站着四个笔直的德兵，宛若四根没有生命的木棍子。知县不知道克罗德是否用电报向袁大人告了自己的状，因为在交换人质的闹剧刚刚结束的那天下午，马龙标统带就率领着他的营队风尘仆仆地赶到了。

知县安排了营队的食宿后，又特意安排了一桌酒宴为马统带接风。马统带是个十分谦和的人，在席上不断地向知县表示着他对曾文正公的敬佩之情，并且说他对知县的学问也是仰慕日久。酒宴即将结束之时，马统带悄悄地对知县说，他与在天津小站受了凌迟刑的钱雄飞是很好的朋友，这一下子就让知县感到自己与马统带的关系已经非同一般，仿佛也是多年的密友，可以无话不谈了。

为了协助马统带建功，知县把自己的五十名县兵全部派出，为清兵和德兵带路，趁着黎明前的黑暗时刻，完成了对马桑镇的包围。知县也随队前来，因为昨天的人质交换，实际上是一次出力不讨好的愚蠢行动；孙丙用一场恶作剧把自己和德国人好好地戏耍了一番。孙丙的独白和他部下的呐喊不时地在知县的耳边响起：他们自己变成了猪狗！他们自己变成了猪狗！其实，知县想，我早就应该想到，他们是不会让那三个德国兵活着的，而且自己也明明地听说过，孙丙他们把三个俘虏绑在树上轮番用热尿滋脸，然后肯定就要用他们的心肝来祭奠那二十七条亡灵，这是我应该想到的，但是我竟然天真地以为德国人还可能活着，更可笑的是我竟然想把人质营救出来，建一大功，引起袁大人的重视。实际上我是被夫人的一番话给煽动得愚蠢无比。克罗德这个杂种的运气也不好，他开枪打孙丙，竟然制造了一个孙丙武艺高强到可以把子弹打飞的神话，而孙丙的部下就那么随便地开了一鸟枪，就毁了克罗德一匹骏马，还打穿了他一只耳朵。知县知道，克罗德告状的电报也许已经发出，即便还没有发出迟早也要发出。袁大人也许已经离开了济南府，正在向高密进发，如果能赶在大驾到来之前，将孙丙擒获或是击毙，自己的脑袋也许还能保住，否则一切都完了。

知县看到，自己的那些县兵在刘朴的带领下，在武卫右军的前边，弓着腰向土围子前进。这些家伙对付老百姓如狼似虎，打起仗来却个个胆小如鼠。他们的队形起初还是分散的，但越近围墙时，越挤在了一起，如同一群怕冷的鸡。知县虽然没有战斗经验，但曾文正公的书通读过十几遍，因此知道这样的密集队形是最容易被守城的人杀伤的。他后悔在开始进攻之前没有训练他们一下，但现在一切都晚了。他们就这样往前靠着。围墙上很平静，似乎没有人。但知县知道那上边有人，因为他看到了围墙上每隔几丈就有一股浓烟冒起，他甚至闻到了熬米粥的气味。从曾文正公的兵书中他知道守城墙的人熬米汤绝对不是为了喝，为了什么他知道但是不敢往下想象。他的县兵运动到距离围子墙几丈远的时候停住了，鸟枪手和弓箭手放枪的放枪，放箭的放箭。枪声稀疏，二十来响，毫无威力可言，然后就哑巴了。弓箭手射出的箭有的飞越了围子墙，有的碰到墙上。与鸟枪相比，弓箭更没有威力，简直就跟小孩子胡闹一样。鸟枪手放过了枪，就地跪下，从腰间悬挂的葫芦里往枪筒里装药。他们的火药葫芦都是那种卡腰葫芦，外边涂了一层桐油，看起来光滑明亮，很是美观。曾几何时，知县带着鸟枪队下乡抓赌抓贼时，还为这二十多个光芒四射的葫芦感到骄傲；现在，在武卫右军和德国军队的比较下，这些东西都变成了十足的儿童玩具。鸟枪队装好枪药，又放了一阵凌乱的排枪后，就呼天嚣地地朝围墙冲去。围墙并不险峻，大约有一丈高，墙壁上有许多去年的枯草在那里颤动，其实枯草也未必颤抖，而是知县的心在颤抖。两个抬着梯子的轿夫从后边跑到了前面。他们由于常年抬轿，习惯了那种有节奏的小花步，其实已经不会跑了；在这样的攻城陷阵的紧张时刻，他们的步伐还是如抬着知县下乡时那样悠闲。他们到了围墙边，把梯子竖了起来。围墙上依然没有动静，知县心中暗存侥幸。竖起梯子后两个轿夫就闪到了两侧，每人扶着梯子的一边，防止梯子仰倒。鸟枪手和弓箭手簇拥在梯子后边，一个跟着一个往上爬去。当梯子上有了三个人，最上边的一个已经接近围墙顶端时，许多头缠红布的拳民突然地从墙上冒出来。然后就有成锅的热粥劈头盖脸地浇到了正在爬城的县兵身上。县兵凄惨的叫唤使知县的身体抖动不止。他感到随时都可能把肠子里的东西排泄到裤子里，他用牙齿紧紧地咬住了嘴唇克制住了排泄欲望。他看到，梯子上的鸟枪手仰面朝天摔了下来，梯子下边那些鸟枪手、弓箭手们一个个连滚带爬地往后逃窜。围墙上的拳民得意忘形地哈哈大笑起来。这时，官兵营里一阵喇叭声起，武卫右军训练有素的步兵们弓着腰，托着枪，啪啪地放着，向围墙冲去。

知县看到围墙上的拳民用开水、热粥、炸炮、砖瓦乱石还有几杆威力巨大的土炮将武卫右军的第一拨进攻击退之后，才感到自己把孙丙看轻了。他原以为孙丙只会装神弄鬼，没想到他在军事方面如此地富有才干。知县通过博览群书得到的知识，孙丙通过戏文也全部掌握了，不仅仅是理论上明白，而且还卓有成效地付诸了实践。看到大清朝最优秀的军队与他的县兵一样狼狈地败下阵来，知县的心中得到了些许安慰，甚至有一些幸灾乐祸。他的焦灼感消失了，勇气和自信重新回到了躯体之内。现在，就看德国兵的了。他瞟了一眼正在用望远镜观察围墙上情景的克罗德，看不到他完整的脸，只能看到他的腮上的肌肉在抽动。而原本跟随在武卫右军后边的德国军队不但没有发起冲锋，反而往后退却了几十丈。看来一切都是有预谋的。克罗德将望远镜放下，脸上浮起轻蔑的微笑。他对着身后的炮队指挥高喊了一句，那些木棍一样的德国炮兵就紧张地活动起来。片刻之后，就有十二发炮弹打着尖厉的呼哨，如一群黑老鸹飞了出去，围墙内外腾起白色的硝烟，然后就冲过来震耳欲聋的爆炸声。知县看到，几颗正中了围墙的炮弹爆炸之后，很多的碎砖乱瓦腾飞起来，其中还夹杂着被炸断的身体。又是一个排炮响过，更多的人体碎片飞起来，围墙上一片哭嚎，那扇松木大门也被一发炮弹炸得四分五裂。这时，克罗德对着德国军队挥动了随从递过来的红旗。德国兵端着枪，呐喊着，撩开长腿，向洞开的大门冲去。重整旗鼓的武卫右军也从另一个方向发起了第二轮冲锋，惟有他的伤亡惨重的县兵，趴在一片洼地里哭爹叫娘。知县的心中纷乱如麻，他知道这一次镇子必破，而镇子破了之后，马桑镇里的数千乡民劫数难逃，这个高密县的第一繁华大镇，从此就不复存在了。知县的爱民之心在耀武扬威的德国人面前复活了。但是，事情到了这步田地，他知道自己已经无能为力，即使皇帝老子到来，也不可能让胜券在握的德国兵停止进攻。知县的立场现在已经站在了乡民们一边，他希望村民们趁着德国兵还没进镇的时刻，速速地朝南逃跑，那里虽然有马桑河水的拦挡，但河边的人多半都会水，尽管他知道武卫右军在河的南岸埋伏了一个小队，但总会有乡民顺水而下逃得性命，而且他还相信，武卫右军设伏的小队，不会射杀渡河逃命的妇孺，他们毕竟也是中国人。

事情的发展出乎知县的预料，从破开的大门蜂拥而入的德国兵突然消失了，大门内升起了一阵烟尘，接着便传来德国兵的嗥叫声。知县马上明白了，足智多谋的孙丙在大门内挖了一个巨大的陷阱。知县看到克罗德脸色突变，急忙挥动旗帜，让他的队伍退了回来。知县知道，德国兵的性命比较值钱，克罗德原以为可以不死一兵一卒而胜的计划已经破产。他接下来肯定又要让他的炮兵开炮，而炮位后边成箱的炮弹，足可以把镇子炸成一片废墟。知县也估计到，这场战斗的最后胜利者肯定是德国人。果然，克罗德对着他的炮队头目大声地吼叫起来。就在这时，一个念头在知县的心中突然地变成了一个大胆的计划。他对着克罗德身后的翻译说：

“告诉克罗德，让他停止开炮，本县有重要的话对他说。”

翻译把他的话翻过去后，克罗德果然让他的炮队停止了行动。克罗德用绿油油的眼睛盯着知县，连满脸沮丧的马龙标也盯着知县的脸。

知县说：“总督先生，中国有句俗话，‘擒贼先擒王’，这些百姓，实际上都是受到了孙丙的迷惑，才敢跟贵国军队和官军对抗，一切罪过其实都是孙丙一人所致，只要擒获了孙丙，予以严惩，杀一儆百，就不会再有人出来破坏铁路，阁下的任务也就完成了，我想贵国来到中国，根本的目的是要从这里得到财富，而不是为了来和我们的百姓打仗。如果阁下认为我的话有几分道理，本官愿意只身进去，劝说孙丙出来投降。”

“你是不是想进去帮孙丙出谋划策？”翻译翻完了他的话，然后又把克罗德的话翻过来。

“我是大清的命官，我的家眷还在县衙，”知县道，“我所以甘愿冒死进去，其实是为了让阁下的部队不再伤亡。贵国的军队远涉重洋而来，一兵一卒都很珍贵，如果阁下的军队伤亡太多，你们的大皇帝也不会为此奖赏您吧？”

“让马龙标大人担保！”翻译翻过来克罗德的话。

“钱兄，我明白您的意思，”马龙标忧心忡忡地说，“万一那些刁民……”

“马大人，我有五分胜算，”知县悲壮地说，“我不愿意看着我县一个繁华市镇被夷为平地，更不愿意看到无辜的平民遭受屠杀。”

“如果大人能只身将孙丙诱降，既避免了官军的无谓伤亡，又保全了无辜百姓的性命，”马龙标诚恳地说，“我一定在袁大人面前为大人请功！”

“事已至此，本官不求有功，但求无过。”知县道，“请马大人告诉克罗德，本官把孙丙诱出来之后，就请他撤兵！”

“包在我的身上！”马龙标从怀里摸出一只崭新的手枪递给知县，道，“钱兄，带上，以防万一。”

知县摆摆手拒绝了，说：“请马大人以全镇百姓为念！劝说克罗德不要开炮。”然后他就骑马往那个洞开的门洞跑去。他在马上大喊着：

“我是高密知县，是你们大帅的朋友，有重要的事情与你们大帅商量……”

五

知县打马冲进大门，竟然没有受到任何的阻拦。进大门时他绕过那个巨大的陷阱，看到十几个身陷其中的德国兵在里边挣扎、惨叫。陷阱足有一丈深，底下栽满如刀似剑的竹签和铁齿，德国兵有的已经被扎死，有的受了重伤，宛如穿在签子上的青蛙。从陷阱底下散发上来扑鼻的臭气，说明孙丙不仅仅在下面栽满了利器，而且还倒上了大量的粪便。知县蓦然想起，几十年前洋人初进中国时，某位封疆大吏曾经郑重地给皇上献策，说洋兵最爱清洁，最怕的是大粪，如果让我天朝的士兵每人背上一桶大粪，上阵之后，只管将大粪淋过去，那些洋兵就会掩鼻败退，甚至会呕吐而死。据说咸丰皇帝对此策深为嘉许，认为这是富有创意的提案，既能克敌制胜，又可以为天朝省下大笔的开支。这件事是夫人当做笑话讲给他听的，他当时也一笑了之，没想到此法已经被孙丙改头换面加以运用，这种富有特色的中国战术充满了恶作剧的精神，令人哭笑不得。其实，从昨天那场荒谬绝伦的人质交换中，知县已经对孙丙的战术风格有了大概的了解。是的，他很幼稚，他的许多做法完全是儿童式的，但往往能出人意料，发人深思，而且十分管用。知县在绕过陷阱时还看到，两边的土围子上，拳民们伤亡惨重，许多熬粥的铁锅被炸得稀烂，热气腾腾的粥和鲜血混合在一起流淌，尚未死利索的人们在那里痛苦哀号。那条他不久前行走过的大街上，头缠红布的拳民和妇女孩童在毫无目标地乱窜，似无头苍蝇一样。实际上镇子已经破了，知县想，德国兵完全可以长驱直入。想到此知县感到自己的决定英明无比，牺牲孙丙一个，可以换来千百条性命，无论如何，也要把孙丙弄出去，文的不行，就动武的，尽管适才没接马龙标的手枪，但知县自信能够制服孙丙。他感到自己沉浸在英勇悲壮的氛围中，耳边仿佛响起了鼓角声，他纵马飞跑，跑向那个建立在大湾子旁边的席棚。他知道孙丙在那里。

知县看到，湾底有数百个拳民正在喝符子，每人手捧着一个大碗，碗里是用水调和的纸灰。他要找的孙丙站在砖台子上，正在高声歌唱着他的咒语。那个从曹州来的义和拳的大师兄孙悟空不在了，只有二师兄猪八戒站在台下表演着耙术为孙丙的仪式助威。知县滚鞍下马，径直地上了砖台子，一脚踢翻了孙丙面前的香案，大声说：

“孙丙，你的人在围子墙上已经血流成河，你还在这里妖言惑众！”

孙丙身后的护法冲了上来，知县飞快地转到孙丙身后，从袖子里摸出一把雪亮的匕首，抵在了孙丙的后心，说：

“都别动！”

孙丙愤怒地说：

“狗官，你又来破俺的神拳！俺是铁头铁臂铁身子，刀枪不能入，水火不能侵！”

“乡民们，你们去围子墙上看看吧，人的肉体如何能挡得住大炮?”知县大胆地假设着，“连你们武艺最高的大师兄孙悟空也被炸成了碎片!”

“你胡说!”孙丙怒吼道。

“孙丙，”知县冷冷地说，“你可是练就了刀枪不入之体?”

“俺是金刚不坏之躯，连那番狗的子弹都打不进去!”

知县弯腰从台子上揭起一块砖头，迅疾地拍在了孙丙的额头上，孙丙不及躲闪，往后便倒。知县抓着衣领把他提起来，说：

“让大家看看你的金刚不坏之躯!”

一道黑色的血从孙丙的额头上流下来，仿佛几条蚯蚓在他的脸上爬行。二师兄猪八戒挥起耙子对准知县的屁股搂过来。知县闪身躲过，同时将手中的匕首甩了出去，正中了猪八戒的肚子。猪八戒哀号着滚到台下去了。

“乡民们，你们可看清了?”知县道，“他们是你们的师兄和坛主，可他们连本县的砖头和小刀子都避不开，如何能避开德国人的大炮?”

拳民们的意志开始瓦解，台下一片嗡嗡的议论声。

知县道：“孙丙，你是一条好汉，不能为了你一人，让全镇的乡亲们去送死，本官已经说服了德国总督，只要你投降，他就下令撤军。孙丙，你已经干出了让全世界都吃惊的大事情，如果你能牺牲自己，保全乡亲们的性命，你就会流芳千古!”

“天意啊，天意，”孙丙长叹一声，唱道，“割地输金做儿臣～～忍弃这中原众黎民，十年功业一朝尽，求和辱，覆巢恨，只怕这半壁江山也被鲸吞。休欺我沉沉冤狱无时尽，天下还有我岳家军～～乡亲们，你们散了吧!”

知县紧紧地抓住孙丙的手跃下台子，趁着人群中一片混乱的当口，匆匆地往大门的方向走去，连那匹马都忘记了。

六

知县一人将孙丙擒出马桑镇，心中充满了英雄气概，但随即发生的事情让他的心遭受了重创，使他痛感到又犯了一个比交换人质还要愚蠢的错误：克罗德并没有因为孙丙的投降而撤军，当他看到知县将孙丙拉到面前时，立即就对他的炮队下了命令，十二尊大炮一起怒吼，成群的炮弹呼啸着飞进镇子。镇子里硝烟滚滚，火光熊熊，百姓的哭叫声惨不忍闻。孙丙发疯般地掐住了知县的脖子，知县没有反抗，心甘情愿地想让他把自己掐死，但马龙标指挥着护卫们制服了孙丙，解救了知县的性命。在孙丙的怒骂声中，知县闭住了眼睛。他在昏昏沉沉中，听到了德国军队冲锋的声音，他知道，这个高密县最繁华的大镇，已经不存在了。而导致这一后果的，可以说是孙丙，可以说是德国人，也可以说是他自己。

豹尾部

第十四章
赵甲道白

咱家赵甲，原本是刑部大堂的首席刽子手，在京城当差四十余年，砍下的人头车载船装，不计其数。花甲之年，得到当今皇太后恩准，放咱回家养老，并赏咱七品顶戴。咱家原想隐姓埋名，躲在这小城陋巷，屠夫之家，修身养性，颐养天年。不承想咱那亲家孙丙，妖法惑众，举旗造反，触犯了国家法律，引起了列国争端。为了震慑刁民，维护法纪，山东巡抚袁大人，请咱家出山执掌檀香刑。俗言道：士为知己而死，鸟为知音而鸣。咱家为了报答袁大人的知遇之恩，把那放下的屠刀重操起来。正是：大清早手发热如捧火炭，就知道必有重担落在咱肩。(呀呀喂)高密县钱正堂妄自尊大，不把俺老赵甲放在他眼。(喂呀呀)祭起了皇家宝将他降伏，让他在俺面前丢尽了脸面。(哈哈哈哈)常言道人逢喜事精神爽，得胜的将军眼界宽。呀呀啊喂，咱家丢了两颗牙，钱丁的纱帽要玩完。老赵甲迎风堂前坐，看那些衙役喽罗把那些财宝一箱一笼一宗一件往俺的家里搬。

——猫腔《檀香刑·道白与鬼调》

一

昨天还狗仗人势、狐假虎威、人称三爷、无人不怕的衙役头儿宋三，今日却满脸媚笑着站在咱家的面前。这厮昨天还挺得笔直的脊梁骨，今天弯成一张弓。后生们，咱家在京城衙门混了四十多年，什么样的人没见过？什么样的事没经过？天下的衙役都是这副鸟样子，如果高密县的衙役不是这副鸟样子，那高密县也就不属于大清朝的地盘了。衙役头儿在咱家的面前打了一个深深的躬，嘴里叨叨着：

"老……老……先生，请问，把您要的东西抬进来吗？"

俺歪歪嘴角，把冷笑藏在心中。俺知道这狗嘴里那一串"老"字的意思，他想叫俺"老爷"，但俺分明不是老爷；他想唤俺老赵，但俺又坐着皇上赏赐的椅子。他只好称呼俺老先生了。好一个聪明乖巧的杂种啊！俺微微地抬抬手，说："搬进来吧。"

衙役头儿撇着长腔，像唱戏一样喊叫着：

"把老先生的东西抬进来呐！"

衙役们像一队黑蚂蚁，搬着俺在县衙大堂上向袁大人点要的东西，一个跟着一个地走进院子。他们将东西一件件地放在面前让俺过目：

一根长约五尺、宽约五分的紫檀木材，就像秦叔宝使用过的铁锏，这是不可缺少的。

一只白毛黑冠子的大公鸡被红布条儿绑着腿儿蹲在一个白脸的衙役怀里，好似一个怒气冲冲的小男孩儿。这样的白毛黑冠大公鸡十分罕见，不知道高密县是从哪里搜求来的。

一捆新牛皮绳子散发着硝碱的生涩味儿，颜色浅蓝，仿佛染了草汁。

两柄油坊里使用过的木榔头闪烁着紫红的光芒，很可能是康熙爷年间的物事。这东西是用多年的枣木疙瘩做成，在油坊里浸淫多年，已经吃饱了油，比钢铁还要沉重，但它不是钢铁是木头，比钢铁的性子要柔，咱家要的就是这刚中有柔的劲道儿。

白米二百斤，用两个大大的篼篼盛着。上等的白米，散着清香，白里泛着青色，一看就知道是从盛产好米的登州府来的，高密县没有这样的好米。

白面二百斤，用四个面袋子装着，面袋子上有同和洋面厂的标记。

鸡蛋一篮子，个个是红皮。有一个还是头蛋，蛋皮上沾着血，看着这沾血的蛋咱家仿佛看到了那个初次下蛋把脸憋得通红的小母鸡。

牛肉一大方用一个大盆盛着，肉里的筋络似乎还在颤抖。

一口十八印的大锅两个人抬着。好大一口锅，能煮一头牛。

…………

还有人参半斤在宋三的怀里揣着。他摸出来，亲手交给俺，隔着纸包俺就嗅到了一等好参那股苦苦的香气。宋三眉飞色舞地说：

“老先生，这参是小的亲自去生药铺里，亲眼看着秦七那个老狐狸开了锁着三把大铁锁的楸木柜子，从一个青花瓷坛子里取出来的。秦七说，如果假了，让小的把他的头扭下来。这参，分明是宝，别说吃，小的把它揣在怀里，嗅着它的味儿走了这么一段路，就感到腿轻脚快，心明眼亮，仿佛得道升了仙。”

俺剥开纸包，数着那些脖颈上拴着红绳的褐色山参，一根两根，三根五根，一共八根。这些参粗的如筷子，细的如豆秸，都拖着些须毛，轻飘飘的，怎够半斤？俺冷眼看着衙役头儿，这个杂种，立即就把腰杆子弯曲了，满面堆着笑，低声说：

“什么事儿也瞒不过您老先生的法眼——这八棵参，其实只够四两。但秦家生药铺里只有这些了。秦七说，这八棵参熬了汤，灌到一个死人嘴里，死人也会从棺材里蹦出来——您老是不是……”

俺挥挥手，什么也没说。还用俺说什么？这些衙役头儿，都是比鬼还奸、比猴还精的东西。他跪下一条腿，给俺施了一礼。这一礼他值了。这畜生，就人参这一项，少说也落了五十两！衙役头从怀里摸出一块碎银子，说：

“老员外，这是买猪肉的银子，小的想，肥水不落外人田，您家里就开着现成的杀猪铺子，还到哪里去买猪肉？所以小的就自作主张，把这笔银子给您省出来了。”

俺当然知道这点碎银子与他落下的人参钱相比是个不值一提的小数，但还是表扬了他：谢谢你想得周到，这点儿银子，就分给弟兄们做个茶钱吧！

“谢大员外！”衙役头儿又是一个深躬到地，那些衙役也跟着齐声道谢。

他娘的，钱真是好东西，一把碎银子，就让俺在这杂种的嘴里由“老先生”变成了“老员外”。送他一个金元宝，他能跪地磕头叫俺爹。咱家挥挥手，让衙役头儿起来。咱家漫不经心地，如吩咐一条狗：去，带着你的人，把这些东西给俺运到执刑台前，在那里给俺垒起一个大灶，把香油倒进锅里，灶里插上劈柴烧起来。再给俺垒一个小灶，把牛肉放在里边炖起来。锅灶旁给俺搭一个席棚，席棚里给俺安上一口大缸，缸里给俺灌满水，要甜水不要懒水。还要你给俺准备一个熬中药的瓦罐子，一个给牲口灌药的牛角溜子。给俺在窝棚里搭一个地铺，铺草要厚要干燥，用今年的新麦穰。还要你亲自把俺的椅子扛了去，想必你已经知道了这把椅子的来历，你们的大老爷和省里的袁大人都在这把椅子前行过三跪九叩的大礼，你可要仔细着，伤了这椅子一块油漆，袁大人就会剥了你的狗皮。这一切，正晌午时必须给俺准备停当，缺什么东西去找你们老爷。衙役头儿一躬到地，高声唱道：

“老爷，您就请好吧！”

送走了众衙役，俺再一次用目光清点了剩在院子里的东西：檀香木——这是最重要的——这东西还要精心加工，但加工的过程不能让那些杂种们看到。杂种们眼脏，让他们看到就不灵了。大公鸡也不能让他们抱，他们手脏，让他们抱去也就不灵了。咱家关上了大门，两个持腰刀的衙役站立在咱家大门的两旁，保护着咱家的安全。看来这钱知县办事十分地周详。咱家知道他是做给袁大人看的。他的心里恨透了咱家，咱家的牙龈还在流血呢。为了教训这个狗官，咱家也得把谱儿摆足，不能自家轻贱了。不是咱家仗着皇太后和皇上的赏赐摆架子抖威风，更不是咱家公报私仇，这是国家的尊严。既然是让咱家执刑，受刑的又是一位惊动了世界的要犯，那就要显摆出排场，这不是咱家的排场，这是大清朝的排场，不能让洋鬼子看了咱的笑话。

奶奶的个克罗德，早就知道你们欧罗巴有木桩刑，那不过是用一根劈柴把人钉死而已。咱家要让你见识见识中国的刑罚，是多么样的精致讲究，光这个刑名就够你一听：檀——香——刑——多么典雅，多么响亮；外拙内秀，古色古香。这样的刑法你们欧罗巴怎么能想得出！咱家的左邻右舍们，这些目光短浅的乡孙，都在大街上探头探脑地往咱家院子里观看。他们脸上的神情告诉咱家他们心中的嫉妒和艳羡。他们的眼睛只能看到财物，看不到财物后边的凶险。咱家的儿子与街上的人差不多一样糊涂，但咱家的儿子糊涂得可爱。咱家自从把那个有着冰雪肌肤的女人剐了之后，男女的事儿就再也做不成了。京城八大胡同里那些浪得淌水的娘们儿也弄不起来咱了。咱的胡须不知何时也不生长了。咱想起姥姥的话，他说：孩儿们，干上了咱家这行当，就像宫里的太监一样。太监是用刀子净了身，但他们的心还不死；咱们虽然还有着三大件，但咱们的心死了。姥姥说什么时候你们在女人面前没有能耐了，不但没有能耐，见了女人连想都不想了，就距离一个出色的刽子手不远了。几十年前咱家回来睡了一觉——那时咱家还马马虎虎地能成事——留下了这样一个虽然愚笨但是让咱家怎么看怎么顺眼的种子。不容易啊，简直就是从一锅炒熟了的高粱米里种出了一棵高粱。咱家千方百计地要告老还乡就是因为咱家思念儿子。咱家要把他培养成大清朝最优秀的刽子手。皇太后说了，“行行出状元”，咱家是状元，儿子也得成状元。咱家的媳妇是个人精，与那钱丁明铺热盖，让咱家蒙受了耻辱。真是苍天有眼，让她的爹落在了咱家手里。咱家对着她笑笑，说：媳妇呵，是亲就有三分向。这些东西，都是为你爹准备的。

儿媳眼睛瞪得溜圆，张着嘴，脸色煞白，半天说不出一句话。儿子蹲在公鸡前，乐呵呵地问：

“爹，这只鸡归咱家了吗?”

是的，归咱家了。

“这些米、面、肉，也都归咱家了吗?”

是的，都归咱家了。

“哈哈哈……”

儿子大笑起来。看来这个孩子也不是真傻，知道财物中用就不能算傻。儿子，这些东西的确是归了咱家，但咱要给国家出力，明天这时候，就该着咱爷们儿露脸了。

“公爹，真让你杀俺爹?”儿媳可怜巴巴地问，那张一贯地光明滑溜的脸上仿佛生了一层锈。

这是你爹的福分!

“你打算怎样治死俺爹?”

用檀木橛子把他钉死。

“畜生……”儿媳怪叫一声，“畜生啊……”

儿媳摆动着细腰，拉开大门，蹿了出去。

咱家用眼睛追赶着往外疯跑的儿媳，用一句响亮的话儿送她：好媳妇，俺会让你的爹流芳百世，俺会让你的爹变成一场大戏，你就等着看吧!

二

咱家让儿子关了大门，拿起一把小钢锯，就在血肉模糊的杀猪床子上，将那段紫檀木材解成了两片。锯紫檀木的声音尖厉刺耳，简直就是以钢锯铁。大粒的火星子从锯缝里滋出来。锯条热得烫手，一股燃烧檀木的异香扑进了咱家的鼻子。咱家用刨子将那两片檀木细细地刨成了两根长剑形状。有尖有刃，不锐利，如韭菜的叶子一样浑圆。先用粗砂纸后用细砂纸将这两片檀木翻来覆去地打磨了，一直将它们磨得如镜面一样光滑。咱家固然没有执过檀香刑，但知道干这样的大事必须有好家什。干大活之前必须做好充分的准备，这是咱家从余姥姥那里学来的好习惯。刮磨檀木橛子这活儿耗去了咱家整整半天的工夫，磨刀不误砍柴工，“工欲善其事，必先利其器”。咱家刚把这两件宝贝磨好，一个衙役敲门报告，说在县城中心通德书院前面的操场上，高密县令钱丁派出的人按照咱家的要求，已经把那个注定要被人们传说一百年的升天台搭好了。咱家要求的那个席棚也搭好了，大锅也支好了，香油在大锅里已经翻起了浪头。小锅也支好了，锅里炖上了牛肉。咱家抽抽鼻子，果然从秋风里嗅到了浓浓的香气。

儿媳清晨跑出去，至今没有回来。她的心情可以理解，毕竟是亲爹受刑，心不痛肉也痛。她能到哪里去呢？去找她的干爹钱大老爷求情？儿媳，你的干爹已经是泥菩萨过江自身难保，不是咒他，咱家估计，你亲爹孙丙咽气之日，就是你干爹倒霉之时。

咱家脱下旧衣裳，换上了簇新的公服。皂衣拦腰扎红带，红色毡帽簇红缨，黑皮靴子脚上蹬。果然是人靠衣裳马靠鞍，穿上公服不一般。儿子笑嘻嘻地问俺：

“爹，咱这是干啥？要去唱猫腔吗？”

唱什么猫腔？还唱你娘的狗调呢！咱家心中骂着儿子，知道跟他多说也没用，就吩咐他去把那身油脂麻花的沾满了猪油狗血的衣裳换下来。这小子竟然说：

“爹，你闭眼，不要看。俺媳妇换衣裳时就让俺闭眼。”

咱家眯着眼，看到儿子脱去衣裳，露出了一身横肉。儿子腿间那货囊儿巴唧，一看就知道不是个管用的家什。

儿子足蹬软底高鞫黑皮靴，腰扎红绸带，头戴红缨帽，高大魁梧，威风凛凛，看上去是英雄豪杰的身板；但动不动就龇牙咧嘴，抓耳挠腮，分明又是猴子的嘴脸。

咱家扛着那两根檀木橛子，吩咐儿子抱起那只白毛黑冠子公鸡，走出家门，向通德书院进发。大街两边，已经站立着许多看客，有男有女，有老有少，都瞪着眼，张着口，如同一群浮到水面上吸气的鱼。咱家昂首挺胸，看起来目不斜视，但路边的风景全在眼里。儿子东张西望，不时地咧开嘴巴对路边人傻笑。大公鸡在他的怀里不停地挣扎着，发出咯咯的声音。满大街都是痴痴呆呆的表情，咱儿子傻，路边那些人比咱儿子还要傻。乡亲们，好戏还没开场呢，你们就看傻了，等明天好戏开了场，你们怎么办？有咱家这样的乡党，算你们有福气。要知道天下的戏，没有比杀人更精彩的；天下的杀人方式，没有比用檀香刑杀人更精彩的；全中国能执檀香刑的刽子手，除了咱家还有何人？因为有了咱家这样的乡党，你们才能看到这全世界从来没有过今后大概也不会再有的好戏了。这不是福气是什么？让你们自己说，这不是福气是什么？

老赵甲，怀抱着檀木橛子往前行，尊一声众位乡党细听分明。俺怀中抱的是国家法，它比那黄金还要重。叫声我儿快些走，不要东张西望傻不愣。咱爷们儿明天要露脸，就好比鲤鱼化蛟龙。三步并做两步走，两步并做一步行，大步流星走得快，通德书院面前迎。

抬头看，书院前面一广场，白沙铺地展平平。广场边上一戏台，梨园子弟献艺来。帝王将相、公子王孙、英雄豪杰、才子佳人、三教九流……乱纷纷转成一台走马灯。

但见那，戏台前，知县竖起了升天台，台下立着一群兵。有的扛着水火棍，有的提着大刀明。台前窝棚苇席扎，棚前大锅香油烹。爷们儿，好戏这就开了场咧！

三

咱家把白毛公鸡拴在席棚的柱子上。这畜生歪着头看咱，眼珠子，似黄金，亮晶晶，耀眼明。咱家指派儿子：小甲，用缸里的清水和一块白面。儿子歪着头看咱，神情如同公鸡：

“和面干啥？”

让你和你就和，不要多嘴多舌。

趁着儿子和面的工夫，咱家看到：席棚前面敞开，后边封闭，与那戏台子遥遥相对。好，这正是咱家需要的样子。地铺打得不错，暄腾腾的麦穰草上铺了一领金黄的苇席。新麦草，新苇席，散着香气。咱家的檀木椅子摆在窝棚正中，等待着咱家的屁股。咱家来到大锅前，将那两柄剑状的檀木橛子放在香气扑鼻的大锅里。檀木一入油就沉到了锅底，只有方形的尾部露在油外。按说应该将它们煮上三天三夜，但时间来不及了。煮一天一夜也不错了，这般光滑的檀香木橛子不用油煮其实也吸不了多少血了。亲家，你也是个有福的，用上了这样的刑具。咱家坐在椅子上，抬头看到红日西沉，天色黄昏。用粗大的红松木搭起的升天台在暮色中显出阴森森的煞气，恰如一尊板着脸的大神。县令这活干得的确不赖。升天台，好气派，围着雾，罩着云。钱知县哪，你应该去当工部堂官，督造经天纬地的大工程，在这区区高密小县里，实在是埋没了你的天才。孙丙，亲家，你也算是高密东北乡轰轰烈烈的人物，尽管俺不喜欢你，但俺知道你也是人中的龙凤，你这样的人物如果不死出点花样来天地不容。只有这样的檀香刑，只有这样的升天台才能配得上你。孙丙啊，你是前世修来的福气，落到咱家的手里，该着你千秋壮烈，万古留名。

“爹，”儿子搬着一坨磨盘大的白面站在咱家的身后，兴高采烈地说，“面和好了。”

这小子，把那一袋子面全和完了。也好，明天咱爷俩要干的是真正的力气活儿，肚子里没有食儿顶着是不行的。咱家揪下一块面，用手一抻，抻成一根长条儿，随手就扔到翻花起浪的香油锅里。面条儿立即就在油锅里翻腾起来，似一条垂死挣扎的黄鳝鱼。儿子拍着巴掌欢跳起来：

“油炸鬼！油炸鬼！”

咱爷俩把面一条条往油锅里扔。它们先是沉下去，很快就浮起来，在那两根檀木之间翻转着。咱家在油锅里炸面，为的是让那两根檀木橛子吸收一些谷气。咱家知道，这橛子要从孙丙的谷道进去，然后贯穿他的身体。沾了谷气的橛子，会对他的身体有利。油炸鬼的香气扩散开来，它们熟了。咱家用长柄铁钳把它们夹出来。吃吧，儿子。儿子背靠着席棚，嚼着烫嘴的油炸鬼，腮帮子鼓鼓，满脸的喜气。咱家捏着一根油炸鬼，慢慢地品咂着。这油炸鬼可不是一般的油炸鬼；这油炸鬼里有檀木的香气，这油炸鬼里有佛气。咱家得了老佛爷的佛珠后，就长斋食素了。灶里的松木劈柴轰轰烈烈地燃烧着，油锅里发出咕嘟咕嘟的响声。吃了几根油炸鬼，咱家又亲自动手，割下几砣拳大的牛肉，扔进了香油锅。咱家往油锅里扔牛肉是为了让那两根檀香木橛子上在沾染了谷气之后再沾染些肉气，沾了肉气的橛子性子更柔。一切为了亲家！儿子凑上前来，嘴里哼唧着：

“爹，俺要吃肉。”

咱家满怀着慈爱看着他，说：

好儿子，这肉不能吃，待会儿从小锅里吃。等你那个唱猫腔的岳父受刑后，你吃肉，他喝汤。

奸猾狡诈的衙役头儿宋三跑到咱家面前请示下一步的工作。他卑躬屈膝，一副奴才相；仿佛咱家是一个大大的首长。咱家自然也要把架子拿起来，咳嗽一声说：

今天没有事啦，剩下的事儿就是煮这两根檀木橛子，但这事不是你们的事，你们走吧，该干什么就干什么去吧。

“小的不能走，”衙役头儿的话如同泥鳅，从那张光溜溜的嘴巴子里钻出来，“小的们也不敢走。”

是你们的知县大老爷不让你们走吗？

“不是知县老爷不让俺们走，是山东巡抚袁大人不让俺们走。他让俺留在这里保护您，老爷子，您成了宝贝疙瘩啦。”

衙役头儿伸出狗爪子抓去一根油炸鬼塞进嘴里。咱家盯着他油汪汪的嘴唇，心里想：杂种们，不是咱家成了宝，是因为咱家身上带着宝。咱家把当今圣明慈禧皇太后赏赐的檀香佛珠串儿从怀里摸出来，捧在手里捻动着。咱家闭上眼睛保养精神，仿佛一个老和尚入了定。杂种们怎么能知道咱家心里想什么？把他们砸成肉酱他们也猜不出咱家心里想着什么。

四

老赵甲坐棚前心绪万千，（爹你想啥？）往事历历如在眼前，（啥往事？）袁世凯大德人不忘故交，才使咱爷儿俩有了今天。（今天是啥天？）

——猫腔《檀香刑·父子对》

凌迟罢好汉钱雄飞，咱家收拾起家什，带着徒弟，想连夜赶回北京。有道是热闹的地场休要去，是非之地不可留。正当咱家背着行李要上路时，袁大人的贴身随从虎着脸站在咱家面前，挡住咱家的去路，两眼望着青天对咱家说：

“杀家子，慢些走，袁大人有请！”

让徒弟在一个鸡毛小店里等候着，咱家紧手紧脚地跟随着随从，穿越了重重岗哨，跪在袁大人面前。这时咱家已经汗流浃背，气喘吁吁。咱家把头叩得很响，借着叩头起伏的光景，看到了袁大人的福态大相。咱家知道二十三年来袁大人贵人眼前走马灯般地过了成千上万的高官俊彦，不可能记得咱家这个小人物。但咱家可是把他记得牢牢的。二十三年前的袁大人还是一个嘴上没毛的英俊少年，跟着他在刑部大堂当侍郎的叔叔袁保恒经常地出入衙门。闲来无事，袁大人就跑到刽子手居住的东跨院里来，与咱家拉呱扯淡。大人哪，想当初您对这杀人的行当十分感兴趣，您对当时还健在的余姥姥说："姥姥，您收俺当个徒弟吧！"余姥姥惶恐地说："袁公子，您是拿小的们开心啦！"大人，当时您严肃地说："不是玩笑！大丈夫生于乱世，抓不住印把子，就要抓住刀把子！"

"赵姥姥，活儿干得不错！"袁大人的话打断了咱家对往事的回忆，他老人家的声音仿佛从钟里发出，嗡嗡嘤嘤，动人心魄。

咱家知道这个活儿做得还行，没有给刑部大堂丢脸，大清朝里能把凌迟刑做到这种水平的目前也就是咱家一个，但在袁大人面前咱家不敢拿大，咱家虽是小人物，也知道领导着大清朝最新式最精锐部队的袁大人在朝廷中的地位。咱家谦虚地说：做得不好，有负大人厚望，还望大人海涵。

"赵姥姥，听你的谈吐，倒似个读过书的人。"

秉告大人，小的大字不识一个。

"明白了，"袁大人微笑着说，他突然换上了一口河南腔，就如脱掉了官服，换上了一身土布棉袄，"把一条狗放在衙门里养十年，它开口也是之乎者也。"

大人说得是，小的就是刑部衙门里的一条狗。

袁大人爽朗地大笑起来，笑罢，他说：

"好啊，能够自轻自贱，就是一条好汉！你是刑部的一条狗，本督是朝廷的一条狗。"

小的不敢跟大人相提并论……大人是金镶玉，小的是鹅卵石……

“赵甲，你帮本官干了这件大事，本官该怎样谢你？”

小的是国家养的一条狗，大人是国家的栋梁之臣，小的应该为大人效劳。

“这么说也没错，但本官还是要赏赐你的。”袁大人看一眼堂下的侍从，道，“去开支一百两银子，送赵姥姥回京吧！”

咱家扑地跪倒，给袁大人叩了一个响头，说：

大人的恩典，小的没齿不忘，但银子小的不敢领受。

“怎么，”袁大人冷冷地说，“嫌少吗？”

咱家赶紧又叩了一个响头，说：

小的这辈子也没一次得过一百两银子，小的不敢受。大人让小的来天津执刑，已经给了小的天大的面子，已经让小的在刑部大堂里十分地风光了，小的再受大人的银子，小的就会折寿。

袁大人沉吟片刻，道：

“赵姥姥，干这个活儿似乎委屈你了。”

咱家赶紧给袁大人叩了一个响头，说：

大人，小的热爱这个活儿，小的能用自己的手艺替朝廷出力，小的感到三生有幸。

“赵甲，本官要是把你留在我的军法处，你愿意还是不愿意？”

大人的抬举，小的不敢不从，但小的在刑部大堂执法已经四十余年，亲手处死的犯人有九百八十七人，协办不算。小的受国家厚恩，本当鞠躬尽瘁，干到老死。但小的自从处死谭嗣同等六犯后，添了一个手腕酸痛的症候，发作时连筷子都拿不起来了。小的想回家养老，求大人知会刑部诸位大人恩准。

袁大人冷笑一声，让俺摸不着头脑。

大人，小的该死，小的是连下九流都入不了的贱民，走是一条狗，留也是一条狗，根本用不着麻烦诸位大人。但小人斗胆认为，小的下贱，但小的从事的工作不下贱，小的是国家威权的象征，国家纵有千条律令，但最终还要靠小的落实。小的与徒弟们无年俸更无月银，小的们主要靠卖死人的干腊给人入药维持生活。小的在刑部干了四十多年，无有一文积蓄。小的希望刑部能发给小的安家费，让小的不至于流落街头。小的斗胆替这个行当的伙计们求个公道，希望国家将刽子手列入刑部编制，按月发给份银。小的既是为了自己，更是为了众人。小的认为，只要有国家存在，就不能缺了刽子手这一行。眼下国家动乱，犯官成群，盗贼如毛，国家急需手艺精良的刽子手。小的冒死求情，求大人开恩！

咱家诉说完毕，给袁大人叩了几个响头，然后跪着，偷偷地看着他的反应。咱家看到，袁大人用手指捻着漆黑的八字胡，面色平静，仿佛在沉思默想。他突然笑了，说：

“赵姥姥，你不但有一手好活，你还有一张好嘴啊！”

小的该死，小的说的都是实情。小的知道大人眼光远大，气度非凡，因此才斗胆向您诉说。“赵甲，”袁大人突然降低了嗓门，神秘地说，“你还认识我吧？”

大人威仪堂堂，小的过目难忘。

“我不是说的现在，我说的是二十三年前。二十三年前，本督的堂叔在刑部任左侍郎时，本督经常到衙门里去玩耍。你那时没有见过我吗？”

小的眼拙，记性不好，小的的确认不出大人了。但小的认识袁保恒袁大人。袁大人在刑部任职时，小的受过他老人家的恩惠……

其实，咱家怎么能认不出您的尊容？那时，袁大人您是一个顽皮的少年。您的叔叔想让您读书上进，科举成名。但您不是块读书的材料。您一得空就溜到东跨院，与我们厮混。您熟知俺们刽子手的规矩，您曾经瞒着您的叔叔，说服了余姥姥，偷偷地换上了刽子手的公服，用公鸡血涂抹了您那张圆圆脸，跟着我们去菜市口执刑，斩杀了一个斗胆在皇陵打兔子、惊动了先帝陵寝的罪犯。执刑时，咱家用手拽住犯人的小辫，让他的脖子抻出。您举起大刀，面不改色手不颤，一下子，没用第二下，就从容地把犯人的脑袋砍了下来。后来，您叔叔知道了这事，当着我们的面，抽了您一个大耳刮子。吓得我们叩头好似捣蒜。您叔叔骂道："下流的东西！竟然敢干出这等事儿。"您据理力争道："叔父大人息怒，为盗杀人，天理难容；执法杀人，为国尽忠。愚侄志在疆场，今日化装执刑，是为将来锻炼胆气也！"您的叔叔虽然还咆哮不止，但我们知道，他已经对您刮目相看了……

"老赵，你是个聪明人，"袁大人微笑着说，"你不可能认不出本督，你是怕本督怪罪于你。实际上，本督并不认为那是劣迹。本督跟随叔叔在刑部大堂读书时，对刽子手这个行当进行了深入透彻的研究，可以说是受益匪浅。跟随着你们去执法杀人后，更让本督对人生有了别样的体验。这段难忘的生活，对本督产生了巨大的影响。本督请你来，就是想谢谢你的。"

咱家叩头不止，连声道谢。袁大人说：

"起来吧，回北京等着吧，也许你会等来一个惊喜。"

五

文状元武状元文武状元，有道是三百六十行行行出状元。咱家就是刽子行里的大状元。儿子啊，这状元是当朝太后亲口封，皇太后金口玉牙不是戏言。

——猫腔《檀香刑·父子对》

咱家在天津执刑成功、受到袁世凯大人亲切接见的消息，好比一块石头扔进水塘，在刑部大院里激起了波浪。那些天衙里的伙计们看咱家的眼色都不正常，咱家知道那些眼色里有嫉妒也有敬佩。包括那些夹着衣包上班的员外郎们，见了咱家竟然也点头打个不出声的招呼，这说明连这些两榜出身的大人们也对咱家另眼看待了。

面对着这样的局面，说咱家心里不得意那是假话，说咱家得意忘形也是假话。咱家在衙门里混了一辈子，知道海比池深、火比灰热的道理。咱家知道，树高高不过天，人高高不过山，奴才再大也得听主子调遣。回京第二天，刑部侍郎铁大人就在他的签押房里接见了咱家，典狱司郎中孙大人在一旁作陪。铁大人询问了咱家在天津执刑的情况，问得十分详细，连一个细节也不放过，咱家一一地作了回答。他还询问了小站新军的武器装备，问了士兵的装束和军服的颜色，问了小站的气候和海河里的水情，最后，实在没的问了，竟然问起了袁大人的气色，咱家说：很好，袁大人面色红润，声若铜钟，小的亲眼看到，他一顿饭吃了六个煮鸡蛋、一个大馒头，还喝了一海碗小米粥。铁大人看看孙大人，感叹道："年富力强，前程无量啊！"孙大人附和着说："袁项城是习武的出身，饭量自然是好的。"咱家看到铁大人这副模样，就顺着竿儿撒起了弥天大谎，说：袁大人让小的向大人问好呢！铁大人兴奋地说："真的吗？"咱家肯定地点点头。铁大人道："说起来本官与袁项城还是亲戚——他叔祖袁甲三大人的二姨太太的内侄女儿，就是本官嫡亲的婶子！"咱家说，袁大人似乎提起过这件事。"瓜蔓子亲戚，不值一提！"铁大人道，"老赵，你这次代表咱们刑部去天津执刑，任务完成得很好，长了刑部的脸面，中堂王大人也很满意。本官今日接见你，就是要给你一个奖励。希望你戒骄戒躁，兢兢业业，替国家出力。"咱家说："大人，小的从天津回来之后，手腕一直酸痛，小的……"铁大人打断咱家的话，说："朝廷已经启动了司法改革，凌迟、腰斩等等酷刑很可能就要废除了。只怕你赵姥姥今后英雄无用武之地了！孙大人，"铁大人站起来说，"从你们典狱司里称十两银子给赵甲，然后造册报部！这也是王大人的意思！"咱家赶紧跪地叩头，然后，弯着腰退了出来。咱家看到，铁大人的脸色突然地阴沉起来，与方才跟袁大人攀亲戚时的和气脸色有天壤之别。大人物总是喜怒无常，咱家知道他们的脾性，不以为怪。

眼见着正月过去，二月降临。刑部街前那条河沟边沿上的垂柳已经有了一丝绿意，大院内槐树上的乌鸦们也活泼了许多，但袁大人让咱家等待着的惊喜迟迟没有降临。难道袁大人所说的惊喜就是铁大人赏赐那十两银子？不是，绝对不是。袁大人赏给咱家百两银子咱家都没要嘛！十两银子算什么惊喜！咱家深信大人口里无戏言，袁大人与咱家是故交，他不会让咱家狗咬尿脬空喜欢。

二月二日晚上，孙郎中亲自传话来，让咱家明早四更即起，烧汤沐浴，饭只许吃半饱，不许吃姜蒜等辛辣发散之物；衣服要穿全新，不许携带锐器。五更时分到狱押司堂前等候。咱家本想问个底里，但一见孙郎中那张严肃的长脸，就把嘴巴紧紧地闭住了。咱家预感到，袁大人所说的惊喜就要降临了。但咱家当时杀人也想不到竟然是万寿无疆的慈禧皇太后和万岁万万岁的皇上隆重接见了咱！

三更刚过，咱家就躺不住了。打火掌灯，抽了一锅烟，吩咐外甥们起来烧水。伙计们个个兴奋，一齐爬起来，眼睛都放着光，说话都压低了嗓门。大姨伺候着咱家在一个大盆里洗了澡，二姨替咱擦干了身子，小姨帮咱换上了新衣。这小子眉清目秀，办事机灵，是咱家把他从一个饿得半死的小叫花子一手提拔起来的。他对咱家，儿子一样孝顺。这小子心中的喜悦从眼睛里流淌出来。那天凌晨，咱的徒弟们个个都是满怀喜悦，师傅有喜，徒弟们都跟着沾光，他们的喜欢是由衷的，不是装出来的。咱家说：

伙计们，先别忙着高兴，还不知道是福是祸呢！

“是福，”小姨抢着说，“我敢担保是福！”

师傅毕竟是老了，咱家叹息道，万一出点儿差错，师傅这颗脑袋……

“不会的，”大姨道，“姜还是老的辣，几十年前，姥姥就去大内执过刑。”

当时，咱家也以为是大内又有太监犯了事，让咱家进去执刑。但感觉又不对，当年咱家跟随着余姥姥去给太监小虫子执“阎王闩”时，大内可是提早把任务交代得清清楚楚，也并没有让咱家沐浴更衣，而且只许吃个半饱啊。但如果不是执刑，一个刽子手能进去干什么呢？难道……难道要砍咱家的脑袋？就这样心里七上八下着，咱家吃了半个夹肉火烧，用炒盐擦了牙，用清水漱了口。出去看看三星，刚刚偏西一点儿，四更的锣还没响，天其实还早。咱家陪着徒弟们说了一会儿话，听到人家的公鸡叫了头遍，就对徒弟们说：赶早不赶晚，走吧。徒弟们簇拥着咱家，来到了狱押司堂前。

京城的二月初头，天气还很冷。为了显得精神点儿，咱家只在公服里边套了一件小棉袄。凌晨的寒气逼上身来，牙齿止不住地打嘚嘚，脖子不由自主地往腔子里退缩。天色突然变得漆黑，满天星斗光彩夺目，格外地明亮。熬过了半个时辰，五更的鼓声响起来，东边的天际显出了一片鱼肚白。城内城外远远近近地起了动静，有开城门的吱嘎声，有运水车辆的吱呀声。一辆马拉轿车子匆匆地驶进了刑部大院，车前两个仆人打着红灯笼，灯笼上黑色的大“铁”告诉咱家铁大人来了。仆人掀开轿车的暖帘，身披狐裘的铁大人钻了出来。仆人将车子带到一边去，铁大人摇摇晃晃地走到咱家面前。咱家慌忙给大人施礼，大人咳嗽吐痰后，上上下下地打量着咱家，然后说：

“老赵，你真是洪福齐天！”

小的人微命贱，全靠大人照应。

“进去后好好应答，该说的说，不该说的嘛……”大人的眼睛在昏暗中闪闪发光。

小的明白。

“你们都回去吧，”大人对咱家的徒弟们说，“你们的师傅交了华盖运了。”

徒弟们走了，狱押司前，只余咱家和铁大人。铁大人的仆人远远地站在车边。红灯笼已经熄灭，昏暗中传来马吃草料的声音和草料的香气。咱家嗅到，铁大人的马吃的是炒黑豆拌谷草。

大人，不知让小的……

“闭住你的嘴，”大人冷冷地说，“如果我是你，就什么也不说，除非是太后和皇上问话！”

难道是……

当咱家从太监抬着的青呢小轿里钻出来时，一个脊背微锅、身着驼色直裰的太监对着咱家神秘地点点头。咱家跟随着他，穿过了层层院廊，到达一座似乎比天还高的大殿前。此时已是红日初升，霞光万道。咱家偷眼看到，四周围一片连着一片金碧辉煌，好似起了一把天火。那位锅背的太监伸出一根指头指指地，咱家看到地上的青色方砖干净得就像刚刚刷过的锅底。咱家不解太监公公的意思，欲想从他的脸上探个答案，但是他老人家已经把头扭了过去。咱家看着他老人家束手而立、毕恭毕敬的背影，心里明白了他的意思是让咱家在这里等候。这时咱家已经确定地明白了等待着咱家的是什么事，这才是袁大人所说的那个惊喜！咱家看到，不时地有几个红顶子大人低着头、弯着腰、蹑手蹑脚地从那间大殿里走出来。大人们个个表情严肃，出气儿都不均匀；有的脸上还挂着明晃晃的油汗。看到大人们的状态，咱家的心扑扑通通地狂跳，两条腿哆嗦不止，冷得很，但手心里满是汗水。不知等待着咱家的是福还是祸，如果由着咱家选择，咱家马上就会一溜小跑地窜回去，躲进那间小屋，喝上一壶老酒压压惊恐。但事到如今，已经由不得咱家了。

一位满面红光、戴着红顶子的大太监，从那个令人不敢仰视的大门里闪出来，对着咱家面前那位太监招招手。他老人家的大脸放着光彩，活像一件法宝。至今也没有人对咱家说过他是谁，但咱家猜想到，他不是大太监李莲英李总管还能是谁！他与咱家的相好袁大人是换过八字的把兄弟，咱家能受到皇太后的接见，十有八九就是李总管安排的。咱家不知就里，傻瓜蛋子一样地站着。眼前的锅背太监扯着咱家的袖子低声说：“快点儿走，传见你了！”

咱家这才听到一个洪亮的嗓门在喊叫：

“传赵甲——”

至今咱家也回忆不出当初是怎样走进了大殿。咱家只记得进了大殿就看到眼前一片珠光宝气，仿佛有金龙和赤凤在前面显了身。咱家小的时候就听到娘说过，说皇帝都是金龙转世，皇后都是赤凤脱生。咱家胆战心惊地跪在了地上。咱家感到那地面热得就像刚烧过火的炕头一样。咱家磕头，咱家一个接着一个地磕头，事后咱家才知道把头磕破了，血肉模糊，好像一个烂萝卜，让太后和皇上看着不知道有多么恶心，小民真是罪该万死！咱家本来应该敬祝皇太后和皇上万岁万岁万万岁，但咱家已经糊涂了，脑袋里像灌进了一桶糨糊，咱家只知道磕头磕头不停地磕头。

肯定是一只大手揪着咱家的小辫子把咱家的磕头制止了，咱家还硬挣着要将头往热乎乎的地上碰，听到脑后有人说：

“别磕了，老佛爷问你话呢！”

一串咯咯的笑声从前面传来，咱家晕头涨脑地抬起头，看到了，在正面的宝座上，端坐着一个浑身放光的老太太。该死，咱家说溜了嘴。端坐着当朝的、圣明的、万寿无疆的皇太后、老佛爷。咱家听到一句慢腾腾的问话从上边飘下来：

“我说杀把子啊，你叫个啥名？”

小的赵甲。

“你是哪里人哪？”

小的是山东省高密县人。

“干这行多少年啦？”

四十年啦。

“经你的手杀了多少人？”

九百八十七人。

“哟，这不是个杀人魔王嘛！”

小的该死。

“你该死什么，那些被你砍了头的才该死呢！”

是。

“我说赵甲，杀人时你是怕还是不怕？”

刚开始时怕，现在不怕了。

“你去天津替袁世凯干什么啦？”

小的去天津替袁大人执了一次凌迟刑。

“就是把一个大活人用刀子零碎割不让人家好死？”

是。

“我跟皇上商量了，要把这凌迟刑废了。不是要变法吗？这就是变法了，皇上啊，我说得对不对哇？”

“对。”一个郁闷的声音从前面传过来。咱家大着胆子抬眼一瞥，看到在皇太后左前方的一把椅子上坐着一个人。他身穿明黄袍子，胸前绣着一条鳞光闪闪的金龙，头戴一顶高帽，帽子顶上一颗鸡蛋大的珠子在闪闪发光。帽子下一张容长大脸，白得像瓷。皇上，天老爷爷，这就是大清朝的皇上啊。咱家当然知道让康有为那些人闹得皇上在太后面前不吃香了，但皇上还是皇上啊！万岁万岁万万岁，皇上！皇上说：

“亲阿爸说得对。”

“听袁世凯说你也想告老还乡？”

太后的话里明显地透出了嘲讽的意思，咱家吓得三魂丢了两魂半，连连地磕了几个响头，说：

小的罪该万死。小的是猪狗一样的东西，不该让老佛爷操心。小的不是为了个人。小的认为，刽子手虽然下贱，但刽子手从事的工作不下贱。刽子手代表着国家的尊严。国家纵有千条法规，最后还要靠刽子手落实。小的认为，应该把刽子手列入刑部的编制，让刽子手按月领取份银。小的还希望朝廷能建立刽子手退休制度，让刽子手老有所养，不至于流落街头，小的……小的还希望能建立刽子手世袭制度，让这个古老的行业成为一种光荣……

太后威严地咳嗽了一声。咱家打了一个哆嗦，赶紧地闭住了嘴巴，连连地磕头，嘴里嘟哝着：

小的该死……小的该死……

“他说得倒也在情在理，”太后道，“三行九作，缺一不可。有道是行行出状元，赵甲，我看你就是这行里的状元了。”

皇太后封咱家为刽子手行当里的状元，天大的荣耀啊！咱家磕头不止。

“赵甲，你为大清朝杀了这么多人，没有功劳也有苦劳，又有袁世凯李莲英这些人替你说话，本宫就破一次例，赏你个七品顶戴，放你回家养老。”太后将一串檀香木佛珠扔下来，说，“放下屠刀，立地成佛去吧！”

咱家只有磕头。

“皇上呢？”太后道，“赵甲替咱杀了这么多人，连你那些亲信走狗都砍了，你不该赏点东西给他？”

咱家偷眼看到皇上从椅子上慌忙地站起来，手足无措地说：

“朕一无所有，拿什么赏他？”

“我看呐，”太后冷冷地说，“就把你腾出来的这把椅子赏给他吧！”

…………

六

听俺爹爹讲历史，小甲心中很欢喜。爹爹爹爹了不起，见过太后和皇帝。小甲也要当刽子，跟俺爹爹学手艺……

——猫腔《檀香刑·父子对》

夜渐渐深了，小甲坐在暄腾腾的草铺上，背靠着席棚的柱子，眼睛迷离，像只大兔子。灶膛里的火焰映照着他年轻的脸，从他油光闪闪的嘴巴里不时地冒出一句似傻非傻的话，塞进咱家的回忆和叙说里——爹，皇帝的本相是什么？——使咱家的回忆和叙说与眼前的事情建立起一种紧密的联系——爹，太后也有奶子吗？——咱家突然嗅到从香油锅里散发出一股焦煳的气味，不由得大吃一惊，猛然地醒悟：老天爷，油锅不是水锅，水只能把东西煮烂，油却能把东西炸煳！咱家从铺上弹起身子，大喊一声：

儿子，快来！

咱家蹿到了油锅旁，顾不上找钳子，伸手捏着那两根檀木橛子的把柄就提了出来。咱家把它们提到灯笼下，仔细地打量着。它们放着黑幽幽的光，散发着香气。看样子没煳。它们烫手。咱家用白布垫着手，擦擦它们，折折它们，谢天谢地，没煳。煳了的应该是锅里的牛肉。咱家用勺子把那些煳了的牛肉捞出来扔到一边。那个衙役的头儿溜过来，诡秘地问：

"老爷子，有事吗？"

没事。

"没事就好。"

"老宋，俺爹是七品官呢，俺现在不怕你们了！"儿子插嘴道："往后你再敢欺负俺，就让你吃枪子儿，"儿子用食指指着宋三的头，说，"叭——把你的脑子就打出来了。"

"小甲兄弟，咱家什么时候欺负过您？"宋三阴阳怪气地说，"别说老爷子是七品官，老爷子不是七品官咱也不敢招惹您，您媳妇只要在钱大老爷面前一歪嘴儿，就把老哥哥的差事给崴了。"

嗨，傻小子，又让人家戏耍了。

咱家看到，在戏台和升天台的暗影里，站着一些衙役。咱家把锅灶里的火弄小，往锅里加了油。然后把两根宝贝橛子小心翼翼地放了进去。咱家提醒自己：赵甲，你要仔细啊！人过留名，雁过留声，只有圆满地完成了这次檀香刑，你才能成为名副其实的刽子状元。如果完不成这次檀香刑，你的一世英名就完了。

咱家把老太后赏赐的檀香佛珠挂在脖子上，离开皇上坐过的龙椅，仰脸看看天，天上星斗稀疏，一个银盆也似的月亮已经从东边升起。这格外明亮的月亮让咱家心中突然地感到一阵心烦意乱，仿佛就要发生什么大事。咱家镇定了一下心神，猛然想到，今天是八月十四，明天就是八月十五，中秋节，一个天下团圆的好日子。袁大人选了这样一个好日子上刑，孙丙，你真是好福气！借着灶膛里的火光和天上的月光，咱家看到，那两根檀木橛子，在油锅里翻腾着，好像两条凶猛的黑蛇。咱家用一块白布垫着手，捏住一根檀木橛子，把它从油锅里提起来——咱家可不敢马虎了——它通体油亮，光滑无比，成串的油珠子汇聚到橛子尖端，然后，那些油珠子连成一线，无声无息地滴落到油锅里。油锅里的油明显地黏稠了，散发着焦煳的香气。咱家感觉到檀木橛子已经增添了分量，知道已经有不少的香油滋了进去，改变了木头的习性，使它正在成为既坚硬又油滑的精美刑具。

正当咱家独自欣赏着檀木橛子时，衙役头儿宋三鬼头鬼脑地凑到咱家的身后，酸溜溜地说："老爷子，不就是钉个人吗，何必费这样大的精神？"

咱家斜他一眼，鼻子里哼了一声。他懂什么？他除了知道狐假虎威、欺压百姓、搜刮钱财之外还知道什么？

"其实，您老人家完全可以放心地回家睡觉，这点儿小事吩咐给小的们就可以了。"他尾在咱家背后说："这狗娘养的孙丙，说起来也算个杰出的人物。有才分，有胆量，敢做敢当，是条汉子，怨他命不好，生长在高密这小地场，耽搁了施展才华。"宋三站在咱家身后，听起来好像要讨咱家好感似的说，"老爷子您多年在外，不知道您这亲家的底细，小的跟他是多年的朋友，他鸡巴上长了几个痦子咱都清楚。"

这样的人咱家可是见多了，狗仗人势，狐假虎威，见人说人话，见鬼说鬼话。但咱家也懒得揭穿他，让他在身后絮叨着，也算是个动静。

“孙丙是大才，出口成章，过耳不忘。这人可惜了就是不识字，否则，十个进士也中回来了。”宋三说，“那年，老秦家的娘死了，请了孙丙的班子去唱灵堂。老秦是孙丙的好友，老秦的娘是孙丙的干娘。孙丙唱起来就带上了感情。这一带感情不要紧，把那些灵前的孝子贤孙听得肝肠寸断不说，就听到那棺材里扑扑通通地响。把那些孝子贤孙和那些听热闹的吓得一个个魂飞魄散，面如土色。这不就是诈尸了吗？只见那孙丙，走到他干娘的棺材前，大模大样地揭开了棺材盖子，那个老太太忽地就坐了起来，眼睛里精光四射，好像黑夜里的两盏灯。孙丙唱道：‘叫一声干娘你细听，为儿的唱一出《常茂哭灵》。如果没活够您就起来好好活，如果活够了，听完了哭灵您就上天庭。’孙丙一张嘴，一会儿唱生，一会儿唱旦，一会儿哭腔，一会儿笑调，中间还掺上了各色各样的猫叫，把个灵堂唱成了一个生龙活虎的大舞台。孝子贤孙们忘了悲痛，看热闹的人也忘了还有一个诈了尸的老太太坐在棺材里与他们一起听戏。直到孙丙唱完了最后一句高调，在风筝尾巴一样的余音里，那秦老太太慢慢地闭上眼睛，心满意足地长叹一声，然后，像一堵墙似的倒在棺材里。这就是孙丙能把死人唱活的故事。孙丙不但能把死人唱活，还能把活人唱死。被他唱活的死人只有秦老太太一个，被这杂种唱死了的活人那可就如天上的星星不计其数了……”宋三边说着边把身体探过来，从锅沿上抓了一块牛肉，满脸都是无耻的嬉笑，“您老人家这炸牛肉里有一股特殊的香气——”

宋三一语未了，咱家就看到这个杂种的身子往上一挺，脑袋上砰然开了一朵花，然后就一头扎进了热浪翻腾的油锅里。与咱家的眼睛看到这些景象的同时，咱家的耳朵里也听到了一声尖厉的巨响，随即咱家的鼻子嗅到了飘浮在香油煮檀木的香气里的硝烟气味。咱家马上明白发生了什么事情：有人在暗中打黑枪。黑枪的目标当然是咱家，馋嘴的宋三当了咱家的替死鬼。

第十五章
眉娘诉说

爹啊爹，赵甲说要用檀木橛子把你钉，眉娘顿时慌了情。一路飞奔到了县，想闯进衙门找钱丁。县衙大门紧紧闭，门口还站了两群兵。左边是袁世凯的武卫队，右边是克罗德的德国兵。一个个，昂着头，挺着胸，毛瑟大枪亮晶晶。俺往前刚刚挪了一小步，但见那，德国鬼子中国兵，眼睛瞪得赛铜铃，光瞪大眼不算凶，还龇牙咧嘴发威风：呜—喂—吓得俺，心窝里打鼓腿发颤，一腚蹲在地流平。纵然俺，肩膀头上扎双翅，要进县衙万不能。看阵势，这些兵武艺高强斗志坚，与那些草包县兵大不同。县兵都是老熟人，在俺身上沾过腥，俺只要给他们一点小便宜，铁打的栅栏一扫平。德国兵，脾气愣；武卫队，也威风。如果俺大着胆子往里闯，预备着身上添窟窿。遥望着班房青屋顶，遥望着大堂屋顶青，泪珠子噼里啪啦落前胸。想起爹爹正在班房把罪受，想起了爹爹待儿一片情。想起你教儿学猫腔，流水身段把子功。儿随你走村过店把戏唱，青衣花旦小桃红。羊肉包子牛肉面，刚出炉的热烧饼。爹的孬处抛脑后，好处件件记得清。为了救爹一条命，女儿要，豁出个破头撞金钟。抖擞精神往前闯，就听到，身后一片吵闹声。

——猫腔《檀香刑·长调》

一

只见从县衙西南侧的胭脂巷里，涌出了一群身穿五颜六色服装，脸色青红皂白、身材七长八短的人。打头的一个，用官粉涂了一个小白脸，用胭脂抹了一个大红嘴，模样像个吊死鬼。他上身穿一件长过了膝盖的红绸子夹袄（十有八九是从死人身上剥下来的），裸着两条乌油油的黑腿，赤着两只大脚，肩上扛着一只猴子，手里提着一面铜锣，蹦蹦跳跳地过来了。来者不是别人，正是叫花子队里的侯小七。侯小七敲三声铜锣：嘡——嘡——嘡——然后就高唱一句猫腔：

“叫花子过节穷欢乐啊～～”

他的嗓子是真正的油腔滑调，具有独特的韵味，让人听罢不知是该哭还是该笑。接着他的唱腔的尾巴，那些叫花子们，便齐声学起了猫叫：

“咪呜～～咪呜～～咪呜～～”

然后就有几个年轻的小叫花子用嘴巴摹仿着猫胡的曲调，奏出了猫腔的过门：

“离格龙格离格龙格龙～～”

过门奏罢，俺感到喉咙发痒，但今天俺实在是没有心思唱戏。俺没有心思唱戏，但侯小七有心思唱戏。世上的人不管是为官的还是为民的，多多少少都有些忧愁，惟有这叫花子不知忧愁，那侯小七唱道：

“头穿靴子脚戴帽，听俺唱段颠倒调～～咪呜咪呜～～儿娶媳妇娘穿孝，县太爷走路咱坐轿～～咪呜咪呜～～老鼠追猫满街跑，六月里三伏雪花飘～～咪呜咪呜～～”

俺心中迷糊了片刻，马上就想起来了，明天就是八月十五。每年的八月十四这一天，是高密县的叫花子节。这一天全县的叫花子要在县衙前的大街上游行三个来回：第一个来回高唱猫腔；第二个来回耍把戏；第三个来回，叫花子们把扎在腰间的大口袋解下来，先是在大街的南边，然后转到大街的北边，将那些站在门口的老婆婆小媳妇用瓢端着的粮食、用碗盛着的米面分门别类地装起来。每年的这一天，他们到了俺家的门口时，俺总是将一竹筒子油腻腻的铜钱，哗啦一声倒进一个小叫花子端着的破瓢里，而那个猴精作怪的小叫花子必定会放开喉咙喊一嗓子：谢干娘赏钱！每逢此时，全部的叫花子都会把眼光投过来。知道这些东西心里馋俺，俺就故意地歪头抿嘴对着他们笑，俺就故意地把眼神儿往他们群里飞，引逗得这些猢狲们弄景作怪，连连地翻腾起空心跟斗，跟随在他们身后的孩子们和路边的看客嗷嗷怪叫，大声喝彩。俺的丈夫小甲，比过节的叫花子还要欢乐。一大清早就起来，猪也不杀了，狗也不宰了，跟在叫花子的队伍后边，手舞足蹈，一会儿跟着人家唱，一会儿跟着人家学猫叫。唱猫腔俺家小甲不在行，但学起猫叫来，那可是有腔有调。俺小甲学猫叫，一会儿像公猫，一会儿像母猫，一会儿像公猫叫母猫，一会儿像母猫叫小猫，一会儿又像那走散了的小猫叫母猫，听得人鼻子发酸泪汪汪，好似那孤儿想亲娘。

娘啊！天大的不幸您死得早，让女儿孤苦伶仃受煎熬；万幸您一命呜呼去得早，省了您跟着俺爹担惊受怕、提心吊胆把那精神耗……俺看到，叫花子的队伍大摇大摆地从那威风凛凛的大兵面前过，唱猫腔的侯七声不颤，学猫叫的花子们不跑调。八月十四日，高密县的叫花子是老大，俺干爹的仪仗碰上了叫花子们游行的队伍也要悄没声地把路绕。往年里花子们抬着一把藤条椅，椅子上坐着朱八老杂毛。头戴着红纸糊成冲天冠，身穿着明黄缎子绣龙袍。如果是贫民百姓小官僚，胆敢如此的打扮，那就是图谋不轨，小命儿十有八九要报销。但这样的僭越服装穿在朱八身上什么事情也没有，叫花子自成王国任逍遥。今年的游行队伍比较怪，众花子簇拥着一把空椅子，朱老八踪影全无，朱老八哪里去了？他为什么不来端坐龙椅抖威风？那荣耀，不差当朝的一品大员半分毫。想到此眉娘心中咯噔一声响，俺觉得，今日个，这游行的花子们有蹊跷。

眉娘俺是土生土长高密人，十几岁就嫁到了县城。没出嫁之前，跟着俺爹的猫腔班子，唱遍了九村十八屯。县城虽是大地方，俺也是常来常往。模模糊糊地记得，俺爹专门给这些叫花子教过戏。那时俺还小，剃了一个木碗儿头，人们都以为俺是个男孩子。俺爹说，戏子花子，原本就是一家子。讨饭的实际上就是唱戏的，唱戏的实际上也是讨饭的。所以啊，俺跟这叫花子的行当里有缘分。所以啊，这八月十四叫花子游行的事，俺是见怪不怪。但那些从青岛来的德国兵和从济南来的武卫军，可是第一次见到这样的玩景。他们如临大敌，把枪把子拍得啪啪响，大眼小眼瞪得溜溜圆，看着这一彪奇怪的人马，呼天嚣地地吵过来。等到队伍渐渐近了前，他们握枪的手松懈了，挤鼻子弄眼的古怪表情出现在他们的脸上。武卫军们的表情还没有德国兵那样好笑，因为他们能听懂侯小七嘴里的唱词，德国兵听不懂词儿，但他们能够听懂那混杂在唱腔里的猫叫。俺知道这些家伙心里感到很纳闷，为什么这么多人学猫叫呢？他们的注意力集中在叫花子游行的队伍上，把端着架势想冲进县衙的俺忘记了。俺脑子一热，一不做，二不休，扳倒葫芦淌了油。天赐的良机莫丧失，俺来它一个混水里摸鱼、热锅里炒豆、油锅里加盐，趁着这乱乎劲儿来一出眉娘闯堂。为救爹爹出牢房，孙眉娘冒死闯大堂，哪怕是拿着鸡蛋把青石撞，留下个烈女美名天下扬。俺打定了主意，等待着最好的时机。侯小七的锣声更加响亮，他的猫腔颠倒调儿更加凄凉，众花子学猫叫学得不偷懒，忒夸张，一个个故意地对着那些大兵扮鬼脸子出怪模样。当队伍接近了俺，他们仿佛接了一个暗号，都突然地从怀里摸出了大大小小的连头带尾巴的猫皮，大的披在了肩上，小的戴在了头上。这个突然的变化，直让大兵们目瞪口呆。此时不闯堂更待何时？俺一侧身子，就从德国兵和武卫军的缝隙里，直冲县衙大门。兵士们愣了片刻，马上觉醒，他们用枪刺抵住了俺的胸膛。俺的心一横，死就死了吧，打定了主意就要往那刺刀尖上闯。正在这危急的时刻，从游行队伍里冲出了两个身强力壮的叫花子，一人架住俺一只胳膊，硬把俺拖了回来。俺还是摆出了挣扎着要往刀尖上扑的架势，但俺其实没有用出多少力气。俺不怕死，但俺的内心里还是不想死。俺不见钱丁一面死不瞑目。俺实际上是就着台阶下了毛驴。叫花子怪叫着把俺团团地围起来，在不知不觉中，俺的身体就坐在了那张两边绑着竹竿的藤条椅子上。俺挣扎着想从藤椅上跳下来，四个叫花子发一声喊，竹竿就上了他们的肩。俺高高在上，身体随着藤椅的颤悠上下颠动着，心中突然地一阵发酸，眼泪止不住地流了出来。叫花子们更加欢实了。领头的侯小七铜锣敲得更响，嗓门拔得更高：

“大街在人脚下走，从南飞来一条狗，拾起狗来打砖头，砖头咬了人的手～～咪呜咪呜～～”

俺坐在藤椅上，身不由已地随着叫花子的队伍往东去，县衙门被甩在了脑后。这时，游行的队伍，斜刺里拐下了大街，往前走了几十步，那座瓦楞里长满了狗尾巴草的娘娘庙出现在了俺的眼前。队伍拐下了大街后，叫花子们就停止了演唱和喊叫。他们脚下的步子碎起来，快起来。俺已经明白了他们今天的游行根本不是为了收粮受物，而是为了俺。如果不是他们，俺也许已经被德国大兵的刺刀把胸膛戳穿了。

在娘娘庙前破碎的石头台阶上，藤椅子稳稳地落了地。马上就上来两个叫花子抓住俺的胳膊，把俺连拖带拽地弄进了黑糊糊的庙堂。黑暗中一个人问：

“把她弄来了吗？”

“弄来了，八爷！”架着俺的那两个叫花子齐声回答。

俺看到朱八斜靠在娘娘塑像前的一块破席上，手里玩弄着一团闪烁着绿光的东西。

“掌蜡!”朱八下了命令。

马上就有一个小叫花子打着了火纸，点燃了藏在娘娘塑像后边的半截白蜡头，庙里顿时一片光明，连落满了蝙蝠屎的娘娘脸庞也放出了光辉。朱八用手指指他面前的一块席头，说：

“请坐。”

人到了这步田地，还有什么好说的？俺一腚就坐下了。这时，俺感觉到两条腿已经没有了。俺可怜的腿啊，自从爹爹被抓进班房，你们东奔西走、上蹿下跳、磨薄了鞋底走凹了路……亲亲的左腿，亲亲的右腿，你们受苦了哇。

朱八目光炯炯地看着俺，仿佛在等待着俺开口说话。他手里那团发出绿光的东西此时黯淡了许多。借着明亮的烛光，俺终于看明白了：那是一个纱布包儿，里边包着几百只萤火虫。俺心中纳闷，一时也想不明白这个大爷为什么要耍虫子。随着俺的落座，叫花子们也各自找到自己的席片，纷纷地坐下，也有就地躺倒的。但无论是坐着的还是躺着的，都缄口不言，连侯小七那只活泼异常的猴子，也静静地蹲在他的面前，爪子和头虽然还不老实，但都是小小的动作。朱八看着俺，所有的叫花子看着俺，连那只毛猴子也在看着俺。俺给朱八磕了一个头，说：

“大慈大悲的朱八爷啊——！未曾开言泪涟涟，小女子遇到了大困难——救救俺的爹吧，八爷，省里的袁大人、德国的克罗德，还有那县台小钱丁，三堂商定虎狼计，要给俺爹上酷刑，执刑的人就是俺的公爹赵甲和俺的丈夫赵小甲。他们要让俺爹不得好死，他们要让俺爹死不了活不成。他们要让俺爹受刑后再活五天，一直活到青岛到高密的火车开通……求八爷把俺爹救出来，救不出来就把他杀了吧，一刀给他个利索的，不能让洋鬼子的阴谋诡计得了逞啊，俺的个朱八爷……”

“叫一声眉娘莫心焦，先吃几个羊肉包。”朱八唱了这两句，接着说，“这包子，不是讨来的，是俺让孩儿们去贾四家专门为你买来的。”

一个小叫花子跑到娘娘的塑像后，双手托过了一个油纸包，放在了俺的面前。朱八用手试试，说：

“人是铁，饭是钢，一顿不吃饿得慌。吃吧，还热乎着呢。”

“八爷，火烧眉毛，俺哪里还有心吃包子？”

“孙眉娘，你心莫慌，荒了庄稼不打粮，慌了人心遭祸殃。常言道水来了土掩，兵来了将挡。你先吃几个包子垫垫底，然后听俺说端详。”

朱八伸出那只多生了一个指头的右手，在俺的眼前一摇晃，一把亮晶晶的小刀子就出现在他的手里。他用刀尖灵巧地一挑，油纸包轻松张开，闪出了四个热气腾腾的大包子。宋西和的千层糕，杜昆家的大火烧，孙眉娘的炖狗肉，贾四家的发面包，这是高密县的四大名吃。高密县的狗肉铺子不少，为什么惟独俺家的炖狗肉成了名吃？因为俺家的狗肉味道格外地香。俺家的狗肉为什么格外香？因为俺家在煮狗肉的时候，总是将一条猪腿偷偷地埋在狗肉里，等狗腿猪腿八角生姜桂皮花椒在锅里翻滚起来时，俺再悄悄地往锅里加一碗黄酒——这就是俺的全部诀窍。朱八爷，如果您能救俺爹爹一条命，俺每天献给您一条狗腿一坛酒。只见那四个大包子三个在下，一个在上，叠成了一个蜡台样。果然是名不虚传哪：贾四包子白生生，暄腾腾，当头捏着梅花褶，褶中夹着一点红。那是一颗金丝枣，样子俏皮又生动。朱八将刀子递到俺面前，让俺插起包子吃，那意思，可能是怕包子烫了俺的手；也可能，是怕俺手拿包子不干净。俺摆手拒绝他的刀，抓起包子。包子温暖着俺的手，发面的味道扑进了俺的鼻孔。俺第一口吃了那颗金丝枣，蜜甜的滋味满喉咙。一颗红枣下了肚，勾出了胃里的小馋虫。俺第二口咬开了包子褶，露出了胡萝卜羊肉馅儿红。羊肉鲜，胡萝卜甜，葱姜料物味道全。为人不吃贾四包，枉来世上混一遭。俺虽然不是大家闺秀，也算是个良家妇女；当着这么多叫花子的面，俺不能显出下作相。

俺应该小口咬，但嘴巴不听俺的话。它一口就把比俺的拳头还大的贾四包子咬去了大半边。俺知道女人家吃饭应当细嚼慢咽，但俺的喉咙里仿佛伸出了一只贪婪的小手，把俺的嘴巴刚刚咬下来的包子，一下子就抓走了。还没尝到滋味呢，一个包子就不见了踪影。俺甚至怀疑，这个大包子是不是真进了俺的肚子。听人说叫花子都有邪法子，能够隔墙打狗，能够意念搬运。看起来这包子是进了俺的口，落了俺的肚，但实际上并没有进俺的肚子，而是进了也许是朱老八的肚子。如果是进了俺的肚子，为什么俺的肚子还是那样空空荡荡，饥饿的感觉甚至比没吃包子前还要强烈。俺的手不听俺的指挥，自作主张、迫不及待地抓起了第二个包子，然后又是三口四口地吞了下去。两个包子吞下去，俺这才感到肚子里实实在在地有了一点儿东西。接下来俺急三火四地吃完了第三个包子，肚子里有了沉甸甸的感觉。俺知道其实已经饱了，但俺的手还是把最后一个包子抓了过来。大包子在俺的小手里，显得个头那么大，分量那样重，模样那样丑。想到这样又大、又重、又丑的三个包子已经进了俺的肚皮，一个丢人的饱嗝就响亮地打了出来。但俺的肚皮饱了嘴不饱。毕竟有了三个大包子垫着底，俺吃的速度慢了，俺的眼睛也顾得上看看眼前的事物了。俺看到朱老八目光炯炯地看着俺，在他的身后，闪烁着几十只星星一样的眼睛。叫花子们都在看着俺。俺知道在他们眼里，俺这个貌比天仙的人物变成了人间的馋嘴婆娘。嗨，都说是人活一口气，还不如说人活一口食儿。肚子里有食，要脸要貌；肚子里无食，没羞没臊。

等俺咽下了最后一口包子，朱八笑眯眯地问：

“吃饱了没有？”

俺不好意思地点点头。

“既然吃饱了，就听俺慢慢道来。”朱八耍弄着手中的小刀子和那团萤火虫，眼睛里放着绿光，幽幽地说，“咱家看中你爹是个英雄，也许你不记得了，那时你还小，咱家与你爹有交情。你爹教会了咱家二十四套猫腔调，让咱家的孩儿们多了一套混饭吃的把戏。连这个八月十四花子节，也是你爹帮助咱家出的主意。别的咱家就不说了，单冲着你爹他那一肚子猫腔，咱家也要把他救出来。咱家定下了一条妙计，买通了县衙里的典史四老爷，就是管牢狱那个疤瘌眼的杂种苏兰通，让他在牢狱中来一个偷梁换柱。咱家已经找好了替死鬼——啵，就是他——”朱八对着一个在墙角上侧歪着身子呼呼大睡的叫花子说，“他已经活够了，相貌与你爹有三分相似。他自愿替你爹去死——当然了，他死后，咱家和孩儿们会给他立一个牌位，天天用香火供着他。”

俺连忙跪起来，对着那条汉子叩了一个响头。俺眼含着热泪，颤声说：

“大叔，您义薄云天，舍身成仁，品德高尚，千古流芳，是一位顶天立地的英雄汉，用您的死，换俺爹的活，让俺眉娘心中好为难。如果俺爹能够活出来，俺一定让他把您编进猫腔里，让千人传诵万口唱……”

那汉子睁开醉猫一样的眼睛看了俺一眼，翻了一个身，又呼呼地睡了过去。

二

傍晚时分，俺从噩梦中醒过来。在梦里，俺看到一头黑猪斯斯文文地站在通德校场的戏台上。黑猪的身后站着俺的干爹钱丁，戏台当中坐着一个红头发、绿眼睛、高鼻子、破耳朵的洋鬼子，他不是那杀了俺后娘、害了俺弟妹、毁了俺乡亲、双手沾满了俺东北乡人鲜血的克罗德还能是谁！正是那仇人相见分外眼红，俺恨不得扑上去咬死他，但俺是一个手无寸铁的小女子，扑上去注定把命送。与克罗德并排坐着的是一个方头大脸、嘴唇上蓄着八字胡须的红顶子大员。俺一猜就知道他是鼎鼎大名的山东巡抚袁世凯，就是他断送了戊戌六君子；就是他把山东的义和团杀了个干干净。就是他请出了俺公爹老畜生，要给俺亲爹施酷刑。他用手指捻着胡须尖儿，笑眯眯地唱道：

“好一个女中花魁孙眉娘，小模样长得实在强。怪不得钱丁将你迷，连本官见了你，也是百爪挠心怪痒痒。”

俺心中暗暗高兴，正想跪下替俺爹求情，那袁大人突然变了一张脸，好似那绿色的冬瓜上挂白霜。只见他对着后边一招手，俺公爹提着浸透了香油的檀木橛子，小甲扛着浸饱了豆油的枣木大槌，一高一矮，一胖一瘦，一阴一阳，一疯一傻，来到了黑猪身旁。袁世凯瞄一眼钱丁，用嘲弄人的口气问：

“怎么样啊，钱大人？”

钱丁跪在袁世凯和克罗德面前，恭恭敬敬地说：

“为了明日执刑万无一失，卑职特意让赵甲父子在这头猪身上演习，请大人指示。”

袁大人看看克罗德，克罗德点点头，袁世凯也点点头。钱丁站起来，小跑步到了黑猪前头，伸手抓住了两只猪耳朵，对俺公爹和小甲说：

“开始。”

公爹将那根还滴着香油的檀木橛子插在黑猪屁眼的上方，对小甲说：

“儿子，开始。”

小甲侧身站成一个八字步，往手心里啐了一口唾沫，抡圆了油槌，对准了那檀木橛子的尾巴，狠狠地就是一家伙。只见那根檀木橛子呲地一声就钻进去了半截。那头黑猪的腰猛地弓了起来，与此同时，它的嘴里，发出了冲耳朵眼子的嗥叫。那头猪往前一冲，就把钱丁从戏台子上掀了下去。俺听到钱丁落地时发出了响亮的声音，好像他不是落在了地上，而是落在了一面大鼓上。接着俺还听到了他发出了尖厉的喊叫：

“亲娘哟，跌死本官了。”

尽管俺对钱丁不满，但毕竟有肌肤亲情。俺的心中一阵刺痛，顾不上身怀着六甲，纵身跳下戏台，扶起了心上的人。只见他脸色金黄，双目紧闭，好似小命送了终。俺咬他的手指，掐他的人中，终于听到他长长地出了一口气，金黄的面皮也转了红。他伸手握住俺的手，眼泪在眼眶子里打着转，俺听到他说：

“眉娘啊，你是我心头最痛的一块肉，我是死了呢还是活着？我是醒着呢还是睡着？我是人呢还是鬼？”

俺答道：“亲亲的冤家小钱丁，说你死了吧你还活着，说你醒了吧你还睡着，说你是人吧你还像鬼！”

这时候，戏台上大乱，锣鼓敲着急急风，猫胡拉着离格龙。黑猪腚上插着檀木橛子团团转，俺公爹和小甲追猪追成了小旋风。山东巡抚袁世凯，被黑猪咬断了一条腿，鲜血淌在了地流平。德军司令克罗德，被黑猪啃去了一半腚，趴在地上乱哼哼。这真是大快人心事，除了两个大灾星。忽然间，霹雷一声天地变，袁世凯的腿好好的，克罗德的腚全全的，他们在椅子上坐得端端的，戏台的当中，那黑猪摇身一大变，变成了俺爹老孙丙，趴在地上受桩刑。只听见，槌敲橛子砰砰砰，橛子钻肉噌噌噌，俺爹喊叫震耳聋……

俺的心脏扑通扑通急跳着，冷汗把衣裳都溻透了。朱八笑眯眯地问俺：

“睡好了没有？”

俺抱歉地回答：“八爷，不好意思，在这样的紧要关头，俺竟然睡着了……”

“这才是好样的。这个世界上，但凡能干出惊天动地的大事情的人，都是吃得下饭睡得着觉。”朱八又将四个贾四家的大包子推到俺的面前，说，“你慢慢地吃着，听我把今天发生的事情对你讲。今天上午，你公爹削好了两根檀木橛，知县带人在通德校场上竖起了一座升天台，与那戏台遥相望。台前搭起了席窝棚，棚前垒起了大锅灶，一锅香油翻波浪。你公爹，老赵甲，你男人，赵小甲，父子二人喜洋洋。把橛子放在油锅里，煮得十里路外扑鼻香。大锅里炸着香油果，小锅里炖着牛肉汤，吃得爷儿两个嘴巴油光光。单等那明天正晌午时到，就把那檀木橛子钉进你爹的后脊梁。县衙门前，依然是岗哨林立，戒备森严。你那个相好的钱丁和袁世凯、克罗德全都不见踪影。我派咱家一个机灵的孩儿化装成给县衙送菜的小贩，想混到衙门里去探探虚实，当场就让德国兵戳了一刺刀。看来，从大门是进不去了……”朱八正说得来劲，就听到庙门外一声尖叫。众人吃了一惊，看到侯小七的猴子蹿了进来。紧随着猴子，侯小七也闪身进门。他的脸上闪烁着光芒，仿佛沾染了许多的月光。他抢到朱八面前，说：

“八爷，大喜，孩儿在县衙后边的阴沟里蹲了半天，终于等到了四老爷送来的消息。四老爷说，让咱们后半夜从县衙的后墙爬进去，趁着站岗的士兵疲惫困倦，神不知，鬼不觉，偷梁换柱，瞒天过海。孩儿顺便看了地形，在县衙后墙里边，有一棵歪脖子老榆树，顺着这棵树，就可以进入县衙。”

“猴子，真他娘的有两下子！”喜色上了朱八的脸，他兴奋地说，“现在你们大家，能睡觉的睡觉，睡不着觉的就给我躺着养劲。孩儿们出力的时候到了。咱家干成了这件事，就等于操了克罗德的屁眼，让这些杂种蒙在鼓里。”朱八对着那个躺在席片上，准备着替代俺爹的好汉子说，“我说小山子，你睡得可以了，起来吧。师傅准备了一坛好酒，还有一只脱骨烧鸡，师傅陪你吃喝，为你送行。你如果觉得委屈，咱家马上换人。其实这是个轰轰烈烈、扬名露脸的事。咱家知道你好唱，你是那孙丙的亲传弟子。你的嗓子就是那孙丙嗓子的翻版，你的模样与那孙丙至少也有七分相似。孙眉娘你仔细看看，这个兄弟，像不像你的爹。”那条汉子懒洋洋地爬起来，打了一个长长的哈欠，抬起手擦擦嘴上的口水，然后抖擞了一下精神，把一张粗糙的长脸转给俺。他的眉眼与俺爹的眉眼果然有八分相似。他的鼻梁也像俺爹的鼻梁是高高的。他的嘴巴与俺爹的嘴巴相差甚远，俺爹的两片嘴唇是厚厚的，这人的嘴唇是薄薄的。俺心里想如果能把他的嘴唇弄厚点儿，他就活活是俺的爹了，再把他用俺爹的衣裳装扮起来，就可以瞒得天衣无缝。

“孩儿还忘了一件要事，八爷，”侯小七有几分为难地说，“四老爷特别叮嘱，要立即转告八爷，说那孙丙，受审时破口大骂，惹得克罗德恼羞成怒，用手枪把子敲掉了他两颗门牙……”

所有的目光在一瞬间都投到了小山子嘴上。从那两片薄薄的嘴唇中间露出来的是一嘴整齐的牙齿。叫花子吃钢嚼铁，一般地都有一副好牙口。朱八盯着小山子的嘴巴，说：

“你都听到了，想想吧，愿意就是愿意，不愿意就是不愿意，师傅绝不逼你。”

小山子咧开嘴，好像是故意地炫耀他那口虽然不白，但十分齐整的淡黄色的牙齿。他微微一笑，说：

“师傅，徒弟连命都不想要了，还要这两颗门牙做什么?”

“好样的，小山子，不愧是我的徒弟!”朱八感动地说着，双手把那只装满了萤火虫的布口袋颠来倒去，一片片的萤光像烟雾一样在他的胸前把他下巴上凌乱的花白胡子都照亮了。

“师傅，”小山子用指甲弹着牙齿说，“它已经发痒了，把酒肉端过来吧!”

几个小叫花子慌忙把朱八身后那只用新鲜荷叶包裹着的烧鸡和那一坛老酒搬过来。荷叶还没揭开，俺就闻到了烧鸡的香气，坛子还没开塞俺就闻到了老酒的香味。老酒的香味和烧鸡的香气有根本的不同，烧鸡的香气与老酒的香味混在一起，把即将到来的八月中秋节的气氛渲染得很浓很浓。一道月光从庙门的缝隙里射进来，在月光中油汪汪的荷叶被一只手拨开，在月光中金红色的烧鸡闪闪发光，在月光中一只黑色的手把两个浅底的黑色釉碗摆在了烧鸡的旁边，在月光中朱八将手中的萤火虫装进了腰间的叉袋，拍了拍绿色的双手——俺看到他的手指细长灵巧，每根手指都像一个能言善辩的小人儿——他的屁股往前蹭了两蹭，就与即将去大牢里给俺爹当替死鬼的小山子对面而坐了。他端起一碗酒，递到小山子眼前。小山子急忙接了酒，似乎很不好意思地说：

“师傅，怎么敢让您老人家给小的端酒？”

朱八自己也端起一碗酒，与小山子手中的酒碗相碰，一声响亮，酒花溅出，然后两人的眼睛直直地对望一霎，似乎有明亮的火星子在飞舞，像煞了火镰敲打火石，两个人嘴唇都抖，都好像要说话，但都不说话，然后他们就仰起了脖子，把碗里的酒咕嘟咕嘟地灌了进去。朱八放下酒碗，亲手撕下一条鸡腿，鸡腿上还牵连着一块鸡皮，递给了小山子。小山子接过鸡腿，似乎想说话，但还是没说话，然后他的嘴巴就被鸡肉塞满了。俺看到鸡肉在他的嘴巴里翻了两个滚就被他咽了下去，好像一只老鼠沿着他的咽喉钻了进去。俺心里真想回去弄条狗腿给他吃，但时间已经来不及了。煮一条狗腿，没有一天一夜的工夫是不行的。俺看到他吃光了鸡腿上的大肉，就用门牙啃起了骨头上的筋络，好像要向俺和众花子炫耀他的好牙口。他把发达的门牙龇了出来，那神情犹如蹲在松树上嗑松子的松鼠。他的牙齿黄是黄了一点儿，但的确很结实。啃完了筋络他就咀嚼骨头，嘴巴里发出了咯嘣咯嘣的响声。没见到吐出什么，他把骨头渣子都咽了下去。可怜的人儿，早知道你今日舍身求仁去替俺爹死，俺早就该请你到俺家，摆起那七盘八碗流水宴，让您把人间的美味尝一遍。只可惜人生天地间，谁也没生前后眼。小山子刚把一条鸡腿嚼完，朱八将另一条鸡腿递到了他的面前。他举起双手抱拳，满面庄严地说：

“谢师傅给了小的这次机会！”

然后，他伸手从背后摸起一块半头砖，对准了自己的嘴巴一拍，只听得吧唧一声闷响，一颗门牙掉在了地上，鲜血从嘴里涌了出来。

众人都愣住了，直着眼不说话。一会儿看看小山子血糊糊的嘴巴，一会儿看看朱八爷阴沉沉的脸膛。朱八用食指拨弄了小山子那颗掉在地上的牙，抬起头来问侯七：

“孙丙到底去了几颗牙？”

“听四老爷说是两颗。”

“你听真切了吗？”

“听得真真切切，八爷。”

“这事弄的，”朱八为难地望着小山子，说，“师傅实在是不忍心再让你来一下子……”

“师傅不要为难，敲一下也是敲，敲两下也是敲。”小山子嘴巴里喷吐着血沫子，呜呜噜噜地说着，随手又把砖头举了起来。

朱八厉声道：“别急——”

但小山子已经把砖头拍在了嘴上。

小山子扔掉砖头，一低头，吐出了两颗牙。

望着小山子嘴巴里被砸出来的大豁子，朱八恼怒地骂道：

“你个杂种，让你别急别急你偏要急，这下可好，又他娘的多砸下来一颗！少砸了可以再砸，这多砸了可怎么办？”

“师傅不要烦恼，到时候俺闭住嘴巴不开口就是了。”小山子口齿不清地说。

三

夜半时分，俺遵从着朱八爷的指示，披上一件破夹袄，戴上一顶破草帽，跟随着叫花子，悄悄地出了庙门。大街上静悄悄的，一个人影也没有。明晃晃一轮圆月，放射出绿油油的寒光，使天地间的万物都像通了灵、着了魔。俺不由得打了一个寒颤，上下牙齿打起了嘚嘚。这声音在俺的耳朵里铿铿锵锵，俺觉得俺打牙巴鼓的声音能够惊醒整个的县城。

一行人，侯小七扛着猴子前头带路，后边是身材高大的小乱子。小乱子手里提着一柄铁铲，据说他是钻墙打洞的急先锋。小乱子身边是小连子，小连子腰里捆着一条牛皮绳，据说他是攀树上房的老祖宗。然后就是大大的贤人小山子，他忠烈千秋、大义大德、自毁容颜、慷慨赴死是万古流传的大英雄。只见他，身不颤，步不乱，雄赳赳，气昂昂，好似要去赴七盘八碗的太平宴，这样的人物几百年来也难见。小山子身后就是乞丐的首领朱老八，也是个顶天立地、咬钢嚼铁的男子汉。朱老八拉着俺的手，俺是花容月貌的女婵娟。小队伍，忒精干，展都尉，包青天，左王朝，右马汉，前狄龙，后狄虎，借东风，气周瑜，甘露寺里结良缘……

俺们跟随着侯小七，穿过大街，趄进了铁匠胡同，从铁匠胡同，拐进了草鞋市。贴着草鞋市边那道矮墙，用墙的暗影遮掩着身体，弓着腰，一路小跑，蹿进了鲁家巷子。出了鲁家巷子，上了小康河上的小康桥；桥下的流水，好似白花花一片银子。过了小康桥，溜进了油房胡同。出了油房胡同，一抬头，高高的围墙立眼前，墙里就是县衙的后花园。

蹲在围墙的阴影里，俺呼哧呼哧地喘着粗气，心里像打鼓一样乱扑通。花子爷们儿都不喘粗气，俺看到，他们的眼睛都闪烁着亮光，猴子的眼睛也闪着亮光。俺听到朱八爷说：

“动手吧，是时候了！”

小连子从腰里抽出绳子，往上一抛，那绳子就从树杈上悬挂下来。只见他手脚并用，不似猿猴，胜似猿猴，噌噌噌，几下子就上了树，然后他就沿着树杈落在了墙头上。他沿着绳子消失在墙里头，片刻工夫，又把另一根绳子从墙里边抛出来。朱八爷抓住绳子，使劲地扽了扽，看样子已经是万无一失。朱八将绳子给了侯小七。侯小七把肩上的猴子往上一扔，猴子轻飘飘地飞上了树，然后就在树上蹿跳起来。侯小七自己，手把住绳子，脚蹬住墙壁，毫不费力地就上了墙头，换了从树上垂挂到墙里的绳子，一闪就下去了。下一个谁上？朱八爷把俺推到前边。俺心里紧张，浑身发冷，手心里全是汗水。俺抓住绳子，绳子冰凉，简直就是一条蛇。俺拉着绳子往墙上蹬了两脚，手酸了，腿软了，浑身上下打颤颤。不久前俺没用绳子就蹿上了树，今日里拽着绳子上不去。那时节俺俏得像只猫，今日里俺笨得似头猪。并不是亲爹不如干爹急，也不是腹中的娇儿长了个。实因为，俺在这墙头上吃过亏。俗言道"一朝被蛇咬，三年怕草绳"，俺看到了这墙头树杈子，就感到浑身狗屎臭，屁股阵阵痛。这时俺听到朱八爷在耳边说：

"这是为了救你的爹，不是救我们的爹！"

朱八爷的话千真万确，叫花子们舍生忘死，为的是救俺的爹。这样的关键时刻，俺怎么能先草鸡了？想到此俺的勇气倍增。俺想起了替父从军的花木兰，俺想起了百岁挂帅的佘太君。狗屎就狗屎，鞭子就鞭子；不吃苦中苦，难为人上人；不历险中险，难成戏中人。为了万古千秋传美名，俺一咬牙，一跺脚，两口唾沫啐手心；手把皮绳脚蹬墙，面朝蓝天明月轮。在下面，众位花子伸手把俺的屁股托，托得俺忽忽悠悠如驾云。说话间俺就蹲在了墙头上，看到了县衙里，一片片房顶相连，月光下，瓦片好似鲤鱼鳞。墙下边，已有那侯小七把俺接，俺抓住了树上悬挂的另一绳，眼一闭，心一横，纵身跳进了翠竹林。

想当初与钱丁在西花厅里闹风月，俺曾经，站在顶子床上，透过后窗，看到了后花园里的美景，首先扑入俺的眼睛的就是这片翠竹林。还有那牡丹月季和芍药，丁香开花熏死个人。花园中还有一座小假山，上有菊花用盆栽。太湖石，玲珑剔透，立在小小荷池边，池中粉荷赛美人。还有那两只蝴蝶采花蜜，一群蜜蜂嗡嗡嗡。有一个黑面女子园中游，神色严肃赛包公。身后跟着小丫鬟，杨柳细腰脚步灵。俺知道，这女人模样不算好，但她是知县的结发妻子大夫人。俺知道，她出身名门学问好，才华满腹计谋深，衙役见她个个怕，知县见她让三分。俺曾想，也到花园去转转，但钱丁让俺死了这条心。钱丁让俺在西花厅里把身藏，露水的夫妻怕见人。想不到，今日俺又在园中站，只是那，不为游园为救人。

大家在翠竹林中聚齐，侯小七把猴子也从树上招了下来。俺们蹲在林中，听到那三更的梆锣在衙中的夹道里由远而近，然后又由近而远。从最前面的院子里，传过来一阵吵闹声，似乎是大门外的士兵在换岗。过了片刻，所有的声音都没有了，只有那些死期将近的秋虫，正声声紧、声声凄凉地鸣叫着。俺的心扑通扑通狂跳，想说话又不敢开口。看看朱八爷他们，都安安静静地坐在那里，没有一点儿动作，不发出一点儿声音，好像五块黑石头。只有那只猴子，偶尔地不老实一下，马上就被侯小七按住了。

月亮眼见着就偏了西，后半夜的月光冰凉，秋天的露水落在竹叶和竹竿上，看上去好似刷了一层油。露水打湿了俺头上的破草帽，打湿了俺身上的破夹袄，连俺的胳肢窝里都湿漉漉的。再不行动，天就要亮了啊，俺的朱八爷爷，俺焦急地想着。这时，就听到前面又吵闹起来了，喊叫声，哭嚎声，还有噹噹的铜锣声。随即俺就看到，一片红光把县衙照红了。

一个身穿公服的小衙役弯着腰从西花厅旁边的夹道里溜了过来。过来了他也不说话，只是对着俺们一招手，俺们就跟随着他，沿着夹道，越过了西花厅、税库房、主簿衙、承发房，眼前就是狱神庙，庙前就是监押房。

俺看到，前院里起了一把火，火苗子蹿天有三丈。起火的地方，正是那膳馆大厨房。云生雨，火生风，浓烟滚滚呛喉咙。乱糟糟好似蚂蚁把家搬，吵嚷嚷恰如老鸹窝里捅铁棒。成群的兵丁来回窜，手提着水桶和担杖。趁乱劲儿俺们过了外监过女牢，脚底都像抹了油，轻灵好似一群猫，神不知，鬼不晓，俺们溜进了死囚牢。监房里臭气能把人熏倒，老鼠赛猫，跳蚤如豆。监房里只有矮门没有窗，乍一进去，两眼啥也看不见。

四老爷扭开了死牢的门锁，嘴里连声说着快快快，朱八爷把那一包萤火虫儿往里一甩，屋子里顿时就一片绿光。俺看到，爹爹脸色青紫，满嘴血污，门牙脱落，已经不成人样。爹呀！俺刚喊出了半声，就被一只大手捂住了嘴巴。

俺爹的手脚都用铁链子锁住，铁链子又拴在牢房正中的“匪类石”上。纵然你有千斤的力气，也难以挣脱。借着萤火虫的光芒，四老爷开了铁链上的大锁，把俺爹解放出来。然后，小山子脱下外边的衣裳，显出了跟俺爹穿得颜色一样的破衣裳。他坐在俺爹方才坐过的位置上，让四老爷把他用铁链子锁起来。几个人忙把小山子换下来的衣裳给俺爹穿上，俺爹别别扭扭，很不配合，口齿不清地喊叫着：

“你们干什么？你们要干什么？”

四老爷慌忙捂住了他的口，俺低声说：

“爹呀，您醒醒吧，是你的女儿眉娘救你来了。”

爹爹嘴巴里还在出声，朱八爷对准他的太阳穴打了一拳，俺爹连哼都没哼就晕了过去。小乱子蹲下身，扯住俺爹的两条胳膊把他背起来。四老爷低声说：

“快走！”

俺们弯着腰出了死牢，趁着外边的乱乎劲儿，跑到了狱神庙后边的夹道上。迎面一群衙役提着水从仪门内跑出来。知县钱丁站在仪门的台阶上，大声地喊叫着：

“各就各位，不要慌乱！”

俺们蹲在狱神庙后的阴影里，一动也不敢动。

几盏红灯笼引导着一个大员出现在仪门前的甬道上，大员的身后簇拥着一群护兵，不是山东巡抚袁世凯还能是谁。俺们看到钱丁疾步迎上去，单膝跪地，朗声道：

“卑职管教不周，致使膳馆失火，惊吓了大人，卑职罪该万死！”

我们听到袁世凯命令知县：

“赶快派人点验监狱，看看有无逃脱走漏！”

我们看到知县慌慌张张地爬起来，带领着衙役，朝死囚牢的方向跑过去了。

俺们平息静气，身子恨不得缩进地里。俺们听到了四老爷在囚牢院子里大呼小叫，还听到了开启囚牢铁门发出的声音。俺们等待着逃跑的机会，但袁世凯和他的护卫们站在大院当中的甬道上，丝毫没有走的意思。终于，俺们看到知县小跑步到了袁世凯面前，又是一个单膝跪地，口中喊报：

“回大人，监牢点验完毕，人犯一个不缺。”

“孙丙怎么样？”

“在石头上牢牢地拴着呢！”

“孙丙是朝廷重犯，明日就要执刑，出了差错，当心你们的脑袋！”

袁世凯转身往寅宾馆方向走去，知县站起来躬身相送。俺们松了一口气。但就在此时，俺的爹，老混虫，突然苏醒发了疯。他愣愣怔怔地站了起来，呜呜噜噜地问：

“这是在哪里？你们把我弄到哪里？”

小乱子扯着他的脚脖子猛地把他拉倒。他翻了一个滚，滚到了亮堂堂的月光里。小乱子和小连子饿虎扑食一样扑上去，每人拉住他一条腿，想把他拖到阴影里。他拼命地挣扎着，大声地吼叫着：

“放开我——你们这些混蛋——我不走——放开我——”

爹的喊叫把大兵们吸引过来，明亮的枪刺和军服上的纽扣闪烁着寒光。朱老八低声说：

“孩儿们，跑吧！”

小乱子和小连子松开了俺爹的腿，愣怔了一下，就迎着那些大兵跑过去。在乒乒乓乓的枪声里，夹杂着士兵们的喊叫：“有刺客——”朱老八像一只鹞子，扑到了俺爹身上，从俺爹发出的声音来判断，他的脖子是被老八细长的手爪子给扼住了。俺明白朱老八的意思，他要把俺爹弄死，让檀香刑无法施行。侯小七拉住俺的手，拖着俺拐进了西边的更道，一群衙门里的胥吏迎面跑了过来。侯小七将猴子往前一抛，猴子尖叫着蹿到了一个胥吏的脖子上，随即就听到了胥吏发出的尖厉惊叫。侯小七拉着俺从承发房门前跑到了大堂后边，二堂里也有衙役跑出来。俺听到仪门外的大院里，枪声、火声、喊叫声混成了一片，血的气味和火的气味冲进了俺的鼻子，银色的月光突然间变得血红了。

俺们沿着东边的更道往北跑，希望跑到后花园里去逃生。身后的脚步声越来越多，头上还有枪子儿在飞行。当俺们跑到东花厅一侧的小厨房时，侯小七的身体往上耸了好几耸。他抓着俺手的手无力地滑脱了，一股绿油油的血，就像刚榨出来的油，冒着热气，从他的背上蹿了出来。正当俺手足无措时，一只手拉住俺的手，把俺拖离了狭窄的更道。在一侧身的光景里，俺看到士兵们沿着更道奔跑过来。

原来是知县的夫人把俺拖进了知县的私宅东花厅。她伸手摘去了俺的破草帽，又把俺身上的大褂扒下来，随手卷成一个团，推开后窗往外扔。她把俺推进了顶子床，让俺躺下，还给俺盖上了一条被子。两边的蓝布帏子放下来，知县夫人被隔在了外边，俺的眼前一片漆黑。

俺听到士兵们吵吵嚷嚷地追到后花园里去了，两边更道里，前后堂院和左右跨院里，整个的县衙里，吵嚷声此起彼伏。终于，最可怕的时刻到了：东花厅的院子里，响起了杂沓的脚步声。俺听到有人说：“都统大人，这是知县大人的私宅！”随即就响起了鞭子抽打到人身上的声音。俺看到幔子一掀，一个只穿着单衣的冰凉的肉体钻进了被窝，与俺的身体紧紧地贴在了一起。俺知道这是夫人的身体，这是俺的心上人钱丁曾经抱过的身体。接下来就响起了敲门声。敲门声变成了砸门声，俺与夫人搂抱在一起，俺感到她的身体在颤抖，俺知道俺的身体抖得比她更厉害。俺听到房门豁朗朗开了。知县夫人把俺推到床边，用被子把俺遮盖得严严实实，然后她就把幛子撩开半边。俺知道夫人一定是一副云鬓散乱、衣领半开、从睡梦中被惊醒的模样。俺听到一个汉子粗鲁地说：

“夫人，遵照袁大人的命令，卑职前来搜捕刺客！”

夫人冷笑一声，道：

“都统大人，我外祖父曾国藩当年领兵打仗，为了严明军纪，争取民心，维护纲常，制定了一条铁打的纪律，那就是为兵者不进人家内宅，看样子由袁世凯袁大人一手训练出来的新军，已经把这条纪律废了！”

“卑职不敢，卑职冒犯夫人，还望夫人恕罪！”

“什么敢不敢？什么冒犯不冒犯？该搜的你们也搜了，该看的你们也看了。你们就是欺负我们老曾家已经衰败，朝中无人，才敢这样胆大妄为！”

“夫人言重了，卑职一介武夫，唯上司命令是听！”

“你去把那袁世凯给我叫来，我要向他请教，天下可有这样的道理？半夜三更，派兵侵入人家内室，辱人家眷，毁人名节，他袁世凯还是大清朝的臣子吗？他袁大人家中难道没有妻妾儿女吗？俗言道，‘士可杀而不可辱，女可死而不可污’，我要以死向袁世凯抗争！”

正在此时，就听到外边一阵急促的脚步声，有人低声说：

“知县大人回来了！”

夫人放声大哭起来。

知县冲进房子，百感交集地说：

“夫人，下官无能，让你受惊了！”

四

轰走了都统和他的士兵，关闭了门窗，吹熄了蜡烛，月光从窗棂子射进来，房间里有的地方明亮有的地方幽暗。俺从那张顶子床上爬下来，低声道：

“谢夫人救命之恩，如果有来世，就让俺给夫人当牛做马吧！”

言罢，俺抽身就要往外走。她伸手扯住了俺的衣袖。俺看到她的眼睛在幽暗中闪闪发光，俺嗅到她的身上散发出桂花的幽香。俺想起了三堂院里那棵粗大的桂花树，八月中秋，金桂飘香，本应是知县夫妻饮酒赏月的好时光，俺虽然不能与心上人儿一起把月赏，但后半夜偷偷进衙幽会滋味也很强。都说是俺爹搅了太平局，依俺看是德国人横行霸道太强梁。想起了爹爹心凄惶，一团乱麻堵胸膛。爹呀，你这个昏了头的老东西！为救你女儿跑细了两条腿，为救你叫花子昼夜在奔忙。为救你小山子打掉牙齿整三颗，鲜血滴落在胸膛。为救你朱八亲自出了马，为救你众多花子把命丧。俺们费了天大的劲，偷梁换柱把你救出了死牢房，大功眼见就要告成，你却咧开大嘴瞎嚷嚷……

“现在你还不能走，”知县夫人冷冷地说话打断了俺的胡思乱想。俺听到，前面的院子里还没安静，不时地传来士兵们的大呼小叫。

知县去大堂亲自值更，这是袁世凯下的命令。俺忘不了方才脱险的情景：都统带着他的兵走了。夫人起身关上了房门。在那支红泪斑斑的蜡烛照耀下，俺看到夫人满面红光，不知是激动还是愤怒。俺听到她冷冷地说：

“大人，妾身自作主张，替你金屋藏娇了！”

知县探看了一下窗外的情景，疾步走到床前，掀开被头，看到了俺的脸。然后他就把被头猛地盖上了。俺听到他用低沉的声音说：

“夫人深明大义，不计前嫌，果然是女中丈夫，钱丁感激不尽。”

“那么，是送她走呢，还是留她在这里？”

“悉听夫人尊便。”

外边有人喊叫，钱丁慌忙出去。看起来他是去执行公务，实际上也是逃避尴尬境地。这种情况在戏文里经常发生，俺心里明白。夫人吹灭蜡烛，让月光照进来。

俺局促不安地坐在墙角的一把凳子上，口中焦干，嗓子冒烟。夫人好像神人一样，知道俺口渴，亲自倒了一碗凉茶，递到俺的面前。俺稍微一犹豫，但还是伸手接了。俺将茶水喝干，说：

“谢夫人。”

“想不到你还是一位艺高胆大的女侠！”夫人用嘲弄的口气说。

俺无言以对。

“你今年多大岁数？”

“回夫人，民女今年二十四岁。”

“听说你已经怀孕在身？”

“民女年幼无知，如有冒犯夫人之处，还望夫人海涵，俗言道，‘大人不见小人的怪，宰相肚子里能撑船’。”

“想不到你还有这样一副伶牙俐齿，”夫人用十分严肃的口吻说，“你能保证肚子里的孩子是老爷的吗？”

“是的，我保证。”

“那么，”夫人道，“你是愿留呢还是愿走？”

“愿走！”俺毫不犹豫地说。

五

俺站在县衙前的牌坊柱边，眼巴巴地往衙内张望着。俺一夜未眠，经历了惊心动魄出生人死的大场面，虽然现在还不是戏，但用不了多久就会被编进戏里众口传。昨夜晚夫人劝俺远走他乡避灾难，她还将五两白银递到了俺手边。俺不走，说不走，就不走，俺死也死在高密县，闹它个地覆又天翻。

乡亲们都知道了俺是孙丙的女儿，把俺层层地护卫起来，好像一群母鸡护着一只小鸡。几个白发的老婆子把热乎乎的鸡蛋塞给俺，俺不接，就硬往俺的衣兜里塞，她们还用哭咧咧的声音说：

“吃吧，闺女，别饿坏了身子……”

其实，俺心里明白，在俺爹没出事之前，县城里这些老娘们儿、小娘们儿，不管是良家妇女还是花柳巷里的婊子，提起俺的名字就牙根痒，恨不得咬俺一口。她们恨俺跟县太爷相好，她们恨俺日子过得富裕，她们恨俺长了一双能跑能颠、偏偏又让钱大老爷喜欢的大脚。爹，从您扯旗放炮造了反，她们就对俺转变了态度；当您被俘收监后，她们对俺的态度更好；当县里在通德校场上竖起了升天台，四乡张贴告示，要将您处以檀香刑后，爹呀，女儿我就成了高密县人见人怜的小宝童。

爹啊，昨夜晚俺们设计将你救，只差一毫就成功。如果不是您临时发了失心疯，咱们的大功已告成。爹呀爹，您这一疯不要紧，送了叫花子四条命。你往那大门两侧八字墙上看，眼睛流血心口痛。左边的八字墙上挂着人头有两个，还有那一颗猴头两颗人头挂在右边的八字墙。左墙上挂着朱八和小乱，右墙上挂着小连侯七和猴精。（他们连一只猴子都不放过啊，好不歹毒也！）

眼见着日头渐升高，县衙里还是静悄悄的，估计是要等正晌午时到，才将我爹推出死囚牢。这时，从那条与县衙大门斜对着的单家巷子里，磨磨蹭蹭走出了一群穿袍戴帽的体面人。单家巷子是县里最有名的巷子。单家巷子有名是因为单家巷子里曾经出过两个进士。出进士是过去的光荣了，现在支撑着单氏家族的，是一个举人。举人老爷，姓单名文字昭瑾。昭瑾先生，是县里德高望重第一人，虽然他从不到俺家打酒买狗肉，虽然他深居简出，躲在家里读书写字画山水画小人，但俺跟他不陌生。俺从钱大老爷口里，听说过他老人家的名字不下一百遍。钱大老爷眼睛里放着光彩，手捋着胡须，看着昭瑾先生的字画，嘴里叨叨着："高人啊，高人，这样的人怎么会不中？"一会儿他又感叹道："这样的人怎么可能中？"他的话听得俺糊糊涂涂，俺问他，他不答，他用手扶着俺的肩头说："你们高密县的才华，都让他一人霸尽了，但朝廷即将废科举，可惜他再也没有蟾宫折桂的机会了！"俺看着那些似山非山的山，似树非树的树，影影绰绰的人，弯弯勾勾的字，实在看不出有什么好。俺是一个妇道人家，除了会唱几出猫腔，别的俺不懂。但钱大老爷是进士出身，是天下有名的大学问家，他懂，他说好，自然就是好，连他都敬佩得了不得的单先生，自然就是更加了不得的天人了。单举人浓眉大眼，大长脸，大鼻子大嘴，胡子比一般人好，但比俺爹和钱丁差。自从俺爹的胡须让人薅了之后，钱丁的胡须是高密第一，单举人的胡须就是高密第二了。只见单先生在那些人的前头，昂着头走，俨然是一个领袖。他的脖子有点歪，不知是一直就歪呢，还是今天才歪。往常里也曾见过单先生几次，但没在意这个细节。他歪着脖子，显出了一股野乎乎的劲头儿，看去不是一个文学人，倒像一个手下喽啰成群的山大王。簇拥在他身后的那些人，也都是高密县的有头有脸的人物。那个头戴红缨帽子的大胖子，是开当铺的李石增。那位不停地挤咕眼的瘦子，是布店的掌柜苏子清。那位脸皮上有浅白麻子的是药铺的掌柜秦人美……高密县城里的头面人物都来了。他们有的神色肃穆，目不斜视；有的惊慌失措，目光左顾右盼，好像在寻找什么依靠；有的则低着头，看着自己的脚尖，好像怕被熟人认出他的脸。他们一出单家巷子，就把大街两侧的目光全都吸引了过去。人们看着他们，有的不明白，有的马上就明白了。明白了的人就说：

"好了，这下好了，单举人出山，孙丙的命就保住了！"

“别说是钱大老爷，就是袁大人，也要给单先生一点儿面子，何况还有高密县全体的乡绅呢！”

“皇上也不会拂民意，大家一起去啊！”

于是大批的人就尾随在单先生与众乡绅的后边，簇拥在县衙前的空地上。大门两边的德国兵和袁世凯的武卫军士兵，就好像被冷水浇了的昏狗，立即抖擞起了精神，把原先在腿边当拐棍拄着的大枪托了起来。俺看到，那些德国兵的眼睛，扑簌扑簌地往外喷绿。

自从德国鬼子在青岛登了陆，就有许多古怪的说法传到俺的耳朵里。说这些东西腿是直棍，中间没有膝盖，不会打弯，跌倒后就爬不起来。这分明是谎言了。德国兵近在俺的眼前，他们穿着瘦腿裤子，那些大膝盖就像蒜槌子一样往外突突着。还说这些东西干起那事来像骡马一样，一上就泄，但俺听到胭脂巷里的婊子说：天神爷爷，什么一上就泄像骡马，他们都是些大公猪，上去不捣弄够一个时辰不下来。还说这些东西到处搜罗模样周正、心灵嘴巧的男孩子，抓去后就用刀子给他们修剪舌头，然后教他们学鬼子话。俺拿这话去问钱大老爷，钱大老爷听罢笑哈哈，说也许都是真的罢，咱家没有男孩子咱家也不必害怕。钱大老爷用柔软的手指摩挲着俺的肚子，眼睛里放着光说：“眉娘啊眉娘，你给我生个儿子吧！”俺说俺怕不能生，如果俺能生，与小甲这么多年了，怎么还不生？他捏着俺说：“你不是说小甲是个傻子吗？你不是说小甲不懂这种事吗？”他的手上用了狠劲，痛得俺眼泪都流了出来。俺说，自从跟你好了以后，就没让小甲动过，不信你去问小甲。他说：“亏你想得出来，让我堂堂一县之尊去问一个傻瓜？”俺说，一县之尊的鸡巴也不是石头雕的，一县之尊软了不也像一摊鼻涕吗？一县之尊不也吃醋吗？听了俺的话，他松开手，嘻嘻地笑了。他把俺拥在怀里，说：“宝贝，你就是我的开胸顺气丸，你就是玉皇大帝专门为我和的一味灵丹妙药……”俺将脸扎在他的怀里，娇声娇气地说，老爷干爹啊，你把俺从小甲手里赎出来吧，让俺一年三百六十五天侍候您，俺什么名分都不要，就做您的贴身丫头侍候您。他摇着头说："荒唐，我一个堂堂知县，朝廷命官，怎么能抢夺民妻，此事流传出去，贻笑天下事小，只怕头上的乌纱帽都难保。"俺说，那你就舍了俺吧，俺从今之后，再也不到你这县衙里踏半个脚印。他亲了俺一口，"可是我又割舍不了你，"他学着猫腔调唱道，"这件事让本官左右为难～～"你怎么也会唱猫腔？你这是跟谁学的呀，俺的个亲大老爷！"要想会，跟着师傅睡嘛！"他调皮地说着，然后又用手拍着俺的腚垂子，摹仿着俺爹的声嗓，有板有眼地唱起来，"日落西山天黄昏，虎奔深山鸟奔林。只有本县无处奔，独坐大堂心愁闷～～"你愁闷个啥啊，不是有俺这个大活人躺在你的身边给你消愁解闷吗？他不答俺的腔，把俺的腚当了他的猫鼓，一下一下地拍着，节奏分明声音脆生，接着唱，"自从结识了孙氏女，如同久旱的禾苗逢了甘霖。"你就会用好话蒙俺，俺一个卖狗肉的村妇，有什么好的？"你的好处说不完～～三伏你是一砣冰，三九你是火一团。最好好在解风情，让俺每个毛孔都出汗，每个关节都舒坦。为人能搂着孙家眉娘睡一觉，胜过了天上的活神仙～～"他唱着唱着就把俺翻到了下边，他的胡须就像散开的马尾巴遮住了俺的脸……干爹啊，有道是：

有心栽花花不发，无心插柳柳成荫。那天你与俺颠鸾倒凤赴云台，想不到珠花暗结怀龙胎～～本想给你个冲天喜，谁承想，你抓住俺爹要上桩刑～～

俺看到，单举人带着众位乡绅迎着那些如狼似虎的大兵走了过去，那些大兵们一个个都把眼睛瞪圆了，都把大枪端平了，除了单举人之外，乡绅的脚步都黏黏糊糊起来，好像双腿之间夹缠着麻团，好像脚底下沾满了胶油。单举人一个人渐渐地脱离了他的队伍，突出在众人之前，好像一只出头的鸟。单举人走过了教化牌坊，大兵手里的枪栓便哗啦啦地响起来。乡绅们畏缩在牌坊的后边停步不前，单举人在牌坊的前面立定站住。俺从女人堆里往前跑几步，蹿到了牌坊下面，跪在了众位乡绅面前和单举人背后，俺大哭一声吓了他们一跳，使他们都惊慌不安地回转了头。俺夹唱夹诉：各位大爷啊各位大叔，各位掌柜各位乡绅，俺，孙丙的女儿孙眉娘，给你们磕头了，求你们了，求你们救救俺爹吧。俺爹造反，事出有因，俗话说兔子急了也咬人，何况俺爹是一个通纲常、懂礼仪、血性男儿梗直人。俺爹他聚众造反，为的也是大家伙的利益。大爷们，大叔们，乡绅们，行行好吧，保出俺爹一条命吧……

在俺的哭喊声中，只见那身高马大的单举人，撩起长袍的前襟，往前扑了几步，双膝一屈，跪在了众位大兵面前。俺知道单举人跪的不是这些兵，单举人跪的是高密县衙，跪的是县尊钱丁、俺的干爹钱大老爷。

干爹啊，眉娘肚子里扑腾腾，孕育着咱家后代小宝童。他是您的虎狼种，长大后把钱家的香火来继承。不看僧面您看佛面，救孩的姥爷一条命。

单举人带头下跪，众乡绅在后跟随，大街上跪倒了黑压压的一群人。单举人从怀里摸出一卷纸，在胸前展开，纸上的黑墨大字很分明。单举人高声道：

“孙丙闹事，事出有因。妻女被害，急火攻心。聚众造反，为民请命。罪不当诛，法外开恩。释放孙丙，以慰民心……”

单举人将请愿帖子双手举过头顶，长跪不起，好像在等待着什么人前来取走。但被虎狼也似的大兵严密地封锁住的县衙里静悄悄的，好像一座冷冷清清的破庙。昨夜里起火焚烧了的膳馆厨房的梁架上还冒着一丝一缕的青烟，叫花子的头颅散发出一阵阵的腥气。

昨夜晚英雄豪杰闹县衙，火光冲天人声喧哗。如果俺不是亲身参加，从眼前的情景，往死里想也想不出昨夜里发生了那样的大事，想起来就让人后怕。又一想什么也不怕，想起了慷慨赴死的叫花子，砍掉脑袋不过碗大的一个疤。想起了昨夜事不由得暗恨爹爹疯病发，把一个成功的计划断送啦。你自己不活事情小，带连了旁人事情大。众花子都把性命搭。如果不是夫人出手来相救，女儿我的性命也罢休。为什么为什么，爹爹你到底为什么？

偶尔有一个神色肃穆的衙役从院子里匆匆地穿过，好像一只诡秘的野猫。抽完一锅烟的工夫转眼过去了，单举人保持着方才的姿势，好似一座泥像。单举人身后的乡绅和百姓们保持着方才的姿势，犹如一片泥像。县衙里一点儿动静也没有。又是抽完一锅烟的工夫熬过去了，县衙里还是一点儿动静也没有，衙门前的大街上，士兵们瞪着眼，持着枪，如临大敌，汗水从单举人的脖子上流了下来。再熬过抽一袋烟的工夫，单举人的双臂开始颤抖了，汗水已经溻透了他的脊背，但衙门里依然一片死寂。

孙家老婆婆在人群中突然地哭叫了一声：开恩吧——

众人随着哭喊起来：开恩吧——开恩吧——

热泪迷糊了俺的眼睛。俺泪眼朦胧地看到，众乡亲在大街上叩起头来。俺的身前身后有许多的身体起伏着，俺的身左身右混乱着哭喊声和脑门子碰在石头上的声音。

众乡亲在县衙前的大街上一直跪到了日近正午，站岗的士兵换了三班，也没有人从衙门里出来接走单举人手里的请愿折子。举人老爷高举着的两只手渐渐地低垂下来，笔直的腰板也渐渐地弯曲。举人老爷终于晕倒在地上。这时，就听到县衙内锣鼓喧天军号鸣，咕咚咚大炮放三声，县衙的大门隆隆开，闪出了仪门前面好阵营。俺不去看护卫的士兵如狼虎，也不去看当官的仪仗多威风。俺只看，队伍中间一囚车，囚车上边两站笼，笼中各站着人一个，一个是俺爹爹老孙丙，一个是山子假孙丙。

咪呜咪呜，咪呜咪呜啊，我心悲痛……

第十六章
孙丙说戏

好好好好好好好啊！好戏开场了啊——有孙丙站囚笼大街游行，中秋节艳阳照天地光明。站在那囚车上举目四望，但见得众乡亲伫立在大街两旁。但见得车前头衙役们鸣锣开道，但见得车后头兵马猖狂。刀出鞘箭上弦子弹上膛，德国鬼中国兵个个紧张。都因为昨夜朱八率众劫了牢房，设巧计出奇谋换柱偷梁。若不是俺打定主意要上刑场，此时刻，神不知，鬼不晓，只有那小山站在这囚车上。朱八哥哥呀，俺孙丙辜负了你和众弟兄一片心意，害得你们命丧黄泉，首级挂在了衙墙上。但愿得姓名早上封神榜，猫腔戏里把名扬。

——猫腔《檀香刑·孙丙游街》

一

朱八的手像铁钩子一样扣住了俺的喉咙，俺感到眼冒金花耳朵轰鸣眼珠子外突太阳穴发涨……俺知道小命马上要送终。不，不能这样死，俺这样死在朱八手里太窝囊。俺生是英雄，死也要强梁。朱八哥哥，孙丙知道你的意思，你怕俺被檀木橛子钉，你怕俺受刑不过哭爹喊娘。你怕到时候，俺想死死不了，想活活不成，因此你想把俺扼死，让德国鬼子的阴谋败亡。朱八哥哥，松手啊，你把我卡死就等于毁了我名节，你不知道，俺举旗抗德大功刚刚成一半，如果俺中途逃脱，就是那虎头蛇尾、有始无终。俺盼望着走马长街唱猫腔，活要活得铁金刚，死要死得悲且壮。俺盼望着五丈高台上显威风，俺要让父老乡亲全觉醒，俺要让洋鬼子胆战心又惊。死到临头急智生：俺双手抠住他的眼，膝盖将他的小腹顶。俺感到一股热乎乎的东西淋了下来，他的手指松了扣，俺的脖子得解放。

在月光照耀下，俺看到在俺和朱八的周围站着很多官兵。他们的脸都在膨胀，就像被屠户吹鼓的猪尿泡。有几张猪尿泡一样的脸压过来，俺的双臂随即就被他们抓住，身体也被提拎起来。这时俺的眼睛恢复了正常，俺看到，叫花子头朱八，俺多年的老友，身体侧歪在地上，像筛糠一样颤抖着。他的头上流出来许多蓝色的东西，散发着热烘烘的腥气。俺这才明白，方才导致他松开了手爪的原因——并不是因为俺的反抗，而是他的脑袋受到了官兵的沉重打击。

一群士兵前呼后拥地架着俺，穿过了仪门，越过了戒石坊，停留在大堂前的月台上。俺抬头看到，巍巍然大堂里已经是灯火辉煌。描画着袁世凯官衔的灯笼高高挂在大堂前的房檐上，高密县正堂的灯笼退两旁。士兵们架着俺进了大堂门，一松手，将俺扔在了跪石上。俺手扶地面站起来，双腿发软身子晃。一个士兵在俺的腿弯子上踹了一脚，俺不由自主地跪在了石头上。俺双手按地，将腿抽到前边，坐着，不跪。

俺坐舒坦了，抬头往上看去。俺看到袁世凯的圆脸油光闪闪，克罗德的长脸焦干枯黄。知县钱丁站在一侧，弓着腰，驼着背，那样子又可怜又凄惶。俺听到袁世凯发问：

“堂下歹徒，报上姓名！”

“哈哈哈哈哈……”俺放声大笑一阵，说，“袁大人真是贵人眼拙，俺行不改姓，坐不改名，俺就是率众抗德的大首领，孙丙原是俺的名，现在俺顶着大神岳武穆，正在这风波亭里受酷刑！”

“灯笼靠前！”袁世凯大声说。

几盏灯笼举到了俺的面前。

"钱知县，这是怎么讲呢?"袁世凯冷冷地问。

钱丁慌忙上前，撩袍甩袖，单膝跪地，道：

"回大人，卑职方才亲自去死囚牢中察看过，那孙丙铁链加身，被牢牢地系在匪类石上。"

"那么这个又是谁?"

知县起身，挪到俺的面前，借着灯火仔细打量，俺看到他的眼睛闪闪烁烁，好像鬼火一样。

俺仰起下巴咧开嘴，说：

"好好看看，钱大人，你应该认识俺的下巴，当年这里生长着一部美须髯，入水不乱钢丝样。这嘴里原来有一口好牙齿，咬得动骨头嚼得动钢。胡须是被您亲手薅了去，牙齿被克罗德用手枪把子往下夯。"

"你既是孙丙，那牢中的孙丙又是谁？难道你会分身法?"钱丁问。

"不是俺会分身法，而是你们睁眼瞎。"

"各营各哨，提高警惕，大门把好，将衙内严加搜索，所有歹徒，不论是死了的还是活着的，都给俺整到堂前来。"袁世凯对他的部下下达了命令，那些大小头目一窝蜂地冲了出去。"还有你，高密县，速速带人去死牢把那个孙丙提来，我倒要看看，哪个是真哪个是假!"只用了片刻的工夫，兵士们就把四个叫花子的尸体还有一只死猴子拖到了大堂上。说是四个尸首其实不恰当，朱老八还没死利索，喉咙里呼噜呼噜地响着，血沫子像菊花开放在他嘴上。俺坐在距离朱八只有三尺的地方，看到他那两只还没合上的眼睛里射出来的光芒。那光芒如针尖刺着俺的心：朱老八，好弟兄，咱们是二十年的老交情，想当年俺带着猫腔班子进城来演出，你把俺请到娘娘庙里喝三盅。你是一个猫腔迷，连台大戏能背诵。你有一副公鸭嗓，学猫叫学出来别有趣味，唱须生唱得韵味无穷。俺的好兄弟啊，想起了往事心潮难平，成串的戏文往外涌。俺刚想放开喉咙唱满堂，就听到大堂外边闹哄哄。

随着一阵铁链子拖地的哗啦啦声响，一群衙役把小山子押到了大堂中。俺看到，小山子身穿着破烂的白袍，脚上铁链，手上铁链，浑身的血污，嘴唇破烂，嘴里的牙齿缺三颗，眼睛里往外喷火焰……他的一行一动一招一式都与俺相同，唯独牙齿多砸了一颗。俺不由得暗暗吃惊，更感叹朱老八这场大戏演得精。如果不是多砸了一颗牙，只怕是俺的亲娘来了也难分清。

“回禀大人，卑职已将要犯孙丙带来。”知县趋前打千报告。

俺看到堂上的袁世凯和克罗德都吃惊地睁大了眼睛。

小山子昂然而立，脸上浮现着痴人也似的笑容。

“大胆囚犯，为何不跪？”袁世凯在堂上一拍惊堂木，厉声喝问。

“俺乃堂堂大宋元帅，上跪天地，下跪父母，怎么能在你们这些番邦野狗面前下跪？”小山子摹仿着俺的声嗓，慷慨激昂地说。

这小子原本就是个唱戏的好材料，当年俺应朱老八之请，去娘娘庙里，给那些叫花子传授戏文，多数花子不成材，只有他举一反三，触类旁通。俺教他一出《鸿门宴》，还教他一出《追韩信》。他字正腔圆扮相好，心有灵犀戏缘深。俺本想拉他下海唱猫腔，老朱八要留他百年之后做掌门。

“小山兄弟，别来无恙！”俺双手抱拳，对他施礼。

“小山兄弟，别来无恙！”他举起双手，带动着铁锁链哗啦啦作响，重复着俺的话语，也对俺施了一礼。

好荒唐，好荒唐，大堂上演开了真假美猴王。

“兀那死囚，跪下答话！”袁世凯威严地说。

“俺是那风中竹宁折不弯，俺是那山中玉宁碎不全。”

“跪下！”

“要杀要砍随你便，要俺下跪万不能！”

“让他跪下！”袁世凯大怒。

一群衙役如狼似虎地涌上来，拧胳膊压脖子，将小山子按跪在大堂之上。但衙役们刚一松手，他也学着俺的样子，将跪姿转为坐姿，与俺并排在一起。俺龇牙他也龇牙，俺瞪眼他也瞪眼。俺说小山子你这个混蛋，他也说小山子你这个混蛋。俺们两个的跟样学样看起来十分滑稽，竟然消解了袁世凯的怒气。他嘻嘻地笑了起来，坐在他身边的克罗德也像个傻瓜一样笑起来。

"本抚为官多年，什么样子的奇人怪事都经历过，但还没经历过争当死囚的事，"袁世凯冷笑着问，"高密县，你经多见广，学问又大，就把这件事给本官解说解说吧！"

"卑职见识短浅，还望大人指点！"钱丁毕恭毕敬地说。

"你来替本官辨别一下，堂下坐着的这两位，哪个是孙丙？"

钱丁走到我们面前，目光在俺和小山子脸上游动着，他的脸上出现了犹豫不决的表情。俺知道这个比猴还精的县令，一眼就能分辨出真假孙丙，那么，他的犹豫不决到底为了何情？难道他顾念着儿女私情想把俺这个不成名的岳丈来保护？难道他也想让叫花子替俺去受檀香刑？

知县盯着我们看了半天，转回身对袁世凯说：

"禀大人，卑职眼拙，实在是分辨不清。"

"你再仔细看看。"

知县上前来端详了一会儿，摇着头说：

"大人，还是分辨不清。"

"你看看他们的嘴！"

"他们的嘴里都缺牙。"

"有无区别？"

"一个缺了三颗牙，一个缺了两颗牙。"

"孙丙缺了几颗牙？"

"卑职记不清了……"

"克罗德狗杂种用手枪把子敲去了俺三颗牙！"小山子踊跃地

说。

“不，克罗德敲去了俺两颗牙。”俺大声地更正着。

“高密县，你应该记得克总督敲去了孙丙几颗牙吧?”

“大人，卑职的确是记不清了……”

“这么说，你分辨不清哪个是真哪个是假了?”

“卑职眼拙，的确分辨不清……”

“既然连你这本地的知县都分辨不清，那就不要分辨了，”袁世凯一挥手，道，“把他们关进死囚牢，明天一起去受檀香刑。高密县，你今夜亲自去南监值更，这两个人犯，如果出了差错就拿你是问!”

“卑职一定尽心尽责……”知县鞠躬领命。俺看到他已经汗流浃背，往昔的潇洒神采消逝得干干净净。

“出现这种偷梁换柱的把戏，一定是衙门里有人接应，”袁世凯洞若观火地说，“去把那掌管监牢的典史，看守死囚的狱卒，统统地拘押起来，天明之后，严拘细问!”

二

没等兵丁们去拘拿典史，典史已经在狱神庙悬梁自尽。衙役们把他的尸首像拖死狗一样拖到仪门外的甬道上，与朱八、侯七们的尸首摆放在一起。兵丁们拖拉着俺往囚牢里行进时，俺看到几个刽子手不知是执行着谁的命令，正在切割着他们的头颅。俺的心中无比地悲痛，俺的心中翻滚着悔恨的感情。俺想俺也许是错了，俺应该顺从着朱老八，悄悄地金蝉脱壳，让袁世凯和克罗德的阴谋落空。俺为了功德圆满，俺为了千古留名，俺为了忠信仁义，竟毁了数条性命。罢罢罢，挥手赶去烦恼事，熬过长夜待天明。

知县指挥着衙役，把俺和小山子拴在同一块匪类石上。囚牢里点燃了三根大蜡，囚牢外高挂起一片灯笼。知县搬来一把椅子，坐在牢门外边。透过碗大的窗口，俺看到，在他的身后，簇拥着七八个衙役，衙役的后边，包围着一群兵丁。膳房里的火焰已经扑灭，但烟熏火燎过的气味，却是越来越浓。

四更的梆锣打过了。

远远近近的鸡叫声里，灯笼的光辉渐渐黯淡，囚牢里的蜡烛也烧下去半截。俺看到知县垂着头坐在椅子上，好像一棵被霜打了的青苗，无精打采，不死不活。俺知道这伙计的处境很是不妙，即便能保住脑袋，绝对要丢掉乌纱。钱丁啊，你饮酒吟诗的潇洒劲儿哪里去了？你与俺斗须夸美时的张狂劲儿哪里去了？知县知县，咱们不是冤家不聚头，明日一死泯恩仇。

小山子，小山子，说起来你也是我徒弟，你毁容入狱忠义千秋足够青史之上把名留。何必咬定不松口，非要说你是孙丙？俺知道虽然你供出实情也难免被砍头，但砍头总比檀香刑的滋味要好受。

贤弟啊，你何必如此？俺低声地对他说。

“师傅，”他用更低的声音说，“如果我这样窝窝囊囊地被人砍了头，不是白白地砸去了三颗牙吗？”

你想想那檀香刑的滋味吧！

“师傅，叫花子从小就自己折磨自己，朱八爷当年收我为徒时，第一课就是让俺自己往身上捅刀子。我曾经练过苦肉计，曾经练过刀劈头。天下有叫花子享不住的福，但没有叫花子受不了的罪，我劝师傅还是自认不是孙丙，让他们给你来个痛快的，让徒弟代你去受刑。徒弟代你去受檀香刑，成就的还是师傅的英名。”

既然你已经铁了心，俺说，就让咱们兄弟并肩去闯那鬼门关，死出个样子给他们看看，让那些洋鬼子奸党看看咱们高密人的血性！

“师傅，离天亮还有一段时间，趁着这个机会，您就把猫腔的由来给俺讲讲吧。”小山子说。

好吧，小山子，好徒弟，俗话说，“人之将死，其言也善”，师傅就把这猫腔的历史从头到尾讲给你听。

三

话说雍正年间，咱们高密东北乡出了一个名叫常茂的怪才。他无妻无子，光棍一人，与一只黑猫相依为命。常茂是一个锔锅匠，整日走街穿巷，挑着他的家什和他的猫，为人家锔锅锔盆。他的手艺很好，人品端正，在乡里很有人缘。偶然的一个机会，他去参加了一个朋友的葬礼。在朋友的坟墓前，他想起了这个朋友生前待自己的好处，不由得悲从中来，灵感发动，一番哭诉，声情并茂，竟然让死者的亲属忘记了哭泣，看热闹的人们停止了喧哗。一个个侧耳恭听，都受到了深深的感动。人们想不到，锔锅匠常茂竟然还有那样的一副好嗓子。

这是咱们猫腔历史上一个庄严的时刻，常茂发自内心的歌唱和诉说，比起女人们呼天抢地的哭诉和男人们没有眼泪的瞎咧咧，分明是高出了一根竹竿。它给予悲痛者以安慰，给予无关痛痒者以享受，是对哭哭啼啼的传统葬礼的一次革命，别开了一个局面，令人耳朵和眼睛都新鲜。就好像信佛的看到了西天的极乐世界，天花乱坠；又好像满身尘土的人进了澡堂子，洗去了满身的灰尘，又喝下去一壶热茶，汗水从每个毛孔里冒出来。于是众口相传，都知道锔锅匠常茂除了有一手锔锅锔盆的好手艺，还有一副铜钟一样的好嗓子，还有一个过目不忘的好脑子，还有一副好口才。渐渐地，就有那些死了人的人家，请他去参加葬礼，让他在坟墓前说唱一番，借以安慰死者的灵魂，缓解亲人的痛苦。起初，他自然是推辞不去的；到一个毫不相干的死人墓前去哭诉，这算怎么一回事嘛。但人家一次两次地来请，还是不去，三次来请就难以拒绝了，刘玄德请诸葛亮也不过是三顾茅庐嘛。何况都在一个乡里居住，都是要紧的乡亲，抬头不见低头见，往前追根一百年，都能攀上亲戚。不看活人的面子，也要看死人的面子。人死如虎，虎死如羊。死人贵，活人贱。于是就去。一次两次三次……每次都被视为上宾，都受到了热烈的欢迎。树怕屎尿浇根，人怕酒肉灌心。一个锔锅匠得到如此的厚待，感激不尽，自然就卖命地为人家出力。刀越磨越利，艺越习越精。反复锻炼之后，他的说唱技艺又往上拔了好几竹竿。为了能唱出新花样，他拜了乡里最有学问的马大关先生为师，经常地请他讲说古往今来的故事。每天早晨，他都要到河堤上去拔嗓子。

请常茂去墓前演唱的，起初只是一些小户人家，名声远播之后，大户人家也开始来请。在那些年头里，凡是有他参加的葬礼，几乎就是高密东北乡的盛大节日。人们扶老携幼，不惜跑上几十里路前来观看；而没有他参加的葬礼，无论仪仗是多么豪华，祭礼是多么丰厚——哪怕你幡幢蔽日，哪怕你肉林酒池——观众总是寥寥。终于有一天，常茂扔掉了锔锅锔盆的挑子，成了专业的哭丧大师。

据说孔府里也有专门的哭丧人，那都是一些嗓门很好的女人。但她们的哭丧就是伪装成死者的亲人，做出悲痛欲绝的姿态，哭天嚎地。她们的哭丧与常茂根本不是一码事。师傅为什么要将那孔府里的哭丧人跟我们的祖师爷比较呢？因为几十年前就有人放出谣言，说祖师爷是受了孔府里的哭丧人启发才开始了他的职业哭丧生涯。为此师傅专门去曲阜考察过，那里至今还有一些专门哭丧的女人。她们嘴里就是那么几句词儿，什么天啊地呀的，与我们祖师爷的灵前演唱绝不是一码事。把她们与我们的祖师爷爷相比，可以说是将天比地，将凤凰比野鸡。

祖师爷爷在死者的灵前即兴演唱，词儿都是他根据死者的生平现编的。他有急才，出口成章，合辙押韵，既通俗易懂，又文采飞扬。他的哭丧词实际上就是一篇唱出来的悼词。发展到了后来，为了满足听众的心理，祖师爷的说唱词儿就不再局限在对死者生平的叙说和赞扬上，而是大量地添加了世态生活内容。实际上，这已经就是咱们的猫腔了。

说到此处，俺看到囚牢外的知县歪着脑袋，好像在侧耳恭听。要听你就听吧，你听听也好。你不听猫腔，就不了解俺高密东北乡；你不知道猫腔的历史，就不可能理解俺们高密东北乡人民的心灵。俺有意识地提高了嗓门，尽管俺的喉咙里仿佛出火，舌头生痛。

前面说过了，祖师爷养了一只猫，这是只灵猫，就像关老爷坐下的赤兔马。祖师爷特别爱他的猫，猫也特别爱他。他走到哪里猫就跟到哪里。祖师爷在人家墓前说唱时，猫就坐在他的面前认真聆听。听到悲情处，猫就和着他的腔调一声声哀鸣。祖师爷的嗓子出类拔萃，猫的嗓子也是天下难有其匹。因为祖师爷和猫的亲密关系，当时的人们就把他叫成“常猫”。直到如今，还有这样的顺口溜在高密东北乡流传——

“听大老爷说教，不如听常茂的猫叫。”小山子深情地说。

后来，猫死了。猫是如何死的，有几种说法：有人说猫是老死的，有人说猫是让一个嫉妒祖师爷才华的外县戏子毒死的，有人说是让一个想嫁给祖师爷但遭到了祖师爷拒绝的女人给打死了。反正是猫死了。猫死了，祖师爷悲痛万分，抱着猫的尸体，哭了三天三夜。不是一般地哭，是边哭边唱，一直哭唱到眼睛里流出了鲜血。

巨大的悲痛过后，祖师爷用兽皮精心制作了两件猫衣。小的那张用一张野猫皮制成，平日里就戴在头上，双耳翘翘，尾巴顺在脖子后边，与脑后的小辫子重叠在一起。那件大的用十几张猫皮连缀而成，如同一件隆重的大礼服，屁股后边拖着一条长长的粗大尾巴。以后再给人家哭丧时就穿着这件大猫衣。

猫死后，祖师爷的演唱风格发生了巨大的变化。在此之前，演唱中还有欢快戏谑的内容，猫死之后，悲凉的调子自始至终。演唱的程式也有了变化：在悲凉的歌唱中，不时地插入一声或婉转或忧伤或凄凉总之是变化多端的猫叫，仿佛是曲调的过门。这个变化，作为固定的程式保留至今，并且成为了我们猫腔的鲜明的特征。

“咪呜～～咪呜～～”小山子情不自禁地在俺的讲述中插入了两声充满怀旧情绪的猫叫。

猫死之后，祖师爷走路的姿势、说话的腔调都摹仿着那只猫，好像猫的灵魂已经进入了他的身体，他与猫已经融为一体。连他的眼睛都渐渐地发生了变化：白天眯成一条缝，夜晚在黑暗中闪闪发光。后来，祖师爷死了。传说中祖师爷临死之前变成了一只巨大的猫，肩膀上生长着两个翅膀，他冲破窗户，落在院子里一棵大树上，然后从树上起飞，一直飞向了月亮。祖师爷死后，帮人哭丧的营生就断了线，但他的优美动听、令人柔肠寸断的歌唱声始终在人们的心中缭绕。

四

到了嘉庆、道光年间，在咱们高密东北乡的地盘上，就有了一家一户的小班子，摹仿着祖师爷的腔调，开始了经常性的演出。一般是一对夫妻带领着一个孩子，夫唱妇随，孩子披着一件小猫衣，把一声声的猫叫穿插在他们的歌唱中。他们有时也为大户人家唱丧——注意，这时已经不是“哭丧”而是“唱丧”了——但更多的时候是在集市上围场子。夫妻扮演着角色又唱又扭，小孩子端着小笸箩，猫头猫脑，猫腔猫调，转着圈子收钱。演出的节目多半是一些小段子，《蓝水莲卖水》啦，《马寡妇哭坟》啦，《王三姐思夫》啦什么的。其实这样的演出就是讨饭。咱们猫腔行当天生的就与叫花子行当有缘，要不，咱们也就成不了师傅徒弟。

“师傅说的极是。”小山子说。

这样的演出状况一直延续了几十年。那时的猫腔，没有乐器伴奏，没有正式的演出。那时的猫腔是戏也不是戏。除了前边咱说过的那种一家一户地演出外，还有一些农家子弟，在农业闲暇之时，敲击着卖糖的小锣和卖豆腐的梆子，即兴编一些词儿，在编制草鞋的窨子里或是自家的炕头上，自唱自娱，借以排解心中的寂寞和痛苦。那卖糖的小锣和卖豆腐的梆子，就是咱们猫腔最早的打击乐器。

师傅那时年轻，心眼儿灵活——这不是师傅自吹——在高密东北乡的十八个村子里，师傅的嗓子是最好的。大家聚在一起唱戏，渐渐地有了名气。先是本村的人来听，渐渐地就有外村的人来听。人多了，炕头上和草鞋窨子里盛不下，演唱的地点就挪到了院子和打谷场上。在炕头上和窨子里可以坐着唱，但在院子里和打谷场上就不能单是坐着唱，这就需要动作。有了动作穿着家常的衣裳就不自然了，这就需要行头了。有了行头素着脸就不是感觉了，这就需要打脸子化妆。化了妆后单有一个梆子和小锣就不行了，这就需要乐器。那时候，经常有一些外县的野戏班子到咱这里演出，有从鲁南来的“驴戏”班子——他们经常骑着小毛驴上台演出。有从胶东一带来的溜腔班子——他们的每句唱腔都从高腔往低腔下滑，就像一个人从高坡上往下出溜。还有从河南和山东边界上来的公鸡班——他们在每句唱腔后边都要用假嗓子“呕儿”一声，好像公鸡打完鸣儿后发出的那种声音。这些班子都有乐器伴奏，一般是胡琴、笛子，还有唢呐、喇叭。同仁们就把这些乐器拿来给咱们的猫腔伴奏。演出效果比干唱那是好多了。但师傅是争强好胜之人，不愿意用人家现成的东西。这时候，咱这个戏已经有了猫腔的名字。咱家就想，要想弄出一个跟别的戏不同的戏，就要在这个“猫”上想办法。于是师傅就发明了一种猫胡，有了猫胡之后，猫腔就站住了脚。

咱家的猫胡与其他的胡琴相比，第一是大，第二是四根弦子两道弓子，拉起来双声双调，格外地好听。他们的胡琴筒子都是用蛇皮蒙的，咱们的猫胡是用熟过了的小猫皮蒙的。他们的胡琴只能拉一般的调子，咱家的猫胡能摹仿出猫叫狗叫驴鸣马嘶小孩子啼哭大闺女嬉笑公鸡打鸣母鸡下蛋——天下没有咱家的猫胡学不出来的声音。猫胡一成，咱们的猫腔立即就声名远播，高密东北乡再也没有外来野戏的地盘了。

师傅继发明了猫胡之后，又发明了猫鼓——用猫皮蒙面的小鼓，师傅还画出了十几种猫脸谱，有喜猫、怒猫、奸猫、忠猫、情猫、怨猫、恨猫、丑猫……是不是可以说：没有俺孙丙，就没有今天的猫腔？

“师傅说得对。”小山子说。

当然了，俺不是猫腔的祖师爷，咱们的祖师爷还是常茂。如果说咱们的猫腔是一棵大树，常茂就是咱们的树根。

五

贤弟，十几年前，师傅教过你哪两出戏？

“《鸿门宴》，师傅，”小山子低声说，“还有《追韩信》。”

嗨，贤弟，这些戏，都是师傅从其他的剧种偷过来的。你可能不知道，师傅为了偷艺，曾经混到十几个外地的戏班子里去跑过龙套。师傅为了学戏，下江南，出山西，过长江，进两广。天下的戏没有师傅不会唱的，天下的行当没有师傅不能扮的。师傅就像一个蜜蜂，采来了百花的花粉，酿成了咱猫腔这一坛好蜜。

“师傅，您是大俊才！”

师傅心中原来有一个宏图大愿，要在有生之年，把咱们的猫腔，唱到北京城里去，去给皇上和皇太后献艺。师傅要把咱们的猫腔唱成国戏，只要咱们的猫腔成了国戏，大江南北再也不会闹耗子。可惜啊可惜，正当师傅雄心勃勃地想干一番大事时，不料想被一个奸人薅了胡须。胡须就是师傅的威风就是师傅的胆子就是师傅的才气就是咱们猫腔的魂儿，师傅没了胡须就像猫儿没了胡须就像公鸡被拔光了毛儿就像骏马被剪光了尾巴……徒弟啊，师傅万般无奈只好改行开了一个小茶馆混日子……这正是壮志未酬身先死啊，常使英雄泪满襟！

讲到此时，俺看到那高密知县的身体颤抖起来。俺看到小山子的眼睛里泪光闪闪。

徒弟啊，咱们猫腔的看家戏是《常猫哭灵》，这也是师傅独创的第一个大戏。每年的演出季节里，这也是咱们的开场戏。这个戏演好了，一季的演出保准顺利；这个戏演砸了，这一季的演出就要出事。你是咱们东北乡人，看过了多少次《常猫哭灵》？

"记不得了，大概有几十次吧？"

你发现有两次演出是一样的吗？

"没有，师傅，每次看这出戏感觉都是全新的。"小山子心驰神往地说，"俺还牢记着第一次看《常猫哭灵》的情景，那时俺还是一个孩子，头上顶着一件小猫衣。师傅您那天演的是常猫。您唱得树上的麻雀都掉在了地上。最吸引俺的还不是师傅您的唱词；最吸引俺的是那个在台上扮猫的大孩子。他一声声地学着猫叫，没有一声是相同的。戏演到一半，台下的大人孩子就疯了。俺们在大人腿缝里钻来钻去，一声声学习猫叫。咪呜咪呜咪呜咪——正好场子边上有三棵大树，俺们争先恐后地爬了上去。平日里俺根本就不会爬树，那天却爬得十分麻利，好像俺真的成了一只小猫。树上真有很多的猫，不知道它们什么时候爬上去的。它们与俺们一起大叫，咪呜咪呜咪呜——台上台下，天上地下，都是猫叫的声音。男人女人大人孩子真猫假猫，混在了一起，大家都撕破了喉咙发出了平日里根本就发不出的声音，大家都运动身体，做出了平日里根本就做不出的动作。到了后来，人们都汗流浃背，涕泪滂沱，筋疲力尽地瘫软在地，浑身仿佛变成了空壳子。树上的猫孩子也一个个掉下来，好像沉甸甸的黑石头。树上的真猫一个个地飘下来，好像腿间生了蹼膜的飞耗子。俺还记得这出戏的最后一句唱词：猫啊猫啊猫啊猫啊猫啊俺的个亲亲的猫……师傅您把最后一个“猫”字翻花起浪地折腾得比大杨树的梢儿还要高出几十丈，大家的心一直跟着你升到云彩眼儿里。”

徒弟，其实你也能主演《常猫哭灵》了。

“不，师傅，如果能与师傅同台演出，俺愿意扮演那个串台的猫孩子。”

俺深情地看着这个优秀的东北乡子弟，说：好孩子，咱们爷两个正在演出猫腔的第二台看家大戏，这出戏的名字也许就叫《檀香刑》。

六

按照历朝历代的规矩，他们把俺们弄到了大堂之上，用食盒提来了四盘大菜一壶酒，一摞单饼一把葱。一盘是红烧猪头肉，一盘烧鸡一盘鱼，还有一盘酱牛肉。单饼大得赛锅盖，大葱鲜嫩水灵灵，烧酒冒气热腾腾。俺与那小山兄弟，相对一笑，两个孙丙，一真一假，端起酒碗，当啷一碰，仰脖子灌酒，咕咚咕咚。热酒入肠，眼泪汪汪；江湖义气，慷慨激昂。望乡台上，携手并肩；化为彩虹，飞上九天。然后我们大吃大嚼，牙齿不好，囫囵吞枣；视死如归，胆壮神旺；一场大戏，隆重开场。

囚车行进在大街之上，路边的看客熙熙攘攘。演戏的最盼望人气兴旺；人生悲壮，莫过于乘车赴刑场。俺孙丙演戏三十载，只有今日最辉煌。

俺看到，刺刀尖儿在前边闪光，红顶子蓝顶子在后边闪光，乡亲们的眼睛在大街两旁闪光。俺看到，多少个乡绅胡须颤，多少个女人泪汪汪。多少个孩子张大口，口水流到了下巴上。突然间，俺看到，在那一群女人之间，躲藏着俺的女儿小眉娘。俺的心中一酸，眼窝子一热，眼泪就要夺眶而出。好男儿流血不流泪，是大英雄怎能儿女情长。

囚车的木轮子在石板路上咯噔咯噔地响着，阳光晒得俺头皮发痒。开道的铜锣嘡嘡地敲着，八月的秋风轻轻地吹着。俺抬头望望瓦蓝的高天，心中浮起了一阵凄凉。看到了蓝天白云俺不由得想起了马桑河里清清水，天上的白云倒映在河面上。俺从河里担来清水，招待着宾客来四方。俺想起了贤妻小桃红，想起了娇儿是一双。千恨万恨德国鬼，修铁路破风水，毁了俺高密东北乡。想到悲处喉咙痒，高唱猫腔谢乡党：

前呼后拥威风浩～～俺穿一件蟒龙袍，戴一顶金花帽～～俺可也摆摆摇摇，玉带围腰～～且看那猪狗群小，有谁敢来踹俺孙爷的根脚～～

俺一曲唱罢，大街两旁的万千百姓，齐声地喊了一声好。小山子，好徒弟，不失时机地学出了花样繁多的猫叫——咪呜咪呜咪呜——使俺的歌唱大大地增添了光彩。

望天空金风浩荡，看大地树木葱茂……俺本是英灵转世，举义旗替天行道……要保我中华江山，不让洋鬼子修成铁道……刚吃罢龙肝凤脑，才饮干玉液香醪……

咪呜咪呜咪呜——

好徒弟垫腔补调……

俺看到乡亲们一个个热泪盈眶。先是孩子们跟随着小山子学起了猫叫，然后是大人们学起了猫叫。千万人的声音合在了一起，就好似全世界的猫儿都集中在了一起。

俺看到在俺的猫腔声中，在众乡亲的猫叫声中，袁世凯和克罗德满面灰白，那些官兵洋鬼们一个个面如土色，如临大敌。人生能有一次这样的演唱，孙丙死得其所啊！

好好好，乡亲们莫烦恼～～恼恼恼，奸贼们仔细着～～看看看，众子弟揭竿起～～去去去，去扒那火车道～～死死死，死得好～～火火火，烧起来了～～了了了，还没了～～要要要，要公道～～

咪呜咪呜咪呜咪呜——

喵——喵——喵——

第十七章
小甲放歌

红衣大炮呼隆隆，晴天里响雷刮大风～～咪呜咪呜咪呜～～跟着爹爹来执刑，心窝里开花红彤彤紫盈盈黄澄澄白生生蓝呀么蓝灵灵～～有爹真好～～有爹真好咪呜咪呜～～爹爹说杀人要比杀猪好，乐得俺一蹦三尺高～～呜哩嗷嗷呜哩嗷～～今天早晨俺吃得饱，大锅里捞油条，小锅里把牛肉捞。油条里有股血味道，好比一只小死耗～～咪呜咪呜咪呜～～牛肉也有血味道，也是一只小死耗～～呜哩嗷嗷呜哩嗷～～檀木橛子早煮好，在肥猪身上练过了，爹爹把着俺手教，爹的手艺高。就等着孙丙到，往他的腚上钉木橛，钉木橛呀钉木橛钉木橛～～咪呜咪呜咪呜～～那边厢吵吵嚷嚷游街的队伍过来了。大炮一响不好了，俺的眼睛变色了。又是那通灵虎须显了灵，俺眼前的景物全变了。一个人种也没有了，校场上，全是些猪狗马牛，狼虫虎豹，还有一个大鳖乘坐着八人轿。他就是袁世凯那个老杂毛。别看他的官儿大，比起俺爹差远了——咪呜咪呜咪呜～～喵～～

——猫腔《檀香刑·娃娃调》

一

俺睁眼就看到了一片红光——不得了哇是哪里失火了吗？嘿嘿，不是失火了，是太阳出来了。麦草铺上有许多小虫，咬得俺全身发痒；半生不熟的油炸鬼撑得俺肚子一夜发胀，连环屁放。俺看到爹现在不是黑豹子爹现在还是爹，爹手捻着檀香佛珠端坐在那张皇帝爷爷赏给他的檀香木龙椅上真是个神气真是个神奇的爹。俺也曾想坐坐龙椅过过瘾，爹不让，爹说龙椅不是谁都可以坐的，如果没生着个龙腚，坐上去就要生痔疮——骗人吧，爹是龙腚，难道儿子就不是龙腚？如果爹是龙腚儿子不是龙腚那爹就不是爹，儿子也就不是儿子。俺早就听人说过，“龙生龙，凤生凤，老鼠生来打地洞”。爹坐在椅子上，半边脸红，半边脸白，眼睛似睁非睁，嘴唇似动非动，仿佛在做好梦。

俺说爹啊爹，趁着他们还没来，就让俺坐坐您的龙椅过过瘾吧，爹板着脸说：

“不行，现在还不行。”

那什么时候才行呢？

“等把这件大活干完了就行了。”爹的脸依然板着。俺知道爹板着脸是故意的。他的心里喜欢俺喜欢得要命。俺这样的好孩子人见了人喜，爹怎么能不喜欢呢。俺站到爹的背后，搂着爹的脖子，用下巴轻轻地碰着爹的后脑勺子，说，您不让俺坐龙椅那您趁着他们还没来就给俺讲一个北京的故事吧。爹厌烦地说：

“天天讲，哪里有那么多故事？”

俺知道爹的厌烦是假装的，爹其实最愿意给俺讲北京的故事。俺说爹讲吧，没有新故事就把讲过的旧故事再讲一遍嘛。爹说：

“旧故事有什么意思？岂不闻‘好话说三遍，狗都不听’。”

俺说，爹，狗不听俺听。

“你这小子，真是拿你没办法。”爹看看太阳，说，“还有点工夫，就给你讲一个郭猫的故事吧。”

二

爹给俺讲过的故事俺一个也没忘，一共有一百四十一个啦。一百四十一个故事都在俺的脑子里装着。俺的脑子里有很多的小抽屉，好像中药铺里的药橱。一个抽屉里藏着一个故事。还有许多的小抽屉空着呢。俺把小抽屉里的故事过了一遍，没有郭猫的故事。高兴高兴真高兴，这是一个新故事。俺把第一百四十二个抽屉拉开了，等着装郭猫。爹说：

“咸丰年间，北京天桥来了父子两个，爹叫郭猫，儿子叫郭小猫。父子两个都会口技。你知道什么是口技吗？就是用嘴能够摹仿出世间各种各样的声音。”

他们会学猫叫吗？

“大人讲话，小孩子不要插嘴！爷儿两个在天桥卖艺，很快就有了名气。爹那时还跟着余姥姥当外甥呢，听到了消息，背着姥姥，一个人偷偷地跑到天桥去看热闹。到了那里后，只见在一块空场上，围了一大圈人。爹那时个子矮小，身体瘦弱，从人的腿缝里钻进去。只见一个小孩子坐在小板凳上，面前守着一个帽子头。从一道青色布帘背后，传出了一只公鸡的打鸣声。一只公鸡打了鸣，然后就是远远近近的几十只公鸡此起彼伏的打鸣。听得出来这些打鸣的公鸡里还有几只当年的没扎全毛羽的小公鸡初学打鸣的声音。听得出来小公鸡一边打鸣还一边抖擞翅膀，发出了扑楞扑楞的声音。接着是一个老婆子催促老汉和儿子起床的声音。老头子咳嗽、吐痰、打火抽烟、用烟袋锅子敲打炕沿的声音。儿子打呼噜声，老太太催促儿子的声音，儿子起来，嘟哝声，打哈欠的声音，摸索着穿衣的声音。开门声，儿子到墙角上小便的声音，接着听到打水洗脸声。老太太点火烧水的声音，拉风箱的声音。然后听到爷儿两个到猪圈里抓猪的声音。猪满圈乱蹿的声音。猪把圈门碰破的声音。猪满院了乱跑的声音。猪把水桶撞翻把尿罐碰破的声音。猪往鸡窝里钻把鸡窝里的鸡吓得咯咯哒哒惊叫的声音。鸡飞上了墙头的声音。猪的后腿被儿子扯住了的声音。爹上前与儿子一起拉住猪的后腿从鸡窝里往外拽的声音。猪的头卡在鸡窝里大叫的声音。把猪的腿用绳子捆住了的声音。爷儿两个把猪抬到了杀猪床子上的声音。猪在床子上挣扎的声音。儿子用棍子敲打猪的脑袋的声音。猪挨打后发出的声音。然后又听到儿子在石头上磨刀的声音。爹拖过来一只瓦盆等待着接血的声音。儿子把刀子捅进了猪脖子的声音。猪中了刀的声音。猪血从刀口里喷出来先是滋到了地上然后流到了瓦盆里的声音。接下来是老太太用大盆端来热水一家三口手忙脚乱地褪猪毛的声音。褪完了猪毛儿子开猪膛往外取内脏的声音。一条狗凑上前来叼跑了一根猪肠子的声音。老太太打狗骂狗的声音。爷儿两个把猪肉挂在了肉架上的声音。顾客前来买肉的声音。买肉的人里，有老婆婆，有老头，还有女人和孩子。肉卖完了爷儿两个数钱的声音。数完了钱一家三口围在一起喝黏粥的声音……突然间那道青布帘儿被拉开，众人看到，帘子后边什么都没有，只有一个干巴老头子坐在那里。大家鼓起掌来。那个小孩子站起来，端着帽子头转着圈收钱，铜钱像雨点一样落到了帽子头里，也有一些铜钱落在了地上。——这件事是爹亲眼所见，半句谎话也没有——还是那句老话：行行出状元。”

三

爹讲完了故事继续闭目养神，俺却深深地沉醉在故事里不愿意出来。爹讲的又是一个儿子和爹的故事。俺觉得爹讲过的所有儿子和爹的故事其实都是讲俺爷儿两个自己的故事。爹就是那耍口技的郭猫，俺呢，就是那个端着帽子头在场子里转着圈子收钱的小男孩——咪呜咪呜——喵——

俺爹在京城里进行了那么多次的杀人表演，吸引了成千上万的看客，看客们都被俺爹的绝活吸引，俺仿佛看到了人们眼睛里饱含着泪水，如果俺那时在俺爹的身边，手里端着一个帽子头、头上顶着一张小猫皮，转着圈儿收钱该有多么好啊！俺一边收钱一边学着猫叫——咪呜咪呜——该有多么好啊！俺们能收多少钱啊！爹，真是的，你为什么不早点儿回来认了俺，把俺带到京里去。如果俺发小就在你的身边，俺现在也是一个杀人的状元了……

俺爹刚回来那阵，有人悄悄地对俺说过，说小甲你爹不是个人。不是个人是个什么？是个借尸还魂的鬼。他们说小甲你想想，你娘死时对你说过你有爹没有？没有吧？肯定没有。你娘死时没说过你有一个爹，突然地来了一个爹，好似从天上掉下来的，仿佛从地下冒出来的，他如果不是一个鬼，还能是个什么？

操你们的娘！咪呜咪呜，俺提着大砍刀向那些嚼舌头的奸人扑过去。俺没爹没了二十多年，好不容易有了爹，你们竟然敢说俺爹不是俺爹不但不是俺爹还说俺爹不是个人是个鬼，你们真是小耗子舔弄猫腚眼大了胆儿啦，俺高举着大刀对准他们就扑了上去。咪呜咪呜，俺一刀下去，能把他们从头顶劈到脚后跟，俺爹说在刑典上这就叫“大劈”，俺今日就大劈了你们这些敢说俺爹不是俺爹的狗杂种。那些人见俺动了怒，吓得屁滚尿流地跑了。咪呜咪呜——哼，小心点儿，你们这些长尾巴耗子，俺爹不是好惹的，俺爹的儿子也不是好惹的，咪呜咪呜，谁如果不信，就过来试试看，俺爹是坐龙椅的刽子手，皇帝爷爷封他先斩后奏，见人杀人，见狗杀狗。俺就是俺爹的刀斧手，砍人好似杀猪狗。

俺央求着爹再给俺讲一个故事，爹说：

“别黏糊了，准备准备吧，别到了时候手忙脚乱。”

俺知道今天是干大事的日子——干大事的日子也就是俺爷们儿

大喜的日子——今后讲故事的机会多着呢，好东西不能一次吃完。只要执好了檀香刑，俺爹心里欢喜，还愁他不把肚子里的故事一件件地讲给俺听吗？俺起身到席棚后边去拉屎撒尿，顺便着看看周围的风景。大戏楼子，升天台，一群野鸽子在阳光里飞，翅膀子噗噜噗噜响。校场的周围站着一些大兵，木桩子，大兵，木桩子。几十门钢铁大炮趴在校场的边上，有人说那是鳖炮，俺说那是狗炮。鳖炮，狗炮，滑溜溜，汪汪叫，鳖盖上长青苔，狗身上有毛毫，咪呜咪呜。

俺转到了席棚前，手爪子闲得痒痒，想找点活儿干干。往常里这时候，俺已经把猪狗杀好挂在架子上，新鲜的肉味儿跟着小鸟满天飞，买肉的人已经在俺家的铺面前站队排号。俺提着大砍刀站在肉案子前，手抓着热乎乎的肥膘，一刀劈下去，要多少就是多少，几乎不差半分毫，买肉的人对着俺把大拇指翘：小甲真是好样的！俺知道俺是好样的，用不着你们来说道。可今天俺在这里跟着爹第一次干大活，这活儿比杀猪重要，那些买肉的主顾怎么办？怎么办？没法办，你们今天就吃一天斋吧。

爹不给俺讲故事了，真无聊。俺转到锅灶前，看到灶里的火已经熄了，锅里的油也平了。锅里的油明晃晃的，不是油，是一面大镜子，青铜的大镜子，比俺老婆那面还要明亮，把俺脸上的每根毛毫儿都倒映出来。灶前的泥土上和灶台上干巴着一些黑血，宋三的血。宋三的血不但洒在了灶前的泥土上和灶台上，而且还洒在了油锅里。是不是因为油锅里洒进了宋三的血才这样明亮呢？等执完了檀香刑俺要把这锅油搬回家安放在院子里，让俺老婆照她的脸。她如果对俺爹不好俺就不让她照。昨天夜里俺正在迷迷糊糊地睡觉呢，就听到“叭勾”一声响，宋三一头扎到油锅里，紧拖慢捞他的头已经被滚油炸得半熟了，真好玩，咪呜咪呜。是谁的枪法这样好？俺爹不知道，听到枪声赶来探看的官兵们也不知道，只有俺知道。这样的好枪法的人高密县里只有两个，一个是打兔子的牛青，一个是当知县的钱丁。牛青只有一只左眼，右眼让土枪炸膛崩瞎了。瞎了右眼后他的枪法大进。他专打跑兔。只要牛青一托枪，兔子就要见阎王。牛青是俺的好朋友，俺的好朋友是牛青。还有一个神枪手是知县老爷钱丁。俺到北大荒挖草药给俺老婆治病时，看到钱丁带着春生和刘朴正在那里打围。春生和刘朴骑着牲口把兔子轰起来，知县纵马上前，从腰里拔出手枪，一甩手，根本不用瞄准，巴哽——兔子蹦起半尺高，掉在地上死了。

俺趴在枯草里不敢动弹。俺听到春生满嘴里抹蜜称赞知县的枪法，刘朴却垂头坐在马上，脸上没有表情，猜不透他的意思。俺老婆说过，知县的亲信刘朴是知县夫人的干儿子，是个有来头的大人物的儿子，满肚子学问，一身的本事。俺不信，有本事还用给人家当催班？有本事就该像俺爹那样，举着大刀，涂着红脸蛋子，嚓！嚓！嚓！嚓！嚓！嚓！六颗人头落了地。

俺心里想：不是知县枪法好，只是让他碰了巧，瞎猫碰上了一个死耗子。下一只就不一定能打中了。知县仿佛知道了俺的想法，抬手又一枪，把一只在天上飞着的小鸟给打下来了。死小鸟，黑石头，正巧掉在了俺的手边。妈妈的，神枪手，咪呜咪呜。知县的猎狗跳跃着跑过来。俺攥着小鸟站起来，热乎乎地烫手。狗在俺的面前一蹿一蹿地跳跃着，汪汪地大叫。狗，俺是不怕的；狗，是怕俺的。高密县里所有的狗见了俺都夹着尾巴疯叫，狗怕俺，说明俺的本相如同俺爹，也是一只黑豹子。知县的狗看起来很狂，其实，从它的叫声里，俺就听出了这东西尽管有点狗仗人势，但心里头还是怕俺。俺就是高密县的狗阎王。听到狗叫，春生和刘朴骑着牲口包抄上来。刘朴跟俺不熟，但春生是俺的好朋友，他经常地到俺家店里喝酒吃肉，每次俺都给他个高头。他说小甲你怎么在这里？你在这里干什么？俺在这里挖草药呢，俺老婆病了，让俺来给她找那种红梗绿叶的断肠草呢。你认识断肠草吗？如果你认识，请你马上告诉俺，俺老婆病得可是不轻呢。知县到了俺近前，虎着眼睛上上下下地打量俺。问俺哪里人氏啊姓什名谁啊，俺不回答他嘴里呜哩哇啦。小时候俺娘就教导俺说见了当官的问话就装哑巴。俺听到春生在知县耳边悄声说："狗肉西施的丈夫，是个半傻子……"俺心里想，操你个姥姥的春生，俺才刚还说你是俺的好朋友呢，这算什么好朋友？好朋友还有说好朋友是半傻子的吗？咪呜咪呜俺操你奶奶，你说谁是半傻子？如果俺是半傻子，你就是一个全傻子……

牛青使一杆土枪，打出来是一堆铁沙子；知县使一支洋枪，打出来是一颗独子儿。宋三的头上只有一个窟窿，你说不是知县打的还能是谁打的呢？但知县为什么要把宋三打死呢？哦，俺明白了，宋三一定是偷了知县的钱，知县的钱，能随便偷吗？你偷了知县的钱，不把你打死怎么能行！活该活该，你平常里仗着衙门里的威风，见了俺连哼都不哼一声。你欠了俺家店里五吊钱，至今还没还，你没还俺也不敢要，这下好了，俺家的钱虽然瞎了，但是你的命也丢了。是命要紧还是钱要紧？当然是命要紧，你就欠着俺的钱去见阎王爷爷吧。

四

昨天夜里枪声一响，官兵们一窝蜂似的拥过来。他们七手八脚地把宋三的上半截身体从香油锅里拖出来。他的头香喷喷的，血和油一块儿往下滴沥，活像一个刚炸出来的大个的糖球葫芦。咪呜咪呜。官兵们把他放在地上，他还没死利索，两条腿还一抽一抽的，抽着抽着就成了一只没被杀死的鸡。官兵们都大眼瞪着小眼，不知如何是好。一个头目跑来，把俺和俺的爹急忙推到席棚里去，然后向着方才射来子弹的方向，啪地放了一枪。俺还是生平第一次听人在耳朵边上放枪，洋枪，听人说德国人制造的洋枪，一枪能打三里远，枪子儿能穿透一堵墙。官兵们学着那头目的样子，每人朝着那个方向放了一枪。放完了枪，枪口里都冒出了白烟，火药味儿喷香，大年夜里刚放完了鞭炮也是这味儿。然后那个头目就吆喝了一声：追击！咪呜咪呜，官兵们鸣天嗷地，朝着那个方向追了过去。俺刚想跟着他们去看热闹，胳膊却被俺爹给拽住了。俺心里想，这群傻瓜，往哪里去追？知县肯定是骑着他的快马来的，你们忙活着从油锅里往外拖宋三时，知县就骑着马跑回县衙去了。他的马是一匹赤兔马，全身红毛，没有一根杂毛，跑起来就是一团火苗子，越跑越旺，呜呜地响。知县的马原来是关老爷的马，日行千里，不吃草料，饿了就吃一口土，渴了就喝一口风——这是俺爹说的。俺爹还说，赤兔马其实应该叫做吃土马，应该叫喝风马，吃土喝风，马中的精灵。真是一匹好马，真是一匹宝马，什么时候我能有这样一匹宝马呢？什么时候俺要有了这样一匹宝马，应该先让俺爹骑，俺爹肯定舍不得骑，还是让俺骑。好东西要先给爹，俺是个孝顺的儿子。高密县最孝顺的儿子，莱州府最孝顺的儿子，山东省最孝顺的儿子，大清国最孝顺的儿子，咪呜咪呜。

官兵们跑过去追了一会儿，然后就三三两两地走回来。头目对俺爹说：

“赵姥姥，为了您的安全，请您不要离开席棚半步，这是袁大人的命令。”

俺爹也不回答他，只是冷笑。几十个官兵把我们的席棚团团包围住，咪呜咪呜，把我们当成了宝贝护起来了。头目吹灭了席棚里的蜡烛，把俺们爷儿俩安排在月光照不到的地方。他还问俺爹锅里的檀木橛子煮好了没有，俺爹说基本好了，头目就把灶膛里的劈柴掏出来，用水把它们浇灭。焦炭味儿很香，俺用力地抽动着鼻子。在黑暗中，俺听到爹也许是自言自语也许是对俺说：

“天意，天意，他祭了檀木橛子！”

爹，您说什么？

“儿子，睡吧，明天要干大活。”

爹，给您捶捶背？

“不用。”

给您挠挠痒？

“睡吧！”爹有些不耐烦地说。

咪呜咪呜。

“睡吧。”

五

天明后官兵们从席棚周围撤走，换上了一拨德国兵。他们分散在校场的周围，脸朝外屁股朝里。后来又来了一拨官兵，也散在校场周围，与德国兵不同的是，他们是屁股朝外脸朝里。后来又来了六个官兵六个德国兵，他们在席棚周围站了四个，在升天台周围站了四个，在戏台前边站了四个。站在席棚周围这四个兵，两个是洋的，两个是袁的。他们的脸都朝着外，背朝着里。四个人要比赛似的，都把身体挺得棍直。咪呜咪呜，真直。

爹捻动佛珠的手停了片刻，一个老和尚入了定，阿弥陀佛。阿弥陀佛，俺老婆经常这样说。俺的眼，锥子，扎在爹的手上。咪呜咪呜，这可不是一般的手，是大清朝的手，国手，是慈禧老太后和万岁爷爷的手，慈禧老太后和万岁爷爷想杀谁了就用俺爹的手杀。老太后对俺爹说：我说杀把子啊，帮咱家杀个人去！俺爹说：得令！万岁爷爷说：我说杀把子啊，帮咱家杀个人去。俺爹说：得令！爹的手真好，不动的时候，两只小鸟；动起来时，两片羽毛。咪呜咪呜。俺记得老婆曾经对俺说过，说爹的手小得古怪；看着他的手，更感到这个爹不是个凡人。如果不是鬼，那肯定就是仙。打死你你也不会相信这是一双杀过千人的手，这样的手最合适干的活儿是去给人家接生。俺这里把接生婆称作吉祥姥姥。吉祥姥姥，姥姥吉祥，啊呀啊，俺突然明白了，为什么俺爹说在京城里人家都叫他姥姥。他是一个接生的。但接生的婆婆都是女人，俺的爹是个男的，是个男的吗？是个男的，俺给爹搓澡时看到过爹的小鸡，一根冻青了的小胡萝卜，嘿嘿……笑什么？嘿嘿，小胡萝卜……傻儿子！咪呜咪呜，难道男人也可以接生？男人接生不是要让人笑话吗？男人接生不是把人家女人的腚沟都看到了吗？看人家女人的腚沟还不被人家用乱棍打死吗？想不明白越想越不明白，算了算了，谁有心思去想这些。

俺爹突然地睁开了眼睛，打量了一下四周，然后将佛珠挂在脖子上，起身到了油锅前。俺看到爹的影子和俺的影子都倒映在油锅里。油锅里的油比镜子还要明亮，把俺们脸上的每个毛孔都清清楚楚地照出来了。爹把一根檀木橛子从油里提拎起来，油面黏黏糊糊地破开了。俺的脸也随着变了，变成了一个长长的羊脸。俺大吃一惊，原来俺的本相是一只山羊，头上还生着两只角。咪呜咪呜，知道了自己的本相俺感到十分失望。爹的本相是黑豹子，知县的本相是白老虎，老婆的本相是大白蛇，俺竟然是一只长胡子的老山羊。山羊算个什么东西，俺不当山羊。爹将檀木橛子提起来，在阳光下观看着，好像一个铁匠师傅在观看刚刚锻造出来的宝剑。橛子上的油如明亮的丝线一样落回到锅里，在黏稠拉丝的油面上打出了一个个小涡涡。爹让橛子上的油控得差不多了，就从怀里摸出了一条白绸子，轻轻地将橛子擦干，橛子上的油很快就把白绸子吃透了。爹将白绸子放在锅台上，一手捏着橛子的把儿，一手捏着橛子的尖儿，用力地折了折，橛子微微地弯曲了。爹一松手，橛子立即就恢复了原状。爹将这根橛子放在锅台上，然后提拎起另外一根，也是先把油控干，然后用白绸子擦了一遍，然后放在手里弯弯，一松手，橛子马上就恢复了原状。爹的脸上出现了十分满意的神情。爹的脸上很少出现这样的幸福表情。爹幸福了俺的心里也乐开了花，咪呜咪呜，檀香刑真好，能让俺爹欢喜，咪呜咪呜。

爹将两根檀木橛子提到席棚里，放在那张小桌子上。然后他跪在席上，恭恭敬敬地拜了几拜，仿佛那小桌子后边供养着一个肉眼凡胎看不见的神灵。跪拜完毕，爹就坐到椅子上，把手掌罩在眼睛上望望太阳，太阳升起已经有一竹竿高了，往常里这会儿俺差不多已经把猪肉卖完了，接下来的活儿俺就要杀狗了。爹看完了太阳，眼睛根本不看俺，嘴巴却给俺下了一个命令：

“好儿子，杀鸡！”

咪呜咪呜——喵——

六

爹一声令下，俺心中开花！咪呜咪呜咪呜，亲爹亲爹亲爹！烦人的等待终于结束了，热热闹闹的时刻终于来到了。俺从刀篓里选了一把亮晶晶的剔骨用刀子，送到爹的面前让爹看看。爹点点头。俺走到鸡前。鸡看到俺就咕咕嘎嘎地扑楞起来，扑楞着屁股一撅，拉出了一摊白屎。往常里这时候它正站在土墙上打鸣呢，今天它却被俺用绳子拴在一根木柱子上。俺把小刀子叼在嘴里，腾出手把鸡的翅膀拧住，把它的腿放在俺的脚下踩着。爹早就告诉了俺，今日杀鸡不是为了吃它的肉，而是为了用它的血。俺把一只黑色的大碗放在它的脖子底下，等待着接血。公鸡的身上滚烫滚烫，它的头在俺的手里挣扎着。俺捏住了它的头，让你不老实看你还敢不老实死到临头了你还不老实，猪比你劲头儿大多了，狗比你凶多了，俺都不害怕，难道俺还怕你一个小鸡子？操你姥姥的。俺把它脖子上的毛撕拔撕拔，将它脖子上的皮肤绷紧，用小刀子利索地拉了一下，它的脖子就裂开了。先是不出血，俺有点儿紧张。因为俺听爹说过：执刑日如果杀鸡不出血，后边的事情就会不顺利。俺赶紧复了刀，这下好了，紫红的鸡血哗哗地蹿出来了。似一个酣睡了一夜的小男孩清晨起来撒尿。哗啦哗啦，咪呜咪呜。白毛公鸡血旺，淌了满满一黑碗，顺着碗沿往外流。好了，爹，俺把软绵绵的白公鸡扔在地上，说，杀完了。

爹对俺招招手，脸上堆积着厚厚的笑容，让俺跪在他的面前。他将两只手都浸到鸡血里，好像要让它们喝饱似的。俺想爹的手上有嘴巴，会吸血。爹笑嘻嘻地说：

"好儿子，闭眼！"

让俺闭眼俺就闭眼。俺是个听话的好孩子。俺用手抱住爹的腿，用额头碰撞着他的膝盖，嘴巴里自己钻出：咪呜咪呜……爹爹爹爹……

爹用膝盖夹夹俺的头，说：

"好儿子，抬起头。"

俺抬起头，仰望着爹爹动人的脸。俺是个听话的好孩子。没有爹时俺听老婆的话，有了爹俺就听爹的话。俺突然想起了老婆，一天多不见面，她到哪里去了？咪呜咪呜……爹把两只血手往俺的脸上抹起来。俺闻到了一股比猪血腥臭许多的味儿。俺心里很不愿意被抹成一个鸡血脸，但爹是有威严的。不听话爹会把俺送到衙门里打屁股，一五一十，十五二十，二十大板就把俺的屁股打得皮开肉绽。咪呜咪呜，爹的手又往碗里蘸蘸，继续往俺的脸上抹。他不但抹俺的脸，连俺的耳朵都抹了。他在给俺抹血的时候，不知道是故意的还是无意的，竟然把血弄到俺的眼睛里去了。俺感到眼睛一阵疼痛，咪呜咪呜，眼前的景物变得模模糊糊，蒙上了一层红雾。俺咪呜咪呜地叫唤着：爹，爹，你把俺的眼睛弄瞎了。俺用手掌擦着眼睛，喵喵地叫唤着。越擦越亮，越擦越亮，然后就突然地亮堂堂起来。不好了呀不好了，咪呜咪呜，通灵虎须显灵了，咪呜咪呜，爹没有了，在俺的面前站着一个黑豹子。它用两条后腿支撑着身体，两只前爪子伸到鸡血碗里，沾染得通红，血珠儿从那些黑毛上点点滴滴地流下来，看起来它的前爪子仿佛受了重伤。它将血爪子往自己的生满了粗茸毛的脸上涂抹着，把一张脸涂抹得红彤彤的，变成一朵鸡冠花。俺早就知道爹的本相是只黑豹子，所以俺也没有大惊小怪。俺不愿意让虎须一直显灵，显一会儿灵也就够了，但是这次显灵很绵缠，咪呜咪呜，怎么着也恢复不到正常的看法里了。这有点儿烦人，但也没有办法。俺心中半是忧愁半是喜欢。忧愁的是眼前见不到一个人总是感到别扭，喜欢的是毕竟没有第二个人能够像俺一样看到人的本相。俺把眼光往四下里一放，就看到那些在校场里站岗的袁兵和洋兵，都是一些大尾巴狼和秃尾巴狗，还有一些野狸子什么的。还有一匹既像狼又像狗的东西，从他的衣服上，俺认出了它是那个小头目。它大概是狼和狗配出来的东西，俺这里把这种狼和狗配出来的东西叫做狗混子。这东西比狼无赖，比狗凶狠，被它咬了没有一个能活出来的，咪呜咪呜。

俺的黑豹子爹把碗里的鸡血全部涂抹到了他的脸上和前爪上后，用它的又黑又亮的眼睛看了俺一眼，似乎是微微地对俺一笑，嘴唇咧开，露出一嘴焦黄的牙齿。他的模样虽然变化很大，但爹的神情和表情还是能够清楚地辨认出来。俺也对着他咧嘴一笑，咪呜咪呜。他摇摇摆摆地朝那把紫红色的椅子走去，尾巴把裤子高高地撑起来。他坐在椅子上，眯起眼睛，显得十分地安静。俺东张西望了一会儿，打了一个哈欠，喵唷，就坐到他身后的木板上，看着升天台的影子歪斜着躺在地上。俺摸索着爹的尾巴，爹伸出那条生长着肉刺的大舌头，吧嗒吧嗒地舔着俺头上的毛，喵儿呼噜，俺睡着了。

一阵吵闹声把俺惊醒，咪呜咪呜，俺听到喇叭洋号和铜锣洋鼓的声音混在一起，还有大炮的声音从这混合声里又粗又壮地突出来。俺看到升天台的影子已经变得很短很短，一大片晶亮耀眼的东西正从大街上往校场进发。校场边缘上那些大炮上蒙着的绿衣裳不知何时被剥去了，闪出了青蓝的炮身。每门炮后都活动着四个穿着衣裳的狼狗，虽然隔着很远，但它们身上的毛儿难逃俺的眼睛。大炮像老鳖一样伸缩着脖子，抻一下脖子就吐出一个火球，吐出一个火球之后就喷出一口白烟。那些狼呀狗呀的，在炮后木偶一样地活动着，小模样实在是滑稽极了。俺感到眼睛里杀得紧，想了想才明白了俺是出了汗。俺用衣袖擦脸，把衣袖都擦红了。这一擦不要紧，眼前又发生了变化，先是黑豹子爹的脸不是豹子了，但他的身子还是豹子，屁股后边还是鼓鼓囊囊的，尾巴显然还在那里。然后是那些站岗的士兵们也把头变化成了人头，身子还保持着狼啦狗啦的。这样就舒服多了。这样俺就感到心里踏实了不少，知道俺还是在人世间活着。但爹的脸上的表情还是怪怪的，不太像人样子。不太像人样子也是俺的爹，它用大舌头舔俺的头时，俺幸福得一个劲儿哼哼，喵～～

正在进入校场的队伍里有一顶蓝呢大轿，轿前是一些举着旗罗伞扇的人头兽身的东西。抬轿的是些马身子人头或者是马头人身子的东西，还有一些牛头人身子的东西。大轿的后边是一匹大洋马，马上蹲着一个狼头人身的怪物，俺当然知道他就是德国驻青岛的总督克罗德。俺听说他原来骑的那匹大洋马让俺老丈人用土炮给毁了，这匹大洋马，肯定是从他手下的小官那里抢来的。再往后还有一些马，马后是一辆囚车，车上两个囚笼。不是说只给俺老丈人一个人上檀香刑吗？怎么出来了两个囚笼呢？囚车后边还有很长的队伍，队伍的两侧，簇拥着许多老百姓。尽管俺看到了一大片毛茸茸的头颅，但俺还是知道他们是老百姓。俺的心里好像还藏着一个念想，俺的眼睛在乌乌压压的群众里搜寻着俺的念想，俺的念想是谁还用说出来吗？不用。俺在找俺媳妇。昨天早晨她被俺爹吓跑之后俺就再也没有见到她，也不知道她吃过饭没有喝过水没有，尽管她是一条大白蛇，但她跟白素贞一样是条善良的蛇。她是白素贞，俺就是许仙。谁是小青呢？谁是法海呢？对了，对了，袁世凯就是法海。俺的眼前一亮，看到了看到了，看到了俺媳妇夹杂在一群女人的中间，擎着她的那个扁扁的白头面，嘴巴里吐着紫色的舌头，正在向着这里钻动呢。咪呜咪呜，俺想大声喊叫，但俺的爹把豹子眼一瞪，说：

“儿子，不要东张西望！”

七

三声炮响之后，监刑官对着在戏台正中端坐着的袁世凯和克罗德大声报告：

“卑职高密县正堂禀告巡抚大人，午时三刻到，钦犯孙丙已经验明正身，刽子手业已到位，请大人指示！”

戏台上的袁世凯——抻着一根细长的鳖脖子，背上的鳖甲像一个大大的锅盖，把袍子撑得像一把油纸伞，就是许仙游湖时借给白蛇和青蛇的那一把，那把伞怎么到了袁世凯的袍子里去了呢？哦，不是伞是鳖盖子啊，鳖竟然能当大人真是好玩得很，咪呜咪呜，袁圆鳖把鳖头歪到大灰狼克罗德嘴巴前，嘁嘁喳喳地说了一些什么鳖言狼语，然后他就从身边随从手里接过了一面红色令旗，斜着往下一劈。这一劈非同小可，快刀斩乱麻，快刀子砍豆腐，一点点也不拖泥带水，可见这个大鳖的道行很深，不是个一般的鳖，是个高级鳖，一般的鳖是当不了这样的大官的。当然他比起俺爹来那是差得很远。监刑官看到袁大人把小红旗劈了下来，身体一激灵，个头猛地往上蹿高了半寸，眼睛里放出了凶光，绿油油的，怪吓人的。他的虎须也奓煞开来，虎牙也龇了出来，很好看的。他拖着高腔大嗓喊叫：

“时辰到——执刑——”

喊叫完了他的身体又缩了回来，虎须也贴到了腮帮子上。即便是你自己不报姓名，俺也知道你就是钱丁。尽管你的白虎头上戴着一顶乌纱帽，尽管你的身上穿着一件大红袍，尽管你的尾巴藏在袍子里，但是俺从你说话的声音里一下子就听出来了。他喊完了话，弓腰驼背地站在了执刑床子的一旁，面孔渐渐地恢复了人形，脸上全是汗水，看起来挺可怜人的。十几门大炮又咕咚咕咚地连放了三声，地皮都被震得打哆嗦。俺在跟着爹爹干大活前，抓紧了时间把眼光往四下里转悠了一圈，俺看到，校场的边上，站满了老百姓。有男有女，有老有少。有的还保持着本相，有的变化回了人形，有的正在变化之中，处在半人半兽的状态。这么远也看不清张三李四，猪狗牛羊，只能看到一片大大小小的头，在阳光下泛着亮。俺挺胸抬头，感到十分地荣耀，咪呜咪呜，俺低头看到身上簇新的公服：偏衫黑色直裰，宽幅的红布腰带垂着长长的穗头，黑色灯笼裤子，高鞠鹿皮靴子。头上还有一顶圆筒帽子俺自己看不见但是别人看得见。俺的脸上和耳朵上还涂着一层厚厚的鸡血呢。现在鸡血已经干巴了，裂开了许多小缝儿，拘禁得脸皮很不得劲儿，不得劲儿也要涂，这是老祖宗传下来的规矩。俺爹常说，没有规矩不成方圆。因为脸上的鸡血开裂了许多的小缝，所以在俺的眼前，爹恢复了许多的人形，爹现在是一个半人半豹子的爹。他的手已经变化回了人手的形状，他的脸也变化回了人相，但他的两只耳朵还是像豹子的耳朵，支楞着，薄得透明，上边生着很多的刺一样的长毛。爹替俺把身上的公服整理了一下，低声说：

“儿子，别害怕，按照爹教你的，大胆地干，咱爷们儿露脸的时候到了！”

爹，俺不怕！

爹用怜爱的目光看着俺，低声说：

“好儿子！”

“爹爹爹爹你知道吗？人家说俺跟知县在一个锅里抡马勺呢……”

八

俺早就看到，囚车上有两个囚笼，一个囚笼里有一个孙丙，两个囚笼里有两个孙丙。乍一看两个孙丙一模一样，细一看两个孙丙大不相同。这两个孙丙的本相一个是一只大黑熊，一个是一头大黑猪。俺老丈人是大英雄，不可能是猪，只能是熊。俺爹讲给俺的第八十三个故事，就是一头大狗熊和一个老虎打仗。在那个故事里，狗熊跟老虎每次都能打个平手，后来狗熊败了。狗熊败了不是因为它的本事小，是因为它的心眼太实在。每打完一仗，俺爹说老虎就去抓野鸡、黄羊、兔子充饥，还去山泉边喝水。狗熊不吃也不喝，气鼓鼓地在那里拔小树清理战场，它总是嫌战场不够宽敞。老虎吃饱了喝足了，回来又跟狗熊打。最后，狗熊气力不支，被老虎打败了，就这样老虎成了兽中王。另外从他们两个的眼神上，俺也能把俺的老岳父认出来。俺岳父孙丙的眼睛炯炯有神，眼睛一瞪，火星子飞溅。那个假孙丙眼睛晦暗，目光躲躲闪闪，好像怕人似的。俺感到假孙丙也很面熟，轻轻一想俺就把他给认出来了。他不是别人，正是叫花子队伍里的小山子，是朱老八的大徒弟。每年八月十四叫花子节时，他的耳朵上挂着两颗红辣椒，扮演媒婆。眼下他竟然扮演起俺岳父来了，这家伙，简直是胡闹。

俺爹比俺更早地就看到多了一个人犯。但他老人家什么样子的大阵势都见过，别说多一个人犯，就是多十个人犯，也不在话下。俺听到爹自言自语地说：

“幸亏多预备了一根橛子。”

俺爹真是有先见之明，诸葛亮也不过如此了。

先钉哪一个？先钉真的还是先钉假的？俺想从爹的脸上找到答案。但爹爹的眼神却飞到了监刑官钱丁的脸上，钱丁的脸正对着俺爹的眼，但是他的眼神却是灰蒙蒙的，好像一个瞎子。钱丁的眼神告诉俺爹，他什么都看不见。愿意先钉哪一个就先钉哪一个，随便。俺爹把眼神挪到眼前的两个死囚犯脸上。假孙丙的眼神也很散漫。真孙丙的眼睛却是大放光芒。他对着俺爹微微地一点头，响亮地说：

“亲家，别来无恙！”

俺爹满脸是笑，将两个握成拳头的小手抱在胸前，对着俺岳父作了一个大揖，说：

“亲家，大喜了！”

俺岳父喜气洋洋地说：

“同喜，同喜！”

“是您先还是他先？”俺爹问。

“这还用问？”俺岳父爽朗地说，“俗话说‘是亲三分向’嘛！”

爹没有说话，微笑着点点头。然后俺爹的微笑就像一张白纸被揭走了，露出了生铁一样的脸庞。他对着押解人犯的衙役说：

“开锁！”

衙役犹豫了一下，眼睛四下里张望着，似乎是在等候什么人的命令。俺爹不耐烦地说：“开锁！”

衙役上前，用哆哆嗦嗦的手，开了俺岳父身上的铁锁链。俺岳父伸展了一下胳膊，打量了一下眼前的刑具，胸有成竹地、很是自信地趴在了那块比他的身体窄少许的松木板上。

那块松木板十分光滑，是俺爹让县里最好的细木匠精心地修理过的。木板平放在杀猪的床子上。这是俺家用了十几年的松木床子，木头里已经吸饱了猪狗的血，沉得像铁，四个身材高大的快班衙役一路休歇了十几次，才把它从俺家的院子里抬到这里。俺岳父趴到木板上，把头歪过来，谦虚地问俺爹：

“是不是这样？亲家？”

俺爹没有理他，弯腰从床子底下拿起那条上好的生牛皮绳子，递给俺。

俺早就等得有点儿着急了，伸手就把绳子从爹的手里抢过来，按照事先演练过的方式，开始捆绑俺的岳父。岳父不高兴地说：

“贤婿，你把咱家小瞧了！”

俺爹在俺的身旁，专注地看着俺的动作，毫不留情地纠正着俺系错了的绳扣。岳父咋咋呼呼地反抗着，对俺们把他捆在木板上表示了十分的不满。他闹得实在是有点儿过分，爹不得不严厉地提醒他：

“亲家，先别嘴硬，只怕到了较劲的时候您自己做不了自己身体的主。”

岳父还在吵吵，俺已经把他牢牢地捆在松木板上了。爹用手指往绳子里插了插，插不进去。符合要求，爹满意地点点头，悄声说：

“动手。”

俺疾步走到刀篓边，捏出了方才杀鸡时使用过的那把小刀子，把岳父的裤子揪起，轻快地旋下了一片，让岳父的半个屁股显露出来。爹将那柄吃饱了豆油的枣木槌提到俺的手边放下。他自己从那两根檀木橛子中选择了一根看起来更加光滑的，用油布精心地擦拭了一遍。他站在了俺岳父的左侧，双手攥住檀木橛子，把蒲叶一样圆滑的尖头插在俺岳父的尾骨下方。俺岳父的嘴巴还在唠叨不休，说出的话又大又硬，在又大又硬的话语里，还不时地插上几句猫腔，好像他对即将开始的刑罚满不在乎，但是俺从他的颤抖的嗓音里听出了、从他哆嗦不止的腿肚子上看出了他内心深处的紧张和恐惧。俺爹已经不再与俺岳父对话，他双手稳稳地攥着橛子，满面红光，神态安详，仰脸看着俺，目光里充满了鼓励和期待。俺感到爹对俺实在是太好了，咪呜咪呜，世界上再也找不到比俺爹更好的爹了。俺能有这样一个好爹真是太幸福了，咪呜咪呜，如果不是俺娘一辈子吃斋念佛俺不可能碰上这样一个好爹。爹点点下巴，示意俺动手。俺往手心里啐了两口唾沫，侧着身，拉开了马步，脚跟站得很稳，好像橛子钉在了地上。

俺端起油槌，先用了一点小劲儿，敲了敲檀木橛子的头儿，找了找感觉。咪呜咪呜，不错，很顺手，然后俺就拿捏着劲儿，不紧不慢地敲击起来。俺看到檀木橛子在俺的敲击下，一寸一寸地朝着俺岳父的身体里钻进。油槌敲击橛子的声音很轻，梆——梆——梆——咪呜咪呜——连俺岳父沉重的喘息声都压不住。

随着檀木橛子逐渐深入，岳父的身体大抖起来。尽管他的身体已经让牛皮绳子紧紧地捆住，但是他身上的所有的皮肉都在哆嗦，带动得那块沉重的松木板子都动了起来。俺不紧不慢地敲着——梆——梆——梆——俺牢记着爹的教导：手上如果有十分劲头，儿子，你只能使出五分。

俺看到岳父的脑袋在床子上剧烈地晃动着。他的脖子似乎被他自己拉长了许多。如果不是亲眼所见，实在想不出一个人的脖子还能这样子运动：猛地一下子抻出，往外抻——抻——抻——到了极点，像一根拉长了的皮绳儿，仿佛脑袋要脱离身体自己跑出去。然后，猛地一下子缩了回去，缩得看不到一点儿脖子，似乎俺岳父的头直接地生长在肩膀上。

梆——梆——梆——

咪呜咪呜——

岳父的身体上热气腾腾，汗水把他的衣裳湿透了。在他把脑袋仰起来的时候，俺看到，他头发上的汗水流动了，汗水的颜色竟然是又黄又稠的，好似刚从锅里舀出来的米汤。在他把脑袋歪过来的时候，俺看到他的脸胀大了，胀成一个金黄的铜盆。他的眼睛深深地凹了进去，就像剥猪皮前被俺吹起来的猪，咪呜咪呜，像被俺吹胀了的猪的眼睛一样。

啪——啪——啪——

咪呜……

檀木橛子已经进去了一小半——咪呜……香香的檀木……咪呜……直到现在为止，俺岳父还没有出声号叫。俺从爹的脸色上，看出了爹对俺岳父十分地钦佩。因为在执刑之前，爹与俺考虑了这次执刑可能出现的各种情况。爹最担心的就是俺岳父的鬼哭狼嚎一样的嗥叫声，会让俺这个初次执刑的毛头小伙子心惊胆战，导致俺的动作走样，把橛子钉到不该进入的深度，伤了俺岳父的内脏。爹甚至为俺准备了两个用棉花包起来的枣核，一旦出现那种情况，他就会把枣核塞进俺的耳朵。但是俺岳父至今还没有出声，尽管他的喘息比拉犁的黑牛发出的声音还要大还要粗重，但他没有嗥叫，更没有哭喊求饶。

啪——啪——啪——

咪呜……

俺看到爹的脸上也有汗水流了出来，俺爹可是一个从来不出汗的人啊，咪呜，爹攥着檀木橛子的手似乎有点颤抖，爹的眼睛里有一种惶惶不安，俺看到爹这样子，心中也慌了。咪呜，俺们其实并不希望孙丙咬紧牙关一声不吭。俺们用猪练习时已经习惯了猪的嗥叫，在十几年的杀猪生涯中，俺只杀过一只哑巴猪，那一次闹得俺手软腿酸，连续做了十几天噩梦，梦到那只猪对着俺冷笑。岳父岳父您嗥叫啊，求求您嗥叫吧！咪呜咪呜，但是他一声不吭。俺的手腕子一阵酸软，腿脚也有点儿晃动，头大了，眼花了，汗水流进了俺的眼睛，鸡血的腥臭气味熏得俺有点儿恶心。爹的头变成了黑豹子的头，爹的美丽的小手上生出了黑色的毛儿。岳父的身上也生出了黑毛，他的起起伏伏的头成了一个庞大的熊头。它的身体变得大极了，它的力量大极了，牛皮绳子变得又细又脆，随时都会被崩断。与此同时，俺的手拿不准了。俺一槌悠过去，打偏了，打在了爹的爪子上。爹呻吟了一声，松开了手。俺又一槌悠过去，这一槌打得狠，橛子在爹的手里失去了平衡，橛子的尾巴朝上翘起来，分明是进入了它不应该进入的深度，伤到了孙丙的内脏。一股鲜血沿着橛子滋滋地蹿出来。俺听到孙丙突然地发出了一声尖厉的嗥叫，咪呜咪呜，比俺杀过的所有的猪的叫声都要难听。爹的眼睛里喷出了火星子。他低声地说：

“小心！”

俺抬起袖子擦擦脸，喘了几口粗气。在孙丙一声高似一声的嗥叫声中，俺的心安静了下来，手不酸了，腿不软了，头不大了，眼不花了，咪呜，爹的脸又恢复了爹的脸。岳父的头也不再是熊的头。俺抖擞精神，拿捏着劲儿，继续敲打橛子：

梆——梆——梆——

咪呜咪呜——

孙丙的嗥叫再也止不住了，他的嗥叫声把一切的声音都淹没了。橛子恢复了平衡，按照爹的指引，在孙丙的内脏和脊椎之间一寸一寸地深入，深入……

啊～～呜～～嗷～～呀～～

咪呜咪呜喵～～

他的身体里也发出了闹心的响声，好像那里边有一群野猫在叫春。这声音让俺感到纳闷，也许是俺的耳朵听邪了。奇怪奇怪真奇怪，岳父肚子里有猫。俺感到又要走神，但俺爹在关键时刻表现出的平静鼓励了俺。孙丙喊叫得越凶时，俺爹脸上的微笑就越让人感到亲切。他的眉眼都在笑，眼睛几乎眯成了一条缝。好像他不是在执掌天下最歹毒的刑罚，而是在抽着水烟听人唱戏，咪呜咪呜……

终于，檀木橛子从孙丙的肩头上冒了出来，把他肩上的衣服顶凸了。俺爹最早的设计是想让檀木橛子从孙丙的嘴巴里钻出来，但考虑到他生来爱唱戏，嘴里钻出根檀木橛子就唱不成了，所以就让檀木橛子从他的肩膀上钻出来了。俺放下油槌，捡起小刀，把他肩上的衣服挑破。爹示意俺继续敲打。俺提起油槌，又敲了十几下，咪呜咪呜，檀木橛子就上下均匀地贯穿在孙丙的身体之中了。孙丙还在嗥叫，声音力道一点儿也没有减弱。爹仔细地观看了橛子的进口和出口，看到各有一缕细细的血贴着橛子流出来。满意的神情在爹爹脸上洋溢开来。俺听到他长长地出了一口气，俺也学着爹爹的样子，长长地出了一口气。

咪呜……

九

在爹的指挥下，四个衙役把那块松木板子连同着俺岳父从床子上抬下来，小心翼翼地往那座比县城里最高的屋脊还要高的升天台上爬去。升天台紧靠着席棚的一侧，用原木和粗糙的木板架设了长长的漫道，爬起来并不费力，但那四个身体强壮的衙役全都汗流浃背，把一个个的湿脚印鲜明地印在木板上。孙丙还被牢牢地捆在木板上。他还在嗥叫，但声音已经嘶哑，气脉也短促了许多。俺和爹跟随在四个衙役的背后爬上了高台。高台的顶端用宽大的木板铺设了一个平台，新鲜的木板散发着清香的松脂气味。平台正中央竖起了一根粗大的松木，松木的顶端偏下地方，横着钉上了一根三尺长的白色方木，就跟俺在北关教堂里看到的十字架一个样子。

衙役们小心翼翼地把孙丙放下，然后就退到旁边等待吩咐。爹让俺用小刀子挑断了将孙丙捆绑在木板上的牛皮绳子，绳子一断，他的身体一下子就涨开了。他的四肢激烈地活动着，但他的身体因为那根檀木橛子的支撑，丝毫也动弹不了。为了减少他的体力消耗，也为了防止他的剧烈的动作造成对他内脏的伤害，在俺爹的指挥下，在俺的参与下，四个衙役把孙丙提起来，将他的双腿捆扎在黑色的竖木上，将他的双手捆绑在白色的横木上。他站在平台上，只有脑袋是自由的。他大声骂着：

“操你的姥姥克罗德～～操你的姥姥袁世凯～～操你的姥姥钱丁～～操你的姥姥赵甲～～操你们的姥姥～～啊呀～～

一缕黑色的血沿着他的嘴角流下来，一直流到了他的胸脯上。

咪呜咪呜……

十

走下升天台抬起头四下里一望，心就猛地缩了上去，堵得俺喘气都不顺畅，咪呜……

俺看到校场的四边上镶满了人，白花花的阳光下一片人头在放光。俺知道人们的头上都出了汗，如果不出汗，绝对不会这样明亮。孙丙的叫骂声跟着鸽子在天上飞翔，像大浪一波催着一波滚向四面八方。百姓的里边是一些木桩子一样的大兵，洋兵和袁兵。俺心里有个念想，咪呜，你知道俺的念想是什么。俺的目光在人群里寻找着。啊，找到了，俺看到俺的老婆的胳膊被两个身体强壮的女人抱住，还有一个高大的女人从后边紧紧地搂住了她的腰，使她的身体不能前进半步，她的身体只能往上蹿跳。俺的耳朵里突然地听到了她发出的尖厉得像竹叶一样的青油油的哭喊声。

老婆的哭叫让俺心中烦乱。尽管俺有了爹之后感到她不亲了，但在没有爹之前她还是很亲的。她大白天都让俺吃过她的奶呢。一想到她的奶俺的小鸡鸡就叫唤了起来，咪呜咪呜，俺想起了她说：滚，滚到你爹那里去吧，死在你爹的屋子里吧！俺不去，她就用脚踢俺……想起了老婆的好处俺的眼睛里辣乎乎的，鼻子也酸溜溜的，咪呜咪呜，俺感到眼泪就要流出来了。俺跑下升天台，想往俺的老婆那边去，去摸摸她的奶，去嗅嗅她的味。口袋里还有一块爹买给俺的麦芽糖，没舍得吃完，就送给你吃了吧。但是俺的手腕子被一只滚烫的小手抓住了。不用看俺就知道这是爹的手。爹拉着俺朝执刑的杀猪床子走去。还有一个人犯在那里等着呢，还有一根煮得香喷喷油汪汪的檀木橛子在那里等着呢。爹不用开口就通过他的手把他想对俺说的话传达给了俺。爹的声音在俺的耳朵里轰轰地回响着：儿子，你是个干大事的，不要胡思乱想。不要因为一个女人把国家和朝廷的活儿扔在一旁，这是不允许的，这是要杀头的。爹曾经多次告诉过你，干咱们这一行的，一旦用白公鸡的鲜血涂抹了手脸之后，咱就不是人啦，人间的苦痛就与咱无关了。咱家就是皇上的工具，咱家就是看得见摸得着的法律。在这种情况下你怎么还能去给你老婆送一块麦芽糖？即便爹允许你去送麦芽糖给你的媳妇吃，袁世凯大人和克罗德也不会答应。你抬头看看你岳父曾经在上边演过大戏的台上，现在端坐着的那些大人们的模样，哪一个不是凶如虎狼？

俺朝戏台上望去，果然看到袁世凯和克罗德脸色靛青，眼睛放射着绿光，好似针尖和麦芒，齐打伙地射在了俺的身上。俺慌忙低了头，跟着爹回到床子前。俺心里念叨着：老婆，别哭了，反正你这个爹也不是一个好爹，你说过，他让一头毛驴把你的头咬破了。这样的爹被檀木橛子钉了也就是钉了。如果是俺爹这样的好爹，被檀木橛子钉了，哭一哭还是应当的。孙丙这样的爹就别为他哭了。你觉得他被橛子钉得很痛，其实未必呢，其实他很光荣呢，他刚才还和俺的爹互相道喜呢，咪呜咪呜。

钱丁还站在那里，眼睛似乎看着面前的景物，但俺知道他什么也看不见。这个监刑官，鸡巴摆设，啥用也不管，指望着他下令，还不如俺们爷们儿自己行动。既然囚车拉来了两个孙丙，那就是让俺爷们儿给这两个孙丙都上檀香刑。俺们已经把真的孙丙成功地送到了升天台上，从爹的脸色上俺知道这活儿中间出过一点点差错，但基本上还比较成功。第一个马到成功，第二个一路顺风。两个衙役从升天台上把孙丙腾出来的松木板子抬下来，放在了杀猪床子上。俺爹悠闲地对看守着假孙丙的衙役说：

“开锁。”

衙役们把沉重的铁链从假孙丙的身上解下来。俺看到卸去了沉重铁链的假孙丙没有像真孙丙那样把身体挺起来，反而像一支烤软了的蜡烛一样不由自主地往地上出溜。他的脸色灰白，嘴唇更白，像破烂的窗户纸；眼睛翻白，像一对正在甩子儿的小白蛾。两个衙役把他拖到杀猪床子前，一松手，他就像一摊泥巴一样萎在了地上。

俺的爹吩咐衙役，把假孙丙抬到了搁在了杀猪床子上的松木板上。他趴在板上，浑身抽搐。爹示意俺用绳子捆住他。俺熟练地把他捆在了板子上。不等爹的吩咐，俺就把那把剔骨头的小刀子抓在手里，将他屁股上的裤子扯成了一个篷，然后轻轻一旋——哎呀不得了呀——一股臭气从这个混蛋的裤裆里蹿出来——这家伙已经拉在裤裆里了。

爹皱着眉头，将那根檀木橛子插在了假孙丙的尾骨下方。俺提起油槌，往前凑了一步，没及举槌，就感到一股更加恶毒的臭气扑面而来。俺扔下油槌，捂住鼻子就跑，好像被黄鼠狼子的臭气打昏了的狗。爹在俺的身后严厉而低沉地喊叫着：

“回来，小甲！”

爹的喊叫唤醒了俺的责任感，俺停止了逃跑的脚步，避避影影地、绕着圈子往爹的面前靠拢。假孙丙大概是烂了五脏六腑，一般的屎绝对没有这样可怕的气味。怎么办？爹还在那里双手攥着檀木橛子，等待着俺用油槌敲打。俺不知道当橛子进入他的身体时这家伙的屁眼里还会拉出什么样的东西。关于俺们今天干的事儿的重要性俺早就听爹讲述了许多遍了，俺知道即便是他的屁股里往外射枪子儿俺也得站在那里抡油槌，但他的屁眼里放出来的臭气比枪子儿还要可怕。俺稍微靠前一步，肚子里的东西就打着滚儿往上蹿。饶了俺吧，亲爹！如果非要俺执这个刑罚，只怕檀木橛子还没钉出来，俺就被他活活地给熏死了……

老天开眼，在最后的关头，端坐在大戏台上看起来好像在打瞌睡的袁世凯下达了命令，将原定执行檀香刑的人犯小山子改判斩首。接到命令后，俺爹将手中的檀木橛子一扔，皱着眉毛，屏住气儿，从一个离他最近的衙役腰间抽出了一把腰刀，一个小箭步蹿回来，用与他的年龄不太相称的麻利劲儿，手起刀落，白光闪烁，眨巴眼的工夫，就将真小山子假孙丙的脑袋砍落在杀猪床子下。

咪呜——

第十八章
知县绝唱

檀木原产深山中，秋来开花血样红。亭亭玉立十八丈，树中丈夫林中雄。都说那檀口轻启美人曲，凤歌燕语啼娇莺。都说那檀郎亲切美姿容，抛果盈车传美名。都说是檀板清越换新声，梨园弟子唱升平。都说是檀车煌煌戎马行，秦时明月汉时兵。都说是檀香缭绕操琴曲，武侯巧计保空城。都说是檀越本是佛家友，乐善好施积阴功……谁见过檀木橛子把人钉，王朝末日缺德刑。

——猫腔《檀香刑·雅调》

一

小山子人头落地，白太阳猝然变红。老赵甲提起人头，满面是做作出来的庄严表情，令人厌恶啊，令人作呕啊，这个猪狗不如的畜生，对着余把小山子的头颅高高举起，鲜血淋漓，他说：

“执刑完毕，请大人验刑！”

余心中纷乱如麻，眼前红雾升腾，耳朵里枪炮轰鸣，这弥天漫地的血腥气息啊，这扑鼻而来的龌龊臭气啊，这显然已经到了穷途末路的大清王朝啊，余是弃你啊还是殉你？举棋不定，犹豫彷徨；四顾茫茫，一片荒凉。根据确凿的消息，皇太后挟持着皇上，已经逃亡到了太原。北京城里，虎狼横行；皇宫大内，神圣庙堂，已经变成了八国联军恣意寻欢的兵营。一个把国都都陷落了的朝廷，不是已经名存实亡了吗？可是袁世凯袁大人，按着国家用千万两银子驯养出来的精锐部队，不去保卫首都，不去杀贼擒王，却与那洋鬼子一道，在山东镇压我血性儿郎。狼子野心昭然若揭；司马昭之心，路人皆知。连陋街穷巷里的顽童，都在传唱："清不清，风波生；袁不袁，曹阿瞒。"大清朝啊，你养虎遗患；袁世凯啊，你居心阴险。你残杀了我的子民，保住了洋人的路权；你用百姓的鲜血，讨得了列强的喜欢。你手握重兵，静观待变，把握着进退自如的主动权，大清的命运，已经掌握在你的手中。太后，皇上，你们觉悟了吧，你们觉悟了吗？你们如果还把他当成扶危解困的干城，大清的三百年基业，必将毁于一旦……反躬自问，余也不是大清死心塌地的忠臣。余缺少舍身成仁、手刃奸臣的忠勇，尽管余从小读书击剑，练就了一身武功。论勇气余不如戏子孙丙，论义气余不如叫花子小山。余是一个唯唯诺诺的懦夫，是一个委曲求全的孱头。有时壮怀激烈，有时首鼠两端，余是一个瞻前顾后的银样蜡枪头。在百姓面前耀武扬威，在上司和洋人面前谀言谄笑，余是一个媚上欺下的无耻小人。窝窝囊囊的高密知县钱丁，你虽然还活着，但是已经成了行尸走肉；连临死前被吓得拉了裤子的小山子，也比你强过了三千倍。既然没有顶天立地的豪气，你就像条走狗一样活下去吧；你就麻木了自己，把自己当狗，履行你的监刑官的职责吧。余将涣散了的眼神集中起来，看清了刽子手赵甲手中的人头，听清了他像表功一样的报告，意识到了自己该干什么。余疾步行走到戏台前，撩袍甩袖，单膝跪地打千，向着台上的贼子和强盗，高声报告：

"执刑完毕，请大人验刑！"

袁世凯和克罗德低声议论了几句，克罗德大声欢笑。他们站起来，沿着戏台边缘上的台阶，走到了台前。

"起来吧，高密县！"袁世凯冷冰冰地说。

余起身跟随在他们背后，向升天台行进。虎背熊腰的袁世凯和麻秆一样的克罗德肩并着肩，宛如鸭鹭同步，慢吞吞地走向高台。

余低眉垂首，但目光却一直盯在他们的背上，其实余的靴筒子里就有一柄利刃，余要有舍弟一半的胆量，就可以在片刻之间把他们刺死。余当初只身入营擒拿孙丙时是那样的沉着镇定，可现在余跟随在他们身后是这样的战战兢兢。可见余在老百姓面前是虎狼，在上司和洋人面前是绵羊。余连绵羊都不如，绵羊还能角斗，余却胆小如鼠。

站在了好汉子孙丙的前面，仰起脸看着他那张因为充血而变得格外肥胖了的脸。他的嘴里流着血，眼睛肿成了一条缝。因为缺齿，使他的骂声有些含糊，但还是能够听清。他大骂着袁世凯和克罗德，甚至试图把口里的血沫子喷吐到他们的脸上。但他的力气显然不够了，使他的喷吐变得像小孩子耍弄唾沫星星。他的嘴就像一个螃蟹的洞口，泡沫溢出。袁世凯满意地点点头，说：

“高密县，按照说定了的赏格，拨银子嘉奖赵甲父子，并将他们父子列入皂班，给他们一份钱粮。”

跟随在余身后的赵甲扑跪在通往升天台的倾斜木板上，大声说：

“感谢大人的大恩大德！”

“俺说赵甲，你要仔细着，”袁世凯亲切而严肃地说，“可不能让他死了，一定要让他活到二十日铁路通车典礼，到时还要有外国记者前来照相，如果你让他死了，就不要怪本官不讲友情了。”

“请大人放心，”赵甲胸有成竹地说，“小的一定会尽心尽力，让他活到二十日通车典礼。”

“高密县，为了皇太后和皇上，我看你就辛苦一下，带着你的三班衙役在这里轮流值守。县衙门嘛，暂时就不要回了。”袁世凯微笑着说，“铁路通车之后，高密县就是大清的首善之地了。到时如果你还不能升迁的话，油水也是大大的，岂不闻‘火车一响，黄金万两’吗？——仁兄，说到底我是在替你治县牧民呢！”

袁世凯朗声大笑，余慌忙跪在台上，在孙丙嘶哑的詈骂声中，说：

“感谢大人栽培，卑职一定尽职尽责！”

二

袁世凯和克罗德像一对亲密无间的密友，携手相伴着走下升天台。袁兵和洋兵簇拥着袁的八人大轿和克的高头大马走出校场，向县衙迤逦进发。校场上尘土飞扬，青石板条铺成的大街上马蹄响亮。县衙已经成了袁世凯和克罗德的临时官邸，通德书院已经成了洋兵的马厩和营房。他们走了，校场边缘上围观的百姓们开始往前移动。余感到一阵迷惘，一阵恐慌。袁大人适才的话在余的心中激起了层层波浪。他说“到时如果你还不能升迁的话”……升迁啊升迁，余的心中升起了一线希望。这说明余在袁大人心中还是一个能员，袁大人对余没有恶感。检点起来，在处理孙丙事件中，余还是措置得当。是余只身深入敌寨，以一人之力，将孙丙生擒了出来，避免了官兵和洋兵的伤亡。在执行檀香刑的过程中，余亲自挂帅，日夜操劳，用最短的时间，最好的质量，准备好了执行这个惊世大刑的全部器械和设施，换了任何一个人，也办不得这样漂亮。也许，也许袁大人没有人们猜想的那样阴险，也许他是一个深谋远虑的忠良；大忠若奸，大智若愚，振兴大清，也许袁大人就是栋梁。嗨，余不过是一个区区县令，遵从上宪的命令，恪尽职守，办好自己的事情才是本分，至于国家大事，自有皇太后和皇上操心，余等小吏，何必越俎代庖！

余克服了迷惘和动摇，恢复了机智和干练，发号施令，将三班衙役分派在升天台上上下下，保护着十字架上的孙丙。百姓们从四面八方拥过来了，似乎是全县的老百姓都来了啊，无数的人面，被夕阳洇染，泛着血光。暮归的乌鸦，从校场的上空掠过，降落到校场东侧那一片金光闪闪的树冠上，那里有它们的巢穴，它们的家。父老乡亲们，回家去吧，回家去忍辱负重地过你们的日子吧。本县劝你们，宁做任人宰割的羔羊，也不要做奋起抗争的强梁，这被檀木橛子钉在升天台上的孙丙，你们的猫腔祖宗，就是一个悲壮的榜样。

但百姓们对余苦口婆心的劝谕置若罔闻，他们像浪潮不由自主地涌向沙滩一样拥到了升天台周围。余的衙役们一个个拔刀出鞘，如临大敌。百姓们沉默着，脸上的表情都很怪异，让余的心中一阵阵发慌。红日西沉，玉兔东升，温暖柔和的落日金辉与清凉爽快的圆月银辉交织在通德校场、交织在升天高台、交织在众人的脸上。

父老乡亲们，散了吧，回去吧……

众人沉默着。

突然，已经休歇了喉咙的孙丙放声歌唱起来。他的嘴巴漏风，胸腔鼓动，犹如一个破旧的风箱。在他的位置上，能够更加全面地看到周围的情况。按照他的性格，一个处在这样的境况中的人，只要他还有一口气，就不会放过这个歌唱的机会。甚至可以说，他等待的就是这个机会。余也突然地明白，拥挤到台前的百姓，根本不是要把孙丙从升天台上劫走，而是要听他的歌唱。你看看他们那仰起的脑袋、无意中咧开的嘴巴，正是戏迷的形象。

八月十五月光明～～高台上吹来田野里的风～～

孙丙一开口，就是猫腔的大悲调。因为长时间的詈骂和吼叫，他的喉咙已经沙哑，但沙哑的喉咙与他血肉模糊的身体形象，使他的歌唱悲壮苍凉，具有了震撼人心的力量。余不得不承认，在这高密小县的偏僻乡村生长起来的孙丙，是一个天才，是一个英雄，是一个进入太史公的列传也毫不逊色的人物，他必将千古留名，在后人们的口碑上，在猫腔的戏文里。据余的手下耳目报告，自从孙丙被擒后，高密东北乡出现了一个临时拼凑起来的猫腔班子，他们的演出活动与埋葬、祭奠在这场动乱中死去的人们的活动结合在一起。每次演出都是在哭嚎中开始，又在哭嚎中结束。而且，戏文中已经有了孙丙抗德的内容。

俺身受酷刑肝肠碎～～遥望故土眼含泪～～

台下的群众中响起了抽噎哽咽之声，抽噎哽咽之声里夹杂着一些凄凉的“咪呜”，可见人们在如此悲痛的情况之下，还是没有忘记给歌唱者帮腔补调。

遥望着故土烈火熊熊～～我的妻子儿女啊～～

台下的百姓们仿佛突然意识到了自己的职责，他们不约而同地发出了形形色色的“咪呜”。在这大片的“咪呜”之声里，出现了一声凄凉激越的哀鸣，如一柱团团旋转的白烟直冲云霄：

“爹爹呀～～俺的亲爹～～”

这一腔既是情动于中的喊叫，但也暗合了猫腔的大悲调，与台上孙丙的沙哑歌唱、台下众百姓的“咪呜”帮腔，构成了一个小小的高潮。余感到心中一阵突发的剧痛，好似被人当胸捅了一拳。冤家来了。这是余的至爱相好、孙丙的亲生女儿孙眉娘来了。尽管连日来胆战心惊，就像一片枯黄的树叶在风雨飘摇之中，但余时时刻刻都没把这个女人忘记，并不仅仅因为她的身上已经怀上了余的孩子。余看到眉娘分拨开众人，宛如一条鳗鱼从一群黑鱼里逆流而上。人群油滑地往两边闪开，为她让出了一条通往高台的道路。俺看到她披头散发，衣衫凌乱，满面污垢，状如活鬼，全没了当日那风流娇媚、油光水滑的模样。但毫无疑问她是眉娘，如果不是眉娘，谁又敢在这种时刻往这望乡台上闯。俺心中犯了难，俺心中费思量，是放她上台还是不让她把高台上。

“俺俺俺搬来了天兵天将～～”

一阵剧烈的咳嗽把孙丙的歌唱打断，在咳嗽的间隙里，从他的胸腔里发出了鸡鸣尾音似的哮声。夕阳已经沉落，只余下一抹暗红的晚霞，明月的清凉光辉照耀在他肿胀的大脸上，泛着青铜般的光芒。他的硕大的头颅笨拙地晃动着，连累得那根粗大的松木杆子都嘎嘎吱吱地响了起来。突然，一股黑油油的血从他的嘴巴里喷出来。腥臭的气味在高台上弥漫开来。他的脑袋软绵绵地垂到了胸脯上。

余心中一阵惊慌，不祥的感觉像乌云一样笼罩心头。难道他这就死了吗？如果他这样死了，袁大人会怎样地暴跳如雷？克罗德是如何地怒火万丈？赵甲父子的赏金将化为泡影，余的升迁也是一枕黄粱。余叹息一声，转念一想，死了也好，死了才好，死了就让克罗德阴谋破产，他的通车典礼就会黯淡无光。孙丙，你死得好啊！你死得爽！你保持了英雄的气节，为乡民们树立了一个榜样。如果你再活四天，你将忍受的苦难不可设想。钱丁，你在这种国家败亡、朝廷流浪的时刻，在这种生灵涂炭、血流成河的时候还考虑自己的升迁，实在是卑鄙得很愚蠢得很哪！孙丙，你就这样死了吧，你千万不要再活，你早升天国，到那里去封侯拜相……

赵甲和小甲从席棚里钻出来。一个提着纸糊的灯笼在前，是赵甲；一个双手端着黑碗在后，是小甲。他们迈着均匀细小的步子，流畅地上了通往高台的木板漫道，与正站在木板上的眉娘擦肩而过。爹爹啊，你这是怎么了……孙眉娘哀鸣着，跟随在赵甲父子身后，扑通扑通地跑上了升天台。余侧身让到一边，让他们从余面前过去。高台上的衙役，都把眼光投到余的脸上。余对他们的目光视而不见，专注地看着赵甲、小甲和眉娘。他们本是一家人，在高台上与受了酷刑的孙丙相聚，按说也是顺理成章。即便是袁大人在这里，似乎也没有理由阻挡。

赵甲把灯笼高高地举起来，金黄的光芒照亮了孙丙乱毛丛生的头颅。他用空着的左手，托住孙丙的下巴把他的脑袋扶起来，让余看清了他的面庞。余以为他已经死了，但他没有死。他的胸脯还在剧烈起伏着，他的鼻子和嘴巴里呼出了重浊的气息，看起来他的生命力还很强大，这让余感到有些失望，但也有欣慰。余心中产生了模模糊糊的幻觉：孙丙不是刚受了重刑的囚犯，而是一个生命垂危的病人，即便他已经没有痊愈的希望，但人们还是想把他的弥留之际延长，尽量地延长……在孙丙的死活问题上，余的态度，其实十分地骑墙。

“喂他参汤！”赵甲对小甲说。

这时余才嗅到了从小甲珍重地捧举着的黑碗里洋溢出来的上等人参的苦香。余心中不由得暗暗佩服，佩服老赵甲办事的周详。在执刑之后乱糟糟的环境中，他竟然能够熬出了参汤。也许，他在执刑之前已经把药罐子在席棚里的角落里炖上，他胸有成竹，预见到了事情发展的方向。

小甲往前挪动了一步，将黑碗移到一只手里端着，用另一只手捏住一把汤匙，舀起参汤，往孙丙的嘴里灌去。当汤匙触到孙丙的唇边时，他的嘴巴贪婪地张开，好似一个瞎眼的狗崽子，终于噙住了母狗的奶头。小甲的手一抖，参汤大部流到了孙丙的下巴上——这里曾经是美髯飘扬——赵甲不满地说：

“小心点儿！”

但小甲这个杀猪屠狗的家伙，显然不是干这种细活儿的材料，他舀起的第二匙参汤，多半还是洒在了孙丙的胸脯上。

“怎么弄的，”赵甲显然是心痛参汤，他把灯笼递到小甲手里，说，“举着灯笼，我来喂！”

没及他把黑碗从小甲手中接过去，孙眉娘上前一步，抢先把黑碗端在了自己手上。她用温柔的声音说：

“爹呀，你遭了大罪了啊，喝一点儿参汤吧，喝一点儿你就好了……”

余看到孙眉娘的眼睛里泪水汪汪。

赵甲还是高举着灯笼，小甲用手托住了孙丙的下巴，眉娘用汤匙舀起参汤，一点一滴也不浪费，全部地喂进了孙丙的口腔。

这情景让余暂时地忘记了这是在升天台上看要犯，而是看一家三口在服侍一个生病的亲人喝参汤。

喂完一碗参汤后，孙丙的精神好了许多。他的呼吸不是那样粗重了，脖子也能支撑住脑袋的重量了，嘴巴里不往外吐血了，脸皮上的肿胀也似乎消了一些。眉娘把黑碗递给小甲，动手就去解将孙丙捆绑在十字架上的牛皮绳子。她的嘴巴里充满温情地唠叨着：

"爹呀，不要怕，咱这就回家去……"

余脑子里一片空白，一时不知道该如何处理眼前的情况。还是赵甲老辣，他将灯笼塞到小甲手里，纵身插在了孙丙和眉娘之间。他的眼睛里闪烁着冷冷的光芒，嘴巴里发出一声干笑，然后他说：

"贤媳，醒醒梦吧，这个人是朝廷的重犯，放了他要诛灭九族的！"

孙眉娘伸出手，在赵甲的脸上豁了一把，紧接着她的手在余的脸上也豁了一把。然后她就跪在了赵甲和余的面前，嘴巴一咧放出了悲腔。她哭喊着：

"放了俺爹吧……求求你们，放了俺爹吧……"

余看到，在明亮的月光下，台下的百姓们也扑通扑通地跪了下来。众多的声音错综复杂，但喊叫的都是同样的话语：

"放了他吧……放了他吧……"

余心中波澜起伏，感叹不已。嗨，百姓们，你们哪里知道这眼前的情势，你们哪里知道孙丙的心理，你们只看到了孙丙在台上苦苦煎熬，但你们想没想，孙丙大口地吞咽参汤，就说明他自己还不愿意死，但是他也不愿意活，如果他想活，昨天夜里，他就逃脱了牢笼，神不知鬼不觉地逍遥法外了。面对着这样的情况，余也只能静观待变，孙丙忍受了这样的酷刑，他已经成了圣人，余不能违背圣人的意志。余挥手招来几个衙役，低声吩咐，让他们把孙眉娘从升天台上架下去。孙眉娘竭力地挣扎着，嘴里骂出了许多肮脏的话，但毕竟抵挡不住四个衙役的力气，他们连推带拉地将她弄到台下去了。余吩咐衙役，让他们分成两班，一班在台上值守，一班下去休息。一个时辰后前来换班，休息的地点，就在通德书院临街的那间空房。余对留下值班的衙役们说：重点把住台前漫道，除了赵甲父子，任何人都不许上台。还要密切关注高台四周，防止有人攀爬而上。如果孙丙出了事情——被人杀死或是让人劫走，那么，袁大人就会砍余的脑袋，但是在袁大人砍余的脑袋之前，余会先砍掉你们的脑袋。

三

漫长的两天两夜熬过去了。

第三天的凌晨，余巡视了升天台后，回到书院空房，和衣躺在只铺了一层苇席的青砖地上。换班下来的衙役们有的鼾声如雷，有的梦话连篇。八月的蚊虫凶狠歹毒，咬人不出声，口口见血。余掀起衣襟蒙住头面，躲避蚊虫的叮咬。室外传来拴在书院大杨树下喂养着的德国洋马抖动嚼铁、弹动蹄子的声响，还有墙脚野草丛中秋虫的凄凉吟唱。似乎还有哗哗啦啦的水声时隐时现，不知道是不是高密东北乡的马桑河水在忧愁地流淌。余心中荡漾着悲凉情绪，神魂不定地进入了梦乡。

“老爷老爷不好了，”焦急的喊叫把余从梦中惊醒。余冷汗涔涔，看到小甲那张愚蠢里隐藏着奸猾的脸膛，听到他结结巴巴地说，“老爷老爷不好了，孙丙孙丙要死了！”

余不及多想，起身冲出空房。灿烂的秋阳已经高挂东南，天地间白光闪烁，刺得余眼前一片黑暗。余捂着眼睛，跟在小甲身后，奔向高台。赵甲、眉娘还有值班的衙役，已经簇拥在孙丙身旁。余没到近前就嗅到了一股恶臭，看到在孙丙的头上飞舞着成群的绿头苍蝇。赵甲手持一支用马尾扎成的蝇拂子，在孙丙的头上挥舞着，把许多的苍蝇打得纷纷落地，但随即就有更多的苍蝇飞来，它们往孙丙的身上飞扑，舍生忘死，前赴后继，不知道是孙丙身上散发的气味吸引着它们，还是冥冥中有一股驱使着它们的神秘力量。

余看到，眉娘不避污秽，站在孙丙的眼前，用一条白色的绸手绢，擦拭着苍蝇们用闪电般的速度下在孙丙身上的卵块。余的目光厌恶地跟随着眉娘的手指移动，从孙丙的眼睛到孙丙的嘴角，从孙丙的鼻孔到孙丙的耳朵，从孙丙肩头上流脓淌血的伤口，到他裸露的胸脯上结痂的创伤……那些卵块在一眨眼的工夫就变成了蛆虫，蠢动在孙丙身上所有潮湿的地方。如果没有眉娘，用不了两个时辰，孙丙就会被蛆虫吃光。余从这扑鼻的臭气里，嗅到了死亡的气味。

孙丙的身上不但散发着扑鼻的恶臭，还散发着逼人的热量。他简直就是一个正在熊熊燃烧的火炉子啊，如果他还有五脏六腑，他的五脏六腑已经烤炙得不成模样。他的嘴唇已经干裂得像焦煳的树皮，头上的乱毛也如在炕席下烘烤了多年的麦草，只要吹一个火星，就会燃烧，只要轻轻一碰，就会断裂。但他还没有死，他还在喘息，喘息的声音还很大，他的两肋大幅度地起伏，胸腔里发出呼隆呼隆的痰响。

看到余来到，赵甲和眉娘暂时地停止了手中的动作，眼巴巴地望着余，目光里流露出企望。余屏住呼吸，伸出手掌，试了试孙丙的额头，他的额头像火炭一样几乎把余的手指烫伤。

“老爷，怎么办？”赵甲的眼睛里，第一次出现了六神无主的神情，老杂种，你也有草鸡的时候！他焦急而软弱地说，“如果不赶快想法子，他活不到天黑……”

“老爷，救救俺爹吧……”眉娘哭着说，“看在俺的面子上，救他一命吧……”

余沉默着，心中哀伤，为了眉娘，这个愚蠢的女人。赵甲怕孙丙死，是为了他自己；眉娘怕孙丙死，是丧失了理智。眉娘啊，他死了不是正好脱离苦海升入了天界吗？何必让他忍受着盖世的痛苦苟延残喘去为德国人的通车大典添彩增光。他活一刻就多遭一刻罪，不是一般的罪，是刀尖上的挣扎，是油锅里的煎熬啊；但是反过来想，他多活一天就多一分传奇和悲壮，就让百姓们的心中多一道深刻的印记，就是在高密的历史上也是在大清的历史上多写了鲜血淋漓的一页……前思后想，左顾右盼，心中车轮转，余失去了决断。救孙丙是顺水推舟，不救孙丙是逆水行船，罢罢罢，难得糊涂啊！孙丙，你感觉怎么样啊?他艰难地抬起头，嘴唇哆嗦着，发出了一些支离破碎的声音，从他的眼缝里，射出了灼热的黑里透红的光线，好像射穿了余的心脏。孙丙巨大而顽强的生命力让余受到了猛烈地震撼，一瞬间余感到自己的心中只有一个强烈的信念：让他活下去，不能让他死，不能让这场悲壮的大戏就这样匆匆地收场！

余吩咐两个衙役，去搬请县里最好的医生：南关擅长外科的成布衣，西关精于内科的苏中和。让他们带上最好的药物，用最快的速度赶来，就说是山东巡抚袁世凯袁大人的命令，胆敢违抗命令或者故意延误者，杀无赦！——两个衙役飞跑着去了。

余吩咐一个衙役去纸扎店搬请纸扎匠人陈巧手，让他带着全部的家什和材料立即赶来，就说是山东巡抚袁世凯袁大人的命令，胆敢违抗命令或者是故意延误者，杀无赦！——一个衙役飞跑着去了。

余吩咐一个衙役去成衣店搬请裁缝章麻子，让他带上全部的家什还要他带上两丈白色纱布立即赶来，就说是山东巡抚袁世凯袁大人的命令，胆敢违抗命令或者是故意延误者，杀无赦！——一个衙役飞跑着去了。

四

擅长外科的成布衣和精于内科的苏中和在衙役们的引领下，前脚后脚地登上了升天台。成布衣瘦高个子，黑色脸膛，嘴巴溜光，全身上下没有多余的肉，显示出一种干巴利索的劲儿。苏中和富态大相，五短身材，一个光溜溜的大头，下巴上生长着一部繁茂的花白胡须。这两位都是高密城里的头面人物，当年余与孙丙在县衙斗须时，他们都是在前排就坐的积极的看客。苏中和背着一个硕大的背囊。成布衣夹着一个白布的小包。他们都很紧张。成的脸色黑里透出灰白，看样子他很冷；苏中和脸色白里透黄，油汗淫淫，看样子他很热。他们跪在高台上，还没及说话，余就把他们拉了起来。余说，事情紧急，有劳两位圣手玉指。眼前这人是谁你们都知道，他为什么这个样子待在这里你们也都知道。袁大人严命：必须让他活到八月二十日。今日是八月十八，离袁大人为他规定的死期还有两天两夜。看看他的样子，就知道为什么把你们请来，请二位近前，施展你们的本事吧！

两个医生相互谦让着，谁也不肯先上前去诊治。他们一高一矮，一胖一瘦，相互作揖，此起彼伏，产生了十分滑稽的效果，一个少不更事的衙役竟然捂着嘴巴偷笑起来。余对他们的看起来彬彬有礼但实际上油滑无比的形状十分反感，便严厉地说：不要推让了，万一他活不到二十日死去，你——余指着成布衣说；你——余指着苏中和说；还有你们——余的手在高台上绕了一个圈，说；当然还有我，我们大家，都要给他陪葬——余指着孙丙说。高台上的气氛顿时紧张起来。两个医生更是目瞪口呆。余命令成布衣，说：你是外科，你先上。

成布衣翘腿蹑脚地走上前去，那模样好似一条想从肉案子上偷肉吃的瘦狗。近前后他伸出一根手指，轻轻地戳了戳从孙丙肩上探出来的木橛尖儿，然后又转到孙丙身后，俯身探看了木橛子的尾。在他的细长的手指动摇了木橛子的首尾时，便有花花绿绿的泡沫冒了出来，腐肉的气味令人窒息，苍蝇们更加兴奋，嗡嗡的声音震耳欲聋。成布衣脚步踉跄地来到余的面前，双膝一软就要下跪。他的瘦脸抽搐着，嘴巴歪着，一副马上就要放声大哭前的预备表情。从他的嘴巴里吐出了磕磕巴巴的话语：

“老爷……他的内脏已经坏了，小人不敢动手……”

“胡说！”赵甲双目圆睁，目光逼视着成布衣的脸，严肃地说，“俺敢担保，他的内脏没有受伤！”他把目光转移到余的脸上，继续辩白着，“如果他的内脏已经受伤，那么，他早就流血而死，不可能活到现在。请大老爷明察！”

余略一思索，道：赵甲说得有理，孙丙的伤是在腠理之间，流脓淌血，不过是伤口发恶。这正是外科的症候，你不治，让谁治？

“老爷……老爷……”他嗫嚅着，“小人……小人……”

不要老爷小人地耽搁工夫了，余洒脱地说，你大胆动手，死马当成活马医吧！

成布衣终于把胆子壮了起来。他脱下了长袍铺在台上，把辫子盘在头上，高高地挽起了袖筒，然后就要水洗手。小甲飞跑下台，提上了一桶净水，伺候着成布衣洗了手。成布衣将他的白布包袱放在长袍上解开，显露出了包袱里的内容：一大一小两把刀子；一长一短两把剪子；一粗一细两把镊子；一大一小两个瓶子；大瓶子里是酒，小瓶子里是药。除此之外还有一团棉花，一卷纱布。

他操起剪子，咔哧咔哧地剪开了孙丙的上衣。放下剪子，他拧开酒瓶子将酒倒在棉花上。然后他就用蘸了酒的棉花挤压擦拭着橛子出口和入口处的皮肉，更多的血和脓流出来，更多的臭气散发出来。孙丙的身体剧烈地颤抖着，从他的嘴巴里发出了一声接一声的令人头皮发紧、脊背发冷的呻吟。

成布衣在替孙丙疗伤的过程中显然恢复了自信和胆气，职业的荣耀压倒了他的恐惧。他竟然停止了治疗，不是弓着腰而是直着腰来到余的面前，用一种骄傲而霸道的口吻说：

“老爷，如果可以把他身上的橛子拔掉，小人敢担保，他不但可以活到后天上午，甚至可以恢复健康……”

余打断了他的话头，用嘲弄的口吻说：如果你愿意把这根橛子钉在自己的身上，那你就拔掉它吧！

成布衣的脸色顿时变得灰白了，刚刚直起来的腰马上就弯了下去，目光也随着变得闪闪烁烁。他哆哆嗦嗦地用蘸了酒的棉花把孙丙身上的伤口擦拭了一遍，又用一根竹签子从那个紫色的小瓶子里挖出一种酱红色的油膏，涂抹到孙丙的伤口上。

治疗完毕，他躬身退后。余命令苏中和上前诊治。苏颤颤抖抖地靠上去，把一只留着长长指甲的手高举起来，去摸孙丙的被绑在横木上的脉搏，他那副高举着手、倾斜着肩膀、低垂着头沉思默想的样子，显得既好笑又可怜。

望切完毕，苏中和曰：

“老父台，病人目赤口臭，唇干舌焦，面孔肿胀，体肤高烧，看似大热之症，但脉象浮大中空，按之如捻葱管，实乃芤脉失血之相。此乃大虚若实、大亏若盈之症，一般庸医，不知辨证施治，必按热症处理，乱用虎狼之药，如此则危乎殆哉！”

苏中和不愧是三代名医，见识果然与众不同。余对他的分析甚为叹服，急忙说：处方！

“急用独参汤灌之！”苏中和坚定地说，“如果每天灌三碗独参汤，小人认为，他完全可以活到后天上午。为了更加保险，小人这就现抓几服滋阴的小药，以成佐使导引之势。”苏中和就在高台上打开他的药囊，根本不用戥称，只用三根手指，一撮一撮地将那些草根树皮抓到纸上，然后包裹成三服药。他捧着药包，转着圈看了一眼，不知道该交给谁。最后他小心翼翼地将药包放在余的面前，低声说：

“灌下独参汤半个时辰后，水煎服。”

余挥手让两个医生下台，他们如释重负，弓腰垂首，慌不择路地走了。

用手指了指猖狂飞舞的苍蝇，余对纸扎匠陈巧手和裁缝章麻子说：你们应该明白自己该干什么了吧？

五

正晌午时阳光最强烈的时候，陈巧手和章麻子已经在高台上扎起了一个上面用席片遮阳盖顶、三面用席片围拢、前面用白纱做帘的笼子，将孙丙的身体罩了起来。这样既遮蔽了阳光的曝晒又挡住了苍蝇的缠磨。为了降温，赵小甲还将一块巨大的湿布遮盖在席片之上。为了减轻招引苍蝇的臭气，几个衙役提水冲洗了高台上污秽。在赵甲的帮助下，眉娘将一碗参汤喂进了孙丙的肚子，过了半个时辰，又给他喂下了苏中和开出的药汤。余看到在喂参汤灌药汤时孙丙积极地配合，可见他还有生存的愿望。如果他想死，他就会闭住嘴巴。

经过了一番漫长的救治，孙丙的状况有了明显的好转。隔着一层轻纱，余看不清楚他的脸，但余听到他的呼吸已经平稳，身上的臭气也不如上午那样嚣张。余疲惫不堪地走下台去，心中感到莫名的忧伤。没有什么不放心的了。袁大人给余的任务就是看好孙丙不让他死，现在，他自己不想死，赵甲父子不让他死，眉娘不愿意让他死，独参汤发挥着效力使他的身体保持着活力不可能因为衰竭而死，你就这样活下去吧。在厄运没有降临之前余也不想死。

余放胆地走出通德校场，上了似乎都有点陌生了的大街，走进了一家酒馆。店小二殷勤地跑过来，一边跑一边往后传呼：

“贵客到——”

胖胖的店家像绣球一样滚到了余的面前，油光光的脸上堆积着受宠若惊的笑容。余低头看看身上的全套官服，知道无法隐瞒自己的身份。其实，即便余身穿便服，高密县城里还有哪个不认识余。余每年的惊蛰日都要到郊外亲自扶犁劝农，每年的清明都要到郊外去种桃栽桑，每月的初一十五余都要在教化坊前设桌讲经，劝谕百姓，宣讲忠孝仁义……余是个亲民的好官，如果余卸任离职，肯定会收到一柄大大的万民伞……

“大老爷光临小店，使小店蓬荜生辉……”店家生硬地咬文嚼字，“请问大老爷想用点什么？”

余脱口而出：两碗黄酒，一条狗腿。

“对不起大老爷，”店家为难地说，“本店不卖狗肉，也不卖黄酒……”

为什么？这样的好东西为什么不卖？

“这个吗……”店家支吾一会儿，似乎是下了决心，说，“大老爷也许知道，本城里卖黄酒狗腿的只有孙眉娘的最好，俺们卖不过她……”

热乎乎的黄酒，香喷喷的狗肉，往日的情景涌上心头……

那你店里卖什么？

“回大老爷，俺家卖高粱白干二锅头，芝麻烧饼酱牛肉。”

那就来二两白干，一角牛肉，再来两个热烧饼。

“请大人稍候。”店家一溜小跑去了。

高密县坐堂前心烦意乱，想起了孙家眉娘多情檀栾。她是个可人儿善解风月，水戏鱼花就蜂柔情缱绻……

店家将酒肉端到了余的面前，余挥手让他退到一边。今日个余自己把盏，端起小酒壶将一个绿皮盅子倒满。一杯辣酒灌下去，心中感到很舒服；两杯热酒灌下去，脑袋顿时晕糊糊。三杯浊酒灌下去，长叹一声泪如雨。

余喝酒吃肉，余吃肉喝酒。余酒足饭饱。掌柜的，酒肉钱记到账上，过几天让人来还。

大老爷能到小店吃饭，是小店的福气。

余走出店门，身体感到轻飘飘的，犹如腾云驾雾。

六

第四天早晨，衙役把余唤醒。宿酒未消，头昏脑涨，昨天的事情像一笔陈年旧账，已经模糊不清。余摇摇晃晃地走进校场，耀眼的白光昭示，今天又是一个好天气。余听到从升天台上传下来孙丙平缓而舒畅的呻吟，知道他还健在。快班的班头刘朴从高台上小跑着下来，神色诡秘地说：

“老爷……”

顺着刘朴嘴巴努去的方向，余看到，在对面的戏楼前，簇拥着一群人。这些人衣甲鲜明，形状怪异。有的粉面朱唇，有的面红耳赤；有的蓝额金睛，有的面若黑漆。余心中一震，想起了不久前孙丙领导的队伍。难道是他的余党重新纠集反进了县城？余大汗淋漓，酒意全消，慌忙振衣正冠，疾步上前。

那些人围在一只巨大的红色木箱周围。箱子上坐着一个用白色和金色勾画了象征着大忠大勇的义猫脸谱的男人。他的身上，披挂着一件长大的黑色猫衣，猫帽上的两只耳朵夸张地直竖起来，耳朵的顶尖上，各耸着一撮白毛。其余的各位，有披了大猫衣的，有顶戴着小猫衣的。一个个神情肃穆，仿佛等待着登台献艺。在衣箱上面，横放着一些枪刀剑戟，红缨灿灿，一看就知道是戏班子的把式。原来是高密东北乡的猫腔班子来了，余松了一口气。在这样的时刻，高密东北乡的猫腔班子来到了升天台前，难道仅仅是为了演戏？高密东北乡民风剽悍，对此余已经深有体会。猫腔戏神秘而阴森，演出时能令万众若狂，丧失理智……想到此余心中一阵冰冷，眼前出现了刀光剑影，耳边仿佛鼓角齐鸣。刘朴在余的耳边悄声说：

“老爷，小的有一个预感——”

讲。

“这檀香刑是一个巨大的钓饵，而这些高密东北乡的戏子，正是前来咬钩的大鱼。”

余保持着外表的平静，微笑着，迈开方步，端起大老爷的架子，在刘朴的护卫下，来到了他们面前。

猫腔班子里的人都闭口不言，但他们的炯炯目光让余感到了森森的敌意。

“这是知县大人，”刘朴道，“你们有什么话要说？”

他们默默无语。

你们是从什么地方来的？余问。

“从东北乡来。”那个端坐在衣箱上的义猫用戏中的腔调，瓮声瓮气地说。

来此何干？

“演戏。”

谁让你们在这种时刻到这里来演戏？

“猫主。”

谁是你们的猫主？

“猫主是我们的猫主。”

他在哪里？

义猫用手指了指升天台上的孙丙。

孙丙是国家重犯，身受重刑，在这高台上已经示众三日，他如何能够指示你们前来演戏？

“高台上绑着的只是他的身体，他的灵魂早已回到了高密东北乡，”义猫心驰神往地说，“他一直和我们在一起。”

余感叹一声，道：

你们的心情本官完全理解。孙丙虽然犯下了大逆不道的罪行，但他毕竟是你们猫腔的祖师爷，在他临终之前，为他献戏，既合人情，又合公理。但是，你们在这个时候，到这个地方来演戏，显然是不合时宜。你们都是本县的子民，本官向来是爱民如子，为了你们的身家性命，本官劝你们赶快离开这个是非之地，回到你们的东北乡，在那里你们想怎么演就怎么演，本官决不干涉。

义猫摇摇头，低沉地但是坚定不移地说：

“不，猫主已经指示我们，让我们在他的面前演戏。”

你刚才还说，升天台上绑着的，只是你们猫主的身体，而他的灵魂早就回到了高密东北乡。你们在这里演戏，难道是要演给一个没有灵魂的躯体看吗？

“我们遵从猫主的指示。”义猫毫不动摇地说。

你们难道不怕杀头吗？余手指着县衙的方向，声色俱厉地说，袁大人的精锐官兵正驻守县衙；余回手又指了指通德书院的院落，说，这里正休整着德国的马队。明天就是铁路通车大典，无论是洋兵还是官军都是如临大敌。你们在这样的时刻，跑到德国兵的眼皮底下来搬演你们的猫腔狗调，这与犯上作乱、聚众闹事又有何异？余指指升天台上的孙丙，说，难道你们想学他的样子？

“我们什么都不干，我们就是演戏，”义猫好像赌气似的说，“我们什么都不怕，我们就是要演戏。”

高密东北乡人民喜欢演戏，本官早就知道，本官对你们的猫腔很是喜欢，猫腔的曲调本官都能演唱。猫腔宣扬忠孝仁义，教化人民通情达理，与本官的教谕目的完全一致。本官对你们的演出活动一向是大力支持的，本官对你们这种热爱艺术的精神深为嘉许，但现在绝对不行。本官命令你们回去，等事情过后，如果你们愿意，本官将亲率仪仗，到高密东北乡请你们到这里来演出。

“我们遵从猫主指示。”义猫执拗地说。

余乃本县最高长官，余说不能演，就是不能演。

“万岁皇爷也没有不让百姓演戏。”

你难道没听说过，“不怕官，就怕管”吗？你难道没听说过“砍头的知府，灭门的知县”吗？

"你把俺们的身体剁烂，俺的头还是要演。"义猫气呼呼地站起来，吩咐他的徒子徒孙们，"孩儿们，开箱。"

那些各式各样的猫们从箱上抽出了刀枪剑戟，俨然就成了一支古老的队伍。红木大箱也豁然打开，显出了里边的蟒袍玉带、凤冠霞帔、头面首饰、锣鼓家什……

余吩咐刘朴跑到书院，招来了十几个正在轮休的衙役。

本县苦口婆心相劝，完全是为了你们好，你却一意孤行，全不把大老爷放在眼里，余指着义猫对衙役们说，把这个为首的大猫抓起来，其余的杂猫，用乱棍给我打出城去！

衙役们嘴里咋咋呼呼，胡乱挥舞着水火棍子，其实完全是虚张声势。那个义猫却扑地跪倒，发出了一声凄厉的哭嚎，然后就开腔唱了起来。他刚刚跪地时余还以为他要向余求情呢，但余马上就发现他跪的是升天台上的孙丙，他们猫腔的祖师。他发出一声哭嚎余还以为他是看到孙丙受刑后心中悲痛呢，但余马上也就明白了，这声哭嚎是一个高亢的叫板，是一个前奏，接下来的演唱就如开了闸的河水滚滚而来了。

猫主啊～～你头戴金羽翅身披紫霞衣手持着赤金的棍子坐骑长毛狮子打遍了天下无人敌～～你是千人敌你是万人敌你是岳武穆转世关云长再世你是天下第一～～

咪呜～～咪呜～～

那些黑脸的猫红脸的猫花脸的猫大猫小猫男猫女猫配合默契地不失时机地将一声声的猫叫恰到好处地穿插在义猫响彻云霄的歌唱里，并且在伴唱的过程中，从戏箱里熟练地拿出了锣鼓家什还有那把巨大的猫胡，各司其职地、有节有奏地、有板有眼地敲打演奏起来。

第一棍打倒了太行山～～填平了胶州湾～～第二棍荡平了莱州府～～吓死了白额虎～～第三棍打倒了擎天柱～～颠倒了太上老君的八卦炉～～咪呜～～咪呜～～

他们声情并茂的演唱立即就产生了巨大的感染力。衙役们都是本县人，其中有半数来自东北乡，他们对猫腔的痴迷和亲和，更非余这个外乡人所能理解。尽管余从孙眉娘那里学会了许多猫腔的唱腔，但无论如何猫腔的调子也不会把余感动得像高密人那样眼泪汪汪。余已经感受到了，今天的演唱非同一般，义猫毫无疑问也是猫腔行当里的大师级的人物。他的嗓子具有猫腔调里最经典的铜声铜气的沙哑，而且能够在最高的调门上再往高处翻上一番——这就是猫腔著名的翻花——在猫腔的历史上能够唱出翻花的除了常茂就是孙丙。孙丙金盆洗手之后，连眉娘都认为翻花绝技已经失传，但没想到，这个不知从什么地方冒出来的义猫，又让绝技再现。余承认义猫的翻花演唱精彩绝伦，这样的演唱完全可以登上大雅之堂。余看到衙役们，包括办事机警、头脑清醒的刘朴，都进入了痴迷的状态，他们一个个眼睛发亮，嘴唇半张，已经忘了身在何处。余知道用不了多会儿他们就会与那些猫们一起咪呜大叫，很可能还会遍地打滚、有可能就会爬墙上树，这杀气腾腾的刑场就会变成群猫嗥叫、百兽率舞的天堂。余感到无可奈何，不知道这件事会如何收场。而且余还看到，那些在升天台上站岗的衙役们也都魂不守舍，形同偶像。孙眉娘在席棚门口已经用哭声伴唱，赵小甲更是欣喜若狂。他想往这边跑，但他的爹扯住了他的衣裳。看起来老赵甲多年在外，中猫腔的毒还不深，还能够保持着冷静的头脑，没有忘记自己肩负的重任。至于那孙丙，他在席笼里余看不清他的面孔，但他的苦笑难分的声音，已经告诉了余他的精神状况。

义猫边唱边舞，袍袖翻飞犹如两片白云，尾巴拖地宛如一根肉棍。他就这样载歌载舞着、感人至深着、如鬼如魅着、勾魂摄魄着，十分自然地沿着台阶一步步登上了高高的戏台。在他的带领下，那些猫们也登上了高高的戏台。一场轰轰烈烈的演出就这样拉开了序幕。

七

所有的事情都坏在了猫身上。当台上猫衣翻飞，台下猫声大作时，余不由得想起了与孙眉娘初次相识的情景。那天余下乡抓赌归来，余乘坐的小轿行进在县城的石板大街上。暮春天气，因为细雨蒙蒙而黄昏早至。大街两侧的店铺已经打烊，青色的石板上积存着一汪汪的雨水，泛着白色的光芒。街上没有行人，在一片静寂中只有轿夫们的脚踩着雨水发出扑哧扑哧的声响。余坐在轿子里，身体感觉到微微的寒意；余的心中，泛滥着淡淡的忧伤。余听到大街外侧的池塘里蛙声响亮，回想起乡下的麦浪和水中游动的蝌蚪，余心中除了忧伤又加上了惆怅。余既想让轿夫们快步如飞，及早赶回县衙，泡上一壶新茶，翻看古人的诗书，但可惜余身边没有红袖添香。夫人是名门贵胄，品行端方，但于那儿女之事，却是冷如冰霜。余已经对她发誓不娶侍妾，但余实难耐这枕席荒凉……正当余心绪烦乱之时，只听得路边门响，抬头看到那家的门前高挂着酒招，从昏暗的屋子里溢出了酒肉之香。余看到一个身穿白衫的青年妇人站在门楣一旁，口出脏话，但那声音清脆响亮。随即就有一个黑乎乎的东西飞过来，正巧打在了余的轿子上。余听到她骂：

“打死你这个馋猫!”

余看到一只狸猫箭一般地蹿到了街对面的房檐下，用舌头舔着胡须，往大街对面张望。轿前的长随大声叱呼：

“大胆！你瞎了眼了吗？竟敢掷打大老爷的仪仗!”

那妇人慌忙地施礼打躬，道歉的语言赛过蜜糖。余透过轿帘，看到她风情万种，暮色中她的娇羞在闪闪发光。余心中顿时升腾起一片温情，询问长随：这家是卖什么的？

“回大老爷，这家的狗肉和黄酒全县第一，这个女人，就是狗肉西施孙眉娘。”

落轿，余说，本县腹中饥饿身上发冷，到店里去喝碗黄酒暖暖肚肠。

刘朴低声劝余：

“老爷，俗言道贵人不踏贱地，这路边的小店最好不要光顾。依小的之见您还是尽快回衙，免得夫人在家盼望。”

连万岁皇爷也微服私访，探察民情，余说，余一个小小知县，算不上什么贵人，口渴了喝一碗酒，肚子饥了吃一碗饭，又有什么要紧？

轿子靠到店门前落下，孙眉娘慌忙地跪在了地上。余钻出轿子，听到她说：

“大老爷恕罪，民妇该死。那馋猫叼走了一条鲜鱼，民妇着急，错投了大老爷的轿子，还请大老爷原谅……”

余伸出手掌，说大姐请起，不知者不怪罪，这点小事，余根本就没放在心上。余下轿是想到你店里吃肉喝酒，请你带我们进入店堂。

孙眉娘起身又打了一躬，说：

“多谢大老爷宽宏大量！今天早晨就有喜鹊在俺门前喳喳叫，想不到竟然应在了大老爷身上。大老爷快快请进，还有这些公爷们也请进房。”孙眉娘跑到街心捡起了那条鲜鱼，看都没看就扔到了街对面猫的眼前，说：“馋猫，你把大贵人引来，这是老娘给你的奖赏。”

孙眉娘手脚麻利地点灯掌蜡，将桌椅擦拭得放出毫光。她为余烫上了一坛美酒，大盘的狗肉端到桌上。烛光下看美人美人更美，余心中一潭春水碧波荡漾。衙役们眼睛里鬼火闪烁，提醒余且莫忘道德文章。克制住心猿意马起轿回衙，但心目中已刻上眉娘形象……

锣鼓声、猫胡声、歌唱声像一群白鸟飞出校场，先是有三三两两的县城百姓提心吊胆地沿着校场的边缘进入，然后就有一小群一小群的百姓来到了戏台前方。他们似乎忘记了这里刚刚执行了天下最残酷的刑罚，他们似乎忘记了受刑人身上插着檀木橛子还在升天台上受苦受难。戏台上正在搬演一个艳情故事，说得是一个住店的军爷调戏一个美貌的店家姑娘。看到此余心中略感安慰，因为涉及到孙丙抗德的词儿已经唱完，即便是袁大人前来听戏，料也无有大妨。

军爷啊，请问您喝什么酒？
俺要喝女儿红酒才出缸。
俺家没有女儿红
大姐身上有芳香
军爷想吃什么肉
天上的凤凰切来尝
俺家没有凤凰肉
大姐就是金凤凰
…………

戏台上眉目传情的店家女儿身段优美，惹人情思。在她与军爷的一问一答中，仿佛在一件一件地脱去衣裳。这是猫腔的垫场小戏，多涉风情，轻松活泼，为青年男女所喜爱。余双鬓斑白，已是中年，难道就不爱风情了吗？余看着这调情的垫场小戏，就想起了在县衙的西花厅里，孙家眉娘为俺唱这种小戏的境况……眉娘啊眉娘，你给大老爷带来了多少销魂的时光啊……你裸着玉体，头上戴一张小猫衣，在余的床上翻来滚去，在余的身上爬来爬去……你一抹脸，脸上就是一副活灵灵的媚猫的表情……从你的身上，余意识到，这世界上的动物，最媚莫过于猫……你伸出鲜红的猫舌头，舔舐着余的身体，让余感到欲仙欲死，让余感到心头鹿撞……眉娘啊，如果干爹嘴大，就要把你含在嘴里……

像一阵风把军爷和卖弄风情的小女子刮到了台后，身披着大猫衣的义猫在急急如狂风的锣鼓声中又登场。他潇洒地跑了几个圆场，然后就在戏台正中落座，抑扬顿挫地开始了念白：

某乃猫主孙丙是也，某早年习唱猫腔，带着戏班子走遍了四乡。余能唱大戏四十八出，演遍了古往今来帝王将相。余到中年之后，口出狂言，得罪了高密知县。高密知县化妆蒙面，将俺的胡须拔光，毁了俺的戏缘。俺将戏班子托付他人，回乡开了一家茶馆卖茶度日。某妻小桃红美貌贤惠，育有一男一女心肝儿郎。可恨那洋鬼子入侵中华，修铁道坏风水恁的猖狂。更有那小汉奸狗仗人势，抢男儿霸女子施恶逞强。某妻子大集上遭受凌辱，从此就晴天里打雷起了祸殃。某哭哭哭哭哭断了肝肠～～某恨恨恨恨恨破了胸膛～～

义猫在台上翻花起浪地慷慨悲歌，在他的身后，群猫执戟持枪，一个个怒火万丈。台下群情激昂，咪呜声，跺脚声，震动校场。震动校场，尘土飞扬。余心中越来越感到不安，不祥的阴云渐渐地笼罩了天空。刘朴的提醒声声在耳，余的脊背一阵阵发凉。但面对着台上台下似乎是走火入魔的演员和群众，余感到无能为力，就像一只手拉不住奔驰的马车，就像一瓢水浇不灭熊熊的烈火，事到如今，只能是听天由命，信马由缰。

余退到席棚前冷眼观察，升天台上，只有老赵甲手持一根檀木橛子，默默地站在席笼一旁。孙丙的呻吟声完全被台下的呼喊淹没，但余知道他肯定还是好好地活着，他的精神肯定是空前的健旺。传说中一个高密人远在他乡生命垂危，忽听到有人在门外高唱猫腔，他就从病榻上一跃而起，眼睛里放射出璀璨的光芒。孙丙啊，你虽然身受酷刑生不如死，但能看到今天的演出能听到今天的歌唱——为了你的演出为了你的歌唱——你也不枉了为人一场。余往人群中放眼，寻找着赵家的痴儿，看到了看到了，看到了小甲爬到了戏楼的柱子上，咪呜咪呜的怪叫着，身体像熊一样滑下来，然后又像猫一样爬上去。余寻找着孙家的眉娘，看到了看到了，看到了她披头散发，正在用一根棍子抽打着一个衙役的脊梁。这样的狂欢不知何时能止，余想抬头看看时辰，却发现一片乌云遮住了太阳。

八

大约有二十几个全副武装的德国士兵从通德书院里跑出来。余暗暗地叫了一声苦，知道大祸即将临头，急忙迎上前去，拦住他们其中的一个手持短枪的小头目，想把眼前的事情对他细说端详。军……爷，王八蛋你就算是个军爷吧，军爷眼珠子碧绿，宛如两条葱叶，他咕噜了一句什么话余不清楚，然后他一巴掌就把余扇到一旁。

士兵们跑向升天台，他们步伐沉重，踩得木板嗵嗵作响。用粗大的松木支撑起来的高台晃晃荡荡，仿佛支撑不住这突然增加的分量。余对着戏台上的人们和戏台下的人们大声喊叫：停止——停止——停止吧——但余的喊叫微弱无力，就像用棉花团儿击打石头的厚墙。

士兵们在升天台上排成了密集的队形，与戏台上的演员遥遥相望。此时戏台上正在进行着一场混战，几个扮猫的演员，与几个扮成虎狼的演员，噼噼啪啪打成一团。义猫端坐在戏台正中的一把椅子上，用直逼青云的歌喉，为他们伴唱。这又是猫腔的一个不同寻常之处：在武打的过程中，始终有一个演员在伴唱。有时候伴唱的内容与剧情并没有直接联系，结果是属于剧情中的内容的武打，似乎变成了为独唱者的伴舞。

哎哟爹来哎哟娘～～哎哟俺的小儿郎～～小爪子给俺搔痒痒～～小模样长得实在是强～～可怜可怜啊把命丧～～眼睛里流血两行行～～

咪呜咪呜～～咪呜咪呜～～

余用乞求的目光仰望着升天台上的德国士兵，余感到一阵阵的鼻酸眼热。德意志的士兵们，据说你们那里也有自己的戏剧，你们也有自己的风俗，拿着自心比人心，拿着自身比人身。你们不要以为他们是在向你们挑战，你们不要把他们和孙丙领导的抗德队伍混同起来，固然孙丙的队伍也都涂画着脸谱，穿戴着戏装。现在在你们眼前的是一个纯然的戏班子，他们的演出看起来很是癫狂，但这是猫腔戏本身传统，他们的演出是遵从着古老的习惯：为死去的人演戏，让死人升天；为弥留之际的人演戏，让他欣慰地告别人世。他们的戏是演给孙丙看的，孙丙是猫腔历史上继往开来的人物啊，猫腔戏在他的手里才发展成了今天这样辉煌的模样。他们演戏给孙丙看，就像给一个临终前的酿酒大师献上一杯美酒，既合乎人情，又顺理成章。德国士兵们，将你们端起来的毛瑟大枪放下吧，放下啊，求你们啦，你们要通情达理啊，你们不能够再屠杀余的子民啦，高密东北乡已经血流成河，繁华的马桑镇已是一片废墟，你们也是父母生养，你们的胸膛里也有一颗心，难道你们的心是用生铁铸造的吗？难道我们中国人在你们的心目中是一些没有灵魂的猪狗吗？你们的手上沾满了中国人的鲜血难道夜里不会做噩梦吗？放下你们手中的武器吧，放下，余大声喊叫着向高台奔去，余边跑边喊：

不许开枪！

但余的喊叫活像是给德国士兵下达了一个开始射击的命令，只听得一阵尖厉的排枪声，如同十几把利刃划破了天空。从德国人的枪口里，飘出了十几缕白色的硝烟，犹如十几条小蛇，弯弯曲曲地上升，一边上升一边扩散，燃烧火药的气味扑进了余的鼻腔，使余的心中竟然产生了悲欣交集的感觉。悲的是什么，余不知道；欣的是什么，余也不知道。热泪从余的眼睛里滚滚而出，眼泪模糊了余的视线。余泪眼模糊地看到，那十几颗通红的弹丸，从德国士兵的枪口里钻出来后，团团旋转着往前飞行。它们飞行得很慢很慢，好像犹豫不决，好像不忍心，好像无可奈何，好像要拐弯，好像要往天上飞，好像要往地下钻，好像要停止不前，好像要故意地拖延时间，好像要等到戏台上的人们躲藏好了之后它们才疾速前蹿，好像从德国士兵的枪口里拉出了看不见的线在牵扯着它们。善良的子弹好心的子弹温柔的子弹恻隐的子弹吃斋念佛的子弹啊，你们的飞行再慢一点儿吧，你们让我的子民们卧倒在地上后再前进吧，你们不要让他们的血弄脏了你们的身体啊，你们这些圣洁的子弹啊！但戏台上那些愚笨的乡民们，不但不知道卧倒在地躲避子弹，反而是仿佛是竟然是迎着子弹扑了上来。炽热的火红的弹丸钻进了他们的身体。他们有的双手朝天挥舞，张开的大手好像要从树上揪下叶子；有的捂着肚子跌坐在地，鲜血从他们的指缝里往外流淌。戏台正中的义猫的身体连带着凳子往后便倒，他的歌唱断绝在他的喉咙胸腔。德国人的第一个排子枪就将大部分的演员打倒在戏台上。赵小甲从柱子上滑下来，傻愣愣地四处张望着，突然他就明白了，他捂着脑袋朝后台跑去，嘴里大喊着：

“放枪啦～～杀人啦～～”

余想德国人没把攀爬在柱子上的小甲当成射击的目标，可能是小甲身上的刽子手公服救了他的性命。在过去的几天里，他可是众人注目的人物。放第一个排子枪的德国士兵退到了后排，来到了前排的德国士兵齐齐地举起了枪。他们的动作迅速，技术熟练，似乎是刚刚把枪托起来，余的耳边就是第二排震耳欲聋的枪响。似乎他们在托枪的过程中就扣动了扳机，似乎他们的枪声未响戏台上的人们就中了子弹。

戏台上已经没有了活人，只有鲜血在上边流淌。台下的群众终于从猫腔中苏醒过来，余的可怜的子民啊……他们连滚带爬着，他们你冲我撞着，他们鬼哭狼嚎着，乱成了一团。余看到升天台上的德国士兵都把枪放了下来，他们的漫长的脸上，都带着一种阴凉的微笑，就像乌云密布的寒冬天气里一线暗红的阳光。他们停止了射击，余心中又是一阵莫名的悲喜交集，悲的是高密东北乡的最后一个猫腔班子全军覆没，喜的是德国人不再开枪射杀逃亡中的百姓。这是喜吗？高密知县啊，你心中竟然还有喜吗？是的，余的心中还有喜，大喜！

猫腔班子的血汇合在一起，沿着戏台边缘上的木槽流到了翘起在戏台两角的木龙口里，这里原是排泄雨水的地方，现在成了血口，两股血喷出来，淋漓在戏台下的土地上。那血排泄了一会儿就渐渐地断了流，一大滴，一大滴，一大滴地，珍重地，沉重地，一大滴，一大滴，珍重地，沉重地……是天龙的眼泪啊，是。

百姓们逃亡而去，现场留下了无数的鞋子和被践踏得不成模样的猫衣，还有几具被踩死的尸体。余死死地盯着那两个滴血的龙头，看着它们往下滴血，一大滴，一大滴，滴滴答答，滴，不是血，是天龙泪，是。

九

当八月十九日的大半个月亮在天上放射银光时，余从县衙里回到了校场。余一出衙门就吐出了一口鲜血，满嘴里腥甜，仿佛吃了过多的蜜糖。刘朴和春生关切地问候：

“老爷，您不要紧吧？”

余如梦初醒般地看着他们，狐疑地问：

你们为什么还跟着我？滚，滚，你们不要跟着我！

“老爷……”

听到了没有？滚，赶快离开我，滚得越远越好，你们不要让余再看到你们，如果你们再让余看到你们，余就打断你们的脊梁！

“老爷……老爷……您糊涂了吗？”春生哭咧咧地说。

余从刘朴的腰间拔出了腰刀，对着他们，刀刃上反射着月光，寒光闪闪。余冷冷地说：

爹死娘嫁人，各人顾各人。如果你们还顾念几年来的情意，就赶快地走，等到八月二十日之后，再回来收我的尸体。

余将腰刀甩在地上，当啷一声响，震动夜空。春生往后倒退了几步，转身就跑，起初跑得很慢，越跑越快，很快就没了踪影。刘朴垂着头，傻傻地站在那里。

你怎么还不走？余说，赶快打点行装，回你的四川去吧，回去后隐姓埋名，好好看护你父母的坟墓，再也不要与官府沾边。

“伯父……”

他一声伯父，抻动了余的九曲回肠。余热泪盈眶，挥挥手，说：

去吧，好自为之，去吧，这里没有你的事情了。

“伯父，”刘朴道，“愚侄这几天反复思量，心中感到十分惭愧。伯父落得如此下场，全都是因为愚侄的过错……”他沉痛地说，“是我化装成您的模样，薅去了孙丙的胡须，才使他离开了戏班与小桃红成亲生子，他如果不跟小桃红成亲生子，就不会棍打德国技师；他不棍打德国技师，就不会有后来的麻烦……”

余打断了他的话头，说：

糊涂的贤侄，其实是命该如此，与你没有关系。余早就知道是你薅了孙丙胡须，余还知道你是遵从了夫人的指使。夫人是想用这个方法激起孙眉娘对余的仇恨，免得她跟余发生苟且之事。余还知道你与夫人设计，在墙头上抹了狗屎。余知道你与夫人生怕余与民女有情损毁了官声影响了前程，但余与那孙眉娘是三世前的冤家在此相逢。不怨你不怨她谁都不怨，这一切全都是命中注定。

“伯父……”刘朴跪在地上，哭着说，“请受小侄一拜！”

余上前将他拉起，说：

就此别过了，贤侄。

余一人朝通德校场走去。

刘朴在后边低声喊叫：

“伯父！”

余回头。

“伯父！”

余走回到他的面前，问：

你还有什么话吗？

“愚侄要去为父报仇，为六君子报仇，为雄飞叔父报仇，也为大清朝剪除隐患！”

你要去刺他？余沉吟片刻，说，你的决心已经下定了吗？

他坚决地点点头。

但愿你比你雄飞叔父有好运气，贤侄！

余转身向通德校场走去，再也没有回头。月光照耀着余的眼睛，余感到心中簇拥着无数的含苞待放的花朵，一朵绽放，就是一句能够翻花起浪的猫腔。猫腔的虽然悠长但是节奏分明的旋律在余的心中回响，使余的一举一动都踩在了板眼上。

高密县出衙来悲情万丈～～咪呜咪呜～～秋风凉月光光更鼓响亮～～

月光照在余的身上，也照在了余的心上。月光啊，多么明亮的月光啊，余平生没有见过这般明亮的月光，余再也看不到这样明亮的月光了。余顺着月光往前看，一眼就看到了夫人面色如纸躺在床上。夫人她凤冠霞帔穿戴齐整，一纸遗书放在身旁。上写着：皇都陷落，国家败亡。异族入侵，裂土分疆。世受皇恩，浩浩荡荡。不敢苟活，猪狗牛羊。忠臣殉国，烈妇殉夫。千秋万代，溢美流芳。妾身先行，盼君跟上。呜呼哀哉，黯然神伤。

夫人啊！夫人你深明大义服毒殉国，为余树立了光辉榜样～～余死意已决，不敢苟活。但余的事情未了，死不瞑目。请夫人望乡台上暂等候～～待为夫把事情办完了与你一起见先皇～～

校场上一片肃穆，月光如水，泻地无声。空中闪动着猫头鹰和蝙蝠的暗影，校场边角上闪烁着野狗的眼睛。你们这些食腐啖腥的强盗，难道要吃人的尸体吗？没有人来给余的子民收尸，他们就这样晾在月光下，等待着明天的阳光。袁世凯和克罗德在余的县衙里饮酒作乐，膳馆里，煎炒烹炸的锅子吱吱作响。难道你们就不怕余把孙丙杀掉吗？你们知道，如果余想活，孙丙就不会死；但是你们不知道，余已经不想活了。余就要追随着夫人去殉大清国了，孙丙的性命就要终结了。余要让你们的通车典礼面对着一片尸首，让你们的火车从中国人的尸体上隆隆开过。

余脚步踉跄地爬上了升天台。这是孙丙的升天台，是赵甲的升天台，也是钱丁的升天台。升天台上，高挂着一盏灯笼，灯笼上写着高密县正堂。余看到还有几个衙役无精打采地站在台边，用双手拄着水火棍子，宛如泥偶木人。在灯笼的下方，支起了一个烧木柴的小小火炉，火炉上坐着一个熬中药的罐子，罐子里蒸气袅袅，散发出人参的芳香。赵甲屈膝坐在火炉旁边，火光照耀着他狭窄的黑脸。他用双手抱住膝盖，下巴也搁在膝盖上。他的目光专注地盯着细小的火苗子，好像一个沉浸在幻想中的儿童。在他的身后，小甲背靠着台上的立柱，舒开着两条腿，腿缝里夹着一包羊杂碎。他把羊杂碎夹在芝麻火烧里，旁若无人地大吃大嚼。孙眉娘倚靠在与小甲斜对着的那根立柱上，她的头歪到一侧，凌乱的头发遮掩着她的脸，看起来像个死人，往日的风采荡然无存。隔着一层薄薄的纱布，余看到孙丙模糊的脸，他低沉的呻吟声，告诉余他还在苟延残喘。从他身上散发出来的臭气，招引来成群结队的猫头鹰。它们在空中无声无息地盘旋着，不时地发出凄厉的鸣叫。孙丙啊，你早该死了，咪呜咪呜，你们猫腔感慨万端、含义复杂的咪呜之声，竟然从余的口中奔突而出，咪呜咪呜，孙丙啊，都怨余昏聩糊涂，心慈手软，瞻前顾后，心存杂念，没有识破他们的诡计，让你活着充当了他们的钓饵，又一次毁了高密东北乡几十条性命，断绝了猫腔的种子，咪呜咪呜……

余唤醒了那几个拄着棍子打盹的衙役，让他们回家休息，这里的事情本县自有安排。衙役们如释重负，生怕再把他们留住似的，拖着棍子跑下台，转眼就消逝在月光里。

对余的到来，他们毫无反应，好像余只是一个空虚的黑影，好像余是他们的一个帮凶。是的，截止到目前为止，余的确是他们的一个帮凶。余正在考虑先把刀子刺到哪个的身上时，赵甲捏着药罐子的提梁，将参汤倒进黑碗，然后威严地命令小甲：

“儿子，吃饱了吧？没吃饱待会儿再吃，帮着爹先把参汤给他灌上。”

小甲顺从地站起来，经过了白天的变故，这个家伙身上的猴气似乎减少了许多，他咧开嘴对余笑笑，然后上前撩开了遮掩席笼的白纱，显出了孙丙干巴了许多的身体。余看到他的脸小了，眼睛变大了，胸脯两边的肋条一根根地显出来。他的样子，让余想到了下乡时看到的被恶作剧的儿童绑在树上晒干了的青蛙。

从小甲撩开白纱那一刻开始，孙丙的头就晃动起来。从他的黑洞一样的嘴巴里，发出了一些模糊的声音：

“唔……唔……让我死了吧……让我死了吧……”

余的心中一震，感到自己的计划更有了充分的理由。孙丙终于自己要死了，他已经意识到活着就是罪孽，刺死他就是顺从了他的意志。

小甲将一个用牛角制成的本来是用来给牲畜灌药的牛角漏斗不由分说地插在了孙丙的嘴里，然后他就将孙丙的脑袋扳住，让赵甲从容地将参汤一勺勺地灌进他的嘴里。孙丙的嘴里发出呜噜呜噜的声音，他的喉咙里咕嘟咕嘟地响着，那是参汤正沿着他的喉咙进入他的肚肠。

怎么样啊，老赵，余用嘲弄的口吻在赵甲的身后问，他能活到明天上午吗？

赵甲警觉地转过身来，目光炯炯地说：

“小人担保。”

赵姥姥创造了一个人间奇迹啊！

“能把活儿做成这样，离不开大人的支持，”赵甲谦虚地说，“小人不敢贪天之功。”

赵甲，你不要得意太早，余冷冷地说，依我看他活不过今夜——

“小人用性命担保，如果大人能够再提供半斤人参，小人还能让他活三天！”

余大笑着，弯腰从靴筒子里抽出那柄锋利的匕首，纵身向前，往孙丙的胸膛刺去。但余的匕首刺中的不是孙丙而是小甲。他在危急的关头，用自己的身体挡住了孙丙的身体。余刚把匕首拔出来，小甲的身体就软绵绵地坐在了孙丙脚前，他身上溅出来的热血烫痛了余的手。赵甲哀鸣一声：

“我的儿子啊……”

赵甲将手中黑碗朝余的头上砸过来，碗里滚热的参汤散发着香气淋到了余的脸上。余也不由自主地哀鸣一声，声音未落，就看到赵甲弓起腰，像一头凶猛的黑豹子，对着余撞过来。他的坚硬如铁的头颅，撞中了余的小腹；余双手挥舞着，仰面朝天跌倒在高台上。接着，赵甲就顺势骑在了余的身上。他的那双看起来柔弱无骨的小手，竟然像鹰爪子一样，卡住了余的咽喉。与此同时，他的嘴巴在余的额头上咯唧咯唧地啃咬起来。余的眼前一团漆黑，心里想挣扎，但双手就像死去的枯枝……

就在余看到了站在高高的望乡台上的夫人凄楚的面孔时，赵甲的手指突然松开了，他的嘴巴也停止了啃咬。余屈起膝盖将他的身体顶翻，艰难地爬起来。余看到赵甲侧歪在地，背上插着一把匕首，他的瘦巴巴的小脸，在可怜地抽搐着。余看到孙眉娘木呆呆地站在赵甲的身体旁，惨白的脸上肌肉扭曲，五官挪位，已是三分像人七分像鬼。月光似水，月光如银；月光是冰，月光是霜。余再也看不到这样的月光了。余顺着烂漫的月光看过去，似乎看到了，刘家的贤侄，为了他的父亲，为了六君子，为了大清朝，突然出现在袁世凯的面前，像余的舍弟一样，拔出了两只闪闪发光的金枪……

余头昏脑涨地站起来，对着她伸出了手：眉娘……我的亲人……

她却嗥叫一声，转身往台下跑去。她的身体看起来如同一团败絮，轻飘飘地失去了重量。余还用得着去追赶她吗？不用了，余的事情马上就要结束了，在另外的世界里，我们迟早会团聚。余从赵甲背上拔出了匕首，用衣服把上边的血擦干。余走到孙丙的眼前，借着灯火和月光——灯火昏黄，月光明亮——看清了孙丙神色平静的脸庞。

孙丙啊，余做过许多对不起你的事，但你的胡须，的确不是余薅的。余诚恳地说着，顺手就将匕首刺入了他的胸膛。他的眼睛里突然迸发出了灿烂的火花，把他的脸辉映得格外明亮——比月光还要明亮。余看到血从他的嘴里涌出来，与鲜血同时涌出的还有一句短促的话：“戏……演完了……”

后记

在本书创作的过程中，每当朋友们问起我在这本书里写了些什么时，我总是吞吞吐吐，感到很难回答。直到把修改后的稿子交到编辑部，如释重负地休息了两天之后，才突然明白，我在这部小说里写的其实是声音。小说的凤头部和豹尾部每章的标题，都是叙事主人公说话的方式，如“赵甲狂言”、“钱丁恨声”、“孙丙说戏”等等。猪肚部看似用客观的全知视角写成，但其实也是记录了在民间用口头传诵的方式或者用歌咏的方式诉说着的一段传奇历史——归根结底还是声音。而构思、创作这部小说的最早起因，也是因为声音。

二十年前当我走上写作的道路时，就有两种声音在我的意识里不时地出现，像两个迷人的狐狸精一样纠缠着我，使我经常地激动不安。

第一种声音节奏分明，铿铿锵锵，充满了力量，有黑与蓝混合在一起的严肃的颜色，有钢铁般的重量，有冰凉的温度，这就是火车的声音，这就是那在古老的胶济铁路上奔驰了一百年的火车的声音。从我有记忆力开始，每当天气阴沉的时候，就能听到火车鸣笛的声音像沉闷而悠长的牛叫，紧贴着地面，传到我们的村子里，钻进我们的房子，把我们从睡梦中惊醒。然后便传来火车驶过胶河大铁桥时发出的明亮如冰的声响。火车鸣笛的声音和火车驶过铁桥的声音与阴云密布的潮湿天气联系在一起，与我的饥饿孤独的童年联系在一起。每当我被这对比鲜明的声音从深夜里惊醒之后，许多从那些牙齿整齐的嘴巴里和牙齿破碎的嘴巴里听来的关于火车和铁道的传说就有声有色地出现在我的脑海里。它们首先是用声音的形式出现的，然后才是联翩的画面，画面是声音的补充和注释，或者说画面是声音的联想。

我听到了然后看到了在1900年前后，我的爷爷和奶奶还是吃奶的孩子时，在距离我们村庄二十里的田野上，德国的铁路技师搬着据说上边镶嵌了许多小镜子的仪器，在一群留着辫子、扛着槐木橛子的中国小工的簇拥下，勘定了胶济铁路的线路。然后便有德国的士兵把许多中国健壮男子的辫子剪去，铺在铁路的枕木下边，丢了辫子的男人就成了木头一样的废人。然后又有德国士兵把许多小男孩用骡子驮到青岛的一个秘密地方，用剪刀修剪了他们的舌头，让他们学习德语，为将来管理这条铁路准备人才。这肯定是一个荒诞的传说，因为后来我曾经咨询过德国歌德学院的院长：中国孩子学习德语，是不是真的需要修剪舌头？他一本正经地说：是的，需要。然后他用哈哈大笑证明了我提出的问题的荒谬。但是在漫长的岁月里，对于这个传说我们深信不疑。我们把那些能讲外语的人，统称为“修过舌头的”。在我的脑海里，驮着小男孩的骡子排成了一条漫长的队伍，行走在胶河岸边泥泞曲折的小道上。每头骡子背上驮着两个篓子，每个篓子里装着一个男孩。大队的德国士兵护送着骡队，骡队的后边跟随着母亲们的队伍，她们一个个泪流满面，悲痛的哭声震动四野。据说我们家族的一个远房亲戚，就是那些被送到青岛去学习德语的孩子中的一个，后来他当了胶济铁路的总会计师，每年的薪水是三万大洋，连在他家当过听差的张小六，也回家盖起了三进三出的深宅大院。在我的脑海里还出现了这样的声音和画面：一条潜藏在地下的巨龙痛苦地呻吟着，铁路压在它的脊背上，它艰难地把腰弓起来，铁路随着它的腰弓起来，然后就有一列火车翻到了路基下。如果不是德国人修建铁路，据说我们高密东北乡就是未来的京城，巨龙翻身，固然颠覆了火车，但也弄断了龙腰，高密东北乡的大风水就这样被破坏了。我还听到了这样的传说：铁路刚刚通车时，高密东北乡的几条好汉子以为火车是一匹巨大的动物，像马一样吃草吃料。他们异想天开地用谷草和黑豆铺设了一条岔道，想把火车引导到水塘中淹死，结果火车根本就不理他们的茬儿。后来他们从那些在火车站工作的“三毛子”口里知道了火车的一些原理，才知道浪费了那么多的谷草和黑豆实在是冤枉。但一个荒诞故事刚刚结束，另一个荒诞故事接踵而来。“三毛子”告诉他们，火车的锅炉是用一块巨大的金子锻造而成的，否则怎么可能承受成年累月的烈火烧烤？他们对“三毛子”的说法深信不疑，因为他们都知道“真金不怕火炼”这条俗语。为了弥补上次浪费的谷草和黑豆，他们卸走了一根铁轨，使火车翻下了路基。当他们拿着家伙钻进火车头切割黄金时，才发现火车的锅炉里连半两金子也没有……

尽管我居住的那个小村子距离胶济铁路的直线距离不过二十里，但我十六岁时的一个深夜，才与几个小伙伴一起，第一次站在铁路边上，看到了火车这个令人生畏的庞然大物从身边呼啸而过。火车头上那只亮得令人胆寒的独眼和火车排山倒海般的巨响，留给我惊心动魄的印象，至今难以忘怀。虽然我后来经常地坐着火车旅行，但我感到乘坐的火车与少年时期在高密东北乡看到的火车根本不是一种东西，与我童年时期听说过的火车更不是一种东西。我童年时听说的火车是有生命的动物，我后来乘坐的火车是没有生命的机器。

第二种声音就是流传在高密一带的地方小戏猫腔。这个小戏唱腔悲凉，尤其是旦角的唱腔，简直就是受压迫妇女的泣血哭诉。高密东北乡无论是大人还是孩子，都能够哼唱猫腔，那婉转凄切的旋律，几乎可以说是通过遗传而不是通过学习让一辈辈的高密东北乡人掌握的。传说一个跟随着儿子闯了关东的高密东北乡老奶奶，在她生命垂危的时候，一个从老家来的乡亲，带来了一盘猫腔的磁带，她的儿子就用录音机放给她听，当那曲曲折折的旋律响起来时，命若游丝的老奶奶忽地坐了起来，脸上容光焕发，目光炯炯有神，一直听完了磁带，才躺倒死去。

我小时经常跟随着村里的大孩子追逐着闪闪烁烁的鬼火去邻村听戏，萤火虫满天飞舞，与地上的鬼火交相辉映。远处的草地上不时传来狐狸的鸣叫和火车的吼叫。经常能遇到身穿红衣或是白衣的漂亮女人坐在路边哭泣，哭声千回百啭，与猫腔唱腔无异。我们知道她们是狐狸变的，不敢招惹她们，敬而远之地绕过去。听戏多了，许多戏文都能背诵，背不过的地方就随口添词加句。年龄稍大之后，就在村子里的业余剧团里跑龙套，扮演一些反派小角，那时演的是革命戏，我的角色不是特务甲就是匪兵乙。“文革”后期，形势有些宽松，在那几个样板戏之外，允许自己编演新戏。我们的猫腔《檀香刑》应运而生。其实，在清末民初，关于孙丙抗德的故事就已经被当时的猫腔艺人搬上了戏台。民间一些老艺人还能记住一些唱词。我发挥了从小就喜欢编顺口溜制造流言蜚语的特长，与一个会拉琴会唱戏出口成章但一个大字不识的邻居叔叔编写了九场的大戏《檀香刑》，小学校里一个爱好文艺的右派老师帮了我们许多忙。我与小伙伴们第一次去看火车，就是为了编戏“体验生活”。小说中引用的《檀香刑》戏文，是后来经过了县里许多职业编剧加工整理过的剧本。

后来我离开家乡到外地工作，对猫腔的爱好被繁忙的工作和艰辛的生活压抑住了，而猫腔这个曾经教化了高密东北乡人民心灵的小戏也日渐式微，专业剧团虽然还有一个，但演出活动很少，后起的年轻人对猫腔不感兴趣。1986年春节，我回家探亲，当我从火车站的检票口出来，突然听到从车站广场边上的一家小饭馆里，传出了猫腔的凄婉动人的唱腔。正是红日初升的时刻，广场上空无一人，猫腔的悲凉旋律与离站的火车拉响的尖锐汽笛声交织在一起，使我的心中百感交集，我感觉到，火车和猫腔，这两种与我的青少年时期交织在一起的声音，就像两颗种子，在我的心田里，总有一天会发育成大树，成为我的一部重要作品。

1996年秋天，我开始写《檀香刑》。围绕着有关火车和铁路的神奇传说，写了大概有五万字，放了一段时间回头看，明显地带着魔幻现实主义的味道，于是推倒重来，许多精彩的细节，因为很容易有魔幻气，也就舍弃不用。最后决定把铁路和火车的声音减弱，突出了猫腔的声音，尽管这样会使作品的丰富性减弱，但为了保持比较多的民间气息，为了比较纯粹的中国风格，我毫不犹豫地作出了牺牲。

就像猫腔不可能进入辉煌的殿堂与意大利的歌剧、俄罗斯的芭蕾同台演出一样，我的这部小说也不大可能被钟爱西方文艺、特别是阳春白雪的读者欣赏。就像猫腔只能在广场上为劳苦大众演出一样，我的这部小说也只能被对民间文化持比较亲和态度的读者阅读。也许，这部小说更适合在广场上由一个嗓音嘶哑的人来高声朗诵，在他的周围围绕着听众，这是一种用耳朵的阅读，是一种全身心的参与。为了适合广场化的、用耳朵的阅读，我有意地大量使用了韵文，有意地使用了戏剧化的叙事手段，制造出了流畅、浅显、夸张、华丽的叙事效果。民间说唱艺术，曾经是小说的基础。在小说这种原本是民间的俗艺渐渐地成为庙堂里的雅言的今天，在对西方文学的借鉴压倒了对民间文学的继承的今天，《檀香刑》大概是一本不合时尚的书。《檀香刑》是我的创作过程中的一次有意识地大踏步撤退，可惜我撤退得还不够到位。

最后，我应该特别地感谢贾平凹兄为本书题写了书名，我还应该感谢十五年前他高举着题写着“莫言”两字的牌子在西安火车站广场上迎接我、把周围的人吓得不敢说话的一段情谊。

图书在版编目（CIP）数据

檀香刑/莫言著. －北京：作家出版社，2012.10
（2012.10 重印）
（共和国作家文库精选本）
ISBN 978－7－5063－6663－2

Ⅰ.①檀… Ⅱ.①莫… Ⅲ.①长篇小说－中国－当代
Ⅳ.①I247.5

中国版本图书馆 CIP 数据核字（2012）第 239199 号

檀香刑

作　　者：莫　言
责任编辑：懿　翎
封面题字：贾平凹
装帧设计：曹全弘
出版发行：作家出版社
社　　址：北京农展馆南里 10 号　**邮编**：100125
电话传真：86－10－65930756（出版发行部）
86－10－65004079（总编室）
86－10－65015116（邮购部）
E－mail：**zuojia@ zuojia. net. cn**
http://www. haozuojia. com（作家在线）
印　　刷：三河市紫恒印装有限公司
成品尺寸：152×230
字　　数：350 千
印　　张：27
版　　次：2012 年 10 月第 1 版
印　　次：2012 年 10 月第 5 次印刷
ISBN　978－7－5063－6663－2
定　　价：32.00 元
